ЖИЗНЬ
КЛИМА САМГИНА

# 克里姆·萨姆金的一生

〔苏联〕高尔基/著　　贾　刚/译

第三部

# 克里姆·萨姆金的一生

(四十年间)

第 三 部

贾 刚 译

# 第一章

## 一

克里姆·萨姆金回到家中,看见安菲米叶夫娜艰难地拖着疲惫不堪的身躯,在各个房间里来回奔忙着。

"下葬了吧?这下可好啦,"她唔唔噜噜地嘟哝着,走进卧室里去。随后,萨姆金听到从里面传来老太婆平淡的声音:"我真不知道该拿叶果尔怎么办,他没完没了地喝酒。在为皇家放弃手中的权柄而惋惜呐。"

萨姆金向她要了茶,就关上书房的门,侧耳细听起来:窗外脚步声杂沓,人们在走动。这种接连不断的喧嚣使人觉得好像有一台机器正在平整马路,敲击房屋的墙壁,仿佛是在展宽街道似的。住宅对面的路灯被人打碎,已经不亮了,好像住宅也搬了家一样。

"完了,"萨姆金心里默想着,闭上了眼睛,于是他看见这两个字已经写成未来一篇文章的标题;末尾甚至画着一个惊叹号,不过这个惊叹号是弯曲的,又像是个问号。"在目前情况下,葬礼似乎是在表明将要恢复正常的生活啦!"

他懒洋洋地思忖着,感到惶惑不安,脑海里不时地冒出米特罗方诺夫、柳托夫,又想起尼康诺娃,这都妨碍他的思绪。

"莫非是她告发了米特罗方诺夫?"

随后他又想起和她紧挨着躺在床上是多么不舒服,因为她占的地方太大,而床又很窄。还有她那小心翼翼地把乳房放到胸罩里去的姿势……

在街上游逛的几个小时发生了作用:当安菲米叶夫娜端茶进来的时候,萨姆金已经睡着了。瓦尔瓦拉使劲拽他的胳膊,好像要把他拽到地板上似的把他叫醒了。

"你倒是醒醒啊!听见了吗?大学附近开枪啦……"

她身穿一件皮大衣,浑身散发出凉气和香水味儿,皮大衣上的雪花融化了,变成晶莹的水珠。她一只手捏住喉头,高声喊道:

"太可怕了!打死了那么多人!还打死了一个小男孩儿……"

"小男孩儿?"萨姆金反问了一句。"也许……"

"也许什么?哎,真见鬼!"

她终于解开了大衣的小钩钩,脱下冰凉的皮大衣,扔到萨姆金的膝盖上,从头上扯下帽子,就一边在屋子里急匆匆地踱步,一边发疯似的叫喊:

"实际上,早已决定要开枪啦。这倒霉的葬礼!其实,你自己想想看,我们并不是生活在法国呀!怎么能搞这种示威游行呢?"

他听见库莫夫在餐厅里说:

"简直是……疯啦!"

"是谁开的枪?"萨姆金疑惑不解地问。

"是从练马场开的枪,军队干的。斯特拉托诺夫说得对:犹太人要为这次葬礼付出昂贵的代价!可我一点儿也不明白!"她挥舞了一下帽子,喊道。"先是许可游行,后来又开枪!这是什么意思呢?你怎么不吭声啊?"

她说完就跑掉了,使克里姆不必说话了。

"可能有些言过其实了,"他坐在那里,一面思忖,一面侧耳倾听妻子断断续续的叫喊:

"是的,是的……太可怕啦!"

大街上人群的脚步声好像变得急促起来。萨姆金心慌意乱地走进餐厅。从此刻起,他的生活就变成了一场持续不断的噩梦。库莫夫和他撞了个满怀;他眨巴着眼睛,用一只红红的手理着头发,不停地摇晃着脑袋,于是头发重又披散下来,耷拉到他的脸颊上。

"疯——啦。"他从牙缝里吐出这两个字,便走到电话机旁,取下听筒,把它贴在耳朵下面的脸颊上。

"电话不通啦!"瓦尔瓦拉喊道。

"我不信,我不信彼得堡又给德国人统治了,就像当年亚历山大三世在位时,三月一日事件发生以后那样①。"库莫夫望着听筒嘟哝道。

"我哪里也不能放您去,库莫夫!您怎么会以为他也去尼基京大街了呢?再说也不是所有去尼基京大街的人都被……"

柳芭莎·索莫娃像只小鸟似的飞进餐厅,身后一条花格毛毯披肩拖在地板上。她像瞎子似的撞到桌子上,险些摔倒。她用拳头敲击着桌子,呼哧呼哧地喘着气,像机关枪一般迅疾地说道:

"图罗博叶夫中弹……受伤了,正躺在斯特拉斯特大街的医院里。必须自卫,不然还有什么办法呢?应当设立医疗急救站!死的伤的都很多。听我说,你们这里也应当成立一个医疗急救站。当然,是要起义的……社会革命党人在普罗霍罗夫纺织厂……"

瓦尔瓦拉粗鲁地、甚至像是赌气似的打断她的话,反问了她许多问题。安菲米叶夫娜走了进来,一声不吭地给柳芭莎脱起衣服来,柳芭莎却从她手里挣脱出来,大声喊道:

"不要管我!我马上就要走……哎哟,我的上帝呀,您不要管我了呀……"

"什么站也不要设立!"瓦尔瓦拉在丈夫耳边焦急地嘀咕道。"无

---

① 一八八一年三月一日民意党人暗杀亚历山大二世以后,其子亚历山大三世继位,于一八八一年六月六日签订了奥俄德条约,史称"三皇联盟";条约规定彼得堡由德国总督管制。

论如何也不设！我不能,也不允许……"

柳芭莎仿佛要蹿到桌子上去似的直蹦跶,急冲冲地嚷道:

"戈金家已经设了一个急救站,克里姆,应当去求求柳托夫！他有一所空房子,而且地点也很合适,那里必须设置！克里姆,找他去吧！现在就去……"

"对,对,去吧,克里姆,"瓦尔瓦拉恳切地重复说,而索莫娃又生气地喊道:

"把上衣和披肩给我！"

"喂,你去哪儿,倒是去哪儿呀？"安菲米叶夫娜追问她,声音不知为什么很低沉,但是柳芭莎却用"玫瑰花"面包似的小拳头敲了一下桌子,朝她嚷道:

"您什么也不懂！您……迟钝得像块木头！一些来历不明的家伙在追逐阿列克谢·戈金,朝他开了枪……"

安菲米叶夫娜把柳芭莎拉走了。瓦尔瓦拉又喃喃地对丈夫说道:

"你去跟柳托夫商量商量,他是个有地位的人,我们是不能设立的,谢谢你啦！"

萨姆金走去穿衣服,倒不是认为有必要设立急救站,而是为了离开家,去理一理自己的思绪。他觉得震动太大了,被人蒙骗了,他不愿相信听到的那些话。然而,看样子确实发生了什么荒唐的事情,而且好像是专为跟他个人做对似的。

## 二

"我们必须自卫。要举行起义,"萨姆金来到街上的时候,还在脑子里重复着柳芭莎的叫喊。"一个疯女人！"

但是,他骂了索莫娃一顿之后,又觉得这些狭窄而弯曲的街道是很适合构筑街垒的。紧接着他又怏怏不乐地想起十月八日那天,工人们是怎样用陌生人的眼神打量着这座城市的。后来他突然发现,这个巨大而又乱哄哄的城市,对他也是陌生的,已经不是几小时以前的那个莫斯科了。寒冷的黑夜已经笼罩了这座城市,把人们挤进大大小小的房子里,熄灭了街上和窗户里的所有灯火。只是在挂满霜花的玻璃窗里面,偶尔闪烁着一些黄色的光点,显得凄凉而又可怜。呛人刺眼的尘埃在黑暗中嬉戏着,散落下来。城市变成了虚幻的世界,因为在黑暗中,除了黑暗本身,一切都是虚幻的。

于是,萨姆金也和任何一个处在黑暗中的人一样,痛心地感到自己却不是虚幻的。人们三五成群地匆匆走过。很可能他们当中有些人知道自己的去处,而另一些人却像迷了路似的在瞎闯,因为萨姆金已经两次发现,他们拐进一条胡同之后,却又马上回来了。他也不由自主地跟着他们走去。有一小伙人,四五个人吧,赶过了他;其中有个人抽着烟,烟头仿佛在合着步伐的节奏,一闪一闪地发出亮光。一个女人用哀怨的声调喊道:

"先生们,难道这是真的吗?"接着她又嚷了一句,"您倒是把烟扔掉呀!"

萨姆金打了个寒战,心想今夜的莫斯科比一月九日深夜的彼得堡还可怕。他开始聚精会神地倾听起来,希望能听到有纪念意义的枪声。然而听到的却是几下像是关门似的乒乓声,以及远处传来的莫名其妙的噼啪声,就跟被严寒冻裂的树枝发出的声音一模一样。他时而觉得有人在铁皮屋顶上来回走动,时而又觉得有什么东西吱吱响了一阵,然后倒了下去,就跟篱笆突然倒下了一般。在这爆裂声越来越频繁的黑夜里,萨姆金在大街小巷里像迷了路似的来回乱蹿,他想象见到柳托夫一定会是很不愉快的,于是他最后认定:设置医疗急救站纯粹是异想天开。

"我这时候走出家门实在是失算,"他思忖着放慢了脚步。"这次开枪许是一场误会。"

但他马上又想起来,自己也曾把一月九日的罪行看成是误会,于是就抛弃了对今天发生的事件的猜测,决定回家去。阿琳娜当然都会

7

知道的,没有必要到她那里去了。图罗博叶夫就应当得到这样的下场。实际上他是个冒险分子。这种人的结局要么是自杀,要么因刑事犯罪而老死狱中。他是没落阶层的残渣余孽。也许阿琳娜仍在爱着他。有人说女人一辈子都在爱着她的第一个男人,不过不是用她的肉体,而是用她的记忆。他拐进一条胡同,走了几步,就被人叫住了:

"是谁在那里?"

他面前出现一个大汉,这个人划了一根火柴,照了照他的脸,严厉地问道:

"您是住在这条胡同里吗?"

"不。"

"这里禁止通行。"

萨姆金没有问为什么。他听到在胡同尽头有些人时而呷呷地咳几声,小声交谈着,来回走动,在地上拖拽什么沉重的东西。

"当然是些大学生,一些毛孩子,"他心里想,脸上露出一丝冷笑,赶忙离开了这个穿长大衣、头戴西伯利亚皮帽的大汉。寒冷的黑夜,使他把身子缩成一团,觉得浑身困乏无力。各种思绪萦绕在心头,使他感到郁闷,大脑也仿佛被搅得要爆裂似的。萨姆金不禁想起,在发生重大事件的日子里,他几乎总是被一些琐碎的念头纠缠着,它们总是在基本印象之上盘旋,好似在篝火余烬上飞舞的火星。

"这是艺术家的特点,"他心里想,竖起大衣领,把双手深深地插进口袋里,放慢了脚步。"大概艺术家们为了探索主要事物的特征时,就是这样思考的。然而,这也许是对荒谬所造成的致命打击进行自卫的情感的一种特殊表现方式吧。"

当他拐进他住的那条街的街角时,差一点儿撞在一小伙人的身上。他们正挤在两道花园篱笆中间,其中一个人小声地匆匆说道:

"为了信仰—沙皇—祖国……"

竟把这几个字连成了一个。萨姆金只看到这帮人的脊背和后脑勺;他加快了脚步,匆匆地绕过他们,但在寒冷宁静的黑夜里他还是听

到了他们那些急促而又清晰的话语:

"罢工者都被犹太人收买了,这很明显。而且瞧那葬礼吧,他们埋的是谁呀?又是多么隆重的葬礼呀?就连去年殡葬凯莱尔将军①也没有这样的规模呀,可他还是英雄呢!"

"也是一个'讲道先生',"克里姆心里想,四下张望着,朝自家的大门匆匆走去。

## 三

当他走进餐厅,点上蜡烛以后,看见妻子和衣躺在客厅的卧榻上睡着了;她张着嘴,一只手搁在胸脯上,另一只抱着脑袋。

"柳托夫来过了,"她醒过来,皱着眉头说道。"他请你到医院去一下。阿琳娜在医院里都快疯了。天哪,我的头痛死啦!尽是些乌七八糟的勾当!"她忽然又是喊叫,又是跺脚。"还有你,夜里跑出去……鬼晓得你跑到哪儿去了……你已经不是大学生喽……"

她气冲冲地解开上衣,操起蜡烛就走出去了。

"你忘了是你要我出去的,"他冲着她的背影说道,同时心里又说:"瞧她那披头散发的样子有多像……"

他把一个侮辱女人的字眼咽了下去,摸黑坐到一把温暖的软椅上,一边抽烟,一边倾听夜里的动静。他又一次地,而且是非常痛心地感到自己受骗了,感到自己是孤苦伶仃的,是命里注定要思考一切问题的。

"这就是我的职能吗?"他自问道。"根据拉马克②的学说,职能创造器官。假如把人的生殖本能除去的话,那么人又是什么职能的器官

---

① 沙俄陆军中将凯莱尔一九〇四年七月十八日战死在中国的东北,沙皇当局在莫斯科为他举行了隆重的葬礼。
② 拉马克(1744—1829),法国博物学家,最先提出动物进化的完整理论,证明器官的职能对人体的发育有影响。

呢?托尔斯泰是正确的,他对理性是深恶痛绝的。"

香烟灭了,火柴不知弄到什么地方去了。他懒洋洋地找了半天也没有找到,就开始脱皮鞋,他决定不去卧室睡觉,因为瓦尔瓦拉很可能还没睡着,听她胡说八道真叫人讨厌。他手里提溜着皮鞋,脑子里想着库图佐夫曾经以同样的姿势在这个位置上坐过。

"是的,他现在一定是在什么地方煽动人们的激情哪……"萨姆金顿时觉得好像身上有个脓包破裂了似的,冰凉的、愤怒的细流扩散到他的全身。

"他是对的!"萨姆金心里喊道。"让人们的激情燃烧起来吧!让所有这一切,这些塞满了为民分忧的绅士、书呆子、批评家和分析家的大小房屋统统见鬼去吧……"

"你怎么不到床上去睡呀?"瓦尔瓦拉拿着蜡烛站在门口,用手掌遮着眼帘望着他,严厉地诘问道。"请你去吧!我不好意思承认,但是我怕得很!这孩子……不知哪位医生的儿子……他呻吟得很厉害……"

她身穿长睡衣,头戴睡帽,趿着拖鞋,那样子酷似布什①一幅漫画上的人物。

"你的行为太奇特了,"她走到床边,说道。"可我知道,你对这一切是不会喜欢的,而你却……"

"住嘴!"他的呵斥虽说声音很低,但却使她跟跄后退了一步。"不用你跟我说,我自己知道!"他脱去身上的衣服,继续说道。他还是头一次跟妻子大喊大叫,他对这次呵斥感到很痛快。

"你疯啦!"瓦尔瓦拉嘟哝道。这时他发现她手中的烛台在颤抖,而且趿拉着拖鞋,远远地躲开他。

"你知道什么呀?也许明天就要发生激烈的战斗,大屠杀……"

瓦尔瓦拉不知道为什么沉重、笨拙地倒在床上,脊背冲着他;他吹

---

① 布什(1832—1908),德国画家,他的讽刺和幽默画在当时的俄国和其他许多国家颇为流行。

灭蜡烛,也躺下了,等着她继续说下去,也准备对她说一大堆伤心的事情。黑暗中,他仿佛看到天花板下面有些烟雾的点和圈在缓缓地旋转。他等了好半天,才听见她在静夜中喁喁低语:

"我真不明白,干吗要跟我发火?要知道,我又没有去搞革命……"

他本以为她会说些别的话。这些话太愚蠢了,简直没法回答;于是他用被子蒙住头,也转过身去,背冲着妻子。

"呵斥她是无济于事的,而且也太笨了。要呵斥的倒该是别的什么人,也许,还包括自己。"他想。

然而对自己他是很怜悯的,他的思绪像一场梦,是那样迷离恍惚;他觉得瓦尔瓦拉在啜泣,在擤鼻涕,妨碍他入眠。

"兴许她是在恨我,可我自己大概很快也会恨我自己。"由于这种想法,他对自己的怜悯就越发强烈了。

## 四

快到黎明的时候,他才睡着。刚一醒来就想起他跟妻子吵嘴的情景。他赶快穿好衣服,喝完茶,急忙走了出去,以逃避那不可避免的解释。

"莫斯科已经灰心丧气了,"他漫步在这座异常沉寂的城市的林荫道上,心里说道。已是正午时分,街上却行人稀少,而且多为小市民;他们愁眉苦脸,忧心忡忡,一小堆一小伙地站在大门口,不管是往哪里去的,也都是三五成群,或者人数更多。看不见学生,单个的行人也很少,既看不见车夫,也看不见警察,但是到处都有顽童在逛来逛去等待着什么似的。

昨天不让萨姆金通过的那个胡同口,现在已用没轱辘的大车、木箱子、床垫子、报亭和门板堵死了。在这个街垒的前面放着一个装水泥的空桶,桶上坐着一个满脸火红胡子的男人,他嘴里叼着烟卷儿,两膝之间夹着一杆步枪,他的装束就像要出去打猎似的。街垒的后面,有三个人正在忙活:一个人在用铁丝把一块厚木板绑到大车上,两个人在从院子里往外搬砖。所有这些都使萨姆金想到,这是小市民们在寻开心。

在彼得罗夫医院的接待室里,柳托夫怀着渴望已久的心情扑到克里姆身上,他披头散发,形容憔悴,小眼睛通红,尽作怪相的脸上布满褐色的雀斑。

"哎呀,我可把你等来了!"柳托夫嘎哑地说起来,抓住萨姆金的胳膊就往过道里拽,最后把他推到一个窗户洞里。"你看,他死了,十一点三十七分死的。两颗子弹都打在肚子上。他吃尽了苦头,现在你看看吧,我的老弟!"他凑到萨姆金跟前,紧挨着他的脸,用嘶哑的声音继续说:"现在,阿琳娜出了个难题儿,硬要把他葬在维坚斯基公墓里,真荒唐!可是,维坚斯基公墓鬼知道在哪儿!老实说,此时此刻,还搞什么葬礼呢?神甫拒绝参加葬礼。真是个白痴!他说'这是杀人案,是刑事犯罪'。我说:'怎么能说是犯罪呢?士兵们并不是自愿开的枪,自然是服从长官的命令,就是说,军队是为了对付那些穷凶极恶的学生,是在进行自卫的情况下才杀的人!'"柳托夫说到这里咽住了,咳嗽起来,随后他把一只手搭在萨姆金的肩膀上,继续说:

"老弟,你不妨去劝劝她,叫她不要再搞这种葬仪了,好吗?"

他的腿在颤抖,不知道为什么,总是蜷着双膝,趔趔趄趄站不稳当。萨姆金默默地听他讲,心里猜测这家伙怎么会如此狼狈?柳托夫用肩膀推开了克里姆,自己靠在克里姆原来站的地方的墙上,两手一摊,说道:

"什么样的日子来到了,啊?还叫你嘿—嘿—嘿地笑吧!要知道,我是跟他一道走的。是呀,在多尔格鲁科夫巷口,我被一个社会革命党拦住了,随后就听见呼呼两声,这些狗娘养的!他们也不到跟前看看,打死的是谁,有几个?开了枪,就躲到练马场里去了。所以,萨姆金,你去劝劝吧!我是不能去的!老弟,这对我来说是出乎意料的……不可思议的！我曾经以为,马卡罗夫才是她的心上人呢……她来了！"他喁喁说道,走开去,远远地躲到角落里去了。

阿琳娜从远处顺着过道轻飘飘地走过来。她身披短皮大衣,扣子都解开了,一条围巾搭在肩上,披头散发,身材显得异常高大。当她走到跟前的时候,萨姆金觉得,劝她是徒劳无益的,瞧她呆板的表情,深陷的眼窝,闪着狂焰的眸子就明白了。

"哟,终于来了一位明公,"她模糊不清地悄声说道。"克里姆,你陪我去公墓吧。而你,柳托夫就不要去啦！就让克里姆和马卡罗夫去吧,你听见吗？"

柳托夫捋着小胡子,顺从地点了点头。

"我已经雇了六个人抬棺材,"她继续说着,突然跺了一下脚,用低沉的声音说道:"哪里也找不到一朵鲜花,真该死！"

她继续往前走去。柳托夫嗔怪地摇摇头,喃喃道:

"你是怎么搞的,萨姆金？哎呀,老弟……怎么能让她去呢？唉！……"

他踮着脚尖跟在阿琳娜后面走去。

"我陷进了何等愚不可及的境遇里啦！"萨姆金四下张望着,心里在说。病房门轻轻地打开,几个穿白大褂的女看护跑来跑去,忙个不停；屋子里散发出药品的气味；风一阵阵地扑到玻璃窗上。马卡罗夫从一间病房来到走廊上,他边走边解开白大褂上的带子,瞅了一眼克里姆,意味深长地问道:

"是你呀！"

马卡罗夫拉起他的手,把他领到一个黑暗的小房间里,房间只有一扇窗户,架子上和柜子里摆着许多玻璃器皿。

"抽烟吧,这里是可以的,"他脱着白大褂,说道。"他死得很勇敢,没有怨言,虽说腹部受伤是很痛苦的。"

他坐在桌子角上,冷笑道:

"他对我说:'只要我知道我是诚实地死去,我就心满意足了。'真像是英国小说中的话。诚实地死,这意味着什么呢？人人都是诚实地死去,可是活着的时候……"

萨姆金抽着烟,一边听一边想:我为什么特别不喜欢这个未老就先白了头的人呢？

"怎么,萨姆金,我们是在革命吗？"马卡罗夫皱起眉头,瞅着冒烟的烟头,诘问道。

"显然是这样。"

"你高兴吗？"

"革命是一场悲剧,"克里姆等了一会儿才回答。

"你并没有回答我的问题。"

"悲剧是不会令人高兴的。"

"你是布尔什维克吗？"

"当然不是,"克里姆回答,但马上又想:回答得太匆忙了。

"就是说你不是一个革命者,"马卡罗夫说话声音很低,但很干脆、很自信。总的说来,他的态度、话语全变了,不是萨姆金原先熟悉的样子了,这使他感到有些疑虑,不得不加以提防。

"革命者就是布尔什维克,"马卡罗夫依然很干脆地说。"他们总是直来直去,拿脑袋去撞墙。也许这是必要的,但我似乎不喜欢他们。我帮助过他们,用钱和别的什么……给他们隐藏过人和东西。你帮助过他们吗？"

"有过这种事,"克里姆谨慎地回答。

"原因何在？为了什么呢？"

萨姆金耸耸肩膀,一声不吭,他觉得马卡罗夫的问话越来越令人不快。可这个人却继续往下说:

"因为像柳托夫说的那样,先锋队不是去取胜,而是去壮烈牺牲吗？对敌军先进行第一次打击,然后——就壮烈牺牲吗？这是不正确的。第一,先锋队并非任何时候都要牺牲,而只是在进攻准备得不够充分和巧妙的情况下才会发生的;第二,总归是要进攻的！所以说,萨姆金,我的问题是:我不希望打内战,然而我曾经帮助过,而且似乎今后还要帮助那些发动内战的人。我这番话似乎有些不能自圆其说。我不赞成他们,更不喜欢他们,但是你看,我还是很尊敬他们,甚至……"

他冷冷一笑,打了个响指,继续说道:

"你是个精通政治的人,请你告诉我……"

房门大开了,阿琳娜走了进来。萨姆金把烟蒂扔在地板上,如释重负地叹了口气,马卡罗夫说道:

"我们以后再继续谈……"

"未必谈得成,"克里姆想说,但却改变了主意,肯定地点了点头。

"谈什么呀?"阿琳娜用手帕揩着脸上的大滴汗水,诘问道。

"谈政治呗,"马卡罗夫说。"您把皮大衣脱掉吧,否则您会伤风的!"

阿琳娜把门旁一把椅子上的一些书籍扔到一边去,然后坐上去。

"怎么,我妨碍你们吗?"她瞅了两个男人一眼,问道。"我已经开始懂政治了,我也想杀他一名什么……大臣。"

"您应当去睡上一觉,"马卡罗夫看也不看她,咕哝道;而阿琳娜却慢条斯理地吐着字,继续说道:

"喏,派我去吧,克里姆!我长得漂亮。漂亮的女人去见大臣总会放行的,那样我就可以把他……"

她伸出手来,打了个响指;她的脸依旧是那么呆板。马卡罗夫弯下腰,又抽起烟来。萨姆金笑嘻嘻地问道:

"你以为是我派人去搞暗杀的吗?"

"反正有人派他们去的,"她长叹一声,答道。"他们肯定是些沉着冷静的人,你就是这样的人。有一天夜里,在那儿,"她把手向上挥了一下,"我回忆起你跟我讲伊戈尔的事,描述一个士兵怎样想杀死他……你一切都看得清清楚楚,这表明,你是个头脑冷静的人!"

她沉默了片刻,用围巾包好头,自言自语似的喃喃道:

"不过这也许是因为'恐惧时人们眼睛总是睁得很大'——看得清楚的缘故吧。唉,我真想把你们全都……"

她瞥了马卡罗夫一眼,就不作声了。过了一会儿,她又悄声说道:

"在雅尔塔,有一天夜里我喝醉了酒,大哭起来,大发牢骚:'上帝呀,你为什么赐予我美丽,却又把我抛弃在泥坑里呢?'我还喊了一些类似的话。当时伊戈尔抱住我,那样……异常温存地说:'这才是真正的人类发出的哀鸣哩!'他有时就是这样说话,仿佛有鬼在他身上作祟似的……"

柳托夫破门而入,把她最后的一句话压下去了。

"喂,一切准备就绪,"他说话的声音非常颓丧。"我们走吧!"

## 五

一个钟头以后,萨姆金和柳托夫并肩走在人行道上,而在马路中间,阿琳娜手挽着马卡罗夫走在灵柩的后面,一位很像退伍军人的人跟在他们的后边,这个人留着小胡子,没有刮脸,发青的腮帮子上仿佛戴了一副绒毛做的假面具,手里拿着一根粗手杖,一副萎靡不振的样子。跟他并排走的是一个魁梧的小伙子,一头鬈发,没戴帽子,两手插进撕破的上衣口袋里,垂着头,显得蓬头垢面,褴褛不堪,他总是不住地把痰啐在脚下。灵柩由四个人抬着,匆匆走去;后面是两个穿短皮袄的庄稼汉,这两个庄稼汉准是刚从乡下来的:一个穿着灰色破毡靴,背着一个包袱,另一个穿的是树皮鞋和花粗布裤子,上衣的右肩上打着一块黑补丁。在前面抬灵柩的一个是秃头的胖子,身穿两件外套,里面一件是夏天穿的长外套,外面的一件短一些,只到膝盖;跟他配对的是一个典型的莫斯科小市民,他干瘦如柴,身穿腰部带褶的上衣,凌乱的小胡子,脑袋像个大鸡蛋。他们走得很快,四个人都难看地倾身向前,像在拉车似的。留小胡子的人不断地用嘎哑的声音朝他们喊:

"喂,你们走齐点儿!……"

两片棕榈叶和几枝室内的鲜花放在医院出租的黄色棺材盖上;阿琳娜像座雕像似的,身穿皮大衣,披着厚厚的披肩,下巴颏紧贴着胸脯,向前走着。风吹拂着她栗色的头发;她不时地突然摸摸棺材,仿佛要推着它前进似的,但她被马路上的石头绊了一下,撞在马卡罗夫身上。马卡罗夫正仰望天空和远方,朝前走着,他的皮鞋踏在石板上,发出特别清脆的响声。

"她肯定是走不到墓地的,"柳托夫瞟了阿琳娜一眼,嘟哝道。

萨姆金心里简直以为所有这些倒霉的现象,什么十月里的阴郁天气啦,飕飕的冷风啦,晦暗的天空啦,还有这六个破衣烂衫的人和这口寒酸的棺材啦,统统是柳托夫故意搞出来的。

过了几分钟,他又下意识地想到:"这些由于一位时髦作家的描写和某个时髦剧院的上演而出了名的'过时的人',正抬着这个被软弱无能的沙皇士兵打死的、古老贵族的后代的灵柩徐徐走向墓地。"他这种想法流露出一种既是幸灾乐祸,又是愤愤不平的情绪。

"但这里究竟哪一种情绪是出于理智的呢——是幸灾乐祸,还是愤愤不平?"

柳托夫妨碍他想下去。他像个醉汉似的走路,忽快忽慢,一忽儿走到他前头,一忽儿落在他后面,但他始终不敢走到阿琳娜的前方去,显然是怕她看见。他一边走,一边急急忙忙地发牢骚道:

"我们的葬礼有各阶层的人参加。我曾经央求一个赶大车的:'给拉一趟吧!'可他却说:'让您和您的死者都见上帝去吧!'神甫也说:'是刑事犯吧,啊?'这畜生。噢,是的,这真是一件……麻烦的事儿!阿琳娜肯定是走不到的……这是什么样的好心肠啊,萨姆金?她有一副可怕的正直心肠。你这位冷酷的知识分子,是不可能正确予以评价的,你是不能理解的。知识分子,这是个多好的字眼儿啊!唉,你们这些……知识……"

"不要说啦,"萨姆金说,因为他正在盘算:要避免继续在这些凄凉、寂寥的小巷里旅行,找个什么借口更合适呢?他随后听见柳托夫说:

"瓦列里·布柳索夫写过这样两句诗：

　　……我唱着颂歌，
　　欢迎你们，我的毁灭者。①

这简直是胡说八道！他是害怕和憎恨未来的匈奴人！他写的不是颂歌，而是挽歌。对吧？"

"不对，"萨姆金气呼呼地说。"而且你总在……"他很想对柳托夫说些刺伤他的话，可是只嘟哝了一句："我觉得好像感冒了，浑身不舒服。也许我应该……"

这时从巷口里吵吵嚷嚷地走出二十来个疯疯癫癫的家伙。最前面的一个体格强壮、脸颊红润的小伙子，头戴护耳皮帽，敞怀的狐皮大衣里面露出没扎皮带的衬衫。他站到灵柩前，叉开毡靴高过膝盖的两条腿，双手使劲一挥，扬起了衬衫，露出那油光锃亮的鼓肚皮，操着尖厉的女人声调喊道：

"站住！你们为谁送葬？为哪个恶棍？"

"喏，瞧吧！"柳托夫沮丧地喊道。他站在原地直跺脚，就像要跳起来似的，同时又用双手摸索着自己，嘟哝道："哎呀，她拿出手枪来啦，哎呀，你呀！明白吗？"他推推萨姆金，悄悄地说："她带着手枪哩！"

萨姆金意识到马上就要演出一场胡作非为的闹剧，然而看到柳托夫吓破胆的样子真叫人高兴。柳托夫那对一会儿也不会安定下来的斜眼吓得都瞪直了，两道眉毛也奇特地拧到鬓角上去了。他似乎极力想对那些紧紧围在灵柩四周的人说些什么，可是却只在向他们不停地挥手。没时间去观察柳托夫了，因为灵柩四周已经发生了非常可怕的事情，他觉得背上直冒冷气。

抬棺材的人把灵柩放在大马路上，混到人群中去了。那个留小胡

---

① 此为布柳索夫所作《未来的匈奴》一诗的最后两句。

子的人跑到人行道上,把手杖紧贴在肚子上,急忙溜走了。鬈发的小伙子站在阿琳娜前面,想把她推到旁边,可她用拳头直打他的胳膊;马卡罗夫抓住她的手,对那些家伙喊道:

"滚开,你们想干什么?"

阿琳娜也喊了几句,但她的声音被那个穿狐皮大衣的小伙子的尖叫和他的同伙的呼喊湮没了。小伙子摇头晃脑,连帽子的护耳也扎煞起来,他尖声叫道:

"为什么没有神甫?你们是给犹太佬送葬吧,啊?又是犹太佬,是吧?你们这不是在亵渎上帝吗?不,你们等一等!瓦夏,怎么办?"

从他左胳膊肘下面蹿出来一个瘦小的男人,他穿着一件女人的小棉袄,光脚穿着破皮鞋,蹦蹦跶跶地扯着嗓子叫道:

"犹太人想活,我们就揍他!喂,伊格纳沙①!伙计们,要支持他!你是我们的英雄,伊格纳特·彼得罗夫。是我们的保护神!"

又有四五个人操着不同的腔调,拼命大喊:

"下令吧,伊格纳特!我们支持你!哎嗨……"

柳托夫在这群人中乱转;他摘下帽子摇晃着,还喊叫着什么,但那个穿皮大衣的小伙子想用一只醉汉般的手拽住他,这时一阵歇斯底里的狂笑压下了所有的声音。

"出身贵族?还是公爵?我不相信——你撒谎!神甫在哪儿?教士在哪儿啊?给公爵送葬要有乐队,你这个混蛋!是被打死的?弟兄们,听见了吗?被打死的该是些什么货色呀?"

"犹太人,那些罢工的!"大家回答他说。

那个鬈发的小伙子和马卡罗夫把阿琳娜连推带搡地弄到人行道上,她拼命地挣扎反抗;萨姆金听见她嘎哑的喊声:

"放开我!我要揍他,狠狠地打他一顿……"

忽然间寂静下来。一个穿黑皮短大衣的大胖子走进人群,大家几

---

① 伊格纳特的别称。

乎不约而同地转过身来瞅着他。

"你们胡闹什么?"他说。"你们净是瞎胡闹!你们瞧,没有戴红袖标,就是说他们不是罢工的,明白吗?还有一个女人送葬……很合身份,显然是个商人的太太。这位先生也是商人,我认识他,他在中国城经营羽毛生意,姓什么我忘了。喂,明白了吗?看上去是在为他们的同事送葬……"

"你胡扯!"那个小伙子喊道;穿破皮鞋的人随声附和说:

"他是在胡扯,这头肥猪!伊格纳沙,我们的保护神,别信他的话!他们都是一个鼻孔出气的,胖子、强盗,他妈的……"

"别投降,伊格纳特!"人群中有些人在喊。

"把棺材盖揭开!他们准是要埋葬一个昨天刚打死的犹太人……"

那个穿短皮大衣的人拍了一下伊格纳特的肩膀。

"你是什么东西?是流氓吧?还是罢工的家伙?"他大声责问道。

"弟兄们,我是谁?"伊格纳特搂住那人的脖子,尖声叫道。"快告诉他,不然我就死给你们看!当场就死!弟兄们,哎咳!……"

他双手一挥,脱去皮袄,开始用拳头敲打自己的脑袋;萨姆金看到小伙子泪流满面,发现这群人大多数都像看变戏法似的看着这个小伙子,而且还听见那个穿破皮鞋的人恶狠狠的叫喊:

"伊格纳沙!不要放弃旅顺口,要给那魔鬼当头一棒!我的保护神!我的英雄!"

有四五个人将柳托夫团团围住,在听他说话,看着他挥动那顶华贵的帽子。其中有个人说道:

"莫斯科人都变成傻子了,这话一点不假!"

"已经完了,"萨姆金心里说。他摘下眼镜,装进口袋里,走到马路对面,看见那个鬈发的小伙子和马卡罗夫把阿琳娜推到墙边,将她拦住,而她却千方百计地推开他俩。就在这一刹那,伊格纳特弯下腰,抓住棺材边,毫不费劲地就掀了起来,竖在地上,然后尖声叫道:

"我自己扛去,把它扔到莫斯科河里!"

柳托夫看到,又有两个人开始抬起棺材来,放到伊格纳特肩上,但是那个穿短皮袄的人推开了他们,阿琳娜蹿到伊格纳特面前;她两手攥成拳头,朝伊格纳特的脸上打去,他晃了一下脑袋,慢慢地把棺材放到地上。人们沉默了一会儿。马卡罗夫往右手指上戴着指节防护器①从萨姆金身边跑过去。

"把她领走……怎么,你不懂吗?"他朝萨姆金嚷道。那个鬈发小伙子走到伊格纳特跟前,责问道:

"要较量一下,还是怎么的?"

"揍他,伙计们!"那个穿黑皮短大衣的人大吼一声,把人往那鬈发青年身上推去。"打呀!他就是萨什卡·苏达科夫,是个小偷!"萨姆金看到萨什卡把伊格纳特打倒在地,又听见他嘲笑地大喊:

"嘿嘿,孬种!你有胆量,来呀!"

那个穿破皮鞋的小个子乱转起来,拼命地叫喊:

"伊格纳沙,你这位英雄!就这样投降啦?哎呀呀!"他喊着跑到马卡罗夫跟前,用头往他腰上一顶,两手揪住他的领子,但是医生摔开他,飞脚将他踢倒。那家伙喊道:

"你们是不能把所有的人都杀光的,你们这些混蛋!刽子手!"

马卡罗夫把阿琳娜推到萨姆金跟前,说道:

"向右拐,第二个胡同,九号楼,佐西莫夫寓所。快走!我去搭救沃洛吉卡……"

## 六

萨姆金搀住妇人的一只胳膊,很快把她领走了;她很听话,一声不吭地走着,也不东张西望,用围巾包着头,眼睛瞧着脚底下,但是步子

---

① 拳斗中用以保护手指的金属器具,俗称铁拳套。

很沉重,靴底擦得地面沙沙响,身子摇摇晃晃,萨姆金差不多是在拖着她走。

这场讨厌的闹剧在克里姆心中激起的惶恐,已经变成对阿琳娜的深恶痛绝了,这都是由于她的任性,才经历了这令人心惊胆战的时刻。他还是头一次感到这样强烈的憎恶,他简直想推开这个女人,叫她撞在栅栏上,撞在墙上,把她扔在这傍晚的昏暗中的狭窄、寂寥的小巷里,自己扬长而去。

他勉强抑制着这种念头,一言不发,喘着粗气,心想:只要一开口,就会出言不逊,损她一通。对此他毕竟是有所顾忌的。

"逗什么……英雄!"阿琳娜嘟哝道。随后又叹口气,问道:"沃洛吉卡会给打坏吧?"

萨姆金没有回答她。当他看到杜妮娅莎打开马卡罗夫说的那处寓所的大门时,并没有感到吃惊。

"噢,上帝呀,真是贵客临门!"她乐呵呵地喊道。"我已经烧开了火壶,女仆罢工了!怎么,你是怎么搞的,我的妈呀?"

她的大惊小怪是朝阿琳娜发的,因为她把皮大衣扔到地板上,就往墙上一靠,双手捂住脸,透过指缝低声地、但是非常清楚地骂了些下流话。萨姆金冷笑了一声,——这使他很高兴,使这个女人在他眼里变得更下贱了。

"把我送到……别的地方去吧!"阿琳娜请求道。

克里姆脱去外套,走到那间没有收拾的屋子里烤火去了;那里的桌子上放着一对蜡烛,火壶哗哗地沸腾着,水从壶盖里冒出来,溅得满壶身都是水;没有洗过的杯子,残留着食物的盘子,各种酒瓶狼藉一片,上面还放着一本打开的书。萨姆金用火盖压在火壶的烟囱上给自己倒茶的时候,发现自己的手直哆嗦。他用茶杯暖着手,在屋子里来回踱着,四下打量着。一架小钢琴上凌乱地放着一些乐谱、杜妮娅莎的一顶帽子和几支硬脂蜡烛;躺椅上放着揉皱的花格毛毯、一些橘子皮;所有的家具都挪动了地方,整个屋子酷似大饭店里两人狂饮之后

的单间那样杯盘狼藉。萨姆金厌恶地皱了皱眉头回忆道:

"马卡罗夫在医院里想说什么呢?"

杜妮娅莎来了,虽说她的眼睛上泪痕未干,可还是先搂住克里姆的脖子,吻了一下他的嘴唇,然后悄声说:

"啊,你来了我真高兴!"

但是她又马上跳到桌子跟前,一边倒茶,一边匆匆地细声询问出了什么事。

"她就像一块石头,躺在那里一声不吭,真可怕!"

萨姆金干巴巴地给她讲着,发现此刻她身上只穿一件朴素的深色连衣裙,布满雀斑的脸上并没有涂脂抹粉,火红色的头发编成发辫,虽说很像个女仆,但却显得年轻可爱。她没有等他说完,就端起一杯茶和一瓶酒跑出去了。萨姆金走到窗前;还可以清楚地看见天空凝聚着的淡蓝色云霞,但是大街上却已夜幕低垂。

"顶好是在这里过夜……"

外面有人使劲地敲门;他等了一会儿,心想也许杜妮娅莎会去开吧,但是等到又敲了一声之后,他就自己去开了门。第一个闯进来的是柳托夫,马卡罗夫跟在他后面,另外还有一个人。柳托夫立即问道:

"她怎么样?在哭?还是怎么的?"

马卡罗夫推开他走进房间,那个鬈发的小伙子也走进来,问道:

"什么地方可以洗脸?"

"跟我来,"柳托夫拍着他的肩膀,对萨姆金说:"多亏了他,不然他们就把我打烂了。来吧,老弟!毛巾?马上就拿来,你等一下……"

他走了。小伙子走到桌子跟前,拿起一个酒瓶掂了掂,又拿起另一个,然后往杯子里倒了酒,一饮而尽,呛得直咳嗽,又环顾四周,找寻可以吐痰的地方。他的脸肿了,左眼眶几乎全肿起来,下巴颏和脖子上都沾着血迹。他的头发显得更加卷曲了,乱蓬蓬地竖了起来;浑身上下更加褴褛不堪,上衣和衬衫一直从腋下撕裂到下襟,所以当他喝酒的时候,整个肋部就全都露出来了。

"把您打得很厉害吗?"萨姆金小声问。随后他走到屋角,离开他远一点。小伙子又斟上酒,镇静、嘎哑地答道:

"若是打得厉害,我就站不住了。"

杜妮娅莎和柳托夫挽着胳膊走进来。她一见这位来客就吓得后退了一步,而他却很有礼貌地向她鞠了一躬,用一只手的手指扯着上衣腋下撕开的裂口,并用另一只手去掩住撕破的衣领。

"请原谅……"

"我这就去给您拿衬衣,我们走吧!"杜妮娅莎匆匆地说。

"嘿,嘿!"柳托夫的身子摇晃了一下,紧紧地眯缝起眼睛,但是同时从桌子上操起一只酒瓶,又唠叨起来。"这……是个意外!说真的,我们也没付出多大代价!我丢了顶帽子,自然是给偷走了!我的后脑勺挨了一下,可也不厉害。"

他喝完了酒,往躺椅上一倒,语无伦次地、匆匆忙忙地继续说道:

"我们把棺材放到一个板棚里……明天就可以把它放到应放的地方去。已经找好了抬棺材的人,一百卢布。噢,是的,阿琳娜的神志似乎在清醒。她从来没发过任何歇斯底里!马卡罗夫……"他从躺椅上蹦起来,坐好,惊愕地扬起双眉。"真会打架!打得漂亮,真他妈了不起!嘿,还有那个家伙……不,伊格纳特算什么东西,啊?"他往桌边跑着喊道。"你看见了吧,懂吗?"

他一手倒茶,一手解着领带,得意地微笑着,嘴一直咧到耳边,继续说道:

"这叫市井出领袖,如此而已!他们把他灌得醉醺醺的,再大加吹捧,你懂吗?还有那个小流氓,高喊什么'保护神','好汉',要知道,这就是'莫斯科小报'呀!唉,鬼东西……你说妙不妙,嗯?"

"你真能瞎扯,"萨姆金说。

"那是因为你戴着眼镜碍事,没看清楚!而且要知道,这狗崽子已经认为自己是领袖了!不,这……真是妙极啦!他以为可以发号施令了,想打谁,就打谁了,——不是吗?"

萨姆金听着他说,心里在想:

"他的所见和我一样,但角度不同。当然,歪曲现实的是他,而不是我。他爱上了一个娼妇,这是很能说明他的性格特点的。臆想的爱情,他身上的一切都是臆想出来的。"

柳托夫又莫名其妙地高兴起来,说道:

"他们还没有弄清楚,还不明白应该打谁?"

阿琳娜和杜妮娅莎走了进来。阿琳娜的神情依然是呆滞的,只是更加憔悴了;颦蹙的眉下的眼睛里流露出负疚的神色。杜妮娅莎拿来一些纸口袋,放在桌上以后,就坐在火壶旁。阿琳娜走到柳托夫跟前,抚摸着他那稀疏的头发,问道:

"你挨打了吗?"

"唉,你怎么啦!小事一桩,"他大声叫道,弯下腰去吻吻她的手。

"哎呀呀,你呀,我的小傻瓜,"她说完又长叹一声补充道:"聪明的小傻瓜,"随后就挨着杜妮娅莎坐下。

柳托夫整个身子都很不自然地活动起来,仿佛有许多小老鼠在他的衣服下面的背上、肩上乱跑乱爬。萨姆金讨厌他这种动作,心中又燃起了对阿琳娜的憎恶之火,而且这憎恶随之蔓延到坐在这间被两支蜡烛的微光照着的肮脏小房间里的一切人身上。

杜妮娅莎也令人厌恶,她用委婉而又奚落的口吻讲道:

"我心爱的人儿到彼得堡控告革命去了,想劝他们制止革命……"

## 七

马卡罗夫嘴里叼着烟卷儿走了进来,那个鬈发的小伙子的一只眼睛已经包扎起来,他跟在马卡罗夫身后走进来就站住了;阿琳娜向他伸出一只手,说道:

"请吧……"

他鞠了一躬,但没有握她的手;自我介绍说:

"亚历山大·苏达科夫……"

"有个木材商人也姓苏达科夫!"柳托夫不知为何高兴地叫道:

"那是我的叔父,"苏达科夫等了一会儿才回答说。

"叔,叔父?"柳托夫疑惑不解地问道。

"亲叔父,不像吗?"

苏达科夫坐到女人们对面的桌边,他那只好眼睛很大,浅绿色,有点儿凶气;脖子在那一直扣到顶的黑制服领的衬托下显得有些太白了。他用左手接过阿琳娜推到他面前的一杯茶。

"你是左撇子?"柳托夫打量着他,问道。

"我的右手受伤了……"

萨姆金坐在靠墙角的躺椅上,嘴里嚼着火腿面包,仔细地观察着。他发现,马卡罗夫的举止,俨然是这里的主人,他从钢琴上取下一根蜡烛,点燃了,跟杜妮娅莎要了纸和墨水,便和她一同走出去了。阿琳娜不断地咳嗽着,喘着粗气,就像正在举起什么重东西,却又举不起来似的。她两肘撑在桌子上,双手托着下巴颏,问苏达科夫道:

"您怎么会有这么大的胆量?"

苏达科夫把头低到茶杯上面,搅着杯子里的茶,没有回答;她又死乞白赖地把问题扩大为:

"一个人去对付他们所有的人?"

"这有什么大胆不大胆的呢?"苏达科夫快快不乐地说,使劲地摇了一下头,那一半没有用手帕包住的头发扎煞起来。"我总是想打人。"

"为什么呀?"柳托夫非常激动地喊叫起来。

"因为愚蠢,因为下流。"

"装模作样,"萨姆金认为。"瞧他俨然以英雄自居了。显然是个色鬼,很可能是个叉杆,靠妓女过活的'公猫'。"

苏达科夫两口就把一杯茶喝了下去,然后眼瞅着阿琳娜的头顶上,艰难地翕动着他那打肿的下嘴唇,挑衅地说:

"打架斗殴不能算我的功劳,可是别的我什么也干不了……"

"那您怎么样?"柳托夫吃吃地笑着问道。"反对那些老爷吗?"

苏达科夫没有瞧他,就说:

"我不是农民。假如您所说的老爷是指地主的话,他们与我毫不相干。如果指的是商人,那我是很想消灭他们的。这是我心甘情愿干的事!"

大家沉默了片刻。萨姆金小声地笑了起来,引得苏达科夫用那只红肿的眼睛瞥了他一下。

"您在什么地方读的书?"阿琳娜打量着他悄声问道:

"在商业学校。但我没有毕业,叔父就让我到林场当了小伙计。我挥霍了一些钱,有六百来卢布。我当过马车夫,因为闹事坐过两次牢。"

苏达科夫的话总是带着挑衅的意味,并且一直在用左手指揉着和撕着面包皮。

"因此我跟你们并不是一伙,"他说完站起来,哐啷一声推开椅子。"先生们,请给我……几个卢布,我要走啦……"

柳托夫立刻伸手到怀里去掏钱。阿琳娜却说:

"和我们坐一会儿嘛。你多大年纪?"

"二十。"

他接过柳托夫的钱,没有道谢。但是当马卡罗夫走进来递给他药方的时候,他斜视了一眼那张纸片,说道:

"谢谢,不需要,就这样也会好的。"

萨姆金也告辞一声,急忙出来,以为跟这个小伙子一起走更为安全。大街上夜幕低垂,寒风呼啸,萨姆金乘风而去,所以很快就追上了苏达科夫。苏达科夫不慌不忙地走着,一只手藏在怀里,另一只手放进裤兜;后来他加快了脚步,想吹口哨,但吹得不好,可能是打破的嘴唇碍事。

"您是革命党吗?"他突然令人讨厌地大声问道;克里姆不得不环

顾了一下狭窄弯曲的小巷,没有马上回答,过了一会儿,才慢条斯理地低声说道:

"您认为什么样的人是革命党啊?革命党这个概念是很含糊的,特别在我们俄国更是如此。"

"刚才在那儿,当我一说到商人您就笑了起来,我想,——这位大概是个革命党!"

"当然,我……"

但是,苏达科夫并不听他说话,只顾嘟哝说:

"您老是吞吞吐吐,真是见鬼!在为鲍曼举行葬礼那天我差点给当成暗探。太过虑了。现在还有什么暗探哪?"

他像是撞到什么东西似的突然停住了,说道:

"好吧,再见,小乖乖,不然我要给你一个耳光!……"

"败类!"萨姆金怒火中烧,一面加快步子,一面侧耳细听,这家伙是否跟在他后面。"一个十足的流氓。"

小巷里寂静得令人很不舒服,只有风在地上刮得呼呼直叫,吹得房上的铁皮稀里哗啦作响,这风声恰恰说明为什么小巷这样荒凉:人们都躲到屋子里去了。

## 第二章

### 一

萨姆金躬起了身子,简直是在小跑,他感到他全身在颤抖,甚至连思想也在颤抖。

他慌忙跑进一个大门洞,从拐角里蹿出来四个人,其中一个阴阳怪气地说道:

"应当让所有教堂来一次联合宗教大游行。"

一个小矮胖子走过萨姆金身旁时,说道:

"当然,宗教界是大有可为的。"

"他们正在估量,谁赏的那块儿肉更肥……"

待到他们的话语听不清楚的时候,萨姆金才加快脚步,继续朝前走去,但他尽力走得不出声。有些地方的大门口站了一些市民,风从每一伙人中刮来些令人惊慌不安的语句。

"尼科尔卡·巴兰诺夫在武装工人。"

"哪个巴兰诺夫?"

"阿萨福的儿子呀。"

"无稽之谈!"

"你瞧吧,假如野味市场……"

另一伙里有人肯定地说：

"马上就会开始纵火啦,你们瞧着吧!"

从林荫道旁的长椅上却传来使人欣慰的快活语调：

"唉,您算了吧！莫斯科什么时候造过反哪？造它的反的倒确实有过,而它可从来没有造过反！"

"可是,那些大学生呢?"

"好啦,这哪是造反的材料呀!"

"你们到哪儿去啊,娘儿们?"

"第一,我们是姑娘!"

"啊,对不起！到底要上哪儿去?"

"去瞧瞧面包工人怎么构筑街垒……"

"咳,这有什么好玩儿的！……"

尽管黑暗中可以听到说话的声音,然而这座大城市还是使萨姆金产生一种死气沉沉的凄凉之感。窗户漆黑,大门紧闭,街巷显得越发狭窄、紊乱。敏锐的听觉听到了远处的枪声,虽然萨姆金明明知道这不过是他脑海里的响声。一家围栅的门闩响了一下,萨姆金站住了,从前面传来一个熟悉的声音：

"彼得堡方面的人会如何行动……"

围栅的门嘭啷一声关上了,那人过了马路,走到街对面去。

"是波亚尔科夫,"克里姆认出来,便走到自己住的那条街上去。在这条街上,他听到的依然是昨天就听过的修筑街垒的喧嚣。萨姆金放慢了脚步,脑子里挨家考虑着这条街上的住户,盘算着：他们当中谁会修筑街垒呢？从街角上蹿出来一个大学生,他是那位从前住过瓦尔瓦拉的房子,现在住在他隔壁的女助产士的侄子。

"啊,原来是您哪,"大学生说。"您看到林荫道上有士兵或警察吗?"

萨姆金摇摇头,又仔细地听起来。街道深处有人在发号施令：

"横着放,再陡一点儿!"

"在修一道街垒?"萨姆金问。

"修两道,"大学生说完,便消失在街角后面了。

萨姆金走到灯柱跟前,靠在上面,开始观看修筑街垒的活动。大街上漆黑一片,简直像在烟洞里似的,使人觉得,这片黑暗就是这二三十个人的忙活造成的。有个人在咯咯地叫着,用铁棍砸马路上的石头,另一个柔和的低音,很可能正在劝说这个人:

"够喽! 够喽,同志!"

黑糊糊的一群人堵塞了大街;那街角的胡同口上也在修筑工事,人们在马路上滚一件沉重的东西。家家户户的窗上都安了护窗板,瓦尔瓦拉的房子也一样,但两扇大门却敞开着。有拉锯声和轻柔的东西落到地上的声音。人们说话的声音不大,但是却很快活,——这股快活劲儿此时此刻显得很不合适,很不自然。一个男高音扬扬自得地、不断地唠叨说:

"这是干吗呀?浇水?千万浇不得。子弹打在冰上,冰块就会迸起来,就会打在人身上!这我有经验。我们在圣尼古拉山上保卫什普卡山口①的时候,土耳其人就用冰给我们制造了许多麻烦。等一等!干吗往上码空桶?里面要塞满破烂东西。拉甫鲁什卡,赶快到这儿来!"

萨姆金认出来了,那个发布命令的人是铜匠,他专做给锅和火壶挂锡的活儿,曾经两次来诉说安菲米叶夫娜少给了他钱。此人干瘪、瘦长,灰胡子下面的嘴里露出几颗黑牙齿;爱唠叨,而且很蠢。那个拉甫鲁什卡是他徒弟和养子。他从前给那个住在瓦尔瓦拉房子里的女助产士当跑腿的。这小鬼很调皮,爱唱《情郎,你为何不高兴》这支小曲。但这里的歌词不该是情郎,而应当是松杰镇人,就是松杰镇的哥萨克②。

---

① 什普卡山口在保加利亚。一八七七年俄土战争中,俄保军队同土耳其军队曾在这里进行过激烈的争夺战。
② 《松杰镇人,你为何不高兴》,原是哥萨克歌曲,因"松杰镇人"和"情郎"的俄语发音相近,所以有人故意这样唱。

萨姆金点上一支烟,任凭机械的凌乱思绪支配,他听到:

"老大爷,你也要放枪吗?"

"我还放枪呢,都瞎得连洋姜也看不见了!要是把我放在木桶里,子弹就打不透木桶了,那我还有点用场。"

铜匠使他不愉快地想起那个老泥瓦匠来,他曾鼓动一个叫米沙或者米加的大力士拆墙。街对面有两个人走过,一个是大学生,另一个不知道是什么人。大学生声音相当高地说道:

"亚科夫同志,您没人保护别一个人出来瞎逛!"

干活的喧闹声沉寂了;可以看到,修筑街垒的人聚到一堆儿,接着从寂静中响起了波亚尔科夫的声音:

"你们把自己给堵死了。为了有个退路,必须打通穿过院子的通道。要把板墙拆掉……"

"说得对!"铜匠叫道。

萨姆金觉得脚冻僵了,而且应该回家去了,但又想听听波亚尔科夫还说些什么。

"但是那些该死的老头子,怎么老爱在这种场合出来活动呢?从某一点上来说,也是些克鲁泡特金和托尔斯泰之流啊……"

这一对比,使他大吃一惊,他甚至咳嗽了一声,像被灰尘呛了似的,随后又想起了另一个老头子——史学家科兹洛夫。他明白,他将亲眼看到革命思想变成现实;也许明天,人们就会在他的窗下厮杀起来。然而他毕竟不愿意信以为真,不相信这是可能的。他的理智顽固地认为这不过是一些鸡毛蒜皮的、可笑的事情,认为人们在夜间为了致人于死命而干的这一切,只不过是戏剧艺术的业余爱好者们的彩排。他觉得这个比喻太妙了,不禁有些兴奋。他知道该怎么搞革命,因为他读过这方面的书。眼前发生的一切可不像他读的关于巴黎和德累斯顿革命①的书上写的那样。这里的人们像儿戏似的在搭什么

---

① 指一八四八年和一八四九年在法国和德国发生的革命。

路障,来防范十有八九不会发生的事情。倘若果真发生的话,那么士兵一来,不用多,只要五十名就可以把这儿童积木统统捣毁。

## 二

萨姆金就是怀着这种一半是愤怒,一半是轻蔑的想法走进家门的;他望了望院子,发现地窖上面木板房的门也敞开着;安菲米叶夫娜像一口大钟似的提着灯笼站在门口,说道:

"你们可以把长沙发拿去,床垫也可以,可是那只大桶不能给!大木箱也可以拿走,它是铁皮包的。"

萨姆金不知为什么摘下了帽子,走到女管家跟前,问道:

"您这是在干什么呀?"

他的问话并不像他想说的那么严厉。安菲米叶夫娜举起灯笼,照照他的脸,说道:

"我拾掇些没用的东西去修筑咱们的街垒呢,"她像唠家常似的说得很简单;然后又掉过身去,带着责备的口吻加了一句:"您最好不要一个人出门,瓦柳莎①可不放心呐……"

不爱说话、头脑冷静的守门人尼古拉,还有一个什么人,正在木板房里的一堆破烂家什中忙碌着。

"大家都在往外拿东西,"安菲米叶夫娜说。跟着,从木板房里传来一个陌生的声音:

"不给,我们就硬拿!"

"咱们的街垒,"萨姆金穿过厨房走进屋里,心里念叨着。安菲米叶夫娜这位他很钦佩的"为了别人而活着"的典型的理想人物,居然也帮着用像她一样已经陈旧的东西去构筑街垒,这不能不使萨姆金非常感动,同时他又觉得有些可笑,仿佛也就默认了构筑街垒的必要性,不

---

① 瓦尔瓦拉的爱称。

33

过这默认也许只是因为他太疲倦了。但是,他脱衣服的时候,心里却在想:

"不管怎么说,这是一种抒情故事,而不是历史!兹拉托甫拉特斯基、奥姆列夫斯基……《心地善良的人们》,感伤主义的胡说八道。"

妻子的额头上扎着一块热敷毛巾,她坐在自己房间的桌旁,正在写字。

一看见她把笔摔在桌子上,从椅子上立起来,他明白一场争吵马上就要开始了,于是就用奚落的口吻问道:

"是你让安菲米叶夫娜去建造咱们的街垒的吗?"

他特别强调"咱们的"三字。瓦尔瓦拉一手捂头,另一只手挥动着,走到他跟前,紧挨着他,嗡嗡地说道:

"她是因为老糊涂了,可你呢,你想干什么呀?"

显然她已经哭了半天,眼皮都哭肿了,眼白上挂满了红丝,下巴颏直颤抖,一只手老去揪胸上的短衫,她扯下头上的热敷毛巾,挥舞着,像是要往萨姆金脸上抽,但又下不了决心似的。

"你简直没有人性,"她气喘吁吁地说。"你想当议员哪?你不会飞黄腾达的,是因为你没有才能,而且……而且……"

她的叫喊越来越尖厉。萨姆金一声不吭,猛然掉过身去,走进自己的书房,随手锁上门。他点燃桌上的蜡烛,思量着刚才瓦尔瓦拉恶狠狠的指责是多么叫他伤心。他坐到桌前,使劲用手掌擦着两颊,心想:

"她准是吓昏了头脑,这个庸俗的家伙。"

他的头脑是清醒的,他甚至有点扬扬自得,看见这个早就疏远了的女人如此狼狈,他几乎觉得挺高兴。后来又听见她那歇斯底里般的叫喊从门缝里钻进来,他尤为高兴。同瓦尔瓦拉断绝关系的事,他还从来没有认真想过;现在他认为,这藕断丝连的关系已经彻底完蛋了。他诘问自己:"怎样办才好;明天就搬到旅馆去吗?可是到处都在罢工……"

院子里和大街上都有人在吵吵嚷嚷,搬运沉重的东西。这并没有搅乱他的思绪。他面带嘲笑地想道,大概,有成千上万的瓦尔瓦拉在惊愕地听着这种喧闹的声音,像她这样的人在莫斯科大街上,在大大小小的安乐窝里准有成千上万。他想起马卡罗夫的话:女人的统治虽说不那么令人难受,但是其害无穷。

"这里面有一定的真理,因为她们把许许多多庸俗烦琐的东西带进生活里来了。我有一个房间就够用了。我可以自己养活自己,我无求于人,不需要应酬,不需要去闲聊什么书籍和剧场的演出。各种荒诞不经的东西我见得太多了,我有理由不去理睬它们,我要到外省去……"

他觉得这些想法使他的头脑清醒,使他更加安心了。跟妻子发生的这场争吵,仿佛不仅决定了他与她的关系,而且还决定了别的更为重要的事情。院子里扑通响了一声,像是木箱摔到地上,而且摔碎了;萨姆金吓了一跳,与此同时,瓦尔瓦拉不断地敲起书房的门,喑哑地说:

"开开门!我不能一个人呆在那里,我害怕!你听见吗?"

"我听见啦,但我不能开门,"他高声回答说。

瓦尔瓦拉沉默了片刻,又在门上敲了一下。

"你让我安静安静好不好,"萨姆金严厉地说,随后匆匆走到卧室,取了自己铺床的东西,竟没有跟他妻子发生冲突。到了早晨,安菲米叶夫娜叹息着告诉他:

"瓦柳莎说了,这几天她要住在沃尔洪卡,住在里亚欣家里,因为她住在这里害怕。她觉得在沃尔洪卡住要安静一些……"

## 三

从这一天起,萨姆金觉得,充满非常事件的时光过得太快了,他不禁想起中学时代物理课讲的:一切大大小小的物体都以同样的速度在运动,就像不同重量的物体在真空中以同样的速度坠落一样。使人觉得事变的运动也在日益加快,各种事件都在迅速地朝一个方向发展,而留在人们记忆里的,只是一些喧嚣不止、仿佛闪着光的词组,一些言简意赅,像报纸标题一样的语句。各家报纸都在声嘶力竭地大喊大叫,那些讽刺刊物也在调皮地叫嚷,报刊小贩在喊叫,居民在喊叫,报上的标题每天在幻变:

《水兵起义》——第一天的标题是这样,而第二天则庄严地宣布:《为八小时工作日而斗争》。

萨姆金还没来得及把这两件事联系起来仔细想一想,他又听到:"彼得堡工人代表苏维埃宣布停止争取八小时工作日的斗争①,为抗议处决喀琅施塔得水兵宣布罢工②,黑海舰队起义③。"而且每天都有人惶恐不安地,或者喜笑颜开地在叫喊,说农民捣毁了地主的庄园。夜里,萨姆金眼前老是浮现出一幅可怕图景:寒冬,白雪皑皑的原野上,处处燃起熊熊的大火;那火焰的旋流仿佛是从大地的深处冲出来的,在耀眼的、白茫茫的田野里,到处是一群群暴动的农民,他们像一股股黑色的岩浆,疯狂地咆哮着,从一座火山向另一座火山奔流。萨姆金确信,这幅奇异、阴森,但是非常壮丽的图景,是自然而然地展现在他眼前的,几乎没用他进行任何想象,而且这幅图景与那位教堂助祭三年前提示给他的那幅迥然不同。这幅图景展示的内容更丰富,它是另一种力量用火似的笔触描绘的,而不是报纸每天描绘的表面上赞赏,而暗中又惧怕的那种农民暴动力量。不是的,这是超人的自发势力在起作用:它使人们感染上破坏的疯狂症之后,现在又来嘲弄他们了。

萨姆金有时觉得,他就要发现一种新的历史哲学真理了;这真理将使他获得新生,使他稳定地立足于现实之上,超脱于一切陈旧的

---

① 在一些工厂老板的压力下,彼得堡苏维埃中的孟什维克和社会革命党人擅自宣布停止争取八小时工作日的斗争。
② 这是一次由彼得堡苏维埃决定的政治大罢工。
③ 指一九○五年十一月十一日至十五日在塞瓦斯托波尔港爆发的水兵起义。

书本真理之外。然而,他老是遇到阻碍,使他不能最终想出自己的真理,最终认识自己和自己的思想。总是有人跑到他前面来,用自己的语言说出萨姆金的感受。一位自由派教授曾在一家很有影响的报纸上写道:

"人们在自己激发的自然力面前,已经变得越来越微不足道了,而且还有许多人不理解:并不是他们在左右事件的进程,而是事件在牵着他们的鼻子走。"

萨姆金读完这段话,感到很伤心,因为这话本应当由他说出来。但他感到欣慰的是,这段话的涵义稳定了他的情绪;他尽力想忘掉这段话,而且真地忘得那么不费吹灰之力,就像忘掉丢了一枚铜币那样容易。

库莫夫使他迷惑不解,他已经习惯于把这个人视为不学无术的庸人,认为这个人比那个既狡猾又爱虚荣的吉奥米多夫还古怪。库莫夫是这里的常客,但是就连诸如"您去过哪儿?""见到什么啦?"之类的问话,他也讲不清楚。

"我到沙尼亚夫斯基大学①去了,那里的人可多啦!简直多得要命!但是,根本不是那么回事儿,知道吧,他们说的全不对头!"

他全身就像散了架似的,他摇晃着脑袋,摆动着双手,惋惜地吧嗒着嘴;有时忽然像块木头似的在屋子当中停下来,眼瞅着地板,用嘎哑的声调,有气无力地说道:

"老是在发表什么纲领,争论纲领。可我们需要的却是找一条通向最后自由的路。我们必须把自己从现实生活的破坏性影响下解救出来,潜心研究宇宙的理性,即世界的创造者。我不管这种理性是上帝,还是魔鬼,但我总觉得它不是数字,不是重量,不是尺度,不是,不是!我知道,只有在宏观世界中,人类才能发现自'我'的真正价值,而不是在微观世界中,不是在人类业已创造的和正在创造的事物、现象

---

① 由自由派退伍将军沙尼亚夫斯基(1837—1905)出资开办的民间大学,以其教授和教员的思想进步而著称。

和条件中……"

克里姆觉得他这番宏论非常虚无缥缈,说得含糊不清而又令人生厌。然而其中有些成分是和他的情绪吻合的。他默默地听着,只是偶尔提出一两个简单的问题。可是当他确信,这个浑身像散了架的家伙的言论和他的思想有某些相似之处时,他简直要恼羞成怒了:这对他简直是屈辱。

## 四

事变就像河冰解冻时的冰块,彼此挤压在一起,不仅需要加以说明,而且迫使萨姆金亲自参加到这些事变的进程中去。正像萨姆金给自己解释的,有许许多多的原因迫使他投身到当前这些扰攘中去,而且既没有决心,也没有勇气置身事外。他自己明白,他的行为动机,是不足以调和他的思想与行为之间的矛盾的。他向自己证明说,单单为了满足自己的好奇心,就不顾安危地去冒险,这可不是人人都做得到的。他这样来说服自己,完全是迫不得已的,因为在忙忙碌碌的安菲米叶夫娜,以及她常常招来厨房里避避风寒的街垒保卫者面前,——本街上的其他一些住户也是这样做的——他显得十分尴尬。坐在家里,望着窗外的街垒,他也感到十分尴尬;居民们对街垒已经习惯了,他们帮着往上堆雪,往上浇水。总之,生活的现实死乞白赖地、毫不客气地要求你参加到它的事务中去。总是那么快活的柳芭莎·索莫娃,像现实的特使一样,来找他的次数最多。她穿一件单薄的松鼠皮破短大衣,裹着一条破披肩,活像个大棉花团似的滚了进来;她那冻得通红的脸颊鼓胀起来。

"乌拉!"她大声喊叫。"克里姆,我的亲爱的,真了不起:我们也成立工人代表苏维埃啦!"她老是请求他,命令他:"快去技术学校①,告

---

① 即现今的鲍曼高等技术学校。在一九〇五年革命中是莫斯科的一个主要战斗指挥部。

诉戈金,说我去科洛姆纳①了;然后再去沙尼亚夫斯基大学,找波亚尔科夫,把这些文件交给他!不过请你一定要在四点钟以前赶到大学去。"

她把文件塞给他,开始把腰部的披肩裹得更紧些,一边讲着:

"来了一些什么人物啊,克里姆!你记得杜纳叶夫吗?嘿……"

"傻姑娘,"萨姆金宽容地想。

几天之后,他又在街上遇见了她。柳芭莎坐在一辆瘦骨嶙峋的车夫赶着的雪橇里,雪橇里装满一捆一捆的报纸和五颜六色的小册子。柳芭莎扶着车夫的肩膀站起来,喊道:

"彼得堡的苏维埃被解散啦!"

"傻姑娘!"他心里又说。

然而在行动上他却顺从这"傻姑娘",跑去找那些形形色色的人物,把一封封什么文件交给他们;每当他想弄清楚自己为什么要这样做的时候,他便觉得,正是在执行柳芭莎委托的任务过程中,他才特别清楚地证实了,她的同志们所做的一切是多么不严肃。他经常看到阿列克谢·戈金。戈金消瘦多了,虽然已经不那么衣冠楚楚了,但看上去仍像个银行职员,而且依然那么喜欢唠叨:

"您是说她跑到科洛姆纳去啦?"他眯起一只眼睛问道。"好一个逃犯!我们已经派人到那里去了。那,好吧!您就不用去找波亚尔科夫了,请您去……"他说了一个地址,过了一会儿,萨姆金就来到练马场对面的俄国保险公司大厦,坐在一间不知道为什么弥漫着煤油气味的屋子里。写字台上放着几根缓燃导火线;在隔壁房间里,一个高鼻梁的黑发男人正在给几个高加索人讲日本的下濑氏火药,一个面貌俊秀但又呆板得像个革除教职的神甫似的人,看完戈金的字条,命令道:

"请您到萨马乔卡②去……找'鬼'同志③。"

---

① 科洛姆纳是莫斯科附近的一个火车站。
② 莫斯科市内的一个地段。
③ 卡尔洛夫(化名鲍果莫洛夫,1881—1935)的党内诨号。

萨姆金就去找"鬼"同志,心里不禁好笑:

"真见鬼!就像小孩们在做游戏一样。"

在萨马乔卡,一个脸上有点麻子的、快活的年轻人问他说:

"可是哑铃在哪儿呀?"

"哑铃?"

"是呀,哑铃!难道叫我用香烟盒做炸弹吗?"

## 五

萨姆金告辞出来,更加深信不疑,几十个这样的人物制造的事件是长久不了的,也不可能改变历史的进程。他看到,是一些乌合之众在构筑街垒,显然,这些街垒谁也不妨碍,因为谁也不打算去拆毁它们;他又看到,居民们对街垒已经司空见惯了,已经习惯于绕开它们走路;他知道,莫斯科的工人正在武装自己,又听说工人和士兵发生过冲突,但他不相信这些话,他在街上没有见到士兵,也没有遇到警察。看来,莫斯科的市民们是听天由命了,但这并不使他们感到忧虑,恰恰相反,他们甚至过得更快活,更有勇气了。

不知是一种什么样的力量,把各式各样的人从家里拽到大街上来;他们一反莫斯科人的常态,动作是那样匆忙、敏捷;他们停下来,聚拢在一起,听什么人演讲、争论、鼓掌,在林荫道上漫步。此情此景,你会以为他们是在等待节日的到来。萨姆金瞧着他们,紧蹙眉头,心想这些人何等的轻浮,那些想给他们灌输明智人生观的人,又是何等的天真。每到夜间,他眼前就又浮现出白茫茫的原野上布满红色的火光斑块和黑压压的农民人流的图画。

"是的,社会革命党人一下子就把事情搞糟了,"波亚尔科夫闷闷不乐地对他说。他穿一件腰部撕破了的棉大衣,棉花团从窟窿里露出来,那副穷酸相使他更像一具骷髅。他脸上的骨头像是要挣开灰色的肉皮钻出来似的。他说话和往常一样颓丧,有些粗鲁,但看人的目光却很柔和,而且不知为什么特别聚精会神。萨姆金认为,这是由于眼睛深陷进眼窝里去,原来总是皱着的眉毛现在舒展开了的缘故。

"庄稼人破坏的新式大庄园似乎并不多,但我们还是蒙受了巨大的损失,"波亚尔科夫打量着一支揉断的香烟,说道。"当然,这是不可避免的,"他又从口袋里掏出一支也是揉皱了的香烟,补充道。

在他所说的这些话里,只有"我们"这个词儿触怒了萨姆金。"我们"指的是谁?克里姆问他在哪里工作。对此波亚尔科夫似乎很惊奇,回答说:

"在革命……也就是说在苏维埃!我是从流放地逃出来的。把我赶到鬼才晓得是什么地方去了!啊,不,我想,谢谢您啦!于是我就回来啦!"

"库图佐夫在哪儿?"克里姆问。

"前些时候,在彼得堡,现在大概在南方。"

"我们,"萨姆金离开波亚尔科夫之后,心里又讥笑地重复一遍这个词儿。他久久地在寻找一个可笑而又鄙夷的比喻,但没有找到。"我们也耕田啦"①这个比喻不恰当。

一天傍晚,萨姆金回家来的时候,在他住的那条街的街角上碰上了米特罗方诺夫。但是伊万·彼得罗维奇一见他,头也不点,就溜走了。

"他的日子一定很不好过,"萨姆金心里想,为这个"通情达理"的人的无礼而感到有点儿不解。他回头看了一眼,发现米特罗方诺夫也停下来,正回过头来看呢。克里姆很想抚慰他一下,便喊了一声:

"所有这一切——都长不了!"

但是米特罗方诺夫离开那里,赶忙溜掉了。

瓦尔瓦拉回来看过他两次,冷淡地打一下招呼:仰着头,瞧着克里姆的肩膀后头,然后走进自己的屋子,去取她需要的内衣。

---

① 此句出自德米特里耶夫(1760—1837)的寓言《苍蝇》。一只苍蝇落在正在耕田的公牛角上,扬扬自得地说:"我们也耕田啦。"

头一次来是里亚欣陪着她。里亚欣一身平民打扮：短皮袄，厚毡靴，真像个看门的。

"人们已经开始了解这些事件是怎么回事了，成立了'十月十七日同盟①'，"他告诉克里姆，但口气很不肯定，似乎是在怀疑：要讲的是这些话吗，该用这种口气吗？"您知道吧，现在斯特拉托诺夫出人头地了，是个很——很有势力的人物，很有势力！"

他停了一会儿，用手掌轻轻地摸摸长在他那小脑袋瓜上很不相称的红润的、胖乎乎的面颊，继续说道：

"一些立宪民主党人在追随他……是的！他们中间有一个人总在造反，就是那个米留科夫分子②，一个犹太律师，他叫什么啦？噢，叫普列伊斯！一个非常刻薄的家伙……哎呀呀！您知道吧，这是那些闪米特人③、那些没有国土而又传染上了我国虚无主义者所患的歇斯底里症……"

关于犹太人，他讲起来可以滔滔不绝。他一边用发紫的舌头舔着嘴唇，一边唠叨；他那双发呆的眼睛里闪烁着一种像圆规尖似的，三棱的，犀利的光芒。和往常一样，他总是这样结束自己的话：

"然而，我是一个乐观主义者。我知道，我们叫喊一阵就会停止的，只要我们能在两个极端之间找到一个可以使我们宽慰的折中点。"

不过这次他却深深地叹了口气，问萨姆金：

"您以为如何？"

萨姆金高兴的是瓦尔瓦拉阻碍了他的回答。她走进餐厅，使劲耸了一下肩膀，就像有人在她头上打了一下似的。这样一来，她的长脖子变得正常了，短了一点儿，但是她满脸通红，两眼射出绿色的凶光。

"是你同意安菲米叶夫娜捐赠床单、内衣之类的东西给'红十字会'的吗？"她没有好气地咳嗽着，质问克里姆。

---

① 俄国大资产阶级和大地主组织的反动政党，也称十月党。
② 立宪民主党首领米留科夫的追随者。
③ 闪米特人在这里指犹太人。

"我什么也没有同意,她什么也没问过我……"

"她把所有的被单、毛巾什么的统统捐出去了……鬼知道还有什么!"

"都是些旧的,瓦莉娅,旧的,补过的,别心疼啦!"安菲米叶夫娜从门外探进头来说道。

瓦尔瓦拉朝她猛转过身去,但是老太婆那张松弛的大脸已经不见了;于是她跺着脚,命令里亚欣道:

"我们走吧!"

萨姆金把她叫到书房里,说道:

"你当然明白,我不能搬走……"

她没有听完就摆摆手,说道:

"哎呀,你不要说了! 现在哪是谈这个的时候呀,说不定将来……"

她把手帕捂到唇边,匆匆离去。

## 六

人们来去匆匆,就像跌进坑里,又爬了出来似的。最常来的是布拉金。他萎靡不振,一副落魄的样子;用抱怨和责怪的目光瞧着萨姆金,用询问的口气说道:

"《斗争报》①刊载了……您赞成吗?《俄罗斯新闻》指出……这是真的吗?"

他使萨姆金想起贺里桑弗大叔那位不惹人注目的来客——米沙·祖叶夫和他那令人沮丧的报告:"正在玛丽亚森林进行大搜捕。在尼日尼。在特维尔……"

布拉金像个报贩子,他又冷又累,已经疲惫不堪,还剩下最后几份

---

① 一九〇五年十一月二十七日起在莫斯科出版的布尔什维克日报,高尔基曾积极参加该报的筹组工作。

报纸,他正在高声叫卖:

"罗斯托夫团的士兵们起义①啦!蓄谋炸毁尼古拉叶夫铁路大桥。萨拉托夫的工人炸毁了拉迪谢夫博物馆。奥列霍夫-祖叶夫的工厂正遭破坏。"

他的一切消息都是不可信的,这一点萨姆金早就知道,因为布拉金在告诉他这些骇人听闻的消息之后,一再问他:

"他们真地会炸毁桥梁?博物馆被炸的消息,很难令人置信……"

"请您不要相信,"萨姆金劝他。"这统统是捏造。"

于是布拉金盯着克里姆的眼睛,问道:

"那么是谁捏造的呀?"

"很可能是你吧,"萨姆金心里说。

他发现,当这个身材修长的人带来惊人消息的时候,他头上的黑发总是梳得平平整整,一绺头发恰好盖住额角上的一个小肉瘤;而当他报告一些不怎么可怕的消息时,他的头发就乱蓬蓬的,肉瘤子也露出来了。这个身材修长的人,活像个玩偶,说起话来喋喋不休;从前老是沾沾自喜,而现在却灰心丧气,——萨姆金本来就不喜欢他,现在越发讨厌他了,对他产生了某些模糊的疑团。好像是,他知道的比他说的要多,他仿佛是在故意夸大自己的忧虑和愚蠢,又像是在捉弄什么人似的。

"您认为,我们要走向社会主义吗?"

"是呀,已经不怎么远啦。"

"但是,布尔什维克呢?"

萨姆金瞅着他那拉长的脸和眯缝起来的眼睛,答道:

"政治也和做买卖一样,'谎言是会露馅儿'的!"

"是呀,这是当然喽!"布拉金点头道。随后又叹了口气,继续说:"这句谚语我是昨天在一张小报上读到的。"他握着萨姆金的手,把话

---

① 指驻扎在苏哈廖夫广场斯巴斯克兵营的第二罗斯托夫掷弹兵团的起义。

说完:"我每次离开府上时,都感到非常欣慰。您具有杰出的镇定人心的智慧,这是真心话!"

"他这是在嘲弄我嘛,畜生!"萨姆金心里说。"鬼才晓得,他是不是个特务呢?"

## 七

可是,萨姆金和马卡罗夫一起度过的半个钟头就更不愉快了。这家伙一早就来了;萨姆金正在喝咖啡,听安菲米叶夫娜讲街垒保卫者的动人故事:每天夜间,他们都轮流来到她的厨房取暖,老太婆请他们喝茶,跟他们相处得很和睦。

"这是由于愚蠢和无聊,"萨姆金自我解释说。他原先就没把自己看作这家的主人,尽管他的举止像个主人;他不认为自己有权对安菲米叶夫娜说三道四,但是他竟忘了这一点,指责了她。这天早晨,他的情绪不佳。

"您知道吧,安菲米叶夫娜,您这样做可不怎么合适。"他没有看她,低声说道;老太婆打断了他的话:

"是呀,让那些不习惯的人在寒冷的夜里值勤,怎么能合适呢?"

"您没有听懂我的话,我说的不是……"

但是,安菲米叶夫娜没有听他的,继续忧心忡忡地放低调门儿说:

"可我对叶果尔怎么办呢?他老是喝呀,喝呀,连饭也不想做了,说什么'让他们都饿死吧,倘若把沙皇……'"

正在这工夫,马卡罗夫从厨房走进来,乐呵呵地问道:

"你家的厨房是怎么搞的,成了武装暴动司令部啦?"

他站在那里,穿着外套,戴着皮帽,脚蹬厚厚的高腰毡靴,腋下夹着一根手杖,正在脱下手套。原来他是在本街的一个产妇家里过的夜。

"她吓得流产了;昨天她遭到一群流氓的追逐。我一看——一道街垒！嘿，又是一道。于是我就想起,你住在这里……"

他说着把外套扔到椅子上,帽子扔在角落里的沙发上,却忘了脱下毡靴子,这就更增加了萨姆金对他的恶感。

"是你在保护别人,还是别人在保护你?"他坐到桌旁,问道。

萨姆金问他：

"想喝咖啡吗?"

"来一杯吧。"

而且好像是他俩昨天刚见过面似的,马卡罗夫马上谈起了他在医院里没有来得及谈完的话。

"还记得我在医院里说的……"

"记得,"克里姆不耐烦地点点头,懊丧地想起那些自以为他就该记住他们说的一切蠢话的人。他的心情越来越坏;他一面想自己的心事,一面心不在焉地听着马卡罗夫那从容不迫的、有节奏的谈话。

"即使没有这位产妇的事,我也会来找你的。咱们应该推心置腹地谈一谈,有这种必要。克里姆,我既相信你……又不相信你,就像不相信我自己一样……"

这番话他说得十分温和,又很恳切。萨姆金抬起头,半信半疑地瞧着他那前额高高的面孔,它的上方是双色的鬓发,下边原是一撮黑色的,但是已经明显地有点儿灰白了的楔形小连鬓胡子。必须承认马卡罗夫的美貌更为惹人注目了,尽管承认这一点是很不愉快的。他那双密密的睫毛遮掩下的眼睛非常漂亮,但是那咄咄逼人的目光却令人很不舒服。萨姆金不禁想起了阿琳娜说过的一句妙语双关的话："科斯佳是可敬地漂亮,——是为取悦于己,而不是为了取悦于女人的。"

"你知道吧,偶尔有些布尔什维克在我家住或者过夜。喏—喏,我的问题对他们来说是不存在的。鲍罗金同志有时到我家来,此人真是妙极啦,可以说是个像一加一等于二那样简单的人……"

马卡罗夫用双手在空中画了一个圆圈。

"就是这么个球形的人。像个大气球,既抓不着,也抱不住。"

"身体短粗,留着大胡子,眼睛里流露着嘲笑的神色,是吗?"克里姆问道。

"是的,有点儿像。不过大胡子刮掉了。"

"大概是库图佐夫,"萨姆金猜想,开始听得更仔细了。

"对于他……对他们这些人来说,根本不存在道德性的问题。他们有自己的道德……"

他喝完咖啡,从萨姆金头上面望了望窗外,继续说道:

"老实说,这并不是道德,而是,这么说吧,一种生物和社会卫生学体系。很可能他们是对的,因为他们认为自己比你我,以及所有我们这种类型的人,——更像人一些。然而跟他们谈论人,谈论个人,那是徒劳无益的。鲍罗金对我说:'人——这是将来的事,'我说:'将来什么时候呢?'他说:'将来供他们自由成长的土壤耕耘好的时候。'另一位,一个非常忧郁的家伙说:'人,还没有出现,有的只是极其驯服的奴仆。您用您所谓的人来遮住了光明。人、道德、社会,这是立在您眼前的三棵松树,它们挡得您看不见森林了。'老弟,他们都是些志同道合的人。"

他把空杯子往萨姆金那边推了推,点上香烟抽起来,他这慢条斯理的动作使克里姆不禁想道:

"要谈很长的时间了。"

马卡罗夫喷出长长的一缕烟雾,紧蹙着眉头。

"那么说我是个极其驯服的奴仆喽,"他叹了口气说。"原来就是因为这个。"他两肘撑在桌子上,眼睛注视着萨姆金的脸,在思索措词。"我在为科学服务,更具体地说,为女人服务。我为她们治病,帮助她们生孩子。这已经不能吸引我的全部兴趣。所以,我在帮助鲍罗金和他的同志们,同时我知道,这要冒一定的风险,但我丝毫不害怕。甚至很高兴帮助他们。然而对他们进行的革命,我是不相信的。是的,我根本不相信这是——他指指窗外——革命,也不相信它会给我国带来什么好处。"

47

他靠在椅背上,摇晃着身子,冷笑着,继续说下去:

"你知道其中的奥妙吗?这些人我是相信的,而且很尊敬他们,然而对他们从事的事业,我却不相信。也许只是在理智上不相信,啊?可是你呢?"

"我怎么?"萨姆金问道,觉得他们的谈话正在变成一场审问。

"你为什么要帮助他们?"他追问。

"我认为有必要,"萨姆金耸耸肩膀,说道。

"从这里开始,我对你,也像对自己一样,简直就不理解了,"马卡罗夫若有所思地低声说道。"对于你,也许,我更加不理解了。你跟他们混在一起,但是又不像他们,"马卡罗夫并不看他,继续往下说。"我觉得我们俩都是极其驯服的奴仆,然而是谁的奴仆呢?这就是我很想弄明白的。我对极其驯服的奴仆这种角色厌恶透了。你还记得我们上中学的时候,到那个民粹派作家卡京家去的情景吗?当时我就意识到,不能当一个极其驯服的奴仆。可后来,渐渐地,还是……"

窗下响起了尖厉的哨子声。

"是警察的哨声吗?"马卡罗夫惊愕地问。

克里姆很快就跑到窗前,说道:

"好像是发生什么事情,人们在奔跑……"

棕色头发乱蓬蓬的拉甫鲁什卡闯了进来,摇晃着帽子兴高采烈地,但又有些惊慌地喊道:

"士兵进攻了!安菲米叶夫娜问要不要关上百叶窗?"

马卡罗夫也跳起来,说:

"见鬼……"

"关吗?"拉甫鲁什卡又高声问道。萨姆金没理他,等着看马卡罗夫要干什么。他匆匆穿着外衣,嘟哝道:

"医生的责任……"

他跟着铜匠徒弟跑了出去。萨姆金擦着布满哈气的玻璃窗,等着听那熟悉的枪声。砰的一声,百叶窗关上了,吓了他一跳。他竭力保

持镇静,但百感交集,不能自已;它们一闪即逝,只有一个念头却忽隐忽现:

"我将不得不为厨房里的那些人承担责任……"

厨房里静悄悄的,大街上也没人放枪。但是即使隔着百叶窗也可以听到一片嗡嗡的低语声。萨姆金竭力抑制着极度不愉快的紧张情绪,开始不慌不忙地穿戴起来。可他的左手还是找不到大衣袖子。

"我像监视敌人一样在监视自己,"他愤然地想,使劲把帽子扣在头上,气呼呼地把脚伸进套鞋里,走到厨房的台阶上,站在那里细听大门外面的吵嚷声,随后毅然走到大街上。

## 八

阴暗无光的太阳死气沉沉地挂在灰羊皮一般的云层中,照耀着站在白雪覆盖的街垒旁边那十五六个衣着各异的人;太阳把白晃晃的寒光洒在他们身上,这些人也和萨姆金一样,冻得浑身发抖。寒风呼号,卷起人们脚下的积雪,吹起房顶上的雪像冒烟一样,撒在人们的头上。马卡罗夫跟拉甫鲁什卡一起站在医士维诺库罗夫家的台阶上,听着那个火红头发的家伙嗄哑的语声,笑个不停。有人在靠近街垒的地方瞎忙活,移动着一只长沙发,沙发里塞的东西掉了出来,使人感到恶心,——仿佛沙发在呕吐似的。克里姆走到那帮人跟前,他们中间站着一个戴长耳风帽的男人,小脸上浅色的胡髭在颤动;一个头戴西伯利亚破皮帽的小伙子,高声对他说:

"是支杂凑起来的队伍,有四十来人,没有军官……"

"有穿便衣的吗?"浅色胡子的人问道。

"大概有七个……"

"应当准确地数一下,不能大概。"

"他们是散开走的,不是成堆的……"

"他们怕炸弹!"铜匠高兴地叫道。

那个戴长耳风帽的人搔搔鼻梁,说道:

"就是说,罗斯托夫团的人并没有胡扯,派来打我们的是志愿队。你看见里面有醉鬼①吗?"

"没有注意。"

"你应当注意。同志,派你去不是让你瞎溜达的。"

那个戴长耳风帽的人说话沉着、温和,但是不知道为什么,说得特别清楚。

"拉甫连季②,"他用双手拽着风帽的长耳,喊道。"那么说,是你吹的哨子啦?"

"亚科夫同志,是个大学生从胡同里对我喊的,说来啦……"

"应当把你的耳朵拧下来,小乖乖!巴利亚斯内同志,请您把他的哨子没收!别再派他放哨!"

"原来是一场虚惊!"马卡罗夫走到萨姆金跟前,瞅着手里的表,说道。"我得去工作啦,再见!我这几天还要来的。你听着,"他压低声音,继续说,"注意那个火红头发的小家伙,他非常有趣!"

那个满脸大胡子的人推了一下马卡罗夫。

"再见!"这位医生不知为何那么高兴地喊道。

萨姆金光顾细心地观察那些守护街垒的人了,连头也没朝他点一下。其中有些人他曾在厨房里见过——当他走过他们身边的时候,他们向他鞠躬行礼,而他则谦虚地对他们笑笑。其中就有那个红脸蛋、翘鼻子的小伙子瓦霞,安菲米叶夫娜常常叫他去抱劈柴,生厨房里的炉子,他特别恭敬有礼地给克里姆让路。他总共见过十来个人,可现在他们却有十九个人了,十一个人有步枪和毛瑟枪,其余的人什么武器也没有。可以看出,他们的头目就是那个瘦得轻飘飘的、戴长耳风帽的亚科夫同志。他那浅色的胡子就像贴在狭小的、仿佛没有鼻孔的

---

① 总督在致内政大臣的电报中说,情报部门证实,为给士兵"打气",让士兵喝了大量的伏特加酒。

② 拉甫鲁什卡的正名。

鼻子下面似的,犀利的浅蓝色眼睛炯炯有神。整个看上去,他脸色发灰,老气横秋,可能是长期坐牢,在那里折磨成这个样子。说他二十五岁也行,说他四十岁也可以。

"喂,我说,同志们,此刻可不能离开街垒呀!"他说。大家都默不作声地听着他说,并不打断他的话。"两道街垒要有三十五个人才行。这一道要二十个。请大家各就各位。"

有五个人离开人群,往胡同里走去;亚科夫同志没有提高声音地冲他们背后说:

"今天再发给你们两支步枪和一支毛瑟枪。也许还有几个小炸弹儿。"

看门人尼古拉从街垒后面走过来。

"顶好也给我一条枪……"

"同志,我们一定要搞到枪!"亚科夫咳嗽了一下,咯了一声,继续说下去:"木板房的墙拆了吗?这就对了。拐角的那幢房子的屋顶上有梯子吗?好极了。炸弹在那里吗?哦,就是说,一切准备就绪喽。巴利亚斯内和卡利钦同志负责维持秩序。喂,听我说,我们得到消息:出动了七支杂凑的队伍,还有士兵和黑帮。总数约为三百五十人到四百人,可能还要多一些。光黑帮有一百五十人。好像有几门小炮,三英寸的。总的来说,为数不多!但是,当然,这些队伍还可能扩大。罗斯托夫团的人没有出动,这可能是真的!"

"他倒像个店伙,"萨姆金思量着,同时也像本街的其他居民一样,仔细地打量着这些穿着各异的战士们,这些出来看热闹的居民有几个房东,有那位医士和专治脚病的维诺库罗夫、鹰钩鼻子的高个子退伍上尉扎乔索夫老头子、聋工程师德罗古诺夫——他养了一群非常出色的鸽子。好生奇怪的是,在大街上很少看见大学生和所有住在本街小房子里的那些小人物,——他们有的给火壶挂锡,有的修补橡胶套鞋,有的修理自行车,总之,都是些靠不值钱的劳动,来养家糊口的人。

"他们究竟在保卫谁呀?"萨姆金心里琢磨着。在这些保卫者中,他认出了面色阴沉的水管工人,他常到瓦尔瓦拉家来干活;还认出了那个大学生,房主兼媒婆乌斯宾斯卡娅的儿子;除去助产婆的侄子,还认出另外两个大学生,他还记得他们上中学时的样子。大部分都是些青年人,显然是些手工业者,不过除了看门人尼古拉,还有五个满脸大胡子的人。其中一个歪戴无檐帽,从帽子边下扎煞出一绺绺花白的头发,耳朵里塞着棉花。

这里的一切都是那么不自然,那么令人不愉快,就像这阴郁的天气,阴暗无光的太阳,凛冽的寒风一样。用人们已经用过的废物堆起来的又高又厚的墙,也显得很不自然。特别刺眼的是一只破沙发,它的肚子裂开,露出了弹簧和乱七八糟的填充物。沙发背上绑着一根地板刷木柄,木柄顶端飘着一面小红旗。这条街上的居民,也都是些生命已到尽头、成了废物的人。萨姆金被风吹得缩起脖子,眼睛盯着看门人尼古拉在光着手捻开一根肯定是冰凉的电线,心里想:

"这家伙在这里干什么呢?"

那个耳朵里塞着棉花的人站到他跟前,用衣袖擦着枪管,欣喜地说道:

"今天的天气多好。"

萨姆金怀疑地瞥了他一眼,心想:这家伙是在嘲讽吧?

"您住在这条街上吗?"

"不,我是从布拉古沙①派到这儿来的,"这人回答说,一直在擦着步枪,并且叹了口气说道:"我们的子弹太少了。"

"这个街垒是保卫什么的呢?"克里姆问道,甚至感到有点儿尴尬,因为自己的声调显得那么严厉、愚蠢,而那家伙吃惊地瞅了瞅他的脸,说道:

"保卫革命呀,保卫做工的人哪!不然怎么行呢?"

他挥舞着一只手,跟他解释起来:

---

① 旧时莫斯科的一个街区。

"那里是车市,还有那边,也是我们的人。我们就算是第三道防线……"

"啊!"萨姆金点点头就走开了,生怕再说出些不妥当的话。他觉得有点儿不舒服,而且是身体上不舒服,好像是病了,跟两个月前医生诊断他胃酸过多时的情况一样。

"极其驯服的奴仆……'知识分子是拴在历史车轮上的囚犯'——这是谁说的啦?什么毗瑟拿神①的大车……纯属荒唐无稽。这些街垒也是荒唐无稽的。"他试图抛开对马卡罗夫的回忆,甚至加快了脚步。然而这也无济于事。

"是出于理智,还是出于感情冲动?他是怎么说的啦?他是因为无能为力才臆想出来的吧?正是这样。一个无能之辈……"

对马卡罗夫的回忆启发了他,但从回忆中又冒出了另外的思绪:

"这当然都是些业余爱好者。暴乱的真正演员是在农村。他们总是在那里的,像拉辛,普加乔夫。而这位亚科夫同志,他是什么玩意儿呢?"萨姆金想着,不知不觉地来到了林荫大道。他停下来,瞅着那些光秃秃的树木,觉得它们那副可怜相,仿佛永远也长不出新叶来了。他不想回家。而且,在瓦尔瓦拉的侮辱性行径之后,就应该立即搬出来。萨姆金看了看表,便往戈金家走去,执行柳芭莎委托的任务。为了使身体暖和些,又可以不思索,他迅疾走去,非常希望一切都尽快地了结。又想起了库莫夫的话:

"人对生活的态度是由他在空间所处的地位决定的。我们在世上的空间是受到凌辱我们精神的界限约束的,然而,即使在这个空间……"接下去库莫夫稀里糊涂地讲了些英国、俄国和西西里岛上的诺曼人②的事情。

---

① 印度教的神像,为护持神的化身,每年的节日,即用车载此神像游行,迷信者相传,若能被该车辗死,即可升天,喻使人盲目牺牲。
② 公元八至十一世纪自北欧日德兰半岛和斯堪的纳维亚半岛向欧洲大陆各国进行掠夺和商业性远征的日耳曼人。

## 九

　　萨姆金沿着林荫道,快要走到阿尔巴特的时候,听见右边远处传来一响熟悉的枪声,接着又是一响。因为枪声很小,所以并不使人感到惊奇——既然已经修好了街垒,自然就要射击。可是,当他来到广场的时候,他却看见,寥寥无几的行人在向四面八方奔跑,有些人则躲进一家车夫吃饭的小饭馆里去,只有一位高个的老头儿,一手挂着手杖,一手扶着一个小男孩的肩膀,不慌不忙地穿过广场中间,朝阿尔巴特走去。老人的身影好像很熟悉,若不是有个小男孩和那走路的样子,准会以为他是助祭。但是助祭走起路来,步子很重,老是低着脑袋;这个人却是昂头挺胸,就像瞎子走路一样。

　　在波瓦尔大街那个方向,有人拉长声音喊了一句听不清楚的话,一个胖女人立刻从教堂里跑出来,冲着克里姆奔来;她像一匹大马似的,摇晃着脑袋,嘴里嘟哝着:

　　"哎呀,上帝呀,嚙……"

　　一个穿黑色短皮袄的男人在后面追她,嘴里直骂娘;他抓住她背后包头巾的一角,把她拽了回去,嘴里吼叫着:

　　"站在教堂里,傻娘儿们,鬼东西,他们不会朝教堂里开枪……"

　　"散——开!"萨姆金听见一声凄惨的呼叫,赶忙躲到教堂的墙角里,跟那一男一女并排靠墙站着。

　　"不要作声!"那男人小声命令道,用脊背把女人顶在墙边。"别犟嘴!要等一等,看他们往哪儿去……唉,这过的是什么日子哟,"他骂得更厉害了,声调非常激动。萨姆金小心地瞅瞅墙角落那面;看见广场上还有三个人在乱蹿,那个小男孩已经丢下老头儿,往亚历山德罗夫技术学校跑去;老人仍然站在原处,用手杖往地上戳着,嘴里不住地嘟哝着什么,胡子直颤动。从波瓦尔大街走出一个高个子的士兵,两手端着步枪,一些身材矮小的士兵,以及十来个持枪的便衣,彼此相隔十来步远,迈着凌乱的步子,不慌不忙地走过来;这支队伍的中间,有一门小炮,炮筒有排水管那么粗,炮架尾部微微向下弯着,仿佛在嗅广场上沾满雪的、像鸡蛋粘上谷壳似的圆石子。在小炮旁边,一个死板板的军官骑在枣红马上,懒洋洋地晃悠着,马腿是白色的,就像穿着白筒袜子似的;军官蓄着跟沙皇尼古拉一样的连鬓胡子。他用戴着白手套的手拿着马鞭,举到黑制帽下白净的脸前,吸着香烟。那些士兵,除了最前面的一个而外,看上去也是死板板的;他们全都吊儿郎当,哭丧着脸,仿佛是从几副牌里杂凑起来的一些纸牌。

那个女人朝前推了萨姆金一下,嘎哑地大喊了一声,接着他背后就响起了轻轻的咒骂声和拍打柔软东西的声音。萨姆金沮丧地看到,前面的那个士兵和另外两个士兵把枪顶在肩膀上,开始射击。先是一个朝沃兹德维仁克跑的男人,他一条腿高高地一抬,就倒下去了,紧接着就是那个老头儿,他两腿一弯,沉重地倒了下去;他用一只手撑着路面,手杖敲打着石头,在地上爬行起来,他的一顶绒毛长长的帽子从头上掉了下来,这回萨姆金认出来了:他是助祭。

这些士兵放了八枪;听见一颗子弹打碎了什么地方的玻璃。最前面的那个士兵从助祭身旁走过去,根本没有理睬他那嘎哑的呼喊,甚至好像没有看到他似的;还有不少的士兵也是如此冷漠无情地走过去,——他们的步子慢得要命。那门小炮也拖了过去,炮车的轮子差点儿压到他身上。助祭一直在用手杖敲打地面,不停地叫喊着,但是当小炮过去之后,一个穿肮脏绿军装的、可恶的小个子士兵,像拿棒槌似的,用枪托在他脊梁上打了一下;助祭很不自然地蜷曲起身子跪了下去,双手抓起手杖,挥舞不止;这时,一个穿大衣、腰里扎着皮带的人走到他跟前,用破锣般的声音吼道:

"嗬,这个败类!就是他……"

他一弯腰,就把刺刀扎进了助祭的躯体,像把火钳扎进炉膛一样。老头儿倒了下去,手杖落到了便衣的脚边,——他正站在那里,往外拔刺刀呢。这一动作进行得异常迅速,而士兵们却仍在不慌不忙地走着,炮车也同样在慢悠悠地滚动,——显得异常肃静。这肃静仿佛不愿吸收,不愿吞没士兵们慢悠悠行进的杂沓脚步声,不愿吞没那辚辚的炮车声,马蹄踏在鹅卵石上发出的嘚嘚声和受伤的人低沉的呻吟,——他正在木栅栏旁边爬行,用拳头敲打马车场紧闭的大门。萨姆金非常清楚地听到那个可恶的小兵说:

"你干不了。"

男人在萨姆金身后小声嘟哝说:

"他们打死一个乞丐,一个瞎子,这帮坏蛋,——你瞧他们干的好事!"

女人喘着粗气说道:

"哎呀,我的上帝!咱们走吧,看在基督面上,叶果尔沙!还要放炮哪……"

那个便衣拔出刺刀,又扒拉了一下助祭,把枪立在脚边,从兜里掏出一块破布,或者是一只手套,从下到上把刺刀擦了一遍,然后把破布装回口袋,用手掌摸了摸屁股。小个子士兵像橡皮人似的跳着,把刺刀向空中戳着,清楚地说道:

"应当这样动作——一,二!现在你刺吧,看你怎么刺?"

那个便衣摘下帽子,对着教堂画了个十字,用帽子擦了擦大胡子脸颊。

"这老头儿我们早就认识,一点没错,就是他!"那个便衣说道,但是,这时响起了几下枪声,士兵跑了,便衣把枪扛在肩上,也朝开枪的方向跑去。一颗子弹打在铁皮上,发出哗啦哗啦的响声,附近什么地方有泥灰坠落下来。

"好像是对我们开枪?"穿短大衣的男人悄悄问道,然后抓住萨姆金的肩膀,把他拽到身旁。"他们朝沃兹德维仁克方向去了!走吧,先生,绕着走!快点儿!"

他一手推着女人的脊背,另一只手拽着萨姆金转到教堂后面,气喘吁吁地说:

"哎呀！把我们折腾到了什么地步啦,啊?"

"托上帝的福,没有开炮,"女人呜咽道。

"他们竟然朝乞丐开枪,啊? 光天化日之下? 这叫怎么回事呀,先生?"那男子声色俱厉地问,随后又更加严厉地补充道:"您应当知道! 否则学了有什么用?"

"您自己知道,百姓不满,"萨姆金含糊不清地答道,但这并未使那男子满意。

"百姓总是不满的,这谁都晓得。可是已经宣布自由啦,告诉大家——请你们来开会吧,我们来议事吧……我是这样理解的,对吗?"

"喂,咱们走吧,叶果尔沙,"女人央求道。

"等一下,妹妹,等一下! 他们走了……"

叶果尔沙摘下帽子擦了擦他那胖乎乎的脸上的汗水;两颊和下巴颏都粘着湿漉漉的柔软的棕色鬈发;他一边擦,一边用浅色的小眼睛有所期待地朝萨姆金的眼镜看了一下。

"这次是谁在胡闹呀,啊? 前年在我们西伯利亚,一些大兵造了孽,可这回又是谁干的呢?"

萨姆金默默地瞅着广场,对这片开阔的空场感到胆怯。他的两腿变得沉重了,仿佛冻到地上似的。叶果尔沙用帽子扇着脸,还在小声地,但是非常激动地说着:

"这都无济于事,就像夏天的皮大衣一样……"

萨姆金用肩膀一顶,离开了墙壁,便朝阿尔巴特方向走去,他紧闭着嘴,用鼻子呼吸,——一边走,一边听着,自己两只沉重的脚踏在地上的声音实在太响了。前胸和背上都大汗淋漓;他觉得身体像只空瓶子,风吹着瓶口,瓶子在叫:

"噢—呜—呜……"

他从离助祭二十多步远的地方走过去,从眼镜里瞥了一眼老头子,只见他蜷曲着两腿,躺在一块仿佛是红色破地毯的血泊里,从远处看去,这块破地毯显得又厚实又华丽。

"一个人竟有这么多的血,"萨姆金在想,而且这是他到达戈金家之前,一直萦绕在脑际的惟一明晰的思绪。

# 第三章

## 一

在阿列克谢·戈金的房间里,二十来个人有的坐着,有的站着。萨姆金最先听到的是库图佐夫的声音,尽管这声音低沉而又嘎哑,但的确是他的声音。因为隔着许多人的脊背和脑袋,克里姆看不见他,但可以清楚地想象出他那粗壮的身体,生着一双流露着嘲讽意味的眼睛的固执的宽脸,放在桌面上的粗壮的左胳膊肘,和右手的信心十足的指挥架势。

"不行,同志,"萨姆金听见。"把工人运动的某些局部失败看作是……这是不近情理的,是不符合历史的。"

"是那些自封的领袖犯的罪恶性错误!"站在萨姆金身旁的一个矮胖子叫道,他蓄着小黑连鬓胡子,鹰钩鼻梁上戴着一副夹鼻眼镜。

"把它看作是历史的教训更近情理些……"

那个戴夹鼻眼镜的人推推萨姆金和他前面的人们,想挤到前面去,但是谁也不想让路,于是他隔着人们的脑袋喊道:

"你们害了多少工人哪?"

"比每天在跟资本家斗争中死去的人要少得多,"库图佐夫爽快地,又仿佛满不在乎地答道。"所以说,同志们……"

这时又有一个长脖颈的大高个儿用低沉而忧郁的声音压倒了他的声音：

"你们两派都在分裂社会运动和对运动的指挥权；起义应当由一个统一的政党领导，这是最起码的常识。"

"您用这种常识去教小孩子吧！"库图佐夫当即回答。

波亚尔科夫粗鲁地嚷道：

"遵守秩序，同志们！"

但这没能使人们安静下来；尽管萨姆金的心情非常沮丧，可是他仍然注意到，这里的叫喊比往常的集会上更为激烈。

"他自然是该在这里出现的，"萨姆金闷闷不乐地想了想库图佐夫，觉得必须解除自己的苦闷，谈谈自己在广场上的见闻。他解开外套，无缘无故地摘下眼镜，装进衣兜里，大声喊道：

"现在，在阿尔巴特广场……"话一开始，他就确信一定会讲得很长，说出些惊人的话，让大家哑口无言。可是他只喊叫了几句，嗓子就不中用了，最后一句已经喊得声嘶力竭，而且他即刻听见波亚尔科夫咆哮道：

"我请您别犯歇斯底里了！这与助祭有什么相干，叫他见鬼去吧！我们这里又不是开追悼会。请大家遵守秩序！"

克里姆觉得眼前发黑，两腿发软。后来他被弄到一个小房间的角落里。戈金正站在他面前，一只手端着杯子，另一只手往他脸上敷一条冰凉的湿毛巾，说道：

"您怎么啦？鼻孔里直流血。请您把这个喝下去……您刚才大声喊叫的那个助祭是谁？"

那掺了些酸东西的冰水使克里姆清醒过来。他只讲了几句话，戈金就想起那助祭是谁了。

"噢，我想起来了，就是那个爱谈论土地问题的老人，是呀，是呀！把他打死了？嗯……他们是毫不客气的。昨天我妹妹也碰上了，把她打了一顿，"戈金说得很匆忙，而且漫不经心，但是，接着就蓦地喷怒道:"她也活该如此,不能逞能,不能胡来!……"

他坐在沙发上,又一本正经地、很快地说起来:

"喂,怎么样?好点儿了吧?要回家吗?您听我说,在你们那一带有几座街垒,有位亚科夫同志一定在那里,他的长相……"

戈金打了一个响指,皱起了眉头。

"很难说清楚他是个什么样子,不过您是会找到的。这张字条是给他的。请您把它藏在香烟嘴里,把烟点着,然后再熄灭。倘若发生什么意外,喏,比如说,他们把您抓住了,您就把它咬下来,嚼吃了,好吗?千万不能让字条落入他人之手,懂吗?就这样,祝您成功!"

他握了握萨姆金的手,就不见了。

## 二

萨姆金走下台阶,环顾四周,侧耳倾听:一片寂静,渺无人迹。只是不知谁家的院子里有劈柴的声响。白昼将尽,天空出现了火红的晚霞,宛若在地平线上架起了一座通向苍穹的天梯。这使他想起空旷无人的广场和助祭的躯体,横躺在马路上,周围是一摊像红布片一般的鲜血。

萨姆金提心吊胆地走着,就像春天走在河上喳喳响的薄冰上一样,他不时斜眼看看紧闭的门户,瞅瞅那些鸦雀无声的小教堂。莫斯科变得太沉默了,林荫路和街道也显得短了。

"街道显得短,是因为我走得快,"他心里说。他在想,这座城市里住着一百多万人,其中有六十万男人,还驻有几个团的士兵,可是工人大概不超过十万,其中武装起来的,据说不过五百人。就是这五百人把整个城市置于恐怖之中。他悲伤地思索着,他克里姆·萨姆金,一个无所希求、从未伤害过任何人的人,正匆匆忙忙地走在大街上,而且知道,随时随刻都有可能被人杀死。而杀人者则可以逍遥法外……

"工人撒手不干了,生活也就停止了。是呀,工人的力量是生活的动力……在彼得堡,一部分大学生,还有其他一些什么人正在邮局工作,代替了罢工工人……"

这些思绪使萨姆金越发惊恐地意识到国家政权的软弱无能,而人身得不到保障更使他心灰意冷。

"国家无能的原因,就在于它不理解个人的作用……"

这并非理智从萨姆金的纷乱思绪中得出的结论,而是自然而然地、仿佛从一旁冒出来的,因此对他的情绪并无影响。他走得越来越快,急于要在天黑以前赶回家去。

"我马上就要见到这位亚科夫了……我参加革命是自愿的,自由的,并不像政治家那样想捞到什么好处。我知道基甸①的时代已经一去不复返了,而且三百名战士是摧毁不了资本主义的耶利哥城②的。"

《圣经》上的这个例子又一次使他想起亚伯拉罕向上帝奉献牺牲的故事。

"哦,是的,当然是这样:工人阶级就是被献作牺牲的以撒。这正是我不能果断地同那些奉献牺牲的人站在一起的原因。"

他觉得终于弄明白自己行动的原委了,因此他对马卡罗夫早晨来的时候没能想到这一点,颇为遗憾。

"不,我不是一个极其驯服的奴仆!"

当他走进自己住的那条街时,就觉得已经到了自己的家,便放慢了脚步,立刻就有一个嘴里叼着烟卷儿、手里拿着毛瑟枪的人站到他面前。

"是我,萨姆金。"

那人默默地闪到一边,手指一捏,大声吹了两下口哨。街垒的上空呈淡红色,犹如雾霭在飘动,烟雾的气息呛得鼻孔直发痒。在街垒的那边,亚科夫同志正坐在一小堆篝火前的木箱上,毫不含糊地说道:

---

① 出自《圣经·士师记》第七章:以色列人领袖基甸率三百精兵击败米甸人,拯救了自己的人民。基甸的名字成了爱国主义和英勇善战的象征。
② 古代巴勒斯坦的都城,以坚不可摧著称。

"因此我们工人的任务就是：一要消灭专制制度！二要立即释放监狱里和流放中的所有同志！三要组织自己的工人政府！"他一面列举，一面用手掌拍打着木箱，同时还用一只穿着毡靴的脚在雪地上踩踏，咯吱咯吱的响声，很像划动船桨的咯吱声和轻柔的水声。听亚科夫讲话的有七个人：其中有两个大学生、拉甫鲁什卡和小脸胖胖的瓦夏，——他皱着眉头，眯缝起眼睛听着；下嘴唇耷拉着，所以咬紧的牙齿看得清清楚楚。

"好吧，您哪，反对沙皇，我们并不是单枪匹马地干，而是和大家一道干。可是以后，就只有我们自己了，其余的人都反对我们。这是为什么呢？"

萨姆金走到火堆照耀的光亮中，把那支香烟递给他。

"里面有张纸条。"

亚科夫用了很长的时间，小心翼翼地剥开烟嘴，摊开纸条；他弯着腰，冲着火光看了半天，然后把纸条扔进火堆，说道：

"是这样！"

萨姆金伸出手，烤烤火，揉搓着，尽管他的手并不冷，他问道：

"你们不怕他们朝着火光射击吗？"

"夜里他们是不敢露面的，"亚科夫很有把握地回答说。"夜里不许他们打仗，"他补充道，那柔和的声音听起来带有嘲笑的味道。

拉甫鲁什卡来插嘴了，他骄矜地说道：

"今天在卡兰切夫大街，像赶野狗似的，把他们赶跑了……"

萨姆金坐在街垒的突出部位上，讲起了他的见闻，讲起了助祭，提到了杜纳叶夫。

"杜纳叶夫？"亚科夫兴奋地问。"他长相是什么样儿？"

他听了克里姆的描述，微笑着点了点头：

"就是那个人！他在我们赤塔工作过。"

"若是他们彼此都认识，那就是说，他们的人数并不多，"萨姆金推测。

又传来两下不太响的哨声。

"是自己人！"拉甫鲁什卡说。

来了两个人：一个头戴毛皮高帽，叫卡里金；另一个留着小胡子，穿着打猎的靴子、短皮袄，说话声音不高，好像犯了什么错误似的：

"他溜了。"

"唉！"亚科夫叹息了一声，然后朝火堆唾了一口，把拉甫鲁什卡拉到跟前。"那就这样吧：明天你告诉他，说你不敢在公开场合讲话，怕我们看见。这样行吗？"

"我知道。"

"然后你就请他到岗楼里来。而你们俩，布隆杜科夫同志和米沙要等在那里。好吧，我要去巡查一下。潘菲洛夫和特列帕切夫跟我去。带上毛瑟枪，别带步枪！"

大学生潘菲洛夫把步枪交给了卡里金，他接过枪来，说道：

"步枪就是工人的权杖！"

## 三

萨姆金回到家里，已经饿得胃都疼了起来。厨房的桌子上搁着一盏铁皮做的廉价油灯。桌子旁边坐着铜匠，他对面是厨子，还有一个人躺在炉子旁边的地板上睡着了；安菲米叶夫娜的屋子里，有两三个人在小声地议论着。铜匠的两只手在桌面上移动着，他怒气冲冲地快口说道：

"我有一枚勋章，丑八怪，还是乔治勋章呢，可我……"

"傻瓜，"厨子用压抑的声音说。

平时，他就是喝醉了，一见到萨姆金，也要恭恭敬敬地行个礼，可这回他连屁股也没有抬，只用一对瞪得吓人的白晃晃的眼睛死死盯着他。

那盏油灯在这宽敞的厨房里显得黯淡无光，所有的器具都变了样:架子上的铜器活像炮口,白瓷砖的炉灶简直像一座墓碑。朦胧中,只见两个老人隔着桌角对坐着,铜匠的指甲是浅绿色的,而且他的全身都好像长满了铜锈。厨子穿着大衣,钮扣一直扣到脖子底下,高傲、挺直地坐在那里,根本不像老头儿;他把帽子扣在膝盖上,用一只手摁住,另一只手拽着稀疏的小胡子。

"唔,萨姆金同志,我正和犹大争论呐!"铜匠用手掌拍着桌子,说道。

"你自己才是犹大和狗呢!"厨子回敬一句,然后冲着萨姆金说:"请您命令那个糊涂老婆子把工钱算给我。"

铜匠蹦起来,龇着黑乎乎的牙齿,叫道:

"枪毙你,这就是给你的工钱!您知道吧,"他蹦到萨姆金跟前,说道,"他在为刽子手沙皇辩护呢!胡说什么沙皇有权杀人,这叫什么话?"

"他就是有权嘛!"厨子说,他的眼睛瞪得更大,下巴颏直哆嗦。

"我是个士兵!你懂吗?"铜匠声嘶力竭地叫喊,用拳头在自己胸上捶了一下,就像在木板上一样,继续愤怒地说道:"我为他服过两次兵役,当过上士,不是吗?我要对他……我要把他……"

"滚你的吧!"厨子喊道,把帽子扔到地上,用脚乱踩起来。

萨姆金一声不吭地观察着两位老人。他清楚地看到这场争论的滑稽的一面。但是他也看到,并且感觉到另外一种使他感到压抑的东西。两个老人,个子一般高,都被长年的劳动折磨得干瘦如柴。铜匠呼哧呼哧直喘,仿佛他全身的皮肤都在哧哧作响似的。厨子那张总是红扑扑的小脸儿好像涂了一层深褐色的泥土,在痉挛地抽搐着,眼睛里射出了凶光,而铜匠的眯缝着的眼里却迸发出仇恨的光芒;他站在厨子的对面,拳头紧握在胸口上,好像要把厨子狠揍一顿似的。

萨姆金站到他俩的中间,声色俱厉地说:

"我请求你们停止争吵。您,叶果尔,马上就会拿到工钱,今天就可以拿到。安菲米叶夫娜在哪儿?"

厨子转过身去,坐下,然后从地上拾起帽子,在膝盖上拍了拍,戴到头上。铜匠闷闷不乐地答道:

"安菲米叶夫娜拉着小雪橇给太太送东西去了。火壶给您烧好了。还有吃的。"

"谢谢,"萨姆金说。"但我请求你们别吵啦!"

"好吧!"铜匠无精打采地答应。

"他们都变成小孩子了,"萨姆金心里断定,走进餐厅。但他断定了,却又皱起了眉头:两位老人的争吵并不能概括进这句轻松的话里。

"若是柳芭莎,那她一定会说:瞧,意义有多深刻呀……等等,等等。她一定会说些意义深刻之类的话……"

他站在屋子中间,望着火壶冒出的热气笼罩着火壶托上的茶壶、凝滞不动的灯光,笼罩着用餐巾盖着的一个孤零零的杯子和两只碟子——他站在那里,脑海中一件件闪过今天发生的事情和见到的人物,等待着理智作出某种判断和解释。要把今天的一切感受,都套进这种或那种语言体系里,那是极其困难的。他很想吃饭,但又懒得动。他听见铜匠在厨房里叽里咕噜的说话声,接着又听到轻轻的脚步声,铜匠站在门口,说道:

"萨姆金同志,您可别辞退他呀!他到哪儿去呢?在这种时候,哪里还需要做饭哇?也没什么可做的呀!当然,他是个残暴的信徒,甚至是个白痴,但却是个做工的人……"

"这是他让您跟我说的吗?"萨姆金眼盯着老人穿的破毡靴,小声问道。

"怎么是他呢?"铜匠讥讽地叫道。"他才不会求我呢,这……狗东西!他是死也不会妥协的。我劝了他多少时候了啊!不行,这是个死顽固,你简直啃不动他!"

"好吧!"萨姆金以为老人还可能把他对手的死顽固叨叨上老半天,所以才急忙说道。铜匠用毡靴沙沙地蹭着地板,走了出去。萨姆金小心地抬起头,瞧了瞧他那向前弓曲的脊背。随后他吃了些一点也不好吃的冷牛肉,喝了一杯泡得太久发苦的茶,竭力回忆着编年史学家皮缅①说过的话:"难怪……上帝要我来作见证",但是他想不起来是作什么见证?书里原本是怎么说的?温暖和异常的宁静诱发了他的懒劲儿,他不愿动弹,因此没有去书房取书。这宁静仿佛渗进了他身体的所有毛细孔,今天他不仅听到了,而且还尝到了它的滋味——是苦涩的,还有点儿辣。他久久地坐在这片宁静之中,一动不动,生怕惊扰了他那微睡的理智,小心地观察着一天的种种感受怎样沉入微睡中去;寂静把白昼轻轻地覆盖,犹如白雪覆盖那耕过的田地和凹凸不平的道路。但这两个疯疯癫癫的老人妨碍了它的工作。萨姆金拿起油灯,走进卧室,一面脱衣,一面寻思,他生来就是要过独身生活的,他和瓦尔瓦拉的结合是一个错误,是最不幸的意外。

"假如不出现这种意外情况的话,我很可能已经是个文学家了。我见多识广,但我的塑造能力差,语汇又少。是谁说过:'野蛮人和艺术家都是用形象进行思维的'啦?应该写写这两个老人……"

两个老人把萨姆金弄得惶惶不安。他走进书房,摸索着拿到一本书,回来就躺下了。原来他拿错了,拿来的不是普希金的著作,而是一本《拿破仑史》②。他开始翻阅奥拉斯·维尔涅③的插图,但那两个老头子又出现在他眼前,相骂不止。

"我这个人经不起强烈的刺激是很自然的,这是一个有文化的人的特有素质,"萨姆金仿佛是在反驳什么人似的心中暗想,他把书扔到瓦尔瓦拉的床上,熄了灯,用被子蒙上了脑袋。

## 四

一阵惊心动魄的枪声把萨姆金吵醒,枪声是那么近,每次枪响都

---

① 普希金的诗剧《鲍里斯·戈都诺夫》(1825年)中的人物。
② 指法国政治家普·罗兰(1734—1793)所著《拿破仑史》。
③ 奥拉斯·维尔涅(1789—1863),法国画家,以表现拿破仑生平的绘画著称。

把玻璃窗震得直抖,令人厌恶而又心烦;这颤抖也使萨姆金毛骨悚然,坐卧不安。他一轱辘爬起来,抓起裤子,跑到挂满霜花的玻璃窗前,看见一些灰黯的人影在朝阳斜辉中的街道上蹦跳。

"原来是他们忘了关百叶窗!"萨姆金怒气冲冲地发现。他也用一条腿蹦跳着,极力想把另一条腿伸进哆哆嗦嗦的裤子里,不料裤子却掉到地上,而窗外还在啪啪啪地放枪。透过玻璃窗上的霜花可以看见,有四个人像四条大鲟鱼似的,卧倒在马路上,把枪伸在前面;第五个人跪在他们之中一个人的后面射击,每放一枪,几支枪上的刺刀就跳动起来,好像要闻一闻空气的味道并看看子弹飞往哪里似的。萨姆金穿着一条裤腿,跑到床前,从床头柜里拿出一支勃朗宁手枪,但是又把枪扔在床上,穿好裤子、便鞋和上衣,重又跑到窗前;他看到,那个跪着射击的士兵,正在从马路上往人行道上滚。那个刚才卧倒在他前面的人已经不见了,另外三个人还卧倒在那里射击。萨姆金清楚地听到,从街垒左边射来的枪声比从右边街垒里射出来的要频繁,也骇人得多。

"当然,会把他们全都打死!"

他抓起手枪,跑到前厅,穿好套鞋和大衣,冲到厨房的台阶上,就站住了。

"他们在躲藏……逃跑……"

卡里金、潘菲洛夫和另外三个人,互相推撞着,争先恐后地穿过院子,朝木板房跑去。看门人尼古拉手持铁棍,站在围栅门旁,从木板缝里朝大街上窥视,安菲米叶夫娜站在院子当中,朝阳光灿烂的天空画着十字。

"出什么事啦?"萨姆金跑到尼古拉跟前,悄悄问道。

"马上……他们就从侧后包抄过来,"尼古拉也小声回答说。

枪声在这里,户外,显得特别响亮,每一声枪响后,总使人想晃一下脑袋,仿佛要把那干巴巴的、紧迫的枪声从耳朵里晃出去似的。可以听见子弹嗖嗖地飞过,发出刺耳的啸声。萨姆金回头一看,发现板房的门已经打开,后墙拆了一个洞;从缺口处,可以看到浅蓝的天空中耸立着一棵光秃秃的大树,板房里空无一人。

"来—啦!"看门人尼古拉闷声叫道,推开大门,冲到街上。这时听见大街上不远的地方,人们在参差不齐地呼喊:

"乌—拉!"

萨姆金也跑到街上,仿佛那看门人用绳子拽着他似的。他看见尼古拉把铁棍一挥,掷到离他最近的一个士兵的脚下,自己一跃扑到他身旁,一边夺他的枪,一边怒吼:

"交枪,狗崽子!"

萨姆金似乎看到,尼古拉把那个士兵从地上揪了起来,夺下了他的枪,而当那个士兵转过身去背朝他的时候,他用枪托猛地一击,把士兵打倒,吼道:

"把子弹交出来!"

那个士兵嘴啃地倒下,然后侧起身子,开始痉挛地摸索自己的肚子。斜对面的大门旁边,站着同样的一名穿浅绿色军装的矮小士兵,他的刺刀在空中晃动着,他在拉枪栓,但是他的枪不响了。尼古拉挥了一下步枪,像挥动一根棒子一样,朝他跑去;那个士兵伸出左腿,端起枪,个子显得更矮了,他大叫一声:

"走开!"

尼古拉骂着打落了他手上的枪,抓在自己手里,然后高高举起两条枪,喊道:

"好啦!把子弹交出来!"

小个子兵吓得目瞪口呆,依着门板慢慢滑到地上,坐在那里,用军大衣袖子捂着脸,也开始摸索起自己的肚子。尼古拉踢了他一脚,朝街垒走去;几个人从工事后面跑出来,朝他奔去,拉甫鲁什卡跑在最前面,拼命叫喊:

"把子弹夺下来!"

萨姆金看到他跑到坐在大门边的那个士兵面前,朝他喊了些什么,士兵拽住他一条腿,用力一拉,拉甫鲁什卡便倒在他身上了,但是,那个士兵立刻就翻到上面来,把他压在身下。拉甫鲁什卡拼命地叫喊:

"尼古拉大叔……"

看门人把一条枪摔在地上,跳到他跟前。萨姆金赶紧闭上眼睛……

## 五

萨姆金不晓得是什么时候停止射击的,因为在他的印象里,仿佛一直还在响着干巴巴的、愤怒的枪声,不过他明白,一切都已完结。街垒的保卫者纷纷从胡同口和林荫路上朝街垒跑来。大家有说有笑,马上议论起来,非常热闹。

"同志们,结果还不坏嘛!"

"咱们倒是学乖了点儿……"

"亚科夫估计得不错!"

大学生潘菲洛夫和铜匠把一个士兵押到院子里,这家伙哭哭啼啼;铜匠气急败坏地对他说:

"老弟,这对你是个教训!不该去的地方别乱串!"

大门边的那个矮小的士兵背朝上躺在那里,脑袋扭在一边,浸在血泊里——血还在微微冒气。亚科夫弯着腰,揉着膝盖,一瘸一跛地从街垒后面走出来,尖厉刺耳地叫道:

"请安静,同志们!把这个士兵和瓦夏都抬到花园里去!快点儿……"

看门人像醉汉似的放声大笑;克里姆还从来没有听见他这样笑过,也从来没有听见过一个男人这样尖厉刺耳的狂笑。

"我夺了两支枪,"他喊道,"够棒吧,弟兄们,嗯?"

他死乞白赖地缠着大家,喋喋不休地一会儿喊"弟兄们",一会儿叫"同志们"。

他似乎在问:"究竟是同志,还是弟兄?"

萨姆金对看门人的举动感到特别惊奇:这家伙每逢星期六和星期天都到教堂去,而现在竟为能不受惩罚地杀死一个人而欣喜若狂。别人都夸他,拍拍他的肩膀,而他却得意地微笑着,尖声叫着:

"若不是我的话,那个小家伙就完蛋啦!"

街坊们都扒着大门,提心吊胆地往外张望,还有些人跟街垒的保卫者攀谈起来。这种情况他还是头一次看见,而且他觉得,他们的笑声里带着那种也使他感到既惊慌又快慰的扑朔迷离、惶惑不安的欢乐情绪。

亚科夫走过来,站在他身边,把他手里的勃朗宁手枪拿过去,凑到脸边,像是要闻闻味道似的,说道:

"应当把它拆开,用煤油洗一洗。这支手枪在潮湿的地方搁得太久了。"

他把手枪装进萨姆金的大衣兜里,默默地打量着同志们,捋着小胡子。

"您受伤了吗?"

"一个膝盖受了伤,"亚科夫笑呵呵地回答,一把抓住拉甫鲁什卡的肩膀,说道:"小猫崽子,你还活着哪!不过我得把你的耳朵割下来,好叫你听我的话!……"

"亚科夫同志!"拉甫鲁什卡央告道,"给我一支枪吧,尼古拉有两支呐!我得练练打枪。我不会朝人打,而是晚上天黑的时候冲着林荫道上的路灯打。"

亚科夫没有理他,把他的帽子拽到眼睛上,推开他,严厉地叫道:

"同志们,请安静!跳舞还太早!大家各就各位!"

两个人抬着那个士兵的尸体从萨姆金跟前走过去,走进院子里;耳朵里塞着棉花的人扯着胳膊,大学生潘菲洛夫拽着腿。

"夜里把他抬到林荫道上去。把瓦夏也抬去!"他们从亚科夫身旁

71

走过的时候,他闷声说道,随后也进了院子。

萨姆金从裤兜里掏出表来,一看已经是十二点三十二分了。他把表拿在手中,感到热乎乎的,挺舒服。总而言之,一切都很不寻常,既愉快而又不安。蜜色的毛茸茸的太阳在天空中消融。医士维诺库罗夫提溜着一个破铁桶,拿着铲子走到大街上,把炉灰撒在血泊里,然后又铲进铁桶。他干得麻利而又简单,就像街道这块地段上发生的一切不平凡的可怕的事情一样简单、迅速。萨姆金战栗一下,走进院子里去。

## 六

那个瘦小的士兵正坐在厨房的台阶上,他脸色焦黄,一双瞳仁大大的小黑眼睛,一副未老先衰的样子;他摇晃着小脑袋,咧着薄薄的嘴唇,勉强地笑笑,用可笑的男高音对卡里金和水管工人小声说道:

"至于说我是预备营的士兵,这并没有什么两样,反正不能冲士兵开枪……"

"那你冲我开枪就可以,是吗?"那个面色阴沉的水管工人闷声说道。

亚科夫坐在台阶旁边的劈柴堆上,望着大门外面,默默地抽着烟。

"我可以冲你开枪,因为我是士兵,曾宣誓要消灭内部的敌人……"

水管工人把步枪换到左手里,用右手掌推了一下俘虏的脑门儿,说道:

"假如我也是一个士兵呢?"

"哼,你撒谎!"

"我撒谎?"

"算了吧,季莫菲叶夫,别理他了!"卡里金瞅着俘虏,说道。

但是季莫菲叶夫蹦起来,练起了刺杀动作,每作一下都要大吼一

声,问道:

"看见吗? 看见吗,混蛋? 看见吗?"

他冲着士兵来了一个刺杀姿势,然后又朝着他的脸叫道:

"我是滕金斯基团第四连的士兵扎哈尔……"

亚科夫急忙站起来,用肩头顶了他一下,说道:

"连自己的住址也告诉他吧。"他又转身对士兵说:"就靠像你这样的一些混蛋,去干一切的罪恶勾当……"

那士兵摇摇头,哀叹一声,说道:

"士兵可不是混蛋。你们才是沙皇和祖国的叛徒呢,你们的下场……"

水管工人举起左手朝他打去,但是亚科夫在他的胳膊肘上一击,使他没有打中。亚科夫喝道:

"同志,你可要遵守纪律哟!"

那士兵从帽檐下抬起黑眼睛瞅瞅亚科夫,已经老实多了,甚至谦恭地说:

"刺杀动作普通人也可以练得很好。就说那个家伙吧,"他朝自己背后指了指,"就是那个抬到屋子里去的,他——干得漂亮极啦!"

"你说他是普通人?"卡里金把皮帽推到脑门儿上,问道。

"噢,是呀。"

"是志愿兵①吗?"亚科夫心平气和地问。

"是商贩,卖蘑菇的。"

"我是问你:他是部队里的志愿兵吗?"

"我们都是志愿兵,"那士兵终于明白了,又叹了口气,补充道:"我们都是自愿应征的。"

三人同时向那个士兵凑过去。

"他们会把他杀死的,"萨姆金断定;于是两步就跨上五个台阶,走

---

① 俄文"志愿兵"和"猎人"同音,故有下面"是卖蘑菇的"答话。

进厨房去了。

# 七

在厨房的桌子旁边,坐着一个穿格子上衣和条纹裤子的青年。他那绷得紧紧的脸腮上长满浓密的黄茸毛,浅灰色的大眼睛里淌着泪水,把茸毛都浸湿了;他一手扶着桌角,另一只手抓着椅子座;用毛巾一直包扎到膝盖以上的赤裸的左腿,搁在一把木椅上。

"您看,老爷,他们把我的腿打断了,"他哭哭啼啼地对萨姆金说。

"你老是哭哭啼啼!"尼古拉一边用刀子削一根木棍,一边惊愕而又快活地喊道。"女人也不会像你这样没完没了地哭哇!"

"我求求您,老爷,为我辩护!"那小伙子抽抽搭搭地央告道。"您是律师……"

"他给咱们送过熏鱼,"尼古拉插嘴道,而且又匆匆忙忙地说了些什么,但是萨姆金没有听他说。

"他认识我!等一切了结之后,而他还活了下来的话……"不消再多想,这已经够令他心烦的了。

大学生潘菲洛夫拿着绷带,女仆娜斯佳端着水盆从安菲米叶夫娜屋子里走出来;大学生跪在地上,给小伙子解腿上的包布,这家伙紧闭上眼睛,嚎叫起来:

"哎哟—哟!律师先生,您可要做证人哪……我要到法院去告状……"

"瞧你这傻瓜!"大学生叫道,忍不住大笑起来。"你嚎叫什么呀,又没伤着骨头?别叫啦,你这笨蛋!过一星期你就可以跳舞了……"

但是,小伙子仍然在不停地哭号,厨房里一片喧嚣:大学生在怒吼,娜斯佳在咒骂,看门人在喋喋不休地唠叨。萨姆金站在那里,紧紧靠着墙壁,眼睛盯着炉灶上的那支步枪,枪上的刺刀伸到炉灶外边,它下面的火壶喷出的蒸汽凝结在上面,亮晶晶的水珠顺着刺刀尖儿滴下来。

"把棍子给他,"大学生对尼古拉说;然后又命令那小伙子:"站起来!好,扶着我,拄着棍子!站住了吧?喏,就是这样!可是你却叫哇!叫哇!"

小伙子站在那里,疼得直咧嘴,嘟哝道:

"哎呀,你呀,我的上帝……"

对着庭院的门打开了,亚科夫、士兵和水管工人鱼贯而入;士兵环顾了一下厨房,说道:

"把步枪还给我,就是这一支!"

亚科夫走到小伙子跟前,指着士兵,非常和气地问道:

"是他指挥你们的队伍吗?"

"是他。"小伙子摸着腿,说道。

"就他一个?"

"还有一个大点的头头儿,他跑了。"

"先生们,你们没有资格审判我,"士兵严肃地说。"你们不能把我怎么样,因为我只是执行命令……"

"那好吧,同志,"亚科夫对水管工人说道。

萨姆金走进了餐厅。

"我应当告诉亚科夫:这家伙认识我,因为……"

但他没有找到向亚科夫说明的理由。

"所有这些事……有多愚蠢啊!"他坐到窗下,心里想。"愚蠢得要命,无可挽回的愚蠢。"

拉甫鲁什卡端着一个火壶跑进来,噼里啪啷地放在桌子上,把嘴咧到了耳朵边,两眼期待什么似的盯着萨姆金。萨姆金皱着眉头,从眼镜里打量着他。拉甫鲁什卡见萨姆金什么也没有说,便悄声说道:

"他们肯定要枪毙那个士兵,我敢担保!"

"就他一个吗?"萨姆金若无其事地问。

"若是我的话,两个都枪毙!干吗可怜他们呀?他们的人多得很,我们可没有几个……"

"是啊。"萨姆金含糊其词地应声说道。

拉甫鲁什卡跑到门口,又转过身来,兴高采烈地告诉他:

"一颗子弹打穿了木板,那木板又嘭啷一声打在亚科夫同志的脚上,他疼得满地打转儿!在瓦夏被打死的时候,我一头撞到了箱子上。我这是吓昏了。当科萨廖夫受伤的时候,他也疼得直哼哼,大学生……"

他走出去了。萨姆金一边沏茶,一边注视开水从火壶开关里冒出来,觉得自己的皮肤里透出一股寒气。

"小家伙说得很对,斗争应当是无情的……"

从厨房里传来亚科夫异常清晰的声音。

萨姆金踟蹰地站起来,走到厨房前面的一间昏暗的屋子里去,从大衣兜里掏出手枪,抬头往厨房里瞅了瞅,只听亚科夫正在对娜斯佳说:

"所以,工人们也由于自己的愚蠢而受苦……"

"您要喝茶吗?"

"谢谢,我没工夫喝茶。"

萨姆金拿出手枪递给他看。

"您能不能教我擦枪?"

亚科夫接过勃朗宁手枪,放进大衣口袋。

"我们有一个专门的行家,他会擦好的。"

萨姆金想关上门,但亚科夫伸出一条腿拦住,问道:

"他们告诉我说那个受伤的家伙认识您。"

"是啊,真想不到……"

亚科夫一面系着耷拉在胸前的风帽长耳,一面意味深长地说:

"这很可能给您带来麻烦……"

"很可能的。当然,如果起义不成功的话,"萨姆金说,同时心里在想,似乎他已经给这句话带上了疑问的意思和口气。亚科夫瞅了他一

眼,冷冷一笑,朝门口走着,毫不含糊地说道:

"这次不成功,下一次一定会成功……"

## 八

克里姆回到餐厅,快快不乐地走到窗前。一群乌鸦在浅绛色的天空中翱翔。街上空旷无人。大学生手持步枪穿过街心。一只带黑斑的小白猫从门下的空隙里钻进来。萨姆金坐到桌边,倒了一杯茶。他觉得内心深处好像长了一个肿瘤:虽说不疼,但是很不舒服,它还在长大。他不愿把这隐疾说出来。

"这个士兵当然是愚蠢的,不过他却是个忠实的奴仆。厨子和安菲米叶夫娜也是这样的。丹尼娅·库里科娃,还有柳芭莎也是这样的人。其实,人类社会正是靠这些人支持的。他们无私地献出自己的生命和全部精力。没有这样的一些人,任何团体都是不可能存在的。尼古拉是另一种类型的人……还有那个受伤的、卖熏鱼的小贩……"

他不愿去想的正是这个人,因为一想到他就感到屈辱,肿瘤疼了起来,引起像是要呕吐的感觉。克里姆·萨姆金双肘撑着桌子,两手紧摁在太阳穴上。

"生活是何等枯燥乏味……"

安菲米叶夫娜走进来,手还拽着门把手,就坐到椅子上。

"叶果尔不见了!"她气喘吁吁地说道,声音都变了,然后,她抬起发青的眼皮,用一双呆滞的、布满血丝的、玻璃般的黑眼珠盯着克里姆。"不见了,"她又重复了一遍。

"这双眼睛真可怕!"萨姆金注意到,接着又悄悄地问:"他们决定怎样处置这两个……士兵呀?"

安菲米叶夫娜艰难地站起来,走到碗橱跟前,在那里弄得餐具叮当作响,反问萨姆金说:

"怎么处置呢?"她端着一个杯子走到餐桌跟前,嘟哝说:"夜里会把他们弄到远一点的地方枪毙了。"

萨姆金在椅子里把身子直了一下,等待她再说下去,可是老太婆艰难地喘息着,鼻子直哼哼,好久才倒上了一杯茶,——她的手在颤抖,手指费了半天的劲儿才拿起了一块糖。

"每个人都怜惜自己,"她坐到桌边来,说道。"咱们就是这么过活的。"

萨姆金不屑于再等待了,就干脆地,甚至是严厉地问道:

"是把他俩都杀掉吗?"

安菲米叶夫娜一面夹碎糖块,一面慢条斯理地、冷漠地讲起来:

"我对亚科夫说了:同志,放掉那个当兵的吧! 他不是恶人,只不过是个傻瓜! 怎么能把个傻瓜杀掉呢? 米哈依洛是另一码事儿,这附近的人他全都认识,像维诺库罗夫啦,莉扎维塔·康斯坦丁诺夫娜的侄子啦,还有扎乔索夫家的人,他都认识! 您知道吧,他就是那个已故的米特里·彼得罗维奇的儿子。也许,您还记得住在拉斯波波夫厢房里的那个姓鲍里索夫的秃脑袋的人吧? 他常常喝得醉醺醺的,可人倒很聪明,心地也很善良。"

她一面说,一面喝茶;喝完茶,便用指甲敲了敲茶杯。

"哼,瞧瞧,都有裂纹啦,这是套新的法国塞佛尔茶具呀! 唉,这个娜斯塔西雅,简直是一双熊爪子……"

萨姆金听着她这些吃力的话语,一种尊敬、感激这位老人的心情油然而生,它在增长、沸腾,使他感到无比的温暖。他陶醉在这种感情中,简直找不到恰当的字眼来表达。

"还有,我说,米哈依洛已经受伤了。这位亚科夫同志真是个好人。很严厉,什么都懂。全懂。大家都骂叶果尔,可他跟叶果尔说话却很随和……叶果尔,他能跑到哪儿去呢? 真叫人伤脑筋……"

"您是经常跟他吵架的呀!"萨姆金委婉地提醒她。

安菲米叶夫娜还在打量着那只茶杯,用发青的指甲敲打着,说道:

"他是我丈夫。"

"什么?"萨姆金以为她是说走了嘴,忙问道;但老太婆长叹一声,又重复说:

"他是我丈夫。这是我的命啊!"

她的眼睛的瞳仁仿佛燃烧起来,闪亮了一下,马上又被浑浊的泪水模糊了,融化了。她用蒙眬的眼睛瞅着桌子,用一只颤抖的手摸索着,把茶杯错放到茶碟外面去了。

"我先跟他一起生活了十一年。举行过正式婚礼。已经有三十七年不在一起了。如果在什么地方碰面了,简直成了陌生人。最后这次相逢时,已有九年没有见面了。我还以为他死了呢。可他却在苏哈廖夫卡用馅饼养活那些无赖哪。真是个……好厨师,哎哎!"

她用围裙角擦掉眼泪,像个少妇似的呜咽、啜泣起来。

萨姆金站起来,心情非常激动,真心诚意地说道:

"安菲米叶夫娜,您真是一位了不起的女人!实际上,您是一位伟大的人物!生活全靠像您这样一些人温顺的、无穷无尽的力量来维持!是的,的确是这样……"

他很想称呼她的名字和父称,但是他却不知道她的名字。老太太趁着这工夫,赶忙说道:

"咳,还说什么呢……就说瓦柳莎吧……我像亲生女儿一样地爱护她,我真心诚意地服侍她,胜过修女侍奉上帝,可她呢,她为了几条破床单竟然把我当成贼了,又是叫,又是跺脚,就在那里,在那个黑帮,那个公牛的家里。这与我有什么相干呢?床单是给伤员的。别处的仆人们都罢工了,可我,亲爱的,还照样在工作!你想想看,你以为我不感到害臊吗?还有你,你呆在这里,随时有死的危险,而她却走了,是的!"

萨姆金已经不想再说下去了,连看看这个老人都觉得不好意思。

"咳,算啦,"她站起来。"我拿什么养活你呢?家里什么也没有了,也没地方去买!那些小伙子们也都饿着呐。他们整天整夜地在外面挨冻。我把自己的钱全都给他们买吃的了。娜斯琴卡①也是这样。你最好给点儿钱……"

"当然!"萨姆金赶忙说道。"自然,现在就……"

"那好,我去煎鸡蛋。那个助产妇家的老母鸡还在下蛋呢……"

安菲米叶夫娜走后,他轻松地叹了口气。他在屋子里踱着步,心里想道:自己的生活犹如荡秋千,忽上忽下。

"梭罗古勃②的话说得何等正确呀……"

他很想杜撰几句任何人都不曾说过的自己的妙语,然而这样的妙语却没有想出来,涌上舌尖的尽是些陈旧的、人们早已熟悉的语句。

"确实是个神秘的民族。一个首先要考虑道德问题的民族。马克思主义者是大错特错了……看她处理那个米哈依洛的态度有多干脆……"

他心里又产生了一股对这位老女仆感恩戴德之情,然而这次的感激之情中又混入一种酷似羞愧的惶惑。不知为什么他觉得一个人关在屋里很不好意思。于是萨姆金就穿上衣服,走到院子里去了。

## 九

尼古拉把围栅的大门打开又关上,门板发出尖厉刺耳的吱哑声。他用铁棍把门板撬起来,用斧子背往合页里钉钉子,嘴里还叼着两个铁钉。他跟往常一样地工作,萨姆金不愿想起他曾打死一个士兵的事儿,甚至仿佛不相信曾经发生过这样的事儿。大街上也一如平常,所不同的只是对过那家大门边新添了一片殷红的血迹,维诺库罗夫医士终究未能把血迹铲干净。太阳也是殷红的颜色,天空飘着稀疏的雪花,雪花映着殷红的阳光,也变成浅红色,一幅冬日明朗的夕照中常见的景色。

---

① 娜斯佳的小名。
② 梭罗古勃(1863—1927),俄国象征派诗人,此处指他的作品《小鬼》。

拉甫鲁什卡正和一个浑身脏乎乎的小伙子坐在邻家的台阶上;小伙子系一条绿腰带,腰里别着一支毛瑟枪。他津津有味地吸着香烟,拉甫鲁什卡对他说:

"我喜欢害怕;当你吓得背上的皮肤冒冷气的时候,那真是好玩极了。"

小伙子唾了一口,用手掌捉到一片雪花,就像捉苍蝇似的,然后松开手,结果手上什么也没有。他笑嘻嘻地说道:

"我的东家使我养成了害怕的习惯。他是清扫烟囱的,我是个孤儿,跟着他过活。有时,他人叫一声:'往里爬,小混蛋,狗崽子!'往石头墙洞里爬,那可不是闹着玩儿的。他也是个砌炉匠,他看见我害怕就觉得好笑。"

"他爱发脾气吗?"

"不醉的时候,是个很快活的人。老是在问:'怎么样,脑袋没碰成两半儿吗?'不过他不醉的时候很少。"

这小家伙的眼睛虽小,但炯炯有神,从眼睛深处迸发出蓝色的火花。

有两个女人走了过来,——其中一个跨过那摊血迹,转身对另一个说:

"你瞧,像是画了一匹马!"

那个女人没有看,只是裹了裹披肩;当她俩在医士家台阶下停下来的时候,她才回头看着,说道:

"朝咱们这条街开炮可不容易,弯弯曲曲的,炮弹会打到房子上去。"

卡里金在街垒前面来回踱着,轻轻吹着口哨;跟他一起走的是一个瘦瘦的、目光犀利的男人,他的小连鬓胡子活像一把刮胡刷子,——他说道:

"他们的射击技术并不高明。其实这些志愿队就像个马戏班!而那些哥萨克可是乱打一气。就说我们在普列斯尼亚区施密特工厂附近进攻①那会儿吧……"

卡里金停了下来,从怀里掏出一只黑壳表,喊道:

"拉甫连季,快去吧!到时间了!去吧,莫凯叶夫!"

萨姆金很想跟卡里金谈谈,很想跟所有这些人接近接近,摸摸他们对自己的所作所为究竟有多大程度的理解。他感到,不知道为什么,那些大学生对他的态度是敌视的,甚至还带着讥刺的意味儿,而这支队伍里其余那些曾经用过他家的厨房、受过安菲米叶夫娜照顾的人,似乎全都不理睬他。现在克里姆明白了:假如不是那些大学生的态度使他踟蹰不前的话,他早就会跟这些工人接近了。

拉甫鲁什卡和那个留小连鬓胡子的人走了。天渐渐黑了。有几个人在街垒的那边忙活;水管工人用熟悉的阴沉声调说道:

"离这儿不远。"

"他父亲会来认领他的尸体吗?"

"是他哥哥。"

"瓦夏真可惜。"

卡里金沿街垒走着,抽着烟,萨姆金跟他并肩走起来,问道:

"这位同志吃了很多苦头吧?"

"他叫都没有叫一声,"卡里金说着喷出长长的一缕青烟。"子弹打中了他的眼睛。"

"他生前在哪儿工作?"

"是面包工人。"

"还有受伤的吗?"

"还有三个人,但伤势不重。"

卡里金只言片语的回答使人不愿再谈下去,但是萨姆金沉默了一会儿,却又问道:

"你们到底想达到什么目的呢?"

---

① 指一九〇五年十二月九日在施密特工厂组织的一次工人纠察队对哥萨克兵的武装行动。

卡里金站住，说道：

"这很明显——很清楚：使工人阶级得到自由！"

但是紧接着他自己又像很惋惜似的问道：

"您怎么，是孟什维克吗？主张与立宪民主党人联合？就像普列汉诺夫说的：可以同路走到特维尔[①]？"

萨姆金不是从话里，而是从语气中懂得了：此人知道他想干什么。因此萨姆金决定加以反驳，进行争论，他说道：

"难道您真以为……"

但是卡里金停了下来，侧耳倾听起来，嘟哝道：

"您等等……"

可以听见，远处的街道上有些人迅速走来，还拖着沉重的东西。萨姆金预感到又要发生一场悲剧，便转身朝瓦尔瓦拉家的大门走去；拉甫鲁什卡从他身边闪过，乐呵呵地大声说道：

"捉到啦！"

萨姆金在围栅的凹处站住，听着气喘吁吁的话语：

"捉到啦，卡里金同志！这家伙拼命挣扎！有劲儿极啦！只好用手套把他的嘴堵上……"

"把他押到木板房里去，"卡里金喝道。

十

克里姆急忙走进了院子，站到角落里；他看见两个人把一个家伙拖进了围栅，他用两脚紧蹬着地面，把积雪都划了起来；然后跪到地上，嗷嗷直叫。他们揍他，有个人模糊不清地说：

"走—走……"

萨姆金想进厨房去，但是听见板房里咯咯的笑声中夹杂着伊万·

---

[①] 语出普列汉诺夫一九〇六年十二月十四日发表的文章《是该解释清楚的时候了（给编辑部的信）》。

彼得罗维奇·米特罗方诺夫的话音：

"唉，真倒霉……我主耶稣啊！噢，你们可把我吓坏啦，吓坏啦……"

他好像嘴唇给开水烫了似的，使劲地哽咽了一声，嘟哝得更快了：

"请一放开我，请一放开我！我绝不反抗……喏，这是证件……我也是做工的人。喏，这是表。还有钱！全都拿去吧，请你们相信我的话……"

卡里金和水管工人穿过院子，走进板房，板房里已经点上灯。萨姆金蹑手蹑脚地跟着他们走进去，一面又暗暗对自己说不应该去。他站在那扇没有打开的板房门外面，一道亮光透过门缝照在他的大衣上，把他分成两半；他一面用手擦着黄色的光带，一面从门缝里瞧着听着：

"要知道，你们这就太不严肃了，"米特罗方诺夫说，声音越来越高，越来越急促。"不能这样，先生们……同志们……我们生活的国度是……"

"住嘴！"人们闷声地喝道。

"是的，这样不行！这样怎么行呢？你们怎么……怎么……咳，我的上帝……"他蓦地变了音调，可怕地喊道：

"救命呀……请原谅，你们想干什么？你们等等！"

砰的响了一声闷枪，异常短促，灯也顿时熄灭了。

萨姆金觉得仿佛有一件软绵绵的东西倒在他身上，把他往地上压，使他跪了下去。

经过几秒钟的寂静，灯又点燃了，响起了卡里金的声音：

"你完全是多此一举！同志，这样干可不是事儿。"

"那该怎么办呢？你看，这证件！……"

"应该等亚科夫来……"

有一个人也像米特罗方诺夫那样匆匆地说道：

"他向拉甫鲁什卡打听过我们每个人的名字，不是吗？还打听过

84

我吧？打听过律师吧？他是什么动机？而且总的来说……"

"把他抬到花园里去！"卡里金命令说。"把他的证件和所有的东西都交给我……"

萨姆金站在门前,说道：

"他是个刑事暗探……"

但是莫凯叶夫冲到他面前,恶狠狠地粗声吼道：

"他是保密局的特务！千真万确,一点儿不假,您放心……"

他还说了些什么,但是萨姆金没有听他说,他正在瞧着水管工人抓住米特罗方诺夫的腋下,把他朝板墙缺口处拽去。米特罗方诺夫耷拉着脑袋,看不见脸；他的外套和上衣的扣子都敞开了,衬衣从裤腰里面抻了出来,两只脚拖在地板上,脚尖儿朝外。

卡里金蹲在提灯下,仔细察看着一些纸片,嘴里直咕噜：

"今天我们可真够忙的……看样子,是保密局的证卡……"

"你瞧,这是他的手枪,"莫凯叶夫把一个黑乎乎的铁家伙在萨姆金面前晃了晃。"他差点儿没把我打中,我现在要用这玩意儿把他……"

萨姆金站在那里,闭上眼睛。

"算了,够麻烦的了！"卡里金严厉地说道。"走,莫凯叶夫,找亚科夫去。不管怎么说,老弟……这不是个事儿……要是人人都……"

"喂,你们这些鬼东西,来帮帮我！"水管工人在花园里喊道。

但是卡里金和莫凯叶夫都从院子里走出去。萨姆金也朝大房子走去,他闻到一股恶心的气味,简直要呕吐。他觉得从木板房到餐厅的距离远了多少倍；在这段路程中,他想起了在工人前往克里姆林宫拜谒沙皇纪念碑那天,米特罗方诺夫在小餐馆里的情景；记得当时这个"通情达理"的人,画着小十字,激动地喃喃耳语道："甘愿为您鞠躬尽瘁！老实说：正是因为爱您和对您的一片赤诚,我才将他人欺瞒。"

"他们杀掉一个人何其简单。当然,尽管他是个特务,是敌人……"

他想到米特罗方诺夫时并没有感到怜悯和愤怒,不过取代他的却是另一个阴险可怕、没有姓名、难以捉摸的敌人。

"究竟是谁让我一生都在做这些悲惨的场面和事变的证人?"他背靠热乎乎的壁炉瓷砖,暗自思忖。突然,仿佛有人提示他似的,想道:

"应当到国外去,到一个宁静的小城市里。"

他盯着那双色的烛光,自言自语道:

"我以前怎么没想到这一点呢?应当去看望一下母亲。"

母亲住在巴黎近郊,很少给他写信,不过一写就是一大篇,让人厌烦:抱怨冬天屋子里太冷,抱怨生活的各种不便,抱怨那些"不会在国外生活"的俄国人;而且从她这些自私而琐碎的唠叨中,可以觉察到一位外省老太太的可笑的爱国主义……

## 十一

房门慢慢地推开,安菲米叶夫娜的庞大身躯更加缓慢地挪动进来,在昏暗中向食橱前面沉重地移去。在钥匙的响声中,她像唱歌似的慢悠悠地说:

"叶果尔·瓦西里奇吊死了……"

"哎呀,我的上帝!"萨姆金近乎绝望地懊丧地低声叹道。

"他还吊在阁楼上哪!"老太婆一面从瓶子里往外倒什么东西,一面往下说。萨姆金听见液体从瓶口里咕嘟咕嘟流出来的响声。

"她要大哭一场啦。"

可是安菲米叶夫娜大声咳嗽两下,继续像唱歌一样,意味深长地说下去:

"我试着把他解下来,可是我没有那么大的劲儿。尼古拉不愿干,他怕吊死鬼。可你听说了吗,他自己亲手杀了个士兵?"

"那怎么办呢?"萨姆金问。

"怎么办?什么也不用您办,我自己……我自己什么都办得了。铜匠会帮我的忙。如果有人问起您,仆人为啥要上吊,那可就不好了。"

她不再吭声,玻璃杯响了起来,又听见酒瓶口里咕嘟咕嘟的响声。

"她在喝伏特加,"萨姆金暗想。

"可是没有吃的东西了,"老太婆叹了口气。"哎哟哟,我真不知道拿什么给您吃。"

"我什么也不要吃,"萨姆金说,差点儿忍不住大声喊起来。"您就……别操心啦……"

"还操什么心呀,"安菲米叶夫娜一边往外走,一边说道,那样子就像是在顶着大风走似的。

"好吧,我去把他解下来,可是把他搁到哪儿去呢?"他站在门口问道。

萨姆金用双手捂住脸;炉壁上的瓷砖越来越热,脊背都烤疼了,这已经使他很不舒服,可是他却没有力气离开炉壁。安菲米叶夫娜走后,屋子里的寂静更加浓重了,仿佛就是为了更清晰地听到亚科夫的声音——这声音随着一股苦辣的气味从厨房里飘来:

"当我们还没学会……"

萨姆金心里说:"他连话都不会说。应当说'如果……'而不能说'当……'。"

"……有组织地行动以前,我们什么名堂也搞不成。你说没来得及?应当叫它来得及嘛,卡里金同志……这样的一些失误……"

萨姆金摇摇晃晃地离开了炉子,进了书房,紧紧关上了门。

# 第四章

## 一

日子过得好像慢起来了,虽说和从前一样,每天都可以听到一些难以置信的流言蜚语和无稽之谈。然而,人们对于惊恐不安和遭到破坏的生活的喧嚣,显然已经司空见惯,犹如乌鸦习惯了从早到晚在城市上空飞翔一般。萨姆金望着窗外的行人,感到非常疲倦,心情日益沉重,有一种迷离恍惚的感觉。他已经不那么留心观察了,人们的一切言行在他身上的反映,如同映在镜面上似的。

伺候他的是女仆娜斯佳——一个大眼睛的、瘦削的姑娘。她的眼睛是灰色的,瞳仁里闪着金光;这双眼睛看起东西来的神气,仿佛娜斯佳总在倾听什么,而且只有她才能听得见似的。她比安菲米叶夫娜更关心为街垒保卫者们沏茶做饭。她把厨房彻底变成了小餐馆。

安菲米叶夫娜着了凉,病倒了。萨姆金最后一次看见她走动,是厨子上吊后的第二天,入夜之后。

厨房里没有一个人,守卫街垒的人,除了站岗的以外,几乎全在板房里开会。萨姆金听见阁楼上有人在活动,发出沉重的响声,不禁惶惑起来。他端起灯,来到漆黑的阶梯边,看见老太婆从背后抱着厨子的腰,把这具小小的尸体一级级地移下阶梯。厨子的脑袋紧贴着左肩,舌头耷拉在外面,身子僵直,两腿紧并,看上去好像只有一条腿,他的脚牢牢地蹬着阶梯,就跟活人一样,执拗着,不肯往下走。萨姆金的灯光照在安菲米叶夫娜抱在厨子胸前的肿胀的手上,照在她那圆得像西瓜似的、和她的手一样呈绛紫色的脸上,而厨子的小脸儿却是黑黢黢的,像个大马铃薯。

"您把他弄到哪儿去,哪儿去呀?"萨姆金悄声问道。

老太婆哼哼着,呼哧呼哧地喘着,答道:

"没关系,您放心吧!我有一辆小雪橇,让铜匠把他推走。他是肯帮忙的……"

她走下梯阶,把厨子的尸体横抱起来,想扛到肩上,但是没有扛起来,又放在脚边。萨姆金走开了,心中暗想:

"若是在别的时候,我可以帮帮她。"

他已经麻木不仁,对此竟完全无动于衷。

现在安菲米叶夫娜躺在自己屋子里,喘息不止;头发花白、脸也没有刮的医士维诺库罗夫在照看她,这个人从不醉酒,很爱唠叨,然而所有的街坊都很尊敬他。

"她是一位十分出色的妇女,以为人正直而著称,"他嘎哑地说。"但是她活不长了。是肺炎,真可惜!老者已奄奄一息,少者不务正道。唉,俄罗斯已病入膏肓……"

士兵们来过两次,但他们只在远处放上几枪,也伤不着人,就滚回去了。街垒里的人也不还击,铜匠嘲笑道:

"白白浪费子弹,这些狗崽子……"

接着就又吹起牛来:

"要是在从前,那可不得了:弟兄们,拼刺刀!好,用不了五分钟,我们的灵魂就得归天啦……"

拉甫鲁什卡发现:

"子弹的噼啪声,就像用勺子敲脑门的声音。"

有一个白天,林荫道那边爆发了一阵凶猛激烈的射击声。拉甫鲁什卡和他那个肮脏的伙伴一同被派去侦察,看看发生了什么事情?二十分钟之后,那个脏小子把满身是血的拉甫鲁什卡扶到厨房里,原来是一颗子弹打中了他左臂的上部。他上身裸露着坐在木凳上,整个腋下都鲜血淋淋,好像把他的肋部剥下了一层皮似的。拉甫鲁什卡苍白的脸上流着眼泪,下巴颏直哆嗦,牙齿咬得咯咯响。大学生潘菲洛夫一面给他包扎伤口,一面劝说他:

"别动。也不害羞。"

可是拉甫鲁什卡颤抖着身子,惊愕地瞪起眼睛,哭哭啼啼地嘟哝道:

"哎哟,好疼啊!嘀,太疼啦,哎哟,上帝呀!喂,请您别动它啦……我缺一只胳膊可怎么活哟?"他用那只好手抓住大学生的肩头,惶恐地问道。他一面摩挲肩膀,一面用眼泪汪汪的眼睛斜视着自己的手,咕哝道:

"一只手怎么当革命家呀?潘菲洛夫同志,这只胳膊要锯掉吗?"

但是到了晚上,他的胳膊早已包扎好了,坐在桌边喝着茶,向亚科夫抱怨说:

"同志,我们胜利得太慢了!我们不应该再等了,我们大家应当马上向他们冲过去,有个万儿八千的,统统把他们都俘虏过来!"

亚科夫十分严肃地对他说:

"这是肯定的。我们一定要冲过去,一定要叫他们彻底完蛋!不过,我的小乖乖,你得先把胳膊治好。"

克里姆·萨姆金还是头一回看见亚科夫没戴长耳风帽,尤其使他惊奇的,是此人竟无任何特征。一张平凡的脸,在旅客列车检票员中经常可以看到;只有那双眼睛看起人来却有点儿特别专注。而卡里金和其他许多工人的脸却更富有特征。

"为什么偏偏是他在发号施令呢?"萨姆金暗自思忖,但并未去寻求这个问题的答案。他觉得自己好像一个被遗弃的人,像一名关在无人居住的房子里的俘虏。

现在,安菲米叶夫娜已经像一块烧焦的木头,既不能燃起火苗,又熄灭不了,只是日日夜夜地在床上哮喘,辗转反侧,弄得木床吱咯吱咯直响。现在,娜斯佳也不按时给他送茶了,吃的越来越差,她既不来拾掇屋子,也不来整理床铺。萨姆金明白,她确实没工夫来伺候他了,但是这毕竟使他感到委屈和不便。

## 二

天气渐渐冷起来。每到晚上,来厨房里烤火的有时多达十人。他们大声地辩论、争吵、谈论外省发生的事情,大骂彼得堡的工人,埋怨若有若无的党的领导。萨姆金没去听他们说些什么,而是注视着他们的面部表情,暗自思忖:他们都像着了魔似的相信那种不可能实现的空想——这种信念他只能把它理解为疯狂。他们对他的态度则一如既往,把他看成一个对他们虽然无用,但也无妨的人。

已经许久没人来拜访他了。瓦尔瓦拉的朋友显然是怕到筑有街垒的街道上来。柳芭莎·索莫娃也好久不见了。他觉得头脑在日益迟钝,身子骨也疲惫不堪。每到黄昏入夜的时分,他就来到大街上,倾听那异乎寻常而又深奥莫测的寂静,觉得这寂静似乎变得一天比一天更为浓重,压缩得越来越紧,而且一定要爆炸!否则——就会发疯。两个街垒,一个筑在街上,一个筑在胡同里,都盖上了厚厚的雪;尽管铜匠一再反对,人们还是在上面泼了水,现在冻成了两座冰山,好像底朝上的两只小船。居民也往上泼水,胡同里的那座街垒还泼了两次脏水。

一天晚上,走来五个持枪的人,立即小声地说起来,而拉甫鲁什卡听了听,顿时沮丧地喊道:

"咦,那可不成!这是我们的街垒,我们决不撤走!你们怎么能这样呀!"

第二天早晨,娜斯佳送茶来的时候,说道:

"安菲米叶夫娜完了……去世了。"

萨姆金默默地摊了摊手。女仆问道：

"她的后事怎么办哪？夜里我看到她会害怕的，再说也不能停放在暖和的屋子里呀！可以移到木板房去吗？"

"那很好，"他说道。他恍惚觉得这女仆说话有些不逊，但他刚刚伏在桌子上，就听见她低声的抽泣：

"咦，你哭什么呀？"他没有看她，说道。"安菲米叶夫娜……年纪很大了！她是一位杰出的、典范式的……"

"克里姆·伊万诺维奇，"他听见她悲伤地说道："听咱们的人说，从彼得堡调来了近卫军①，还带来了大炮……"

萨姆金抬起头。娜斯佳用围裙捂着嘴，一面抽噎，一面悄声埋怨道：

"一开炮就会把咱们的人全都打死。他们在争论：是撤走，还是在这里打，整整争论了一夜。亚科夫同志主张撤到别的地方去，到咱们自己人多的地方去……您去说说，让他们撤退吧！去劝劝卡里金、莫凯叶夫，劝劝……大家！"

"是的，当然，我要说的！"萨姆金答应得那么爽快，连他自己都感到吃惊。"是的，是的，去和大炮做对，如果这消息是可靠的话，那可就……"

"可靠！昨天在尼古拉耶夫车站他们还枪毙了几个火车司机②呐，"娜斯佳诉说道。

"哦，干吗要枪毙火车司机呀？"萨姆金思索着说道。"关于枪毙火车司机的说法，当然是不可信的。不过撤离这儿倒是应该的。你走吧，我去说说……"

他匆匆喝完一杯茶，吸着烟，走进了客厅。但是客厅没有拾掇，很

---

① 一九〇五年十二月十五日，谢苗诺夫近卫军团从彼得堡调往莫斯科镇压起义者，翌日向普列斯尼亚区开炮，使该区变成一片火海。

② 莫斯科火车司机乌赫托姆斯基开着火车，高速冲过沙皇军队的伏兵，拯救了上百名武装起义的积极参加者，因而被捕，未经审讯即被枪杀。

不舒服。穿衣镜里闪出一个三十岁开外的男人的身影,身材十分匀称,脸色苍白,两鬓斑白,蓄着一撮尖尖的、不太浓密的小连鬓胡子。他的面部表情十分风雅,简直像是换了一副新面孔。萨姆金穿好衣服,来到厨房,看见亚科夫同志坐在那里,眼睛正盯着那只光脚上的大脚趾的青指甲。

"拉甫鲁什卡无意中用枪托打的,"他回答了克里姆的问话,摸了摸脚指甲,皱着眉头说道:"客人来了,谢苗诺夫团,"他悄声告诉他。"您问我们该怎么办吗?那就打呗!"

"去对抗大炮,"娜斯佳提醒说,她正在桌子上切一棵冻白菜。

"大炮是一种工具,谁弄到手里,它就为谁服务,"亚科夫带着教训口吻说道,随后紧咬着嘴唇,把那只光脚伸进靴子里。他站了起来,把那只脚伸到前面,挑剔地看了看脚。"就是说为了对付我们,把沙皇的近卫军——享—有特—权的军队都调来了,"他拖着长腔,揶揄地瞥了一眼萨姆金。"那就是说……"说到这里,亚科夫好像把什么话咽了下去,"那就是说,亲爱的主人,谢谢您啦,并且请您放心:今天我们就撤离这里。"

"我并不担心呀!"萨姆金说。

"咦,这怎么会呢?大家都在担心呀。"

"你们到哪儿去呀?"萨姆金问。

"到普列斯尼亚去。我们从那里把他们打垮,或者我们自己在那里垮掉。"

他闭起一只眼睛,用另一只眼睛盯着娜斯佳的后脑勺,流露着沉思的神情。萨姆金意识到,他在这里是多余的,便走到院子里去;尼古拉正在用新扫帚仔细地扫院子,他已经好长时间没干这活儿了。街上静悄悄的,只听到拉甫鲁什卡的声音在寒冷的空气里凄切地响着:

"我不是说过么:大炮就架在霍登广场上,我们应当去那里,把它们统统砸烂,可我们却坐在这里按兵不动。"

潘菲洛夫从邻家的大门里走出来,身穿短皮大衣,戴着个跟他的头很不相称的大帽子。

"记住地址了吗？那就这样吧。你老实待在那儿。女主人是位医生,她很快就会把你的胳膊治好。再见!"

拉甫鲁什卡很快就走到街垒那边,不见影儿了;大学生正了正帽子,看了看他的背影,吹着口哨,回到院子里来了。

## 三

是个灰暗、阴冷、沉闷的日子;各家毛茸茸的银灰色玻璃窗,仿佛在眯缝着眼睛互相注视着——好像家家户户都在愁眉苦脸地期待着什么似的。萨姆金慢慢地朝林荫大道走去,一些模糊不清,但是惶惑不安的思想时断时续。

"显然是把拉甫鲁什卡藏起来了……亚科夫可真是个古怪的人……"

他走到街角的时候,听到前面有人兴奋而又洪亮地喊道:

"个个都是英姿飒爽!四十来人,当官儿的骑着马。"

萨姆金回到家中;当他走到大门口时,听见了第一声炮响,炮声低沉,并不吓人,砰的一声,仿佛一阵风吹得关上了一扇大门。萨姆金甚至停下脚步,怀疑是不是炮声?然而又是一声轻微的、没有听见过的轰响。他耸起肩膀,向厨房走去。娜斯佳正在炉灶旁边忙活,这时朝他转过身来,疑问地张开了嘴。

"是的,他们开炮了,"他往内室走着,说道。餐厅窗户最上面几块没有挂霜的玻璃发出烦人的响声,炉灶的烟囱也呜呜直响,寒鸦在远处的房顶上盘旋,宛如片片秋叶。

"我这样间接地……不由自主地参加这种疯狂的行动,会被说成是直接参加的,"萨姆金望着黑色窗格子里的白云,暗自思忖,神思恍惚,如入梦境。

"给我算算工钱吧,克里姆·伊万内奇,"看门人熟悉而又恭敬的声音将他唤醒;尼古拉像个大兵似的,直挺挺地站在门口,穿着漂亮的西服上衣,背心上垂着双股的银表链,头发梳得溜光锃亮,像擦得锃亮的皮靴一样耀眼。

"您要到哪儿去?"萨姆金如梦初醒地问道。

"到乡下去。"

"去焚烧庄园,"萨姆金心中淡漠地想道,就像在想尼古拉已经习以为常的事情一样,可是这位却严厉地说:

"他们打老百姓。在那里,"他死板板地伸出一只手,指指窗外,"他们正对着一个行人的眼睛开枪。这太不像话啦。"

"可你不也杀过人吗?"萨姆金想说,但没有说出来。他细心地打量着尼古拉那仪表端庄的、原本是很丰满,现在有点儿憔悴的脸,他那不太浓密,但曾经是像波纹似的弯曲的连鬓胡子现在奇怪地垂了下来,不知怎么变成笔直的了。他仍旧用严厉的语调说道:

"您得赶快把安菲米叶夫娜葬到墓地去,不然要给老鼠咬坏的。脸上的肉已给吃掉了,看着怪可怕的。同志们早把那个暗探从花园里抬走了,叶果尔·瓦西里奇还停在木板房里哩。我已经把木板房的墙修好了,什么都拾掇妥当了,没留一点儿痕迹。"

他拿到身份证和工钱之后鞠了一躬,简单地说了一句"再见吧",就走了。

"一个可怕的人,"萨姆金又站在窗前,倾听着,暗自在想。仿佛有人用无形的枕头敲打着玻璃。他可以断定,此时此刻定有成千上万的人和他一样,伫立窗前,侧耳倾听,等待结局。只能如此,岂有他哉!只有站在那里静候。家宅里的宁静令人不习惯地持续了很久。整个房子好像被轻柔的气浪摇动起来,房顶上仿佛有窸窸窣窣的雪声,就像春天的融雪顺着铁瓦楞流下来似的。

## 四

炮声不频也不急,而且可能是分布在城市的各个地区。炮声间歇时比炮击本身还令人难耐,简直希望它接连不断地打下去,不要再折磨那些等待结局的人了。萨姆金站累了,便坐到桌旁喝一会儿茶,茶水是温吞吞的,喝起来很不舒服;一会儿又站起来,在屋子里踱步,然后重又站到窗下去瞭望。忽然间,柳芭莎·索莫娃好像从天花板上掉了下来,随之她那惴惴不安的、愤怒的声调就响了起来,连珠炮似的说了些莫名其妙的话:

"你们这是怎么搞的呀?你们怎么能这样干呢?尼古拉耶夫河上的大桥干吗不炸掉?"她提出一连串的问题。她的脸变得陌生了,显得衰老,灰气重重,嘴唇也发青,眼睛下面出现了浓重的阴影,她老是像被强光照耀着似的眨巴着眼睛。

"他们从街垒上撤走了吗?这是执行委员会下的命令,什么?你不知道?"

萨姆金看着这个饱经忧患的老姑娘,觉得有点可怜;她身上那件别人的皮大衣显得过长,灰套靴很笨重,一脑袋蓬乱的、显然已经好久没有洗过的头发,从头巾里一缕缕地扎煞出来。

"噢噫,你若是晓得外省在搞些什么名堂就好了!我去过六个城市。在图拉⋯⋯人们曾经告诉我,说那里有七百支枪,还有弹药,可结果是⋯⋯什么也没有!在科洛姆纳,我差点儿没被⋯⋯好不容易才跑了出来⋯⋯那里去了些大兵⋯⋯糟透了!给我点儿什么吃的⋯⋯"

她拿起面包,咬了几口,就扔到了桌子上,闭上眼睛,摇晃起脑袋来。

"无论如何⋯⋯这不可能!我们一定会胜利!亲爱的,我现在特别需要见到委员会的人⋯⋯而且,马上得去两个地方。你去一个地方——去找戈金,好吗?"

萨姆金是不能拒绝的,所以就点了点头;而她一面咬着面包,一面咕哝道:

"他们在米乌斯地区开炮,所以街上行人少得要命,刚才有人把我拦在街口上,一些混蛋把我乱骂了一通。我们一块儿走,好吗?"

"你害怕吗?"萨姆金问她,也在问自己。

"我有一支小手枪,"她说,"我学会放枪了,但是子弹只剩下三发了。你有手枪吗?"

"没有,让人擦油去了……"

"咱们走吧,克里姆,天要黑了……"

的确,窗上的玻璃已被夕阳染上锦缎般的色彩。来到街上,柳芭莎仰望了一下天空,听了听,又说起来:

"他们不打炮了。也许……唉,我们的武器太少了!但是工人们终归是会胜利的,克里姆,你就瞧着吧!多么了不起的一些人哪!你没见到库图佐夫吗?"

她抬起头,盯着萨姆金的眼镜里面,那喜滋滋的模样儿使她顿时变得年轻了,又是从前那个面颊绯红的柳芭莎了。她笑嘻嘻地说:

"你知道,我跟他……我们很可能……"

她的话还没有说完,就从街角那边走来三个人,最前面的是个大高个儿,穿着黑大衣,提溜着一根棒子;他抓住萨姆金的领子,小声命令道:

"搜搜他!"

萨姆金略一抬眼,看见一个黑胡子、胖脸颊、满面大麻子的家伙,两只丑得出奇的小黑眼睛又圆又亮,活像两个钮扣。他看见柳芭莎大喊一声,跳起来,用拳头打碎了窗上的玻璃。

"抓住那个姑娘!"黑胡子摇晃着萨姆金,命令道。

萨姆金呼吸困难,声音嘶哑;一双敏捷的手解开了他的大衣和上衣,在兜里乱摸一气,又拽下他的眼镜,接着就是一个沉重的巴掌,打在他的耳朵上,打得他昏头昏脑,眼冒金星。

"没有枪,"一个快活而又不知为什么沾沾自喜的男高音说道,但是还有一个嘎哑的声音惊慌、疯狂地叫道:

"算啦,萨沙!这个贱货!"

麻子先把萨姆金一推,使他的头撞在墙上,然后又举起棒子,很快

97

在他胳膊和肩膀上打了两下。萨姆金跌倒了,几乎昏厥过去,但是仍能听见射击声和闷声的叫喊:

"萨—沙,打呀!"

有人噢地叫了一声,声音很奇怪,活像打了个嗝儿。麻子粗野地骂了一句,朝萨姆金腰上踢了一脚,撒腿就跑了,还有一个人,像是他的影子似的,也随之飞奔而去。

萨姆金睁开眼,透过雾霭看见柳芭莎的一只灰色套靴,像一只小野兽似的,躲藏在一根石柱边。还有一个穿长毛大衣的小矮个儿背靠石柱坐在那里,双手捂着肚子,把皮帽摁在上面,摆动着穿黑毡靴的脚;他的脸直哆嗦,头在摇晃,好像在画圈圈。他用清晰而又沮丧的声调说道:

"她把我打死了,这混账娘们……我完了……"

他侧过身子,仍然用一只手把帽子捂在肚子上,另一只手扶着石柱,站了起来,一面走,一面喊叫:

"萨—沙!瓦西里……"随后又扯开尖厉刺耳的女人嗓门儿叫道:

"哎哟,上帝呀!……"

那人刚刚拐过一座绿色平房的房角,房子就摇晃了一下,一些人从里面摔落到外面的地上。萨姆金又闭上了眼睛,人声像从雨水管里流出来的水似的哗啦哗啦地响着:

"丽莎,你别瞎管闲事啦……"

"请您不要说了!她要在我们这儿躺到明天早晨。"

"您受伤了吗?"

"你该知道现在这要冒多大的风险……"

"您能站起来吗?"

萨姆金不知道能不能站起来,但是他却说了声:

"很好。"

他很容易地站了起来,连自己也感到惊奇;他扶着墙壁,跟跟跄跄地离开了这些人,而且他仿佛觉得这座有四个窗户的绿色小平房,一直在他眼前晃动,挡着他的去路。

## 五

萨姆金躺在自己书房里的沙发上,他不记得是怎么回到家里来的。医士维诺库罗夫站在他面前,正在搪瓷脸盆里拧毛巾。

"您在抱怨什么呀?"他问;他的声音像是从远处传来似的,有点闷声闷气;萨姆金没有回答,心里想:

"难道我聋了吗?"

"让我检查一下,您受了什么伤,"医士说完,就坐到沙发上,开始按摩他的胸部和肋部;他的手指冰凉,像铁似的又尖又硬,简直难以忍受。

"您是自己摔的,还是,比方说,被街坊们打的?"

"您让我安静一会儿吧!"萨姆金请求道。但是医士继续按摩着他的头部,嘟哝道:

"哎呀,这叫什么街坊啊……疼吗?"

萨姆金咬紧牙齿,一声不吭,他很想朝医士的肚子踹一脚,但医士站了起来,说道:

"看样子一切都正常。"

"您就别管我啦!"萨姆金请求说。

"是的,"医士答应。"您需要安静。我已经派女仆去请尊夫人了。"

他走了,屋子里一片寂静。靠墙边的吸烟的小桌上点着一支蜡烛,映照着墙上那张谢德林披着花格绒巾的肖像;他那大胡子的严峻面孔愤怒地皱着,两道眉毛在抖动,而且屋子里的一切东西也似乎都在无声地摇晃移动。萨姆金觉得自己仿佛在飞快奔跑,体内的一切都在激荡,犹如水在玻璃瓶中溅荡,——溅荡着,从里面往外冲击着,使他摇晃得越发厉害。

"索莫娃应当给那麻子一枪,"他暗自思忖。"那个穿长毛大衣的家伙叫人人不应,就呼唤上帝,那声音是何等凄惨呀!麻子很可能把我打死的。"

躺在沙发上硬邦邦的,挺不舒服;他觉得腰疼膀子酸。萨姆金决定到卧室里去,便试着站起来,但是肩膀一阵刺疼,两腿直打弯。他扶着门框,等这阵疼劲儿过去了,才走进卧室,朝穿衣镜瞧了一眼:只见左腮肿得不成样子,眼睛都给封上了,一脸醉汉相,失去了自己的某些特点,酷似地方法院那个书记官的面孔,这个人因为患牙周炎,腮帮子总是肿得鼓鼓的,跟这个人相似,实在太叫他伤心了。

娜斯佳走进屋子,说道:

"太太明早回来。"然后又换了一个声调说:

"哎呀,他们把您弄成这个样子啦……"

接着,兴许是想安慰他,就又加了一句:

"现在他们开始什么人都打了。"

"请把洗澡水准备好!"萨姆金气鼓鼓地命令道。

一小时后,他坐在温热舒适的澡盆里,回想着:柳芭莎是否喊叫过?但是仅仅想起了她把那栋绿色房子的窗玻璃打碎了,准是那里面的人救了她。

"假如她给麻子一枪,那就什么事也没有了。麻子当然不会是流氓,不会是小偷,而是个复仇者。"

琐碎的思绪纷至沓来,就像一群乌鸦。

## 六

翌日清晨,萨姆金很早就醒了,在床上躺了很久,一边抽烟,一边幻想着去国外旅行。伤处已经不太疼了,大概已经习惯了,可是对厨房和大街上的寂静却还不习惯,令人不安。不过,这寂静很快就被街上涌来的、震得粉红色的窗玻璃铮铮响的气浪冲破了,而且每当气浪过后，就听见一阵沉闷有力的轰鸣，但并不像打雷。仿佛天上并没有云霞，紧紧蒙在上面的却是一层鼓皮，人们像敲鼓一样，在用巨大的拳头敲击它。

"这炮可真不小，"萨姆金暗想，但又立刻反感地小声说道："这是卑鄙的勾当！"

他从床上跳到地板上，疼得差点儿叫起来。他开始穿衣服，但是重又躺在床上，把被子一直盖到下巴颏。

"开炮轰击房子和城市，这是疯狂，是胆怯。不能让千千万万的人来为几十个人的行为负责。"

这些愤懑的念头使他兴奋异常，他自己也感到惊讶。炮声和腰背的疼痛都妨碍他思考。他很想吃点东西，就按铃叫娜斯佳，叫了几次，她才在厨房里怒气冲冲地嚷了一声：

"听见啦，马上就好！"

当他走进餐厅的时候，娜斯佳正在案板上切面包，那股恶狠狠的劲儿，就像有一回安菲米叶夫娜宰鸡似的：因为刀太钝，鸡不想死，扑棱扑棱地直挣扎，啼叫。

"啊，上帝保佑你！"安菲米叶夫娜大喊一声，把那鸡脑袋剁了下来。

"是在哪儿打炮？"萨姆金问。

"在普列斯尼亚。"

娜斯佳大喊大叫地回答说，她的脸都肿了，两眼通红。

"那里在杀人，可我们这里的人却打扫起街道来了……就跟要过节似的，全都一个样。"她说着，走了出去，鞋跟踏得噔噔乱响。

萨姆金在卧室里的时候，就听见一种唰唰的声音，他现在朝窗外一看，发现维诺库罗夫医士耳朵上包着蓝头巾，正在用铁铲子清除人行道上的污垢，一个头戴中学生制帽的男孩子，在用扫帚把雪扫成堆；在他们的左边，离街垒不远的地方，还有一个人在清扫。他们那专心致志干活的样子，就像没听见大炮的轰响似的。但是现在炮击停止了，街上的唰唰声听得更清楚，肩骨也疼得更厉害了。

101

"难道说这就完了吗?"

餐厅里的钟指着正午。大炮又轰隆了两声,但声音并不大,而且好像是在别的什么地方。

"维诺库罗夫,还有所有这些……蠢猪,自然会告发那些街坊邻居,说这些人……工人在这些人家里烤过火。"

一团乱麻般的念头和话语,像抛到小河里的一只皮球,在他脑海里飘浮、打转儿。

"子弹的噼啪声就像用饭勺敲脑门的声音,"拉甫鲁什卡说。"这次不成功,下次一定会成功,"亚科夫担保说;可是柳芭莎却硬是说:"我们一定会胜利。"

前税务厅官员,偷偷放高利贷的讼棍伊甫科夫正站在自家大门口,仰头望天,像是在闻空气里的味道似的。今天空中的乌鸦和寒鸦格外多。伊甫科夫指着街垒在喊叫什么,并大笑不止。他是在朝扎乔索夫上尉喊叫,上尉正瞧着自己的看门人,一个有点驼背的小老头儿把拆下来的一块木板钉到栅栏上去。

"他们相信一切都结束了。"

炮声停了,但随之而来的宁静是令人可疑的,好像是脓包快熟透时的阵阵疼痛,叫人揪心。厨房里这么安静也叫人不习惯。

## 七

傍晚,瓦尔瓦拉回来了,那副满面春风的神气,萨姆金一见几乎要高兴起来了。她一见他的面,就温文尔雅地笑了笑,画了个十字,急切地问道:

"噢,我的上帝……太可怕啦!你派人去打听过索莫娃怎么样了吗?"

"没有人可派。"

"你可以求医士去嘛。咳,反正都一样。我自己去吧。唉,亲爱的克里姆……这过的是什么日子哟!"

她的一举一动,仿佛他俩并没有争吵过似的,她甚至还跟他搂搂抱抱,温存,热情,但是立刻就又跳开了,疾速地在屋子里踱着,查看每个角落,厌恶地皱着眉头嘟哝道:

"我的天哪,乱成了什么样子了,这么多灰尘,这么肮脏!不过,里亚欣家也是这样……"

她的脸红了一下,手指摸着上衣钮扣,绿眼珠瞪得大大的,难看得要命。她走到萨姆金跟前说道:

"他们那儿鬼晓得出了什么事!大家一下子都变得无法无天,变成了野蛮人,真可怕!你知道我可不是一个多情善感的人,可是这……这……"

她喘了口气,放低声音,把话讲完:

"革命对我说来是格格不入的,但是他们也太过分了!要知道,现在还不知道,究竟谁是强者,而他们已经在叫嚷:该打,枪毙,流放!你知道吧,他们是那样的一些……复仇者!而那位斯特拉托诺夫是个十足的无赖,一个粗野的、不可理喻的坏蛋!这头公牛……"

她激动得直冒汗,一屁股坐在沙发上,用手帕扇着脸,闭上了眼睛。萨姆金认为她的话是鄙俗的,也不相信她的激动是真情的流露,不过他听得很仔细。

"而那个普列依斯——你还记得那个矮小的犹太人吗?"

"是的,记得,"克里姆说。

"咳,这些犹太人哪!"她用手指摆出吓唬人的样子叫道。"我是不相信这帮家伙的!这是个念念不忘复仇的民族,是绝不会忘记那些屠杀犹太人事件的!不过这位普列依斯说起话来倒是非常动人,是个杰出的演说家!他说,'我们应当感谢当局,因为正是它在用刺刀保护我们,挡开人民的横暴',你明白吗?后来,又冒出了个塔吉尔斯基,助理检察官,好像是个犬儒主义者,可能患有梅毒症,他拼命洒香水,但是仍然浑身都是碘酒味……里亚欣的妹妹,一个丑姑娘,说他是个'介乎小丑和刽子手之间的人物'……"

她在口袋里翻了一阵,掏出个小本子。

"你瞧,我甚至还把他的似是而非的高论记下了几句,你听:'社会正义的胜利将是人类精神死亡的开始'啦,你觉得怎么样?还有:'生命的开始与终了都是由个人体现的,而个人是不能死而复活的,所以历史也不可能重演。'你觉得无聊吗?"她突然问道。

"不,恰恰相反,"克里姆回答。

她又在屋子里匆匆地踱起来。

"这里简直乱得一塌糊涂!可怜的安菲米叶夫娜,她究竟还是死了!不过这对她来说,倒是更好些。她老得不中用了,而且那么固执。当时我觉得把她留在家里实在不方便,可送进医院吧,又不好意思。我去看看她的遗体。"

她走了。萨姆金忍着肩膀上的疼痛,摇了摇头,像是要把头上的灰尘摇掉似的。

"不,她真叫人难受!我不能跟她一起生活了!"

几分钟之后,瓦尔瓦拉回到屋里,脸煞白,长脸上一副痛楚的怪相。

"老鼠把她啃得简直不像样了,嗬!"她坐到沙发上说道。"你看见了吗?你去看看吧!太可怕了!"

她哆嗦了一下,摇了摇头。

"大街上在叫嚷这样的话……"

她凑到萨姆金跟前,把一只手放在他的膝盖上,说道:

"你知道吧,我想到国外去。我太累了,克里姆,太累了!"

"这个主意很不错嘛,"他赞同道,但心中暗想:"她毕竟是个非常可怜的女人!也很虚伪。她故作多情,因为她要出国了,准是跟情夫一道去。"

"我已经不年轻了,"瓦尔瓦拉叹口气,坦率地说。

"你等等!"

萨姆金站起来,走到窗前,看见三三两两的士兵在街上走动;最前

面的那个士兵挥舞着枪,不知在喊些什么。萨姆金仔细听了听,这才弄明白:

"把房门、大门和窗户都关上,喂,说的就是你们!关上,我们要开枪啦!"

克里姆躲到了门框后面。

# 八

士兵共有二十来人;他们当中还有几个消防队员紧紧地挤在一起,三个穿黑色制服,头戴铜盔,十来个穿灰色制服,戴制帽,腰间别着斧子;他们赶着一辆绿色的消防车,几匹肥壮的大马在摇头晃脑地走着。

"他们这是要到哪儿去?"瓦尔瓦拉偎依在萨姆金身上,喃喃问道。他往旁边躲了躲,看着那些消防队员从车上拽下铁棍,朝街垒走去。接着就传来不断的敲击声,劈木头的吱吱嘎嘎的响声。

"啊,原来是这么回事儿!"瓦尔瓦拉嚷嚷道。

萨姆金看到,冰块纷纷落下,露出了街垒的骨架,两个消防队员在拆毁一只长沙发的靠背,把里面的破烂东西掏了出来,一团团地扔给第三个消防队员,这人正蹲在地上,用衣袖挡着风划火柴;划了几根都灭了,有一根终于着了起来,那人就把它伸进了乱麻堆里,于是那些机灵的小火苗很快就蔓延开来,忽隐忽现,聚成红彤彤的一团;这时,一名消防队员把一只桶举到火苗上面,把里面的干草和木片抖搂出来;冒出了一股股灰色的浓烟。消防队员把桶也放进烟雾里,烟变得更浓了,接着从木桶里冲出一道深红色的火焰。大街上人声鼎沸,热闹异常;对过的房子仿佛涂了一层浅红颜色,变得跟新房子一样了,消防队员和士兵也好像显得年轻了,身材显得又高又匀称。几匹古铜色的红眼大马,身上的毛像涂了油似的闪着亮光。人们轻而易举地从小冰山上拆下许多椅子、箱子、门板、雪橇、大段的电线杆子,扔进火堆里去。

有五个士兵把步枪交给同伴,也去拆那些破烂东西,其余的士兵也越来越朝火堆靠拢过去。在烟青和绛紫两种颜色的空中,刺刀的寒光宛如一道道长长的烛焰,也在直往上窜。有的士兵手里拿着两支枪,——其中一个士兵的两支枪上的浅红色刺刀,仿佛从他的脑袋里扎煞出来一般;另一个大块头儿的士兵在火堆前面手舞足蹈地叫喊。

那几个头戴铜盔、身穿黑制服的消防队员,站在维诺库罗夫家大门口袖手旁观。他们的铜盔像熔化了似的,这些长着古罗马军团武士脑袋屹立在那里的黑乎乎的人物,显出了一副极为庄重的派头。

"美极啦!"萨姆金悄声说道。

瓦尔瓦拉用肩头顶了他一下,问道:

"是么?"

但马上又往后退了一步,受了凌辱似的说:

"从窗台上往下淌水呢,讨厌!"

萨姆金离开了窗口,不禁暗自好笑,他想:正是她经常在责怪他对一切美好的东西无动于衷,然而现在她自己却看不见这个场面是何等壮观。他觉得深受感动,仿佛在为这街垒惋惜,同时还不知道为什么对什么人颇为感激。他走进自己的书房,又在那里的窗前伫立良久,悯然若失地望着那篝火熊熊的火焰,火堆周围和上空的暮色益浓,正和那浓重的灰色烟雾融成一片;黑得像煤焦油一般的水流从火堆下面顺着马路流出来。篝火开始烧得不太旺了。这时一些消防队员走进各家的院子,从里面抱来劈柴,放进火堆。霎时间,浓烟滚滚,随之篝火又熊熊地燃烧起来,火焰的闪光照得周围的房屋在颤抖、瑟缩。后来,房子渐渐变暗了,那些像烧红了的刺刀和铜盔也仿佛冻硬了;高大的消防队员先跑了几步,然后跳过那堆灰烬,朝黑暗中跑去。

## 九

从清早就开始有规律地打起炮来。那炮声似乎更响了,就像打桩机的铁锤往冻土里夯大木桩时发出的巨响……

"这种巩固沙皇政权的方法未必可靠，"萨姆金穿着衣服，冷静地想道，自己也为能够如此冷静地思考而惊奇。瓦尔瓦拉在餐厅里不停地把杯盘弄得叮当直响。

"真想不到哇！"当他走进餐厅时，她冲着他叫道。"鬼晓得是怎么回事！打碎了这么多杯盘。"

她头上扎着一块白色的小头巾，系着围裙，面容憔悴，真像个女佣人。

"唉，安菲米叶夫娜哟！"她叹息着跑到厨房去，马上又返回来。

她好像没有听见窗玻璃惊惶的呼啸、空气冲击墙壁的轰响和炉子烟囱里发出的低沉、艰难的叹息声。她在忙着打扫灰尘，清点餐具，不知道为什么还检查起家具来了，那种异乎寻常的匆忙劲儿，就像是要招待一些好吹毛求疵的贵客似的。萨姆金暗想，在她这种吵吵嚷嚷的忙乱中，可能隐藏着一种对他负疚的心情。然而，他不愿去想她的过错，根本就不愿去想她，因为他非常清楚地想象得出，今天大概有成千上万的家庭主妇也和她一样，在忙乱、收拾。

"娜斯塔西娅还不回来，真是的！"瓦尔瓦拉愤愤地说。"我要把她辞退。你干吗要放那个看门的傻东西走啊？克里姆，我们对仆人的态度是错误的，我们放任他们，他们就毫无规矩，胡作非为。我不反对民主，可是总该让这些人感觉到，有一只强有力的手在统治着他们呀……"

"这话今天也有成千上万的人在说，"萨姆金抚摸着他那疼痛的肩膀，想道。

傍晚，她设法找到了一个小老头来办理埋葬安菲米叶夫娜的事宜。这个小老头非常敏捷活泼，一张红润的、尖尖的小脸儿上，长着一圈剪得整整齐齐的花白胡子，鹰钩鼻子，老鼠眼。他的一双手到处乱摸，乱动：门哪，墙啊，雪橇呀，还有那匹无精打采的老马的缰绳啦，都给他摸遍了。这小老头就像是个半大孩子乔装打扮的，他身上有某种

107

令人厌恶的,不伦不类的东西。

"是在用大炮说服人哪,"他疑问似的说了一句萨姆金仿佛已经听惯了的话,——说完了,还朝天挤了挤眼,仿佛大炮就是从天上打来的。

大炮在不断地轰鸣,似乎这炮声在雾蒙蒙的空气中散布着腐烂的气味,就像爆破了一些巨大的臭鸡蛋似的。

"你把她送到教堂!"瓦尔瓦拉望着雪橇上宽大的棺材,用手绢擦着脸请求道。

"我认为她并不需要这样做,"他嘟哝一句就走了。

瓦尔瓦拉挽上了他的胳膊;他看见她的眼睛里噙着泪花,咬着的嘴唇直颤动,但是他不相信这是出自真情。小老头走在雪橇的一侧,用他发青的手掌摸着医院公用的黄色棺材,对马车夫说:

"老兄,我们都要死的……就像鸟儿一样!"

维诺库罗夫医士走在萨姆金夫妇身后,他有两次大声说话,让人们知道他也来了:

"一位正直的老太太……她为人太好了!"

小老头停下,等医士赶上他之后,就迈着像小鸡走路似的碎步,匆忙地说道:

"你有什么办法呢?老百姓什么也不想要,他们不愿意要!沙皇已经亲自向他们赔礼道歉了,说'原谅我吧,我确实把一场战争输给了一个小国,我很惭愧!可是老百姓并不同情……'"

"您是干什么的?"医士厉声问道。

"我吗?教堂的更夫,怎么啦?"

"你说话太无礼了,就因为这个!"医士用低音回答说。

"咦,反正我说的是对的,"小老头说,两手直比画,又重复了一遍显然他很喜欢的那句话:

"您瞧,在用大炮说服人哪,这是在告诉他们:你们老实点儿! 莫斯科有过这样的事吗?在沙皇举行加冕大典的莫斯科,怎能用大炮来说服人呢,嗯?"他把那只拿着帽子的手一挥,惊愕地叫道,随后停了停,说道:"这是应该明白的嘛!"

萨姆金扭过身来,朝他那小红脸儿瞥了一眼,见他满面喜气洋洋。

"请您原谅!"小老头点了点他那长满一团团棉絮般头发的黄脑壳,说道。"当然,我这是瞎扯,因为心里害怕。"

"我不想再往前走了,"萨姆金在走到他挨打的那个拐角的时候,低声说道。瓦尔瓦拉继续朝前走去,而他却停了下来,听了听雪橇在光光的石头上滑行发出的吱吱声,暗自思忖:应当到那幢绿色小房子里打听一下柳芭莎的消息,但是却径直回家了,心想:

"瓦尔瓦拉会去打听的。"

## 十

炮声停息了。晦暗的天空映出两片红霞,一片在日落的地方,另一片在普列斯尼亚那边。和往常的傍晚一样,寒鸦成群地在天空盘旋。从小巷子里冲出来一辆马拉雪橇,上面弓身坐着柳托夫。

"停下!"他尖叫道,没等车夫把马勒住,他就敏捷地跳到马路上,跑到萨姆金跟前,用敞开的皮大衣前襟裹住他的两腿。

"瞧瞧,把你折腾成这副样子!"他大呼小叫的,流露出一副奇特的、甚至像是钦佩的神情。"那只手——怎么啦?"

他听完萨姆金扼要的讲述,沉默了一会儿,直到走进穿堂,脱下皮大衣,才又问:

"咱们打自家的小日本儿倒是挺有能耐,是吧?"

萨姆金反问他:

"你是意在嘲讽,还是欢庆胜利?"

见到柳托夫他是很高兴的,但是又不愿意让柳托夫看出这一点,而且他自己也不明白:为什么高兴?这时柳托夫搓着手,说道:

"我们正在往俄罗斯的泥潭里打木桩,建造通往新路的小桥……"

今天他显得异常庄重,甚至有点雍容华贵的气派——穿着规规矩矩的礼服,黑领结上别着宝石别针,须发修剪得整整齐齐。就连那两只不听使唤的眼睛也变得安静多了,而且仿佛也大了些。

"我今天听到一句……很妙的话:'他们在用大炮说服人'。"萨姆金说。

"是不错!"柳托夫目不转睛地打量着他,表示赞同。

"你干吗……这样看我?"

"我都不认识你了,"柳托夫回答,大声叹了口气,随后正襟危坐在椅子上。"老弟,我刚从市长公署来,是因为在我家设立了收留死伤的人们的接待站而被召去的。这当然是阿琳娜的馊主意,她,老弟……"

柳托夫把自己的海獭皮帽扣在拳头上,转了起来。

"咳,鬼晓得我家里搞成什么样子了!阿琳娜弄来一位无政府主义者……叫什么莫纳霍夫,伊诺科夫①,简直像头野兽,——请勿靠近!"

"要是——伊诺科夫,我认识他,"萨姆金冷漠地说道。

"是她的老相识。另外,还有那位苏达科夫,他也挨了一枪。"

他摇着头,又长叹了一声:"唉!"

"喏,你说说在市长公署怎么啦?"萨姆金诘问。

"他们问我:'您设立了吗?'我回答:'设立了','为什么设立呢?''因为要掩盖你们见不得人的勾当啊……'"

"准是胡扯!"萨姆金暗想。

"我们稍稍争论了几句。他们要我签了一张不离开本城的保证书,可我想把阿琳娜弄到国外去。"

猛的轰隆一声炮响,仿佛炮弹就在屋顶上爆炸了一般,把他俩震得跳了起来,柳托夫皱起眉头,帽子也甩到了地上,他叫道:

"这混蛋!是炮爆裂了吧?"

---

① 这两个名字是由 монах(修道士)和 инок(修道僧)变来的。

又是轰隆一声。他俩都沉默了,等待着第三声。萨姆金点上一支烟,觉得心中有什么东西也像窗上的玻璃一样在吱吱地响。他俩沉默了一两分钟。柳托夫把帽子套在膝盖上,继续说下去,声音很低,神色惶恐:

"在市长公署里有个坏蛋,这家伙对我倒是挺忠诚,经常给我提供些这样那样的情报,一向是很可靠的。现在有一件关于你的情报,说你构筑了街垒……"

他停了一下,疑问地看着萨姆金,而克里姆把脸藏在自己喷出的烟雾里,说道:

"无稽之谈。"

"不,你可要认真地对待这个问题!"柳托夫劝他说。"他们是不会客气的!他们到那位医生——我忘记他姓什么了,大概是姓维诺格拉多夫吧,——家里去搜查过,警察署长给了他一枪,打在后脑勺上。是的。好像科斯佳·马卡罗夫也给抓走了,前些日子他在我们那里给人们修补身上的窟窿也住在我家,可是已经三天三夜不见他的影踪了。你认识那个家具厂的老板施密特吗?"

"见过。"

"当着他的面枪毙了二十来个工人以后把他抓起来了。怎么样,啊!在科洛姆纳,鬼晓得他们干了些什么,在柳别尔齐,你知道吧?在大街上就打人,跟打老鼠一样。"

柳托夫用一种沉思的语调安详地说着,眼睛直眨巴,总在打量着萨姆金,弄得他很难为情,使他认为接下去准是什么荒唐的行径。果然不出所料。柳托夫的脸上蓦地泛起红晕,他把帽子摔在地上,吼道:

"这,这头疯狂怯懦的蠢猪!烧锅炉—炉的……居然把人填进炉膛里去了,啊?"

他发疯似的骂起来,骂得很下流,还用拳头敲着沙发扶手,但从他的举动来看,似乎他只疯了一半,因为萨姆金发现:柳托夫的眼睛只有一个在不停地眨巴,另一个却在紧盯着他。

"我们还不曾有过这样的王朝!"他声嘶力竭地喊道。"伊凡雷帝、彼得大帝,他们都有目的……都有目的,可这个家伙呢?他又是为了什么呢?无能的畜生……"

"喊叫是无济于事的,"在柳托夫找不到词儿的时候,萨姆金嘟哝了一句。

"好,阿门!"柳托夫往头上戴着帽子,喊道。"可是你,远走高飞吧!杜尼娅莎也央求你走。快走吧,老弟!否则你要送命的。"

他拉起萨姆金的一只手,默默地摇晃着,两眼盯着他的眼镜里面,忽然悄声狡狯地问道:

"假如突然把他们的大炮夺了过来,普罗霍罗夫工厂的工人们占了上风呢,啊?那会发生什么事情呢?"

萨姆金笑嘻嘻地说道:

"不说点儿古怪话,你是过不了日子的!"

"不,你想想嘛,那会怎么样,啊?"柳托夫喃喃说着,穿上皮大衣。随后,柳托夫用热乎乎的手使劲握了握萨姆金的手,扬长而去。

## 十一

柳托夫的来访给萨姆金留下了这样的感觉,就像是他弄不清楚浇在他身上的究竟是开水,还是冷水?他在屋子里一面徘徊,一面试图把柳托夫刚才所说的一切话语和叫喊归纳为一句话。但是他没有做到,虽说"远走高飞吧","快走吧"这两句话比其他所有的话都更有说服力。他在窗下站定,把脑门儿贴在冰凉的玻璃上。街上冷冷清清,只有一个女人弯着腰,在那堆篝火留下的黑圈子旁边打转转,往篮子里拣拾木炭。

四周异常寂静。萨姆金已经好久没感觉到这样柔和的寂静了。于是他无言地想道:

"大概是完结了……"

寂静在扩张,越来越深沉,给人一种不愉快的感觉:好像地板在塌陷,离开了脚跟。背心口袋里的怀表在缓慢地、嘀嘀哒哒地走动,从厨房飘来煎咸鱼的呛人气味。萨姆金打开气窗,一声凄凉的"立—正!"口令随着冷风,吹了进来。

寒光闪闪的刺刀在朦胧的大街上晃动,一队步兵出现在马路上;哥萨克的小马怒气冲冲地迎着他们走去,不慌不忙;一匹肥笨的、棕色的马,它高高地抬着前腿,龇着牙走在它们中间,马上坐着一个留两撇小胡的胖军官,紧绷着通红的脸,胸前佩戴着几枚勋章,神气活现地挺着胸脯;那只戴着白手套的拳头里握着马鞭,举在胸前,就像神甫举着十字架。他毫不理会那些分散在大街上的士兵,策马而过,随之又有些哥萨克在马鞍上颠动着走过去。殿后的一伙哥萨克中,有个大胡子,他从马鞍上一歪,便从一个步兵的腋下拽出一个小包包,一抖落,原来是一条像大粗蛇似的女用毛皮围脖。那个士兵挥起了步枪,但是大胡子哥萨克和另外两个骑兵纵马跃起,横冲直撞,这时士兵都散开了,紧靠在屋墙上。那匹棕色马艰难地小跑过来,牙龇得更厉害,马上的骑士咆哮道:

"哪里来的一帮混账?带队的是谁?"

萨姆金从窗帷缝里往外窥视着,甚至笑了起来,——问话的好像是那匹马,而不是骑在马上的人。

瓦尔瓦拉在餐厅里喊道:

"一帮混蛋!而这就是我们的保护者!"

萨姆金从门洞望去,只见她在餐厅里匆匆地来回走着,脱去短皮大衣,扯下帽子,不时像瞎子似的撞到椅子上。

"你知道吗?他们抓住我,搜查我……你简直不能想象,他们有多么野蛮!他们抢走了我的暖手筒、毛皮围脖……这简直是抢劫!"

她一下子扑到沙发上,哭号着,开始跺起脚来,那急促的劲头儿,真叫人吃惊。萨姆金瞟了瞟她那敞开的上衣领,长叹一声,就出去弄

113

水去了。

几天空虚的日子异常平静、缓慢地过去了。萨姆金有理由认为,他已经饱经忧患,有权好好休息一番。可是,休息也似乎不那么必要,何况还有一种他没有经历过的、以其新奇使他感到屈辱和气愤的惊慌。这种新的惊慌要求与人们交往,要求发生些什么重大的事件,但是没有人来访,而萨姆金自己又怕出门,况且满脸带伤出去走动也怪难为情的。事件当然是发生了,每天夜里,甚至白天,还偶尔听见步枪和手枪的射击声,然而这分明是在给已经发生的动乱点上最后的几个句点。哥萨克巡逻队策马驰过窗前,已经好久没有露面的警察小队走了过去,瓦尔瓦拉有分寸地叫嚷着,以一种有所期待的目光瞅着萨姆金。

"这不是革命,而是儿戏,"她在餐厅里跟什么人说。"居然用手枪来对付大炮!"

萨姆金觉得她是想和他辩论、争吵,因此他默不作声,坐在书房里。

然而,所有这一切都不能排遣那悠悠长日的空虚,也不能满足那种喜欢激动的习惯,一种令人厌倦,但又非常执拗的习惯。报纸怨声载道,婆婆妈妈地发些莫名其妙的牢骚;从报纸上得不到任何启示,报纸也少得可怜。代替安菲米叶夫娜的,是一位看不出是什么年纪的、胸部扁平的瘦女人,她沉默寡言,活像个监狱里的看守,动作呆板迟钝,老是直愣愣地盯着你的脸,非常讨厌,——而她的眼睛却像一对浑浊的玻璃球;瓦尔瓦拉吩咐她做什么的时候,她很费劲儿地启开那薄薄的、总是紧闭着的嘴唇,简单地回答说:

"是。明白。"

萨姆金简直不能理解自己,简直是在嘲弄自己似的想道,他倒很想在家里和大街上再见到那些街垒保卫者,听听亚科夫同志那清脆、柔和的声音。可惜安菲米叶夫娜已不在人世,而且一想起她那慈祥的脸竟被老鼠啃得不成样子,就很难为情,很羞愧。总之——人们都作鸟兽散,就连那些从前他不喜欢的、多余的人,也都不见了。风不分日夜地在大街上,在屋顶上刮个不停,风虽不大,但却非常讨厌,它在各家各户和人们之间筑起了一道道疏远的隔墙;墙是看不见的,但却可以从住户的沉默中,从他们彼此猜疑和怒目而视的神情中,从他们在街上一碰面就赶快回避、各奔东西的情景中感觉到。有两个晚上,萨姆金走到大街上去呼吸新鲜空气,他发现他认识的居民并不都和他打招呼,也不像从前那样对他毕恭毕敬了;他们恶狠狠地看着他,就仿佛他曾在玩牌时把他们赢了个精光似的。

"假如我被捕,他们自然不会不添油加醋的,"萨姆金心想,并暗自决定:最好少跟这些人碰面。

从此,他就不去散步了,这也因为居民们都特别热心地打扫起街道来,并用铁锹使劲地刮起人行横道来。很明显,瓦尔瓦拉也感到苦闷难熬。她整日在贮藏室和板房里奔忙,在阁楼上踏得地板咚咚直响,一到吃饭或者喝茶的时候,就怏怏不乐地抱怨道:

"好日子来啦!都不敢上街去了。节日快到了,就要过圣诞节了。我在设想这节日该有多快活呀……你简直不能想象,安菲米叶夫娜把家里搞成了什么样子……"

萨姆金沉默不语。而当他觉得再沉默就太没有礼貌而且难为情的时候,便赞同地说道:

"是的,她的举动太乖戾了……"

他觉得漫漫长日的空虚已经浸入他的内心,使他的躯体鼓胀起来,使他的思想变得蠢笨得要命。早晨一喝过茶,他就关进自己的书房,想把这两个月来的一切感受用简单的话写出来,但是他不得不懊丧地承认,写出来的话并未表达出他希望表达的感受,并未表达出为什么那个老态龙钟的士兵,忠实地履行自己的职责,却也像看门的尼古拉一样,令人反感,而亚科夫同志、卡里金这些人却反而不令人反感呢?

"可—能,他们也杀过人……"

## 十二

有一回,萨姆金正在修改写好的文章,忽听餐厅里有陌生人在谈话。他用手帕擦着眼镜,从屋子里走出来,看见布拉金和瓦尔瓦拉并排坐在沙发上,火炉旁边站着一个高个子的男人,穿着长长的礼服和高腰毡靴,两手在抚摸炉壁的瓷砖。

"我姓杰普萨麦斯,"他自我介绍说,把一只红红的手伸给萨姆金。

一般说来,身材这么高的人说话都是粗声粗气的,可这个家伙说话却像童音那么清脆。他长着一脑袋乱蓬蓬的花白头发,一道深深的伤痕划过他左面的脸颊,把下眼皮拉了下来,因此左眼显得比右眼大。两绺灰白、弯曲的大连鬓胡子从脸颊上垂下来,只露出下巴颏和厚厚的下嘴唇。他通报了姓氏以后,就用那双大小不等的眼睛死盯住萨姆金,并且又开始摸起瓷砖来。他两眼乌黑,炯炯有神。

布拉金在愤愤地向瓦尔瓦拉讲述他和杰普萨麦斯两次被拦住搜身的情景。她也愤愤地说道:

"这日子真可怕!当局这种莫名其妙的伪善态度……"

"这样,我就向扎哈尔·鲍里索维奇提议到您府上来……"

杰普萨麦斯的身子晃了一下,操着笑话中的犹太人讲话的腔调说道:

"于是我说:'那就去吧',因为我已经被打得够多了。谢谢您啦!"

他那长着一个鹰钩鼻子的苍白的脸泛起红晕,他把头歪到右肩上,用并无恶意的讥讽口吻问克里姆道:

"你们这种相斗的日子还要持续多久哇?您不知道?那么,谁知道呢?"

他用手指敏捷地捋了一下大胡子。

"啊呀,你们太喜欢摧残犹太人的暴行了!"

布拉金正在帮瓦尔瓦拉把杯盘和瓶子从食橱里拿到桌子上,他不容置疑地指出,知识分子是不会搞这种暴行的。

"您是说不会吗?可你们的虚无主义者,你们的皮萨烈夫①之流不是迫害过普希金吗?这当然是狂犬吠日啦!"

"扎哈尔·鲍里索维奇对普希金的评价总是言过其实,"布拉金报告说,但这一次说话的口气有些难为情了。

"对,我是个总爱过甚其词的人!"杰普萨麦斯朝布拉金挥挥手,同意道。"就算如此吧!不过我要对您说,老鼠也比你们更爱俄罗斯文学哩。你们爱的尽是着火,流冰,暴风雪,哪条街上有打架吵嘴的,你们就往哪条街上跑。难道不是这样吗?就是这样!你们需要扰攘动乱的时代,否则你们就活不下去。你们是世界上最可怕的民族……"

萨姆金觉得这家伙是故意把口音说得很重,而且他的话里确有某种夸张的成分。

"你们在剧院里欣赏流浪汉②,以为垃圾里可以找到黄金,可是那里根本没有黄金,有的是硫铁矿,用它可以制作硫酸,好叫那些爱嫉妒的女人用来洒自己劲敌的眼睛……"

"情敌,"布拉金纠正说。

"而你们的布尔什维克们,不就等于大屠杀吗,嗯?"他忽然笑起来,但笑声并不高,而且很柔和,这使萨姆金心里想:

"他的笑声应当是尖厉的!"

杰普萨麦斯的笑声同他那细柔的嗓音极不相称,这更增强了萨姆金对他的不信任感。而这个家伙却眨了眨右眼,笑眯眯地继续说下去:

"布尔什维克都是些想跑在历史前面一百俄里的人们,因此凡是有理智的人,是不会跟着他们跑的。什么人是有理智的呢?这就是那

---

① 皮萨烈夫(1840—1868),俄国文学批评家,革命民主主义者。他对普希金的看法是偏激和错误的。此处指他写的一篇论文《普希金和别林斯基》。
② 暗指高尔基的《在底层》一九○二年十二月在莫斯科演出获得巨大成功。

些不愿革命的人,他们为自己而生活,谁也不愿意革自己的命。一旦迫于形势,不得不搞一点儿革命的时候,他就会拿出点儿钱来,并且说:'请给我搞个……四十五卢布的革命!'"

他眯起眼睛,突然温柔地笑起来,这对他也是很相称的。

"您是社会主义者吗?"萨姆金问他。

"我是犹太人!"杰普萨麦斯说。"按雷南①的说法,所有的犹太人都是社会主义者。其实,这并不是对犹太人的过分恭维,因为所有的人都是社会主义者;这并不比其他任何东西更能使他们变坏。"

"看来,扎哈尔·鲍里索维奇是一位犹太复国主义者,"布拉金插话说。

"歇歇您!"杰普萨麦斯应声说道;很显然,他是故意把话说错,因为这跟他那张丑陋的脸和花白的头发又一次显得很不相称。"布拉金先生把犹太复国主义理解为一个有趣的笑话;说犹太复国主义,就是一个犹太人用另一个犹太人的钱,把第三个犹太人派到巴勒斯坦去。许多人都更喜欢开玩笑,而不愿去思考……"

瓦尔瓦拉请大家入座。萨姆金坐在犹太人的对面,想起塔吉尔斯基说的话来:"在我们的生活中,最可恶的一种现象,就是染上俄罗斯虚无主义症的犹太人。"但此人并非虚无主义者,也不是普列伊斯……

## 十三

萨姆金是厌恶犹太人的,但是他知道,这种厌恶心理是可耻的,所以,他也和许多人一样,用那种所谓亲犹太主义的语言体系把它掩藏起来。他感到犹太人比德国人或者芬兰人更为陌生,他怀疑每个犹太人的目光都特别锐利,这使犹太人能洞察他这个俄国人身上的一切公开的和隐蔽的缺点,而且比其他各民族的人看得更细致,更清楚。他

---

① 雷南(1823—1892),法国历史学家、语言学家、哲学家,著有《基督教起源史》;他企图以伪科学的理论来维护宗教和唯心主义。

很了解犹太人在俄国的命运是何等悲惨,所以他怀疑犹太人在心理上可能都染上和充满了对俄国人的天生的仇恨,要为他们遭受的凌辱和苦难而复仇。他等待这个说话细声细气的饶舌的人暴露的正是这种感情。

"您想要点儿革命吗?那好吧,当您把庄稼人发动起来的时候,您就会有很多革命。而且他们会走向极端,会把您的和他们自己的脑袋都打得粉碎。"

"我不相信预言,"布拉金咕哝道,可是瓦尔瓦拉却赞赏地点点头,说道:

"不,这是非常,非常正确的!"

杰普萨麦斯扭过脸去,瞅着她;他一只手拿着明晃晃的叉子,另一只手举着一片面包——他已经举了很久,一直没时间吃。

"每个犹太人都是个或多或少的预言家,因为他们反对流血,但是却又懂得斗争和流血是不可避免的,是的!"

萨姆金看到,这个犹太人想把话说得像长者那样慈祥,不带讥讽——这可以从他那忧郁的眼睛里射出的温柔、黑亮的目光中看出来,然而他那尖细的嗓音却和这种神态不协调,非常刺耳。

"在你们这个以双头鹰为国徽的国度里,要想当个预言家是很容易的。您没有发现贵国那只鹰身上长着一个庄稼汉的大脑袋,正朝右边望去,而朝左面瞧的只是一个革命党的小脑袋么?好,等你们把庄稼汉的脑袋扭到左边来的时候,你们就会看到庄稼汉将成为怎样的一个皇帝来统治你们了!"

"尽是些誉满全球的明公,"萨姆金听着那些恼人的、跟他的某些想法不谋而合的言论,心中暗想。"他们以局外人的权利来批评、教训……都以海涅、马克思自居……"

萨姆金一想出"局外人的权利"这几个字,就不再听他讲了。"假如社会不重视个人的价值,那就等于赋予个人以敌视社会的权利……"

把这几个字加以发挥,就会暴露出其中隐藏的无政府主义。这使他很不愉快。杰普萨麦斯晃动着拿面包的那只手,对瓦尔瓦拉说:

"犹太人——这是些为所有的人造福的人。罗希尔德①不也和马克思一样,在为大家造福——不是吗?难道罗希尔德不是像个扫街人一样,把大街上的钱扫成一堆,免得钱的灰尘去迷人的眼睛吗?您以为即使没有罗希尔德也会有马克思吗?您是这样想吗?"

瓦尔瓦拉认为这话说得很俏皮,便嘻嘻地笑了起来;布拉金瞅着萨姆金,也不好意思地微笑着,在椅子上不安地摇晃着他那颀长的身躯;他似乎还在挤眼,末了终于问道:

"我有两句话要跟您说,可以吗?"

他俩走进书房,布拉金压低声音,急切地说起来:

"请您原谅我把他带到这里来,因为我必须见到您,而他害怕一个人走路。他实际上是一个十分有趣而又可爱的人,可是,您看到,他说话那样子!滔滔不绝,漫无边际……"

萨姆金许久没有看见布拉金这样扬扬得意、梳洗整齐、容光焕发了。

"我是来告诉您,您最好赶快离开莫斯科。这话只能在你我之间说,我不愿让瓦尔瓦拉·基里洛夫娜分忧。不过在某些人士当中您是享有……盛名的。"

他不作声了,单等着萨姆金来问他什么;可是克里姆只顾抽烟,什么也没问。于是布拉金声音更低,继续说下去:

"杰普萨麦斯没有说错:社会主义者们的所作所为有利于极右派,这是事实!"

而杰普萨麦斯在餐厅里嚷道:

"噢,那不成了一只脚上穿新靴,另一只脚上穿旧树皮鞋……"

"您简直不能想象,莫斯科已经形成一种什么样的情绪,"布拉金嗫嚅道。"莫斯科和街垒……这怎么能不令人发指!就连普通老百

---

① 罗希尔德(1743—1812),犹太族大资本家,世界银行巨头。

姓,例如马车夫……"

"我明白,"萨姆金莞尔一笑说。"马车夫对那些街垒最深恶痛绝……"

"不,请您认真对待,"布拉金站在那里左右摇晃着,请求道。"认识您的那些人,譬如,里亚欣、塔吉尔斯基、普列伊斯,尤其是斯特拉托诺夫,都是些很有势力的人物! 而且,请您相信,他们将来一定都是了不起的政治家……"

"应当避开他们吗?"克里姆瞅着布拉金那副愚蠢的、霎时涨得通红的脸,诘问道。布拉金耸耸肩膀,嗔怪地提高了一点嗓门说道:

"我认为我有义务这样劝您,完全出于对您的同情,出于对您的尊敬……"

"我由衷地感激您,"萨姆金急忙握住他的一只手,说道。而布拉金却用两只手拉住他的一只手,使劲地把三只手一起摇晃着,激动地嗫嚅道:

"您简直想象不到,在咱们这个时代,一个只希望人人都过好日子的人,要生活下去有多么困难……真是这样的!"他压低声音,又补充一句:"他们在估量您所起的作用……"

他频频点着蛇头一般的小脑袋,溜进了餐厅;萨姆金瞅着他那颀长而柔韧的脊背,心想:

"这家伙不知道跟谁走,为谁效劳。"

这使他想起了马卡罗夫,以及和马卡罗夫的那次不愉快的谈话。餐厅里,杰普萨麦斯在柔和地笑着,瓦尔瓦拉兴致勃勃地一再重复说道:

"这是非常正确的,绝对正确的!"

萨姆金望望窗外,在被几座教堂的钟楼刺破的天空中,晚霞似火,寒鸦急飞盘旋,在绛红的天幕上织出黑色的、缭乱的花纹。萨姆金凝视着寒鸦,想从它们急切的飞翔中提炼出一些不容反驳的语句。瓦尔瓦拉挽着布拉金的胳膊穿过街道,那个奇怪的犹太人走在他们后面。

## 十四

傍晚时分,阿列克谢·戈金来访,他身穿短皮大衣,足蹬毡靴,他解着大衣的扣子,牢骚道:

"您府上的女佣人可真讨厌,贼眉鼠眼,简直像个暗探。"

他像得了伤风似的咳嗽着坐到桌边,问道:

"有伏特加吗?"

他喝了一盅,拿起一块面包,撒满了盐,又斟上一杯酒。

"就像在小酒馆一样放肆,"萨姆金心里说。

戈金嚼着面包,说道:

"老兄,我们求您一件事:到罗斯格罗德去一趟,从一位阿姨手中取一笔钱。我要说一句:这可是一位了不起的阿姨!简直是绝代佳丽,而且也不蠢。这笔钱是寄存在法院里的,有一些麻烦的法律手续要办,您能去吗?"

"请您说得详细些,好吗?"萨姆金说。

阿列克谢两手一摊,无可奈何地说道:

"更详细的情况,我什么也不知道了。那位太太姓左托娃,这是她的住址。她似乎是斯切潘·库图佐夫的亲戚,或者是朋友。"

"这倒是离开此地的一个好机会,"萨姆金心想。"但愿这是最后一次使命。"

"听说那些流氓袭击您的时候,柳芭莎开枪打死了一个,这是真的吗?"当克里姆答应去以后,戈金问他。

"是的,她开枪了,"萨姆金冷漠地回答说。

"打死了吗?"

"他爬起来就走了,我却忘了带手枪。"

萨姆金说完这句话才想起来:他的手枪早给亚科夫拿走了,于是狠狠责备自己:干吗要这样说呢?

"好,他们活该如此,"戈金漠然说道。"柳芭莎现在正在我家里,她颓丧极了,"他有气无力地说。"她的一只胳膊断了,浑身是伤。夜里来到我家,为自己的这一壮举感到十分苦恼,直到今天还在胡说什么她有权杀死那些自觉行动的人,而没有权杀死那些不自觉的人。结论是,她,柳芭莎,是可以杀死的,因为她的行动是自觉的,而她自己作为一个自觉行动的人,却无权打死袭击她的歹徒。她可真是个好同志,一位可贵的工作人员,可惜却不能摆脱民粹派的习气和基督教徒的感情残余。她在我那儿和我那位妹妹进行的那种吓人的辩论,——谁都会给吓跑的!总之,我家里就像库图佐夫说的,成了杂耍场了。"

他站起来,走到镜子前面,伸出舌头来瞧了瞧,咕哝道:

"我病了,真见鬼!在发烧,头疼得像要裂开似的。我会突然垮下去,会吗?"

他再次走到桌子跟前,又喝了杯伏特加,便开始扣短大衣的扣钩。克里姆问他:

"党现在打算怎么办?"

"当然还和以前一样喽!"戈金流露着吃惊的神情说道。"莫斯科工人的行动已经表明,小市民是看风转舵的,——这是意料之中的。无产阶级应当准备新的起义。应当武装起来,加强军队中的宣传工作。需要钱,也需要枪,枪!"

他开始列举外省工人的战斗行动,讲了一些恐怖事件,以及跟黑帮们的搏斗,农民运动的爆发等等。他讲述这些情况,仿佛是在提醒他自己,并且用拳头轻轻地敲着桌子,给自己的话语打着句号。萨姆金很想问问他:这一切会有个什么样的结局呢?但是忽然间他十分清楚地感觉到,他的问话口气一定会毫无热情,不过是一个通情达理的人出于一种义务问问而已。他心里再也没有别的什么理由来提这个问题了。

"从形式上看,可以说有点儿像无政府主义,而实质上,却是对革命党人的锻炼,而这也是必要的。我们需要钱,要用钱来买武器,就是这么回事，"他又重复一遍，喘息着就走了。萨姆金把他送走之后，就在屋子里踱了起来，两眼望着窗外，自问道：

"戈金和库图佐夫之流，莫非真的仅受他们背得烂熟的理论驱使吗？不会的，支配他们意志的是另一种东西——那是与他们坚信不疑的阶级心理水火不相容的。这对工人是可以理解的，可是对库图佐夫之流却是不可思议的……"

街对面的路灯已经修好，正大放光明，把那座连正面石灰墙上的细缝也都熟悉的房子照得通明。

"千百万人住在这样的房子里，随时准备向任何势力屈膝，这就是他们的全部价值……"

## 第五章

### 一

过了一天,他又碰上一连串的不寻常事件。事情是这样开始的:那天夜间,由于火车的猛烈晃动,他从铺位上摔了下来。当他惊讶地站立起来的时候,有个人朝他嘎哑地嚷道:

"出什么事啦?翻车了吗?"随后用肩膀一顶,又把他顶倒在铺位上,吼叫道:

"火柴……见鬼!哎噫,你们这些人,谁在那里?拿火柴来!"

车厢颠簸着,摇晃着,火车头在刺刺地喷气,人们在喊叫;与克里姆在同一单间的人(黑暗中看不见他)扯下窗帘,露出一小块蔚蓝的天和天上的两颗星星;萨姆金划着火柴,看见眼前是一个人的宽宽的脊背、肉囊囊的脖子和油光光的后脑勺。此人将他的前额贴在车窗玻璃上,用寻衅似的口吻说道:

"咦,这是怎么啦?干吗停在信号机旁边呐,嗯?"

单间的门打开了,列车员用提灯照照他,问道:

"平安无事吗?没人受伤吧?"

"笨—蛋,"那人从他手里夺过提灯,照了照萨姆金,把他的脸仔仔细细打量了几秒钟,然后大声咳了一下,往小桌下面吐了口痰,说道:

125

"这下睡不着了！"

提灯罩里微弱、晃动的火光，照见那张又黑又胖的脸上一对圆圆的猫头鹰眼，宽大的鼻子下面扎煞着两撇浓密的灰胡子，正圆形的脑壳上密密地长着貂绒般的头发。这个人双手撑着铺位，背靠车壁坐在那里，眼望着天花板，鼻子有节奏地哼哧着。他穿着厚厚的毛衣、镶边的裤子和一双花格短袜；在单间的一角上挂着灰色军大衣、军服上衣、武装带、马刀、手枪和带有草编套的水壶。

"真见鬼了！我们干吗要停在这儿？"他愣在那里，问道。"既然我们都活着，那就应该往前开嘛！您顶好下车去探听一下情况……"

"这种事顶好是您去，因为您是军人，"萨姆金说。

"军人！"军官愤愤地重复说。"我出去得穿靴子，我的脚又疼。一个人总该懂点儿礼貌哇……"

他取下水壶，拧下壶塞，喝了一口什么东西，然后深深地叹了一口气。萨姆金惟恐军官对他说什么混账话，赶忙穿上衣服，走出车厢，来到车外蔚蓝色的严寒中。夜是晶莹透明的，在星辰稀疏的天顶上，挂着一轮小得出奇的闪着寒光的冷月，周围是一片奇异的景色：一道厚厚的树墙，仿佛用雪塑造的一般，火车头旁边围了一群黑魆魆的、矮小的人，有些个子稍大的人，在笨重地从车厢里往雪地上跳，远处的车站上，点点红光四射的灯火宛如一个个金蜘蛛。

萨姆金朝机车走去，有几位乘客赶到他的前头，四五个士兵有说有笑地跑了过去；机车旁那群人的中央，站着一位戴眼镜的高个子宪兵和两名荷枪的士兵。戴皮帽的火车司机正从煤水车厢上俯下身来，跟他们说话。他们说话的声音很低，虽然话语听得很清楚，但是萨姆金感到大家都在担心发生什么事情。

"你能不能凑合着开到车站？"宪兵问道。

"不能。"火车司机回答。

有人哀叹一声。

"见鬼！把你打死，你都来不及哎哟一声。"

萨姆金悄悄地问一个士兵：

"出什么事啦？"

"火车头出故障了，"那士兵不情愿地回答；另一个反驳道：

"瞎说！岔道上的铁轨断了。"

一个矮壮的士兵从萨姆金背后绕过来，瞅了瞅他的脸，大声说道：

"有些坏蛋想暗害我们这支清剿队！"

他停顿了一下，又补充说：

"都是些戴眼镜的家伙。"

头一个说话的士兵和和气气地插话说：

"情况还不清楚呢。"

但是那个矮壮的士兵却不甘休：

"宪兵说：是阴谋……"

矮壮的士兵越说声音越大，有点儿瓮声瓮气，听起来怪刺耳的。

"这种声调是煽动闹事的，"萨姆金断定，便转身离开这里，顺着路轨旁的小路朝车站走去，路边压着厚厚积雪的两行枞树形成一条长廊。

一个人迈着沉重的步子走在他前面，这个人穿着狐皮领皮大衣，戴着有护耳的皮帽，还有几位乘客踏着枕木向前走去，那个戴皮帽的人谨慎地说：

"我们的国家已经乱得一塌糊涂了。"

"头脑混乱，"萨姆金背后有人随声附和说。

"无法无天，谁也不怕谁，"戴皮帽的人说着转过身来，瞥了一眼萨姆金，迈到枕木上去，给他让路。

机车旁边的人们在叫嚷：

"你们的长官在哪儿？"

"这你管不着。你又不是我们的上司。"

"你看着我！"

说话瓮声瓮气的那个士兵叫道：

127

"干吗要看你,你又不是大姑娘?我才瞧不起你那眼镜呐!"

"他这是冲着那个宪兵说的,"萨姆金心想,连忙摘下眼镜,放进大衣口袋。

"太没有秩序了,"那个穿狐皮大衣的人说,并且长长地打了个哈欠。

萨姆金感到像做梦一般:他朝远处望去,在那茫茫的浅蓝色雪丘中间,点缀着一座座黑土堆似的农舍,有一堆篝火在照耀着教堂的白墙和红色斑块似的窗户,摇晃着钟楼的金色圆顶。月台上有二十来名乘客,围着三个荷枪的士兵,小声地询问他们:

"那么,你们就打起人来了?"

"不打怎么行呀?"

"如果下命令,就连你们这些人我们也照样打……"

"老娘儿们也打吗?"那个戴皮帽的人问道,并且没等回答,就用教训人的自信口气说道:"特别要让老娘儿们感到畏惧,因为女人比男人更贪婪别人的财物……"

## 二

又有一群乘客向月台走来;那个军官一瘸一拐地走在最前面,他穿了一身行军服,显得更臃肿,更圆咕隆咚了。

"喂,出什么事啦?"他厉声喊道;那个戴皮帽的人,整了整大衣,挺直身子,讨好地说:

"有人怀疑是蓄意破坏……"

"我没有问您,"军官狂怒道。"站长在哪儿?"

那个戴眼镜的宪兵推开人们,上气不接下气地报告说:站长正在打电报,汇报道路破坏的情况,要求派工人来。

"我认为是蓄意破坏,长官大人。道岔上的铁轨……"

"那你是管干什么的呢,蠢货?"军官责问道,他用一只手捋着小胡

子,用另一只手摸了摸腰边的手枪。人们纷纷躲开他,有几个人赶忙朝列车走去。宪兵委屈地说:

"我是昨天才派到这儿来的,长官……"

"既然派你来了,就该随时警惕呀!"

军官转过身去,背朝他问道:

"这些兵是哪个部队的?"

"是布祖鲁克后备营①的,他们的部队就驻在各个奔动的村子里,"一个身材高大的、生着一张温柔的女人脸的士兵快嘴快舌地报告说。

"混蛋,应该说暴动的村子!滚开……"

军官从口袋里掏出一盒香烟,看了看士兵的背影,吼道:

"瞧你们走路的样子,就像他妈的火鸡……"骂完了以后,他环顾一下四周,便朝萨姆金走去,说道:"请让我对个火……"

他用克里姆的烟点上自己的烟以后,就自我介绍说:

"特里弗诺夫中尉。"

"萨姆金。"

"教师?"

"律师。"

"律师!"中尉想了想,点点头说。"是小律师,"他笑嘻嘻地继续说道。"大律师都是胖子,而您是属于那些鼓吹要宪法和闹革命的人物,对吗?"

萨姆金试图走开,但中尉挽起他的胳膊,吃力地迈着大步,左脚一踮一瘸地朝前走去。他声音嘶哑地说个不停,长吁短叹,呼出一股股掺着烟酒气的难闻气味儿。

"您属于失败者之流,"他推碰着萨姆金说道。"老兄,您将一事无成,我们会把像您这样的一些人打得粉碎,像打碎鸡蛋一样……"

---

① 即一八九一年成立的第三〇〇布祖鲁克后备营。沙皇当局曾不止一次派它去镇压民众的起义。

"畜生!"萨姆金心里骂道,随后怒不可遏地问道:"您怎么认为我是……"

"我并没有认为您是,我是在开玩笑,"中尉说完,啐了一口。这时站长赶上来,说道:

"是您叫我吗?"

中尉站住,打量他一番,沉默了一会儿,摆摆手说:

"不用了。"

他用胳膊肘紧紧夹住萨姆金的一只手,继续唠叨不休地说些残字断句:

"我自己也是个失败者。三次负伤,得过十字勋章,但是生活无着。我住在一个穿狐皮大衣的……爱打呼噜的笨蛋家里。他把我告到法院,追索一百五十卢布。在车站上被人偷去一个金烟盒,那是同事们送给我的礼物……"

他们来到列车跟前,军官在一节车厢的踏板边停住,仔细地打量着萨姆金的脸,嗫嚅说:

"其实,我把它,烟盒,送进当铺了。我对妹妹说是被人偷去了!"

他的鼓出的虾眼,使那张紧绷绷的脸变得非常滑稽可笑。他用一只戴着手套的手抓住铜扶手,问道:

"想喝白兰地吗?是法国的……"

萨姆金谢绝了。特里弗诺夫中尉把一只脚蹬上车厢的阶梯,又愣住了。四周非常宁静,只有积雪在人们的脚下发出咯吱咯吱的响声,电线杆也和着中尉的喘息在呜呜地呻吟。一个高亢洪亮的声音突然冲破宁静,在上面清晰地写下了这哀绝的歌词:

> 这是我的生命的最后一天……
> 朋友们,我和你们共度此日。①

---

① 出自当时流行的一首士兵歌曲。

"杰尼索夫,这狗崽子,"中尉闭上眼睛说道。"他是小歌剧团的合唱队员。不是当兵的材料!是个懒汉,醉鬼。可是,他唱的,您听见了吗?"

有两个声音在唱;第二个唱得低沉,抑郁,而第一个却越发高亢。

"噢,没门儿!谁也压不下他,"中尉嘟哝了几声,就不见影了。

夜空中,离月亮不远的地方,有一颗巨星在熠熠发光,仿佛就要坠到地上似的。萨姆金缓步向列车尾部走去,平生第一次强烈地感到,一支普普通通的俄罗斯歌曲竟能使人如此悲伤。但是他又觉得在这浅蓝色的、寒冷的、只是梦中才会有的、深沉的寂静中,悲伤是很自然的。那个宪兵赶到他前面去,然而宪兵和他那黑魆魆的影子也同挂满积雪的树木、茶盘大小的月亮、它旁边的巨星,以及像寒冰一样高悬在白雪茫茫的山丘和村里教堂旁边红彤彤的篝火之上的蓝天一样,都仿佛是神话中的景物。简直不能相信那里就住着暴乱的人们。

但是歌声突然中断,马上就有几个人大声争吵起来,响起了长官严厉的喝斥声:

"你是干什么的呀?"

随后是一阵哄笑和笑声中透出的愤怒吼叫:

"竟是这样?"

有人响亮地吹了一声口哨,火车头从远处发出沉闷的回声。萨姆金停住脚步倾听着,但是前面的人们还在哄笑,口哨越吹越响,还有人在不断尖声叫喊:

"去,去把他抓起来,把他们统统抓起来……"

那个宪兵离开他们,朝萨姆金走来,他的眼镜闪着光亮;他一手捏着几张纸,另一只手的手指在抖动着胸前的手枪挂绳。宪兵身旁,在他前面有一步多远,走的是苏达科夫,他正用双手往乱蓬蓬的头发上戴鸭舌帽。月光明亮地照在他那冷漠、骄矜的脸上和腰里皮带的铜环上。萨姆金听见他忧郁地说:

"你还是不要胡来了,老头子!"

"走,走!"宪兵严厉地喝斥道。

萨姆金不希望苏达科夫认出他来,便急忙跳到车厢的踏板上,扭过头去,瞟了一眼走过来的苏达科夫,只见他突然用两手迅速地抓住宪兵的肩膀和腰,猛推了他一下,宪兵跌到一旁,噢哟大叫一声,但他的叫声被哨声和机车咝咝的排气声湮没了;他艰难地爬到旁边的一条轨道上去,两道红光把宪兵和苏达科夫隔开;苏达科夫跃到车厢的踏板上,用什么硬东西顶了一下萨姆金的腰。

萨姆金趔趄了一下,跳到两节车厢间的过道里,落到一群工人当中。这些工人也正在从机车和煤水车上往下跳,来回撞他,而机车那一边,宪兵在叫喊,一些年轻的声音也在叫喊:

"别在这里碍手碍脚的,大叔!"

"别胡来,老头儿,这是不许可的!"

"谁跑掉啦?"

火车头咝咝地喷着蒸汽往后退去,在路上撒下火红的煤渣;可以听见小锤敲打轮箍的清脆声音和车厢挂钩的撞击声;萨姆金抚摸着腰,慢慢朝自己那节车厢走去,回想着苏达科夫在莫斯科车站他看见时的样子:他靠在墙上,正在低头数手里的银币;他穿一件黑大衣,腰上扎一条有铜扣环的皮带,腋下夹着个小包,帽子盖不住他的头发,四面扎煞出来,垂在他的脸颊上,跟刨花一样。

"没有刨好的脑袋,"萨姆金当时这样想,可是现在他却看到这小伙子像野兽一般灵敏:"假如他再晚几秒钟推开宪兵,那么宪兵就很可能滚到车轮底下去了……"

"喂,老爷,走路要打起精神来嘛!"有人在他背后喊道。萨姆金头也没有回,小跑似的走去。小站上一片喧嚣,然而,看来这钢铁的轰鸣似乎急于要消失在寒冷的、吞噬一切的寂静中。

## 三

列车长和那个宪兵都站在车厢的过道里,特里弗诺夫中尉把自己的身子堵在单间的门口。

"穿便衣的?"他惊讶、嗄哑地轻声问道。"夺去了手枪?"

"正是这样,"宪兵悄声回答;他站立的姿势完全不符合在官长面前的要求,弓着腰,低着头,但是双手倒是垂在裤线上的。

"缴了你的枪?就那么逃走了?"

"正是这样。一定还在火车上。"

"士兵们正在搜查,"列车长插嘴说。

中尉断断续续地哈哈笑了三声,但声音不高。

"哈——哈——哈!他还——真有两下子哩!"他一面说,一面眨巴着眼睫毛,咂了咂嘴唇。"咳,你这个笨蛋!你一定要受处分的!而且是罪有应得!好吧,你想怎么办呢,啊?"

"长官大人……"

"想要我的部下去为你搜查吗?不行,祝你健康!没有让你吃颗子弹,你就应当感谢上帝……哈——哈哈!滚!开步走!……"

宪兵艰难地举手行礼,跟跟跄跄地走了,列车长也跟着他走了。中尉抓住萨姆金的胳膊,把他拉到单间里,摁到沙发上,然后关上门,哈哈笑着坐在萨姆金的对面——膝盖顶着膝盖。

"您晓得吗,一个无赖夺了宪兵的手枪就跑了,嗯?不,您应当明白:这是享有特权的部队,维持秩序的,他妈的……只捉老鼠,却不捉革命党!这简直是一出闹剧!噢唷……"

他笑得上气不接下气,鼻子呼哧呼哧地喘了起来,那双圆眼睛瞪得更大了,脸涨得通红,用一只拳头敲着膝盖,另一只手操起水壶,咕嘟喝了一口,然后塞到萨姆金手里。克里姆觉得浑身发冷,也就高兴地喝了。

"真是绝妙的笑话!是革——革命,您知道吧,啊?那个无赖把手枪卖掉,或者把什么人打死……出于好奇,砰的一声,给谁一枪,说真格的!朝人开枪是很有趣儿的……"

"他喝醉了,"萨姆金隔着眼镜瞥了中尉一眼。中尉却把声音压

133

低,很快地喃喃说道:

"我是去保护一处庄园,一座工厂的,它属于一位枢密官,一位很有势力的行政官,总而言之是一位大人物!今年我已经是第四次去干这美差了。我是个微不足道的小人物,别人不去的地方,就把我塞去。谢苗诺夫团的军官——什么米恩啦,里曼啦,统统是德国人①。他们因为镇压俄国人有功,是会得到赏金的……而且数目相当可观!而我所得到的很可能是当头一棒,或者是挨一砖头……喝吧,这是法国酒……"

他大声叹了口气,垂下他那厚重发青的眼皮,摇了摇头。

"我患失眠症已经一个半月了。我脑袋里尽是铅砂,您知道吧,我几乎可以看见一些小球在滚来滚去,真的!您干吗不说话呀?您不要害怕嘛,我是个很和气的人!一切都很明白!您鼓动造反,我就去镇压造反。'人生下来就是为了活下去'②,一个叫什么马加利的说的,是个诗人。我不喜欢诗人、作家,总之你们这班人——我统统不喜欢!"

他又从水壶里喝了一口,然后将两只手捂在耳朵上,用酒在嘴里漱了半天,然后瞪大眼睛,双手捧着后脑勺,开始大声说道:

"我镇压乱民,他们也在驯服我。有一回,我面前站着一个很了不起的老头儿,是个聪明正直的家伙,——一只雄鹰!我揪着他的胡子,枪对着他的鼻子。我说:'你明白么?'他说:'正是这样,长官大人,我明白。我自己就是在土耳其战争中打过仗的兵,得过十字勋章和别的奖章。我参加过镇压,还鞭打过庄稼汉,您枪毙我吧,我是罪有应得!不过,这是无济于事的,长官大人。庄稼人活不下去,必然要造反,您不能把他们都枪毙呀。'您瞧……这个家伙,啊?"

他一面讲,一面总在不住地摇晃脑袋,仿佛有只苍蝇在他那浣熊

---

① 一九〇五年十二月派去镇压农民起义的谢苗诺夫团的很大一部分军官是德国人,该团的指挥官就是德国的米恩少将。
② 出自俄国诗人克留什尼科夫一八四〇年写的一首诗《生命》。高尔基将其作者误为马加利大主教了。

皮般的头发上爬动。他沉默片刻，两眼紧盯着萨姆金的脸，一只手在座位上摸索水壶，另一只手抚摸着脖颈，摸到以后，抓起水壶，扔到萨姆金的膝盖上，说道：

"喝吧，管他妈的！……"

"他的神经也许不正常吧，"萨姆金心里说，喝了一口白兰地，把水壶放在自己身旁，斜睨了一眼沙发角上的手枪。

"是一个出色的老头儿！村长，当过掷弹兵。鬼叫我到他家去喝了一罐牛奶，哼，这还不明白吗，天气炎热，我是又渴又累！下士，这狗崽子，不知在副官跟前嘀咕了些什么；副官叫弗盖尔，团长是齐烈男爵。就是这罐牛奶使我吃足了苦头！"

特里弗诺夫中尉用手拍了一下脖颈，车厢猛然往前一冲，差点儿把他晃倒，他吼道：

"这些混蛋！来呀，我们喝酒哇！您干吗老不吭声啊？"

"我在想着您的悲剧，"萨姆金说。

"悲剧，"中尉提着水壶上的皮带摇晃着，重复道。"这不是悲剧，而是职务！我不喜欢看戏，但马戏是另一码事儿，那要有技巧和气力。您以为我不了解什么是革命党吗？"他用拳头捶了一下膝盖，出乎意料地问道，他的脸甚至都涨得发青了。"你们统统见鬼去吧，我已经为你们服务够了，这就是所谓的革命党，您懂吗？罢—工—分子……"

"当然是这样，"萨姆金和蔼地说，但这并没有使中尉安静下来；他用手指抓住克里姆的膝盖，嘶哑地低语道：

"您，作为一个非军事人员，总以为这是很简单的：用鞭子抽了人……不管是十七个，还是九个，还是四个，反正都一样！抽完就完事了，可以躺下睡大觉了，一直睡到下次再派你执行任务，是吧？不，请原谅，这可不那么简单。干这之前要喝酒，干完之后也要喝酒！而且要喝很长时间，喝很多酒！对于米恩，里曼，列年坎姆弗①来说倒是很

---

① 列年坎姆弗(1854—1918)，沙俄陆军将军，曾指挥讨伐军镇压农民起义。

简单,他们是什么啦?噢,是御林军,是为尼禄①效劳的,简直可以说是为拿破仑效劳的,至于我们步兵……塔塔尔尼科夫大尉——关于他的事情,您在报上读到过吧?他枪毙了一些庄稼人,但在他向上级报告完毕之后,立即就向自己开了一枪,这是一件丑闻!人们纷纷提出问题:为他举行丧礼时奏乐还是不奏?可他在对日战争中曾指挥过一个营,还得过两枚乔治勋章,他是个聪明人,乐天派,台球打得可棒啦……"

车厢又晃荡了一下,中尉重重地歪倒在一边,问道:

"车开了吗?"

当列车通过车站的时候,他朝窗外看了看,喜形于色地说道:

"那个宪兵还站在那里呢,笨蛋!为了手枪的事儿,他要吃点儿苦头的。"

现在,他那嘎哑的话音在火车的轰鸣声中显得更加微弱,字句也变得模糊不清。他点着一支烟,仰卧在沙发上,那圆滚滚的肚子松弛地跳动着,看上去仿佛是话语在他肚子里咕咕地叫:

"步兵……是干粗活的队伍,他们总有一天要让你们看看西班牙式的政变,西班牙那样的军—事—政—变……"②

萨姆金没有再去听他的话,因为他以为中尉再也说不出什么新鲜玩意儿来了。

"专制政体的支柱,"他朦胧中想道,注视着中尉的右眼映着烛光,宛如甲虫的翅膀。

"像他这样的人并非绝无仅有。而且,当然一定也会鞭打、枪毙人。所以大多数人执行任务时并不相信这任务有什么意义。"

这是一个令人很不愉快的想法。萨姆金用毯子裹住身子,任凭车厢像摇篮一般令人安适的惯性去摇晃。

○

---

① 尼禄(37—68),古罗马皇帝,以暴虐、放荡闻名。
② 西班牙和拉丁美洲常发生由军人策动的国家政变。

## 四

列车员打开门,把他唤醒:

"露西戈罗德到啦!"

中尉已经不在单间里了,只有白兰地酒味,一根扭弯了的铜棍儿和小桌底下的窗帘,还能使人想起他。

银灰色的太阳照进车窗,天空仍如昨夜一样湛蓝、寒冷;周围的一切,也和昨天那样悠悠惆怅,只是色调明快了一些。远处的山岗仿佛罩上了银色的锦缎,家家的烟囱上青烟缭绕,它们的阴影在白雪覆盖的屋顶上缓缓爬动;教堂的十字架和圆顶在晴空中闪着金光,一队运货马车行进在白茫茫的田野上,黑糊糊的小马摆动着头,身穿光板羊皮袄的、粗壮的庄稼汉赶着车,这一切都像玩具一般小巧玲珑,非常悦目。

一匹敏捷的枣红小马把萨姆金从车站很快地拉到城里;街上的行人也都显得很臃肿,而且都沉默不语;他们迈着冬天的急促步伐,彼此迎面走过;房屋被鸭绒般的积雪压盖着,由木栅栏联成一片,仿佛冻得很结实,牢固地耸立在那里。木栅栏上贴着些粉红色的海报,黑色的字体《聪明误》[①]映入眼帘,另一些白色的海报也用黑字写着叶夫多吉娅·斯特列什涅娃举行第二次音乐会的通告。

这个姓名并未引起萨姆金的特别注意,但是当他走在旅馆走廊里的时候,突然一个房间的门打开了,一位身穿钟形小皮袄、头戴小皮帽的矮小女人高兴地低声嚷道:

"天哪!是您?您住在这儿?"

萨姆金后退了一步,看见杜妮娅莎那张像狐狸一般尖尖的小脸儿,她那双扑朔迷离、精心修饰过的眼睛和闪着亮光的细小牙齿;她站

---

[①] 俄国作家格里鲍耶多夫(1795—1829)一八二四年写成的喜剧,它深刻反映了十二月党人起义前夜俄国社会的激烈斗争。

在他面前,垂下双手,那姿势仿佛要张开双臂拥抱他似的。萨姆金急忙吻了一下她的手,她亲了一下他的前额,可笑地哼哼道:

"亲—亲爱的……"

随后又匆忙地、兴高采烈地说道:

"果然不错:梦见小鸟儿,就会遇见意想不到的人儿!我去去就来……"

萨姆金简直欣喜若狂,因为杜妮娅莎见到他,就像见到急切盼望已久的情人那样高兴。一个钟头之后,他俩坐在火壶前面,她一面沏茶,一面匆匆地说:

"你问我为何姓斯特列什涅娃吗?这是我婚前的姓,我父亲叫帕维尔·斯特列什涅夫,是个剧场木工。我和我丈夫离婚了。他不像个人,而是一个什么传道者,也不是律师,而是医生,他老是谈论健康问题,就连夜里也总在谈论健康问题,无聊透了!我靠我的嗓子,可以过得挺美……"

萨姆金津津有味地瞧着她,馋涎欲滴,尽可能亲热地笑着。她身穿烟灰色天鹅绒连衣裙,圆滚滚的显得非常柔软。她那梳得光溜溜的红褐色头发,宛若一大块赤金在闪闪发光;冻得绯红的面颊、粉色的小耳朵、修饰过的明亮眼睛和那娴熟而又敏捷的动作——所有这一切都使她变成了一个热情奔放的少女,她对自己颇为欣赏,非常高兴遇上了个男人。

"你知道吧,亲爱的克里姆,我的演出很成功!场场成功!"她流露着惊奇甚至畏惧的神情重复道。"这都是阿琳娜的功劳,愿上帝保佑她幸福,是她把我扶掖起来的!她和柳托夫教会了我很多东西。她说:'喏,行了,杜恩卡,到外省去闯一闯,搞出点儿名气来。'她自己并没有天才,但是她什么都懂,懂到家了,就连怎样穿衣服脱衣服也都非常内行。她喜欢天才,就是为了天才,才和柳托夫生活在一起。"

在这个窗明几净的房间里,温暖而舒适,火壶悦耳地沸响着,茶叶的芳香和杜妮娅莎的脂粉香浓郁扑鼻,令人陶醉。杜妮娅莎一面说,一面嚼饼干,不时从一只沉重的绿色杯子里呷一口葡萄酒。

"我认识这里的一位商人太太,她对我也很帮忙;唉,克里姆,她可是个美人儿,比阿琳娜还漂亮呐!全城的人都给她迷住啦!"

她举起手,攥成小拳头,在自己金发的头顶上摇晃了一下,说道:

"唉,我若是长得漂亮就好了,那我可要尽情地折腾一下……"

她突然蹦到克里姆的膝盖上,搂住他的脖子,问道:

"咱们俩要在这儿小住一番,是吧?"

"那当然啦,"萨姆金慷慨地许诺。

忽听有人敲门。

"可能是送报的吧,"杜妮娅莎扫兴地耳语一声,打开门,气呼呼地问道:"谁?啊,我就来……"

她向克里姆送了一个飞吻,就溜走了;他站起来,双手插进口袋里,在屋子里转了一圈儿,在穿衣镜里照了照,点上一支烟,不禁冷冷一笑,心想这个女人竟是这样轻而易举地帮他忘记了那个梦魇似的军官。窗外小广场中央耸立的沙皇亚历山大二世的铜像,又使他想起了特里弗诺夫中尉,沙皇的帽子、胡须和肩膀上都盖上了一层雪,太阳正照耀着他的左侧,一只冻僵的鼓出的眼睛闪出令人不快的光芒。铜像周围放着几尊用铁链条连结起来,像石桩子一般深深地埋进土里的大炮,和一圈低矮的、剪得一样的小树,宛若一簇簇的白色花团。

"怎么样,老人家?"萨姆金喃喃地问道,说完,不禁哆嗦了一下,对这种完全不合乎自己本性的行径十分诧异,于是就不再去瞧沙皇那只僵直的眼睛了。

"神经病……"

走廊里有说话的声音,门开了,一个身穿黑色衣裙的高大女人,和杜妮娅莎一道走了进来,她迎着太阳站住,用沉厚、洪亮的嗓音朝杜妮娅莎说道:

"他认不出我来。"

然而克里姆已经认出来,她就是玛琳娜·普列米罗娃。她仍和少女时代一样,像座纪念碑似的,不过现在更高了,更匀称了。

"你不该老得这么快呀!"她拉长声调,像唱歌似的懒洋洋地说;然后用她戴着戒指的热乎乎的手紧紧握住萨姆金的手,又把他推开,从头到脚把他打量了一番,说道:"好嘛,还是个仪表堂堂的男子汉嘛!我们多少年没见啦?唉,顶好不去计算啰!"

她笑起来已经不像从前在彼得堡那样放荡,那样肆无忌惮得令人生畏了,现在她举止温柔、娴静,精力充沛,所以显得颇有风度。

"一个典型的老板娘,"萨姆金在回答着她的问话,匆匆断定。

"好,那么德米特里在哪儿呀?"玛琳娜没完没了地问道。"不晓得吗?噢,是这样。是呀,是呀,图罗博叶夫被人枪杀了,这都是他太轻浮的下场,"她又冷漠地补充一句。"涅哈叶娃,还记得吗?"

她的眼睫毛妩媚地动了一下,眼睛带上沉思的神色。萨姆金觉得:她是在考查、估量他。然后她叹了口气,问道:

"我们的熟人还有谁呀?"

"库图佐夫,"克里姆提示说。

"这个人,我偶尔见到。你怎么不作声啊?"玛琳娜抚摸着杜妮娅莎梳得溜光的头发,问道。杜妮娅莎偎依在她身上,就跟半大姑娘偎在母亲身上一般。玛琳娜又开始询问:

"你跟令兄在政治上分道扬镳了吗?"

萨姆金对她用"你"相称很不高兴;所以他回答得很冷淡:

"不是的,只不过……彼此住得相距太远,很少见面。"

"你怎么,是社会民主主义者吗?"

"是的。"

"不是布尔什维克吧?"

"我不在党。"

"好啊,这样更好。结婚了吗?"

"结过,"萨姆金略微踌躇了一下才回答说,"可是你过得怎么样啊?"

"我已经守寡三年多了。"

她皱了一下两道浓眉,像村妇似的说道:

"我的丈夫没给我留下儿女,只给我留下了思念他的悲伤……"

她低下头,想了想,就站起来说道:

"好吧,请你五点钟到我家去喝茶,咱们聊一聊。"

两个女人走了。斯特列什涅娃在前,玛琳娜在后,前者的身影完全给后者遮住了。

## 五

萨姆金嘴里叼着一支香烟,在屋子里来回踱着,擦着眼镜,开始思索起玛琳娜来。她那丰满身躯的动作,悠扬的声调,金色眼睛里流露出的那种虽然温柔,但又有点儿滞重的神情,——总之,她身上的一切都很和谐,显得那么自然。

"会引起别人的尊敬……肯定会的。"

然而,克里姆·萨姆金已经习惯于、甚至似乎认为自己有义务去寻找矛盾,而且这已经是他那放纵的思想所不可或缺的了。他想从玛琳娜身上找到某种矫饰和虚伪的东西。

"她询问过政治问题。偶尔和库图佐夫见面,"他一一地计算着。

库图佐夫总要把萨姆金的一切思想引上一定的轨道,因此,他老是要默默地在心中和库图佐夫争论。

"他像一切具有他那种思想的人一样。头脑简单、思想狭隘。就是他们这伙人把国家有政治头脑的力量一下子分裂成十来个党派。我们姑且承认,只有他们的行动依靠的是工人群众的阶级本能,而不是自卫本能。然而,欧洲社会主义者的所作所为却不能不令人怀疑这种本能是否存在。只有资产阶级的上层分子才具有阶级觉悟……在我国,像亚科夫同志那样的人可能有五百个,或者一千个……当然喽,这是一种破坏性的力量……但是我又有什么可惋惜的呢?"他蓦地责问自己,便把这些翻来覆去不知想过多少次的问题丢在一边,随后想到:最近以来,他越来越经常地从他惯于观察自己的那个高度,不由自主地滑到这个问题上来。

"我同任何人和任何事情都毫无关系,"他提醒自己。"现实生活与我为敌,我走在它上面就跟走钢丝一样。"

把自己比作走钢丝的人真是太突然了,也有损于自尊心。

"没什么可惋惜的,"他将信将疑地又重复了一遍,仿佛在用一种新的尚未形成语言的思想的目光,从一旁远远地窥视着自己的这些思想。而在他那些旧思想的后面,还存在着一种虽说还不很清楚,但却可能是最强有力的思想,这一点使萨姆金高兴地认识到自己个性的复杂性和独特性,感到他内心世界的丰富多彩。他站在屋子中央,抽着香烟,瞧着自己脚边那个粉红色的光点,蓦地想起东方的一则寓言:一个人坐在十字路口阳光下伤心恸哭,当过路人问他为何落泪时,他回答说:"我的影子藏起来了,可是只有它知道我该往哪儿走。"寓言把这个哭泣的人称作傻瓜。萨姆金把烟蒂扔到角落里,看了看表,已经是四点了。夕阳西下,沙皇纪念像上的积雪闪着红宝石般的光芒,男女中学生们拿着冰鞋匆匆走去;两匹灰马拉着一辆雪橇疾驰而过,马身上披着浅蓝色的网状马衣,一位身材高大的军人坐在雪橇里,两个警察骑马跟在后面,两匹黑马仿佛打过油似的油光锃亮。隔着双层玻璃窗,街上的声音一点也传不进来,所以使人觉得广场上的一切都仿佛并非真实存在,只不过是脑子里的幻影罢了。

杜妮娅莎闯了进来,催促道:

"走吧,走吧。左托娃在等着哪……"

"左托娃?"萨姆金问道。杜妮娅莎抹着唇膏,肯定地点了点头,而萨姆金却皱起了眉头:显然,玛琳娜就是戈金对他提起的那个女人。这么一来,他的差事变得简单了,但这里面有某种使他感到不愉快的东西。

"莫非这位女老板在以秘密工作为消遣吗?"

## 六

大街上的一切景物都是他从孩提时代就熟悉了的：那样安静，又仿佛实际上并不存在，而只是往事在记忆中的重现。

杜妮娅莎紧偎在他身旁，说道：

"这里的一切都已经结束，人们争论的只是谁该进入杜马。这里的人真好，待我可好啦，你会看到的！有的节目都要唱三次才肯罢休，太渴望听歌曲了……"

他俩停在一片灯光通明的商店的橱窗前。橱窗玻璃里面摆着几本镶有珐琅和宝石的烫金精装《圣经》，中间铺着黑天鹅绒，上面摆着一顶高高的主教法冠，玻璃罩子里还摆着些祭坛用的十字架、双烛台和三烛台。

"这就是她的商店！"杜妮娅莎说。"富得很呐，"她推开沉重的商店大门时耳语说。商店里摆满了宗教用品，银烛台闪着耀眼的光芒，玻璃橱里摆着镀金的圣餐餐具，也在闪闪发光，天花板上吊着几只手提香炉；一位身材高大的妇人，穿着一件紧裹在身上的黑绸衣裙站在这黄白两色的灯光下。

"请到这里来！"她说着，敏捷地在烛台和洗礼盆中间穿行着。"锁好店门，回家去吧！"她对一个活像雕塑的娃娃似的褐色鬈发少年命令说。萨姆金觉得这个少年很像吉奥米多夫。

在店后面的一间不大的屋子里点着两盏灯，屋内充满了粉红色的暗光。地上铺着厚厚的地毯，墙上也挂着壁毯，一面墙上还高高地挂着一幅镶黑镜框的肖像，肖像饰着银边。屋子的一角，摆着一张半圆形的大沙发，沙发前面的桌子上，一只红铜火壶正在沸腾，玻璃和陶瓷器皿闪着柔和的光。使人觉得那片闪耀着俗不可耐的金银器皿光辉的店铺似乎离这里已经非常遥远了。

"我从早到晚都在这里，也常常在这里过夜；我家里很寂寥，而且伤心的事太多,"玛琳娜用已是莫逆之交的老朋友的口吻说道。然而萨姆金对她从前是多么粗野而又刚愎自用,记忆犹新,所以并不相信她。

"喂,说说你是怎么生活的,何以为生吧?"她提议说;克里姆答道:"说来话长,而且也很无聊。"

"你就别谦虚啦,对于你,我还是略有所闻的。听说你跟过去一样,还是那么曲高和寡,不好对付。你在看那幅肖像吗?是我丈夫。"

玛琳娜取下灯罩,把灯举到画像跟前。

一位相当不错的画师用粗犷的笔触,在窄得很不相称的肩膀上画了一颗硕大、光秃的脑袋,蜡黄的脸,大鼻子,蓝莹莹的眼睛,两片厚厚的红嘴唇,——总之,是一张很不健康的人的脸,性格一定也很乖僻。

"一副很有趣的面孔,"萨姆金说完,觉得还不够,就又补充一句:"一副相当独特的面孔。"

"他出自洛尔杜金[①]家族,"玛琳娜说完,噗哧一笑。"没听见过这样的姓吧?噢,当然啰!你们知识分子只知道哪个文学家,哪个斯拉夫主义者,或者哪位十二月党人跟谁有亲缘关系,而民众自己在大学以外推举出来的精神领袖,你们是一概不知道的。"

"洛尔杜金?"克里姆对她的讥讽口吻很感兴趣,便又问了一句。

"不必勉强去回忆你不知道的事情喽!"她顶了他一句,又转身对杜妮娅莎说道:

"你寂寞吗,杜妮娅莎?"

杜妮娅莎坐在椅子上,像个穷亲戚似的,呆板地挺着身子,眼瞅着墙角,那里衣架上的皮大衣,它们件件都像个没脑袋的卫士。

"哎哟,你说什么呀,"她猝然抖动了一下。"我这人是不会寂寞的……"

"不要紧,寂寞一会儿吧,"玛琳娜批准说,抚摩着她的头,像抚摩

---

① 洛尔杜金即 Л·Д·洛尔杜欣(1819—1890),俄国"新以色列教派"的领导人之一。

一只小猫似的。"德米特里大概是被书本吃掉了吧?"她露出一排雪白的大牙问道。"我特别记得他是怎样追求我的。现在觉得很好笑,可是当时真叫人气恼:姑娘心急如焚,想要出嫁,可他尽是跟她讲些谁都不知道的人,什么第维尔人①、乌格利奇人②啦,讲什么东方文化对西欧史诗的影响啦!有时候,我真想照着他的脑门儿、两眼中间敲一下……"

她讲起音韵优美的俄罗斯语言的每个词时是那么津津有味,所以萨姆金很怀疑:她不论这些字眼的意思如何,都很喜欢,而且喜欢拿它们卖弄一番。她一定很喜欢扮演这个身体健壮、饱食终日的商人妇的角色。当然,她一定有不少情夫,而且经常更换。

玛琳娜紧紧搂住杜妮娅莎,说道:

"那时候,男人在我面前晃来晃去,我感到有点儿胆怯了,而且具有两重含义:既是肉体,又是精神。我和大家一样,谈着平平常常的事情,可是心里想的却是极不寻常的心事,而且我无法用语言表达我真正的思想……"

"她在说谎,"萨姆金心里想,他吃着异常甜美的点心,想起了玛琳娜跟库图佐夫调情的情景。"而且急于要显示自己的独特性。"

在昏暗的灯光下,在地毯、壁毯以及柔和的家具之间,玛琳娜就像一个法国画家用浓彩画的土耳其宫女。而且她周围的一切也有很浓的东方情调:柏木和檀香木的家具、地毯和挂毯。

"还记得丽莎·斯皮瓦克吗?她是那样一个文静、缺乏激情的人。她曾劝我学唱歌。我觉得在所有的民歌中,女人都在抱怨自己生为女人……"

"大家都在抱怨自然,音乐也在这样抱怨,"杜妮娅莎叹口气说道,但马上又噗哧一笑。"不过,男人们也爱唱什么:'在远方,在那阴云密布的天外,有一片乐土……'"

---

① 古代南俄罗斯的一个部族。
② 乌格利奇是封建大公割据时代的一个俄罗斯城市。

玛琳娜也微笑着,懒洋洋地说道:

"唱这种歌的是那些政治家,就像萨姆金这样的人。他们像旧教徒一样,慑于对生活的恐惧,给自己臆造了一个'奥朋王国'。"

"你的话真叫人莫名其妙,"萨姆金好奇地注视着她,说道。"我认为,我们是生活在完全无畏的时代,也就是说,我们正在完全无畏地生活着。"

玛琳娜像轰蚊子似的挥了一下手。

"先夫前妻的一位亲戚,在日俄战争中得过两枚乔治勋章,他是个酒鬼,但也是个非常聪明的汉子。他曾这样说:'奖给我勋章是由于我胆小,我不敢后退,怕枪毙,所以就只好往前冲了!'"

她喝一口葡萄酒,又喝了一口茶把酒送下去,用舌尖舐着嘴唇,慢条斯理地接着说:

"就说你们这些知识分子,叛逆者吧,不也是由于恐惧才投身政治的吗?仿佛是要拯救人民,可人民又是老几呢?对于你们来说,人民是远亲,他们根本看不见你们这些小人物。不管你们怎样努力去拯救他们,而无神论一定会叫你们大出其丑。民粹运动应当具有宗教色彩。土地就是土地,土地民众自己会夺取,但是除此之外,他们还想在人间创造奇迹,他们在寻找神圣的锡安城……"

她说这些话的声音并不高,眼睛也不瞧萨姆金,只是用一块小手帕在不住地扇着她那容光焕发的脸。克里姆觉得:她并不希望人家理解她的话。他发现,杜妮娅莎正以恳求的目光从玛琳娜的背后看着他:她无聊得很。

"你竟是这样想,啊?"他面带微笑地说。"可是库图佐夫知道你这些想法吗?"

"我这些想法,斯切潘不知道,"玛琳娜微微扬起双眉懒洋洋地回答道。"但是他比别人更接近于这些想法。他不需要宪法。"

她不说话了。萨姆金也没有说话的愿望。他怀疑玛琳娜的说教意在讽刺,蓄意要激怒他,逼着他忘情地大谈起来。他认为当着杜妮娅莎的面,跟她谈论戈金的委托是不适当的。

<h1 style="text-align:center">七</h1>

半小时之后,他挽着杜妮娅莎的胳膊,在月色皎洁的宽阔大街上走着,听着杜妮娅莎急促的低语:

"我不喜欢她,不过,你知道吧,她对我很有吸引力,就好像寒冷时要跑进温暖的地方,或者炎热时想躲进荫凉处一样。你说奇怪不奇怪?她身上有一种男性的东西,你不觉得吗?"

"她的话很庸俗,"萨姆金生气地说。"是她那位商人丈夫给她脑子里灌了这许多荒唐玩意儿。你是在哪儿认识她的呀?"

杜妮娅莎说,她丈夫曾经在高等法院为玛琳娜办理过一桩案件。她经常去莫斯科找他。

"他很钦佩她,而且,你知道吧,他老是像个公鸡似的围着她蹦跶……"

这时在他俩的前面发出一阵哄笑,有些人在乱喊乌拉;从一栋房子的大门里走出来一伙人,一个柔和的上低音唱道:

　　我们的沙皇就像穆齐……
　　像穆齐·斯采沃拉一样伟大①,

接着是和谐的合唱:

　　陛下自觉自愿
　　赐予我们一部宪法……

---

① 穆齐·斯采沃拉是古罗马传说中的一位英雄,在战争中被俘。他为表示不畏严刑拷打,曾把自己右手放在火上烧。这是当时流行的一支讽刺歌曲。

"那是——为了什么?"上低音问道。合唱回答:

  为的是能让人民
  齐心协力地前进!

"他们唱得多好啊!"杜妮娅莎放慢脚步,说道:

  陛下削弱了自己的权力,

上低音唱道,合唱又接着唱道:

  但是你们不要哀叹!
  因为他还为自己
  保留了酒类专卖权。

"可——这又是为什么呢?"上低音又问道。合唱回答:

  好让我们伟大的人民,
  喝得身无分文!

"噢噫,多有意思呀!"杜妮娅莎轻轻地叫了一声,放慢了脚步。上低音又唱起来:

  我们的酒鬼,
  趁此机会,

合唱接着唱道:

欢聚一堂，
　　围坐在小桌旁。

"可——这是为什么？"

　　为了人民，
　　为了神圣口号的"前进"，干杯！

杜妮娅莎笑了起来。人们在人行道上挤挤碰碰地走着，走在最前面的是一个戴羊皮帽的高个子大学生，一个小胖子像个皮球似的在他身边蹦来蹦去，不停地跳舞；当他跟杜妮娅莎和克里姆走齐了的时候，便用手指揪着喉结，羊叫似的唱起来：

　　不管老少，对爱情都要俯首听命……

马上就有几个男人和女人同声叫道：
"让他老实点儿！"
"米什卡，别胡闹！"
"这太不像话了！"
这时有位鬈发上扣着一顶小帽的胖姑娘，高兴地甚至好像是惊恐地宣布说：
"诸位，这是斯特列什涅娃，真的！"
那位高个子的大学生摘下帽子，道歉说：
"这是个很可爱的小伙子，请你们原谅他……"
可爱的小伙子仰卧在杜妮娅莎脚边，双手捶胸，咕哝道：
"米哈伊尔·克雷洛夫就是给他自己的无赖行径毁掉的。"
姑娘们向杜妮娅莎提议送她回去，但她笑呵呵地婉言谢绝了；一个留着又粗又长的大辫子的姑娘喊道：

"公民们！我奉劝你们放聪明点儿！"

杜妮娅莎从这群青年的包围中挣脱出来，拉着克里姆，不断回头看着，兴高采烈地说道：

"这些青年人多可爱呀，啊？那个黑眼睛姑娘的话说得多俏皮呀！你听见了吗？'我奉劝你们放聪明点儿！'"

"这劝告很及时！"萨姆金阴阳怪气地回答。

高个子大学生又唱起来：

正是因为这个，

合唱齐声接着唱道：

我们的自由主义者……

这支歌使萨姆金想起一伙青年人用挽歌的调子唱的两句诗："推翻专制政权！自由万岁！"

"青年人就因为我唱了几支简单的小曲，就这样喜欢我，我真高兴。你知道，我过去的生活是何等……"

"他们干革命，自己却又嘲笑革命，"萨姆金啜嚅道。

"那时我的生活虽说很困难，但比现在简单，喜怒哀乐也比较简单。"

"不要说话啦，小心嗓子着凉！"萨姆金劝杜妮娅莎说，倾听着歌声：

他们认为，人民退却
会更有利些……

我们的新闻记者……

那个上低音唱道,但是旅馆的大门砰的响了一声,打断了歌声。

# 八

杜妮娅莎提议到饭馆去吃晚饭,克里姆同意了,但他觉得玛琳娜的甜饼败了他的胃口,所以他吃得很少,杜妮娅莎见他这样,便惊讶地问道:

"你怎么啦?不舒服吗?"

晚饭后她来找他,过了一个小时,她热情地对他耳语说:

"我爱你就是因为你无所不知,但是却沉默不语。"

萨姆金想起来,她并不是头一个说这种话的人,瓦尔瓦拉也说过类似的话。他躺在床上,杜妮娅莎半裸着身子俯在他身上,用热乎乎的手掌轻轻地抚摩着他的前额和脸颊。月亮从窗户最上面的一块玻璃中探进它那朦胧的面孔,毛笔状的黄色烛光仿佛僵在那里,纹丝不动。

"那些受过教育的人,说起话来都是滔滔不绝,无情无义,"杜妮娅莎说。"没有上帝,不要沙皇,人们——互相为敌,一切都不合理!但是——照这样说,那还有什么呢,该要什么呢,而且怎么才算合理呢?"

疲倦的萨姆金微微地笑笑,因为他对这个女人的唠叨感到慰藉,尽管使他不得好好休息。

"究竟什么才是真实的呢?"她追问道。

"对女人来说,就是孩子,"为了应付她,萨姆金懒洋洋地说。"孩子?"杜妮娅莎惊讶地重复说。"噢,我简直不能想象我有了孩子会是什么样子!我跟孩子在一起准会觉得别扭极了。我非常清楚地记得,我小时候是个什么样子。我若是当着孩子们讲起自己的身世来,那简直要羞死了……可他们一定会问的呀!"

"连她也会讲一番大道理呢!"萨姆金淡淡地想。

杜妮娅莎换了个姿势,这么一来,月光便照在她头上、脸上,使她

那双难以捉摸的眼睛放出金色的光芒,变得和玛琳娜的眼睛一模一样。她继续说道:

"不,生儿育女,实在太艰难,太可怕了!我可干不了,我是活不长的!我会遭遇什么意外的不幸,荒唐……可怕的事!"

萨姆金闭上眼睛,问自己:玛琳娜会是怎样的呢?

"依我看,凡是你喜欢的、爱好的,就都是真实的。上帝呀,沙皇啊,所有的,都是真实的。今天——这是真实的,明天——那是真实的。你想睡吗?那就睡吧!"

她吻了他一下,跳下床去,吹灭了蜡烛,走了。留下满屋子的香水味儿和床头桌上的一只镶着红宝石的手镯。萨姆金把手镯推进小桌的抽屉里,点上一支烟,开始理他这一天的感受。他当即意识到:杜妮娅莎在其中占的地位是微不足道的。他甚至觉得这实在太不应该了,因此觉得自己应该弄个明白。

"一个空虚、任性的娘们儿的奇想……"

他早就不知不觉地从自己的经验中,从他读过的小说中,得出了一个女人很不爱听的结论:除了在卧室里,她们处处妨碍你生活,即使在卧室里也只能给你短暂的快乐。他读过叔本华、尼采、魏宁格尔①的作品,深知同意他们对妇女的观点,是不可取的。马卡罗夫称这些德国人对女人的态度,是"印度化——日耳曼悲观主义最丑恶的怪现象之一"。然而,在马卡罗夫本人的"语言体系"里,女人把男人看作时装店里的小伙计,——男人则应当向女人拿出最美好的感情和思想,而她对他的报酬却只是千篇一律的——孩子。

这一夜,在这个陌生城市的一家旅馆简陋的小房间里,萨姆金觉得一些关于女人的想法总在拼命地纠缠着他。他站起来,走到门边,拧上锁,瞥了一眼窗外把房间照得通明的月亮,觉得这明月完全是多余的,真想把它熄灭。他原本就脱得半光了,现在又开始脱衣,准备睡

---

① 魏宁格尔(1880—1903),奥地利心理学家。他们仨人的著作都大肆宣扬歧视妇女的反动观点。

觉,怀着这样的心情,就跟有一回在医生的诊室里担心医生在他身上诊断出严重病症的心情一样。他挪了一下枕头,好看不见月亮死乞白赖闪光的脸孔。他点上一支烟,陷入了猜测、自我辩解、矛盾和自责的蓝色烟雾中。

## 九

"马卡罗夫认为,同女人交往,男人必须无限忠诚,"他侧过身去,脸朝墙,闭上眼睛想道。他简直不能想象,对于杜妮娅莎和瓦尔瓦拉怎么能够无限忠诚呢?只有一个女人,他对她最为坦率,那就是尼康诺娃,但这只是因为她从不向他询问任何事情。

"她为暗探局干事,这当然是被迫的,是强加于她的。宪兵对任何人都会提出为他们效劳的要求,他们也向我提出过嘛。"他心里说。

他立即有切肤之感地想起了尼康诺娃,把她跟杜妮娅莎作了比较,发现尼康诺娃更合他的心意,而杜妮娅莎比谁都深谙肉体行乐的技巧。

"我有点儿太放荡了,"他自己承认。

他承认自己是个性感很强的人,在对自己完全坦率的时候,他甚至于怀疑自己在性方面怀有不少冷漠的好奇心。这是好歹应该加以解释的,于是他就使自己相信:这比赤裸裸的兽欲冲动毕竟要纯洁、理性得多。这天晚上,萨姆金找到了另一种不那么虚伪,但却更叫人伤心的解释。

"年龄使人的感情变冷漠了。我在对付各种异己思想和反抗陈词滥调方面花费的精力太多了,"他一面寻思,一面划着火柴点燃另一支烟。近来,他日益经常地发现,几乎他的每个念头都会留下自己的阴影,自己的回声,但是阴影也好,回声也好,都似乎是敌视他的。这次的情况也是如此。

"考虑思想总比考虑事实要容易些、简单些。"

这种令人不愉快的修正需要加以解释,萨姆金立刻就找到了:

"这是知识分子的共性。更确切地说,这是理性的本质……是尚未被生活中的种种感受污损和压抑的理性的本质。"

但是同时他又想道:

"我已经疲倦了,而且老是庸庸碌碌地纠缠在某些琐碎的思虑之中。和那个烂醉如泥的军官,以及杜妮娅莎和玛琳娜的邂逅相逢,对我又会有什么意义呢?"

一想起玛琳娜那纪念碑似的身姿,他的思路一下子就改变了:

"这娘儿们莫非真信教吗?我不信这样强壮的身体真的需要信奉上帝。"

他感到迫切需要给玛琳娜划一个框框。他久久地、聚精会神地研究着她,拿她跟在彼得堡时的那个姑娘加以比较,突然想起了列斯科夫作品里的主人公阿希尔·杰斯厄琴[①]和他的呐喊:

"我被刺伤啦,被刺伤啦……"

突然不合时宜地想起这句话使萨姆金非常生气。

"到了晚年她也会像安菲米叶夫娜一样可怕……一样可怜……"

这样的念头并没有打断他对这位宗教用品商店老板娘的思绪。在金银器皿的熠熠闪光中,在许许多多的烛台、手提香炉和圣洗盆当中,好像有一个金眼睛的古老神像活了,一个司智天使似的、酷似吉奥米多夫的少年,就像他的儿子偎依在她的身边。

"这是我所见过的最奇特、最荒唐的一次假面舞会,"萨姆金想方设法地安慰自己,但他又想起了吉奥米多夫声嘶力竭的叫喊:

"你们什么也不相信,可你们不相信,又是为什么呢?你们害怕信仰,正是因为恐惧,你们才没有信仰!你们嘲笑一切,你们衣衫褴褛,赤身露体,就像烂醉如泥的叫花子一般……"

这一晚的回忆变成了一场噩梦。萨姆金以一种只有梦中才会有

---

① 出自俄国作家列斯科夫的记事小说《大堂神父》。

的风驰电掣的速度,看见自己正走在两行老桦树中间一条寂静无人、坎坷不平的路上,——和他并肩而行的还有一个克里姆·萨姆金。天气晴朗,太阳烤得脊背直发烫,但是不论克里姆自己,还是他的幽灵,或者树木,都没有影子,而这使他非常惶恐不安。那幽灵一声不吭,用肩膀把萨姆金撞到道上的泥坑和土沟里,撞到树上——克里姆也推他,因为太妨碍他走路了,可是想不到他却倒在克里姆脚边,抱着他的腿,拼命地叫喊起来。萨姆金觉得自己也要倒下去,便抓住同伴,把他拉起来,觉得他就跟影子一样,没有重量。可是他的装束却和真的、活的萨姆金一模一样,所以他总该有点儿重量的呀,应该有呀! 萨姆金把他高高举起来,远远地扔到地上,于是他摔得粉碎,于是,在萨姆金周围立即就出现了几十个和他完全一样的人形;他们把他围起来,和他一道向前猛跑,尽管他们都没有重量,跟影子一样透明,然而他们都拼命挤他,把他推到路旁,赶着他往前跑,——他们变得越来越多,都是些急性子,而萨姆金就在这样一群无声无息的幽灵中气喘吁吁地跑着。他把他们推到一边,用手揉搓他们,撕他们,于是这些家伙就在他手里像肥皂泡似的破裂了;有一刹那,萨姆金看到自己胜利了,可是立刻,他的幽灵又多得不可胜数了,他们又把他包围起来,在没有影子的旷野里驱逐着他向云雾蒙蒙的天空跑去;那天空以一团浓厚的深蓝色云霞为依托,支撑在大地上,云霞中间有另一个太阳像一团火似的在燃烧,但是没有光芒,虽然很大,却是扁圆形,很像一个炉口;这个太阳上面有些小黑球在跳跃。

## 十

当那讨厌的敲门声把萨姆金惊醒的时候,这些小黑球还在他的眼睛里闪动,屋子里充满了冬季寒冷而刺眼的亮光。阳光是如此充足,仿佛窗户都扩大了,墙壁也展宽了。萨姆金肩上披着毯子,打开门,没有回答杜妮娅莎的问候,说道:

"我好像生病了……"

"我这是第三次敲门了……你怎么啦?"

"我醒来就一身冷汗。"

她一再问他要不要请医生;萨姆金回答得极不连贯,心不在焉,就像平常跟瓦尔瓦拉说话那样。他感到同他的一群幽灵进行的搏斗已把他折腾得疲惫不堪了;他腰酸腿疼,就像真的奔跑了很久似的。杜妮娅莎找阿司匹林去了,他走到穿衣镜跟前,久久地打量着镜中自己几乎已经不认识了的憔悴的长脸,皮肤蜡黄,两眼浑浊,眼睛里凝聚着怅然若失,或惊慌不安的难看神色。他用手指弄了一下斑白的鬓发,摸了一下眼边的阴影,读了一遍用金刚钻在玻璃上刻下的两句诗:

因诺肯季·卡布卢科夫
曾在此小住,并立即离去。

"'因诺肯季'写漏了一个H字母,应当有两个H字母才对吧?不过反正都一样——庸俗之至。"

窗外是漫天耀眼的雪花;附近什么地方有一支军乐队在呜啦呜啦地演奏,居民们都往那里奔去,有的坐车,有的步行,孩子们相互追逐着跑了过去,而所有这一切都是陌生的、多余的,就连杜妮娅莎也是多余的。她像只小鸟似的飞进了屋子,硬要他服阿司匹林,从她的房间里端来了凉菜、葡萄酒、糖果和鲜花,把桌子摆得漂漂亮亮的,然后坐在萨姆金对面,身着艳丽的日本和服,摇晃着梳得溜光的脑袋,不断耸着肩膀,用意料不到的动听的音调非常兴奋地小声说道:

"今天我要演唱啦!唉呀,克里姆,真可怕!你去听吗?你在大庭广众之间发表过演说吗?这也挺可怕吧?这肯定要比唱歌更可怕!我登台的时候,连自己的脚步声都听不见了,背上直冒冷气,胸口闷得慌!我只看见一双双的眼睛,眼睛,眼睛,"她用手指在空中不断地戳着,说道。"女人们都在恶狠狠地看着我,她们好像是在诅咒我,盼着我唱走了调,像公鸡叫似的大出其丑。她们之所以这样恨我,是因为每个男人都想强奸我,而她们嫉妒得要命!"

她轻轻地、神经质地笑了起来:

"我尽在说蠢话,是吧?"

"是蠢话,"萨姆金瞧着她那挑逗似的高耸的胸脯和贪婪的嘴唇,肯定说。

"要想学聪明也真不容易哟,"杜妮娅莎叹了口气说道。"说真的,从前我当合唱队员的时候,还是比较聪明的!后来有了丈夫,就变蠢了。这家伙简直叫人无法忍受!你跟他说三句话,他会跟你啰唆上三百四十句!有一天夜里,他滔滔不绝说个没完,我把他臭骂了一顿……"

杜妮娅莎满面绯红,哈哈大笑起来,逗得一向不爱笑的萨姆金想象到她丈夫那副一定是大吃一惊的样子,也轻轻地笑了几声。

"不,真的,你想想看,一个男人跟妻子躺在床上,责备妻子为啥不关心法国大革命!还说那里有个什么夫人①,因为关心革命而被砍了头,看她多走鸿运哪,啊?当时巴黎很时兴砍头,而他把所有砍下的头都数过了,对我说呀,说呀……我认为他是想用这种……砍头的玩意儿吓唬我,那东西叫什么啦?"

"断头台,"克里姆告诉她。

"而且按照他的结论,好像是由于法国女人行为不端,因而引起了这场大革命。"

她把餐巾扔在桌上,跳了起来,头歪到右肩膀上,背着手,迈着士兵的步子,鼻子里哼哼着,用慢吞吞的悲伤语调学起她丈夫的话来:

"'现在你该明白了吧,玛丽亚·安东尼特对帝制的崩溃曾起了多大的作用……'"

她的样子非常好笑,那快活的调皮劲儿使萨姆金很开心,敞开的

---

① 指罗兰夫人。

和服露出穿着黑长袜的匀称的大腿,短短的蓝衬衣几乎把乳房全都袒露在外面。此情此景使萨姆金的善心大发,他很想感谢杜妮娅莎一番,但是当他把她搂到身边的时候,她却敏捷地从他手中挣脱了。

"在演出之前可不行,"她坚定地说道。"我在观众面前应当像玻璃一样的明净!"

"蠢话!"萨姆金反驳说,并不生气,但是很惊奇。

"不行,"她把双手一摊重复道。"你要知道……"

她仰头望着天花板,沉思起来。

"有些醋劲儿大发、恶狠狠的女人和厚颜无耻的男人,这是事实,但是,这——只是坐在头几排的。对他们来说,坐在那里听一个渺小的女人唱小曲可能会感到屈辱,真是活见鬼!但也总有另外一些人,在他们面前那就要好好唱,真心诚意地唱,你明白吗?"

"不大明白,"萨姆金说。"什么叫真心诚意地唱呀?"

她用双手摸摸脸颊,又沉思起来,过了一会儿急速地讲道:

"我父亲玩牌老是手气不好,有时他输了钱,就叫妈往牛奶里掺水。那时我家养着两头奶牛。妈妈卖牛奶。她是个诚实的女人。大家都喜欢她,信任她。你可知道,当她不得不把水掺到牛奶里的时候,她是多么难过,都哭了。就是这样,当我唱得不好的时候,我也感到害羞,——明白了吗?"

萨姆金赞许地拍了拍她的脊背,甚至说了声:

"你讲得颇有孩子的稚气味道,好极啦……"

"是呀,我很笨,笨透啦,"她吻着他的前额急忙同意说。"演出散场后,我们再会,好吗?"

她使他开心了一会儿,但是她刚一消失在门外,萨姆金立刻就把她忘了,倾听起自己的心声,感到一种模糊的、惶惶不安的思绪在滋长。

"我已经筋疲力尽,害病了。"

## 十一

萨姆金拿起一张报纸,躺在沙发上。用大号的,但是歪歪扭扭的铅字排印的《我们的言论报》社论,加了许许多多的问号和惊叹号,气势汹汹地在斥责那些"对国家和对历史不负责任的"人。

"我们是真诚的民主主义者,这已为我们多年不屈不挠的反专制主义的斗争所证实,已为我们的文化工作所证实。我们反对伪装的无政府主义的说教,反对'从必然王国向自由王国跃进'的狂妄行动,我们拥护文化渐进论!而且,否定意志自由,同时又教唆那些无知的人去跃进,这怎么能不陷入不可调和的矛盾呢?"

"外省人总是想得很简单;这在我们看来,往往是很可笑的,但对外省人来说,却正该这样写,"萨姆金心里说,随后又诘问自己:"对我们,可这我们又是谁呢?"翻动报纸的响声湮没了这个问题。在这一页报纸的背面刊登着一则讣告,死者的姓氏很奇特:乌波瓦叶夫①。讣告中说:"伊万·卡里斯特拉托维奇学识渊博,具有真正人道主义者的客观精神,对生活中矛盾的实质具有罕见的洞察力,这赋予他得以调和那些看来似乎是不可能调和的矛盾的力量。"

在"戏剧专栏"里一位署名伊德龙的人写道:

"今晚我们将再次聆听叶·弗·斯特列什涅娃绝妙的民歌演唱;她将再度把那彩虹般艳丽的声音之花慷慨地撒满商人俱乐部的大厅,她将再度以她那从真正的民歌取之不尽的源泉中敏锐巧妙地学到的忧伤呻吟和快活呼叫,使我们激动不已。"

萨姆金把报纸摔在地上,闭上眼睛,顿时在他面前出现了夜间那场噩梦里的情景:他的那些幽灵在跳轮舞。可是现在并不是影子了,而是些像他一样穿着衣服的人,他们慢慢地转着圈子,并不去碰他,这

---

① 有"希望""指望"之意。

些人都没有脸,在长着脸的地方却有一个巴掌似的东西,——就像他们有三只手似的。看到这番情景,实在令人懊丧。这种迷迷糊糊的状态把他吓了一跳,于是他睁开眼睛,站起来,四面张望了一下:

"我的想象病态地在进行活动。"

为了让头脑清醒清醒,他来到大街上;一个出殡的行列正从远处朝他走来。

"大概是在给乌波瓦叶夫送葬吧,"他心里思忖着,拐进了一条小巷,朝下坡走去,小巷尽头是一座绿色屋顶隆起的教堂,上面有三个圆顶。两排低矮、臃肿、屋顶上都盖着厚厚的积雪的小房子沿着斜坡向教堂伸延过去。萨姆金觉得,它们很像些穿大皮袄的人,而房子的门窗则像皮袄上的口袋。一层厚厚的、灰蒙蒙的寒冷的寂寥笼罩在城市上空。从远处传来教堂唱诗班的悲怆的歌声。

"这一切是何等熟悉,何等单调啊!而且——是长久的。根深蒂固。"

他同样漠然地想道:假如他决定从事文学创作,那么让他来描写生活可怕的寂寥无聊沾沾自喜的胜利,绝不会亚于契诃夫,而在尖锐刻薄方面,当然也要胜列昂尼德·安德烈耶夫一筹。

教堂后面,在小广场的一角上有一栋平房,它的台阶上方悬着一块弓形的黄绿色招牌,上书:"北京餐厅"。他走进一个温暖的小房间,坐在门后角落里一株老大的橡树下。他从穿衣镜里看到有七位客人坐在两张靠近小卖部的桌子旁边。他可以听见他们的谈话:

"伊万·瓦西里叶夫,你应该勇敢一些,大胆揭露这帮狡猾的骗子,不然他们在选举中会超过我们的!"

声音油滑,颇多牢骚;与此同时,一个尖细愤怒的声音说道:

"这家伙从小就卖柠檬,卖了一辈子,鬼晓得,他算个什么社会革命党?"

"他们现在都装作无产者喽!"第三个人说。

萨姆金观察着镜子里这些人的模糊身影,忽然在里面发现了伊万·德罗诺夫那个长着两只大耳朵的脑袋。他想站起来,走开,但是堂倌端来了咖啡,萨姆金把头低下,对着杯子,听他们讲。

"过着过着,忽然间大家都变成社会革命党了,唉,怎么会这样呢!"

"那个死鬼乌波瓦叶夫是个狡猾的家伙,不过他倒是狠狠地教训了他们一顿!您还记得在市立公园的事吗?"

"噢,怎么不记得呢?他说过:'你们还不嫌光线太强吗?诸位,你们还不该把焚烧科学经营的庄园的篝火熄灭吗?一切都清楚喽!大家都看清了贪婪、嫉妒和仇恨的自发势力所造成的破坏,就是你们煽动起来的那些势力造成的破坏!'"

"格里沙,你的记性可真好!"

"专记妙语……"

"要知道那个死鬼可是个骗子!"

"我们大家都靠上帝保佑。"

这帮人一同笑了起来,萨姆金趁着笑声用茶勺敲了敲碟子,急着想走开,因为他不想和德罗诺夫会面。可是就在此刻德罗诺夫却说:

"好吧,我该去编辑部了,"于是他的两条小短腿迈着碎步走近萨姆金的餐桌,这时堂倌正在数找回来的钱。

"哟嚯,你是从哪儿来的呀?"

他没有把手伸给萨姆金,很可能因为已经喝得醉醺醺了。

他两手撑着餐桌,眯缝起眼睛,毫不客气地打量着克里姆,用鼻子呼着气,又问又说,声音很高:

"住在伏尔加饭店?我去看你。那里住着个斯特列什涅娃,一位美妙的歌手!老弟,我在这里的《我们的言论报》社当编辑。《我们的家乡报》《我们的言论报》,老弟,都是我们的!"

他从头到脚一色新,活像个成衣店里的伙计。他发胖了,肉乎乎的脸颊油光光的,小鼻子在红润的脸蛋儿上很不显眼,鼻孔却变得更大了。

"你是来进行宣传鼓动的,是吧?是为社会革命党吗?"

萨姆金冷冷地说,他是来这里的法院办理一件案子的,但是德罗诺夫却付之一笑,挤了挤眼,跳到一旁,重复说道:

"我去看你。"

萨姆金从眼镜里瞧着他的背影,痛苦地皱着眉头,心里想:

"这种毫无必要的,而且很不愉快的与往昔的相会,竟是如此频繁……"

# 第六章

## 一

萨姆金徒步走到商人俱乐部,他迟到了,音乐会已经开始,只好站在演出大厅的入口处。大厅很长,夹在两排大粗柱子之间,里面挤满了听众;坐席上密密层层的听众仿佛被那些拥挤地站在圆柱后面、椅子后面、甚至站在有门那么大的窗户的窗台上的人们给压扁了,压得把身子倾向舞台。从楼厢的合唱席上垂下一嘟噜一嘟噜的青年人的脑袋,圆柱上枝形灯的灯光照耀着他们的脸,显得眼睛都异乎寻常的大。杜妮娅莎在舞台上摇摆着,仿佛在空中飘荡,她身后,在金色的框子里,沙皇亚历山大二世威严地站在那里,他那刮得光光的下巴撑在杜尼亚莎金黄色的发髻上。钢琴边坐着一个秃顶的胖子,缓慢、吝啬地从琴键上弹出低微的和音。

杜妮娅莎穿着朴素的黑色连衣裙,领口镶着花边,腰间绣着红玫瑰花,她身材矮小,像个半大姑娘,在大厅里撒满了跟她自己一样朴素的歌词。她那不很有力的,但是清亮的嗓子不住地唱着,形成了一片紧张的寂静,萨姆金并未细心地去听那悠扬婉转的歌声,在这一片寂静中,他感觉到某种愉快的东西,寻思了一下——这究竟是什么东西呢?于是,很容易地就找到了:几百个人都默默无语地,简直可说是感激地在倾听着他占有的一个可由他为所欲为的女人的声音。他冷笑了一下,摘下了眼镜,擦着,颇为自豪地想道,杜妮娅莎是很有天才的。突然一阵热烈的掌声和喝彩声冲破和消灭了寂静,叫喊得最起劲儿的是楼厢合唱席上的那些青年人,他附近的什么地方,有一个浊重的低音,那人炫耀着自己的嗓门儿,大声喊道:

"谢—谢!"

杜妮娅莎可笑地摇晃着身体,挥舞着双手,不断地点着她那红铜似的脑袋;红艳的脸上闪耀着喜悦的光芒;她紧握起手指,把小拳头在自己面前晃了一下,又吻了吻小拳头,摊开双臂,把飞吻撒向听众;这个动作在大厅里和楼厢的合唱席上激起了更加狂热的喝彩声和欢快的笑声。萨姆金观察着和他并排坐着的人们,特别是那个穿交通部制服的胖子,也不禁冷冷一笑,这个胖家伙正在用望远镜看着杜妮娅莎,吧咂着嘴,大声说道:

"这只小猫,多可爱啊!真是甜得要命……"

这样持续了好久,使她无法再唱,后来她向听众不知道说了句什么话,于是重又在一片寂静中非常轻松地唱了起来。萨姆金突然觉得,所有这一切都是对他的侮辱。他甚至离开了听众,站到两道大理石阶梯中间的平台上,置身于这数百人之外。他立即想起了杜妮娅莎赤裸裸地躺在床上,披头散发,贪婪地龇着牙的样子。可是现在这个放荡的小娘儿们竟能使几百个人静悄悄地听她歌唱,为她倾倒,只不过是因为她会唱些愚蠢的小曲儿,掌握了模仿村妇和山姑的哀怨、荡妇思春的淫声的本领。

"有些人一生就像石磨一样在孜孜不倦地研磨生活中形形色色的痛苦印象,为了从中揭示出什么道理,或者使之化为乌有。这些人对这群白痴来说,是不存在的。而她却是存在的。"

萨姆金一面思索,一面听着忧伤的歌曲耐人寻味的旋律,就越来越恼恨起杜妮娅莎来了,而当寂静再一次爆炸了的时候,他浑身哆嗦了一下,又骂道:

"这群白痴!"

大厅里仿佛有成百只母鸡在拍打翅膀,楼厢合唱席上有人在叫喊:

"来一支乌克兰民歌一歌!"

有两个青年人捧着一篮鲜花跑上了阶梯,听众朝他俩挤去,一个蓄着灰白大连鬓胡子、穿腰里带褶的外衣的人说道:

"太好啦!这是地地道道我们的!俄罗斯的!"

玛琳娜穿着深红的连衣裙,胸前掩着一条颜色鲜艳的围巾。

"我们到下边去吧,那里可以喝茶,"她提议说,走下阶梯的时候,又深深地叹了一口气说道:

"歌唱使她变得多么迷人啊,而且她的声调有多纯净,真可以说是闪光的嗓子!"

她说话的时候,眼眉在颤抖,她不断庄严地点着头,答谢人们对她尊敬的躬身问候。

"我是个很不高明的民歌鉴赏家,"萨姆金冷冷地说道。

"民歌是一回事儿,唱民歌又是另一回事儿。"

## 二

跟玛琳娜并肩走,萨姆金感到很尴尬,市民们用好奇的眼光很不礼貌地打量着他,碰撞了他也不道歉。在楼下的一个大房间里,聚了一大堆人,像在火车站一样,密密麻麻地向酒吧拥去;酒吧里闪耀着各色的酒瓶,而在酒瓶中间,在两个橱柜之间的一道小门的上方,有一座沉重的神龛,上面雕着涂金的葡萄,神龛里供着黑脸的圣像;圣像前的琉璃神灯摇曳着红光,这使得酒吧很奇怪地酷似小教堂的圣像壁。当人们举杯饮酒的时候,看上去他们好像是在画十字。近旁的什么地方,传来台球的撞击声,仿佛是在给蓄着大连鬓胡子、穿腰里带褶的外衣的人富于教训意味儿的话点句点:

"在今天这样的时代,能使我们发思古之幽情——这是很大的功绩!"

左边,在敞开的门里面,一些有身份的人在三张桌子上玩牌。也许,他们彼此之间在谈论些什么,但是他们的声音被喧闹声压了下去,而他们的手的动作又是那么单调,仿佛所有这十二个人都是机器人似的。

玛琳娜低声称赞着歌手,若有所思地坐到角落里的一张小桌边,要了茶,然后用手指碰了碰萨姆金的胳膊肘。

"为什么这样愁眉苦脸的?"

"我在看、在听呢。"

"啊哈,你说的是这位吗? 他是本城的唐璜……"

在离克里姆约两步远的地方,背朝他站着一位穿着晚礼服、身材修长匀称的人,那人从宽大的翻袖口里伸出手来打着拍子,铿锵有声地对两个胖子说道:

"是的,革命已经——已经完结! 但是我们不应该埋怨革命,它使我们,知识分子,受益颇多。它从我们身上清除了一切多余的、书本上的东西,这些东西就像船底上的那些妨碍它航行的贝壳和水草一样,在妨碍我们生活……"

"弥撒已经做完了,正在脱去法衣,"玛琳娜小声地冷笑着插话说。

"现在摆在我们面前的是真正的、实际的工作……"

"他是县首席贵族的儿子,"玛琳娜低语道。

"国家体制的完善……"

"住嘴!"一个嘎哑的声音大喝道。萨姆金颤抖了一下,站了起来,所有的人都把头转向酒吧,南腔北调的嘈杂人声立刻沉寂下来,台球的撞击声听得更清楚了,当一切都安静下来以后,有个人沮丧地说道:

"喏,那又怎么呢? 我们来玩黑梅花吧。"

特里弗诺夫中尉站在酒吧旁边,右手握着马刀柄,左手抓住一个比他高一头的秃顶人的衣领;中尉把秃顶的人拉过来又推出去,嘎哑地叫喊着：

"我们在保护这样的废物,而他却……"

秃顶的人摇晃着,两手下垂,嘴里在号叫。

"请把值班的俱乐部主任找来!"穿晚礼服的人喊了一声,便跑到玩牌的房间里去了。

"多难看的脸,咳!"玛琳娜简直是若无其事地说道。

萨姆金在目不转睛地盯着中尉涨紫的丑脸和胸部;中尉的呼吸是那么猛烈、急促,连胸前白色的小十字架也在不断地跳动。看客很快都溜掉了,穿腰间带褶的外衣的那个人阔步向中尉走去,把拿着香烟的一只手藏到背后,问道：

"请原谅,怎么回事儿?"

"滚你的吧,"中尉把秃顶的人推开去,疲惫不堪地说道,这时他想从托盘里端起酒杯,却把它打翻了,于是在柜台上捶了一拳,嘶哑地叫起来。

"可是你这个蠢货,怎么又化装成庄稼佬啦?"他朝那个穿腰间带褶的外衣的人喊道。"我是专抽庄稼佬的!明白吗?你们在听小曲、玩牌、打台球,可是我的部下却冻坏啦,见你们的鬼去吧。但是,我却要对他们负责。"

中尉抡起一只手臂,在自己胸部重重地捶了一下,接着就不堪入耳地大骂起来……

"给卫戍司令打电话,"蓄大胡子的人喊道,并抓起一把椅子,防备中尉的袭击,中尉的右手在抽动马刀柄,左手却不扶刀鞘。

"好啦,我们走吧,"玛琳娜提议说。萨姆金不同意地摇了摇头,但是她挽着他的一只胳膊,带他离去。从台球房里跳出一个细腿儿的高个子军官,他用手绢擦着手向酒吧跑去,步子是那样细碎,玛琳娜说：

"你看,他在跑,可是并不着急。"

"他们搞起了革命,然后又大声呼救：'快来保护我们!'这帮混蛋!"中尉叫嚷道;那个军官走到他跟前,严厉地擤了下鼻涕,仿佛想借此压下中尉疯狂的喊声。

"你的脸色很难看,你怎么啦?"玛琳娜紧对着萨姆金的耳朵悄悄地说。萨姆金嘟哝说:

"我在火车上跟他同一个单间,他是来镇压暴乱的。他神经不正常……"

"噢哟,你可真不怎么样,真不怎么样,"走上楼梯的时候,玛琳娜说道。

铃声叮叮地响起来,有人在拼命地叫喊:

"诸位!音乐会的第二部分开始了……"

在楼梯上,玛琳娜放开了萨姆金的手臂,他立即转身下楼,到存衣室穿好衣服,便走回旅馆。

## 三

大雪纷飞,风声簌簌,夜静如凝。

"我害怕什么呢?"萨姆金慢慢地走着,思量着。"她说,我真不怎么样……这是什么意思?硬心肠的母牛,"他大骂起玛琳娜来,但是立刻就明白过来,自己的愤怒与这个女人毫不相干。

"中尉不管是喝醉了,还是发疯了,但他是正确的!可能我也要大叫。凡是有理智的人都应该大声疾呼:'绝对不许你们强迫我!'"

脑海中是乱哄哄的一片:什么发思古之幽情啦、什么船底的贝壳和海草啦、什么革命已经完结啦,和中尉的醉后狂叫混成一片喧嚣。

"一派胡说!"萨姆金心里叫道。"革命并未完结。当人们还在没完没了地折磨我的时候,革命是不会完结的……"

他明白自己这些思想的浅薄幼稚,这更加使他心烦意乱,更加伤害了他的自尊心。就在这种为自己受到的屈辱鸣不平、怨恨人们的情绪中,在这种思绪既不能廓清、又不能熄灭的哀怨中,他回到了旅馆的房间,点上灯,便坐到角落里离灯光最远的圈椅里,在昏暗中坐了很久,准备有所作为。坐在那里,习惯地回忆起他阅历的一切和那些虽然采取不同的方式,但总是充满敌意地伤害过他的往事。他提醒自己,像他这样命中注定的孤独者大概成千上万,而自己在这些人中,或许是苦难最深的一个。满载着沉重回忆的时光流逝得非常缓慢;时钟早已指向午夜,萨姆金心里闪过了这样的念头:

"那些发思古之幽情的崇拜者们正在什么小酒馆里宴请她呢。"

而承认他是在恭候杜妮娅莎,是令人难堪的。

"我不是在等她,我不是她的情人,也不是奴仆。"

但是走廊里响起了一片窸窣声。杜妮娅莎像一阵风似的冲进了房间,用冰凉的小爪子捧着他的脸颊吻了吻前额,这当儿,萨姆金顿觉快慰了一些。

"在等我?"她急促地悄悄问道。"小心肝儿!我正是这样想的:准在等我呢!快点儿,到我房间里去。你隔壁住了个讨厌的家伙,好像是个熟人。他还没有睡下,刚才还从门里探头探脑地看呢,"她拖着他耳语说;他走着,感到一股带苦味儿的、冰冷的快意袭上心头。

"脚别出声,"杜妮娅莎在走廊里请求说。"他们当然要拉我去吃晚饭,这已经是老规矩了!都是些很可爱的人,总而言之……可是,归根结底全是些下流胚子,"她说道,叹了口气,走进自己的房间,脱去外衣。"要知道,我很明白:在他们眼里,一个歌女跟护士、使女是一路货色——都是奴仆。"

"昨天你说的可不是这样,"萨姆金提醒她说。

"难道每天说的话都要一模一样吗?那岂不要使自己和别人都倒了胃口。"

桌上的火壶在沸腾,一盏难看的油灯在冒黑烟,萨姆金郑重其事地把火焰捻小了些。

"唉,这盏灯有多讨厌,"杜妮娅莎无可奈何地朝灯挥了一下手叹道。"好啦,你说说:我唱得怎么样啊?不,等等,让我洗洗手,叫他们你亲我吻,弄得脏透啦,这些鬼东西……"

她藏到屏风后面去了,于是那里就响起铁脸盆的声音和骂声:

"嘿,见鬼……"

油灯又冒起黑烟来。萨姆金点上两支蜡烛,把灯吹灭。

"好,这样舒服多了,"杜妮娅莎穿着镶皮边的睡衣从屏风后面走出来,赞同说;她已经把发辫松开,棕色的长发披满了肩膀和脊背,她的脸型显得更尖削了,萨姆金觉得很像是狐狸的小脸儿。尽管杜妮娅莎并没有笑,但是她那捉摸不定、变幻莫测的眼睛里充满了喜悦,仿佛眼睛也大了一倍。她坐到沙发上,把头紧偎着萨姆金的肩头。

"亲爱的,我真高兴!高兴得如痴如醉,简直想大哭一场!噢,克里姆,当你觉得你能出色地做好自己的事情时,那是多么美妙啊!真想不到,我是个何等的人物呢?一个合唱队员,母亲是养牛的,父亲当木匠,而突然——我觉得我能够!不管台下是些什么样的嘴脸和大肚皮,可是我却在歌唱,而且觉得我的心像要爆炸,立刻就要爆炸,我即将死去!这……真是妙极啦!"

她身上没有酒气,只有香水味儿。她那股兴高采烈的劲儿使他记起了在音乐会上想到她和自己时的那种冷酷无情的心情。她的高兴使他很不舒服。可是她却索性坐到他的膝盖上,摘下他的眼镜,扔到桌子上,窥视着他的眼睛,问道:"好,现在你说说:你喜欢吗?"

萨姆金伸出一只手去拿眼镜,身子一歪,她就从膝盖上滑了下去;他趁机站起身来,端着一杯酒,在屋子里踱着,还不知道会说出些什么话,就开口说道:

"我去晚了,只好站在门口,在那里听不清楚,而休息的时候……"

于是他便详细地讲起他跟中尉不情愿的相识,讲起中尉对老宪兵如何狠毒。但是宪兵的不幸并未感动杜妮娅莎,可是当萨姆金讲到那个歹徒怎样夺走了宪兵的手枪时,他听到杜妮娅莎小声地赞叹道:

"好样儿的……"

说到中尉在俱乐部胡闹的时候,萨姆金懊丧地瞥了她一眼。杜妮娅莎像小孩似的半张着嘴,眨巴着眼睛,手里握着一束头发,慢慢地抚

170

摸着自己的脸颊,在听他讲呢。

"这场胡闹发生后,我就离开了那儿,开始想起你来,"萨姆金眼盯着纸烟冒出的轻烟,并用纸烟在空中画着8字,低声说道。"你在台上歌唱,设想着你的歌声会使这群畜生变得高尚起来,可是台下的畜生们却在……"

"为什么军官就是畜生呢?"杜妮娅莎惊讶地问道。"他只不过是有些蠢,没有决心罢了。他最好是走到革命党人那里,说一声:我跟你们走! 那就一切都完事大吉了。"

她给自己斟了一杯葡萄酒,说道:

"而我根本什么也没有设想。"

"当然,我对中尉并不感兴趣,可是对你的前途……"

于是他在杜妮娅莎对面停下来,开始设想起她的前途。

"你的嗓子并不太好,而且难以持久。艺术界尽是些被观众娇宠坏了的、无知的、道德观念薄弱的、放荡不羁的人物。他们的某些恶习,譬如说,阿琳娜的某些恶习,可能已经传染给你了。"

他看到杜妮娅莎的脸变得越来越长,兴奋的神色不见了,显得花哨起来,因为脸上的雀斑全都显露出来了,她眯缝起眼睛。

"他们是社会上的小丑,是专为有钱人消愁解闷的……"

"哎呀,我的天啊!"杜妮娅莎惊讶地拍了一下手,大声叫道。"真料想不到! 你说的跟我丈夫说的竟一模一样……"

"如果他是这样说的,那他讲的并不是蠢话,"萨姆金说道,从她身边走开,而她气得从脸上一直红到肩头。她把头发甩到背上,继续叫道:

"不,是蠢话! 他是个没有灵魂的人。脑子里装满了法律条文,全是些书本上的玩意儿,可是心里却一无所有,空空如也! 不,你等等!"她叫嚷着,不给萨姆金说话的机会。"他像乞丐一样吝啬。他谁都不爱,不管是人、是狗、还是猫,他全不喜爱,惟独喜爱一样东西,爱吃小牛脑子。而我却是这样生活:你有什么值得快乐的事儿吗? 说出来,让大家也分享你的快乐！我愿为快乐而生活……我知道,我会这样生活！"

但是,这时她眼睛里滚出了泪珠,于是萨姆金想道,她却不会哭:眼睛大睁着,炯炯有神地闪耀着,嘴上挂着微笑,不断用拳头捶着自己的膝盖,并且全身都好斗地紧张起来。她的眼泪不是真正的眼泪,是多余的,这不是痛苦、屈辱的眼泪。她低声说道:

"他是个蠢货,永远的蠢货:不管是站着、坐着,还是躺着,都是蠢货。这样的家伙才该拿鞭子抽哪……甚至应该枪毙,不准你们再冒烟儿,再散发臭味儿啦,蠢货！"

萨姆金听着,觉得自己也火冒三丈。他在一片柠檬上把纸烟拧灭,轻蔑地说道:

"你等等,别发疯……"

她没有等,而是把身子一仰,靠在沙发背上,两手撑在座子上,惊讶地打量着萨姆金,说道:

"我简直不明白,你怎么会跟着他的调门唱呢？你甚至连认识都不认识他。但是突然,你,这么个大聪明人……鬼知道,这究竟是怎么回事儿！"

萨姆金耸耸肩膀说道:

"你唱着甜蜜的小曲儿,而白痴们则深信天下已经太平无事了。"

他知道,他讲得很糟糕,而且他的话她根本就听不进去。他想叫喊、想跺脚,总之,要震住这个小娘儿们,叫她哭泣,叫她流出另一种眼泪。对她的敌意使他陶醉,激起了他的性欲,引起了报复的愿望。他在她面前来回踱着,脑子里描绘着对她发泄肉欲、惩罚她的情景,他要抓住她,揉搓她,使她痛苦,叫她哭泣、呻吟;他已不再听杜妮娅莎在说些什么,而是看着她那几乎完全裸露的乳房,并且知道,立刻就会……

但是她却主动抓住他的一只手,叫他坐在自己身边,紧紧地抱住他的头,不安地小声匆匆问道:

"你怎么啦,亲爱的？谁欺负你啦？说吧,告诉我！我的天,你的眼神怎么像发疯似的这样可怜……"

这真是太愚蠢、可笑了,而且有失自己的尊严。这完全出乎他的意料,简直不能设想,杜妮娅莎或者另外一个什么女人会用这种口气跟他说话。这使他大为震惊,仿佛有人用什么柔软的,但是非常沉重的东西在他头上打了一下,他试着从她紧抱的手中挣脱,但是她不甘心,而且抱得更紧,热情地对着他耳朵低语道:

"我知道,你的处境很困难,但是要知道,这是不会长久的呀,革命还会再来的,一定会来!"

"你听我说,"他嘟哝说,准备对她说些气恼、讽刺和伤害她的话,但是只说出了一句:"这样我很不舒服。"

真的很不舒服:杜妮娅莎摇晃着他的脑袋,衬衣的硬领直戳他颈子上的皮肤,她手上的戒指压得他的耳朵疼极了。

"你是个聪明人,"她耳语道。"要知道你的事情我了解得很多,我听到过阿琳娜对柳托夫讲你的事儿,还有马卡罗夫也谈过,柳托夫自己对你有很好的……"

最后,总算把脑袋挣脱,克里姆整理着头发,跳了起来。

"柳托夫不可能对我,或者对其他任何人有什么好的评价。"

他感到自己话说得不合适,态度也不够稳妥,样子一定显得非常可笑。

"不,不,你的说法是不正确的,"杜妮娅莎急忙有说服力地提高了嗓门说。"他当着我面对马卡罗夫说:'萨姆金是在从顶楼上向外观望,等待时机,积蓄力量,一旦时来运转,就会脱颖而出——那时,我们全都会大吃一惊!'不过他们说,你太爱面子,不够坦率。"

她站在他面前,双手搭在他肩膀上,手很重,可是她的眼睛却闪着逼人的光芒。

"最庸俗无聊的一幕,"萨姆金对自己说,但是仍然在听她讲。

"柳托夫是个非常出色的人物!他就像阿基姆·亚历山德罗维奇·尼基京一样。你知道吧,就是马戏团的团长?他把全团的演员、驯兽师和人们都看透了。"

他搂住女人的腰,但是她的两只手好像变得更沉重了,把他那些恶毒的意图都压了下去,激起的报复欲火冷却下来。但是毕竟还应该使这个女人知道自己的本分。

"好了,够啦!"他说着就故意紧紧地、粗鲁地搂住她,把她抱起来,但是她却从他手里挣脱出去,跳到了桌子那边。

"不行,你等等!你以为我是个傻头傻脑的,就像那些马路天使一样的女人?你以为我不了解人?昨天,本地的一个记者,像一头翘着鼻子吃奶的小肥猪……算啦,不值得去说它!"

于是她掩好胸部的睡衣领子,大声说道:

"应当分享欢乐,而不是那些卑鄙下流的东西……"

"行啦,"萨姆金走到她身边,再次说道。

"不要动我,你败坏了我的兴头,而且……我累了!"

她叹了一口气,无聊地朝他背后瞥了一眼,避开了他的脸。

"本来想跟你一起庆祝一番!可是没搞成……你走吧。我的心情……坏透了!而且已经很晚了。请你走吧!"

萨姆金什么话也没有说就走了,想以此惹她生气,或者叫她明白,他生气了。他真的生起自己的气来了,他在这幕莫名其妙的戏中竟扮演了这么个愚不可及的角色。

"鬼叫我跟她去高谈阔论!她根本不是个可以谈论问题的人。是个非常下流的娘儿们,"他脱着衣服怒不可遏地想道,下定决心明天就去跟玛琳娜讨论那笔款子的事儿,而且明天就去克里米亚,带着这样的决心,他上床睡了。

但是,第二天早晨他正在喝茶的时候,德罗诺夫来了。

## 四

德罗诺夫周身洋溢着欢乐,咧着大嘴笑个不停,露出镶了金套的牙齿,两只小圆眼珠在萨姆金的脸上、身上迅速地打着转转儿,像苍蝇似的乱蹬着腿儿,那么用力地搓着手,连手上的皮都唑唑地响起来。这丑脸使萨姆金想起噩梦中的人,这些人没有脸,长脸的地方,却是一只手掌。

"你显老啦,萨姆金,头发都变白啦,而且也太稀疏了,"他指出说,并且用亲切、责备的口吻补充道:"未免太早了一点儿!尽管在这样的时代,甚至变成绿色也是完全可能的。"

萨姆金请他喝茶,但是德罗诺夫却要喝酒。

"这里有一种'格拉夫'牌白葡萄酒,酒味儿芳香可口!请要点儿干酪,然后我们再要两杯咖啡,"他兴致勃勃地提示说。"请原谅,但我昨晚几乎一夜未睡,音乐会散场后是晚宴,接着好戏就开场了:一个军官发了疯,用马刀砍死了一名警察,砍伤一个马车夫和一个守夜人,总之,战果辉煌!"

"你讲得眉飞色舞,"萨姆金面带冷笑指出说;德罗诺夫眯缝起一只眼睛,睥睨了他一眼,搔着刮光的下巴,非常随便地说道:

"兄弟,我正在变成一个厚颜无耻的人。生活正越来越有成效地把人们培养成厚颜无耻的人。"

他用鼻子闻了闻,也冷笑着补充说:

"现在人们把生活搅浑了,使它散发出一种腐朽的气味。你没有闻到吗?"

"没有,"萨姆金回答说,心里想着,如果把火车上中尉的所作所为和他说的那些话告诉德罗诺夫,那么这家伙准会写成新闻,并把一切都庸俗化。

"没有闻到?"德罗诺夫又重复了一遍,然后像老相识似的向侍者要了酒、干酪和咖啡,还打了一个哈欠。

"你知道吧?莉吉雅·瓦拉甫卡住在这里,买了一座房子,原来她已经结婚了,现在孀居,而且——你想象得到吗?她竟变成了伪君子,正从事人民的宗教和道德复兴工作。这就是那个吉卜赛女人和瓦拉甫卡的女儿！兄弟，是个绝妙的笑话，对吗？现在她成了一位非常富有的太太。这里的寡妇商人左托娃，经营宗教用品的，据说也是个教派人物，但却是个倾城倾国的漂亮娘儿们，这个娘儿们正在对她进行改造……"

得悉莉吉雅住在本市，萨姆金很不愉快，倒是愿意问他些有关玛琳娜的事情。

"在哪方面进行改造，是在教派方面吗？"

"鬼知道她打的是什么主意！你瞧，她怂恿莉吉雅买下她的一所房子，"德罗诺夫很不情愿地说道，又打了一个哈欠，伸直了腿，双手插进裤袋，就急不可待地询问起来：

"来，说说你们那里，在京都大邑是怎么回事儿？从报纸上简直是越看越糊涂：不知是革命仍在继续呢，还是反动已经开始？我要问的当然不是人们怎么说和怎么写的，而是人们怎么想的。你要是看他们写出来的，只会越看越蠢。这伙人在命令：把火煽旺！另一伙则命令：把火扑灭！而第三种人却建议大家用干草去灭火……"

"那么你自己又是怎么想的呢？"克里姆问道，他不想谈论政治，而是极力在猜测，为什么玛琳娜谈起他们的熟人时只字未提莉吉雅呢？

"我是怎么想的？"德罗诺夫反问道，他斟上酒，喝下肚去，急忙用手绢擦了擦嘴，于是原先那种兴高采烈的神情全都从他那扁平的脸上消失了；他皱起眉头，看着克里姆，嘴唇翕动着，喉头做出往下咽东西的样子，仿佛感到恶心欲呕似的。萨姆金利用这一间歇，问道：

"而这位左托娃，究竟是个什么样的人物呢？"

"可是……她与你有什么相干呢？"

克里姆说，他是为了自己的委托人与左托娃之间的讼事才到这里来的。

"嗯，"德罗诺夫应声说。"你这位委托人可真找到了个打官司的好时光！来，干一杯！"

德罗诺夫甜滋滋地闭上眼睛，喝完了杯中酒，叹了口气，说道：

"左托娃吗？漂亮、有钱，据说还很聪明，而且是个禁欲者，在本城很受尊敬，然而总的说来是个神秘的娘儿们！她的亡夫，据说是个什么土生土长的哲学家，教派人物和高利贷者，曾把一个什么人弄得倾家荡产，那个人被迫自杀。关于她的事儿，你去问莉吉雅好了，"他说道，浑身瑟缩不止，仿佛感到很冷似的。"她大概会把莉吉雅抢光的。要知道，莉吉雅是非常富有的呀，哼！我曾向她借钱办出版社出版书籍！这是我朝思暮想的。她已经同意了，答应借钱给我，但是看来是这个左托娃阻拦了她。好吧，叫她们统统见鬼去吧！我会弄到钱的。不，你告诉我：我国会有宪法吗？"

"会有的，"萨姆金看也没有看他，保证说。

"这么说……"

德罗诺夫稍微抬了一下身子，把一条腿盘在下面，坐到腿上，咬着嘴唇，玩弄着表链，打量着萨姆金的脸有好几秒钟，然后问道：

"可是你需要它吗？宪法？"

"奇怪的问题。"

"不，你说的是真心话吗？"

"是前进了一步嘛，"萨姆金耸了耸肩膀，很不情愿地说道。

"那么会走得很远吗？"德罗诺夫穷追不舍地问道。克里姆往他们俩的杯子里斟着酒，停了一会儿才回答说：

"等着瞧吧。"

"你的话说得很审慎，"德罗诺夫叹道。"可是，兄弟，我有点儿不大相信会万事大吉。俄罗斯是个很不—幸—运的国度，"他说话的腔调很像屠格涅夫笔下的皮加索夫①。"彻底的不幸的国家。而且统治这个国家的不是罗曼诺夫家族，而是卡拉马佐夫兄弟。是魔鬼在统治。'群魔乱舞'②。"

"喝醉了，"萨姆金想。

---

① 《罗亭》中的一个人物，愤怒时骂人的腔调缓慢而清楚。
② 普希金的诗《群魔》中的一句。

德罗诺夫的脸仿佛胖肿了,他喘息着,鼻翅儿在颤抖,耳朵充血,并且涨红起来。

"你还记得托米林吗?预言家。他到这里来讲演,题目叫《理想、现实和陀思妥耶夫斯基的〈群魔〉》。全场群起而哄之。而在图拉或者是奥廖尔,听众甚至要揍他。你怎么满脸苦相啊?"

"头疼。"

"你是布克还是孟克①?"

"我早已不搞政治活动了。"

萨姆金的回答,或者是回答时冷漠的口气,仿佛使德罗诺夫清醒过来,他掏出金表,看着表,非常简单、清醒地说道:

"是啊,你不是那种用钩子就可以钓上来的鱼!我也不是。托米林当然是一份无人阅读的书目和一个沾沾自喜的白痴。他的预言是出于恐惧,跟所有的预言家一样,是一丘之貉,叫他也见鬼去吧!"

他摇晃着链上的金表,并且若有所思地瞅着萨姆金的脸,继续说道:

"然而究竟到哪股潮流中去弄潮呢?坦白地说,这就是我的问题。兄弟,我是谁也不相信。连你我也信不过。你是在搞政治,所有戴眼镜的人都搞政治。况且你是律师,而每个律师都想成为甘必大②和居里·法福尔③之流的人物。"

"这话说得很俏皮,"萨姆金说道,觉得自己总该说点儿什么了。

德罗诺夫站起来,看了看自己绑着护腿套的腿。

"我看得出,你没有开怀畅谈的愿望,"他冷笑着低声说道。"而我又没有时间来拷问你。当然,我明白:秘密工作嘛!三天前,我在街上遇到了伊诺科夫,我还招呼了他一声,但是他好像没有认出我来。是的。这可只能咱俩说说——瓦西里耶夫上校是他干掉的,这是千真万

---

① 布尔什维克和孟什维克的简称。
② 甘必大(1838—1882),法国政治活动家和国务活动家。
③ 居里·法福尔(1809—1880),法学家,法国政治活动家。

确的！喏，好啦，再见吧，克里姆·伊万诺维奇！祝你成功！步步高升。"

仿佛德罗诺夫不是走掉的，而是变成一阵油晃晃的灰色烟雾，消失在空气中了。

"一个小无赖想变成大无赖，但是又有点儿害怕，"萨姆金得出了结论，他用膝盖推开德罗诺夫坐过的椅子，开始用心地穿起衣服来，准备去访问玛琳娜。

"她也讲过对生活的恐怖，"他走在银光闪闪的晴日下，想起了这件事儿。昨夜一场雪，把这座城市装饰起来，使人感到分外洁净和异常亲切的寂寥。

## 五

玛琳娜的商店变得更加光辉灿烂，令人目眩，仿佛所有的宗教用品都用白粉精心擦过似的。在灿烂、欢快的阳光照耀下故作多情的那尊钉在黑大理石十字架上的镀金基督像，显得特别刺眼。玛琳娜正在把一个戴在胸前的小金十字架卖给一位穿短皮袄的老头子，老人正若有所思地轮流用双手把小十字架来回地掂弄着，她却在亲切地规劝他：

"买卖圣物老是讨价还价，这可不好！"

"可是买主儿不是也要跟我讨价还价吗？"老头儿摇晃着脑袋问道。"他也乐意买件便宜的圣物呀……"

玛琳娜用跟顾客谈话一样的亲切口吻招呼萨姆金说："请进，请到后边去吧！"

克里姆觉得店后的这间屋子不但早已熟识，而且连一切细微的地方都非常熟悉。这太奇怪了，需要加以解析，然而萨姆金却无法解析。

"我的视觉记忆是不怎么好的，"他这样想。

一个漂亮少年把通往店铺的门关严了，这更增加了这间房子令人不快的神秘气氛。温暖、芳香的昏暗同样使人很不舒服。

"神秘的娘儿们,"克里姆想起了德罗诺夫的评语,并且轻蔑地想道:"他像只苍蝇一样,在任何东西上都要留下自己肮脏的足迹。"

玛琳娜走了进来,手里的钥匙哗啦哗啦地响着;他立即对她说明来意,而她注意地倾听了以后,懒洋洋地说:

"阿廖沙·戈金大概不知道我是根据库图佐夫的请求冻结了那笔款子的。好吧,我来办理这件事儿,你帮帮我的忙,这样的事儿,我不愿意去找我的律师办理。你怎么样,跟斯切潘是同一条路线上的吗?"

"不完全是,"萨姆金说。"我尽力帮忙做些事情。"

"同情者,"她仿佛是用粗大的笔体写出了这几个字似的说道,而且自己为自己解析说:"同情就意味着已经理解一半了。我们喝杯茶,怎么样?"

她摸了摸火壶的壶壁,用手指按了一下电铃按钮,当那个少年推门探视的时候,她就说道:

"米什卡,把火壶热一热!"

然后,又转向萨姆金说:

"那么你是在什么真理的火边取暖哪?终归是马克思主义者吧?"

"他的经济学说我接受……"

"可是斯切潘却坚决地主张,对马克思要么就全盘接受,要么最好不要去打搅他。"

萨姆金冷笑着问道:

"那么你是不去打搅的啰?"

她没有来得及回答。店铺里响起了急促的铃声。萨姆金在圈椅里坐得更稳当些,想象着:

"她想听我的忏悔。妇道人家的好奇心……"

他重又使自己想起了玛琳娜还是一个穿着黄色针织衫的倔强姑娘时的模样和她那些愚蠢的话:"我之所以穿针织衫,是因为我忍受不了托尔斯泰的说教。"库图佐夫称她为"流动堡垒"。而萨姆金完全违反自己的愿望,不得不承认这一事实:这个女人具有某种舒服的、温暖的、令人感到压抑的重力。

"是天真?诚实?一个很有趣的典型。奇怪的是,她居然还与库图佐夫保持着良好的关系。"

从店铺里传来一个柔和的低音的曲意奉承、歌唱般的语声:

"上帝赐予我们多明朗的日子呀,大自然和受到自由精神鼓舞的公民们的欢乐有多么和谐呀……"

接着那个低音把声调降低了些,而玛琳娜却坚定地说:

"一百三十五卢布,不能再少了,"

"尊敬的太太,我们的市镇很小,教民都很穷,四周尽是些异教徒,莫尔多瓦人。"

"不能再少了。"玛琳娜重复说。

"噢,一百卢布可是个很大的数目呀!"

萨姆金一边听着,不禁笑了起来。美少年米沙端进了滚开的火壶,黑眉毛下的眼睛生气地瞥了一眼来客,好像他要问点儿什么,或者是要大骂一声,但是这时玛琳娜进来了,说道:

"神甫们的生意经也实在太精啦!此人已经来过四次了,可他是来自很遥远的县份。住在这里要花掉多少钱。"

烹着茶,她继续说道:

"我很想跟你那样谈谈,你知道吧,坦率地,毫无保留地,这对我非常需要,可是,你看,总是有人打搅!这样吧,你选一个晚上,到这里或者到我家里去。"

"那太好啦,"萨姆金说。

"就是明天吧。星期日,我就营业到两点钟。我记得你是个很不随和的人,而这样的人正是最有趣的人。"

萨姆金认为有必要提醒她,他未必会使她感到有趣。

"那怎么会呢?"她和蔼地反驳说。"一个人已经活了半辈子……"

"可是生活,实际上只不过是一个人的自我纷扰,"萨姆金出乎意料地、几乎是愤怒地说道,而这使他更加生气。

"这是实话,"玛琳娜轻松、随便地同意说,好像她听到的只不过是一句最平常的话。

"她没有理解,"萨姆金心里想,皱着眉头,捻着小连鬓胡子,看到她对自己偶然的自白竟如此淡漠,颇为满意。

但是玛琳娜却继续说道:

"这正像格列布·伊万诺维奇·乌斯宾斯基评论列夫·托尔斯泰时说的一样,'绕着自己走了八万俄里'①。要知道,这看来将是永恒不变的了,地球绕着太阳转,而人则绕着自己的精神转。"

萨姆金原以为她会说些什么怪话,疑问地看了看她;可是她把一杯茶推给他以后,叹了口气说:

"格列布·伊万诺维奇是一个非常可爱的人!我见到他的时候,他已经处于精神完全枯竭的状态,可是我丈夫跟他却是至交,酒友,格列布·伊万诺维奇还常把自己的小说手稿寄给我丈夫看,后来他们俩在思想上分道扬镳了。"

她淡然一笑,用手掌摩挲着膝盖上的裙子,说道:

"在《忽然想到》那篇小说的校样上,他给我丈夫题了两句话:'你一直在寻求平衡,最后走上了宗教的反动。'"

"在思想上分道扬镳,这是什么意思呢?"在她沉默下来开始喝茶的时候,萨姆金问道。

"啊,这就是指在思想习惯,思想方向上的分歧,"玛琳娜解释说,她的眉毛抖动了一下,眼睛里掠过一道阴影。"乌斯宾斯基这个人,正如你所了解的那样,是位殉道者,他觉得自己是贡献给世界的牺牲,而我的丈夫则是一位享乐主义者,然而并非只指在肉体上享受生活,而

---

① 引自柯罗连科著《回忆格·伊·乌斯宾斯基》。

且是指在精神方面的生活享受。"

看着她那逐渐变黑的眼睛,克里姆坚定地说道:

"这一点我不能理解……"

"是啊,你是难以理解的。"玛琳娜同意说。"难怪连你的脸也有几分像乌斯宾斯基墓。"

"我?"萨姆金惊讶地问道。"连脸也有几分像?为什么还要——'也'呢?莫非你以为我也是贡献给世界的牺牲?"

"得啦,谁又不是贡献给世界的牺牲呢?"玛琳娜问道,突然响亮地笑起来,使劲地摇了一下脑袋,浓密的栗色长发像烟云似的飘动起来。她在笑声中说道:

"可你为什么要这样惊慌失措呀?请你不要以为我还是你在彼得堡认识的那个傻丫头,现在我是另一种傻丫头了。"

"我并没有惊慌失措呀,"他往后退着,低声说道。"但是你必须承认,这……"

玛琳娜站起来,伸手给他,说道:

"那么说,明天两点?好,再见!"

往外送他的时候,在商店里,她说道:

"你听说那个军官砍死砍伤了几个人吗?真可怕!"

"是啊!"萨姆金同意说。

"真是个神秘的娘儿们,"他思索着,在寒冷的暮色中沿街走去,他恼怒地思索着,而且觉得对这个女人的敌视的好奇正在转变为一种严肃的和令人不安的兴趣。他仿佛在对什么人为自己辩解:

"任何人都会对她发生兴趣。享乐主义。真是荒诞不经。显然她读过很多书,说话的风度很像列斯科夫小说的女主人公。只是在最后才提到了中尉,而且很不介意。换个别的女人准会惊骇半天。而且一定会极端伤感……知识分子的惊骇一般总是极端伤感的……我好像不喜欢惊骇。不会惊骇。这是优点还是缺点?"

## 六

　　他不愿意看到杜妮娅莎，便走进一家饭馆，在那里吃了晚饭，坐了很久，喝着咖啡，吸着烟，反复地思量、考虑着玛琳娜，但是这依然未能使她变得更容易理解些。回到旅馆，他发现了杜妮娅莎留下的信，她告诉他，她到一家瓷器厂去演唱，明日即返。在信的一角上用小字写道："你隔壁住着一个可疑的家伙，而且苏达科夫曾来找过他。还记得苏达科夫吗？"

　　萨姆金把信撕成碎片，在烟灰缸里烧掉，然后走到墙边，谛听了一会儿，隔壁房间里静悄悄的。苏达科夫和那个"可疑的家伙"妨碍他去思考玛琳娜，于是他摁了摁铃，走进一个侍者——一个小老头儿，穿着一身白制服，满头白发。

　　"一个……虚幻的人物，"萨姆金想。"请送一只火壶和一瓶红葡萄酒来！我隔壁的房间有人住吗？"

　　"那位老爷中午就到火车站去了，"小老头儿殷勤地回答说。

　　萨姆金听到这样的回答很高兴，思想马上又回到对玛琳娜的思考。

　　"另一种傻丫头？信仰上帝。而且好像是在嘲讽自己。难道她信仰的是教堂里的那个上帝吗？别看她有那么大的块头儿，实际上也是个虚幻的人物。不寻常的人物，"他仿佛在对一个想要反驳他的什么人表示让步。

　　烧纸的难闻气味儿使他不得不去打开通风的小窗。从城市的几个地方传来夜犬吠月的汪汪声。一轮皓月高悬在消防队的瞭望塔楼上。"就像字母 i 上面的圆点，"萨姆金想起了缪塞的一行诗[①]，——而且立即就非常清晰地想象到闪光的小圆球在环绕着地球旋转，而地球

---

[①] 引自阿·缪塞的叙事诗《望月》。

旋转着,沿着螺旋线绕着太阳转,而太阳迅速地旋转着,也沿着螺旋线坠向无限的太空;而在地球上,在地球的一个最渺小的圆点上,在一个众犬吠月的小城里,在一条空旷的街道上,在一个木笼里,有一个叫克里姆·萨姆金的人站在那里仰望着月亮毫无生气的圆脸。

他感到有点儿冷,不禁打了个寒战,便关上了通风的小窗。宇宙的图景消失了,而克里姆·萨姆金却留了下来,显然,这位也是个什么虚幻的人物,一个非常令人不快的人物,甚至使那个伫立在木头城中,正在惊犬的哀吠声中思考他的人也感到非常陌生。

"问题的实质就在于我不能在生活中找到一个吸引我的全部心神的点。"

"这是一些具有特殊天赋和各种才能的人的特性。"

"但是也可能是那些……被现实生活折磨得筋疲力尽的人们的特性。"

"平庸无能的人们的特性?不是。平庸无能的人就一定糊里糊涂、毫无定见。我是个很有定见的人。"

另一个萨姆金也忧郁地,但是严厉地,几乎是粗暴地反驳他说:

"你完全可以不干诸如到这里来旅行一类的蠢事。你是在完成一伙幻想社会革命的人的委托。你不需要任何革命,而且你也不相信有进行社会革命的必要。一个无神论者却天天在教堂做礼拜、进圣餐,难道还有比这更荒唐、更可笑的吗?"

争论迅即变得异常激烈;第三个萨姆金,即思想浅薄无聊的那个萨姆金也参加争论了。

"杜妮娅莎谈过圣餐……"

第一个萨姆金使思想进一步深化。

"接受圣餐就意味着承认和感觉到自己是某一整体的一部分,否定自我的存在。可能这只是想象而已,未必真会有此感觉。正如'爱人民''阶级团结'一样,纯属自我欺骗而已。"

"那么斯切潘·库图佐夫呢?"

"他自己肯定地说过,资本主义社会正在摧残人的社会本能。"

"他正在行动,'行动着的人就是有信仰的人。'①"

"他的作为与众不同,是反对众人的。而你并不信仰,却在行动。甚至很难说,你是在寻求自我解脱。在你那一团胡思乱想的下面,隐藏着对生活的恐怖,就像小孩对黑暗的恐怖,这种黑暗你是无力驱除的。而且就连你的思想也不是你的。你能找出、说出哪怕是一种可以算是你自己的思想,这种思想在你之前尚无人道出吗?"

这位新萨姆金已经明显地占了上风,而那个自认为是真正的、现实的萨姆金,几乎已经无力对他进行还击,只是在疲惫地想道:

"我是在生病,还是在康复?"

无声的争论还在继续。一片冲不破的寂静,而且这种寂静仿佛要求人去思考自己。他也正在思考着。他饮酒、喝茶,一支接一支地吸着烟,一会儿在屋子里徘徊,一会儿坐到桌边,然后又重新站起来,徘徊不止;他依次脱着衣服,先脱上衣、背心,又依次解下领带,敞开衬衣领子,脱下皮靴。

思想在单调地重复着,而且变得越来越死气沉沉,它们像一群蚊虫,为自己的表演选定了某一空间,然而这一空间并不空,而且限制在一个很狭小的圈子里。随后,萨姆金熄了灯,上床躺下,这时四周变得更加寂静、空旷和使人感到屈辱。屈辱的情绪在滋长,转变成另一种像似对某种东西的恐惧感情。难耐的瞌睡波浪似的不断袭来,但是就是睡不着,内心的冲击使他不能入睡,引起阵阵的战栗。这空旷、无声的漫漫长夜无止境地继续下去,后来,才响起了召唤人们去做早祷的钟声,——铜钟的响声非常洪亮,震得窗上的玻璃发出钻心的痛楚的声音,这种痛楚的声音很像是人们牙疼刚发作时的呻吟。

"等到下午两点还有七个钟头,"萨姆金怒气冲冲地算了算。天色还很暗,他就起床了,开始漱洗;他尽力慢腾腾地去做这些事情,但发

---

① 出自《圣经》"这样,信心若没有行动就是死的"这句格言。见《雅各书》第二章第十七节。

现自己还是在匆匆忙忙地赶着做。这使他异常气恼。接着,早茶又惹得他大动肝火,茶太热了,还有一个惹他生气的最主要的原因,不便明说出来,但是当他的手指被开水烫疼了,他就不由自主地、愤愤地想道:

"我的行径简直像是要进考场。或者像个正在热恋的人。"

艰难地熬到了中午时分,萨姆金便穿上大衣,走到街上去了。

## 七

一个柔媚的、闪着银光的日子迎接了他。雪屑在空中闪闪发光,落在电报和电话线上,形成一层薄霜,昏暗的太阳透过雪屑的尘雾,照耀着大地,后来有一个穿浅灰色新大衣的人追过了他,这个人头戴灰皮帽,戴得那么深,压得两只耳朵难看地扎煞出来。

这个人走得很快,低着头,两只手插在口袋里。他走路的样子使萨姆金记起了他在旅馆的走廊里曾经看见过这个人,看到过他那微驼的背和覆盖着梳得很光滑、像贴上去似的黑发的扁平的后脑勺。

"可能就是杜妮娅莎说的那个'可疑的家伙'。这个人不像密探。而且'可疑的家伙'昨天已经离去……"

这个人走到街角处就停了下来,弯下腰,抬起一条腿,开始整理套鞋,整理好了,把帽子压得更低,就在转角处消失了。

这条僻静的小街把萨姆金引上了大街,两条街都通往广场,形成一个直角;从广场上驰来两匹灰马,马身上披着蓝色的网子;两匹马在阳光下闪着光芒,仿佛它们周身全都涂着油膏似的,它们的四条腿奔驰的姿态是那么骄傲、优美,以至萨姆金不由得停下脚步,来欣赏它们那种飞速、庄重的奔驰。车夫座上坐着戴蓝色方顶皮帽、身材魁梧、向前伸着双手的车夫,雪橇里坐着一位穿肥大的军大衣的将军;他把戴着蓝色圆制帽的脑袋深藏在海龙皮的大衣领子里,真像一座铅铸的大钟。雪橇后面,两名穿黑色军大衣、戴白手套的警察骑在枣红马上艰难地追奔着。

萨姆金看到雪橇后面忽然爆出一团扫帚状的火光,一声短促的雷鸣声划破了长空,腾起一片雪云和浅绿色的烟雾;四周震动了一下,窗玻璃铮铮地响起来,一股气浪扑到萨姆金的胸上和脸上。他摇晃了一下,就紧紧地贴在街角的墙上。他看到一顶制帽在透明的烟雾和雪云中上下翻腾;它首先落到地上,接着一些碎片、灰色和红色的布片互相追逐着,纷纷落地;有两片碎布飞得特别高,因为很轻,所以下落得非常缓慢,仿佛是要人们永远铭记在心头。萨姆金看到雪地上到处都出现了鲜红的血滴,有一滴血飞溅到他跟前盖满积雪的人行道边的石柱顶上,这使他感到很不舒服,他就往墙上贴得更紧了。

他没有注意到,从那里蹦出一匹细腿的黑马,它在飞奔中突然停了下来,原来是苏达科夫把它勒住了,他坐在车夫座上,仰着身子,两手紧拉着缰绳;从街角里跃出一个穿灰大衣的人,那人跳上了雪橇,马就从萨姆金身旁飞驰而去。萨姆金看到那个穿灰大衣的人肩上披了一件皮袄,戴一顶毛茸茸的皮帽子。

两匹灰马已经跑出很远,马后面,车夫在雪地上滚着;一匹枣红马不自然地向前伸着脖子,在用三条腿走着,代替它的第四条腿的,是一股粗大的注向雪地的血流;另一匹马跟在灰马后面跑,它的骑手紧抱着它的脖子,在大声喊叫;当马的一侧擦过广告柱子时,骑手从马上摔了下来,而马则靠在柱子上凄惨地嘶鸣起来。

第二个警察,头上已经没有帽子,露出了秃脑壳儿,坐在雪地上;雪橇的半边躺在他脚边,他挥舞着一只已经既没有手套,也没有手的残臂,鲜血从断臂上飞溅出来,他用另一只手捂着脸,发出一种羊叫般非人的哀号。

萨姆金被震呆了,站在那里两条腿直哆嗦,很想走开,但怎么也走不动,仿佛大衣的背部已经冻结在墙上,使他一动都动不了。他连眼睛也闭不上,爆炸掀起的雪尘和炸出的碎毛片还在纷纷坠落;受伤的那个警察露出了脸,正在把一块熊皮往自己身上拉;已经有人在跑动,但是不知是什么缘故,都是那么矮小,他们从院子的大门里,从宅门里跑出来,站成一个半圆形;有几个就站在萨姆金身旁,其中一个小声说道:

"好啊,我们这儿也……"

没有人敢走近那堆模糊的、灰色和红色的破布,从破布堆里渗出冒着热气的鲜血。这堆没有一点儿人样的凌乱碎小的东西看起来非常可怕。萨姆金的眼睛紧张地在这堆破布里搜索人体上的东西,直到在毛皮下面看见了露出的蜡黄的面颊、耳朵和旁边的一只伸开的手掌,他才闭上了眼睛。人们的声音变得越来越大了,有两个人走到那个警察身边,朝他们弯下腰去。一个手提冰鞋、身材修长的姑娘问萨姆金说:

"您受伤了吗?"

他晃了晃脑袋,挣脱了墙壁,走开了;走起来非常艰难,好像是走在沙地上似的,人们也妨碍他;一个头上扎着皮带、系着围裙的人和他并肩走着,这个人也戴着眼镜,不过眼镜是烟色的。

"您瞧,这位将军大人,"他悄声说道,然后抓住萨姆金的胳膊肘,低语说:"赶快擦掉脸颊上的血迹,要不会拉您去当证人的。"

萨姆金赶快从口袋里掏出手绢,把它贴到右颊上去,感到一阵针刺般尖利的疼痛,他大吃一惊,急忙竖起了大衣领子。脸颊上的疼痛并不厉害,但却传遍了全身,使克里姆四肢都软弱无力。他在转角处停了下来,环顾四周:广告柱边躺着那匹炸掉一条腿的马,那个从马上摔下来的警察正站在那里用手套掸去军大衣上的雪,另一名警察正被人搀扶着走,在街中心横着雪橇的残骸、一堆被太阳照耀着的红色和灰色的破布;太阳的光芒从破布堆里挤出了越来越多的血,布堆仿佛在融化;萨姆金觉得,天空、积雪和窗上的玻璃都变得越来越亮,亮得刺眼,甚至亮得有点儿放肆了。他小心翼翼地走着,真是如履薄冰,他觉得,如果走得稍快一点儿,就会摔倒。

# 第七章

## 一

要不是玛琳娜正站在人行道上,说不定萨姆金就从她的店铺旁走过去了。

"炸死的是省长吗?"她悄悄地问道,然后抓住萨姆金的大衣袖子,把他推进了商店的门。"哎呀,你的脸怎么啦?克里姆,你说呀,难道是你……"

从她浓重的低语声,从她推他的背的动作,萨姆金猜想,她准是大吃一惊,而且好像对他有点怀疑。他匆忙嘟哝了几个字,玛琳娜把他推进房间,便大声地、郑重其事地说道:

"来来,我看看!伤口上好像有点什么东西……坐下!"

她往屋角里跑去的时候,问道:

"扔炸弹的人逮住了吗?没有?"

然后她用花露水擦擦他的脸颊,就用指甲在上面抠起来,抠得他非常疼,接着她又非常镇静地说道:

"迸进了一点儿小铁屑,现在没有事儿啦!可是如果迸进眼睛里……好,讲讲吧!"

但是他却说不出话来,喉咙干涩地、热辣辣地疼挛着,使他喘不过气来;玛琳娜也妨碍他说话,她正在往他脸颊的伤口上贴一块圆膏药。萨姆金把她推开,站起身来,他想喊叫,担心自己会像女人似的号啕大哭起来。他在屋子里来回踱着,听到玛琳娜在说:

"噢,瞧,把你弄成了什么样子!哪,快喝下去……镇静下来……幸好米什卡这个蠢货不在,他跑到那里去了,不然的话……这个小家伙很会胡思乱想。好啦,克里姆,够了,请你坐下来吧!"

萨姆金顺从地坐下,闭上眼睛,喘了一口气,痉挛地喝着茶,牙齿碰得杯子直响,他开始叙述事情的经过。他讲得很匆忙,而且颠三倒四,他感到说了些不必要说的话,就赶忙制止自己,可是已为时过迟了。

"不该说出苏达科夫的名字来。"

玛琳娜扬起双眉、用舌尖儿舐着嘴唇、大瞪着眼睛,琥珀色的瞳仁死盯着他的脸,听他讲述。她那红扑扑的脸上出现了一片冰冷的阴影,好像是从内心涌出来的。

"那个小家伙来的时候,就不要谈这件事啦!"她提醒说。

她的眼睛依然盯着他的脸,双手不住地梳理着满头的栗色浓发,她继续低声说道:

"但是你竟被折腾得如此狼狈!这可太出人意料啦!你原本是……那么稳健。这样下去,可怎么得了噢?"

萨姆金耸了耸肩膀,她说话的口气使他很不愉快,可是她却像长辈似的,有点儿声色俱厉地审问起他来:

"跟妻子彻底决裂了吗?和杜妮娅莎呢,是认真的吗?下一步打算怎么生活,在什么地方?"他对她提出的问题回答得简短而又坦白,连自己对这种坦白态度都感到有点儿惊讶,情绪也逐渐安定下来。

"你是在自己的河里游泳吗?"她若有所思地问道,但是立刻又冷冷地一笑,说道:"那么他就只留下了一堆破布?可是原来却是个身材魁梧的……大色鬼。他们三个人:他、县首席贵族和皇室土地管理局局长,都专门喜欢奸污未成年的姑娘。大主教曾把他们告到彼得堡

191

去,因为他们从他手里抢去一个宗教学校的女学生,而他原是想留为己用的。现在这个女人已经成了本地身价最高的荡妇。你听,小混蛋回来啦!"

"你是怎么啦,糊涂虫,你忘了铺子该上板了吗?而且这与你有什么相干呢?就说凶手没有捉到,可是这与你有什么关系呢?"

回到房间里,她低声说道:

"一个凶手也没有捉到。你回旅馆去吧,克里姆·伊万诺维奇,回去露个面儿……"

萨姆金站了起来,困惑不解地问道:

"莫非你认为……"

"我什么也不认为,可是我不愿意别人那么认为!你等等,我给你在伤口上稍敷点扑粉……"

她用滚热的手指往他面颊上敷香粉的时候,嘱咐说:

"倘若你觉得无聊,就请六点钟到我家里去。好吗?"

接着就深深地叹了一口气。

"我们的生活从上到下在彻底崩溃。"

她沉默了一会儿,仿佛在谛听什么,一面用手指拨弄着胸前的表链,然后坚定地说道:

"好吧,也没有什么了不起!等苦日子过够了,我们就会开始好好地生活了!让他们去造反吧,让一切情欲都发泄出来吧,你知道,老人们是怎么说的吗?'不犯罪,就不会忏悔;不忏悔,就不会得救。'这些话里,我的朋友,包含着巨大的智慧。而且那么富于人情味,像这样的人情味,在别处恐怕是找不到的……那么说——晚上见?"

萨姆金缓步走回旅馆去,就像散步一样,心里琢磨着这个女人。

"她绝不可能认为我是恐怖行动的参与者。这或者是出于对我的关怀,或者是担心连累自己,这种担心是由于我谈到苏达科夫引起的。但是她对这起行刺案有多么泰然!"他惊异地想,觉得玛琳娜处之泰然的态度也影响了他。

城里异常安静,简直不像是过星期天的样子。滑冰场上没有演奏音乐,行人稀少,马车和"自备马车"却比行人要多得多;它们载着那些有身份而又忧心忡忡的人向四面八方驰去,萨姆金还注意到,尽管天气并不寒冷,可是几乎所有坐在车上的人都缩成一团,把脸藏在皮袄和大衣领子里。在炸死省长的地方对面的那座房子,有一扇窗户上堵着一个蓝色坐垫,窗框上的护墙板被炸去了一块,露出了难看的红砖,街中心已经看不到任何爆炸的痕迹,惟有一片显得比其他地方更洁白、更厚的雪,隆起了一个小雪堆。萨姆金向那个雪堆睥睨了一眼,便匆匆走去。

在旅馆的前厅里,一股令人心安的苹果和干蘑菇的地道的家常香味儿向他迎面扑来,而女店主,一位热情殷勤、讨人喜欢的小老太太,带着负疚的神情唠叨说:

"您听说了吗,多么骇人听闻的事件呀?这是什么世道噢?我们这座城市一向是那么安逸,大家都和睦相处……"

"是啊,一个灾难深重的时代,"萨姆金同意说。回到自己的房间里,他躺到沙发上,吸着烟,重又琢磨起玛琳娜来。他觉得自己处在一种十分奇怪的状态中;仿佛脑子里充满了温暖的雾气,热雾使全身瘫软,就像刚洗过热水澡似的。他分明地看到玛琳娜就在自己眼前,仿佛她就坐在桌边的圈椅里。

"她为什么没有生孩子呢?她完全不像一个理智扑灭了感情的女人,而且真有这样的女人吗?她不愿意损害自己的体形?害怕分娩的痛苦?她的谈吐颇为独特,但是这并不意味着她心里就是这样想的。可以说,我所认识的女人中,没有一个像她。"

他的一切探索并未使玛琳娜变得更易于理解,而最令人不解的是她对恐怖行动的那种泰然的态度。

## 二

夜晚,月色皎洁,萨姆金爬上一条陡斜的街道。街道的两侧排列着一座座的小平房,长长的木栅墙把它们分隔开来,被积雪压得低垂的浓密的树丛把这些家宅隔得更远了,仿佛都是深深地隐藏在雪丘之间似的。左托娃的宅邸也是一座平房,五个窗户全都上了护窗板,从两个窗户的缝里漏出了几道光亮,像一条条带子似的铺在房子黑魆魆的影子上。院门没有门廊。萨姆金拉了一下大门上的铃棒,并且颤抖了一下:没料到门铃很大,而且很响,它响了四下,在这寒凝的寂静中,钟声显得太响亮了。来开栅栏门的是个穿棉背心、满头黑发的宽肩膀的庄稼汉;他脸上长满了浓密的大连鬓胡子,身上有股烟味儿。他默默地站到一旁,让客人走上通到有两级台阶的门廊的木头过板上,门廊很像靠在屋墙上的橱柜。一只有大绵羊那么大的黑狗汪汪地叫了起来,带动着铁链子哗啦哗啦地响。在堆满箱子的门厅里,一个大眼睛、瘦高个的妇人帮助萨姆金脱下了外衣。

"真守时间,"玛琳娜说道,她站在一道灯火通明的方门里朝外窥视,仿佛是立在画框里似的。"格拉菲鲁什卡,把火壶端来。"

在一个宽大的房间里,油漆地板上十字交叉地铺着两条深色的地毯,摆着几把弯腿儿的、古色古香的椅子和两张同样古老的桌子;一张桌子上放着一只铜熊用爪子抱着灯柱的台灯;另一张桌子上耸立着一个黑色的八音箱;门口的墙边塞了一架簧风琴,屋角里是一个用库兹涅佐夫工厂的瓷砖砌的花哨的壁炉,壁炉旁边有一道白色的门;萨姆金猜想,这门一定是通向外面寒冷的、堆满积雪的阳台的。房间糊着深红色描金壁纸,看上去颇为辉煌庄严,但是空荡荡的,墙上什么都没有,只在正面的墙角里有一个小圣像,神衣上闪着银光,还有些青铜烛台像长着三根手指的巴掌一般讨厌地扎煞在窗户之间的墙壁上。

"怎么样,这房间显得有些单调,是吗?"玛琳娜从门厅里走进来,站在地毯交叉的地方问道;她穿着一件开司米睡衣,身材显得更高大了,两根粗辫子垂在胸前。"这是我丈夫喜爱的格调,他喜欢空阔,而不爱什么摆设,"她环顾着四周的墙壁说道。"他爱好音乐,就像这样的八音箱,就有七个,有时甚至半夜还爬起来,玩一阵子。他会弹簧风琴,可是却非常讨厌留声机和手风琴。对歌剧《霍万斯基大公之乱》①的评价极高,曾专程去首都听演唱。"

萨姆金注意到,她谈到丈夫时的口气就像一个富裕的小市民家的姑娘,仿佛她在出嫁之前住在偏僻的小县城里,后来有幸高攀,嫁给了省城的一个有趣的富商,所以总是满怀感激和自豪的激情忆及自己的幸运。他细心地听她说话:玩味话中是否带有嘲讽的意味儿?

原来那道白色的门是通向一个窗户临街并对着花园的小房间的。妇人就住在这里。屋角花丛中的画架上放着一个没有框的大镜子,一条木雕的龙用褐色的爪子从上抓着镜子,桌边有三把座位很深的圈椅,门后是一张阔大的卧榻,上面放了很多各色的枕垫,榻上面的墙上,挂着珍贵的丝织壁毯,再过去立着一个摆满书的书柜,书柜旁边挂着一幅涅斯杰罗夫的名画《在魔法师家里》的精美的复制品。

椭圆的小桌,一只镀镍的火壶正在沸腾;红色大灯伞下摆着瓷制的杯盘、玻璃的高脚盘和水瓶。

"这是我白天的窝,那里是卧室,"玛琳娜用手指了指书柜旁边一道不显眼的小门。"商务方面的事情我都在店里处理,在这里则过的是贵妇人式的生活。知识分子的生活。"她懒洋洋地冷笑一声,接着又声调平稳地继续说下去:"还有社会服务方面的事务我也都在那里,在市里办理,这里,只在新年和复活节,当然还有我的命名日,才请客人来。"

萨姆金问了一句:"社会服务指的是什么?"

"我,你要知道,是'孤女救济会'的副会长,我办了一所学校,还不错,办得很有成绩,我们教她们学习优雅的工艺美术,为她们选择配偶,保护她们不为坏人引诱。我还是监狱委员会的委员,妇女监狱的事务都归我管。"她扬起两道浓眉,重又冷笑了一声,而且更为尖酸刻薄了。

---

① 俄国作曲家穆索尔斯基的歌剧。

"就像你呀、库图佐夫呀、阿廖沙·戈金呀这号的人,你们在想尽办法破坏这个国家,而我呢,则在修补它的裂缝,结果是,我和你就成了敌手,走着不同的道路。"

为了敷衍几句,萨姆金提醒她说:

"条条大路通罗马嘛。可以吸烟吗?"

"吸吧。我看书的时候也吸烟。"

她沉默了一会儿,斟着茶,突然问道:

"通哪个罗马呀?"

"通向未来嘛,"萨姆金耸了耸肩膀,回答说。

"哼,这太不具体啦!我还以为你会说:通向坟墓呢。从你的眼神可以看出,你是个悲观主义者。"

萨姆金在等待,只要她一开口盘问他,他就要趁机反问:她是怎样生活的呢?

"我三十五岁,她比我年轻三四岁,"他计算了一下,而玛琳娜则在津津有味地喝着芬芳的香茶,嚼着自家做的饼干,不断地用餐巾擦着鲜艳的嘴唇,嘴唇变得仿佛更红艳了,眼睛也更加炯炯有神。

"你一个人独居远郊,不害怕吗?"

"这里算什么远郊呀,我旁边就是贵族女子中学,再过去,山上是军需仓库,那里设有岗哨。况且我也不是独自一人,还有看门的、女仆、厨娘。厢房里住着当银匠的两兄弟,一个已经结婚,妻子给我当女仆。当然,从女人的意义上说,是独自一人。"玛琳娜突然很随便地补充说。

"寂寞吗?"萨姆金看也没有看她,问道。

"还没有感觉到。求婚的人踏破了门槛,因为咱们是很有点儿资本的女士,也不乏其他的优点。可这没完没了的求婚却令人心烦!然而,总的来说我生活得满不错!我读书,在学英语,想到英国去……"

"为什么一定要去英国?"

她冷笑了一声,露出两排整齐、光洁的大牙齿,眼睛里透出幽默的眼神。

"你知道吧,我的丈夫曾两次去英国,在那里住了五年多,而且把英国人讲得非常有趣。所以在我脑子里形成了这样的印象,这是些最好笑、最天真也最容易轻信他人的人。他们相信过布拉瓦茨卡娅,还有安娜·别赞特[①],而留里科维奇[②]·彼得·克鲁泡特金公爵和尼采·弗里德里希也并未使不列颠人感到惊奇,虽然在我们俄国,即使在陀思妥耶夫斯基之后,也还把弗里德里希看作预言家。而他们的一些科学家,如克洛克士和欧里文·洛奇[③],当了六十多年的无神论者,却又信仰起上帝来啦,其实又何止这两个人呢?虽然这可能是出于爱好秩序的习惯,可是还有什么地方能比在教堂里上帝身边更有秩序呢?对吗?"

"你的笑话说得很奇怪,"萨姆金惋惜地说,但无意中也颇为欣赏她的故作多情和博闻多识。

"为什么奇怪?"她立即挑起双眉问道。"而且我也并不是在说笑话,这只不过是我的说话风格罢了,我养成了像拉家常话似的随随便便地谈论深奥的大道理的习惯。有些人的行径非常吸引我,他们一直在寻求精神自由,而且最终仿佛是找到了,可是这自由原来不过是毫无目的,某种超俗的空虚。空虚,而且在这种空虚中,除了人们自己的臆造,再也找不到任何东西可以作为人的支点。"

"难道你……我原以为,你是个信教的人,"萨姆金说,怀疑地看了看她的脸和变得越来越黑的眼睛,而她却在继续措词轻松流畅地说下去:

---

[①] 布拉瓦茨卡娅(1831—1891),原来研究通灵术,后成为神智学的创始人。安娜·别赞特(1847—1933),英国新闻记者,青年时代曾参加过社会民主运动,后成为神智学者。

[②] 历史传说,瓦兰人留里克公爵与其两兄弟率部于公元八六二年进入诺夫哥罗德城。留里克之后,规定所有基辅公国的公爵都袭称留里科维奇。

[③] 克洛克士(1832—1919)和欧里文·洛奇(1851—1940)都是杰出的物理学家,有过重大的发现。

"当一个人只是全神贯注于自己的肉体和理智,摒弃或压制自己的精神,也就是宇宙的起源,那是非常可悲的。亚里士多德在《政治学》一书中曾经说过,置身于人类社会之外的人,不是神,就是野兽。像神一样的人我没有遇到过,而人们中间确有一群用恶臭来保护自己的生命和洞穴的小啮齿动物和胡獾。"

看她说得那么轻松流畅,萨姆金猜测,她准是经常念这本经,而且感到她的话中有某种东西,使他不能不加以怀疑,并且警惕起来。

"你书读得很多吧?"他问道。

"是的,我读得很多,"她回答说,满面堆笑,琥珀色的瞳仁燃起了更加炽热的火。"但是亚里士多德和马克思的学说我都不赞成:我并不否认社会对理智、生活对意识的压制,但是我的精神是不受限制的,精神不是一种人间的力量,而是一种,这么说吧,宇宙力量。"

她神态自若地谈着,不像个说教者,而是以一个自认为比听话者更有经验的人说话的口吻,娓娓而谈,但是却并不在乎听者是否赞同自己的意见。她那美丽,然而线条稍嫌粗重的脸显得更加清秀、明快了。

"我们那些在报纸和杂志上舞文弄墨的亚里士多德,是一批小暴君和专横跋扈的家伙,他们简直把社会奉为神明,要求我无条件地承认社会对我的统治权。"萨姆金听到她说。

这些调调儿他早已熟悉,而且可以引起那么多的回忆,但是他驱散了回忆,静候玛琳娜说出她这番话的最终意义。她那平稳、圆润的语调使他恍入梦境,预示着即将进入甜蜜的梦乡,做一个美丽的梦,然而他不时仍会感到怀疑的干扰。而且最令人不解的是,她仿佛急于要表白自己。

"她很喜欢说话,而且很会说话,"当她沉默下来,伸开腿,把双手交叉放在高高的胸脯上时,克里姆这样想道。他也沉默不语,心里思量着:

"她说了些什么呢?实际上毫无新意。"

于是就问道：

"你是怎么理解'精神'这个词儿的含意呢？"

"对一个精神还未苏醒的人，这是无法解释的，"她低垂下眼皮说道。"可是当它一旦苏醒，也就无须解释了。"

他还来不及再问她些别的问题，玛琳娜就抢先改变了话题。

## 三

"你知道莉吉雅·瓦拉甫卡住在这里吗？不知道？可是总还记得吧？在彼得堡，她住在我姑母那里，我们曾经一起去哲学协会听报告，一些主教和神甫在那里给文学家们宣讲政教集中制，是的，有过这么一个不伦不类的宗教团体，我就是在这里跟我丈夫米哈伊尔·斯捷潘诺维奇相识的……"

这是她第一次说出她丈夫的名字，于是她重又变成一个外省的商人妇了。

"你说说，莉吉雅怎么样呀？"萨姆金问道。

"她今天刚从彼得堡回来，差点儿挨了炸弹；她说，看到那个扔炸弹的人骑着一匹灰马，穿着皮袄，戴着高筒皮帽。哼，这大概是她的幻觉，而不是真的扔炸弹的人。况且时间也不对，她不可能碰上爆炸。省长是她丈夫的叔父。我去看她，她躺在床上，说身体不舒服，累啦。"

玛琳娜端起一小杯葡萄酒，一饮而尽，然后用手指甲敲着酒杯继续说道：

"她是个蛮不错的人，但是已经筋疲力尽，浑身都在颤抖作响。日子过得非常无聊，由于无聊，所以在对人们进行宗教道德教育，组织了一个小组。人们在哄骗她呢。她应该嫁人。曾在忧伤的时刻对我讲起跟你的罗曼史。"

"我想象得出，她是怎样讲的，"萨姆金低声说道。

"你错了，她讲得很美，"玛琳娜有点声色俱厉地反驳说。"一段非常动人的罗曼史，一段谁也没有过错的罗曼史。谁也没有过错，只是因为你们都太年轻了，这一点她非常理解。"

"奇怪的是，不管是她，还是你，都没有孩子，"萨姆金连自己都感到非常意外地、挑衅地说道。

玛琳娜立即补充了一句：

"你也没有啊。"

两人都沉默了。然后她问道：

"克里姆·伊万诺维奇，你不觉得孩子对自己的父母来说，是最陌生的人吗？"

她在谈到莉吉雅的时候，没有任何同情的表示，那种淡漠的神色和说关于孩子的这句话时完全一样，而这句话是应该带着某种感情说的：如惊讶、悲伤或者嘲讽等等。

"譬如说，我的邻人和朋友不会对我说，我不该这样生活，可是孩子们大概会这样说的。你听见没有，在我们的时代，孩子们是怎样呵斥父辈的啊。不该这样，全都不该这样！还记得马克思主义是怎样勾销了民粹派的吗？好吧，这是政治！可是颓废派呢？这可已经涉及日常生活啦，这些颓废派呀！他们这样呵斥他们的父辈：你们不该住这样的房子，不该坐这样的椅子，不该读这样的书！而且可以看到，那些无神论父母的子女却是正教的信徒……"

萨姆金认为，所有这些话都是应该带着某种挑衅或者惶惑、委屈的感情说的，可是她说话的神气却好像是在不情愿地捉弄什么人似的，说完了，打了一个哈欠，又抱歉地说道：

"噢，请原谅！"

萨姆金站了起来，神经质地搓着手，把手指捏得咯咯地响。

"你是个有趣的人……"

"谢谢。"她微笑着说。

"但是我不理解你……"

"多谈谈你就会理解的！……请你一定去看看莉吉雅，我已经对她说过,你在这里。再见……"

严寒刺骨,冷月当空,在清脆欲碎的寂静中,围栅和屋墙上的木板被冻得哔剥作响,仿佛是这些安分的小家宅更牢固地在大地上扎了根,更紧地蜷伏在它的身上。寒气袭面,使人呼吸都感到困难,全身都在战栗、瑟缩。萨姆金快步走着,心里盘算着:

"做着宗教用品的生意,却具有离经叛道的自由思想。卖弄自己的博学多识。讲究吃喝。有些粗俗,谎称什么'从女人的意义上说,是独自一人',大概有个情夫……"

此外,他什么也没有发现,可能是因为太急于求成了。但是这既未贬低这个女人,也未减轻他的遗憾心情;这种情绪在增长,并且在提示他说:二十年来,他曾对广阔的生活场面作过深刻的探索,有过各种各样的阅历,见识过许多人物,而且读过的书,当然,也比她多;但是他未能达到这个硕大、饱暖的娘儿们显然已经达到的那种富于自信的判断和内在平衡的修养水平。

"如果说她读的那些书与我读过的不同,那也还不能说明任何问题。她那些有关精神的谈话纯属某种天真的胡说……"

归根到底,他必须承认,玛琳娜在他心里引起了一种还不曾有任何女人引起过的兴趣,而且这是一种令人不快的、惹人生气的兴趣。

## 四

第二天他就去看莉吉雅。

她住在两条街交叉处街角上的一座两层楼的房子里,楼房的一角,是座油漆脱落的、古老的小教堂;教堂里,经台前有个小女修道士在晃动,在她那黑乎乎的木雕似的身影上方,藏在银雕的神灯罩里微红的火光在摇曳。小教堂紧挨着莉吉雅楼房的墙,楼下是家"文具和手工品商店",商店门旁,有三级石阶突出在人行道上,石阶上面是一扇浸染过的橡木门,门上没有把手,也没有门环,正中间钉着一块黑字的铜牌,上书"莉·季·穆罗姆斯卡娅"。

萨姆金摁了一下门铃,自问道:

"我为什么总爱往头脑里塞这些琐事呢?"

开门的是个年纪大的女仆,头上缠着白巾,系着浆过的围裙;她的脸色焦黄,脸很长,可是两片嘴唇却薄得出奇,好像嘴已经缝起来了,然而当她一开口问"您找哪一位"的时候,萨姆金发现,原来她的嘴很大,而且满嘴大牙。

楼梯上光线暗淡,走在前面的女仆,每上一级,身子就长出一截,而萨姆金觉得他仿佛不是在上楼,而是在下楼。

"像到了达里亚利山谷似的……"

门厅里更加昏暗;女仆帮他脱下大衣之后,厉声说道:

"请往左边走。"

萨姆金进了一间只有一个窗户的小房间;深紫色的阳光被厚呢窗帘挡住,化为乌有,角落里两个金色的爱神擎着一面圆镜子,萨姆金在镜子里看到自己模糊不清的脸。

"看来,她说得不错:我是有点像格列布·乌斯宾斯基,"他想道,摘下了眼镜,用手掌抹了抹脸。跟乌斯宾斯基相像引起了一股悲伤的思绪:

"生活在这样一些人中间,是很容易发疯的。"①

左边,他没有注意的一道帷幕掀开了,一个女人无声地走进来,她穿着跟修道士的长袍一样的黑连衣裙,领口镶着白色花边,戴着烟色的眼镜;她的一头鬈发上罩着珍珠发网,但是跟她那瘦削的肩膀比起来,头还是大得很不相称。萨姆金仅仅从说话的声音里认出了这个女人就是莉吉雅。

"我的上帝,真没有料到!尽管玛琳娜已经告诉过我,说你在这里……"

---

① 格·乌斯宾斯基晚年(1892—1902)患了严重的神经病。

她把手套扔在椅子上,用滚热、纤细的手指紧紧地握住萨姆金的手。

"我正准备去参加省长的安魂弥撒。不过还有些时间。我们坐下谈吧。你听我说,克里莫:我简直是什么也不明白!不是,已经颁布宪法了吗①,还要什么呢?你有点儿显老了:两鬓斑白,满面风霜。这是可以理解的——什么样的年月呀!当然,他残酷地镇压过工人,但是他有什么办法呢,有什么办法呢?"

她用鼻音不断地低声说着,音节分得很清楚的词句是从三颗金牙缝里迸出来的,瓮声瓮气,非常刺耳。萨姆金觉得她说话的样子,就像外省的女演员在扮演一个上流社会的贵妇人。

隔着眼镜的镜片,他看不见她的眼睛,但是他发现,她的脸变得更像吉卜赛人了,肤色像太阳晒过的、褪色的白纸;眼边像钢笔画似的细纹赋予她的脸以笑容可掬和狡狯的表情;这种神情跟她悲愤的话语很不相称。

"他是个自由主义者,甚至走得更远,不过由于他死得这样惨,上帝会宽恕他背叛君主主义思想的罪过的。"

萨姆金正往外掏香烟,就势低下了头,掩藏了不由自主的苦笑。地板上铺着厚厚的紫红地毯,四周摆了很多美纹的桦木家具和闪着暗光的铜器;墙上挂着古色古香的石印画,屋子里充满难闻的甜腻气味儿。莉吉雅是那么细瘦,仿佛四周的一切都在挤她,叫她向天花板伸延。

"你当然也是拥护宪法的喽?"

萨姆金肯定地点了点头,期待着她那滔滔不绝的谈话很快就会枯竭。

"我知道,你是无神论者!只有信仰宗教的人才可能是君主主义者。对人民进行道德领导是神圣的事业……"

---

① 指一九〇五年十月十七日沙皇颁布的宣言。

不，她是不会停止谈话的，于是萨姆金就点上了烟，四下打量了一下，看哪里有烟灰缸。他故意把火柴放到手掌上，好让莉吉雅看到。但她对此竟未予理会，继续在大谈其君主主义。萨姆金示威似的把烟灰弹到地毯上，而且几乎是生气地问道：

"你为什么要这样急不可待地对我讲述你的政治观点？"

"需要明确呀，克里姆！"她立即回答说，并从架子上拿下个镶银的珠母贝壳，放到桌子上，说道："给你烟灰缸。"

"我不耽误你的事儿吗？"

"不，不！我之所以提到要去参加安魂弥撒，是因为这件事使我心情激动。参加的人会很多，这些人都是非常仇视他的。可他却是个快活的、很会说俏皮话的人，而且是个……"

她找不到适当的词儿，就打了个响指，然后摘下眼镜，整理了一下头上的发网；眼睛的黑色瞳仁显得大了，流露出不安的神情，但是这一来使她显得年轻多了。萨姆金抓住这个机会，问道：

"你跟左托娃很要好吗？"

"正是因为她我才决定在这里定居的，这就可以说明一切啦！"莉吉雅得意地回答说。"这座房子就是她给我找的，非常舒适，是吧？还有所有的陈设、家具，也都是她置办的，都是这么牢靠、安适。我最讨厌新家具，它夜里总是干裂作响。我喜欢宁静。还记得吉奥米多夫吗？'人只有在绝对的寂静中才能更接近于自我。'关于吉奥米多夫，你一无所知？"

"一无所知，"萨姆金冷冷地回答说，由于希望再听些有关玛琳娜的事情，所以又谈起她来了。

"但是你我几乎是同时认识她的呀，"莉吉雅戴上眼镜，好像是很惊讶地说道。"依我看，从那以后，她的变化并不大。"

萨姆金觉得她说话的语调是虚伪的，她直挺挺地坐在那里，好像是在准备争论、反驳什么似的。

"她荒唐地把自己虚构出来，又用别人的思想装扮起来，"萨姆金

这样断定,可是她却叹了一口气,说道:

"是的,她依然是做姑娘时的那个样子,聪明、诚挚、一心为己,我指的是她的内心的自由,"她急忙补充说,显然是已经察觉到他那怀疑的苦笑;接着她问道:"你愿不愿意把父亲的那些书拿去?我简直不知道该怎么处理它们。这些书的装帧非常讲究,捐赠给市立图书馆未免太可惜,而且也不可能!他有在书眉上作批注的习惯,而他对俄罗斯、对宗教……以及其他等等的评论是毫不留情的。有些批语使我这个做女儿的出于孝心,不得不用橡皮去擦掉……"

"竟有这么严重?"萨姆金讽刺地叫道。

"你也是个怀疑主义者,这些批语当然不会使你感到难为情的,"她说道,他很想说几句什么尖刻的话回敬她,但是当他在思索该说什么的时候,她却又说了起来:

"我在克里米亚遇见了柳波芙·索莫娃,在一位女牙科医生那里,当然是个犹太人啦。她的样子非常难看,病恹恹的,大概是刚打过胎。"

"她在莫斯科被流氓打了,"萨姆金生气地说。

"是吗?难怪她那么愤世嫉俗。她到我的别墅来看过我,但是我们几乎吵起来了。"

萨姆金同样觉得,如果他不立即走开,准会跟女主人吵起来。于是他站了起来。

"好啦,你该去参加安魂弥撒了。"

"是的,真抱歉。但是你还会来吧?"

"倘若我不走的话。"

"来吧,来吧,"她使劲地摇晃着他的手,说道。

他怒不可遏地来到街上,这甚至使他自己都感到惊奇。

"我这是怎么啦,为什么呀?不错,她叫人讨厌、愚蠢、虚伪,可是这与我又有什么相干呢?"

他不慌不忙地走着,寻思着发怒的原因,强使自己直视迎面走来

205

的行人,心里在跟每个人争论着。街上的人很多,不论是步行的还是坐车的,大部分都行色匆匆,直奔省长官邸所在的广场方向。

"刺杀事件使人们活跃起来了,"他记起了那位"思维健全的人"米特罗方诺夫的话,这话是那个密探看到莫斯科喜气洋洋地迎接大臣普列韦死讯的情景时说的。接着又琢磨起莉吉雅来。

"她不愿意谈论左托娃,这很明显!为什么?"

## 五

回到旅馆,他刚刚脱下大衣,杜妮娅莎就冲进了房间,搂住他的脖颈,默默地把脸贴在他的胸上,他向后踉跄了一步,把手放在她的头上、肩上,试图轻轻地推开她,并且苦笑着想道:

"简直成了娘儿们的天下!"

但是见到杜妮娅莎还是高兴的,他几乎是温柔地问道:

"喂,你怎么样,很顺利地就把那些顽固不化的家伙制服了吧?"

她从他身边跑开,投身于沙发中,长满雀斑的脸立刻浸满了泪水;她喘息着、抽泣着,一只手挥舞着手绢,另一只摇着自己的胸脯。她咬着嘴唇,呜咽不止。

"喝醉啦?"萨姆金心里想道,于是转过身去,背朝着她,开始从冷水瓶里往杯子里倒水,可是杜妮娅莎却用低沉的语调急促地、不连贯地说道:

"你没有权利嘲弄我,你应该感到羞愧,聪明人!你要明白,我并不知道……"

他回头瞥了她一眼,不,她是清醒的,泪水洗过的眼睛闪着清澈的光芒,说话的语气也变得十分坚定。

"不过即使我已经知道了,那也无济于事,我又能做些什么呢?"

"我不明白你说的什么,"萨姆金递水给她的时候说道。"发生了什么事情啦?"

"鬼知道他们在那里都干了些什么,"杜妮娅莎推开了他的手说道。"打断了一个铁匠的脊椎骨,结果两条腿也不能动了,枪毙了四个人,打伤了九个。可是,我这个傻瓜却在歌唱!他们拼命地吹口哨!"她睁大了眼睛,惊骇地说道,接着摇晃着脑袋,又眯缝起眼睛。"唉,你知道吧,我仿佛是陷进地里去了,什么也不明白!上次你说得对——他们全是混蛋!这也就是你对我的预言!那里驻有军队,有一个什么大尉。工人宿舍窗上的玻璃全都砸光了,窗上塞着枕头……红色的枕头套,像血淋淋的鲜肉一样。我是晚上到的,所以什么也没有看见……"

萨姆金吸着烟,皱着眉头,突然把自己想象成一个又细又长的人,仿佛是一根细线胡乱地拉在地上,而且有人正用一只看不见的凶狠的手在上面打着死结。

"你不要激动,"他为了怜惜自己,低声劝说道,但是杜妮娅莎用湿手绢擦着涨红的脸,另一只手握成拳头,摇晃着,说道:

"我对那个鼓眼睛的畜生说——他叫什么名字啦?是个醉鬼!我说,'您这是怎么搞的,既然宣布了集会自由,却又枪杀集会的人?'可是他,这个鬼儿子,龇着牙说道:'宣布集会自由,就是为了枪毙起来方便!'你明白了吗?我记起来了,这家伙叫斯特拉托诺夫。他老婆是个丑八怪,像头母牛,那大奶子——有这么大!"

杜妮娅莎比画了一下奶子有多大,她伸出两只胳膊,合抱成一个圆圈,两手的指尖刚刚碰着一点儿。

"他说:'我父亲原本是个农民的儿子,穿树皮鞋的,可是死时已经是高级商务文官,他亲手打过工人,而工人却很尊敬他。'我心里在想:'唉,你他妈的……'请你原谅,克里姆!"

她又低声哭泣起来,萨姆金忧郁、紧张,感到这些印象正在结成一个新的结子。在他眼前神速、真实地映出了玛琳娜和莉吉雅的家宅、莫斯科的街道、街垒、在里面枪杀米特罗方诺夫的那个板棚,省长的制帽在空中翻舞、宗教用品商店在闪闪发光。

"好啦,不要哭了,不要哭了嘛!"他机械地劝说着,尽管杜妮娅莎毫不妨碍他,而且觉得她是远离自己的,在一团香烟烟雾的后面。他感到很不舒服,浑身无力,疲惫不堪,于是重又想到:

"可能发疯……"

杜妮娅莎突然中止了愤怒的哀诉,叫嚷说:

"我想吃东西,我要喝得一醉方休!"

萨姆金顺从地走去按铃,走过杜妮娅莎身边的时候,轻轻地抚摸了一下她的肩膀,这一来又燃起了她的怒火:

"他们在那里狂饮,大声欢呼,就像日本人似的,就像些,你知道吧,胜利的拿破仑,而在板棚里却关着二十七个人,可怕的严寒,什么东西都冻得吱吱作响,可是板棚里却还关着被打伤的人。这些都是阿琳娜的一位朋友——伊诺科夫告诉我的。"

"伊诺科夫?他在那里干什么?"萨姆金在屋子中间停下来,问道。

"不知道。好像是在那里工作。一个非常讨厌的家伙。难道你认识他?"

"这不是那个伊诺科夫,"萨姆金说道。

"炸死省长的时候,他正在城里……"

"小点儿声,"萨姆金警告她说。"在那里没有看到苏达科夫吗?"

"没有。"

萨姆金沉默下来,觉得询问伊诺科夫和苏达科夫的仿佛并不是他,他对这伙人不感兴趣。

"你为什么不说话?"杜妮娅莎非常严厉地问道;这时侍者来禀报,说"酒饭已经摆在太太房间里了",这样,萨姆金就可以不回答了。

"送到这里来!"杜妮娅莎生气地叫道,酒饭送来以后,她立刻就喝下一杯伏特加,皱起眉头,四下看了看,唠叨说:

"鬼知道是怎么回事儿!也许,我去缝缝什么衬衣,给医院缝缝包尸衣更好一些……你说说看,也许这倒更好些吧?"

"吃吧,"萨姆金说道。"发牢骚是没有用的。一切都受一定条件制约……"

"制约,"她做了个鬼脸重复说。"多不好的词儿呀。有点儿像'穿鞋'①。民间诗歌中有这么一段俏皮话:'费季卡穿上树皮鞋。费杜尔噘起嘴来,最好把这双树皮鞋,还有费季卡的裤子都给我,完事就打发费季卡去扛长活!'"

这段令人发笑的俏皮话又使她泪流满面;她用手指揩掉脸颊上的泪水,挑衅地提议说:

"我们干杯吧!来,我们喝他个一醉方休!"

萨姆金看着她,冷笑了一声。

"喂,怎么样?"她问道,然后朝他挥了一下餐巾,几乎是喊叫道:"你把眼镜摘下来呀!你那眼镜就像戴在灵魂上似的——真的!你东看西看,笑这笑那……当心,别让人家嘲弄你才好哪!你哪怕是就今天这一会儿解开脖子上的锁链也好嘛。明天我就要走啦,何时再相逢,而且能不能相逢呢?在莫斯科你有老婆,在那里我是多余的。"

"看来,她要大闹一场,"萨姆金心里思忖,摘下了眼镜。"没有想到,她竟是个歇斯底里的女人。"

他强使自己脸上堆着亲切的笑容,不安地打量着杜妮娅莎,看到:她面色苍白,双眉紧皱;咬着嘴唇,眯缝起眼睛,瞅着灯的火焰,眼睛里滚出晶莹的泪珠。她用茶匙痉挛地敲着酒瓶子。

"多么凶狠的脸,"萨姆金往杯子里斟着酒,心里想道,不禁吸了一口气。杜妮娅莎开始用颤抖的、短短的手指解开上衣的扣子,他伸过手去想帮助她,但是杜妮娅莎推开了他的手。

"我憋得慌。"

于是窥视着他的脸,悄悄地说道:

"上次,音乐会之后,你伤了我的心。"

萨姆金从她身边往后退着,问道:

---

① 俄文的"制约"与"穿鞋"发音相近,此处为文字游戏。

"我做了什么使你伤心的事儿?"

"不,不是使我伤心,而是使我吃惊,突然你就跟我丈夫一模一样地说起话来,简直再也不能那么像了!"

她说这些话的神气真的是十分惊讶,好像感到寒冷似的抖动了一下肩膀,握紧了拳头,互相撞击着。

"当我对左托娃讲了我丈夫的情况以后,她很快就理解了他,而且很正确。她说,他这号的革命家是由于害了……忧郁症! 不对? 那就是由于别的,叫什么啦? 这种人憎恨所有的人,叫什么啦?"

这时她用拳头捶着萨姆金的肩膀——捶得很疼;他提示说:

"是由于厌世吧?"

"对啦! 就是这个原因。当人们憎恨警察、神甫,还有——官吏,这我可以理解,可是他憎恨所有的人! 甚至莫佳,我们的女仆,他都憎恨;我跟她相处得很好,像好朋友一样,而他却说:'女仆使他感到拘束不便,应该用机器来代替她。'可是我认为,只有你不理解的东西,才会使你感到拘束,只要你理解了它,就不会感到拘束了。"

她一跃而起,在屋子里疾速地、脚步沉重地走着,含怒地冷笑着,继续说下去:

"莫佳有个男朋友,是个钳工,在沙尼亚夫斯基民众大学学习,很忧郁、粗鲁,总是用蔑视的目光看着我。后来,我突然明白了,他……其实甚至是个心地非常温柔的人,可是他却羞于流露出来。于是我就对他说:'您,帕霍莫夫,别装得那么可怕了,我把您完全看透了!'开始,他很生气,说道:'您什么也没有看见,甚至也不可能看见!'可是后来却承认了:'您说得不错,我的确是个软心肠的人,而且跟我的理智很不合拍,因为理智总在教我去干违心的事儿。'他确实是个很聪明的人,很有学问的人,他可是个真正热爱自己工人兄弟的革命党! 他曾在卡兰切夫斯基广场和马车胡同打过巷战,就在那里,一个军官把他的肩膀打穿了,莫佳把他藏在我们家里,可是我的丈夫却……"

她停了下来,眯缝起眼睛,朝屋角里看了看,然后走到桌边,喝了一口酒,摸了摸脸颊。

"好啦,叫他,我丈夫,见鬼去吧!我尝到是什么滋味,就吐出来了。"

她重又匆忙地、不连贯地继续讲起那个钳工的一位快活的同志,讲起把受伤的钳工送到一个什么地方去的革命党。萨姆金紧张地听着她讲,等待着她再次发作;可以非常清楚地看出,她之所以说得越来越快,是急于要讲出她想说的某种主要的东西。由于过分紧张,萨姆金的太阳穴上都渗出了汗珠。

"我认为,一个人只有爱着的时候,才能活下去,如果什么人也不爱,哪他活着还有什么劲呢?"

她朝萨姆金弯下腰去,双手捧起他的脑袋,摇晃着,热情地对着他的脸说:

"你也是在偷偷地爱着所有的人,但是你却生怕别人看出,就装出一副严厉、不满的样子,沉默不语,默默地怜惜着所有的人。瞧,你就是个这样的人!是的……"

这完全出乎萨姆金的意料;她已经是第二次这样使他惘然若失,不知所措。两只明亮、炽热的眼睛在直盯着他的眼睛,她吻了吻他的前额,继续在说着什么,他抱住了她的腰,并没有听她的话。他觉得他的两只胳膊和她的体温还在共同吸收着另外某种热量。这种热能使人感到温暖,但是也使人感到一种类似羞怯的惶惑感情,这是一种负疚的感情,还是怎么的呢?

"算了吧,你看错了……"

"不,谁是什么样的人,我比狗闻得还准!我虽不聪明,可是我知道……"

## 六

一个钟头之后,筋疲力尽的萨姆金坐在圈椅里,吸着烟,小口地喝

着酒。在这一个钟头里,杜妮娅莎对他说的那些胡话,在萨姆金的脑子里只留下这么一句:

"当我成了一个真正的娘儿们的时候,"她在一种朦胧的,或者是昏迷的状态中静卧了约五分钟之后说道。他自己也有好几次很想对她说些不寻常的话,但是没有想出来。

这时,他瞅着她那裸露的肩膀和披散在枕头上的红棕色长发,心里在琢磨着:她用什么办法竟能把这一大堆头发梳得那么光滑呢?不过她的头发是异常纤细的。

"她身上确有许多纯朴的女人家的品质。善良、亲切的品质,"他终于找到了合适的形容词儿。"明天她就要走了……"他寂寞地想道,把杯中的酒一饮而尽,站起身来,走到窗前,城市的上空笼罩着红铜色的云彩,异常单调、沉重。克里姆·萨姆金不能不承认,从来还没有一个女人,曾像这个红头发女人在他心里引起过这样的激情。而这种从未体验过的激情竟是一个他评价不高的女人引起的,使他感到有些遗憾。

"娘儿们的天下,"他又重复了一遍,"好笑……"

杜妮娅莎在床上哼哼了一声,翻了个身。萨姆金悄悄地问道:

"要不,你回你自己的房间去?"

"我在自己家里,"她朦胧中回答说。

萨姆金微笑着,又为自己斟了一杯酒。

"这是很自然的:她睡在任何人的床上,都像睡在自己家里一样。"

这也是一种很令人难堪的思想,但是萨姆金反复掂量着这种思想,却不能断定:在他两个人中,究竟对谁更难堪些?他蜷伏在又短又窄的沙发上,感到很不舒服,而这种不舒服的感觉更增强了他对自己的怜悯之情。

"她是处处都像在自己家里一样,我是处处都在跟自己过不去,事实就是这样。原因何在?'绕着自己走了八万俄里'?这话说得很有趣,但是并不正确。'人围着自己的精神转,就像地球围着太阳转一样'……玛琳娜哪怕是有半点儿像这位那么坦白……"

他恍惚入睡,后来一阵响声又把他惊醒,这是杜妮娅莎穿皮鞋的时候在挪动椅子。他半睁着眼睛,注视着这个女人把自己的东西收拾在一起,挟在腋下,吹灭了蜡烛,然后朝门边走去。她停了一下,萨姆金猜想,她是在回头看他;大概会走过来的。但是她却没有过来,悄悄地开开门,走掉了。

这很好,萨姆金由于躺的姿式不舒服弄得浑身酸疼。他等了一会儿,听到她房间的门锁响了一声,才移到床上去,舒舒服服地舒展开身子,点上蜡烛,看了看表,——已经将近半夜了。床头柜上放着一个小皮包,里面露出一张信纸,萨姆金机械地抽出了纸片,并且读了上面那些像小孩子写的又粗又大的字体:

"……噢,阿利诺奇卡,他们都是些那样的混蛋,而我正陷入这帮混蛋的重重包围之中,其中最讨人嫌的是一个大块头的、无耻的混蛋家伙。"

萨姆金没有再往下读,把信放回了皮包,吹灭了蜡烛,沉思起来:

"说不定哪天她会陷进一桩什么案子里去。她太傻气。但她毕竟是很可爱的……"

第二天早晨,他在盥洗的时候,杜妮娅莎走了进来——已经全副行装。

"我的行李已经收拾好了。"

她面色阴沉,双眉紧皱,眼睛也变黑了。

"好吧……要是还想见我的话——柳托夫夫妇总是知道我的下落的……"

"当然——还想啦!"

"已经没有时间喝茶了,你起得太晚,"她说道,咬着嘴唇,叹了一口气,可是接着就生气地问道:"你不怕被捕吗?"

"逮捕我?为什么?"萨姆金惊讶地问道。

"哼——为什么!别装蒜啦。依我看,你们这些人全都会被枪毙的。"

"好啦,别再说啦,"萨姆金吻着她的手,说道,突然又出乎意料地问道:"你把自己的一切事情都对左托娃讲了?"

"凡是她想知道的事情,你都会对她和盘托出,她简直像台……抽水机!"

她走到他跟前,从他鼻子上摘下眼镜,直盯着他的眼睛,低声唠叨说:

"不要生我的气,我这样怜悯你,可绝没有伤害你的意思!我不知道该怎么说!你很孤独,是吧?非常孤独?"

萨姆金惘然若失,不知所措,他第一次听到人们用这样的感情对他说话。他不由自主地紧紧抱住女人,嘟哝说:

"好了,你怎么啦?为什么要这么说?"

于是他默不作声,因为他不知道该怎么做:是要她说下去呢,还是去亲吻她——使她住嘴呢?可是她却热情地低语说:

"你可不要以为,我在死乞白赖地缠着要当你十年的情妇,我只不过是真心诚意地说出了我心里的话。你以为我不懂得,一个人沉默不语意味着什么吗?有的人沉默是因为没有什么可说的,有的是因为找不到知音者。"

她用手掌紧紧地摁着他的太阳穴,声音更低地说道:

"还有,我告诉你:跟左托娃你可不要太……"

"吃醋了?"萨姆金脑子里闪过这样的念头,可是事情却变得越来越简单明了了。

"不要什么都跟她说。"

他冷笑着,抚摸着她的脑袋,问道:

"为什么?"

"这里的人对她的评价很坏。"

"谁?"

"不少人。"

有人敲门,旅馆的侍者,小老头儿探进头来说道:

"人们来给您送行啦!"

"好啦,再见吧,"杜妮娅莎说。萨姆金觉得她的亲吻跟往常不同——更温柔些,还是别的什么……他也耳语说:

"谢谢!你的这番情意我是不会忘的。"

她用手绢抹掉眼泪,走了出去。萨姆金走到蒙上一层水汽的窗前,擦了擦玻璃,就把前额贴到上面去,回想着过去有过什么时候,他曾经这样激动过?瓦尔瓦拉打胎的那天?

"但是那时候我是在担心,可是现在呢?"

很明显:他在为杜妮娅莎的离去而惋惜。

旅馆大门前停着两辆三套马的雪橇,一个灰白胡子的军人把杜妮娅莎扶到雪橇里坐下,还围了五六个仪态庄重的人:玛琳娜乘一辆灰马拉的雪橇赶来。等两辆三套马的雪橇离去以后,萨姆金也决定到火车站去,顺便在那里吃早点。

他站在车站食堂窗前,从窗框后边窥视着月台。杜妮娅莎被围在送行的人群中看不见。萨姆金机械地数了数送行的人,男男女女,一共三十七个。其中玛琳娜最显眼。

"三十七个,"他自言自语地说。"载誉而去!"

灰白胡子的军人把杜妮娅莎抱上了车厢的踏板,同时他仿佛也推动了车厢,送别的人鼓起掌来,杜妮娅莎向他们抛下了鲜花。

萨姆金目送着她,想起了那句常用的话:"生活之书又读完了一页。"他的心情十分悲伤,于是就责备自己:

"毕竟我还是有点儿多愁善感。"

## 七

对着一面镜子,他坐下喝咖啡,在镜子里模糊的深处,他看见了自己疲惫、苍白的脸,而在自己肩膀后面,则是一个长了一团乱麻似的浅

215

色头发的、宽额的大脑袋；这颗脑袋紧抵在桌子上，肥胖的红手拿着叉子在盘子里忙活着，正在把一块烤肉送进嘴里。是一只令人生厌的手。

食堂门边响起了玛琳娜响亮的声音，这颗头发散乱的脑袋马上仰了起来，露出了引人发笑的、扁平的脸：鼻子又宽又大，眼睛也非同一般，——白眼珠很大，天蓝色的瞳仁却很小。这张脸的主人匆忙地站起身来，朝镜子看了一眼，一只手试图理好乱发，另一只手则在用餐巾擦脸，就像人们用手巾擦脸一样——擦了脸颊、前额和太阳穴。然后，他又坐了下去，不安地眨着眼睛；他的眉毛也像两撇小胡子一样呈灰白色，而这几撮毛发在他那扁平、黄皮的胖脸上，几乎是看不见的。玛琳娜走到他面前，他站了起来，笨拙地把椅子推给她；她及时地扶住要倒下去的椅子，然后用手掌拍着椅背，听不清对这个蓬头散发的人说了些什么；他摇头作答，并且嘎哑地咳嗽了一声，而玛琳娜则向萨姆金走来。

"你来迟了，没有赶上送别杜妮娅莎吧？"她问道，仔细地打量着他。"天气这样寒冷，可你的雅兴倒是蛮高啊。到我那儿去吧，谈谈那笔款子。"

"什么时候去好？"

她说半个小时以后她就会在商店里，说罢便扬长而去。萨姆金觉得，她跟他说话的口气很冷淡，而且眼神也是冷酷无情的。

他从镜子里看到，那个头发散乱的人也在恶意地注视着他，而且好像要走到他身边来似的。所有这一切都非常无聊。

"再过一两天我就离开这里，"他这样决定，但是立刻就想起了瓦尔瓦拉的样子。"到克里米亚去。"

他走进玛琳娜的商店，漂亮的米沙深深地鞠了一躬，默不作声地向他指着通向店后房间的门。玛琳娜坐在火壶后面的沙发上，手里拿着一个银制的钉着耶稣的十字架，她正在用发针剔它，并用鹿皮擦磨。也没有问他是否要喝茶，就给他斟了一杯，然后问道：

"你没有去参加省长遗骸的殡葬仪式?"

"没有。好像应该说遗体吧?"

"对,遗体!检察官向你们方面发表了一篇骇人的演说。你怎么样,暗中同情恐怖行动吧?"

"我既不同情红色的恐怖,也不同情白色的恐怖。"

"昨天有个中学生自杀了,是一位富商的独生子。父亲是个头脑有点儿简单的俄罗斯人,母亲是德国人,儿子据说是个扔炸弹的恐怖分子。原来是这样,"她讲着,看也不看萨姆金,专心致志地在剔着十字架。他问道:

"你在干什么?"

"一个神甫卖给我这个十字架,是件好东西,德国铸造的古物。他说是在地里挖出来的。我想他是说谎。大概是农民从哪个庄园里的墙上摘下来的。"

"我到莉吉雅那里去过,"萨姆金说道,说话的口气听起来有挑衅的意味,这是违反他的心意的。

"我知道。你询问了我的情况。"

萨姆金注意到,她的耳朵涨红了,于是就比较温和地说:

"请你相信,这绝不是单纯的好奇。"

"我相信。如果不是单纯的好奇,我会感到荣幸。"

她沉默了。萨姆金等了一会儿,就完全和解地说:

"你别生气,这是你自作自受!谁叫你隐身于某种神秘之中呢。"

"别说啦,否则你会说出一大堆蠢话,自己都要感到害羞的,"她打量着十字架,警告说。"我并不生气,我理解,因为这是很引人入胜的!一个姑娘原来是学唱歌的,准备在歌剧院献艺,热爱美学,后来突然嫁作商人妇,买卖宗教用品。这,说实在的,简直有点儿滑稽……"

"异乎寻常,"萨姆金插话说,可是她仍旧懒洋洋地、淡漠地继续说道:

"我可以相信,你的好奇是出于心灵的需要……但是你直接来问我'你信仰什么',岂不更省事些?"

她挺直了身子,谛听着,然后把十字架扔到沙发上,无声地走到通向店铺的门边,严厉地说道:

"你在干什么?啊?关好店门,回家去吧。什——么?"

她走到店里去了,当她在那里责问那个像画中人似的美少年时,萨姆金也站了起来,责问自己:

"我何求于她呢?"

屋角里的一个小书架上,摆着一套二十来本皮面装帧的书。他看到书的背脊上印着:布利韦尔·李顿[1]著《凯涅利姆·奇林格利》、缪塞著《一个世纪儿的忏悔》、显克微支著《毫无规则》、布尔热著《门徒》、利希腾贝尔热著《尼采的哲学》、契诃夫著《没有意思的故事》。萨姆金耸了耸肩膀,想道:奇怪之至!

"怎么,对这些书感兴趣?"玛琳娜问道,话音里带着明显的嘲讽意味儿:"这些书很有趣吧?都是同一个题材,写的都是些精神贫乏的人,都是些像莎士比亚作品中说的,他们'决断决行的本色,蒙上了惨白的一层思虑的病容'[2]的人。我丈夫生前非常喜欢布利韦尔和《没有意思的故事》。"

"可是你好像是在阅读有关宗教和哲学问题的书吧?"

"读了一些,不过这太枯燥,"她说道,重又坐到沙发上去,操起发针,又补充说:

"文学家们的议论比那些神学家和哲学家的议论要透彻得多。文学家的思想是通过他创造的人物表现出来的,所以思想的贫乏也就看得更明显。"

她一边用发针剔着,微微地叹了一口气,继续说下去:

"你很想知道,我信不信上帝,是吧?我信。但是我信的是那个在古代称之谓普罗帕托尔,普罗阿尔赫,埃翁的那个上帝,——你熟悉诺

---

[1] 李顿(1803—1873),英国作家。
[2] 引自悲剧《哈姆雷特》第三幕,第一场。

斯替教①信徒的教义吗?"

"不熟悉。我的意思是说……"

"不熟悉。好,那么……他们的教义说,埃翁是自生的,但是有些人却认为他源于人们对他的共同思维,源于人们对他的认识的努力,由于这种努力,从而产生了埃翁所素有的思想——埃翁诺伊亚……这并不是理性,而是由理性从超脱了世俗和肉欲的最纯洁的精神深处引发的一种力量……"

火壶像蚊子似的嗡嗡叫着。玛琳娜低声地谈着,仿佛是在说给自己听似的,看也不看萨姆金,埋头细心地剔着十字架;萨姆金迷惑不解地听着,并不相信,但是却在期待着听到些什么简单、正经的话,并且心里在想,这件朴素的女商人的黑连衣裙很不适合她那健美、苗条的身材。她说出了一长串异教徒、东正教正统派、基督教拥护者和哲学家的名字,——所有这些人物,萨姆金都很不熟悉,或者根本不知道,而他对这些人各执一端的说法也毫无兴趣。她讲了很久,但是他却没有留心去听,她那些关于精神的高论从他耳边掠过,随着他吐出的烟团一同消失了,脑海里只留下零碎的词句。

"灵魂与肉欲同谋,而精神则与情欲无缘,它的目的就是要净化灵魂,使之变得高尚,因为人世充满了污浊的灵魂……"

她把十字架塞到沙发角里,用茶巾擦了擦手指,更缓慢、淡漠地继续说着,而这种淡漠的神情使萨姆金颇为恼恨。

"这个身体健壮、乳房高耸、必定是性欲强烈的女人,为什么硬要穿上这么一件语言的外衣呢?"萨姆金思量着。"她要是用她那悦耳的声调谈论教堂里的那个上帝,神甫、修道士、村妇们……的上帝,岂不更加自然可信。"

他看到,钉着耶稣的十字架头朝下地悬在沙发角里,玛琳娜已经不说话了,正在细心地往饼干上抹果酱。这些细枝末节使萨姆金感到

---

① 一至六世纪曾广为流传于罗马帝国的宗教哲学流派,二十世纪初,一批俄国的资产阶级知识分子对之非常迷恋。

219

十分失望,仿佛是玛琳娜夺走了他的某种模糊的希望。

"所有这一切实在过于高深,令我……望尘莫及,"他说道,而且很想冷笑一声,但是他没有笑出来,玛琳娜却大度地冷冷一笑,说道:

"我看得出,你感到无聊。"

"再说,实际上关于自己你又谈了些什么呢?"

"该说的我都说了……"

他的问话充满了轻蔑和嘲弄的意味儿,想借以刺她一下,可是她答话的口气却像一个既不愿争论,又不愿去进行说服的人,因为懒于这样做。萨姆金觉得,她赋予自己答话的轻蔑意味比他的问话中更多,而她做得却更为自然。她吃下了饼干,舐了舐嘴唇,于是又升起了她谈话的烟雾:

"你们知识分子信仰统计学:计算、度量、重量!这等于尽向小鬼儿磕头,却忘了撒旦……"

"撒旦指的是什么?"

"当然是理性啦。"

"唉,玛琳娜,这些调调有多么肤浅,而且已经老掉牙了,"萨姆金叹道。

"这都是古已有之的俄罗斯的、人民的道理。而你们又想出了什么新花样?宪法?宪法又能用什么办法帮助你排遣死一般的寂寞呢?"

"我没有考虑死亡问题。"

"寂寞就是死亡。你之所以没有考虑,正是因为你已经停止生活。"

说完了这些话,她拿起十字架,走进了商店。

"她当然不会靠这些无稽之谈过日子啦,"萨姆金生气地断定,目送着她那优美的身影。他打量了一番她这舒适的香巢、包着铁皮的通向院子的门,并且生动地设想着玛琳娜夜宿香巢、给情夫开门的情形。

"这倒是可以确信无疑的!"

接着,他决定,明天就回莫斯科,然后去克里米亚。

"你听我跟你说,"玛琳娜站在他对面,手里的钥匙哗啦地响着,开口说道。每句话都使他感到惊愕,她郑重地建议:愿不愿意在这里,在这个城市里定居? 她相信,他住在哪里都是无所谓的……

"你为什么会这样想?"

"这座小城安逸、宁静,"她没有回答他的问话,继续说道:"生活费用很便宜。我可以把我的某些诉讼事务委托给你,再给你介绍些律师业务,安排一下住处。你看怎么样?"

"你的提议很突然,所以……需要考虑一下,"萨姆金说道,觉得自己的惊讶在变成一种类似胆怯的心情。

"请你考虑考虑。可是现在我要失陪了,我要去慰问一下省长夫人。我们的省长夫人其实就是省长的妹妹,他是个单身汉,而她却把他摆弄得犹如掌中物。"

她边说边穿戴。他们走到院子里。玛琳娜用一把古老的大钥匙锁上铁门,然后把它放进皮手笼里。院子很小,很狭窄,四面都是窗户,这使萨姆金产生一种奇异的压抑感。

"那么就请你考虑考虑吧! 来这里住住,休息休息,清醒清醒。"

他们分了手,各奔一方。萨姆金琢磨着玛琳娜的建议,不慌不忙地走着,尽管他已经认为,这样可以蛮不错地安排自己的生活。

"我将销声匿迹,幽居独处……"

但是一想到他的生活伴侣一向就是他自己,便把独处的这层含义勾销了。

"杜妮娅莎会来幽会。偶尔为之。浪荡的孩子。生活正在创造形形色色非常有趣的人物。还有这位信仰普罗帕托尔的左托娃。她的演说结束得真是妙极了。我那么大动肝火地反驳她,实在没有必要。"

第二天他就把自己的决定告诉了她。

"这太好啦,"她亲切地说。"带上那笔款子,就动身吧,代我问候阿廖沙·戈金。"

"你认识他?"

"是的！他在这里住过,两个多月,进行过活动。要知道,我们这个城市是社会革命党的天下,所以对阿廖沙大加排斥。"

"你真是一个有趣的人!"萨姆金确实感到惊讶。"你是怎么把神秘主义与……结合到一起……"

"第一,诺斯替教派根本就不是神秘主义,第二,有这么个谚语:'大布袋儿,不是小瓦罐儿,不管你往里装什么,只要你摆得好,什么也碰不坏,什么也不用管,你就背着走吧,就是不要摇晃得太厉害啦。'"

"这是夏娃式的好奇吗?"

玛琳娜微微地笑笑,回答说:

"可夏娃只对犯罪感兴趣,而我,也许对一切都……"

"只靠好奇是活不下去的,"萨姆金叹了口气说道,而玛琳娜却问道:

"你试过吗?"

说完,两个人都笑了一阵子。

## 第八章

### 一

在莫斯科,一切都了结得非常简单。瓦尔瓦拉像接待一位老朋友似的接待了他,这位老朋友本来可以不来,不过见到他毕竟是很有趣的。两个星期的工夫,她瘦了,无精打采,眼睛围了一圈黑影,流露出惶惑和疑问的神色。没有任何装饰的黑连衣裙使她像一个忧伤的寡妇。当萨姆金告诉她,他打算到外省去居住的时候,她垂下了头,没有立即作出反应,这使他预感到:"某种不愉快的、虚伪的表演马上就要开场了!"但是他错了。瓦尔瓦拉叹了口气说道:

"我理解你。我们再生活在一起已经毫无意义。而且我根本不能在外省生活,我跟莫斯科简直结下了不解之缘!现在,当它经历了这么一场悲剧之后,它变得对我更亲近了。"

瓦尔瓦拉把她对莫斯科的迷恋之情讲了很久,讲得很伤感,书本子气味很浓。萨姆金一边听她讲,一边在想:

"'过去的相爱没有欢乐,'①但是我没有料到,'今天的分离竟也没有悲伤。'"

---

① 引自莱蒙托夫的诗《契约》。

于是他觉得,"没有悲伤"毕竟有点令人遗憾,而更令人遗憾的是,瓦尔瓦拉开始一本正经地讲起来,而且目光非常安详。

"我想出国一行,在那里一直待到春天,治治病,总之,使心神都恢复正常。我相信,杜马①将为文化事业的发展提供广泛的可能性。如果不先提高国民的文化水平,那么我们将继续无益地浪费精神力量——这就是过去一年对我的教导,因此,我不仅原谅它带来的一切恐怖,而且还要深表谢忱。"

萨姆金嘲讽地暗自想道:

"她的话说得很圆滑。训练有素,也变得更蠢了。"

他希望,她那秋雨般单调的谈话能停下来,但是瓦尔瓦拉却又继续卖弄了二十多分钟的辞藻,萨姆金从中没有发现一点儿他不熟悉的思想。最后,她终于走了,桌子上丢下一块手绢,散发着刺鼻的香水味儿,他起身去书房收拾书籍,那是他的惟一财产。

他发现了一束违禁的明信片、题词、书刊检查机关查禁的诗,于是他皱起眉头,开始翻阅这些纸片。这些玩意儿,跟现在幽默杂志上刊出的作品比起来,显得那么乏味、无聊和平庸,这一发现使他感到很不舒服。

"过去……"他心里想,并未在"过去"前加上"我的",便开始把这些象征廉价自由思想和自己青年时代奔放热情的玩意儿撕成碎片。

> 皇太子尼古拉!
> 你若一旦登基,
> 千万不要忘记,
> 那搏斗的警察!②

---

① 指一九〇六年春选举的第一届杜马。布尔什维克曾决议抵制这届杜马。
② 这首打油诗出自吉利亚罗夫斯基的手笔。俄国皇太子尼古拉一行一八九一年访日,在参观神社时言行不检,激起公愤,遭到袭击,日警出面保护,始得脱险。这首诗就是根据此事写成的。

萨姆金读着这首打油诗,不禁皱起了眉头。现在,这样的货色就像一件穿得太烂的衣服,连送给乞丐都会感到难为情。

"成百上千的人都曾热衷于此道,"他试图这样来安慰自己,更加匆忙地撕着这些纸片,而且撕得更碎,把这些联系过去的东西消灭之后,又用脚把废纸篓里的纸片踏了踏,这才满意地点上了一支烟。

一个钟头以后,他已经坐在戈金家里,塔吉雅娜躺在他对面。他难得见到这位姑娘,只记得她是一个快活、爱说怪话、顽皮的浅蓝色眼睛里闪着锋利光芒的姑娘。她那爱嘲弄讽刺的怪癖,使他很反感,所以他从未产生过跟她更为接近的愿望。现在,她的眼睛却疲惫地隐藏在睫毛后面,脸变得又瘦又长,两颊浮着一层病态的红晕。她伸开腿,躺在一张卧榻上,盖着花格毯子,不断地咳嗽着。看上去她比原先老了足有十岁。她用肺病患者那种嘎哑、平淡的声调说道:

"这笔钱来晚了。阿列克谢已经在罗斯托夫被捕,同时被捕的还有柳芭莎·索莫娃。您认识斯皮瓦克太太吗?她也被捕了。地下印刷所还没有安装好,就被查抄了。她的儿子阿尔卡季在我们这里。"

"您不舒服吗?"萨姆金问道。

"您看得出来。有个叫彼得·乌索夫的人,双目失明;他在一次群众集会发了言,在回家的路上就被人暗害了,是不折不扣地用脚踩死的。我们必须组织战斗队,来个'以眼还眼,以牙还牙。'①社会革命党由于在暴力问题上的分歧将会发生分裂。"②她的话前言不搭后语,眼里闪着逼人的光芒。

"看来您在发高烧。"

"不要紧,您再坐一会儿!"

萨姆金说他没有时间坐啦,塔吉雅娜伸给他一只手,问道:

"您今后准备怎么办?"

---

① 《圣经·以西结书》第二十四章二十四节。
② 一九〇六年十月,从社会革命党分化出来的最高纲领主义者在芬兰召开成立大会,宣布"社会革命党最高纲领主义者联盟"在组织上独立。

"还没有决定,"萨姆金急于要离开这里,淡漠地回答说。

"这个姑娘已经被遗弃在现实之外的什么地方,生活在往昔的梦呓中,"走到街上,他这样想道。他惊讶地,甚至有点儿不敢相信自己地突然觉得,离开莫斯科在外地住了十来天,竟使他跟这个城市,跟像塔吉雅娜之流的人已经这么疏远了。这太奇怪了,需要加以解释。这仿佛是在暗示,在意志的一定压力下,就可以冲出现实生活的丑恶圈子。

"从琐事烦扰的必然王国进入自由王国,"他不禁暗自笑了,而且想起了,他根本就没有集中意志去进行这样的跳越呀。

这就更奇怪了。对自己情绪稳定性的怀疑使他不安起来。

"世界上的一切事物都在竭力寻求某种程度的稳定平衡,"他提醒自己。"现实生活受到革命的冲击,动摇了,前进了一步,所以现在……"

"您好,萨姆金同志!"

穿着一件不合身的、又肥又长的蓝大衣,戴着几乎磨光的羊皮帽,穿着毡靴的拉甫鲁什卡低声向他问候说,然后不时看看他的脸,微笑着,跟着他的脚步走起来。

萨姆金仔细打量了他两下,然后支起了大衣领子,向四周看了看,就加快了脚步,而拉甫鲁什卡却像是在做总结似的,急速、快活地低声说道:

"手上的伤已经养好了,只留下一个疤,好像是种了一颗牛痘。现在我在念书。可是帕维尔·米哈伊洛维奇死了。"

"你说的是谁?"

"铜匠呀!那个铜匠——忘了吗?"

"啊哈……"

"他伤风了,好——一下子就死了!"

"好,再见!"萨姆金告别说,便朝一个马车夫走去,但是却又停了下来,突然低声问道:

"亚科夫怎么样?"

"他很好!"拉甫鲁什卡也低声地,但依然很快活地回答说。"平安无事。他现在不叫亚科夫了。嘿,他可真正是……"

"好,再会!"

坐进马车夫的雪橇,萨姆金心里在琢磨:

"为什么我要问起亚科夫呢?记忆的莫名其妙的任性……当然,这不可能是别的什么原因,恰恰是任性。"但是,他立刻又想道:

"我似乎是在说服自己?"

然后他放下大衣领子,严厉地对车夫说:

"快点儿!"

他想今天,现在就离开莫斯科。

## 二

正赶上融雪的天气,马路变成了红褐色,湿润的空气中充满了马粪味儿,房舍都仿佛出了一身大汗,人们说话的声音都带着怨气,雪橇的滑铁擦过露出的鹅卵石时,总要发出刺耳的响声。萨姆金为了避免跟瓦尔瓦拉说话和遇见她的朋友,白天去参观博物馆,晚上就到剧院去;最后,书籍和衣物总算都装进了定制的木箱。他几乎是怀着感激的心情吻了吻瓦尔瓦拉的手,她把脸扭到一旁,手绢凑到眼边去。

现在,他已经毫无痛苦地断绝了跟那个女人的关系,结束了生活的一页,感到自由自在,心情像抒情诗那么温柔舒畅,坐在二等车里(已经是多少次了?),坐在这些早已熟悉的平平常常的人们中间,但是今天他感到他们身上有一种新的东西,所以他心里产生了一些不太平常的思想。他旁边靠窗的地方,坐着一个矮小的人,正在读一本讽刺杂志,这个人两颊红润、翘鼻子、像背心钮扣那么大的圆圆的深蓝色小眼睛。他浑身上下,从领带到皮鞋,都是崭新的,所以他一动,身上就有什么东西沙沙作响,可能是浆得硬挺的衬衣,或者蓝色上衣的里子。另一边坐着个戴圆眼镜的毛茸茸的胖女人,她随身带着一个胶合板做的圆帽盒,盒子里几只小猫在嬉闹、咪咪地叫着。对面坐着一个红头发的男人,麻脸上留着乱蓬蓬的小连鬓胡子,黑眼睛里闪烁着快活的光芒,这双快活的眼睛在他那枯瘦、肮脏的脸上很不相称,仿佛是别人的。和他并排坐的显然是他的妻子,一个大块头的孕妇,穿着黑天鹅绒上衣,颈上和胸前垂着一条长长的金项链;她有一张善良的大脸,灰色的眼睛显得非常温柔。一个戴海狗皮帽子的尖鼻子男人手插在大衣口袋里,蜷缩在坐席的角上,这个人身上没有任何引人注目的地方。

萨姆金暗想,他已经不是第一次看到这样的人了,他们在火车里显得是那么平常,正如车窗外掠过的那些习以为常的电线杆子,被电线划成条的天空,白雪茫茫的、旋转的大地,和疣子似的散布在雪地上的村舍。一切都是那么熟悉、那么平常,而且也和往日一样,人们总在拼命地吸烟,嘴里总在嚼着什么。

"实际上,我们有充分的理由认为,正是这些人才是历史的基本材料、原料,人类的其他一切文明也都是用这些原料创造出来的。他们,还有农民。这就是平民,真正的平民,他们有坚强的生命力,无穷的力量。他们历尽一切天灾人祸,仍在驯顺地、孜孜不倦地织着生活的蛛网。那些社会主义者对平民的评价太低了。"

这些新思想十分轻松而简单地就形成了,好像早就感受到的一样。简直是诱人的轻松。但是周围的喧哗声妨碍思索。萨姆金背后的一套座位里,旅途的闲谈已经开始,几个声音同时在说,而且仿佛每个声音都竭力要打断那个操着维亚特腔、带着挖苦意味的愉快声音的急促话语:

"咳,好啦,还有什么好盼望的呀?分权而治——这意味着什么呢?这就意味着多头政治。[①]请问:难道那些犹太律师,我们未来的统治者,他们会比世袭的贵族和昨天还穿着树皮鞋,而今天已经腰缠万

---

[①] 当时帝制派就是这样看待设置国家杜马这件事的。如一九〇六年二月一日的《人民报》写道:"当前,大多数政党在忙于讨论和争议这样的问题:在十月十七日宣言之后,俄国的君主制还是否存在?"

贯的商人更贤明吗？"

有两分多钟，没有一个人能够压倒这个声音，它就像铜铃似的在响，后来，一个粗重、湿润的低音把它压下去了：

"政权的确是被削弱了，这是因为神甫们被剥夺了传教的自由。安东宁大主教曾正确、勇敢地指出：在报纸的一片疯狂的、南腔北调的混乱叫嚣中，上帝的话已经听不到了，而这是最大的不幸……"

"正是这样！他们把俄罗斯搞得纪律松弛，混乱不堪！"

"说得对！"麻脸的人眯缝起眼睛，摇晃着脑袋，非常快活地说道，接着睁开眼睛，仍然是那么快活地盯着萨姆金的脸说：

"顺便说一句，人们的胆子可真大了，想什么就说什么……"

他的妻子一只手在腋下搔着，另一只手从口袋里掏出一块用鲜艳的糖纸包着的糖，递给了丈夫。

"哪，吃糖吧！大概，想吸烟了，是吧？你看吸烟吸得这烟雾腾腾的样子，简直像酒馆了。"

"不是酒馆，而是筛子，"尖鼻子的人对着她的耳朵说。"这些人被装进了筛子，把他们愚蠢的玩意儿全都筛了出来。"

他说话的时候，也眼瞅着萨姆金，而坐在他旁边的女人往自己嘴里塞了一块糖，和气地说：

"不蠢也无法活下去……"

"我们也就是从这里开始的，"她的丈夫支持她说。

## 三

毗邻的那套座位里的说话声越来越响亮急促，仿佛要跟上列车铿铿锵锵的节奏。萨姆金对尖鼻子的人发生了兴趣：焦黄的脸上布满了细纹，好像是细丝结成的网，这是一张表情生动的脸，忽而愤恨、嘲讽，忽而满面愁容。歪着嘴，干枯的嘴唇右边稍微张开一点儿，仿佛是叼着一支看不见的香烟。从瘦削的眼眶里，黑色的眉毛下闪着一双孤僻的碧眼。

"这样相貌的人应该是沉默寡言的,"萨姆金断定。然而这个人却不善于沉默,或者不甘于沉默。他对这吵吵嚷嚷的车厢里的所有谈话都不用邀请地、挑衅地插上几句。他那平淡枯燥的声音,毗邻的那套座位里的挖苦、愉快尖厉的音调和那个低音,征服了其他一切声音。过道里有人说道:

"生命是这么短促,房子还没来得及造好,却又要忙着做棺材了!"

尖鼻子的人立即搭话了:

"买卖人,您最好不要去想什么棺材,而去想想跟德国签订的贸易条约吧,这个条约对我们来说是个丧权辱国条约①,这才是为您准备的——棺材!"

在萨姆金背后,那个低音在生气地轰鸣:

"而我们那些思想家就像一位娇小姐:她走在迎神行列里,脚被人踩了一下,她就歇斯底里地大叫起来:哎呀,简直是无法无天啦!我们的大名鼎鼎的作家列昂尼德·安德烈耶夫也是这个德行:正当俄罗斯民族全力向太平洋进军的时候,这位作家却在向全世界可敬的人们大叫:哎呀,一个军官的腿被打断了!②……"

尖鼻子的人站了起来,越过萨姆金的脑袋喊道:

"《红笑》,他拿了一大笔稿费。安德烈耶夫甚至把神甫写成了无神论者③……"

机车鸣了一声汽笛,像绊了一跤似的,把车厢和车上的人们摇晃了一下,便呸呸地叫了起来,缓缓地在一片白茫茫的大雪中停下来。尖鼻子的人说话的声音听得更清楚了。这个人摘下帽子,挟在左腋下,大概是为了使左手不能再挥舞,这样,他挥舞着右手,就像往木箱

---

① 指一九〇四年六月十五日签订的《俄德一八九四年通商条约补充协定》,协定生效时,舆论哗然,认为从此俄国变成了向德国进贡的国家。
② 指安德烈耶夫《红笑》的主人公,他在战争中失去了双腿,后复员返乡,对战争的恐惧使他发了疯。
③ 指《瓦西利·菲韦斯基的一生》(1905年出版)。

上钉钉子一样,铿锵有声地说道:

"那里,在新都旧京,作家、流浪汉、贫民窟出身的穷光蛋、酒鬼、花柳病患者,总之,一切有点儿文化的人,渣滓、霉菌——这些家伙都希望得到自己的自由,他们争得了宪法,就要来决定咱们这些人的命运啦。而我们呢,却在这里咬文嚼字、胡诌谚语、饮茶清谈——就—是—这—样!你听听,人们这些谈话,"他转向带小猫的女人说,"他们说的可真好听!无所不谈,可是什么也不会干!"

演说家从腋下扯出帽子,把它戴到拳头上,然后用拳头在胸膛上捶了一下。

"我走遍了整个俄国,我是转着圈儿走、横着走、竖着走、十字交叉着走,而且不止一次,我也去过很多别的国家……"

机车又鸣了一声汽笛,猛地拽了一下车厢,就拖着它在大雪中驰去,然而列车的轰隆声似乎减弱了、不那么响亮了,而尖鼻子的人已大获全胜:人们越过座位的椅背,默默地看着他,或者站在过道里吸烟。萨姆金看到,他脸上皱纹织成的细网时而扩散开,时而又收拢,尖鼻子的脸不断随之变形,可以看到小小的圆脑袋上灰白的硬头发在颤动,双眉在不断抖动。他的脸皮并未涨红,但是额头和太阳穴上却全都是汗,这个人一边用帽子擦着汗,一边说啊说啊。

"什么都诽谤过了,什么都辱骂过了!作家们像大门上抹黑焦油似的往俄罗斯脸上抹黑①……"

"这是—诬—蔑!"读讽刺杂志的那个矮小的读者结结巴巴地喊道。

演说家朝他那个方向挥了一下戴着皮帽子的拳头。

"思想自由嘛!你爱怎么想就怎么想吧,魔鬼,但是不准开口,不许你引诱……"

"说得对!"过道里有几个人喊道,但是也有人笑了起来,有人吹了

---

① 俄国风俗:谁家的大门上被抹了黑焦油,就表示这家人做了见不得人的丑事。

一声口哨,而翘鼻子的小矮个用杂志遮住脸,愤愤地说道:

"真是—胡说—八道!"

"他说的是老实话,"麻脸的人对萨姆金说。"一个人应该像火壶一样:内里你尽可以沸腾,可是不要把开水溅出来!你看我却——溅了出来……"

"结果就进了疯人院,一住就三个月,"他的妻子补充说,温柔地把一块糖放到他伸过去的手里,而演说家却越来越频繁地用帽子擦着大汗淋漓、但是两颊全然不红的脸,继续慷慨陈词:

"人民并不要求自由,我们国家的所谓人民就是农民,他就要一样自由:浑身长毛……"

"为—为了让—让人剪?"讽刺杂志的读者问道,这时尖鼻子的人弯下腰朝着他凶狠、尖声地喊道:

"是啊—是啊,就是为了让人剪!从您,从你们一类人身上,国家又能剪下多少毛呢?你们就会拼命吃国家的,喝国家的。教会你们读书识字,国家要花费多少钱?你们在学堂里一念就是十年,用国家的钱来造反,暗杀省长、大臣……"

"怜惜起这些人来啦,"过道里有几个人大声说道,又有人吹了一声口哨。

"我并不是在怜惜,我是在说,这样做毫无益处。我们有好多事情要做,我们要洗雪俄日战争之耻,可是我们在干些什么呢?"

萨姆金心里想,两年以前,这些人还不敢这么公开地说话,也不敢议论这样的题目。他注意到,人们的议论有很多是庸俗的,但这只是就形式而论,而不是就意义而论。

"当然,意义上……也颇多谬误,但是这里重要的是,人们已经开始从政治上考虑问题,关心生活的面更广阔了。而生活在适当的时候是会修正错误的……"

机车重又鸣起汽笛来,但已经是绝望地嘶叫,而且仿佛是撞到了什么东西上似的,制动器尖声叫了起来,缓冲器上的圆盘也铿锵作响,

站着的人都被摇晃得东倒西歪,互相抓扶着,坐在萨姆金对面的女人从座位上跳起来,双手摁到他的膝盖上,喊道:

"噢,这是怎么啦?"

"司机喝醉了,"尖鼻子的人从行李架上取下一只篮子,忧郁地解释说。

窗外看不见的织工在织着一层厚厚的白幕,仿佛要把站台上的一列兵士掩藏起来。

"是在迎接什么人,"尖鼻子的人说道,列车员走在他后面,纠正说:

"什么人也不迎接,我们要把几名犯人装上车……"

女人快慰地叹了口气,微笑道:

"看那些刺刀啊,真像梳子齿儿!这些小兵去梳理那暴乱的小虱子,谢天谢地,把它们梳净!"

她画了个十字,向丈夫提议说:

"我们下去吧,这里有食堂!"

带小猫的、沉默不语的女人深深地叹了口气站起身来,也走了出去。

"这些人太可怕了,"口吃的人喑哑地说道;看来,他也很想说话,他在座位上不安地忙活着,把杂志卷成筒,在身前挥舞着。他噘着嘴,浅蓝色的小眼睛里流露出受委屈的神色。

"为了躲—躲开这—这样的人,简—简直想进修道院,"他发牢骚说。

因为口吃的人说这些话费了那么大的劲儿,萨姆金同情地点了点头,可是这个人却松开那鲜红的嘴唇,微笑着补充说:

"再不就像獾一样,孤独地呆在洞里……"

从坐席背后露出一张没有刮过的脸,脸上留着两撇又浓又长的小胡子,那人透过胡子说道:

"獾洞里常有狐狸同居。"

话中带着责备的口气,他说完就缩了回去,可是口吃的人却惊慌失措地又蜷缩起来了。

列车停的时间很长,令人心烦;麻脸的人和妻子从车站回来,她的表被偷走了;她愤怒地吸着鼻子,用手指从哭红的眼睛里往外抠着少得可怜的眼泪。

"是一块有了年数的旧表了,不值几个钱,可是那是祖母送给我的,那时我还是新嫁娘呢。"

接着又发现,车厢的另一端丢了一只箱子和一支装在盒子里的黑管;这时萨姆金背后的低音胜利地响了起来:

"请你们相信我的话:那个饶舌的家伙是个惯窃,他还有几个帮手在这里;他在这里敷衍我们,而那几个帮手就在那里做手脚了。"

"这是惯用的手法,"麻脸的人快活地赞同说,这么一来,那个用低音说话的人肝火就更旺了。

"你们诸位自己想想看:这个人为什么无缘无故地就把肚子里的话都倒了出来?"

"可是神甫,您也说啦!"

"我是神职人员!"

## 四

一个大汉艰难地挤进了萨姆金所在的那套座位,他一只手提着一只黑皮箱,另一只手拿着一捆书,胸前还挂着两捆书,用皮带拴着吊在脖颈上。他呷呷地叫着,把皮箱放到行李网上,又把两捆书也放到那里,可是第三捆散了,于是有两本硬皮的书掉到口吃的小个子的膝盖上。

"小—小心点儿!"他把书从膝盖上摇落到地板上,缩在角落里喊道。

刚来的乘客高高地扬起了浓密的灰白眉毛,打量了口吃的人有数

秒钟之久,然后用响得出奇的声音把字母 O 的音发得特别清楚地问道:

"为什么把书扔到地板上?好吧,请您捡起来!"

"我不是您——您的奴仆……"

"这话不对:一个人总是以这样或那样的方式,成为另一个人的奴仆。请捡起来吧!"

口吃的人更紧地蜷缩到角落里去,但是书的主人把一只手搭在他的肩上,很安然地第三次说道:

"请捡起来。"

邻近各套座位里的乘客都站了起来,越过坐席的椅背,默默地注视着,等着看热闹。

"我屈——屈服于压力,"口吃的人说道,脸也白了,眨巴着眼睛,弯下身去,把书捡起来,扔到坐席上。

"这就对了,"灰白眉毛的人在他身边坐下,满意地说道。"怎么能用脚去踢书呢?更何况这是穆勒的《逻辑体系》①,沃尔夫公司一八六五年出版的书呢。书,您没有读过,可是奇怪得很,您却要用脚去踢!"

这个人的脸圆圆的,满脸都是剪得短短的灰白色硬胡子,上唇上的硬胡子要比下巴和两颊上的长一些,厚嘴唇,耳朵也很厚,被暖和的鸭舌帽压得往外扎煞着。浓眉下是两只浑浊的灰色眼睛。他仔细地看了看萨姆金的脸,打量了一下麻脸的人和他的妻子,从厚厚的大衣口袋里掏出一个纸包,打开,皱着眉头用手指摸了摸夹肉面包,说道:

"笨蛋!我要的是夹火腿的,而他却给我夹香肠的!"

他用大粗手指头连纸带面包揉成一团,扔到了行李网上。

人们还在默默地观察他。麻脸的人第一个等得不耐烦了。

"您卖书?"

"我买书。"

---

① 即我国著名翻译家严复译的《名学》。

"买了读?"

"盖房顶。"

麻子脸红了,冷笑了一声。

"可是也有买卖书的嘛!"

"是吗?"

"如今的人变得有多粗野呀,"妇人叹息道。"从前人们说话有多和气……"

爱书家看也没有看她,从怀里掏出一个木盒子,开始卷起烟来。无聊的看客们越来越不满意地打量着他,而麻子寻衅地说道:

"这里不准抽马合烟①!"

"谁禁止的?"爱书家问道。"我不抽柔和的烟草,可是什么烟草都要冒烟的!而马合烟对人体的害处要少得多,它含的尼古丁要少一些……是的。"

"可是您并不是医生,"麻子纠缠不休地说道。妻子递给他一块糖,说道:

"算了吧,不要争论啦!给你,快吃吧!"

看到人们阴沉的脸色,萨姆金深信,一场吵闹即将开始。口吃的小个子在恶毒地笑着,小眼睛眯缝着,公然在准备投入语言的战斗,嘴唇在不停地翕动。爱书家用吐出来的浅绿色烟雾遮掩着自己的脸,回答麻子说:

"不错,我不是给人治病的医生,我是专门对付畜生的,我是个兽医。"

"看得出,是专为畜生用的,"低音在萨姆金头顶上响了一声,接着就变得十分寂静,可是过了几秒钟,兽医大声叹了口气,说道:

"农民用火的扫帚扫遍了全县……"

这句话他说得那么响亮,那么自信,仿佛他完全了解,所有这些人

---

① 一种粗劣的烟草。

正是在等待他讲农民的事情。

"索伊莫诺夫家的庄园只剩下一堆焦木、一片灰烬,还有一些残破的炉子,而这本来是一座非常漂亮的庄园,经营管理得相当科学。"

他全无恶意地、若有所思地说着,他那响亮的音调使四周都沉寂下来。

"但是这种科学的经营管理不是农民能够理解的,只能惹他们发火,当然,尽管这一带的农民是非常善良的,我完全了解他们,我在这里工作了八年多。农民是这样的一种人:越是聪明,就越凶狠!这是他们的生活法则。"

"用鞭子抽得还不够,"有人低声地提醒说。

"该抽的不是他,而是您,公民,"兽医安然地回答说,看也没有看那个说话的人,根本谁也不看。"总之,农民已经被压迫到忍无可忍的程度,所以如果在我国爆发德国曾经发生过的农民战争①,那是不足为奇的。"

"不,这话有点太不像话了!"麻子急忙刺耳地叫喊道:"请问,您为什么要捉弄大家呢?为什么要搞得人们惶惶不安呢?再说,全是胡说八道,因为这是不可能的!战争需要枪械,您哪,可是农村却没有枪械,您哪!"

"农民会像阿列克谢·托尔斯泰作品中的米季卡②一样,用肚子去进攻。"兽医满面堆笑地说道,显然因为有了争论一下的机会而大为高兴。

"谁也不会相信托尔斯泰的作品,要知道,这可不是布留斯的历书③,而是小说,是的您哪,"麻子带着哨音说道,脸上布满紫红的小斑点儿。

---

① 指一五二五年的德国农民战争。
② 米季卡是阿·康·托尔斯泰的长篇小说《谢列勃良内公爵》的主人公,他原是农民,后落草为盗,力大无穷。在与官兵的一场混战中,几乎误将自己的同伙压死。
③ 当时在俄国流传甚广的一本历书,内有天文学、星相术等方面的资料,由彼得大帝的战友布留斯将军监督,基普里亚诺夫编写、印制,十八世纪初在莫斯科出版。

"我说的不是列夫·托尔斯泰……"

"对我们来说,全都一样,您哪!请您听我说,德国什么农民战争也没有发生过,您哪,而且也不可能发生,德国人都是些训练有素的人,我们对他们很理解,您哪,而这个战争是您为搅浑人们的头脑,为了吓唬我们这些不啃书本的人……"

他已经开始歇斯底里地喊叫,双拳紧贴在胸前,身子越来越往前倾,仿佛要用脑袋去撞兽医的肚子,而那位却把头往后一仰,露出毛烘烘的喉结,哈哈大笑起来,从他那圆圆的嘴里发出震耳欲聋的响亮笑声:

"噢—哈—哈—哈!"

"我的上帝,你别说啦!"妇人不安地劝说着,用拳头捅着丈夫的肩膀和腰。"您不要再跟他纠缠不休啦,先生,您干吗要捉弄他呢!"她转向兽医,大喊起来,而兽医在擦着眼泪,依然哈哈大笑不止。

萨姆金走到过道里,背后响起妇人的抱怨声:

"而你们,先生们,叫两只公鸡斗起来了,就在那儿看热闹,你们也不觉得害臊!"

过道里也在争论,有个人在说:

"我们这一代人曾经信仰人类进步的思想……可是唯物主义者却把这种思想阉割了,简化为单纯的技术进步思想了。"

萨姆金在通向平台的门边站了一会儿,听了听关于工厂破坏了农村古老的传统风俗习惯的议论,接着又听到什么人不祥地提起了果戈理的"三套马车"①,他走到平台上,置身于列车寒冷铿锵的轰鸣中。远处,在荒凉的雪原上,燃起一片令人不愉快的橘红色霞光,列车正在转弯,往那个方向驰去。车厢里的谈话弄得他十分厌倦,心情恶劣,破坏了他的某种情绪。在他的脑海里留下了这样的印象,仿佛列车又把他带回了遥远的往昔,带回了父亲、瓦拉甫卡和严厉的玛丽亚·罗曼

---

① 在长篇小说《死魂灵》第一部的结尾,果戈理把俄罗斯比作奔向它光荣的未来的"三套马车"。

诺夫娜争论的时代。

"我的神经太糟糕了……"

然后他突然想到,车厢里、列车里、世界上的每一个人都被关在一个日常生活的笼子里,实质上就是为了满足动物的需要。他们每一个人从笼条缝里看到的是被笼条划分得方方正正的世界,一旦某种外力把笼条扭弯,就觉得世界变样了。从此,悲剧就开始了。但是这是别人的思想:"笼子里的金翅雀,"他想起了玛琳娜的话,就感到很不愉快,关于笼子的思想,竟不是他自己独创的。

远处的霞光迅速地变换着自己的颜色,这时正把天空染成廉价旧石印画的色调,雪地仿佛蒙上了一层灰烬,已经不再闪光了。

"我很可能自杀,以了此残生,"克里姆突然想到,但是就连这个念头也像是别的什么人提示给他的。

"玛琳娜,当然,也是关在笼子里的,"他匆匆地想道。"也是受约束的。而我却不受约束……"

但是他不知道,他是在询问,还是在肯定。在外面很冷,可是他却不想再回到那一直还在争论不休的、烟雾弥漫的车厢。在车站上,他要求列车员把他安排在头等车里。他躺在头等车里的沙发铺位上,为了不去思索,就开始在脑海里寻找跟车轮碰击铁轨接头的咯噔声合拍的诗句;他并未马上找到,但是毕竟还是相当快地找到了一首诗:

她能—拦住—奔马

冲进—火中的—茅屋……

"也可能成为阿瓦昆大主教的妻子,"[①]他吸着烟想道。

---

[①] 据阿瓦昆大主教的《言行录》记载,他的妻子纳斯塔霞·马尔科夫娜是一个坚定不移、能英勇地忍受一切痛苦和灾难的女人。

## 第九章

### 一

玛琳娜住的城市也以融雪的天气来迎接萨姆金,空气中似乎洒满了某种乳浆,大滴的水珠懒洋洋地从屋顶上落下来;每一滴仿佛都想打在湿淋淋的电报线上,这种情景也像扣不上领扣或钮扣一样令人心烦。他坐在旅馆里原先住过的那个简陋房间的窗前,注视着晶莹的水珠穿过浑浊的空气滴落下去,想起了与玛琳娜会面的情景,这些会面的气氛似乎显得太正经并使人感到屈辱。

"回来啦?"她似乎有点惊讶地问了一句,马上以很会过日子的口气谈起他应该立即找一处寓所,又说她已经看好一套房子,对他十分合适。

"两点钟左右,我去找你,我们一起去看看,好吗?"

总之,她就是这样一本正经地、像主人接待仆人一样接待了他,也没有邀请他到商店后面的屋子里去。

可是现在已经两点半了,而她却还没有来。但是正好在这个时候,侍者推开门,说道:

"玛琳娜·彼得罗夫娜·左托娃请您下去上车。"

萨姆金注意到她并未对迟到表示歉意。

"跟莫斯科彻底分手了吗?"

"是的。"

"好极啦。"

马车小心、缓慢地行驶着,在一座有四个窗户和一个大门的平房前面停下;在新修饰的薄铁屋檐下,两窗之间凸出的圆框里,塑着样子奇特的石膏鸟像,而且房子的正面全都装饰着粗劣的雕塑和花环。他们走进院子;院子里有一座与正房相连,三个窗户、带阁楼的木造厢房;遍地雪堆的庭院深处,高耸着几棵盖满雪的树木。一个戴着眼镜、穿着肉桂色连衣裙的小老太婆开开了厢房的门。

"你好,费利查塔·纳扎罗夫娜!看,我把房客领来啦。瓦连京在哪儿呀?"玛琳娜大声叫嚷道;老太婆默默地而且神秘地用灰色的手指向上指了指。

"叫他来。她是个聋子,"玛琳娜低声解释说,把萨姆金领进一间不大的、非常明亮的房间。这样的房间共有三个,玛琳娜说一间是接待室,另一间是书房,后面的一间是卧室。

"你看,窗子正对着花园。先前这里住的是一位医生,现在要住一位律师。"

"她已经决定了,"萨姆金想。他不喜欢这座房屋正面的样子,也不喜欢这些太明亮的房间,心里在生玛琳娜的气。所以当一个穿着暖和的上衣、腰里系着大宽皮带、脚上穿着毡靴子、从头到脚都沾满羽毛和草屑的大汉,像公牛似的低着头走进来的时候,他的心情已经非常恶劣。这个人抓住玛琳娜的双手,把乱发蓬松的脑袋凑近她的手掌吻了一下,哼哼起来。

"别兹白多夫,瓦连京·瓦西里耶维奇,"玛琳娜介绍说,出奇地、毫不费力地把他推开。别兹白多夫挺直了身子,这时萨姆金看到自己面前是一张前额宽大的脸,两只眼睛令人不舒服地鼓着白眼球和很像蓝色碎冰块的小黑眼珠,玛琳娜郑重地说,别兹白多夫可以提供家具,也可以在他家包饭,收费便宜。

"免费!"别兹白多夫用一种害喉头炎的人的声音说。"您愿意吗——免费?"

"为什么要免费呢?"萨姆金冷漠地问道,可是这个人翻了一下黑眼珠,大摊开双手,回答说:

"为了与众不同嘛。是的。"

"别胡闹,瓦连京,"玛琳娜严厉地告诫说,过了几分钟,又告诉别兹白多夫说道:

"明天我派米舒特卡①来,你们俩把一切都安排好,两天的时间够了吗?"

别兹白多夫又捧起她的一只手吻了吻,嘎哑地说道:

"明天傍晚我就可以……"

而萨姆金的手他却握得那么紧,以致克里姆疼得直跺脚。玛琳娜带他同车来到自己的商店,这里像往常一样,火壶在滚开着,而且像往常一样,是那么舒服,仿佛是躺在床上,即将酣然进入甜蜜的梦乡一样。

"瓦连京使你受窘了吗?"她冷笑着问道。"他的性情有点儿古怪,不过这于你无碍。他有一点小小的嗜好——玩鸽子。因为玩鸽子,连老婆都没有看住,老婆跟着房客,一个医生跑了。他受到些挫折,也有点儿故意卖弄这一不幸的遭遇,在他那个圈子里,妻子抛弃丈夫的情况是非常罕见的,而且丑事常能使人名噪一时。"

她沉默了一会儿,便请求他明天就立即从她原先的律师那里接办她的法律事务,然后,凑到他跟前,弯下腰,用温暖的手掌紧紧地捧起他的脸,窥视着他的眼睛,非常温柔,但是专横地轻声问道:

"喂,怎么啦?干吗愁眉苦脸的?很痛苦?那就大声叫嚷吧,这会使你感到轻松些。"

虽然仰着脖子坐在那里很不舒服,她那炯炯的目光也使他感到非

---

① 米哈伊尔的小名。

常狼狈,但他却不愿意把脸从她那两只有力的手掌中挣脱出来。从来还没有一个女人这样对待过他,而且也不记得瓦尔瓦拉是否曾经用这样激动的眼神看过他。她把手从他脸上收回去,在他身旁坐下,理了理头发,又重复说道:

"喂,谈谈吧!你不是很想谈谈自己吗,为什么默不作声呢?"

他根本不想"谈谈自己",他甚至想,即使他愿意谈,大概也未必能够使这个女人理解那些连他自己也不明白的事情。于是就用讽刺的微笑来掩饰自己激动的心情,问道:

"你是希望我忏悔吗?奇怪的愿望。这对你有什么用场呢?"

他耸了耸肩膀,可是玛琳娜把一只手搭在他的肩头,轻轻叹了一口气,说道:

"你不愿意谈,就不要谈。但是我们妇道人家,有时却能帮人甩掉肩上的包袱……"

"为了放上另一个包袱,"他插了一句说,可是玛琳娜窥视着他的眼睛,冷笑着回答说:

"我既不准备嫁给你,也不央求作你的情妇。"

她那温柔深沉的声调十分动人,美丽的面庞上的微笑非常漂亮,金黄色的眼睛闪着温情的光芒。

"谈自己是不容易的,"萨姆金提醒说。

"那么我们谈什么呢?"她质问道。"要知道,我们就是谈论天气的时候,也会谈到自己的呀。"

"你把问题看得太简单了……"

"是吗?"

萨姆金朝她的脸斜视了一眼,就小心地讲起来:

"要谈也只能谈一些事实和插曲,但是这些东西还不是我,"他小心翼翼地低声说道。"生活是一连串无穷尽的愚蠢而庸俗的,然而总的说来,终究还是戏剧性的插曲,它们强行闯入生活,使你激动,给你的记忆加上不必要的沉重负担,在它们的拖累和压迫下,人就不再感

243

觉到自己,不再感觉到自己的存在,把生活视为痛苦……"

玛琳娜默默地抚摸着他的肩膀,但是他已经不再看她,继续说道:

"我想,大多数知识分子对自己都是这样认识的,当然,我自认为自己是个典型的知识分子,但却是个不善于强迫自己的人。我不能强迫自己相信社会主义的救世意义以及……其他等等。我这个人毫无野心,我尊重自己的内心自由……"

他沉默了几秒钟,掂量着"内心的自由"这几个字,然后站起身来,在两个屋角之间来回地踱着,更加急促地继续说道:

"正因为如此,所以我在那些参加党派和团体的人们中间,觉得自己是陌生人,这些人总在参加这个党,加入那个派……"

他觉得自己讲得非常出色,而且很轻松,以至感到有些不愉快,仿佛是在重温一本读过多次、早已厌烦了的书。

"到头来一切都要归结为这种或那种语言系统,但是任何一种语言系统却都不能把事实容纳进去。而且除了'我看见过这个,我看见过那个'以外,关于自己,还能说些什么呢?"

他在屋子的中央停下来,瞅着自己的香烟冒出的青烟,眼前浮过一系列的插曲:包里斯·瓦拉甫卡的溺死,马卡罗夫未遂的自杀,"全村社"倾巢出动,吊装教堂大钟的农民和另一批砸粮栈门锁的农民,一月九日事件,莫斯科的街垒,——他所经历的一切,直至刺杀省长的场面。而且突然感到:记忆竟把所有这些情节都压缩在一瞬间的时间里,含有某种值得欣慰的东西,某种令人欣慰的,甚至还带有讽刺意味的东西。他无意地掏出表来,但是并没有去看表盘,立刻又放了回去。当他发现玛琳娜正在用一种严厉的期待目光注视着他的时候,便又机械地、勉强地继续讲下去:

"对库图佐夫这一类型的人,我是尊敬的……就像尊敬,譬如说,外科医生一样。但是我既没有折断骨头,也没有长什么恶性肿瘤……"

他又在这温柔、暖和的昏暗中踱了起来,想起了那天夜里的噩梦,于是就让自己的那些幽灵分别去经历他所经历的一切,他们似乎重又把他包围起来了。其中的一个在观看龙骑兵用马刀砍杀图罗博叶夫,但是充当尼康诺娃的情夫的完全是另外一个幽灵;而第三个幽灵又完全不同于前两个,在满意地注意倾听历史学家科兹洛夫的讲话。还有许许多多的幽灵,而且,这时克里姆·萨姆金觉得所有这些幽灵全都非常陌生。简直是一伙暴徒。

"可怕,"他从眼镜上面看着玛琳娜,心里想道。"为什么我要这样坦白地跟她谈话呢?我并不了解她,而且感觉到她身上有某种使人不愉快的东西。那么为什么还要这样呢?"他不说了,而玛琳娜两手交叉放在高耸的乳房上,低声说道:

"你对斯切潘的评论是不正确的,我比你更了解他。这并非因为我曾跟他同居过,而是……"

但是她并没有把这句话讲完,大概是因为找不到能准确表达的词句,就换了新的语调说:

"而你,好像是书读得太多了,思想都发霉了……"

"我读的书并不多。"

"在一个地方待得太久啦。应该转移到另一个角落里去……"

"为什么要到角落里去?"

"跟普通人在一起生活生活。"

"你指的是工人,农民?"

她没有理睬他的问题,却反问道:

"跟妻子彻底决裂了吗?"

"是的。"

"好,这就更好了!这就是说,暂时可以自由了。"

"她跟我说话的口气,就像……老大姐一样。"

玛琳娜用舌尖舔着嘴唇,眯缝起眼睛,瞅着天花板;他朝她弯下身子,想要问她些有关库图佐夫的事情,但是她抖动了一下身子,说道:

"那么我们明天就立即开始工作吧!请到我的律师那里去一趟,

跟他谈谈,我已经打过招呼……"

这些话她虽然说得很温柔,但是却使萨姆金懂得:他应该走了。于是就默默地握了一下她那结实而又温暖的手,告辞出来。

"狡猾的娘儿们。要揭露她并不容易。可是需要揭露吗?"他自问道。

他应该怎样对待这个女人,始终没有确定下来。她那种令人不舒服的自信和专横的态度使他生气,逼他说出自己心事的行径,也使他生气,后者尤其令人气愤。萨姆金知道,他还从来没跟任何人像跟她这样坦白地谈过。

## 二

第二天上午,萨姆金坐在一间摆着黑色家具的、亮堂的大书房里,书籍背上的金字在那些大玻璃书橱里闪着华丽的光芒,在克里姆和书房的主人之间是一张有着钢琴一样圆滚滚的粗腿的桌子。主人黑眉毛,秃头顶,焦黄的圆脸气鼓鼓的,活像吹起来练习游泳的牛尿泡,脸的下部留着已经有点花白的黑色小连鬓胡子,浅黑色的瞳仁在发蓝的白眼珠里闪着锐利的光芒。他说话的声音响亮而又固执,非俄罗斯的口音听得非常清楚。吐出来的字都紧连在一起。

"我的委托人,"他恭敬地说,讳称委托人的名字。"注意到……有鉴于这一事实……根据上述理由……"他似乎故意在用写上诉状的词句说话,他摆出这副毕恭毕敬的样子,却不能掩饰两片厚嘴唇的轻微痉挛和锐利的眼睛里流露出来的尖刻讥笑。他稍稍动了一下左手,仿佛要把什么东西从自己身边推开似的。这种装腔作势的样子使萨姆金感到,这个人在生玛琳娜的气,而且看来非常恨她,但是却又怕她。于是就把对她的怨恨全都发泄到他,萨姆金的身上来了。

"同一事,"他说道,仿佛在这两个字之间加了一个逗号。

"其次是:控告因参加鞭身教而被判处永久流放的商人波塔波夫

的亲属案。该犯之财产已部分收缴国库。我的委托人对此项财产的权利尚缺乏充分的证据,但是她已经答应再提供一宗证明文件。敝意认为,在此案中委托人所关心者并非财产,而在于,譬如说,人道主义,如吾言不谬,则其意实在赢得本案之重审。然而究竟如何,阁下自有高见……"

他用明显的惋惜口吻谈到玛琳娜人道主义的关怀,而且总的说来,他对玛琳娜的一些讼案的评述越来越带有挖苦的意味,萨姆金已经感觉到,他这位同行弗尔茨,并非在给他介绍讼案的情况,而是在介绍那位可敬的委托人。在这摆满黑色家具的书房里,有一种难闻的气味,使人总想打喷嚏;窗外,狂风在怒吼,雪阵在翻滚,萨姆金在这里坐了两个钟头,几乎是怀着快慰的心情,投进了风雪弥漫的街道,他被冲击着,摇撼着,一些黑糊糊的人影冲出白色的旋风,朝他追来,又赶到了前头;他一边走着,一边体会到:一个新的生活时期开始了。对玛琳娜应处处小心。而且要牢牢地控制住自己。"把自己置于不容置疑的结论的圆心里。"他想起了布拉金的这句话,同时又对自己记忆的杂乱荒芜大为不满。

又过了几天,他在别兹白多夫的陪同下,查看他的新居的各个房间。每个房间都摆上了很雅致的旧家具,大概是从贵族的庄园里买来的。瓦连京·别兹白多夫在把这些财产交付给克里姆的时候,用轻蔑的口气嘶哑地说道:

"如果不够用,您就到板棚里去拿,那里五花八门的破烂儿多得很!有书橱,旧式的大钢琴。您要花吗?我厢房里有的是,就是土腥味太浓,像在坟地里一样。"

他吸一支德国磁烟斗,烟从他那大鼻子的鼻孔里和嘴里冒出来,烟斗挂在时髦的厚呢衣服上衣的翻领中间,所以那里也在冒烟。但是别兹白多夫并不像德国人,倒像一个突然发了横财的俄国马车夫,还不习惯穿时髦的衣服。他蓬头散发,红脸肿胀,和克里姆并肩走着,没有礼貌地用两只鼓出的眼睛窥视着房客的脸,他的皮鞋讨厌地咯吱咯

吱的响着,自己则不断地咳嗽。喘息、吸烟和用胳膊肘撞萨姆金,而且突然问道:

"您读过这段笑话吗?"

"什么笑话?"

"伊万诺沃-沃兹涅先斯克忠于皇室的工人代表团去觐见沙皇,沙皇陛下对他们说:'朕之君主专制政体将一如往古,保持不变。'就是这样说的,一字不差。他是怎么啦,疯了吗?"

"是的。奇怪,"萨姆金回答说。

别兹白多夫用力捏了一下他的胳膊肘,说道:

"好啦,您自己好好安排一下吧!"

于是就吸着烟斗,皮鞋咯吱咯吱地响着走了出去,但是刚关上门,立刻又推开,嘶哑地说道:

"沙皇巡幸莫斯科啦!"

萨姆金驱散着浓重的烟气,自问道:

"难道连这个畜生也在搞什么政治?"

## 三

像一切不平凡的人物一样,别兹白多夫引起了萨姆金的好奇心,现在,又有一种模糊的,但是令人不快的感情使这种好奇心更加强烈。萨姆金在别兹白多夫的厢房里用餐,餐室里摆满了花和书架,架子上的书籍几乎全是外文译本:潘捷列耶夫出版的一百四十四卷外国作家选集,麦因·李德、布莱姆、古斯塔夫·艾马尔、古柏、狄更斯的作品和埃·雷克洛[①]的《世界地理》——这些书大部分已经没有封皮、破破烂烂、七扭八歪地塞在那里。

"中学生的藏书,"萨姆金心里断定。别兹白多夫立即证实说:

---

① 雷克洛(1830—1905),法国地理学家和社会学家。

"从中学时代就开始收集的,"他恶意地瞅着这些书说。"全是些胡说八道的玩意儿。就是因为这些玩意儿,闹得中学也没有读完。"

他周围的一切也都是那么邋遢,就像他本人一样,浑身上下总是沾满鸟粪,乱蓬蓬的脑袋上、衣服上尽是羽毛。他吃得很多,吃饭的时候总是急急忙忙,皱着眉头,仿佛菜肴做得太咸、太酸或者太苦,其实聋老太婆费利查塔做的饭菜都非常可口。别兹白多夫吃饱了以后,就看着萨姆金的嘴,说一些怪诞的新闻,好像都是他捏造的。

"彼得堡的助理教务主教谢尔盖为施米特中尉[①]作了安魂弥撒,神学院的学生们强迫他说:请做弥撒!他就乖乖地做了。"

"您怎么知道的?"

"穆罗姆斯卡娅·莉吉雅·季莫菲叶夫娜说的。她的消息很灵通。她在彼得堡有很多熟人。"

他把下嘴唇抿进去,仿佛在期待什么似的,疑问地沉默了一会儿,然后用负疚的口吻说道:

"我替她照管林产。您认识她?"

"是的。"

"一个很乏味的女人。我这样说您不怪罪吧?"

"哪儿的话。"

"简直不是个女人,而是市参议会的一纸公文。您注意到没有,人们变得越来越乏味了?"

"总的说来,人是一种郁郁寡欢的生物,"萨姆金带哲理意味地说,别兹白多夫认为这话说得:

"对极啦!"

听他这些政治新闻和本市的街谈巷议,使萨姆金的胃口都倒了。但是他很快就发现,这个人之所以谈论政治,完全出于礼貌,认为给搭伙的房客增加一些余兴是他的义务。有一天吃晚饭的时候,他忧郁

---

[①] 施米特(1867—1906),黑海舰队海军中尉,一九〇五年十一月塞瓦斯托波尔海陆军士兵起义的领导者之一,一九〇六年三月被处决。

地说:

"革命党在莫斯科抢劫了银行,拿走了约一百万卢布,"然后又喘息着,露出明显的厌烦神色,继续嘶哑地说道:

"烦透了!大家都在谈论政治,就像谢肉节时谈论肉饼一样。"

萨姆金将信将疑地瞥了他一眼,只见他正在委屈地鼓着嘴唇往烟斗里装烟丝。听他发过两三次这样的牢骚之后,萨姆金断定房主人很愚蠢,而且本人也知道这一点,但是他不仅一点儿也不为自己的愚蠢感到难堪,反倒颇为自豪似的。

"傻瓜一词,俄语含义是颇为广泛的;这种人愚蠢得令人讨厌,但绝非无赖,而且总是心地善良,"萨姆金下了个这样的定义,后来几乎天天都在证实他的定义是正确的。

有一天,吃饭的时候,别兹白多夫狼吞虎咽,吃下了美味的菜肴,喝下了几杯璎珞柏果泡的伏特加,满脸通红,吸着德国烟斗,突然生气地大声叫道:

"真是个混蛋的时代,见它的鬼!"他用两只手掌照自己的脸上打了一下耳光,摇了摇乱蓬蓬的脑袋。萨姆金在安然地等着听他的政治新闻,但是别兹白多夫却愤愤地说道:

"已经是三月啦,可是它还在搞什么鬼呀,啊?"

"您说的是什么呀?"

"我说的是天气!我的鸽子全都发胖啦,"他苦恼地用胡萝卜颜色的手指头指着天花板,嘶哑地说道。"这是全城最好的鸽子,得过两次奖,使莫斯科人都望尘莫及。这儿有个姓布利诺夫的坏蛋,开酒馆的,是我的死敌,他曾拿枪打死过我一只'天使',全俄罗斯最好的一只筋斗鸽,这颗枪弹也要打在他这个刽子手的狗脸上……"

萨姆金看到,主人满脸充血,白眼珠鼓了出来,红红的手指头在愤怒地揉搓着餐巾,而且他觉得,这一切很可能会使主人大发酒疯,甚至中风。于是他装出一副关心的样子,问道:

"玩鸽子是一种非常迷人的玩意儿吗?"

别兹白多夫骂了一句什么话,嗓子呛了一下,手哆嗦着,倒了一杯克瓦斯,两口就喝了下去,吐了一大口粗气:

"您不会理解——那有多迷人啊!"

他从桌边跳起来,好像要到什么地方去似的,然后在窗前的花丛中停下来,用餐巾擦去脸上的汗,把餐巾扔到地板上,摊开双手,嘶哑地说道:

"不可想象!"

他挥动着两只伸开的手,像翅膀在扇动似的,闭上眼睛,摇晃着脑袋,嘟哝道:

"您明白吗:天空!高远深邃,碧蓝如洗,晴朗而明净!还有太阳!我就站在那里,唉,我又算得了什么呢?一个微不足道的家伙,一个笨蛋!于是我把鸽子放出去。一群雪白的鸽子在碧空中盘旋、飞翔,越飞越高、越远。而我那可怜的灵魂也随之飞去——您明白吗?灵魂!可是它们已飞向远天,迷离难辨。这时是最紧张的时刻……好像要晕倒似的。而且非常恐惧:万一它们一去不复返了呢?但是,您明白吗,又希望它们不飞回来,您明白吗?"

别兹白多夫魁梧柔软的身躯在哆嗦颤抖,仿佛他在无声地大笑,脸变得柔和、松软了,被汗水溶化了,而在他那微有醉意的眼睛里,萨姆金确实看到了恐惧和欢欣的神情。看到别兹白多夫这种可笑的蠢相,他感到十分同情他。别兹白多夫的双手已经挥舞得累了,气喘吁吁地哼哼着栽倒在椅子上。他一边糊里糊涂地往杯子外头倒着克瓦斯,一边嘟哝道:

"这是伟大的瞬间!而且是清白事情,不妨碍任何人,与任何人无关,让一切的胡说八道统统去见鬼吧!来——干杯!"

跟他碰杯的时候,萨姆金想道:

"这是愚蠢升华到富有诗意的瞬间。"

别兹白多夫把伏特加酒杯里的酒倒进了克瓦斯杯中,继续说下去。他的样子越发狼狈不堪了,脱掉了上衣,解开天蓝色缎纹布衬衣的领子,用餐巾扇着自己,一团团浅灰色的鬈发在他脑袋上滑稽地抖动着。别兹白多夫的为人竟这样易于理解,对他不需要保持任何警惕,他的一切都一目了然,而且也不像他那位趣味过分广泛、看来他并不十分喜爱的舅妈那样,总要东问西问,这都使萨姆金感到高兴。这天晚上,他告辞去就寝的时候,特别用力地握了握别兹白多夫的手,甚至觉得自己对他的态度未免有点儿过分矜持了。应当对他说点儿什么,表表同情。当然,这并非为了鼓励他更加喋喋不休地唠叨。一个孤独的、看来也是很不幸的小伙子。听听他的唠叨也不要承担什么责任。

## 四

但是别兹白多夫并不需要同情和鼓励,几乎每天晚上他都兴致勃勃地、不知疲倦地大谈有关这个城市和自己的事情。萨姆金听着,而且等待着他开始谈论玛琳娜的事情。萨姆金常常觉得他的谈话过分坦白,令人感到有些荒唐,而且尽管别兹白多夫毫不怜惜自己,可是在他的言谈中竟听不到半点儿对自己失意生活的抱怨,这使萨姆金感到十分惊奇。别兹白多夫在谈到自己的时候,并不忏悔,就像在谈论一个使他有些讨厌的邻居一样,这个人,不管他有多少缺点,但是绝非坏人。有一次,在一个凄风苦雨的夜晚,别兹白多夫谈起了自己的妻子。

"因为玩鸽子,我失去了她,"他讲道,把两肘撑在桌子上,手指头插进乱蓬蓬的头发里,这样,他的脑袋就显得难看的大,脸却显得小了。"应该说,这是个很好的女人,但是,您知道,她的那些社会本能以及诸如此类的玩意儿,并不能使我陶醉……"

他瓮声瓮气地用鼻音说出"社会本能"这几个字,皱起眉头,然后把双手滑到后脑勺上,愤愤地问道:

"有什么鬼理由非要我去关心如何使傻瓜们的日子过得更聪明一些,或者是更幸福一些?而聪明人用不着我也会过得很好。您,当然,一定另有高见,可是,依我看,傻瓜们就是这样也已经过得蛮不错了。在这一点上我跟她意见不一。又加上这些鸽子。如果我养的是母鸡,她也许还能够忍受,但是我却养鸽子!这已经伤透她的心了。总之,她觉得自己受骗了。看来,她喜欢的并不是我,而是我的名字——瓦连京;她大概认为这个名字里隐藏着什么不平凡的东西。她是个中学生,小说和诗歌读得太多了,是个书蠹和……诸如此类吧!"

萨姆金微笑着听他讲,很喜欢瓦连京说话时那种毫不伤心的样子。他仿佛是在回忆遥远的往昔,虽然妻子离弃他不过是去年秋天的事情。

"如果我早就想到用些什么活物——像鸡啊、牛啊、狗啊之类的东西来吸引她,也许她就不会出走啦!"别兹白多夫说道,接着又颇为坚决地继续说下去:"我发现了我的志趣就在于养鸽子,找到了命运注定我要唱的那支歌。人生的真谛就包含在这样的歌里,要全心全意地唱好这支歌。普希金、柴可夫斯基、米克卢霍－马克莱[①],都毕生献身于自己热爱的事业,是这样吗?"

萨姆金同意地点了点头,开始更加注意地去听他那嘶哑的话语,感到别兹白多夫的谈话中出现了一些新调子。

"您酷爱律师工作,别人爱赌牌,我喜欢玩鸽子!我大概会由于高兴过度,喘不上气来,死在屋顶上,然后咕咚一声,从屋顶上摔下来完事,"别兹白多夫说,发出了湿润、激动、难听的笑声。"小孩的时候,我颇有几分天才,"他继续说,把烟斗里的烟灰抖散在茶杯里,虽然桌上就放着烟灰缸。"正确地说,我是什么天才也没有的,而母亲和教父却硬告诉我说:'瓦连京,你是有天才的!'这当然使我不能不玩些花招。人们在期待着我做出什么不平凡的事情,于是我就胡编、瞎说一通,有什么办法呢?不能辜负他们的期望呀。"

他朝萨姆金挤了挤眼,使萨姆金想道:

---

① 米克卢霍－马克莱(1846—1888),著名的俄国学者和旅行家。

"我从未瞎编过。"

"就是现在,我也还有说谎的习惯,编造点儿什么不可思议的事儿,秘密地讲出去;只要告诉一个人,然后谎言就会不胫而走!越是不可思议,就越容易叫人相信。"

他苦笑了一下,紧闭上眼睛,沉默了一会儿,想了想,叹了口气。

"其实在我们的时代,不可思议的事情早已司空见惯。我这样故弄玄虚并不是为了自娱,或者给别人逗趣,而是不由自主的,鬼知道为了什么?如果你只有在屋顶上才能享受到最愉快的时刻,那么在地上就会感到非常无聊。在中学里,我也被认为是有天才的孩子,教父把我吹得神乎其神。为了不辜负他们的期望,我就胡作非为。五年级就被开除了。我开始穿奇装异服,戴古里古怪的帽子。姑娘们很喜欢。我认为我可以成为打台球的名手,每天打五个钟头,当然也是毫无才能的。我根本就是个毫无才能的人嘛。"

别兹白多夫流露出明显的愉快心情,说完最后的一句话,叹了口气,他的脸便消失在一团烟雾中了。萨姆金也在吸烟,沉默不语,心里在想,自己原认为这个人具有某些令人同情的品质,看来结论下得太早了。

"他很像是在装傻,而我却信以为真。"

在别兹白多夫说过天才和花招的那些话以后,他立刻就产生了认错了人的想法。总之,在别兹白多夫的话里不知不觉地出现了某种令人不愉快的东西。特别使萨姆金感到难为情的,是他竟想起了自己:

"我从未瞎编过。"

一想到自己跟这个人可能有某种相似之处,就感到莫大的侮辱。萨姆金透过眼镜,用怀疑的目光看了看他那生着瓷器般的白眼珠和浅蓝色琉璃珠似的瞳仁的眼睛、偏平而有点浮肿的脸,看了看松弛厚大的下嘴唇和宽鼻子下面、上唇上的那几根白胡子。一张蠢得简直不能再蠢的脸。

别兹白多夫疯狂地吐着烟,问道:

"怎么,您对姑娘有胃口吗?离这儿不远,住着两姊妹,心地善良而又快活,您有意吗?"

萨姆金冷冷地拒绝了,但是又想,应该去看看这个胖家伙在女人们中间厮混的情景。然后,他喝着带点酸味儿的红葡萄酒,说道:

"当然,我并不相信您说的什么您没有任何才能……"

"这是神圣的真理!"别兹白多夫大声叫道,把双手举到脸前,仿佛要进行自卫,准备从身边推开什么东西似的。"我是个一无所有的穷光蛋,对任何人、任何事也帮不了什么忙!"说这些话的时候,他故意扭扭捏捏,小丑似的装出一个吝啬小贩的可怜相。

萨姆金固执地继续说道:

"但是,我很纳闷,您在谈到这一点的时候,似乎很高兴……"

"是的,当然啦,我很高兴!"别兹白多夫叫道,莫名其妙地挥舞着双手。"可是怎么跟您说清楚呢?唉,真见鬼……"

他瞪大眼睛,用手掌擦着粗糙的前额,朝着萨姆金的脸看了几秒钟,萨姆金看到,他那两片厚嘴唇、汗湿的面颊渐渐地模糊起来,融化在胜利的微笑中。

"我是个聋哑人!"他清醒地大声喊道。"谁也不会强迫聋哑人去宣传什么!您明白吗?"

"您承认需要装聋作哑,"萨姆金生气地说。

"为什么是装聋作哑?不是,这是我的信仰。您坚信需要宪法,需要革命以及诸如此类的玩意儿,可是这些玩意儿我一点儿也不需要!不愿意!但是就连不愿意的理由我也同样不会去宣传,不愿意!我也不反对说革命是有益的,说革命对工人来说甚至是必要的,以及其他等等!需要吗?好,那就干吧,革命去吧,可是我并不需要革命,我要玩鸽子去。我是个聋哑人!"他在自己宽大、肥胖的胸脯上猛击一掌,然后就用嘶哑、激动的声音,胜利地哈哈大笑起来。

"畜生,"萨姆金心里骂道,愤怒地急忙在记忆中搜索一切可以用来反驳别兹白多夫的理由。但是很明显,反驳是毫无益处的,任何的反驳理由,别兹白多夫只要说一声"我不愿意",就可以推翻。

他可能具有一种不愿意的力量。但是萨姆金还是嘟哝说:

"无政府主义。老掉牙的玩意儿啦。"

"像这个世界一样古老,"别兹白多夫冷笑着同意说。"像人类的文明一样古老。"他一只白磁珠般的眼睛挤了挤,补充说。"要知道,正是文明产生了无政府主义。文明的领袖们——人们是怎么称呼他们的?——把人们看作一群羊,可是我是我自己的羊,我不愿意做一只为了文明的缘故而被宰掉,再加上某种哲学的酱油烤出来的羊。"

这些早已熟悉的、肤浅的滥调萨姆金又听了两三分钟以后,无意中脱口说出了他本来不想说出的话:

"您能够说的,而且已经说出来的最有分量的话,就是这句——我不愿意!"

"当然啦,"别兹白多夫搓着两只肥厚的红手掌,赞同说。"成千的人在思索,只有一个人说出来,"他龇了龇牙补充说,接着又嘟哝了几句有关姑娘的什么话。萨姆金听了一会儿,就走了出来,觉得自己仿佛中了毒似的。

# 第十章

## 一

回到书房,萨姆金点上灯,换上拖鞋,在桌边坐下来,想开始工作,但是瞥了一眼那标着"玛·彼·左托娃与波若格村农民讼案"字样一厚本案卷的蓝色封面,就闭上了眼睛,坐了很久,仿佛沉没在黑暗中,他看到在黑暗中有一个生着乱蓬蓬的脑袋,白磁眼睛的肥胖身体,听到嘶哑、激动的笑声。

"令人厌恶的骗子……"

然后,他吸着烟,走到隔壁那间没有点灯的屋子,在两个灰色窗户前的昏暗中踱着,陷入沉思。别兹白多夫的谈话中带有某种玛琳娜的思想色彩,这是毫无疑问的。她也是一个超脱世俗"烦扰"的人,即使她已经置身于那些受到这种"烦扰"的旋风袭击的人们之中,仍能超然物外。萨姆金的记忆里再现了"寻觅天堂的人们"小组集会的场面,莉吉雅·瓦拉甫卡邀请她参加了这个小组的集会。

一些衣着各异,但是同样十分虔诚的人小心翼翼地默默走进一座挂着"时装商店"招牌的房子,脱下外衣,在柜台上叠好,放到空货架上;然后一个跟着一个,沿着四层台阶鱼贯而下,走进一间狭长的大屋子,屋子的后墙上有两个窗户,四壁光光,在靠门的角落里有一只炉子和一个平台：显然这是一间作坊。屋子里很暗，墙壁散发着糨糊和潮湿气味。三四十个男人和女人默默地呆坐在黑色或黄色的维也纳式的椅子上，他们的面貌在昏暗中分辨不清。有一些人把胳膊肘撑在膝盖上，向前弯下身子，可是有一个人往前弯得那么厉害，却没有倒下去，实在令人不解。看上去，好像很多人都没有脑袋。在人们座位的前方，两个窗户之间的墙壁下，一张铺着绿漆布的桌子后面，坐着莉吉雅，她穿着白色的连衣裙，鬈发上罩着发网，戴着蓝色的眼镜。她前面有一盏白罩的灯和两支硬脂蜡烛，一本黄封面的厚书；漆布的颜色映在莉吉雅的脸上，使她的脸变成了浅绿色；烛光在眼镜上闪动；莉吉雅好像是为了使人们感到恐怖而臆造出来的。她身上有一种矫揉造作的、令人望而却步的神态。她的脑袋一会儿低下去，一会儿仰起来，看着书，瓮声瓮气地用鼻音念道：

"不可诽谤谈论精神的人，因为宣扬的不是肉体，而是精神，而诽谤精神，罪莫大焉。其他任何罪恶都可以得到宽恕，独有此罪，永世不得赦免。"

她从书里抽出一张长纸条，把它凑到灯下，默默地翕动着嘴唇读着。在离莉吉雅不远的角落里，坐着玛琳娜，她两臂交叉在胸前，仰着头，她那艳丽的面庞在烟灰色墙壁的衬托下，显得更漂亮了。

"开始吧，索菲娅大姐，以天父、圣子及圣灵之名，"莉吉雅命令说，把那张纸条卷了起来。

坐在玛琳娜旁边的是柯尔米里岑，一个专门研究教派问题的作家，他那张柔软的女人相的脸上蓄着灰白的大胡子，总带着一种孤独的、不幸的寡妇的表情，他那突出的胸部使他显得更像女人。

在莫斯科，萨姆金常遇到他，甚至一度十分羡慕他，因为得知作家已经达到了使他萨姆金也非常向往的目的：柯尔米里岑也收集了一大批秘密流传的诗歌、画片和检察官禁止发表的文章；他曾以总是头一个探知那些大臣、主教、省长和作家们的趣闻轶事而闻名，而且总是像法院检察长似的，顽强不息地搜集着各种暴露人们的庸俗、愚蠢、残忍、罪恶的材料。听着他讲的趣闻,萨姆金有时觉得,这个人对自己的知识,大概也像一个博学的研究者一样,感到自豪,但是他讲的时候总带着一种惶恐的神情,显然是希望把这种惶恐传给听众之后,自己能从中解脱出来。一个中年女人走到莉吉雅的桌子前面,她穿着黑色连衣裙,小脑袋,尖鼻子,拿起黄色的《圣经》,突然用浓重、阴沉的声调宣布说:

"以赛亚书,第二十四章!"

她打开厚厚的书,把尖鼻子埋进书里;响起了沙沙的翻书声,"寻觅天堂的人们"动起来了,响起了挪动椅子的响声、脚步声、小心的咳嗽声,那个头包黑头巾的女人仰了一下脑袋,庄严地、复仇似的念道:

"看哪,耶和华使大地空虚,变为荒凉,又翻转大地,将居民驱散。"

在平台边的角落里,有人喑哑地咆哮起来。

"地上悲哀衰残,世界败落衰残,"女人用力地和更带复仇意味地念道。

"大地饮泣……"

炉子附近喧声大作,玛琳娜弯身凑近莉吉雅,对她说了些什么,于是莉吉雅就用钥匙敲着桌子喊道:

"安静!"

从椅子的行列中走出一个人,大声、固执地说道:

"我简直是一点也不懂,先是使大地空虚,然后又翻转大地……所有这一切,请原谅,都是人所共知的,大地因生财之道的破坏而哭泣……"

这个人个子不高,瘦瘦的,穿着腰部带褶的外衣,擦得很亮的皮靴,低低的前额上扎煞着一撮刷子似的、剪得很短的黑发,刮得光光的圆脸上蓄着两撇就他的脸说似乎大了点儿的胡子,他说话的声音响亮而又调皮。

"我简直就不明白,是谁准许的抢劫劳动果实,而且为什么沙皇又不肯统治人民……"

259

那个不自然地弯着身子的人挺直了身子站起来,伸出一只大长胳膊,抓住黑头发人的肩膀,黑头发的人怒气冲冲地叫道:

"您为什么抓我呀?"

"大家聚集在这里……"

"对,我知道,大家……"

"大家聚集在这里要谈的不是你说的那一套,老兄……"

"为什么不谈那些?"

有个人笑了起来,人们生气地唠叨着。莉吉雅摇起那声音不很响亮的小铃;那个拦住黑头发调皮鬼的人朝角落里的玛琳娜看了一眼,她依然稳稳地坐在那里。

"一尊偶像,"萨姆金想。

前排有个女人站起来,用快活的声调喊道:

"他叫卢金,是警察局的录事,他化了装,那胡子是假的……"

"把他赶出去,"莉吉雅歇斯底里地尖声叫道。

萨姆金觉得玛琳娜的眼里闪出了笑意。他注意到,有许多男人和女人在目不转睛地、驯顺地、甚至似乎赞赏地看着她。男人们可能被她那庄严的美丽迷住,可是她拿什么东西吸引女人呢?莫非她要在这里讲道?萨姆金焦急地等待着。潮湿的气味变得更温暖、更浓重了。往外驱赶警察局录事的那个人回来了,走到桌子跟前,弯身到桌子上,在对莉吉雅说些什么;她同意地点着头,而且仿佛从她的眼镜里闪出了蓝色的火光……

"很好,扎哈里兄弟,"她说。扎哈里挺直了身子,原来他个子很高,窄肩膀、有点儿驼背,脸色苍白,有些呆板,蓄着浓密的黑色连鬓胡子。

## 二

"瓦西里兄弟,"莉吉雅唤了一声。

一个秃脑袋、留着稀疏的枣红色小连鬓胡子的人从昏暗中跳起来,拉着一个妇人的手,跑到桌子前头,妇人穿着花格布裙子、红上衣,肩上披着一条花哨的披肩。

"来,来,别害怕!"他拽着妇人的手说道,虽然她走得和他一样快。"各位兄弟姐妹,这是一位新教友!"他不断地向四周抛出呲呲的、热辣辣的话语。"一位肉欲的受难者,噢哟,真是苦透啦!现在她就要给我们讲述她的苦难遭遇——请看肉欲能把我们捉弄到什么地步,这魔鬼的玩物……"

他把这个女人领到桌子前面,用手指头指着她,威胁说:

"泰西娅,你要老老实实,把一切都原原本本地讲出来,不要害羞,这儿的人都是侍奉上帝的,在上帝面前,用不着害羞!"

他跳到一旁,他那张小脸恐慌而又喜悦地哆嗦着,他挥舞着双手,跺着脚,仿佛要跳舞似的,长礼服的衣襟像鹅的翅膀一样扇动着,他用枯燥尖细的嗓音匆忙地说道:

"兄弟姐妹们,马上你们就会听到这样……"

他由于没有找到形容的字句,就喊道:

"好,开始吧,讲吧,说吧,泰西娅……"

妇人站在那里,一只手按在桌子上,一只手抚摸着下巴、喉咙,揪弄着短短的粗辫子;她的脸黑黝黝的、胖胖的,像个姑娘似的,眼睛圆圆的,像猫眼一样;嘴唇的线条非常清秀。她转过身来,背向莉吉雅,两手背到身后,依在桌边上,仿佛要倒下去似的,胸部和腹部都富有挑逗性地高高地挺起来,萨姆金觉得这个姿势有些不自然、不舒适,有些矫揉造作。

"我的父亲原是伏尔加河上的领水员!"她喊道,大概是这声尖叫使她也感到有点儿难为情,于是她就闭上眼睛,开始匆匆忙忙、含含糊糊地讲起来。

"一点儿也听不清,"尖鼻子的索菲娅大姐严厉地说,而驼背的瓦西里兄弟伤心地叫道:

"唉,泰西娅,你把事情全都搞糟啦!搞糟啦!"

柯尔米里岑站起来,悄悄地拿一把椅子放在泰西娅前面。她双手抓住椅子背,头向前一点,把辫子甩到后背上。

"十二岁那年,继母把我送进了修道院,学做针线活,还学文化,"她缓缓地高声讲道。"经历了那段荒唐可怕的生活之后,我觉得修道院倒真是个好地方,在那里我住了五年。"

她那黝黑的脸变得十分呆板,只有那漂亮的、还带孩子气的丰满嘴唇在翕动。她说话声音嘶哑,怒气冲冲,不时突然叫喊起来。手指不断痉挛地在椅背的弧圈上滑动,身子挺立起来,仿佛是长高了。

"未婚夫是个其貌不扬的红头发的家伙,是个非常讨厌而又无耻的……坏蛋!"她突然大叫了一声。

"这——这,这样!"瓦西里兄弟带着明显的佩服神色愉快地喊道。

其他的人都规规矩矩地坐在那里,一声也不响,萨姆金觉得,从他的邻座的身上也散发出糨糊的潮湿气味。但是在泰西娅开始讲述之前,那种使人烦恼的沉闷气氛消失了。他发现这个女人的体型很像杜妮娅莎:也是那样结实、线条清秀,小嘴也同样好看。他朝玛琳娜瞥了一眼,看到作家正在悄悄地对她说些什么,可是她却依然庄严地坐在那里。

"一尊完美的偶像,"他又一次想道,非常惋惜不能弄清玛琳娜对这里所发生的一切的态度。

"结婚后不久,他就开始劝说我:'倘若主人对你有什么要求,你就依他,我不会生气的,这对咱们的生活会有好处的,'"泰西娅叙述说,一点儿怨恨意味也没有,倒像是在嘲弄。"而他们爷儿俩——主人和他的女婿却都来纠缠我。嗯,这又怎么样呢?"她叫了一声,脑袋往上一仰,两只圆眼睛闪出了怒火。"跟主人厮混我是奉丈夫之命而行的,可跟他女婿乱搞——则是为了报复我丈夫……"

"嗳嗨嗨!"昏暗中响起了嘲笑声,人们开始不满地唠叨起来、活跃起来。莉吉雅挥了一下拿着钥匙的手,黑胡子的扎哈里朝发声的地方走去,嘘了几声;这时萨姆金觉得玛琳娜仿佛在笑。但是窃窃的私语声已经被泰西娅尖锐的、几乎已经是歇斯底里的话语的急流湮没了。

"我正跟他,跟女婿在花园的亭子里幽会,被他老婆,主人的女儿碰上了。正是他们自己,这些魔鬼,使我丧失了廉耻,而他们自己却又串通好了用羞辱来惩罚我。"

她喘不过气来,沉默了一会儿,挪动着椅子,用椅子腿儿碰撞着地板,她的眼睛闪着磷火似的青光,有两次她虽然张开了嘴,但是看来却已无力说话,直摇晃脑袋,把头仰得那么高,仿佛有一只看不见的手在打她的下巴似的。后来,她缓过气来,用带着咝音的嘎哑声,就像从牙缝里挤出来的一样,继续说下去:

"他们把我带到树林里,浑身剥得精光,把手脚都绑在蚂蚁堆旁的一棵白桦树上,又把我的全身涂上糖浆,而他们自己,一共三个人——我的男人、主人和他的女婿,却在对面坐下,喝着伏特加,吸着烟,嘲笑着我那赤身露体的样子,唉,这些恶棍!可是黄蜂、蜜蜂来螫我,蚂蚁、苍蝇在我身上爬,痛痒难忍,它们喝我的血,吸我的眼泪。成群的蚂蚁啊——你们想想看吧!要知道它们会往鼻孔里爬,不论哪里都爬,可是我连使劲夹夹腿都不可能,腿被绑得那么紧,连夹夹都不行。就是这样啊!"

离萨姆金不远,有个人低声说道:

"噢,不要脸的娘儿们……"

萨姆金看到,泰西娅的手指变得煞白,一点儿血色都没有,脸却不自然地拉长了。屋子里是一片寂静,仿佛大家都睡着了;大家都盯着这个女人,除她之外,再也不想看任何人一眼,尽管听她讲话很不舒服,咝咝的声音听起来使人恶心。

"开头啊,我不作声地哭泣,我不愿意叫那些坏蛋高兴,可是当这些小蚁虫开始在脸上爬,往眼里乱钻的时候……我担心起眼睛来了,它们会把我的眼睛弄瞎,一辈子都要变成瞎子!这时我才拼命叫骂起来,我咒骂所有的人,咒骂上帝和守护天使,我大声哭叫,可是小蚁虫还在咬我,刺痒我,我的内脏像着了火似的,它们吸我的眼泪……吸我的眼泪。我这样叫骂并不是因为疼痛,也不是因为羞耻,在这些人面前我有什么可羞耻的呢?他们在哈哈大笑哩。我是因为受到的屈辱而号叫:怎么能这样折磨人呢?是他们自己逼我去干这见不得人的丑事儿,反过来又折磨我……我拼死地号叫,自己也不知道是怎么活下来的。后来,我那个男人,也忍不住大叫起来,扑过来把我解开,他已经喝醉了。而我这时就像在一团火里烧着一样……"

泰西娅的身子晃了一下,黑胡子的人及时搀住她,扶到椅子上坐下。她用自己的辫子擦了擦嘴,深深地叹了口气,一只手推开了黑胡子的人。

"他们把他痛打了一顿,"她说道,用两只手掌抚摸了一下脸颊,然后瞅着手掌,冷笑了一声。"第二天天快亮的时候,他对我说:'饶恕我吧,他们都是坏蛋,倘若你不饶恕我,我就在那棵白桦树上吊死。'我说:'不行,你这个犹大,不许你去玷污那棵树,因为我是在那棵树上受难的。因为我受的凌辱,不论是什么人——你、一切的人,还有上帝,我都绝不宽恕。'噢,绝不饶恕,绝不!他缠着我不放,一直在劝说我,整整十七个月,他开始酗酒,后来,到了冬天,他着了凉……"

她轻松地叹了口气,又坚定地大声说道:

"就狗命归阴了。"

人们都动也不动,沉默不语。这寂静继续了大约好几秒钟,而且变得越来越沉重、坚实。

后来,瓦西里兄弟跳了起来,挥舞着双手,唧唧呱呱地说道:

"听见了吧,兄弟姐妹们?她并不是在忏悔,而是在宣教,我们这些人也都被肉欲的黑焰和魔鬼吐出的烈火烧坏了,受尽了折磨……"

莉吉雅站了起来,用钥匙敲了一下桌子,生气地皱起眉头,厉声说道:

"您等一会儿再说,瓦西里兄弟!诸位兄弟姐妹们,这个不幸的女人到我们这儿来是很偶然的,瓦西里兄弟事前并未通知我们她要讲些什么……"

泰西娅也站了起来,但是身子晃了一下,重又倒在椅子上,接着又从椅子上轻柔地滑到地板上。有两三个人低声惊叫了几声,很多"寻觅天堂的人们"从椅子上站了起来,扎哈里把身子弯成一个直角,像抱枕头似的,毫不费劲地把泰西娅抱起来,向门口走去,有人朝他喊了一声:

"这个娘儿们的遭遇太惨啦,"但是立即有人阴沉地说:

"可是,谁叫她乱搞呢,谁叫她听魔鬼的话呢!"

## 三

男男女女,都来到莉吉雅身边,向她深深地鞠躬,吻她的手;她耸耸肩膀,对他们低声说了些什么,她的脸颊和耳朵都涨得通红。玛琳娜站在角落里,正在听柯尔米里岑说话;他不停地挪动着脚步,玩弄着一个香烟盒;萨姆金走近的时候,听到他那柔声柔气、犹疑不定的话语:

"教派几乎都没有参与农村的动乱。"

"这方面的情况我不了解,"玛琳娜说道。"您要吸烟吗?我想,现在可以了。你们认识吗?"

"见过,"萨姆金提醒说。作家瞥了一下他的脸,又瞅了瞅他的脚,同意说:

"啊呀,是啊,见过见过!"然后他小心翼翼地在火柴上点着烟,显然很担心火燎了自己的大胡子,说道:

"我是这样理解的,这与鞭身教派是同一条线上的。"

"鞭身教派是神甫们臆造的,根本就没有这样一个教派,"玛琳娜冷漠地说,接着又温柔地、同情地微笑着,问莉吉雅说:"你今天不很成功,是吧?"

"都怪这个……捷连季耶夫!"莉吉雅愤怒地低声说道,咽回了一个什么字。"他总是,总是要想出一些什么意料不到的、肮脏的玩意儿。"

"流氓,"玛琳娜温柔地说,接着又同样温柔地补充说:

"无赖。"

"但是这是一个多么可怕的女人呀!"

"不讨人喜欢的女人,"玛琳娜同意说,抗议似的用手驱散着香烟冒出的烟雾。作家道了歉,把香烟藏到身后去。

莉吉雅叹了口气,说道:

"她讲得很好,"

"恐怖的故事,人们总是讲得很好。"玛琳娜搂着她的肩膀,把她领到门口,懒洋洋地说道。

"这话太对啦!"柯尔米里岑表示同意说,并对文学作品从不触及教派活动,老是避开它,深表遗憾。

"也并没有完全避开,某些作品还是触及了的,"玛琳娜说,带着明显的嘲弄意味说出"触及了"这几个字,萨姆金心想,她说的每一句话都是经过深思熟虑、反复斟酌的。她要使柯尔米里岑明白,在这个精神贫乏的人们的集会上,她和他一样,都不过是客人而已。当作家和莉吉雅在商店里穿衣服的时候,她对萨姆金说,她送他回家,然后又悄悄地对扎哈里说了些什么,这个人在她面前恭顺地弯下了身子。

在街上她对车夫说:

"跟在我后面走。"

"应该说:'跟在我们后面走,'"萨姆金心里想。

他们徒步走着,玛琳娜说道:

"我不喜欢这位作家。他到处乱钻,什么都知道,可是却不学无术。他写的文章语言乏味。先夫是个轻信的人,由于他对人总是满腔热情,什么人都交往……好,对'寻觅天堂的人们',你有什么看法呀?"

萨姆金回答说,他什么也没有弄懂。

"是啊,糊里糊涂! 他们念些、听些恐怖的预言。搔搔痒。为灵魂

搔搔痒。很多男人的灵魂都藏到胳肢窝里去了。"她冷笑了一声,用胳膊肘撞了一下克里姆,又下流地补充说:

"而娘儿们藏灵魂的地方却要低得多。"

他皱起眉头说道:他越来越不理解她了。

"那么莉吉雅呢,你理解了吗?"她问道。

"当然没有。很难理解,一个好做不着边际的计划的人和一个茨冈女人生的女儿、一个蜕化的贵族的妻子,竟会变成一个英国式的伪君子?"

"你看,你干吗生这么大的气,"玛琳娜用快活的声调说。"类似的变态并非罕见,亲爱的朋友!例如列夫·季霍米罗夫,他曾积极参与暗杀老沙皇的活动,可是后来却又向他的儿子新沙皇忏悔,说那完全是出于年轻无知,于是新沙皇就赏赐他一个金墨水瓶。这个故事是莉吉雅告诉我的。"

## 四

玛琳娜把萨姆金送到寓所之后,顺便去别兹白多夫那里喝茶。外甥就像一个深深爱慕着女主人、并把她的来访视为莫大幸福的奴仆一样,兴高采烈而又恭敬倍至地侍奉着她。萨姆金觉得在这番兴奋的忙乱中有某种虚伪的成分,可是玛琳娜却在和蔼可亲地嘲笑着这位外甥,像她这样一位精明的女人,竟会察觉不到他的虚伪,真是怪事儿。

她说想看看萨姆金的住处安排得怎样,就在各个房间转了一圈,说道:

"好,一应俱全,只差一个女人了。瓦连京不打扰你吧?"

"一点儿也不。"

"那就好。倘若他来打扰你,就告诉我,我会叫他安分的。感到寂寞吗?"

她这关怀备至的亲切问话深深地感动了萨姆金;他说虽然并不觉

得寂寞,但是对这个新环境尚不习惯。

"哦,当然啦,"玛琳娜点点头,说道。"在一个什么都已熟悉的环境里待久了,对周围的东西也就不注意了,现在换了一个环境,所有的东西都会变得显眼、突出,仿佛在询问:你怎么安排我们呀?"

"你这话应该作有寓意的理解吗?"他笑嘻嘻地问道。

"随你的便吧,"她也笑嘻嘻地回答说。

她那安详的仪容、自信的话语,轻而易举地把萨姆金一个钟头以前的一切见闻都涤荡一空。

"我的朋友,到处都是一片乌烟瘴气,局促不安,"她叹了口气说道,但是立即又补充了一句:

"只有内心才是光明的、无拘无束的。"

这时萨姆金就诉苦说:"生活中像泰西娅讲的那种折磨她的插曲实在太多了;而每一个插曲都会闯进你的灵魂,钻进你的记忆,提出……"

"一系列我们除了从书本里再也找不到答案的问题,"玛琳娜很不客气地替他说完了这句话。"可是,你可以摒弃这些问题嘛,不理睬它们嘛,"她眯缝起眼睛,冷笑着建议说。"你们知识分子哥儿们惯于用问题来装扮自己,互相卖弄,你们在竞相比赛问题的复杂性:看谁的更深奥复杂?结果把彼此都弄得糊里糊涂。可是问题并不是靠理智去解决,而是靠意志……你看,法国人正学习在空中飞翔,这太好啦!但是这要由意志来解决,理智只能起辅助作用。就连怎样在地上自由行走,也只有意志才能教会我们,"她低声笑了起来,说道:"要是让我来处理这位伟大殉教者的问题,那简单极了:把她送到偏僻、遥远的修道院里,教规越严越好。"

"很严酷,不过很公正,"萨姆金同意说,于是想起了索菲娅大姐复仇的音调,问道:"她是什么人?"

"是人造矿泉水厂主的女儿。曾因牵连进一桩暧昧的案子在法庭受审,怀疑是她毒死了亲夫和公公。坐了约一年的牢,但是后来被宣告无罪,原来下毒手的人是她丈夫的兄弟,一个醉鬼。"

她坐在萨姆金的书桌边,又讲起一个什么人的故事,也是非常暧昧的;萨姆金只顾欣赏她,心不在焉地听着,所以当她站起来像主人似的吩咐下面这些话的时候,他不愉快地吃了一惊:

"付款期限在六月截止,这就是说,你要在此以前,以莉吉雅·穆罗姆斯卡娅的名义买下这些期票,对吗?好,现在我们告别吧,明天我要出远门,大概要十多天。"

当他弯腰去吻她的手的时候,玛琳娜却亲了亲他的前额,然后又拍拍他的肩膀,像妻子嘱咐丈夫似的说道:

"别烦恼!"

她的嘴唇好像特别温柔、灼热,亲吻的感觉久久地留在额角的皮肤上。

萨姆金回忆着这一切,在屋子里来回踱着,拼命地吸烟。月光明亮地照在窗上,街上的雪正在融化,一些金色的大水滴等距离地在电报线上滑动,滑到一个看不见的点上,就滴落下来。萨姆金毫无意义地注视着这些水滴,看了很久,数到了四十七滴,就责备什么人似的说道:

"总在一个地方。"

他走进卧室,脱衣上床躺下,却忘了熄灯,于是就像病人似的斜倚在床上,凝视着金黄色的火焰,心里想:玛琳娜说的理性的放纵是正确的。

"文学家、政论家培养出来的'善于进行批判思维的人物'已经完成了自己的使命,已经失去了诱惑力,过时了。这种人物的思想在日益陈腐变质,长上了一层单调的、批判主义的绿锈。这种人从一些非常具体的事实中得出的不是真正符合事实的结论,而是一些乌托邦式的假说,例如关于俄国社会革命的,就是说,实质上是社会主义革命的假设,在俄国这样一个半野蛮的,譬如说,像这些'寻觅天堂的人们'的国度里。"但是一想自己竟把同胞称为半野蛮的,就自责说:

"我对人们过于苛求,而且也太缺乏历史观点。缺乏历史观点的论断是知识分子的通病。他们在没有历史感的情况下评说和编写历史。"

接着他又想到,自己对杜妮娅莎的态度也是不正确的,对她的天真纯朴不够重视。更糟糕的是,在跟女人厮混的时刻,也竟不能进入忘我的境界,仍然还在对她和对自己进行观察。有一位法国作家曾经伤心地埋怨自己职业性的观察分析能力太强……是谁呢?萨姆金没有想起作家名字就睡着了。

## 五

玛琳娜三个星期也没有回来,这时主持商店业务的是那个黑胡子的扎哈里,此人沉默寡言,面色苍白,灰气重重,表情呆滞,两只忧郁的黑眼睛,回答问题很简单,而且声音很低;浓密的头发里已经羼杂着早衰的银丝。萨姆金觉得这位扎哈里很像是换了装的修道士,而要作伺候玛琳娜的情夫,未免有些太萎靡不振、太憔悴了。

"正是伺候。她的亡夫大概也只是伺候她的。"

这时脑子里突然闪过一个念头,也许,玛琳娜也会迫使他不仅作伺候她的律师,但是他立刻就打消了这个念头,想象不出自己会成为玛琳娜的情夫。虽然她在他心里还能引起一个由于年龄和阅历感情已经变得相当冷淡的男人的好奇心,但是并未激起性的冲动。他也没有感到对她有很牢固的同情,但是每次会面之后,他发觉,对她的兴趣越来越大,觉得她身上有一种奇异的力量;这种力量,时而吸引他,时而排斥他,使他产生了将有某种异常发现的模糊希望。

但是,归根到底,他对遇到这个女人还是很满意的,而且她能使他稍微地减轻那种自我纠缠不清的烦恼,尤其使他满意的是,生活也安排得相当舒适、自由,可以忘却过去的经历,休养生息。而且他越来越经常地感觉到,在这个安静的生活时期,他正处在某种重大发现的前夕,这一发现定能使他摆脱内心的混乱,并帮助他牢固地立足于某一坚实的基础之上。

所以当玛琳娜回来的时候,萨姆金迎接她的那股高兴劲儿,连他自己也不禁感到惊讶。

她显得很疲倦,眼睛下面出现了阴影,使眼睛显得更深邃,更美丽了。看得很明显,有什么事情使她非常激动,圆润的声音里出现了新的尖刻的调子,眼睛里的笑意更增加了刻薄、嘲讽的意味儿。

"算了吧,有什么新闻可讲呢?"她用舌尖舔着嘴唇,冷笑说。"从报上你就可以知道,立宪民主党人正在得势,这就是说,可以高兴、庆贺一番啦!你的同事们,律师们将稳坐在国家杜马里。在特维尔,省长也被干掉了,看到这条消息了吗?我听说,下了一道命令,农民代表团觐见沙皇,一律不准。杜尔诺沃①劝告省长们,不要杀人太多。还有什么呢?我见到一位主教,不久前他与沙皇谈过一次话,他说沙皇是俄国最悠闲的人了。主教说这话的时候很伤心,不断地在叹气……"

她皱起眉头,沉思了片刻,然后请求说:

"给我一支烟。"

她吸着了烟,但是却用手绢驱散着烟雾,重又讲起来:

"旧教徒大肆活动起来了。看来我们好像要有两个教会:一个汪汪叫,另一个也随声狂吠!在宗教思想方面,我们俄国人毫无才能,我们的教会也毫无才能……"

萨姆金小心地插话说:

"我真不明白,为什么像你这样一位健壮、漂亮的女人,竟会对这些问题发生兴趣……"

"那么你是怎么想的,你以为宗教只是那些痨病鬼的事儿?糊涂思想!正是健康的体魄才最需要圣洁。希腊人最懂得这个道理。"

她把香烟浸到漱口杯里,皱着眉头,继续说道:

---

① 杜尔诺沃(1844—1915),维特内阁的内务大臣。

"我认为,宗教是妇女的事儿。所有宗教的圣母都是女人。可是后来,不知道为什么,几乎所有的宗教都认为女人是万恶之源,都污蔑、凌辱妇女,而正教甚至把生孩子看成是淫秽的事情,产妇一个半月不准进教堂。你想过这个问题吗,原因何在?"

"没有想过,"萨姆金回答说,接着就跟她讲起马卡罗夫来。玛琳娜喝了一口马德拉葡萄酒,用它漱了半天口,然后把酒吐到漱口杯里,道歉说:

"请原谅,已经两天了,嘴里老是有股什么铁锈味儿。"

她用手绢擦了擦嘴唇,又漫不经心地挥了一下手绢,说道:

"什么男女平等、妇女参政啦,所有这一切,我的亲爱的,都是那些精神贫乏的人臆造出来的。"

萨姆金又默不作声了,她就讲起她在法院的一些讼案,谈起她原先的律师来:

"一个妄自尊大的傻瓜,可是他却想当滑头。是个自由主义者,可是自由主义者们的奋斗目标是什么呢?争取作保守派的权利。他们自以为别人看不透他们的用心呢!不过他们大概会如愿以偿的,你以为如何?"

"很有可能,"萨姆金同意说。

玛琳娜笑了起来。每次跟她谈话的时候,他总是非常羡慕她驾驭语言、表达思想的本领,但是每次谈话以后又总会产生这样的感觉:对玛琳娜并未得到进一步的理解,对她的中心思想依然捉摸不定。

他并不重视她关于宗教的那番议论,认为那不是一套"惯用辞藻";玛琳娜用这些辞藻把自己装饰起来,却在里面隐藏着一种更厉害的秘密武器,她的真正自卫武器;她相信这种武器有无比的威力,正因为有这种信心,所以她能对现实生活那样泰然处之,对人们才能那么威风凛凛。但是,那是一种什么样的武器呢?

从她的一些讼案中,他看出她的亡夫是个聪明、残忍的、见钱眼红的家伙;买卖土地、林产和房产,搞庄园抵押贷款活动,他的很多经营活动都具有明显的高利贷性质。

"享乐主义者!"萨姆金阅读着讼案时总会这样冷笑。

但是玛琳娜对这些勾当不仅不感到难堪,反而在很成功地继续搞下去。

"她要钱有什么用呀?"萨姆金心里想。"她的财产已经够多了——生活过得很简朴。在慈善事业上的支出也不是那么多……"

他手头正在办的是一件抵押贷款追索案。押主是位地方长官,他的庄园被农民捣毁并且烧掉了。玛琳娜说:

"他已经无力还债,是个赌徒,花天酒地的家伙;在彼得堡领到一笔什么津贴,但是已经挥霍完了。土地应当归我,就是那些烧庄园的农民会买这块地的。"

玛琳娜用手指头敲了敲萨姆金的肩膀,笑道:

"你瞧:农民跟地主老爷争吵起来,商人妇却坐收渔利!而且总是这样。"

萨姆金竟没有察觉她这些话里厚颜无耻的意味儿,这使他十分惊讶。

关于"商人坐收渔利"的话题,她经常讲,而且总是用玩笑的口吻,仿佛是在嘲弄克里姆似的。

"要知道,倘若将来杜马里坐的尽是商人和神甫,那你们,知识分子就要遭殃了。"

"也还有工人,"他提醒说。

"有吗?将来会有。不过到那一天还远得很哪!"

他注意到,玛琳娜自从这次旅行回来之后,对他更亲热,更友好了,先前那种经常伤害他的自尊心的讽刺不见了。而她的这种新态度更加强了他那朦胧的希望和对她的兴趣。

## 六

过了几天,他必须到伏尔加河沿岸的一座城市去确定玛琳娜对一份财产的所有权,这是一位老处女遗赠给她的。

"克里姆·伊万诺维奇,有一件小事儿顺便拜托你,"她说道:"十年前,那里曾因其参加什么教派审判过商人波塔波夫。在法庭上宣读过克拉夫季娅·兹维亚金娜的几封信,她是奔萨人,在此案开庭前两年就去世了。还读过一个叫雅科夫·托博利斯基的人的手稿。请你'不当公事,而为私谊',替我搞到这些文件。这些证明文件当然早已归档,所以你必须去请求档案保管员谢拉菲姆·波诺马廖夫帮忙,送他五十卢布,以示酬劳,再多给点也可以。我对这些文件非常感兴趣,正在收集些这类玩意儿,将来我会给你看的。我已经集有弗拉基米尔·索洛维约夫、奥普丁斯克修道院的一位长老和久杰尔盖姆的一些信札,还有一些关于"亡命"派的材料;这些东西,我丈夫在去世以前就已经开始收集了。都是非常有趣的。你对那位谢拉菲姆说,为了进行学术研究,需要这些材料。"

和往常一样,她那甜蜜的声音和她谈的他很陌生的问题使萨姆金落进了女人诱惑的圈套,他完全没有考虑,这个以谈论趣事和自己的任性的口吻提出的请求具有什么意义。只是在现场,在那个陌生的、不愉快的商业城市里,准备去法院的时候,萨姆金才恍然大悟,他同意了参与盗窃文件的勾当。这使他十分恼火。

"可是,我怎么能这么粗心呀,真是活见鬼!"

但是在肮脏昏暗的档案室里,他见到一位两颊红润、个子不高的小老头儿,这位老人高兴地微笑着,踮着脚尖在屋子里踱着,用讨人喜欢的男高音谈了起来。萨姆金自己也说不出,是什么力量驱使他去试探小老头儿的坚定性的。根据玛琳娜的建议,他说他正在研究教派问题。原来小老头儿不难对付,他细心听完了进行交易的提议以后,就客气地说道:

"这当然是可以的,因为这些文件不是金钱票据。倘若神甫们没有拿去用的话,我可以找一找。通常这类文件是要送到国家东正教事务总管理局去,存入该局的图书馆。"

可是过了两天,当他把一束信件和一个皮面的笔记本给萨姆金看的时候,厚颜无耻地窥视着萨姆金的脸,说道:

"这篇文章的题目有多迷人,您瞧:写的是'伊阿科夫'——不是一般的雅科夫,而是伊阿科夫,多迷人!《雅科夫·托博利斯基关于灵魂、肉体和墨鬼的沉思录》——墨鬼,而不是魔鬼!这一定是非常有趣的!"

他把笔记本放到桌子上,用红润的小胖手揿着,倔强地要求说:

"请您再加二十五卢布。"

萨姆金加付了钱,当即决定见到玛琳娜时一定要给她点儿颜色瞧瞧,以保证自己今后不再接受这类差使。但是,接着就慎重全面地想道:

"根据这个偶然情况是不是就能肯定今后还会有这类差事呢?"

归途中,他在火车上拿出了笔记本,在那淡蓝的纸页上读到褪成铁锈般的红褐色字句:

"彼乃虚假之思想,谎称上帝既爱人,亦即爱人之生育及肉体,差矣。吾等之上帝乃精神也,不但不爱肉体,反而摒弃之。吾人何以证之?一曰:吾等之肉体污秽、淫荡,且必病、死、腐朽……"

他翻了几页,都是用圆圆的、单调的笔体写的,看到密密麻麻的行间有一句话特别画了出来:"故精神应居首位,先于天父及圣子,盖因精神生天父及圣子,而非天父生精神也。"

"真是荒谬绝伦,"萨姆金心里想,把笔记本放回皮包里去。"玛琳娜绝不可能对这种玩意儿真有什么兴趣。而这桩生意的法律意义她是毫不理解的。"

## 七

回到城里,坐车到别兹白多夫家的时候,萨姆金看到街中间站了一群非常有趣的人:一名警察,腋下夹着送文簿;一个老太太,穿着花格裙子,手里拿着拐杖;一个胸前挂着杯子的修道士;三个破衣烂衫的孩子和一个穿白制服的教员——他们全都默不作声地盯着厢房的屋顶;别兹白多夫穿着蓝色短衫,花条裤子,没系腰带,高高地站在屋顶靠近烟囱的地方,两只光脚板猴子似的紧紧踏在屋顶的木板上。他正在吹着口哨,吆喝着,咳嗽着,手里还挥舞着一把用破布扎的、富有弹性的长掸子,而他那乱蓬蓬的头顶上,有点朦胧的、令人神往的蓝天上,一群鸽子在飞翔,宛如朵朵雪白的花,飘摇着,落到屋顶上。

"都懒得不像样子了,太肥啦!"萨姆金走进院子的时候,别兹白多夫吼叫道。"好吧,我叫它们振作起来!我把它们轰起来!您看吧!您一定会欢笑……"

萨姆金朝他挥了挥帽子,心想:

"大家说得真对,是一个非常可笑的人。"

晚茶前,别兹白多夫下河去洗过了澡,这时头发湿漉漉的,像戴着一顶揉皱的破帽子似的坐在桌边,不断咳嗽着,满脸大汗,他一边用茶巾揩着,一边嘟哝说:

"穆罗姆斯卡娅回来啦。她说沙皇被立宪民主党给吓坏了,好像正准备亡命伦敦,而立宪民主党又怕左派党人,总之,天晓得会闹成什么样子!"

他开始可怕地大声咳嗽起来,脸和脖颈都由于充血而肿胀起来,白眼珠通红,瞪得大大的,两只扎煞耳朵在一个劲儿地哆嗦。萨姆金还从来没有看到他如此可怕地激动过。

"而新任大臣,斯托雷平,据她说是个胆小鬼和傻瓜。"

萨姆金因为没有注意听,就问道:

"对谁说的?"

"对谁也没有说,"别兹白多夫生气地回答说。"这并不是斯托雷平说的,而是穆罗姆斯卡娅说的。一个歇斯底里的女人,见她的鬼……像旋风似的,到哪里都要卷起一阵土。"

他咳出了一口痰,吐进手绢里,放到桌子上,但立刻就厌恶地用一

个手指头把它弹到地板上,于是又用餐巾神经质地不断揩着前额和太阳穴,怒气冲冲地嘟哝起来:

"她叫嚷说:给我把林产卖掉,我要到国外去!现在乱哄哄的,谁也不知道是怎么一回事儿,农民到处在放火烧森林,在这种时候,我他妈的卖给谁呀,大家都吓坏了……而我却在害怕布利诺夫,这家伙正在搞什么坑害我的鬼名堂,可能要烧毁我的鸽子楼。前两天,'俄罗斯人民同盟'①在练马场召开了一次群众大会,他在会上喊道:'够啦!'这个白痴鼻子里都冒出血来啦……"

他点上了烟斗,稍稍安静了一点儿,龇着满口不整齐的大牙。

"这家伙大声叫道:'芬兰想闹独立,瑞典要对我们宣战,'总而言之:没有味儿的稀汤开锅了!"

很明显,他是急于要把使他的记忆感到累赘的新闻抛出来。萨姆金笑了笑。

"是的,非常可笑,"别兹白多夫说道。"在国家杜马的开幕式上,沙皇身穿长袍,头戴皇冠,可是那里的全体代表穿的却都是燕尾服。燕尾服或常礼服,您不知道?"

"不知道。"

"滑稽透啦!真见鬼,竟到了这样的年月,啊?有点儿像英国了。他穿长袍,他们则穿燕尾服。人穿上燕尾服很像雨燕。他们也应该穿上件什么样的长衫才是,衣冠楚楚的人,看起来顺眼点儿,就不大像傻瓜了。"

萨姆金扶了扶眼镜,瞥了他一眼;这些箴言出自别兹白多夫的口中,就不能不使人怀疑这个人究竟是否愚蠢,而且也加强了对他的反感。他机械地听着别兹白多夫的新闻,像对耳边的风声似的,根本没有加以思索,就像看同一画家的画儿一样,如果作品很多,单调的色彩和技巧使人的眼睛感到倦怠,也就不会去想它们了。他察觉到,这些

---

① 反动的黑帮组织。

笑话式的新闻并未引起他去评价其意义的愿望。这颇有点儿奇怪,但是他立即找到了答案:

"别兹白多夫是超然高踞于鸽楼之上,以一种不得不谈些他毫无兴趣的琐事的口气说这些话的。成千上万的人为这些问题毁掉了自己的生活和前途,可是他,这个蠢货……"

萨姆金很生气,便走了出来。

## 第十一章

一

玛琳娜到外地去了,一直等了八天才返回。萨姆金感到很惊讶,他竟把日子算得这样清楚,心里非常不愉快。当他把那束信和《沉思录》的笔记本交给她的时候,她随便往沙发上一扔,口气非常冷淡地说了一声:

"谢谢。"

这使萨姆金确信,这个商人妇真的不理解他按照她的愿望干的这件事的法律意义。他没有来得及给她讲这种意义,因为玛琳娜神态疲倦地坐在那里,两手放在脖子后面,也开始讲起新闻来:

"啊呀,老天爷,彼得堡简直是发疯啦。莉吉雅带我去见识了各色的政治沙龙……"

"你们一同去的?"

"是啊。"

萨姆金注意到,别兹白多夫并未告诉他这件事。

她挑动着双眉,眼里带着笑意,讲起沙皇如何任性发脾气:接见杜马代表的时候,态度很不合礼仪,当他得知水兵打死了一位什么海军上将时,竟顿足破口大骂起来,说什么自由主义者们如果不能制止暗杀活动,就休想要求对政治犯的大赦;讲到凯尔采省的省长杀死了自己的情妇,竟能逍遥法外。说人们不满意斯托雷平,因为他不敢解散杜马,左派党人在群众大会上攻击立宪民主党,立宪民主党感到委屈,就向右转啦。

"我见到了那位大名鼎鼎的、作诗的律师,这位律师对斯托雷平评价很高,极力为他辩护,说什么斯托雷平是故意纵容左派去诽谤攻击立宪民主党人的,意思是要吓唬他们一下,好叫他们向右转得更大些。这位律师很讨人喜欢,像理发匠一样客气、周到,就是太习惯于为刑事罪犯辩护了。"

她讲的新闻几乎跟她外甥讲的完全一样。萨姆金觉得她讲话的口气就像一个到外国去逛了一圈儿的人,超然地在评介外国佬的生活,也仿佛是高踞于某一鸽楼之上似的,

"你说话的神气就像是在讲孩子们淘气的事儿似的。"他说;玛琳娜冷笑道:

"是吗?像老太婆一样?年迈的女教师?冷却了你那颗革命者火热的心?给我一支烟。"

递给她烟的时候,萨姆金发现自己的手在发抖。他心里燃起了恼恨这个神秘地伪装起来的女人的怒火。立刻就想跟她谈些有关荒诞不经的《沉思录》和这次盗买文件活动的话。但是玛琳娜却抢在他的前面。她点燃了烟,朝天花板吐出缕缕细烟,看着缭绕的青烟,低声慢慢地谈起来:

"克里姆·伊万诺维奇,你何苦要在我面前装刺猬呢,你的刺儿既不可怕,又不会刺人。而且你要在自己心里点燃理智的火焰也是徒劳的,你的心不会燃烧,它只是在枯萎。你已经把自己累垮了,是烦琐的分析,还是别的什么东西把你累成这个样子,我不知道!不过我知道:德米特里·皮萨列夫笔下那种善于进行批判思维的人物在生活中早已成了多余的人了,已经过时了,批判已经蜕变为理智摆脱不掉的恶习,如此而已。"

她这样谈了两三分钟。萨姆金耐心地听着。她的全部思想他几乎都已熟悉,但是这一次,这些思想显得比过去更丰富、更温和、更亲切了。他想在她那缓缓流水般的谈吐中找到几个多余的字,很想找到一些,可是没有找到。他还看到,她正在用自己的语言表达他的某些思想。他想,他自己未必能把这些思想表达得如此简洁而有分量。

"的确,她说话的时候,就显得比自己的年龄大一些,"他注视着她那棕黄色眼睛的光芒,玛琳娜垂下了睫毛,打量着自己右手的手掌。萨姆金觉得,她正在解除他的武装,而她自己却把双臂交叉在胸前,伸直了腿,深深地叹了口气,说道:

"我累了,所以我的话可能说得很粗鲁,颠三倒四,但是我是好意对你说的,像你这样的人我已经不是第一次领教了,这样的人我见得多了。我的丈夫生前非常崇拜那些致力于改造生活的人物,我对这样的人也很羡慕。我是个娘儿们,还记得我说的各种宗教圣母的话吧?我喜欢有信仰的人,即使他们信仰的宗教没有神也不妨。"

萨姆金觉得自己正被卷进一股琐碎思想的气流里,它们就像一阵尘土飞扬的风,掠过一间门窗洞开的屋子。他心里想,玛琳娜的面部表情并不生动,红艳的嘴唇总是带着宽容和讥讽的微笑;这张脸上的表情变化全在那两道眉毛上,她不时把它们扬起、落下,忽而双眉齐举,忽而又只抬起右眉,这时她的左眼就闪出狡猾的光芒。她说话的内容并不像说话的调子那么动人。她为什么要那样说呢?

"亲爱的朋友,革命者疾恶如仇,但并不嫉恨人,他热爱人民,为人民而活,"萨姆金听她说道。

"这是浪漫主义。"他说。

"是吗?"

"就是浪漫主义。而且你与浪漫主义是无缘的。"

她惊讶地问道:

"难道我曾自称是革命者吗?"

"我也没有说过自己是革命者呀,"萨姆金脱口而出,觉得自己的脸在发烧。

"对,"她同意说。"你没有说过,不过……你不要生我的气:依我看,大多数知识分子都应该是暂时的革命者,直到宪法颁布,共和国建立。你不会生气吧?"

"不会,"萨姆金说,知道自己说的不是实话,他心里是在生气,而且没有留心听她的谈话,但是恼恨她的心情正在消失,而且也不想反驳她的话,大概是因为听她讲要比和她争论更为有趣。他想起了瓦尔瓦拉,接着又想起了马卡罗夫,他们都曾有过与左托娃的"应该是暂时的革命者"的思想类似的论调。这令人非常不愉快,这似乎降低了玛琳娜谈话的意义。

"你为什么要跟我谈论这个题目,而且谈得如此……离奇? 为什么怀疑我说的不是实话?"他质问道。

"你没有理解,"她叹了口气,说道。"我希望你能超越自己。你呀,克里姆·伊万诺维奇,需要到另一堆火边去烤烤,这就是我要说的话。"

"我需要休息。"他说道。

"我说的正是这个呀。有什么妨碍你的呢?"她站到他面前,整理着头发问道,她浑身光滑而富于弹性,简直像一条大鱼。

萨姆金竭力控制自己,才没有说出:

"你妨碍我!"

## 二

他怀着一种自己也不很理解的心情离开了玛琳娜:这次谈话比过去所有跟她的谈话都使他更加激动;今天她使他有权认为自己受了她的委屈,但是他却没有感到委屈。

"她很聪明,"他走在街道的有荫凉的一侧,打量着阳光照耀着的一侧,几家舒适的宅第的玻璃窗正在闪闪地眨着眼睛,心里想道。"很聪明而且很有观察能力。跟她争论? 毫无益处。而且争论什么呢?

心脏本来是生理学上的术语,可是在俗语中却赋予它各种悲剧的、抒情的性格,从这个意义上说,她大概是个铁石心肠的人。"

在他前方的小山脚下,耸立着嫩绿的菩提树的圆顶,女修道院钟楼上贴的金片已经有些脱落的尖顶在绿树丛中隐约可见;再过去是一带悬崖,一切景物都坠入深谷中。蓝蓝的河水,沿着青翠的谷地从城市流向远处黑魆魆的森林。周围的一切都是那么柔和、寂静,笼罩在一片黄昏的哀愁中。

"实际上,她一句屈辱我的话也没有说。而且我以为我也完全不是她心目中的样子。"

这些思想未能概括这次谈话的主要印象;萨姆金也并不急于要弄清这一印象,——任其自行凝结、成型吧。从一座漂亮平房的小花园里走出一位神态端庄的胖太太。跟在她身后的是一个高个子的青年人,他浑身上下,从头上的巴拿马草帽到脚上的美国棕黄皮鞋,一色儿崭新,他把手杖夹在腋下,正在往右手上戴一只黄手套;他的样子有点儿可笑,但是却很幸福,而且显然幸福得有些不知所措了。萨姆金想起了自己刚脱下中学生制服,换上一身浅灰色新衣服时的情景,——虽然不很舒服,可是心里却美滋滋的。

"我的情绪颇有点儿抒情意味,"他心里想,脸上浮出一丝冷笑。

到院子里,别兹白多夫手持双筒猎枪迎着他,发呆似的看了他一眼,就咕噜道:

"您在笑吗?是啊,您运气好,可是我倒霉了,刚才穆罗姆斯卡娅硬逼我去参加米哈伊尔·阿尔汉格尔同盟①——去拯救俄罗斯,见它的鬼!这位米哈伊尔天使是警察的庇护神,您知道吗?可是警察却三天两头地在为鸽子呀,卫生呀,这个那个呀罚我的款。"

他用枪托戳着台阶,使萨姆金无法走进屋子,他摇晃着鸡毛掸子似的脑袋,嘎哑地说道:

---

① 从"俄罗斯人民同盟"分裂出来的黑帮组织。

"如果不是为了舅妈,我早就朝这个鬼洋娃娃的手掌上啐唾沫了,让她的政治呀、同盟呀、天使呀统统见鬼去吧……"

他还是平常那副样子,但是今天却没有使萨姆金感到厌恶。

"您这样全副武装,是要去打谁呀?"

"打老鼠。也可能是黄鼠狼,"别兹白多夫说完就向阁楼走去。

屋子里凉爽宜人,一片寂静,仿佛在等待他似的。甚至连只苍蝇都没有。

"这是因为我不在这里吃饭,"他猜度出原因。

在接待室里站了一会儿,看了看照在他落满尘土的皮鞋上的一线阳光,他心里决定:

"必须跟别兹白多夫谈谈玛琳娜,一定要谈。"

萨姆金小心翼翼地,避免剧烈的动作,从口袋里掏出了烟盒,拿出一支烟,可是口袋里没有火柴,火柴在桌子上。这时他把烟盒放回口袋,把烟扔到桌子上,双手插进口袋里。就这样傻站在屋子里未免太蠢了,但是却又不想动弹。他站在那里,一股异样的、但是令人神往的、淡淡的哀愁袭上心头。

"我曾有过这种奇异的感觉吗?好像没有过。"

然后他想起了曾经有过一次类似的体会,那是在大律师交给他办的一件讨厌的民事讼案在法庭上败诉的时候。更类似的情况再也没有想起来。于是他走到桌边,拿起香烟,躺到沙发上,等待老太婆费利查塔来请他去喝晚茶。

## 三

他在一种不很习惯的、无忧无虑的静穆气氛中度过了两个星期,但是有时这种状况不仅使他感到惊讶,甚至使他产生了一种不安的预感:什么地方正在酝酿着灾祸。每天早晨喝早茶的时候,他总要粗略地浏览一下当地的两份报纸,一家报纸天天在歇斯底里地谩骂外国人的蛮横霸道、左翼政党的胡作非为,呼吁俄罗斯"回到民族真理"上来;另一家报纸则引用前一家报上的文章,奉劝大家要"爱护自由和理智言论的圣殿——杜马",并且证明说,"左派"在杜马的讲话全是胡说八道。两家报纸的最后结论给萨姆金留下了同样的印象:都是首都各报的毫无生气的、乏味的回声,由于这两家报纸全靠模仿过日子,所以不可能在这座太平城市的安逸生活中激起什么风浪。而这样的城市俄国多得很——超过五十座。每逢星期日,自由主义的报纸总要刊登一篇署名伊德龙的《一个外省人的印象》的文章。萨姆金很相信德罗诺夫的眼力,所以读起他那泼辣的小品时,也像在法庭上听那些除了卖弄自己的聪明、自己的观察能力以外,对案情毫不关心的证人的证词一样,非常细心。德罗诺夫对右派和左派都一视同仁,极尽讽刺挖苦之能事,同时也着重指出立宪民主党人政策的"现实主义"特点。

"德罗诺夫不会不感觉到力量是在那方面,"他冷笑着想道。

然而总的说来,萨姆金不知不觉地开始以一种奇怪的态度来对待政治生活中发生的各种事件:他认为报纸报道的那些令人惊慌的事件,过去都已经发生过了。他并不想对自己解释,为什么要这样想?玛琳娜破坏了他的这种心境。有一次,在正经事儿谈完了以后,她说道:

"你听我说,你显得太落落寡合了,而这对你来说,可能是非常有害的。人家认为你,知道吗,是一位那样的神秘人物,并不是在逃避,而是在等待时机。外边还风传,你还很有些了不起的英雄业绩呢,好像是你领导了莫斯科的暴动,而且还在继续领导着什么活动。"

这来得非常意外,而且令人不快。萨姆金苦笑着说道:

"英雄就是这样创造出来的!"

而她却一边玩弄着手套,继续说道:

"你最好搞点儿什么来冲淡一下你的厌世思想,我的雅典的泰门[①]!小心点儿,宪兵队对过去的事情是记得很清楚的,话又说回来,

---

① 莎士比亚的名剧《雅典的泰门》的主人公,一个彻底的厌世者。

如果他们不把这些人彻底消灭,又怎么能使天下太平呢?你应该多在公共场所抛头露面。"

这些话她都是用玩笑的口吻说的。萨姆金问道:

"这使你担心吗?怕连累你?"

她惊讶地扬起双眉,说道:

"我?难道我要对我的律师的情绪负责吗?我说这些,都是为了你好。对啦,还有一件事儿,"她往左手的手指上戴着手套,说道:"叫我那里的米什卡①来伺候你吧,他可以给你收拾房间,整理书籍,如果你不愿意跟瓦连京一起吃饭,他可以给你端饭来。还可以叫他抄写抄写文件,他写得一笔好字。这个孩子很老实,可就是太富于幻想。"

她仪态端庄地走出了屋子,接着院子里就响起了她那圆润的声音:

"瓦连京!叫人把院子打扫打扫嘛,怎么搞得这么脏呀!穆罗姆斯卡娅对你很不满意:说你面儿也不露。什——么?这就怪啦!不行,我要求你不要胡闹。是的,就这样!……要自作主张?你?啊呀,别开玩笑啦……"

她砰的一声关上了栅栏门,走了。

"她不喜欢这位外甥,"萨姆金心里想。"不过,他是她丈夫的外甥。"萨姆金又想了想,就对自己说:

"要知道,我的朋友,从来还没有人对你这么关心呀,是不是?"

于是他就原谅了玛琳娜提起他的过去的这件事儿。完全是出于她的关怀,他的律师业务兴旺起来了,他已经接受了几件民事诉讼,并为一件纵火案作了有报酬的辩护人。但没过几天,他们又毫不客气地来叩他的门了。

# 四

有一天,黄昏以后,有几个人前来造访,他很客气地接待了他们,

---

① 米哈伊尔的昵称。

286

满心以为,来的是委托人:一位身材高大、两颊通红的妇人,粗糙的脸上生着一对黑眼睛,衣着朴素大方,跟她一起来的则是一个中年男子,光秃的尖脑瓜上残留着几撮黑色的硬头发,戴着烟灰色的眼镜,穿一件皱巴巴的帆布脏大衣,神色忧郁。萨姆金断定:

"一主一仆,大概是刑事案子。"

但是妇人在桌边坐下后,就从裙子口袋里掏出一盒香烟来,并且小声说道:

"我姓穆拉维约娃,或者叫我帕莎。塔吉雅娜·戈金娜通知过我,说必要时我可以来找您。"

萨姆金正要划火柴,但是没有划,用指甲在火柴盒上敲了一下,就把它递给了妇人,问道:

"我能为您做点儿什么呢?"

妇人的黑眼睛直盯着他,她的同伴坐在靠墙的椅子上,昏暗中,也在那里含糊不清地咕噜了句什么话。

"我好像见过他,"萨姆金心里想。

穆拉维约娃不慌不忙地用自己的火柴点上了烟,说道:孟什维克将于下星期天在手工业管理局举行时事报告会。

"我们现在没有适当的人能作反驳他们的发言;有一位很能胜任此事的同志,可是他病了。"

她说话的口气很严厉,声调高亢、紧张,她那逼人的目光使人很不舒服。萨姆金说道:

"您提到的那个人并未通知过我有关穆拉维约娃的事情,而且我跟这个人根本没有什么书信来往。"

"这就怪啦,"妇人耸了耸肩膀说道,而她的同伴忧郁地嘟哝说:

"我们去找那一位吧。"

"我从来没有在群众大会上发过言,"萨姆金又补充说,心里感到一种说老实话的愉快。

"那就不必啦,我们去找那一位吧,"那个男人站起身来重复说,萨

姆金又觉得曾在什么地方见过他,听到过他那忧郁、重浊的声调。妇人也站起来,把香烟放进烟缸,大声说道:

"您可以试一试嘛。"

她站起来的时候,碰着了桌子,油灯的灯罩铿锵地响起来。萨姆金用手掌去扶住,而妇人却随便地说了一句:

"对不起,"也没有道别,就走出去了。

"递给她火柴的那个场面我做得很不礼貌,"萨姆金回想道。"而那个男人我曾经见过。"

他叹了一口气,把烟头上的烟灰弹到纸篓里。

## 五

两天之后,萨姆金在"公共场所"抛头露面了,他坐在杜妮娅莎曾在那里献艺的俱乐部大厅里,听本地律师、"手工业促进会"会长杰卡波利托夫的报告。讲台上有个人孤零零地站在那里,他宽肩膀,但是身体扁平、瘦削,大长手臂,灰白头发,而眉毛却是黑的,头发剪得很短,像刺猬,弯鼻梁下面留着两撇浓重的胡髭和尖尖的法国式连鬓胡子,他的身体遮住了沙皇亚历山大二世的漂亮画像。他的外貌好像是照着历史上的某一名人化装的,而眉毛却又故意涂成黑色,仿佛是不让人们认为他很重视自己长得像历史人物。他用活泼悦耳的上低音,把一些缓慢、枯燥的词句撒进灯光微弱的昏暗的大厅中:

"目前形势要求每个人都无条件地表明:他究竟要什么?"

"以便叫斯托雷平去见他的鬼娘去,"坐在萨姆金前排的一个胖子对自己的邻座发牢骚说,邻座的人睡意蒙眬地回答道:

"实行单独田庄制①可是一步妙棋。"

---

① 指一九〇六年斯托雷平颁布的有利于富农的新土地法。

大厅的各排座位上稀稀拉拉地坐了六十来个人。

夏日的骤雨哗啦哗啦地飞溅在窗玻璃上,雷声隆隆,电光闪闪,照耀着溅起的浮尘似的晶莹的雨点儿;耸立着两个陶管烟囱的黑屋顶在雨水的尘雾中跳动,烟囱像两只没有手的臂膀,祈祷似的伸向苍穹。大厅里闷热难忍,萨姆金背后有个人的肚子在咕噜咕噜直响,左边坐的那个人每声霹雳之后就要画个十字,胳膊肘碰着萨姆金的时候,便低声央求说:

"帕尔敦①……"

"在我们面前摆着几个政党的纲领,"演讲的人讲道。

萨姆金用了很长的时间去想:演讲的人究竟像谁?没有想出来,于是就想道,如果杜妮娅莎来了的话,他一定会非常高兴地迎接她。

前面,斜对他的座位上,坐着玛琳娜原先的律师,他正令人快慰地微笑着对自己的邻座——一个留着大胡子、粗脖颈的大胖子悄悄地说些什么。

"有这样的看法:认为政治和道德是水火不相容的,"演说的人从口袋里掏出手绢,挥了一下,断定说,"这是绝对不正确的,这是小品文作家的谬论,政治是以法律规范为基础的……"

一声霹雳,震得他晃了一下,他往旁边跨了一步,用手绢擦着太阳穴,眨巴着眼睛。大厅里一片轰鸣,窗玻璃被震得嘤嘤作响,可是玛琳娜原先的律师从椅子上跳起来,相当清楚地嘟哝说:

"这不能成为上诉的理由……"

演讲人又接着讲起来,不过比原来说得快了,而且仿佛在生谁的气似的。萨姆金听到了这么一句莫名其妙的话:

"并非每个青年中学毕业后都去上大学,也不是所有去非洲旅行的人都要进入它的腹地……"

"说得好,"萨姆金身后有人称赞道,说完就闷声大笑起来。萨姆

---

① 法语:请原谅。

金怎么也不能专心致志地去听演讲,他的话似乎都是些陈词滥调。所以当杰卡波利托夫往前探出身子,做出下面的结论的时候,他感到了莫大的宽慰:

"我们终于达到了可能的极限,所以就应当停下来,巩固现有的阵地,进行可以进行的工作,并促其实现,到那时候,历史会给我们指出继续前进的方向。我的话完了。"

第一排的座位上有一个秃顶大脑袋的人站了起来,大声叫嚷道:

"休息——一刻钟!愿意参加辩论的先生们请来登记。"

他还同样地大声叫嚷着对一个人说:

"您这是怎么搞的啊,老兄,桌子怎么能摆在讲台前面啊?应当摆在讲台上嘛,讲台上面……"

萨姆金走到小吃部,一边安闲地走下大理石台阶,一边听着一些心宽体胖、仪态庄重的市民的议论。

"杰卡波利托夫讲的还是头头是道……"

"嗯,是啊!庄稼汉对他们的作用就像阿母尼亚盐末对醉汉一样有效。"

"是他们亲手去煽动起来的,现在好啦,来了个天翻地覆……"

"噢哟,妈妈!快把小猫赶出屋子去吧,它老是在抓我……"

一些熟悉的律师冷淡地跟萨姆金招呼一下,一声不响地、匆匆忙忙地握握他的手就走开了;玛琳娜原先的律师迈着两条小短腿,快步赶到萨姆金面前,问道:

"喂,怎么样?您有何高见?"

但是立刻就对自己说道:

"真是一场好雨呀!"说完就朝一个满脸胡子的小矮个子走去,怒气冲冲地说道:

"您听我说,奥努夫里延科先生,已经过了两个星期了……"

"哼,过了,那又怎么样?"

萨姆金不想再听对报告的辩论,就回家去了。

## 六

街上夜色宜人,空气清香,碧蓝的晴空中,一轮银光皎洁的月亮仿佛要融化似的,马路上的水洼闪着清辉,淡蓝的水珠从黑黝黝的树顶上滴下来;家家户户都在开窗户。有两个人走在狭窄的街道的另一边,其中一个说道:

"这伙小老头儿可着了慌了……"

一阵悦耳的歌声从敞开的窗户里悠然飘进街道上的静穆中:

> 我多么想用一句话,
> 说出我的全部心事……

"反动!"那两个人中有一个冲着窗户喊了一声,然后他们就笑着快步走去。

"地地道道的外省人的玩笑方式,"萨姆金心里想,尽情地吸着新鲜空气和花香。

过了几天,政府解散了杜马,而立宪民主党则发表宣言,劝说农民不送新兵入伍,拒不纳税。别兹白多夫一手挥舞着报纸,嘶哑地叫道:

"这叫什么事儿呀?有宪法,你就实施宪法嘛,不然的话,还是要像坐在三条腿儿的椅子上一样。这群白痴!现在您等着瞧吧——又要总罢工了……"

"本城有何反应?"萨姆金问道。

"哼,本城会有什么反应?全是些绵羊,山羊却一只也没有,唉,绵羊连领路的都找不到啦。"

萨姆金深信,就是千千万万比别兹白多夫更聪明的人的情绪也一定跟这个鸽子迷完全一样,由于对他很反感,为了再一次证明他的愚蠢,就故意盘问起来:他究竟是怎么想的?但是别兹白多夫的脸立刻

变得通红,肿胀起来,两个白眼珠瞪得溜圆;他摇晃着脑袋,用手掌摩挲着喉咙,问道:

"您要考考我,是吗?我总还不是个白痴呀!杜马是贴在脖子上的芥末膏,杜马的职责就是防止血液乱冲进头脑中去,正因为它有这样的用场,才把它贴到我们这狂妄的生活上的!可是立宪民主党却奏起了造反的调子。不纳税!那会闹成什么样子,我不用买火柴,拿眼睛里的火星来点火,是么?"

他在桌子上敲了一拳,大叫起来:

"我要纳税,为的是要他们保障我过上安逸的生活,这样做是对,还是不对?政府有没有责任保证我的生命安全?"

他在椅子上摇晃着,手在挪动桌子上的杯盘,椅子在咯吱咯吱地叫,杯盘在叮当叮当地响。萨姆金还头一次看到他这样大发雷霆,而且也不相信发怒的原因仅仅是为了杜马被解散。

"用左手打人是打不疼的!可是不管您怎么说,打还是应该的!我可不愿意叫一个什么臭皮匠来开我的膛。也不希望人家把我的房子烧了!就是昨天,听说城郊的一个手艺匠捅死了密探局的暗探,并把他的小房子也烧了。这当然并不意味着我拥护黑帮,拥护专制政体以及其他等等的荒唐玩意儿。但是,你们既然担负起了治理国家的担子,那你们就要好好地管起来,见你们的鬼!我有权要求安宁……"

尽管萨姆金认为不大发雷霆是知识分子的主要优点,但是他仍然感到他对别兹白多夫的反感已经发展到敌视的程度,禁不住要拿什么东西照别兹白多夫那大汗淋漓的紫茄子似的丑脸、发疯似的瞪大的眼睛,痛打一顿,臭骂一通。但是一种惊讶的感情阻止了他:他怎么会产生这种野蛮的、有失身份的念头呢?而别兹白多夫却还在没完没了地、上气不接下气地怒吼。

"要把我培养成无政府主义者,休想!正是由于政府的无能才产生了无政府主义,是的您哪!只有那些中学生才相信,可以培养出高尚的思想。纯粹是胡说八道!两千年来教会一直在教导人们:'要相亲相爱'、'同心赞主'——教堂里是怎么唱的啦？见他妈的鬼,当我的房子只有一层,而我的邻居却是三层楼,怎么能同心呀!"他突然停了下来。

"这样激动对您是有害的,"萨姆金勉强地苦笑着说了一声,便走了出来,走到花园被邻家砖墙的阴影遮掩的角落里去。这里,在一张桌腿埋在地里的桌子旁有一张半圆形的凳子。上面长满了青苔,花园的这个角落全都那么潮湿、凄凉、阴暗。萨姆金点着香烟,发现自己的手在颤抖。

"这个白痴竟把思想和感情丑化到这样粗俗的程度,"他想道,而且想起了,其实,这种类型的人他已经见识过不少。如:塔吉尔斯基、斯特拉托诺夫、里亚欣。但是这些人哪个也没有像这位似的使他感到如此厌恶。

别兹白多夫今天甚至引起了一种令人不安的压抑感。过了几分钟,萨姆金认识到,这样没完没了地去想这个别兹白多夫未免太有失身份了。这会引起一些荒唐的、不可思议的思想。他的个人尊严坚决要求抵制这些胡思乱想。

对立宪民主党的号召,玛琳娜持嘲笑的态度。

"他们这可有点儿太过分啦,"她挑了一下睫毛和眼眉说道。"这是在火头上干的。'把自己的空勺子伸到别人的汤盘里啦'。如果沙皇宣布不许动地主的土地,那时候倒不妨这么干一番。那时候农民也许会举起双手……"

接着,她用绣花的手绢扇着自己的脸,若有所思地说道:

"立宪民主党可把莉吉雅给吓坏了,她甚至要把林产卖掉,昨天却又在跟我商量,她要不要买下图尔恰尼诺夫家的'快乐庄园'？这位贵夫人感到无聊了。'快乐庄园'是一座很优雅的庄园!我手里有它的押契……老头子图尔恰尼诺夫已死于尼斯,他的继承人下落不明……"她叹了口气,沉默了一会儿,抿起了嘴唇,好像要吹口哨。然后像在肯定某种决定似的说道:

"是这样。"

米沙静悄悄地潜入了萨姆金的生活。他原来是个非常勤勉的仆人,文书虽然抄写得不算快,但是很清楚,没有错误,他沉默寡言,用两只姑娘似的美丽眼睛温顺地看着萨姆金的脸,流露出简直是崇拜的神情。小家伙穿得干干净净,头发梳得光光的,坐在接待室一角,朝院子的窗下一张小桌边,抬起右肩,在纸上写着圆圆的清秀的字母。他请求主人准许他读书,得到允许后,就低声说道:

"非常感谢!"

他一读起书来,就变得更不惹人注目了。跟他的职务无关的事情,他从不过问,直到他在角落里安顿好了以后的第二天或者第三天,才羞答答地问道:

"克里姆·伊万诺维奇,请您告诉我!革命已经完了吗?"

问题是如此突然,以致萨姆金惊异地看了青年一眼,把问话的最后几个字重复了一遍:

"已经完了。"

但是,紧接着就追问道:

"你为什么要关心这个呀?"

"不为什么……随便问问,"米沙停了一会儿才回答说,然后低下头,又低声辩解似的补充了一句:"大家都在关心。"

萨姆金认为小家伙很蠢,于是也就把这件不值得记忆的、微不足道的事情忘得一干二净。现实生活正在不遗余力地培养人们忘却那些无比重大的事实。各种事变就像一条无限长的锁链上的环节一样接踵而至,越来越有力地推动着时间前进,而时间就像从山上滚下来一样,不知不觉地瞬即逝去。

## 七

报纸上几乎每天都在报道关于没收、逮捕、军法审判和绞死"盗匪"的消息。政府在查禁各种讽刺杂志,封闭报纸;一些保皇党组织越来越带有恐怖性质,反动当局盲目的疯狂报复行动,引起了对它同样疯狂的,但是已经明显地在减弱的反抗。萨姆金目睹这一切,理解这一切,而且在听到和在报纸上读到这些消息的时候感到压抑。但是他不知不觉地说服了自己,各种事件已经失去了它们的革命意义,只不过是惯性作用的产物而已。这些事件越来越像"干雷",电光闪闪,雷声隆隆,可是就不下雨。同时,他细心地观察着本城的生活,深信这种"善后清理"过程正像雾一样,是从低层,从地上升起的,而且这阵雾变得越来越浓,越来越重,跟玛琳娜闲谈的时候,就更容易忘却现实生活。当他问她对一些没收事件的看法时,她打量着自己的手指甲回答说:

"我还不理解。也许,这是一种表示'战斗业已结束',和开始对死者与生者进行大洗劫的先兆,可是也可能是表示革命并未耗尽自己的全部力量。这你比我知道得更清楚。"她笑嘻嘻地结束说。

"你好像对战斗业已结束深表遗憾?"萨姆金问道;她没有回答,却改变了话题:

"你听我说,亲爱的,小图尔恰尼诺夫回来了,必须依法确定他对'快乐庄园'的继承权并正式取得所有权,你明白吗?我去想办法,叫法院的动作快一点儿。莉吉雅好像已经决定买这座庄园了。"

她含笑剪着小手指甲上的倒刺,模仿着莉吉雅,用稍带鼻音的音调说道:

"她现在有一种新思想:应该恢复科学经营的田庄,你明白吗,应当兴办农场,要与斯托雷平的政策步调一致。"

像人们通常要无言地表示某人的愚蠢那样,玛琳娜用指头敲了一下前额,用自己那种懒洋洋的圆润声调继续说道:

"她宣称,妇女应当作为主人,而不是作为革命者,去参与国家生活。俄国妇女一定要特别保守,因为俄国的男人都是些空想家,幻想家。"

这次谈话是在玛琳娜家里,在她那间舒适的小屋子里进行的。通阳台的门是敞开的,温热的风轻轻吹拂着花园里树木的叶子;片片白云在天空浮动,抚摸着月亮,桌上镍制火壶变成了浅蓝色,灰色的飞蛾纷纷扑向灯光,烧死在火上,撞得粉红色的灯罩沙沙作响。玛琳娜穿着一件特别宽大的家常便服,她那健美、赤裸的胳膊在宽大的衣袖里晃动。他一来到,她就抱歉说:

"我穿得这样随便,请原谅,我觉得很热!我有点儿太胖啦……"她用双手摸了一下胸部和臀部,而这个带有明显的卖弄风骚、自鸣得意的动作使得萨姆金不由自主地惊叹道:

"你可真够漂亮呀!"

"是吗?那就小心点儿吧。不要爱上我!"

"怎么,不可以吗?"

"可以,但是没有必要,"她说话的口气非常随便,这使他产生了一种诗意的心境,就在这种心境中,他听她在说:

"不久前我对她说:'莉吉雅,你干吗要这样虚度年华?还是嫁人吧,就嫁给萨姆金吧。'她却说:'我只能嫁给贵族,可是没有合适的人。'她所谓的合适的人,你知道吗,就是要不忘掉贵族的历史使命,并忠于正教、君主、民族这三项原则。好,我就对她说,'亲爱的,要知道,这样的宝贝儿大概一百岁啦!'她生气了。"

萨姆金心里有很多问题要问她,但他却问了一句:

"别兹白多夫是个什么样的人?"

她在高脚的点心盘里挑选着饼干,瞥了他一眼,就微微地眯缝起眼睛,不情愿地慢慢回答说:

"你自己看得出来:为世人服务——他不情愿,为自己——他又不会。"她仿佛要缓和一下这些话的语气似的,立刻又很匆忙地继续说道:

"一个很可笑的人。自己认为,他的鸽子是全城最好的;胡说他曾因这些鸽子获得过几种什么奖金,而真正获奖的却是酒店老板布利诺夫。据玩鸽子的行家们说,他是个很糟糕的养鸽人,只会糟蹋鸽子。他认为自己是个自由的人。如果把自由理解为无所用心,这么说大概是对的。总的说来,他可并不蠢。但是我总觉得,他不会有什么好下场……"

倾听着她那流畅话语,萨姆金总会习惯地产生一种嫉妒的心情,她很会讲话,语言简洁而又生动。可是他自己讲的话却像这些扑在灯上的飞蛾一样灰暗而又纷扰不宁。她又谈起了莉吉雅,但是谈的已经全是些琐碎的、吹毛求疵的事儿,说莉吉雅多么不会打扮自己,对读过的书都不求甚解,不会领导"寻觅天堂的人们"这个团体。接着突然说道:

"知识分子这号人可分为两种类型:一种像钟摆那样在左右摇摆,另一种像表盘上的指针一样在团团转,仿佛在指出早晨、正午、晚上、子夜的时间。可是要知道,他们却无力控制时间!他们认为想象力可以改变人们对世界的看法,可是实质哪,却是改变不了的。"

萨姆金领会不到这番话与她对莉吉雅的议论之间的联系,但是这些话仿佛是藏在一道他打不开的门里一样,好,现在门自动地开开了。他默不作声,单等着玛琳娜立刻就会谈起她自己,谈起她的信仰和世界观。

"工人要夺取工厂,农民要夺取土地,知识分子想夺取政权,"她用手指玩弄着胸前的花边说道。"所有这一切,当然是必要的,而且终将实现,但是这会使像你这样的一些人满意吗?"

萨姆金没有作答,他在打量着灯光映照下古老的玻璃杯里的葡萄酒,酒是金黄色的,就像她的眼睛。在玛琳娜的问题里,他感到某种对自己很危险的东西,他沉思起来:是什么呢?于是恍然大悟,那就是假若他今天在这里谈起自己的心事,——就准会说出些类似她议论别兹白多夫那样的话来。这使他感到惊讶,而且很不愉快,于是他一边喝着酒,一边在心里重复着:"为世人服务他不情愿,为自己他又不会","自由就是无所用心"。他扶了扶眼镜,仔细地、怀疑地看了看她,但是

297

她依然在玩弄着花边,神色自若,眼睛在若有所思地看着那些纷扰的飞蛾,后来就挥动着餐巾,驱赶起来。

"你看它们飞进来了多少,可是如果关上门,那就会闷热起来!"

萨姆金诗意的心境全被破坏了。没有什么可期待的了,她自己的心事,这个女人一句也不会谈。他站起身来。告别的时候,她把一只手伸给他,便服的前胸突然敞开,露出了粉红色的、透明的绸内衣,和有点儿古怪的、挑战般鼓起的乳房。

"噢,"她赶紧掩起衣襟,叫道,这时萨姆金看到了她那裸露到膝盖的、穿着白袜子的腿部。这一插曲印在他的记忆里,不仅没有使他激动,甚至还使他不怀好感地想道:

"简直像个石头人。大概对肉体也像对钱一样吝啬。"

但是她对他却是舍得花钱的。有一次,她坐在他的寓所里,看到从邮局取回的几包书,就说道:

"你买书的花销太大啦!"并亲切地问道:"要不要增加你的薪资?"

他拒绝了,可是她终究还是把他的薪资增加了一倍。现在回忆起这件事,他想起了,当时是一种成年人不应有的羞怯心情使他拒绝了她的提议:因为他订阅的书籍大都是俄国小说和外国翻译小说;不知道为什么,他不愿意玛琳娜知道这一点。但是内容严肃的书籍使他感到厌倦,大量的政治书籍和报刊惹他生气。玛琳娜对自由主义的书刊评论说:

"拼命地喊叫,就像个被情夫抛弃了的疯女人,可是这个情夫她却早就讨厌了!"

## 八

过了两天,萨姆金屈从了别兹白多夫的请求,坐在花园里,观赏他的一批新鸽子。别兹白多夫站在屋顶上,一手扶着烟囱,另一只手里拿一把布掸子保持身体的平衡;他穿着没有系腰带的短衫,肥大的裤子,那副滑稽样子就像一个口上安了个脑袋似的瓶塞的酒瓶子。在浑浊、炎热的天空中,有十来只鸽子在懒洋洋地低飞着。别兹白多夫在大声呼喊,吹口哨。但是他突然弯下身子,仿佛准备从屋顶上跳下来似的,不高兴地问道:"是找我吗?"然后喊道:"克里姆·伊万诺维奇,有客人来拜访您!"

来的是玛琳娜,跟她同来的客人个子不高,但是有点驼背,穿着一身白衣,左臂缠着一条黑带,腋下挟着根手杖,戴着浅灰色的手套,巴拿马草帽扣在后脑勺上。面色黝黑,小脸盘清秀喜人,鹰钩鼻子,尖尖的浅色小连鬓胡子和两撇向上卷起的胡髭使萨姆金觉得他很像"三个火枪手"之一。

"来,认识一下吧,"玛琳娜说。"这位是图尔恰尼诺夫,这位是萨姆金。"

图尔恰尼诺夫漫不经心地把一只冰凉、细长的手伸给萨姆金,用浅蓝色的眼睛瞥了他一眼,然后惊讶地低声问道:

"那个人在屋顶上干什么?"

玛琳娜把别兹白多夫干的行道解释了一番之后,喊道:

"瓦连京,去张罗一下,叫他们端茶来!"

在萨姆金的接待室里,玛琳娜解释说,弗谢沃洛德·帕夫洛维奇是来委托为他办理有关依法确定遗产继承权的事务的。

"是的,我万分请求,务请帮忙,"图尔恰尼诺夫声音过分响亮地说道,连他那紧贴在脑壳上没有耳唇的小耳朵都涨红了。"我失去了正确估计空间的能力,"他难为情地对玛琳娜说。"我觉得这里的一切都是那么遥远,所以总想大声说话。我离开这里已经八年了。"

他提了提凡尔丁的裤腿,把双脚蜷到椅子下面,然后露出令人愉快的微笑,说道:

"我感到很幸福,又回到这里来了。"

玛琳娜说道:

"能去巴黎一游该多好哇!"

"那很简单,"图尔恰尼诺夫说。"巴黎确实是世界上最美好的城市,而法兰西就是巴黎。"

图尔恰尼诺夫不论是谈什么,都非常严肃,语气和蔼可亲,就像年轻的教师们第一次跟高年级学生谈话似的。谈话中他还顺便提到,巴黎的裁缝手艺最高超,巴黎的剧院最令人销魂。

"我在柏林看了斯坦尼斯拉夫斯基剧院的演出。很有独创性!不过,您知道吧,作为戏剧,这有点儿太严肃了,而且已经不像是在演戏,倒像是……"他耸耸肩膀,摊开双手,然后找到了适当的言词:

"'救世军'①。您知道吧:布斯将军和一些老处女在唱赞美诗,召唤人们忏悔自己的罪恶……我是在乱弹琴吧?"他重又转向玛琳娜说;她兴致勃勃地,和蔼地回答道:

"噢,不,不!这太有趣啦。"

萨姆金不相信她那和蔼与亲切鼓励的微笑的诚意,可是图尔恰尼诺夫却越说越来劲儿,仿佛在诉苦似的,用微弱的、毫无生气的男高音继续说道:

"而且这些流浪汉、瓦加邦德②!当然,我是个民主主义者,在法国,所有的人都是民主主义者,可是在这里我却觉得自己是个民粹派,尽管我的母亲是法国人。但是为什么要演流浪汉呢?我想,这甚至是有害的。艺术应该是……美的。而斯坦尼斯拉夫斯基却穿着一身肮脏的破衣服,一个叫什么万尼亚舅舅的怪人朝着教授的后背开枪——为什么呢?简直无法理解!而且只有两步远,竟打不中!一个悲伤的醉鬼高声朗诵贝朗瑞的诗,贝朗瑞——这实在太老啦!在法国他早已被遗忘。总之,法国人是永远也不会理解这一点的。他们知道,一切都已经有人说过了,现在惟一可做的事,就在于以优美的形式再现已

---

① 英国牧师布斯(1829—1912)创于一八六五年的宗教慈善组织,因其按军队形式组织,故布斯获"将军"称号。
② 法文译音,意为"流氓"。

经熟悉的事物。形式!"他举起一只手,指着天花板,窥视着玛琳娜的脸,大声喊道。"各种思想——请原谅!——就像女人一样,她们彼此的差别并不很大,而她们的魔力的秘密,就在于她们如何打扮自己……"

他如释重负地叹了口气,沉默了,显然很满意自己已把压在心头的话都说出来了。

## 九

米沙来请他们喝茶,玛琳娜和那位巴黎客先走了,萨姆金独自留下,在屋子里踱了几分钟,反复思量着巴黎客的那些轻松词句。他来到别兹白多夫的厢房里时,玛琳娜正忙着斟茶,而图尔恰尼诺夫正在对别兹白多夫说:

"莫斯科与巴黎的联盟是亚历山大三世对世界做出的最伟大的贡献,在法国,人们理解得比我们更清楚。"

"我们哪有时间去理解这些噢,我们一直在忙于革命,"别兹白多夫摇晃着脑袋说道;他的白眼珠油晃晃地闪着光芒,头发上不知道抹了些什么东西,也油光锃亮。他穿着一件软领衬衫,汗珠不断地从下巴滴到花条领带上。

"革命是法国人的伟大的过去,"图尔恰尼诺夫说道,并且舐了一下自己像贫血的姑娘那样没有血色的嘴唇。

玛琳娜通知萨姆金说,后天上午,决定在"快乐庄园"组织一次郊游,她、莉吉雅和弗谢沃洛德·帕夫洛维奇都要去,也请他去参加。萨姆金默默地点了一下头。她站起身来,图尔恰尼诺夫也要走,但是别兹白多夫却突然热情地挽留他说:

"这个城市非常无聊,没有什么可看的,您最好是给我谈谈巴黎风光,不要走啦!咱们喝酒……"

图尔恰尼诺夫吻了一下玛琳娜的手,就留下了,而她走到台阶上,对陪送她的萨姆金说：

"多么有趣的小家伙！你去听听他对瓦连京胡扯些什么,然后告诉我,会让我们大笑一场的。好啦,再见,愁眉苦脸的人儿！唉唉,多热的天呀！……"

她走了。萨姆金仍然站在台阶上听着；从敞开的窗户里传出客人声调急促的男高音,但是词句却听不清楚。他不愿意走回别兹白多夫的屋子,可是不进去就有点儿太不礼貌,他点上一支烟,走了进去。没有人注意他。图尔恰尼诺夫背朝门坐着,别兹白多夫侧对着门,他把胳膊肘撑在桌子上,一只手的手指插在乱蓬蓬长头发里,另一只手往嘴里塞无花果,慢慢地咀嚼着,把一小口一小口的马德拉酒送下肚去,赤红的脸上浮着油晃晃的微笑,目不转睛地盯着图尔恰尼诺夫,这一位则把身子探向他,一只手擎着酒杯说道：

"简直像异教徒一样直爽！我手里举着报纸,坐在饭馆里,在我对面的另一张桌旁坐着一位可爱的漂亮姑娘。突然,她对我说：'您好像并不在看报,而是在欣赏我的衬裤,'她是一条腿搭在另一条上坐在那里……"

"真见鬼,"别兹白多夫嘟哝道。"这叫做:单刀直入！"

"噢,不对,您错了！"图尔恰尼诺夫快活地叫道。"这并非卖笑的姑娘,而是索尔蓬纳①的大学生,相当高贵的资产者家庭的小姐,后来我认识了她的哥哥,一位军官。"

别兹白多夫惊讶地悄悄吹了一声口哨。他在椅子上摇晃着,做着鬼脸,不断地哼哼着,满脸大汗。很明显,他是难于支持这场谈话的,而且由于他"提不出问题",感到很狼狈,所以就不住嘴地在吃水果,这样就可以不说话了。可是图尔恰尼诺夫还在兴致勃勃地讲个不停：

"一位绅士和一位贵夫人走在林荫道上,男的去上厕所,这一点儿也不会使夫人感到难为情,她就站在那儿等候他。"

---

① 原为巴黎最古老著名的学府,一八五二年并入巴黎大学。

别兹白多夫噗哧地笑了一声。

"是的,照俄国人的习惯来看,这很可笑,而且有点儿下流,但是他们却觉得很自然。一般地说,法国人绝不会是道貌岸然的伪君子。"

夕阳的余晖从院子里照进窗户,桌上的一切都仿佛蒙上了一层火红的尘埃,花架上藤蔓的绿叶变成令人不舒服的黑色。水晶玻璃盘里,苍蝇在家制的饼干上乱爬。

"是—是啊,人家在过太平日子,"别兹白多夫嘎哑地叹道。"可是我们这里不是打仗,就是革命。"

"这太可怕啦!"巴黎客同情地说道。"而这都是因为没有钱。可是穆罗姆斯基夫人却说自由主义者反对向法国贷款。但是,您听我说,这算是什么政策呀?人们想变成乞丐……在法国,是富有的资产者在闹革命,他们反对那些已经破产了的,但是却仍然把国王掌握在自己手里的贵族,可是你们这里,就是说在我们这里,却很难理解——究竟谁在闹革命?"

别兹白多夫摇了摇头,两手拍着膝盖,哈哈大笑起来,嘴里哼哧着:

"是啊,究竟是谁在闹革命呀?"

图尔恰尼诺夫等到瓦连京笑够了,然后仿佛受了委屈似的说道:

"我的意见:闹革命的总是那些有钱的人……"

"当然!"别兹白多夫叫道。

萨姆金悄悄地溜出房间,怒不可遏地想道:

"这头肥猪在装傻呢!他明知那个乳臭未干的家伙正在以教训他取乐,而他却不仅在丑化自己,还把跟他在一起的人也丑化了。"

自从听了玛琳娜对别兹白多夫的议论,萨姆金觉得自己对别兹白多夫越来越反感,但是这并未使他想避开养鸽人,反而好像更愿意接近他了。这令人沮丧,令人迷惑不解。

# 第十二章

## 一

第三天早晨,萨姆金坐在一辆藤编的马车里,颠簸在去"快乐庄园"的大道上。青草上还闪着露珠,但是已经感到闷热;从两匹肥壮的花马的蹄下,扬起了温暖刺鼻的尘埃。强烈的马汗味和醉人的干草味混合在一起,使人昏昏欲睡。乡间小路边、田野上、菜园里,到处闪动着农民和村妇的身影;远处,修道院的一片小树林像朴素的花边,在晨雾中摇荡。这辆四轮马车很不舒服,弓板太硬,把萨姆金颠得浑身疼痛,他夜里没有睡好,而且不得不孤零零地独自坐一辆马车,也使他非常生气,他在玛琳娜那辆带弹簧的马车里的位子被别兹白多夫占去了。玛琳娜的那个相貌吓人的大胡子看门人坐在车夫的位子上赶车,他几乎不断地在跟马说话,他的喉音很重,话语中带着一种像秋风般干冷的萧萧声。而且他的脸红得那么刺眼,仿佛是前额和脸颊上的皮肤被撕下了似的。浓密的大黑胡子好像是贴上去的。早在城里上车的时候,萨姆金就在想:

"好一副凶相。"

出城以后,他问道:

"您的老家是什么地方?"

"古里耶夫。乌拉尔河沿岸有这么个小城。从前叫亚伊茨克。"

"是哥萨克吗?"

"哥萨克。不过我早已脱离了军队。"

"为什么?"

"是……这样的,不喜欢这一行。"

萨姆金再也无心多问什么了,可这个哥萨克沉默了一会儿之后,却嘟哝说:

"当然啦,越是你喜欢的东西,越会从指头缝儿里溜掉,捉也捉不住。"

"这话我听说过,或者在书刊上读过,"萨姆金心里想,无限的烦恼涌上了心头:这样的白昼、暑热、田野、道路、马匹、车夫以及其他等等,所有这周围的一切,他都已经见过无数次,所有这一切都已经被文学家、画家描写过几百次了。大道边上,有一大堆干草在冒着浓烟,撒下灰色的灰烬,有时突然冒出了火焰,金红色的火光痉挛地摇曳升起,黑灰色的小丘上,到处都冒着一缕缕蓝色的轻烟,而草堆上空,冒出的烟已经聚成一片白云。

"是有人放火烧的吗?"萨姆金问道。

"一定是放火烧的。"

"怎么,去年这儿的暴乱闹得很厉害?"

哥萨克过了一会儿才回答说:

"这儿的农民都很富裕,没有人暴动。"

萨姆金苦笑了一下,想起了图尔恰尼诺夫的话:

"一切都发生过了,一切都说过了。"而且人世间永远会有这样的人,他生活在这千篇一律的、无穷尽的重复中,感到痛苦和寂寞。陷入这种命运的悲剧地位的人,其思想中包含着同样的悲哀和骄傲,于是萨姆金想到,这种骄傲心情玛琳娜大概是非常熟悉的。时间已近正午,天气越来越热,尘埃滚烫灼人,东方的天边,黑云翻滚,宛如那些正在燃烧的干草堆。

"瞧，看到'快乐庄园'啦！"车夫拿鞭子指着远处的小山岗说道。那里，紧挨着一小片白桦树林，耸立着一幢带圆柱的黄色楼房，这样的楼房，萨姆金在莫斯科近郊看到过不下十来座，书本上有关这种楼房的描绘，也读过不下几十处。

一刻钟之后，两匹大汗淋漓的马，沿着雨水冲刷过的道路，奔上山岗，驶进白桦树林荫道的热乎乎的荫凉里，然后，在一座饰有雕刻的新修的木头平房的台阶前停下来。台阶上竖着一幅独出心裁的、弓形的大招牌，白底上用红、蓝两色画着一个姿势奇怪的庄稼汉，他用一条腿站着，把另一条腿和一只手一同伸在马套上，马套后面是两副链枷；链枷后面是一把大锤子；再后面是看不明白的图形和一个姑娘与一个小伙子；他们互相拉着手，正在亲吻。人像的下面，用小字母写出"管理处"三个字，萨姆金这才明白，原来人像也代表一些字母。

## 二

从管理处的窗子里伸出了扎哈里那苍白的、蓄着黑胡子的脸，可是立刻又不见了；从屋角后面走出了四个农民，有两个慢条斯理地摘下了鸭舌帽，第三个是个大高个、小胡子，他只用一个指头碰了碰扣在脑门上的草帽檐儿，而第四个是秃脑袋，大连鬓胡子，他幸福地微笑着，响亮地说道：

"欢迎光临！"

"这也是老一套，"萨姆金向农民们点头还礼，脱下风衣，机械地想道。

扎哈里从台阶上跑下来，一边系着白衬衣的带子，一边用责备的口气对那几个农民说：

"嗐，你们干吗这么焦急？先让人家休息休息嘛！"他搀起萨姆金的胳膊肘，说道。"请到屋里去吧，那里已经备好酒肴……"走过那个哥萨克身边的时候，又低声嘱咐他说："丹尼洛，你在这儿照看一下，我马上叫瓦夏来。"接着就为自己的这番安排辩解说:"这儿的人太可怕啦,克里姆·伊万诺维奇,全都发疯了!"

他们穿过厨房,走进屋子,炉灶旁边,一个老太婆正在忙活,她肤色黝黑、矮小肥胖、脸上生着两只灵活而又非常明亮的眼睛。他们来到一间阴暗、潮湿的大厅,尽管这里有两个大窗户和一道通向阳台的门。一张椭圆形的大桌子上摆满了碗碟、酒瓶和鲜花,桌子四周,围了一圈套着灰套子的椅子;一个角落里摆着钢琴,钢琴盖儿上有一个猫头鹰标本和一只吉他盒子;另一个角落里是两张大沙发,沙发上方的墙上,挂着两幅镶着涂金框子的黑乎乎的画。一个梳着大粗辫子、身材苗条的姑娘端来一罐牛奶,立刻就出去了,扎哈里也走了,临去时说道:

"好啦,您休息一会儿吧。盥洗室在厨房隔壁。"

萨姆金痛快地喝了一杯很稠的凉牛奶,穿过厨房,用湿毛巾擦了一下脸和脖子,走到阳台上,然后点上一支烟,就在阳台上来回踱起来,倾听着自己的心声,心头什么思想也没有,但是感觉到这里仿佛有什么从未经历过的新事物在等待着他。脚下的地板在咯吱咯吱地响,从地板缝里散发出潮湿的泥土气味儿;四周一片寂静。阳台的台阶下,是一块杂草丛生的半圆形场地,上面遮着几棵老菩提树和稠李树的浓荫;树干中间的地上,还残留着砍伐过的灌木的小树桩,横着一张折断了的长铁椅。一条狭窄的小径伸向花园的深处。萨姆金在台阶的上层坐了下来。

## 三

那几个农民又从屋后一个跟一个地走了出来;秃顶的一个坐到萨姆金下面的一级上,朝他微笑了一下,响亮地说道:

"城里人从烟味儿里就能闻出来。"

他中等身材,但是肩膀却特别宽,所以显得很矮。他穿的那件破衣服已经看不出是什么颜色的了,衣服里面,是一件肮脏的粗布衬衣,下身是一条补满补丁的花格裤子,脚上穿着一双旧胶皮套鞋。高颧骨的宽脸、小眼睛和乱蓬蓬的大连鬓胡子,使他很像画像上的列夫·托尔斯泰。

萨姆金请他抽支烟。

"阿兹不冒烟,"他说道,由于满脸都是扬扬自得的笑容,所以眼睛也显得特别明亮,就像婴孩的眼睛一样。当他看到老爷正在疑问地盯着自己,仍然满面堆笑地问道:"您听不懂吧?这是保加利亚话,吉卜赛话。保加利亚人不说'我',他们说'阿兹'。抽烟,他们叫冒烟。"

那个脸刮得光光的、留着小胡子的大高个农民伸过手来说道:

"请给我,我——抽烟!"

萨姆金问道:

"您去过保加利亚?"

"去那儿干吗呀?我们用不着到外国土地上去瞎逛,在自己的国土上都爬不动了……"

"往日本人那里拱了几嘴,结果被人家打得鼻青脸肿,"留小胡子的忧郁地插嘴说。

"我没有去过,这话是一个吉卜赛江湖医生教给我的。"

其余的两个也凑了过来,在台阶上坐下,一个是白胡子的大胖子,穿得很整齐,一张普通的、黄色的大宽脸,长长的白鼻子;另一个又矮又瘦,穿着一件短皮袄,两只光脚像生铁铸的,戴的鸭舌帽一直扣到眼睛上,所以只能看到他的宽鼻子、稀疏的胡髭、松弛的大厚嘴唇和赤褐色的小连鬓胡子。他们四个人全都那样目不转睛地打量着萨姆金,弄得他很不好意思,正想走开。但是那个留胡子的农民吹掉香烟上的烟灰,严厉地问道:

"老爷,请您说说,这是真的吗:已经决定不要我们纳税啦,也不要我们这号人去打仗啦,打仗只要哥萨克去,我们呢,就有一条——种庄稼?"

两只光脚像生铁铸的那个农民,用手指头抠着腐朽的木台阶,埋怨说:

"就会这样吩咐你的!"

萨姆金简略地谈了一下立宪民主党告民众书的内容;庄稼汉们默默地听他讲完,那个秃顶的人满意地大声叫道:

"我也是这么说的——那只是张秘密传单!"

"那么说,是骗人的啦,"大胡子叹了一口气,而留小胡子的那个人斜着眼瞥了他一下,并且从齿缝里远远地啐了一口唾沫。

"我们倒霉透啦,老爷,"秃顶的农民大声诉苦说,"苛捐杂税把我们这些土生土长的罪人都压扁了!弄个倾家荡产,那太容易啦,可是你要攒几个钱,可就比上天还难。你刚攒下一个十五戈比的铜币,他们立刻就把手伸进你的口袋:交出来!好啦,再见吧,铜币。连铜币带裤子全都拿走。什么地方自治局呀,这个那个呀,全都找上你的门来啦……"

他讲话很有特色,而且很会讲话,就像一些颇有才华的演员在《教育的果实》①里扮演的那个农民在抱怨"就说吧,连个放养小鸡的地方都没有"时讲得一样精彩。当萨姆金察觉这一点时,他发现其余几个农民的神态也很富于戏剧意味,都在准备扮演受欺凌和受压迫的角色。

使他高兴的是,留小胡子的农民立即就证实了他的观察是正确的,他用口水把香烟竖着贴在左手的大拇指甲上,一边打量着烟头儿,说道:

"老爷,请您别信他的鬼话,他是个有钱的人,他家有五匹马、三头牛、二十来只羊、一个上好的菜园。他们这三个家伙全是财主,正在拼命搞自己的单独田庄,他们想买这片土地。"

他弹掉了烟头儿,朝它落下的方向啐了一口唾沫,还在地上跺了

---

① 列夫·托尔斯泰的剧作。

一脚,而秃顶的农民却皱起眉头,闭上了眼睛,脑袋向后一仰,便朝天尖声大笑起来。

"你们听听,他在胡说些什么呀,我的上帝,他在胡诌些什么呀!都是些有钱的人,是吗?亲爱的彼得·瓦西里耶夫,您说说,您可曾见过有哪个有钱的人住在农村吗?唉,从来也没见过有钱的人在农村长大,有钱的人都住在城里,吃着现成的面包……"

小胡子彼得皱起眉头看着他,颧骨上的肌肉都鼓了起来。

萨姆金担心他们会争吵起来,便问他们这一带发生过暴乱没有。

"这我们不清楚,"那个白鼻子的农民说,可是小胡子却声音重浊地说道:

"这一带派来了那么多的契尔克斯兵①,根本暴乱不起来!"

"老爷,暴乱——这可不关我们的事儿!"秃顶的农民急忙声明说。"当然,我们是有理由起来造反的,但是没有意义!"

他兴奋地、急急忙忙地、像连珠炮似的吐着字句,挥舞着双手,把意义与理由之间的差别胡乱解释了半天,他那两只锐利的小眼睛的神色在几乎察觉不到地迅速变换:哀怨、愤怒、温顺、狡猾,瞬息万变。蓄白色连鬓胡子的人皱起眉头,嘴一张一合,想要说些什么,但是一只在他的大脸前飞舞的黄蜂妨碍了他。第三个农民从阶梯上抠下了一大块烂木头,正仔细打量着它。

"那就是说,造反的理由是懒惰,它正在造反!而意义却另有要求!虱子是不能套上拉犁的。看,这就是意义……"

"你在说昏话呀,米特里叔叔,"小胡子彼得说道,然后又对萨姆金说:

"他讲这些昏话,就是为了什么也不讲。请您既不要听他的胡说,也不要看他这身破衣裳,他是故意打扮成憨头憨脑的样子……"

"唉,彼得,你这是何苦呢,"白连鬓胡子的农民泄气地说,"我们是

---

① 当时沙皇政府不太相信一般士兵的忠诚,所以经常派高加索一带的哥萨克兵去镇压农民起义。契尔克斯人住在高加索北部地区。

为了同一件事儿来的,可是你……"

秃顶的人打断了他的话:

"彼得卢哈①,我们知道你的底细!我们非常清楚你的底细!你不要装腔作势啦……"

"我也知道,你们早就串通好了!好吧,有你们哭的时候,"他难听地骂了一句,站起身来,把手插进口袋,就走开了。两只光脚像生铁铸的那个农民扔掉手里的烂木片,低声埋怨起来:

"兵痞子,半疯儿,这狗崽子是这里的头号捣蛋鬼!他们在这里有一大帮!他们既不信上帝,也不信魔鬼,全是为自己。就是为了整治这帮家伙,才把契尔克斯兵调到我们这儿来的。"

"可是契尔克斯兵哪里知道谁干过什么坏事儿,"秃顶的人补充说,然后双手在膝盖的补丁上拍了一下,大叫起来:

"我们这里毫无秩序,一点儿也没有!"

蓄白色连鬓胡子的农民仰面看了一下炽热发白的天空,然后说道:

"要有一场大雷雨,"接着就问萨姆金:

"您是干什么的:是律师,还是来做客的?"

这话逗得秃顶的人笑了:

"你这话问得有多怪,真的!"

萨姆金沿着小径,步入花园深处,心想:就是为了这些人,多少理想主义者、浪漫主义者去坐监牢,去服流刑,去服苦役,被处死……但是这种思绪只是一闪而过,而且仿佛不是自己的思想似的。使他不安的是,玛琳娜为什么还没有来?

## 四

天气闷热,就像在澡堂子里一样,极度令人难忍的疲劳,使他浑身

---

① 彼得的蔑称。

酸软无力。小径尽头的灌木丛中,有小亭一座;亭阶上扔着一只法国式后跟的皮鞋和一本什么书的书皮;亭子里有两把藤椅,地上横着一张破棋桌。站在小山岗上,透过灌木丛,可以看到田野,河水在闪着银光,地平线上涌起透蓝的乌云,看不见的大道上,烟尘滚滚。眼前的景物重又显得那么熟悉、局促、平凡——一切都是那么苦闷、无聊……

这时萨姆金突然想起,去年冬天他一度有过自杀的念头。实在是个令人遗憾的念头。

远处扬起了越来越大的飞尘,大概是玛琳娜的马车驰来了。萨姆金陷入沉思;玛琳娜像谁呢? 在他读过的小说的女主人公中,没有一个像她这样的女人。背后的台阶咯吱咯吱地响了起来,留小胡子的士兵彼得走了上来。他毫不客气地坐到藤椅上,一面刮着一根胡桃木棍棒的皮,一面低声地,但很严厉地问道:

"那就是说,沙皇自己不会治理国家,而又不甘心交给别人来治理,是吗? 那我们还等什么呢?"

"明年一月,杜马将重开,"萨姆金睥睨了他一眼。

"嗯。那么您是哪一党的?"

萨姆金正在点烟,没有作答,而士兵也没有等他回答,转着圈削着木棒的皮,看也不看萨姆金,就忧心忡忡地问道:

"您说说:是买地搞独家农庄呢,还是等等再说呢? 要是等等吧,这伙土豪恶霸就会全都抢光。这里,常有一个人来游说,规劝大家:把地主老爷们从土地上赶走,消灭他们! 他自称是无政府主义者。消灭地主——那容易得很。一把火就把马伊丹镇切尔卡索夫家的庄园烧得精光,牲畜全都宰了,一句话,烧杀一空! 来了一队步兵,是后备队的,四十多人,枪毙了三个庄稼佬,十四个挨了鞭子,连老娘儿们也没有逃过。这种闹法一点意义也没有。"

大兵在自言自语,而萨姆金在思索着:一个不知道为什么必须回答一切问题的人所处的地位有多么奇怪!

"当你们坐在山岗上楼里喝茶的时候,砖厂后面的土坑里却正在开会哪,那个外来人在演讲,在逗引农民的胃口,一直在逗引着。天下还要大乱一阵子哟,"彼得十分高兴地预言说,接着又以教训的口吻继续说道:

"请您多费点儿神,把庄园卖给我们。庄稼人是不会毁坏自己财产的。可是要不卖给我们就会惹出麻烦来,这我可以大胆地告诉您。那个秃顶的和那个戴草帽的家伙是塔巴科夫兄弟,他们诡计多端!连手指头都不用动一动,事情就办妥了!是村子里的土皇帝。"

"大雷雨来啦,"萨姆金走出小亭,说道。士兵叫道:

"让它来吧,"并且用木棒在空中抡了一下,发出嗖嗖声。"您不愿意谈,是吗?那就不勉强,"他毫无怨言地说。

回到屋里,萨姆金吃了点儿东西,喝了两杯伏特加,躺到沙发上,立刻就睡着了。

## 五

霹雳声把他震醒了,花园里电光闪闪,屋子里的东西和桌上的杯盘都在颤动,隐没在黑暗中,密集的雨点打在门窗的玻璃上,桌上的器皿闪着蓝光,狂风在咆哮,从什么地方传来了扎哈里的抱怨声:

"奥莉加,把牛奶拿走,会变酸的!如今不会来啦。啊呀,主啊……"

接着,冰雹乒乒乓乓地敲打起玻璃来。萨姆金翻了个身,面向墙,还想再睡,但是不久就听到了玛琳娜在什么地方生气地呼叫:

"这儿有人吗?快端茶来。去问问奥莉加,有没有什么女人内衣,衣服?喏,睡衣什么的……"

萨姆金走到她跟前的时候,恰好一道闪电闪过,小房间里突然一亮,玛琳娜就像紧裹在绸子里似的。

"这模样好看吗?"她问道。"全怪莉吉雅太任性,一定要顺路去修道院看看,哎呀……好啦,请出吧,我要换衣服啦!"

她那硕大的身躯微微地摇晃着,仿佛是她在抖动着室内的昏暗。萨姆金回到大厅,想起自己跟尼康诺娃悄悄的恋爱正是从这样一个雷雨之夜开始的,这一记忆立即在他心头引起一阵说不出是什么滋味的胜利的哀愁。小房间里有湿衣服落到地板上的声音,然后传来恼怒的叫声:

"慢点儿,奥莉加,你扎着我的肉啦……"

玛琳娜穿着灰色的睡衣走进来,领口别着别针,脖子上围着毛巾,头发披散在背上,很像弗拉维茨基①画的塔拉卡诺娃郡主②和女刑事犯;她坐到桌边,伸出两只穿着天鹅绒靴子的脚,然后对萨姆金说:

"好啦,你做主人,招待我们吧!"

扎哈里面带幸福、负疚的微笑端进一个大火壶,在桌边转了一阵,就退了出去。

玛琳娜喝了一大杯葡萄酒,舐了舐嘴唇,说道:

"这座房子里原先住着一个聪明、荒淫的小老头儿,是个大吝啬鬼。简直吝啬得可怕,可是每年要往法国布莱登镇汇款三次,每次一千卢布,收款人是一位什么公证人的遗孀和女儿。有时他委托我代办汇款的事儿。我问他:'是一桩风流韵事?'他说:'不是,只是同情而已。'可能是实话。"

她用毛巾擦着湿头发,继续说道:

"他很喜欢高谈阔论,还在写一篇题为《历史与命运》的论文,写得杂乱无章、调子低沉。去年夏天,有这么一位……吃鸡专家,托米林住在他家里,此人只吃蔬菜和小鸡。是个肥胖、凶恶、自命不凡的畜生。

---

① 弗拉维茨基(1833—1866),俄国画家。一八六四年在学院派画家的展览会上展出了他的名作《塔拉卡诺娃郡主之死》。

② 塔拉卡诺娃郡主是个冒险家,用过各种化名。她很有学问,通晓数种外语。一七七四年初侨居国外时,宣称她是女皇伊丽莎白·彼得罗夫娜的女儿。后被女皇叶卡捷琳娜二世派出的舰队诱捕回国,因死狱中;至死未说出自己的真实姓名和出身。

他企图强奸厨娘的小女孩,一个很聪明的小姑娘,顺便说说,好像就是这位图尔恰尼诺夫的女儿。老头子大闹一场,把托米林赶走了。托米林也喜欢高谈阔论。"

"我认识他,他曾是我的家庭教师,"萨姆金说。

"原来是这样?"

玛琳娜微笑着,看了看他,想要说点儿什么,但是别兹白多夫和图尔恰尼诺夫走了进来;别兹白多夫穿的是贵族礼服和裤子,赤脚穿着拖鞋,他的乱发几乎梳得很光,所以已经不显得那么荒唐,变得庄重、严肃了;图尔恰尼诺夫穿着腰里带褶的外衣和一双套鞋,显得矮了一些,也瘦了一点儿,脸色很难看。他趿着套鞋,不很坚定地说:

"人应该具有高尚的目的……"

"对极啦,"玛琳娜应声答道。"但是什么样的目的呢?"

他坐到她身边,说道:

"总而言之,要生活在伟大的旗帜下……就像,譬如说十字军骑士、炼丹术士那样。"

别兹白多夫站在那里,往杯子里倒着酒,嘟哝说:

"那些旧的旗帜对我们已经不合适了。我们是自造的人。"

"这是什么意思?"图尔恰尼诺夫问道,显然对这个词儿的意思很感兴趣。

"是啊,怎么说呢?"别兹白多夫瞅着杯子埋怨说。"知识分子……自造的。我们需要:马套、笼头和在眼前挂一束干草,这样马就会往前跑,这是少不了的!"

图尔恰尼诺夫用疑问的目光默默地看了他一会儿,然后又问道:

"一束干草?"

"不错,就是这样,"别兹白多夫粗鲁地说。"用它代替旗帜。"

"算了吧,瓦连京,"玛琳娜劝他说。

雨势在逐渐减弱,时断时续地、急促地敲打着窗玻璃,仿佛已经筋疲力尽,要停下来了。风声大作,树木在呼呼地嘶叫。

## 六

一个姑娘出现在门口,而且不知道为什么生气地报告说:

"莉吉雅·季莫菲叶娜不到这儿来啦,她要我来端一杯茶和一杯什么酒。"

"老鼠美人儿,"别兹白多夫在她把茶端走以后,瞅了一下她的背影说道。"老鼠脸。"

图尔恰尼诺夫的身子在不停地哆嗦,他皱着眉头,往茶杯里掺酒,匆忙地喝着热茶。萨姆金在桌边张罗着,觉得这些人根本不理会他的存在。而他眼里也只有一个玛琳娜;她正在玩弄茶匙,用两只手掌来回地掂弄着,她的眼睛若有所思地眯缝着。

茶匙掉到地板上,萨姆金弯腰去捡,看到玛琳娜伸在桌子下面赤裸到膝盖的腿。别兹白多夫走到钢琴前面,打开吉他盒子,说道:

"空的。不过,我也不会弹吉他。"

"我去看看,她怎么啦,"玛琳娜站起身来说。别兹白多夫问道:

"是看吉他怎么样了吗?"

图尔恰尼诺夫惊讶地瞥了他一眼,重又喝起掺酒的茶来,别兹白多夫在吱吱响的镶花地板上来回走着,用发疯似的声调,哼哧哼哧地开始朗诵:

> 我就是那个纳梅克汗,
> 在这里统治我已经习惯!
> 所有的人,不论大人和小孩,
> 全都知道威严的纳梅克汗!

他停了下来,沉默了片刻,承认说:

"下面的词儿忘了。"

萨姆金恍然大悟,原来别兹白多夫已经喝醉了,这使他警惕起来。别兹白多夫眼瞅着天花板,慢慢地记忆起来:

我嫔妃如云,
足有一百四十人!
但是这几天我恍然大悟,
这些也不能使我满足。

"很有意思,"图尔恰尼诺夫疑问地看着萨姆金说道。萨姆金冷笑了一声,别兹白多夫走到桌边,站在萨姆金背后,继续嘶哑地朗诵起来:

一听到哪里有臣民哭泣,
我马上把他处死在木橛子上,
这么一来,正像您看到的那样,
我的老百姓都过得喜气洋洋!

"下面的又忘了,"他抓住萨姆金的椅背说道;图尔恰尼诺夫又称赞说这些诗很有意思,他环顾四周,使劲擦了擦额角,别兹白多夫摇晃了一下椅子,问道:

"您喜欢吗?"

"很俏皮,"萨姆金回答说。

别兹白多夫又在屋子里来回踱起来,不断地咳嗽着说道:

"这是百万富翁萨瓦·马蒙托夫写的,他修了好几条铁路,养了一大帮艺术家,写过几部小歌剧。有这样的法国人吗?没有这样的法国人。不可能有,"他生气地补充了一句。"这只有我们俄国才会有。在我们这里,弗谢沃洛德兄弟,每个人的打扮……都不符合自己的身份。也不符合自己的力量。大家都戴着别人的帽子。而且并不是因为别人的帽子漂亮些,而是……鬼他妈的知道为什么!忽而变成了革命家,可是为什么?"他走到桌前,拿起酒瓶,一面斟酒,一面嘟哝道:

"来,萨姆金,干杯,为……"

屋子里突然蓝光一闪,响了一声干雷,别兹白多夫坐到椅子上,挥了一下手:

"好啦,荒唐透顶……"

三个人都沉默了一会儿,然后图尔恰尼诺夫站了起来,走到角落里的沙发旁边,从那里说道:

"您讲得太好啦……"

"我?我在像傻瓜似的胡说八道。因为我脑子里什么也没有……好像真空一样。想到什么就说什么,自己对自己出洋相,"别兹白多夫怒气冲冲地、嘶哑地说道;现在他的头发已经干了,又乱蓬蓬地扎煞起来,他忘了跟克里姆碰杯,自己把酒喝了下去,然后擎着空杯子,眼睛直盯着他说道:"而且我在担心,现在立刻就会有什么大祸,像野兽似的,从什么地方向我扑来。"

"这是神经过敏,大雷雨造成的,"图尔恰尼诺夫躺在沙发上,用安慰的口气解释说。

别兹白多夫把身子弯向萨姆金问道:

"您在想些什么?"

萨姆金被别兹白多夫的那些话弄得愤怒异常,看到他醉得越来越厉害,担心会闹出什么荒唐事儿,但又憋不住胸中怒气,就冷漠地回答说:

"我的一位朋友曾唱过一支这样的讽刺歌曲:

是啊——要用信仰的重载
装满空虚的脑袋……"

别兹白多夫摇晃着椅子,接口朗诵道:

纳梅克恶贯满盈，
甘愿去服死刑。

玛琳娜走了进来，已经梳妆好了，把发辫绾在头顶上，这使她显得更高了。

"弗谢沃洛德·帕夫洛维奇，给您准备了一个房间，瓦连京，你送他上去！在阁楼上。克里姆·伊万诺维奇，你就在这里搭个铺。"

她对图尔恰尼诺夫说得很客气，对别兹白多夫则是严厉的命令，萨姆金从她对他的话语中，听到一种特别亲热的调子。

"莉吉雅大概是着凉了，"她说道，双眉紧锁，看着别兹白多夫迈着坚定步子走去。"多么可怕的夜晚呀，睡觉吧，还太早点儿，但是有什么办法呢？明天要察看庄园，我要走很多的路。晚安……"

萨姆金站起来，把她送到门口，听着她顺着他看不见的楼梯走上楼去，就返回大厅，站在通向阳台的门边，用手指敲起门上的玻璃来。

## 七

风摇晃着树梢；树梢上空浓重的黑暗在往什么地方飘动，一颗大星星划破了黑暗，风却又吹灭了星星。屋子里一片寂静，但是这寂静也像窗外的黑暗那样，仿佛在不停地摇晃。在萨姆金背后，响起什么人赤着脚在地板上小心翼翼走动的声音，衣衫的窸窣声，那人在用力拍打枕头，杯盘也叮当地响起来。萨姆金看着亮晶晶的雨点穿过黑暗，落到阳台上，就想起了莫泊桑的小说《我们的心》中，戴伯伦夫人深夜慷慨地来到马利奥尔房间的情景。同时也记起了契诃夫的小说里那个油漆匠①爱说的口头语："一切都是可能的……"用别人的话进行思考是很方便的，而且即使是错误的，也不必对它们负什么责任。

---

① 契诃夫的小说《我的一生——一个外省人的自述》中的人物。他在想什么事情的时候，总爱自言自语地说："一切都是可能的……"

"戴伯伦夫人是个没有热情的女人,而且——毕竟……她像珍惜一件十分贵重的衣服似的珍惜自己的肉体。这是愚蠢的。玛琳娜没有那么庸俗。其实,甚至很难说她是个庸俗的人。是个贪财者?是的,当然是。然而这并不是她的主要的……"

萨姆金感到一阵快意的眩晕,他把前额贴到玻璃上去。

"我喝得太多了。她喝得比我还多……这是语法教科书上的例句。"

随后他想,这周围实在太寂静了。应该有点什么时钟的滴嗒声、木蠹蛾的幼虫的蠕动声,应该感觉到"人世生活的老鼠般奔忙"①。他侧耳谛听,听到了花园里树叶的簌簌声,就想起了曾有一位文学家认为这种簌簌声是地球在太空中运行产生的。

"愚蠢。但是回忆并不等于臆造。书本是现实的东西,可以用它来打苍蝇,也可以把它摔到作者的头上。它也能像美酒和女人一样,令人陶醉。"

站累了,他转过身来,屋子里很暗;角落里的沙发旁边点着一盏小灯,铺在沙发上的床位还空着,而扎哈里的大黑胡子却翘在另一张床上的白枕头上。萨姆金觉得自己被冷落了:难道就不能为他找一个单独的房间?他抓住门把的把手,哗的一声打开了通往阳台的门。黑暗中的阳台上,有人咳嗽了一声,并动了起来。

"谁在那儿?"

过了一会儿,才听到车夫熟悉的声音回答说:

"我们在守夜哪。"

有个人慢慢地挺直了身子,他个子很高。

"我,还有瓦夏,"车夫补充说。"您瞧,这个瓦夏有多壮呀!"

萨姆金划着了一根火柴,看到黑暗中有一张没有胡子的大脸在向他温和地微笑。萨姆金站了一会儿,呼吸了一阵湿润、凉爽的空气,然

---

① 引自普希金的诗《诗是深夜失眠时写的》。

后就让门敞着,向床铺走去。走过扎哈里的床时,看到他还没有入睡,便脱下衣服,躺到沙发上,吹灭了灯,心里想道:

"大概这位也要大发一番议论。"

但是扎哈里默默无语,也不动弹,仿佛这里并没有他这个人似的。萨姆金想:

"他不敢先开口。好像在谛听似的。"

又等了两三分钟,萨姆金低声问道:

"您早就在左托娃家干事了吗?"

"七年多了,"扎哈里悄悄地回答说。

"那么从前是干什么的?"

扎哈里并未立即作答,这也是很不礼貌的。

"我是个修道士,在修道院里住了九年。玛琳娜·彼得罗夫娜的丈夫把我从那里取了出来……"

"取出来。像取一件东西一样,"萨姆金心里想;又躺了片刻,他点上一支烟,借着火柴的光亮,看到扎哈里披着毯子坐在床上。"您不想睡吗?"

"我睡眠不好,"扎哈里迟疑地小声说道。"只要一躺下,心跳就慢下来,像是要停下来似的。仿佛要坠落到什么地方去。所以夜里我多半是坐着。"

"修道院里的日子难过吗?"

扎哈里先蒙着毯子闷咳了一阵,然后才说道:

"凡是相信脱俗以后就能得救的人……嗯,这样的人觉得日子过得还不错,蛮舒服!因为这些人什么都不想。起初,我也觉得蛮舒服,可是后来我就……"

"后来怎么啦?"

"我看透了。修道士也都是人嘛。只不过是误入歧途而已。有的是受不了肉欲的折磨,有的是因为虚荣心得不到满足。嗯,也有些人由于想入非非……"

听一个看不见的人在低语,这使人产生非常奇异的感觉;他说得很慢,仿佛是在暗中摸索字句,而且排列得不正确。萨姆金问道:

"您是自愿去当修道士的吗?"

"是监狱里的神父劝我去的。我原是个囚犯,在监狱教堂里伺候他,他劝我说:'如果能被宣告无罪,你就去当修道士吧。'后来果真宣告无罪了。他就介绍我进修道院了。院长是他的叔叔。是个贪杯的人,然而为人正直。他喜欢读世俗的书——像什么《天方夜谭》《吉尔·布拉斯》①和《十日谈》啦,等等。我给他当了十七个月的侍徒。"

萨姆金暗自想道:玛琳娜的守门人,那个哥萨克很像逃犯,而这位店伙也坐过牢——他想到这里,不仅暗中一笑:

"越来越神秘啦。"

"您当然很想知道,为什么把我关进监牢的,"他听到了若有所思的、慢条斯理的低语声。"您要知道,我是个孤儿,从十一岁起,就跟着我的教父过活,住在他开办的制革厂里。先是在家里当个小跑腿儿的,大点了就在账房里记记账;后来教父生我的气,降为工人,我干了三年多浸皮子的活儿。他老婆是续弦,她有个情夫,是土地测量员,于是她就不断地给教父在饭菜里掺点儿毒耗子的药。教父死了,他的女儿叶夫根尼娅就把事情告到法院去,把我也给告啦,说是我知情不举。叶夫根尼娅是个美人儿,而且聪明得要命,她曾暗中监视我给她继母和土地测量员来回传送纸条。好啦,我们三个同时被捕,我在监牢里关了八个月。土地测量员被宣告无罪,我也同样被宣告无罪。而瓦西里萨·亚历山德罗夫娜被判处教堂忏悔:法庭认为她是误给她丈夫吃了耗子药。那时我才十七岁。"

"你现在岁数也没有多大,"萨姆金心里想,正要问他有关玛琳娜的事情。但是扎哈里自己却问道:

"请原谅,克里姆·伊万诺维奇,您读过《爱德华·杨格的生命、死

---

① 法国作家勒萨日(1668—1747)的长篇小说。

亡与永生的哀歌》①这本书吗?"

"没有读过。"

"唉,真可怜,"扎哈里叹了一口气。

"可怜我吗?"

"不,我是说我自己。这是本能够致命的书,"扎哈里又深深地叹了口气。"能使人发疯。书里说,时间就是上帝,它在创造为我们造福或叫我们遭殃的一切奇迹。我不明白,究竟谁是上帝,而且,大概永远也不会明白,您说说,这是怎么回事呀,时间就是上帝,并且还可能创造叫我遭殃的一切奇迹? 那就是说,上帝是与我们为敌的,这是为什么呢?"

"简直是呓语,"萨姆金心里想,看到黑暗中扎哈里的脸就像个无形的、模糊的小点,他想像这张脸一定会由于恐怖而变得非常难看。萨姆金觉得,正是由于恐怖,不可能是别的原因。从黑暗中继续飘来、落下同样的呓语:

"书里还说,人体结构中已经隐藏着死亡的种子,生命在滋养着杀害自己的凶手,这又是为什么呢,如果认为生命是永生的精神创造的话?"

"他这些话似乎都是针对着玛琳娜说的,"萨姆金猜想。

"死亡的袭击是为了治愈灵魂的沉疴,可是有的人却满足于能在人世永生。克里姆·伊万诺维奇,这就是说,生命仿佛是什么人的错误的产物,所以是不完美的,然而生命却又是完美的精神创造的,结果成了用完美的东西创造出了不完美的东西,这是怎么回事呀?"

萨姆金把烟蒂扔到远处,注视着一点红光在黑暗中飞去,落在地板上,迸散出一阵火星之后,说道:

"这个问题您最好去请教玛琳娜·彼得罗夫娜。"

"我经常请教她。人类的一切思想她都知晓,可是她却很不欣赏

---

① 英国作家爱德华·杨格(1683—1765)用无韵诗写的一部宗教哲学著作。

《哀歌》这本书,甚至大加嘲笑,斥之为胡说八道。可是我自己呢,想想还可以,但却不会思考。请您千万不要告诉她,我问过您《哀歌》的事儿。"

"好吧,"萨姆金答应了,又问道:"她……很聪明吗?"

扎哈里低声叹道:

"哎哟!"

然后上气不接下气地急促低语说:

"聪明绝顶。能使人茅塞顿开。胆识过人……"

他突然中止了谈话,不安地折腾起来,拍打着枕头,嘟哝了一声:"请原谅,打搅您睡觉啦,"就沉默不语了。萨姆金心想,他大概是用毯子把头蒙了起来。寂静显得更加深沉,好久也听不到一点儿声音。后来,听到花园里有人走过水洼发出的沉重脚步声。萨姆金谛听着,想起了宣教士雅科夫,那个三个指头的人,他曾说过:"石头是傻瓜,树木是傻瓜。"想起了吉奥米多夫、助祭、"寻觅天堂的人们"。各种教派的信徒有数百万,而社会主义者只有那么几千人。玛琳娜的看法可能是对的,知识分子不理解人民的真正精神生活。知识分子在人民中寻求的只是那些能够反映他们的唯物主义信仰的东西。玛琳娜当然不可能是个教派信徒……

很远的什么地方,一只狗不知道是饿的还是吓的,正在像狼似的忽高忽低地嗥叫。这样的夜晚,在欧洲的文明国度里大概是不会有的;这样的夜晚,当一个人在离城市只有四十俄里的地方,就觉得像置身于沙漠的中心一样。

黎明时分,他才进入梦乡。

# 八

扎哈里和奥莉加摆早餐桌子的时候才把他吵醒了。扎哈里还和往常一样文静恭顺,他那白净的脸也和平日一样呆板,像戴着假面具似的。活泼的、尖鼻梁的奥莉加跟他说话的态度很随便,甚至有点儿粗鲁。

玛琳娜第一个下来吃早饭,她穿着烫得不平的、皱巴巴的连衣裙,头发梳成辫子绾在头上像一顶沉重的皇冠;她亲热地朝萨姆金点了点头,问道:

"耗子没有把你吃了?这么多的耗子,太可怕啦!"

而对扎哈里却是声色俱厉地说:

"这里的什么东西都被偷光啦。"

"都怪瓦夏!"他两手一摊,负疚地回答说。"人家不管跟他要什么,他全都给。他已经允许他们剥了三天小菩提树的树皮,而现在根本不是剥树皮的季节,但是庄稼人却不管这些……"

"多好的一位看守呀,"玛琳娜冷笑道。"喂,克里姆·伊万诺维奇,你应该认识一下这位瓦夏,这里有这么一个巨人。农民都认为他是个小疯子。是个弃儿,大概是老爷们的孽种,可能是我们这位巴黎客的亲属。"

莉吉雅走了进来,也穿着皱巴巴的衣服,满脸的不高兴,赌气似的噘着嘴;玛琳娜更加热情地招呼她,这显然深深地感动了莉吉雅;她抱着玛琳娜的肩膀,吻着她的头,说道:

"跟你在一起,不论到哪儿,总是愉快的!"

"瞧咱们有多了不起啊,"玛琳娜随声附和道,一面扶她在自己身边坐下,一面说:"我已经把房子、花园都看了一遍;还不错,房子完好,花园荒芜了,杂草丛生,但是很美!"

莉吉雅身材瘦小,面色黝黑,穿着一身灰衣服,一头卷曲的黑发,跟玛琳娜坐在一起,显得比任何时候更不像俄国人。花园里小鸟在啾啾地歌唱,林鸽在咕咕地叫,远处传来什么人柔和的低音,可是莉吉雅的话语却带着洋铁般的响声:

"他非常天真。科学从不否认一切有形的东西都是用无形的东西创造出来的。若瑟夫·梅斯特[①]说得很俏皮:'人的一切丑恶品质中,

---

① 梅斯特(1753—1821),法国政论家、政治活动家和宗教哲学家。

青春是最可爱的。'"

别兹白多夫走了进来,穿的是上下一身白,像个护士,光脚穿着凉鞋;他坐到桌头上,以为这样隔着火壶,玛琳娜就看不到他。但是她什么都看得一清二楚。

"瓦连京,你也该把你那副尊容清理一下喽,上面长了些什么玩意儿,"然后她又毫不留情地补充了一句:"好像发了霉似的。"

接着就满脸堆笑,招呼刚走进来的图尔恰尼诺夫,说了一大套客气话。他说,晚上睡得很好,一切都再好也没有了,但是他装得很不高明,一看就知道他在说谎。萨姆金在默默地喝着茶,观察着玛琳娜,尽管对她很不满意,但是不能不佩服她那待人接物因人而异、巧妙圆滑的本领。别兹白多夫那副倒霉的样子,也使他很感兴趣。

"他身上也有某种犯罪的气质,"他突然这样想。

早餐的时间拖得很长,令人心烦,然后就出发去游览庄园。

## 九

玛琳娜和莉吉雅走在前面,别兹白多夫陪着她们,这使萨姆金想起一幅翻印的英国画:从一座中世纪诺曼底城堡的大门里,仪态庄重地走出了古堡的女主人,她带着一只细腿的猎犬和一名肥胖的弄臣。

是一个绚丽多彩的早晨,温热的风吹过潮湿的大地,摇动着树木,从东方飘来羊皮似的灰色小云片;初秋的太阳在蓝天的云隙中时隐时现;黄叶从白桦树上飘落下来;松树的针叶单调地簌簌作响,简直比昨天还无聊。

图尔恰尼诺夫原来留在房子里,但是五分钟后又追上了萨姆金,和他并肩走着,挥舞着手杖,环顾四周,牢骚满腹地说道:

"不,不管您怎么说,但是我怎么也不能在这里生活下去!"他用手杖指点着收割后已经犁过的一垄垄黑色的光秃秃的田野、隐现在灌木丛中昏暗的小河边的农舍,说道:

"我在那里楼上的窗台上坐了两个钟头,这使我产生了这样的印象,仿佛这里的一切从一开始就错了,而且还将永远错下去,永远也不会有个合适的形式。"

萨姆金很诚恳地问道:

"寂寞吗?"

"比寂寞还寂寞!在这片荒凉的旷野中有一种绝望的情调。所以完全不能理解农民为什么还在叫嚷缺少土地;在法国、德国,我从未见过这么多人烟稀少的旷野。"

沉默了一会儿,他递给萨姆金一支烟,自己笨拙地顶风点了半天烟,点着了烟,喘息着说道:

"和我同住的那位睡觉时打呼噜……简直吓死人!他有病吗?"

"大概是。"

"真是个怪人!那么……粗野。而且在伤心地生闷气。生气也应该是快活的。法国人就很会快活地生气。请原谅,我谈什么都是这个调儿……我这个人太敏感。但是他那位舅妈可真漂亮呀!那身材、步态,多么优美!还有那金黄色的眼睛!简直是瓦尔吉里娅,布伦吉尔达①……"

那位舅妈停了下来,喊他过去,他便很快地跑到前面去了,而萨姆金觉得自己完全是多余的,就拐进林荫道的一条斜径里去,那是一条通往山岗上的、小松林中的幽径。萨姆金缓慢地走着,低头看着脚下,心里想着,玛琳娜周围的这些人有多么奇怪:那个车夫、扎哈里、别兹白多夫……

"逛逛吗?"

萨姆金哆嗦了一下,看到松林中站着一个身材高大的宽肩膀小伙子,他没有戴帽子,头发长得像个助祭,萨姆金昨天夜里已经见过他那还没有胡子的圆脸。现在这张圆脸上堆满了笑容,美丽的黑眼睛闪着

---

① 斯堪的纳维亚半岛和德国神话中的女神。

温柔的光芒,高大的鼻子的鼻孔在颤抖,丰满的嘴唇也在颤动:仿佛立刻就会大笑起来。

"这就是瓦夏,"萨姆金猜想。

"好啊,逛吧,"瓦夏用悦耳的低音说。他穿着一件褐色的农民厚呢上衣,腰里系着绳子,脖子上围着蓝围巾,脚上穿着一双红色的军用皮靴;双手撑着一根多节的粗棒子,不断上下打量着萨姆金,说道:

"我认识你,夜里见过。你不要在意,逛吧,不用害怕!"

"你是看守?"萨姆金问道。

"我吗?我是在等候。"

"他们都往那面去啦,往山下去啦,"萨姆金指给他看。

"我知道。谁往哪儿去,我都看得一清二楚……"

这时瓦夏在骄傲地微笑着,这笑容倒使他的脸显得粗野、紧张起来,眼睛的光芒更加炽热。

"我就住在这里,上面的山岗上。有一间小茅屋。冷了我就到岗下楼房的厨房里去。去吧,逛逛去吧。唱唱歌。

哎哟,飞下了一只白鸽子
落到圣叶尔丹河上……"

他把木棒夹在腋下,用空出的那只手摇晃着一棵小松树的树干,自己唱了起来。"生上一堆火,可是要小心,别叫火着荒了。枯枝燃尽,留下一堆灰烬,吹来一阵风,把灰烬卷去!一片芬芳。处处芳香。在芳香中游荡……"

他摇了摇头,向一旁扬长而去,而萨姆金想起了他是个"低能儿",便走回楼房,心里思量着方才与瓦夏的会面,感到有某种不真实的东西,于是重又想到玛琳娜生活在一些多么奇怪的人物的圈子里。在山岗下,管理处旁边,他又遇上了昨天那几个农民,但是秃顶的农民和脚像生铁铸的那个农民今天都穿上质地很好的衣服,都穿上了皮靴。秃

顶的农民摘下他那褐色的新鸭舌帽,很有礼貌地向萨姆金问候道:

"早安!"

接着又问道:

"您就是继承人吗?"

扎哈里从窗子里探出苍白的脸,拼命地叫道:

"他不是!我不是对你们说过……"

那个士兵吐出嘴里嚼的一根麦秆,比扎哈里的嗓门儿更大地喊道:

"你说过啦,可是我们不信!藏起你的狗脸吧!"

扎哈里缩了回去。农民默默地听了萨姆金的说明,悄悄地嘀咕了几句,然后秃顶的人叹了口气,说道:

"原来是这样。好吧,您是可以相信的,不然,这里……"他绝望地挥了一下手。

大兵从口袋里掏出烟荷包,抖了一下,又放了回去,对萨姆金说:

"赏支烟抽,行吗?"

拿到烟以后,他严厉地打量着萨姆金的身材,说道:

"应该把您,老爷,像送我们哥儿们去当兵一样,送去当三年农民。您已经在您该去的地方学好啦,现在到农村去吧,给农民去当长工,彻底体验体验他们的生活。"

"你说的太不在行,"秃顶的农民插嘴说。"简直是胡扯!没有龙爷们来,乡下的闲人就已经多得无处去了,而问题是农户在村子里一点儿自由也没有!倒霉就倒在这里……"

"你们看——来啦!"长白色连鬓胡子的农民小声说道;大兵把手掌搭在眼前,朝岗下看了一眼,也小声吹了一声口哨,然后皱起眉头,嘟哝道:

"左托娃也来啦,哎咳!"

农民都转过脸去,后脑勺对着萨姆金,他转到管理处墙角那边去,坐到长椅上,心里想,这些农民也是不真实的、难以捉摸的:昨天他们

329

全都像演员,可是今天又全都不像是些会烧庄园、杀牲畜的暴徒。看来,只有那个大兵是心怀不满的。总的说来,他们都是些陌生人,和他们很难相处,很不舒服。屋角那边,响起了别兹白多夫嘶哑的声音:

"那么——你们还等什么呀?不是已经告诉你们不卖了吗,啊?"

萨姆金不想看到别兹白多夫,便走进花园,过了几分钟,当他走近楼前的阳台时,听到了图尔恰尼诺夫困惑不解的问话:

"他们暴动,但是又要买地!这就是说他们有钱,是吧?那么他们为什么还要暴动呢?"

## 十

萨姆金和图尔恰尼诺夫并肩坐在那辆四轮马车里;别兹白多夫愁眉苦脸地喘息着站在莉吉雅面前,她吩咐他说:

"请您在这儿张罗一下,把派来的士兵的生活安排得舒服些。再见!我们走吧,帕维尔。"

赶车的老头儿留着两撇又浓又长的小胡子,仪表堂堂,很像个化了装的将军。他抖动了一下缰绳,两匹肥壮的大马就迈开步子,小心地拉着马车,在雨水冲刷过的下坡路上走了起来;在林荫路的尽头,追上了那几个农民,他们一个跟着一个地走着,谁也没有脱帽行礼,而那个大兵还停了下来,抖弄着烟荷包,皱起眉头,看着马车怒目相送。玛琳娜眯缝着眼睛,咬着嘴唇,向道路两旁张望着,观察着四周的田野;她的右眼眉抬得比左眼眉高一些,仿佛两只眼睛看的也是不同的景物。

萨姆金怀着自己也莫名其妙的委屈心情,伤心地想,她那健全的智慧全都表现在她的言谈中,而且在驯顺地为她那累积财富的狂热愿望效力。图尔恰尼诺夫用手掌在膝盖上滚弄着手杖,对太太们说:

"在巴黎可以特别明显地感觉到,男人是命中注定要为女人去遭受……"

而莉吉雅则在用教训的口吻对他讲,对圣母的崇拜带有过分明显的异教徒色彩,天主教的感性强烈,富于美学意味……

"天主教没有那种在万能的神威面前寻求解脱的敬畏之情……"

萨姆金想起了别兹白多夫关于恐惧的谈话,决定必须另觅住所,与这样的人为邻,简直不能忍受。

玛琳娜用手套打了一下他的膝盖,说道:

"你脸色那么疲倦、恼怒。你最好到'快乐庄园'去住上两星期,休息休息……"

"跟农民们聊聊政治,谈谈单独农庄,"萨姆金忧郁地补充了一句。

"那又何必呢?你不高兴谈,就不要谈嘛,把你的智慧珍藏起来,留为己用。农民心怀不满!莉达请派驻军这一着是很有远见的。"

"那是你的建议呀,"莉吉雅提醒她说,但是左托娃却否认说:

"瞧你说的,你不是孩子,有自己的头脑!"

马跑得很快,但是萨姆金却觉得返回城里这段路程简直长得令人心烦。

第二天,他立即着手办理确定图尔恰尼诺夫的继承权的法律手续;某种神秘的力量在暗中相助,事情很快就办完了,并且赚到了一笔可观的酬金。从前,他对钱几乎是无动于衷的,可是现在他却满心喜欢地接受了这些票子,它们保证了他的独立生活,加强了他的出国愿望。他的心境甚至都变得更平静、安逸了。别兹白多夫已经不那么讨厌,搬家的念头也就打消了。但是两个意外的插曲却突然又接踵冲进了他的生活。

## 第十三章

### 一

　　一个阴沉的秋日,他从地方法院回来;阵阵冷风生气地在街道上胡乱打转转儿,仿佛是在寻找藏身之处,吹在人的脸上、耳朵上、后脑勺上,撕下树上最后的残叶,拖着它们和寒冷的尘埃沿街飞扬,把它们藏到人家的大门下去。这种毫无意义的恶作剧引起了令人沮丧的联想,于是萨姆金低下头,加快了脚步。

　　居民已经在窗上装了冬季的玻璃窗扇,这种景象照例使城市的寂静变得更加深沉、驯顺。萨姆金拐进一个连通两条大街的小巷,尘雾似的细雨飞溅到他的脸上,迫使他不得不停下来,拉低了帽子,支起大衣领子。正在这时,突然从街角传来刺耳的尖叫声:

　　"救命啊……"

　　同时,那里也响起了马车铁轮的辗轧声,一颗摇晃着的马头从转角处伸出来,露出跳跃着的马的前蹄;惨绝的呼喊又连叫了两声,跑出一个穿灰大衣的人,制帽低压在蓄着连鬓胡子的脸上,他一只手里拿着什么闪着金属光泽的东西,另一只手里提着毡绒提包;这家伙以令人难以置信的速度霎时间来到萨姆金身边,撞了他一下,就从便道上跳进一家半地下室的商店的门里,店门上挂着一块新油漆的招牌:

## 修理缝纫机和自行车

"伊诺科夫,"当两只非常熟悉的眼睛从制帽檐下朝萨姆金瞥了一下的时候,他心里想道。"这是伊诺科夫。拿着手枪。抢劫。"

街角上喧闹起来,尽管喧声不大,然而使他感到头晕眼花。雨下得大起来了,马头伸过街角,在垂头丧气地摇晃着。

萨姆金正在考虑:是往前走呢,还是返回去?但是这时从缝纫机修理店的门里,从容不迫地走出来一个人,高个子,头有点秃,脸色阴沉,穿着肮脏的蓝衬衣,系着围裙;他右手插在口袋里,左手紧紧地带上门,并用钥匙砰的一声把门锁上,好像开了一枪似的。萨姆金也认出了这个人,就是那个领着姓穆拉维约娃的姑娘去见他的人。

"您不认识我了吗?"这个人看到萨姆金往前迈了一步,就抓住他的大衣袖子,低声地,但是非常执拗地问道。"还记得大学生马拉库叶夫吗?杜纳叶夫呢?我是瓦拉克辛。"

"啊呀,是啊,记得,"萨姆金直盯着瓦拉克辛的手,嘟哝说,可是瓦拉克辛却问他说:

"您怎么啦?身体不舒服吗?"

"那里出了什么乱子了,"萨姆金指着前面说。瓦拉克辛神色镇定地说道:

"走,咱们看看去。"

他走在萨姆金后面,鞋底沉重地踏着砖铺的人行道,而萨姆金却两腿有些发软,沮丧地认定,瓦拉克辛会胡想出什么鬼名堂而把他枪杀。

他回头瞥了瓦拉克辛一眼,说道:

"您变得简直认不出来了……"

"可是您的样子却没有怎么变……"他听到背后冷淡的回答。

在街角上,一个肥胖的小老头子,蓄着火红的连鬓胡子,穿着一件溅满污泥的大衣,坐在一个石桩上,全身哆嗦着、摇晃着在低声哭泣;

有两个人在两边扶着老头子：一个站岗的警察和一个礼帽戴在后脑勺上的人；这个人紧绷着脸，眼睛惊讶地大瞪着，他一边抚摸着老头子头上湿淋淋的皮制帽，一边哇哇地尖声叫嚷着：

"四—四万两千卢布，真有你的！光天化日之下！在热闹的大街—街上！"

已经围拢了十五六个看热闹的男男女女；从院子的大门里、楼房门里冲出了好奇的居民，他们小心翼翼地走近现场。年轻的白眉毛的车夫坐在马车的踏板上，高声结结巴巴地诉苦说：

"就是说，他抓住马笼头，牵进胡同……"

"算啦，你在说谎！"围观的人群中一个头上顶着圈椅的人喊道。

"真是这样，我没有说谎！我想用鞭子抽他，他却拿出了手枪……"

有人称赞说：

"时间选得太好啦，正是吃午饭的时候！"

观众在叫嚷着询问：

"他们有多少人？往哪里跑啦？"

站在克里姆旁边的一个人低声猜测说：

"车夫好像是在制造假象。"

雨下得越来越紧，空间似乎缩小了，人们的喧声在减弱，阴沟里哀怨的流水声跟人们的喧哗汇成一片，而头顶圈椅的人急促、流畅的语声压服了整个这阵喧闹；他的半边脸被椅子压得看不见了，只能看到鼻子和下巴，下巴上鬈毛的黑色小连鬓胡子在不停地颤抖。

"我正在往这儿走哪，而他们两个人迎面而来，一个戴鸭舌帽，另一个戴的是呢帽，两个家伙都穿着大衣。好，一个家伙冲上马车，夺下了小皮包……"

"老头说是毡绒提包……"

"这无关紧要！夺下了皮包，就往小巷里跑了，另一个抓住了马，而车夫跳下车来就跑。"

"我？扔下了马？……"

"什么我呀我的！你害怕啦，蠢货……"

"你说是往巷子里跑了？"瓦拉克辛突然大声质问说。"可我就站在巷子里，还有这位先生正从巷子里往这边走，可是我们俩谁也没有看见，这是怎么说呢？大叔，你别在这儿胡说啦。你看，这位老板说是一只毡绒提包，而你却说是皮包！你的椅子都叫雨淋坏啦……"

瓦拉克辛说话的腔调，开始是一本正经，结尾却变成了冷嘲热讽。他的脸瘦骨嶙峋，憔悴不堪，粗眉毛下的两只黑眼睛目光阴森，大家都在注意地听他讲，一个中年妇女立刻说道：

"看吧，这样七嘴八舌地胡说下去，就要诬赖好人了。"

萨姆金站在墙边看着、听着，并且好几次想要走开，但是瓦拉克辛挡住了他，一会儿侧着身子，一会儿背朝着他站着，而且两次阴沉地瞅了瞅他的脸。而当萨姆金坚决要走的时候，他就大声叫道：

"先生，您不能走，您是证人，"然后便沉着地审问起车夫来：

"他们有几个人？"

"两个。一个在老头儿身边忙活，另一个拉住马。"

萨姆金茫然不知所措：他本来应该对瓦拉克辛的强迫行为感到愤慨，但是却没有发怒。往昔又一次以它那有力的、阴险的黑手粗暴地扼住了他，但是这也并未使他感到激动。

瓦拉克辛把手从口袋里抽出来，两手交叉在胸前，围裙边上露出了鸭舌帽的帽檐。

萨姆金习惯地注意到，围观的人分成三派：一派愤怒而又害怕，另一派仿佛得到了某种满足，在幸灾乐祸，而大多数人则是审慎地保持沉默，而且已经有不少的人匆匆离去，——赶来一批警察：一位是分局长，身材矮小，尖鼻子，焦黄的、病恹恹的脸上留着两撇小黑胡子，两名巡官和一个戴着圆眼镜和礼帽的便衣；驰来四名骑警，还来了两辆马车，局长已经在推开看热闹的人们，大声叫嚷：

"谁是见证人？这个？把他扣起来。"

而那位便衣警察则在匆忙地盘问头顶圈椅的人：

"往巷子里跑啦？什么打扮？"

看到瓦拉克辛重又不慌不忙地把手插进了口袋，这使萨姆金感到很不舒服。

"可是却有些人说在巷子里什么人也没有看见。"有人说道。

"哪些人？"

"我，"瓦拉克辛摇晃着湿淋淋的脑袋说道。"还有这位先生。"

他用右手指了指萨姆金，左手捋了一下沾满了雨水的灰白连鬓胡子。

"他的态度有多镇静呀，"萨姆金心里想，于是在警察局局长和那个便衣警察开始询问他的时候，也镇静自若地说道，他看到巷口伸出马头，看到这个工匠正在锁作坊的门，此外，巷子里再也没有见到什么人。局长给他敬了个礼，而便衣警察却在询问瓦拉克辛的姓名。

"尼古拉·叶列梅耶夫，"瓦拉克辛大声回答说，然后从围裙里抻出鸭舌帽，不慌不忙地戴到湿淋淋的脑袋上。

"散开，散开，"一个巡官在叫喊。萨姆金朝瓦拉克辛那一本正经的脸瞥了一眼，忍不住微笑了，他觉得那位钳工也在从深陷的眼窝里报以赞赏的微笑。

"他可能枪杀我，"萨姆金在已经变得稀疏、倦怠的蒙蒙细雨中，匆忙地向家里走去，心里这样想着，"这当然救不了他，但是……他可能这么干！"

他对自己的所作所为很满意，同时又感到非常惭愧。

"好啊，我已经间接参与了抢劫，"他想着，心里暗自苦笑。"但是，伊诺科夫！毫无疑问，是他派瓦拉克辛来监视我的……而且这种……行径太符合伊诺科夫的性格了。"

像所有幸而逃脱了危险的人一样，萨姆金感到自己优越无比，所以在家里给别兹白多夫讲这次袭击的时候，叙述中加上了一些喜剧的色彩，谈到了目击者们提出的证据的不可靠性，而自己也以极大的兴趣在倾听着自己的讲话。

"无政府主义者干的,"别兹白多夫拖着餐巾,冷漠地说道,而萨姆金却教训他说:

"证人们证词的可疑的真实性,在法律事务中早已司空见惯,所以,实际上,这最能说明我们在议论一切生活现象中的主观主义……"

"好啦,叫这些证人去见鬼吧,"别兹白多夫生气地说。"布利诺夫这个坏蛋诱捕了我的两对尖爪鸽子,飞得最快的好鸽子。我提议出钱赎回来,他不干……"

第二天早晨,萨姆金在一家地方报纸上读道:"有理由认为,袭击系偶然事件,并非预谋,纯属寻常之抢劫而已。"保皇党的报纸则认为,这是"肆无忌惮的政治行动",而且两家报纸都谈到目击者关于抢劫者人数的证词互相矛盾:一些见证人说是两个,另一些则说仅有一人,还有一位证人证明车夫也参与了抢劫活动。除车夫外,被捕者尚有两人:被抢的老板和一个做家具的木匠——目击者之一。报上的这些记述在萨姆金心头并未引起任何特殊的感想。报纸上关于抢劫事件的报道越来越多,而且萨姆金清楚地记得玛琳娜的那句话:"匪兵已在行动。"总之,这一插曲对萨姆金已经没有什么刺激性,而且很快就几乎从他的记忆中消失了,取而代之的是另一插曲。

## 二

有一天晚上,萨姆金正坐在茶桌边翻阅一本杂志。过道里的门砰的响了一下,别兹白多夫迈着沉重的脚步走了进来,笨重地在桌子旁边坐下,接着就嘶哑地咳嗽起来;他那肿胖的圆脸在难看地痉挛着,仿佛脸皮下的脂肪正在融化、流动,眼睛像在强光下那样不停地眨着,两只手也在哆嗦,仿佛他正在用手扯下沾在前额和脸颊上的蜘蛛网。

萨姆金默默地从眼镜里打量着他,等待他开口。

"哼,好啦,"别兹白多夫把手垂下去,用手掌撑在膝盖上,摇晃着身子,开口说道。"现在只好请你到法庭上为我辩护啦。人家告我图谋杀人,致使受伤……总之,鬼他妈的知道还告了些什么!请您给我点儿什么东西喝喝……"

萨姆金慢腾腾地走进卧室,拿来一只冷水瓶,很不客气地放到别兹白多夫面前;他的这些动作都是在显示他根本无动于衷,接着又无动于衷地问道:

"发生了什么事呀?"

"我把枪弹打进了布利诺夫的狗脸,就是这么回事儿!"别兹白多夫把冷水瓶放在膝盖上,摇晃着脑袋,咝咝地说道:"这个混蛋,竟讥刺起我来了!胡说什么:'算了吧,你对养鸽子一窍不通。'我读过缅兹比尔①的著作!可是他这个白痴却教训我说:'你养鸽子不是出于爱鸽子,而是出于嫉妒,为了跟我竞争,可是你应该跟你的懒惰竞争,而不是跟我……'"

他仿佛在说梦话,打着呼噜,说出的话带着咝咝声,手握着冷水瓶颈,用膝盖摇晃着瓶子,谛听着瓶中咕噜咕噜的水声。

他那沉重的叹息和上气不接下气的话语,听起来非常可怕。他用右手揉着脸颊,用赤红的手指乱揪着头发,脸忽而鼓胀起来,忽而又松弛下去,蓝色的瞳仁仿佛已经融化在乳白色的眼珠里。他这副狼狈相令人怜悯、厌恶,但更主要的是可怕。

萨姆金并未能很快就弄清楚:究竟发生了什么事情,又是怎么发生的。

别兹白多夫没有回答他的问题,这使萨姆金在短短的几分钟内经历了各种各样的感受:起初他目睹别兹白多夫那副惊恐、可怜的样子,心里感到很痛快,后来他又觉得这个人现在之所以伤心,并非因为开了枪,而是因为未能把人打死,于是萨姆金想,处在这种心理状态中,别兹白多夫很可能再干出什么别的疯狂的事儿来。他感到自己处在

———————
① 缅兹比尔(1855—1935),俄国鸟类学家。

危险中,就开始郑重其事地、严厉地使别兹白多夫镇静下来。

"如果您想要我为您辩护,那您就应该原原本本地把事情的经过讲清楚……"

别兹白多夫把冷水瓶放到桌子上,沉默了片刻,环顾四周说道:

"好……我们俩是在城外相遇的。他去试一支新枪。于是我们就一起走了。我问他:为什么拒绝我把鸽子赎回来?他就开始教训我,我便打了他一个耳光,这时他鬼迷心窍,竟举枪要打我,我夺过枪来,我原该用枪托打他……"

他突然不说了,甚至举起了手,仿佛要捂住自己的嘴似的。这一天真的、痉挛的动作使萨姆金有理由以肯定的口吻说道:

"您已经知道枪膛里装有子弹。"

"是这样。枪在我手里……我在拿着看的时候,他告诉我的,"别兹白多夫愁眉苦脸地承认了,接着就双手抱住乱蓬蓬的脑袋,嘶哑地说道:

"可是我舅妈那里不好办!倘若他去控告,那她……而他准会告的!求求您多多为我温存她一番……"

"别说昏话,"萨姆金警告他说,然后提了一个职业性问题:

"有证人在场吗?"

"没有,一个人也没有,"别兹白多夫回答说,紧紧地绷着两腮,耳朵和脖颈都涨得通红,然后使劲地吐了一口粗气,执拗而又粗鲁地问道:

"您这儿有酒吗?"

他站起身来,摇摇晃晃的,像老头子似的踉跄着走了出去。在他拿着一瓶酒回来以前,萨姆金就信心十足地认为,立刻就会听到对自己极端重要的有关玛琳娜的事情。别兹白多夫站着斟满了一茶杯酒,喝下半杯,然后绝望地、阴郁凶恶地重复说:

"他准会告的,这个白痴!要是先前,他还怕我舅妈,可是如今,大家全都发了疯,天天都在绞杀人,他一定要告的……"

萨姆金觉得,不仅应当使他镇静下来,而且还要他对自己产生好感,然后再问他几个有关玛琳娜的问题。考虑好了这一切,他就用律师的口吻谈起了如何辩护的问题:

"您的行动虽然是在失去自制的状态下发生的,法律上称之谓愤激状态。这种状态的出现并不是没有原因的。侮辱可以引起这种状态,当事人不正常的先天性易受刺激症发作时也可以引起这种状态。后一种情况须经医学鉴定。没有证人。受害人的口供吗?射击是用他的枪进行的。射击可能是在观看枪支时发生的意外,您可以根本不知道枪膛装有子弹。最后,如果您清楚地记得受害人真的曾举枪要打您,您可能跟他因夺枪而进行搏斗,射击也可以解释为偶然的。当然也不排除出于自卫的动机。总而言之,可用于辩护的材料是蛮不错的……"

别兹白多夫站在那里听完了律师的业务谈话,他半侧着身子,面向萨姆金,脑袋歪到肩膀上,手里的酒杯擎得跟自己的下巴一般高。

"妙极啦,"他低声称赞说,看得出,他十分高兴。"太妙啦!"于是头一仰,把酒倒进口中,咯咯地叫了一声。

"但是不管怎么说,我不愿意把事情闹到法院去,求您帮帮忙,把这一切都悄悄地了结啦。我已经派您的米什卡在暗中探听消息,看看那边怎么样?如果……闹得不太厉害,我就亲自去拜访布利诺夫,见他的鬼吧!至于舅妈那里,请您略施小技,叫她服服帖帖,跟她讲点儿什么……啊,如此这般的玩意儿,"他走到萨姆金跟前,毫不客气地、坚决地说道,甚至还用通红的、沉重的手掌轻轻拍了拍萨姆金的肩膀。这使克里姆感到有点儿厌恶,他苦笑着说道:

"可是您也太怕玛琳娜·彼得罗夫娜了!"

"是很怕,"别兹白多夫往后退了一步,把手背到背后,两只泛白的眼睛生气地、目不转睛地死盯着萨姆金的脸说道,这使萨姆金想起了莫斯科、绿色的小房子、柳芭莎和那次遭到流氓袭击的情景。"可笑吗?"别兹白多夫问道。

"不是可笑,而是奇怪,"萨姆金耸了耸肩膀,扶了一下眼镜说道。

别兹白多夫在支吾搪塞,把眼睛的浅蓝色瞳仁从这边到那边来回地滚着,脸也变样了,沉了下来;显然,他想要说些什么,但是又下不了决心。萨姆金试着帮他把话说出来:

"她好像是个好弄权作势的人……"

"人?"别兹白多夫毫无意义地重复了一遍这个字。"是的,不错……好吧,谢谢!"他突然说道,并往门口走去,萨姆金恼恨地目送着他,心里想道:

"一个定型的犯罪人物。他不仅仅怕玛琳娜,而且好像还仇视她。为什么呢?"

可是第二天早晨,别兹白多夫却使萨姆金产生了一种奇怪的疑心:昨晚他讲的整个射击事件好像只是为了引起别人对他的兴趣,过分夸大了自己的业绩,其实他并未朝养鸽人的脸开枪,而是朝着腹部,而且没有一粒枪砂击穿厚厚的大衣。别兹白多夫安然摩挲着刮光的下巴和脸颊说道:

"我们讲和啦;赔了他两对尖爪鸽子和二十个卢布,见他的鬼去吧!"

萨姆金甚至觉得,这也是些谎话,而且根本就不曾发生过什么枪击事件,全是捏造的。但他不想告诉别兹白多夫,说他并不相信他的话,只是讽刺地说:

"您刮脸啦。"

"听长辈的话嘛!"别兹白多夫回答说,那张紧绷着的脸突然老态龙钟地松弛下来了几秒钟,圆脸上刻出了条条细纹。

## 三

这件荒唐的事情使萨姆金对别兹白多夫更加反感,但是并未动摇他认为瓦连京怕舅妈的信念,而且也增强了他对玛琳娜的兴趣,她的生活中除了积累金钱的狂热之外,还有什么呢?这种狂热她是毫不隐讳的。

两天后,她在商店里用萨姆金感觉不到丝毫惋惜和愤怒的话迎接了他:

"'快乐庄园'被烧掉了!尽管驻着军队,还是烧掉了。扎哈里被不太重地揍了一顿,幸而逃得活命。楼房的左边全都焚毁了,还有管理处、板棚、马厩也都烧掉了,幸好我把粮食早就卖掉了。"

她说话的样子很不自然,龇着牙,挥动着右手,仿佛要打萨姆金似的。

"莉吉雅本来就不喜欢这座楼房,想要重建。我毫无损失,押金已经收了回来。不过莉吉雅还是应该去安慰安慰的,你去走一趟,看看她怎么样啦?我已经去过,但是她不在家,正在她那个'俄罗斯人民同盟'为杜马选举奔忙呢……你这就去吧。"

萨姆金去了,走在路上心里想,他为之办理确定遗产继承权的人实际上并不是那个幼稚的外国人,即小图尔恰尼诺夫,而是一等商人的遗孀玛琳娜·彼得罗夫娜·左托娃。

"凶恶的强盗,"他想。"而且变得越来越肆无忌惮,甚至近于无耻了。"

但是他对她那残酷的贪婪的愤慨是纯理性的,毫无热情,他深信这种贪婪的狂热还不能概括整个的玛琳娜。把她看得过于简单肤浅对自己也无益,因为他意识到,如果把左托娃看得过于简单庸俗,就等于把自己降低为执行她那粗俗目的的驯顺奴仆。但是以她的聪明智慧决不会仅仅满足于这些目的。她之所以拼命抓钱,大概绝不是仅仅为了钱,而是别有所图。那么图的是什么呢?他不能解释,这种信念在他心里是怎么形成和巩固起来的,但是这种信念却牢固地形成了。归根到底,他必须向自己交代清楚:他究竟在为什么服务?

莉吉雅坐在书房的桌边接待了他。她戴着烟色的眼镜,穿着中国式绣着黑龙的黄色长袍,鬈发上套着必定要戴的发网,正在那里剪报。

黝黑的脸紧绷着,好像是在生气。

"啊呀,我知道啦,知道啦!"她挥了挥手说道。"一座破烂的老房子烧掉了,哼,这有什么呢?为此他们要受到惩罚的。我已经接到电话,说那里逮捕了一个当过兵的人和厨娘的女儿,大概就是那个尖鼻子的、没有礼貌的姑娘。"

她双手往桌上的一堆报纸一拍,又继续疾速、惶恐,有时是歇斯底里地叫喊着说下去:

"但是这日益分崩离析的俄国可怎么办呀,你有何高见?亲友们给我来信说,沙皇对什么都无动于衷,而另一位与宫廷关系密切的朋友则说:沙皇仇视自己恩准的一切,——这个杜马、宪法和所有的事物。大家都在谈论实行独裁①,真难以设想!在专制政体下实行独裁——有过这样的事吗?"她低下头,向上翻着眼睛看萨姆金,眼镜几乎滑到鼻尖上去,这样,她脸上就仿佛有两对不同颜色的眼睛了。"从各方面的消息来看,左派又将大批拥进杜马。这我们要感谢那个冒险家斯托雷平,是他想出了毁掉村社允许富有的农民退出村社,自建庄园……"

萨姆金说道:

"你好像是同情这种改革的吧?"

"不,"她断然说。"也就是说,同情过,在我还没有看出改革的革命意义的时候同情过。把富裕农民从村子里分离出去,这就意味着削弱农村,而且使富农庄主变得跟地主一样,毫无保障。"她把身子靠到圈椅背上,摘下眼镜,不以为然地摇着头,用发炎的眼眶里的黑眼睛盯着萨姆金。

"不过我说也白说,我知道,你对一切破坏都是无动于衷的。玛琳娜说你是个'违心的旁观者……'"

"竟是这样?"萨姆金不愉快地、吃惊地问道。"可是这意味着什

---

① 当时的反动报刊呼吁,要使政权变得坚强有力,以镇压革命,说什么:"独裁即进行斗争的政府。"

343

么呢?"

"这太可怕啦,克里姆!"她惊叫道,一边整理着头上的发网,长袍袖子上的黑龙爬到了她的肩膀上、脸颊上。"真难以设想:我们的国家正在灭亡,而我们大家为了拯救自己,就必须去拯救它。斯托雷平是个爱虚荣的人,而且很蠢。我见过这个人。不,他不是个领袖人物!但是,正是这个蠢货在教导沙皇!沙皇……"

萨姆金虽然听到她的叫嚷声,但是这个身穿怪诞的大龙袍的女人对他来说,好像已经不在房间里了,仿佛她是在电话里说话似的。他在思量着:

"玛琳娜竟是这样看我……"

他听到她说:"恐怖分子在彼得堡打死了镇压莫斯科暴动的米恩上校,在因特拉肯打死了一个德国人,误认为他是原内政大臣杜尔诺沃①,军事法庭也未能减少无政府主义者的恐怖行动,"这个穿黄袍的女人在没完没了地、令人讨厌地叫嚷,但是她所叫嚷的一切事件都已成为过去,是在另一个萨姆金的面前发生的。那个萨姆金对所有这些事实也许会抱另外的态度,可是如今这个萨姆金除了自己和玛琳娜,已经什么都不能想了。

"违心的旁观者?说得对,我自己也曾这样对自己说过。"

他只在一瞬间想起过沙皇,记起了那个周身闪着锡灰色、面带茫然微笑的矮小人物。

"无动于衷和仇视……这两种心理状态是不能结合在一起的。说得正确些——应该是鄙视。可是我是仇视呢,还是鄙视?"

他不由自主地凄然一笑,这使莉吉雅大为不满。

"难道这一切你只觉得可笑?但是这实在难以想象!高踞于全国人之上,高踞一切人之上!"她惶恐地睁大两只病眼,大喊道。"要知道,双头鹰这是超人的权能的神圣象征……"

---

① 因特拉肯是瑞士小城。此事发生于一九〇六年八月,是最高纲领主义者干的。

萨姆金没有注意到她什么时候和为什么又谈起了沙皇。

"我们都是双头的,"他站起来说道。"左托娃、你、我……"

"你这话是什么意思?"莉吉雅问道,也站了起来。

他谛听着自己说的话,为了中伤莉吉雅,就顺口说道:

"沙皇也许正是被这种庸人自扰闹得筋疲力尽,才鄙视所有的人……"

"他?救世圣主,竟鄙视所有的人?"莉吉雅狂喊道。"你快醒悟吧!只有无神论者和无政府主义者才会这样想!不过你本质上也正是这样的人。"

她绝望地摇着脑袋,接着,当萨姆金握她的手的时候,她问道:

"这里的人全都满手是汗,你注意到了吗?"

"蠢货。不结果的无花果树,"他仿佛在题词一般漫不经心地想着。"相形之下,玛琳娜多么聪明、有趣……"

他又把沙皇的蓝灰色矮小身影跟玛琳娜对比了一下,然后凄然一笑。

## 四

城市在准备杜马选举,扰攘慌乱起来。满街的人,不管是步行的还是坐车的,都忧心忡忡,愁眉苦脸,栅栏上贴满各党各派五颜六色的宣言,"俄罗斯人民同盟"的党徒正在撕这些宣言,或者把自己的宣言张贴在它们上面。

所有这一切都在萨姆金面前匆匆逝去,但是一味隔岸观火也颇为尴尬、不便,于是他就去观赏了两三次本城政治家们的集会。他听到的所有演说家的讲话,内容都是他早已熟悉的;他注意到,右派人士讲话的声音很高,但是他们的语言却变得苍白无力,而且使人觉得演讲的人讲得非常紧张,仿佛已经使出了最后的一点儿力气。他认为玛琳娜先前的律师,立宪民主党地方委员会的委员在市杜马召开的该党会议上的讲话最有道理。

此人黄脸皮、小个子,大肚子顶在铺着绿呢桌布的桌沿上,一只手的手指玩弄着精细的金表链,另一只手的手指仿佛在往空气中撒盐。他铿锵有声地吐出一些精雕细琢的语句,黑黑的瞳仁不时在浅蓝的眼白里闪出光芒,从远处看去,他那圆圆的脸上流露着委屈、愤怒的神情。大家都在默默地细心听他的演讲,这种静穆的气氛是那么庄重无聊,颇似德高望重的社会活动家们逝世一周年或十周年的纪念大会。

演说家谈到战争动摇了俄国的国际地位,迫使它签订了丧权辱国的和约,与德国签订条件苛刻的粮食贸易条约。革命给国家经济造成了巨大损失,但是革命毕竟以此重大代价限制了专制政权。国家杜马应该稳健地进行工作,逐步扩大人民争得的权利,使俄罗斯欧化和民主化。

他沉默了片刻,把水杯举到唇边,但是右手却做了这样一个动作,仿佛要把一个手指头浸入水中似的,然后把杯子放回原处,又更加紧张地,甚至有点生气地,但又是绝望地继续讲下去:

"孟什维克和现实主义的社会主义者们已经懂得了革命本身并不具有创造性,它只能破坏,只能为进行业已成熟的改革扫清障碍。他们已经明白了,没有各阶级的合作,发展文化是不可能的。迷信工人阶级力量的乌托邦主义的社会主义者已经溃不成军,退出了历史舞台。大家都理解,国家需要在政治和文化领域进行安定的日常工作。归根结底,在经历了这场暴风雨的残酷袭击之后,大家都需要休养生息。我们面前摆着一项艰巨的任务:扶助千百万农民,使之恢复元气。我再说一遍:没有各阶级的合作,就不可能有任何进步,欧洲文化发展的全部历史证实了这一真理,只有那些完全丧失了历史责任感的人才会否定这一真理……"

萨姆金并不需要费很大的力气说服自己去同意这些思想。这些思想早已不知不觉地产生了,而且没有要求用语言表达,就在他心里定居下来。但是演说家使萨姆金感到愤慨,他竟这么粗暴、露骨地表达了这些"历史的智慧精炼出的"思想,使之黯然失色。

萨姆金觉得有必要重温和深入研究历史智慧的论据,并径自用自己的材料、自身的经验来加强这些论据。他的阅历可谓多矣,可是尽管理智上已对"记录事实"、"语言体系"感到非常厌倦,但仍未丧失这种早已养成的机械的、纠缠不已而又毫无成果的习惯。在积累经验上毫无成果,这使他烦恼、难堪。他不愿承认,玛琳娜对理性所持的怀疑态度已经沾染了自己,但是已经意识到,她的话对他的作用大大超过了书本的威力。还常有这样的时候:当萨姆金不愉快地清楚意识到,尽管"时局"的脸上已经厚厚地蒙上,并且还在继续增添粉饰太平的话语灰尘,但是在他看来,这张脸正像玛琳娜的看门人的红脸一样凶恶可憎。

他想起了哥哥:不久前在一本厚厚的杂志上刊载了一篇书评,盛赞德米特里所著《北方地区民族志》一书。

"我也需要对自己的观察作出结论,"他这样决定,并且在闲暇时,开始翻阅自己过去的笔记。闲暇的时间很多,尽管玛琳娜的讼案在逐渐增加,而且这些讼案几乎总是那么奇怪地性质相同:总是某某寡妇、老处女、绝后的商人死了,把自己的财产,有时是相当可观的财产遗赠给玛琳娜。

"都是我丈夫的远房亲属,"她解释说。

委托人也日渐增多,常有一些可敬的大胡子商人从各县,甚至从邻省来拜访萨姆金。

"左季哈①,玛琳娜·彼得罗夫娜叫我们来请教您的,"他们说,而且可以感觉到,在这些人的心目中,玛琳娜是个了不起的大人物。萨姆金认为这是由于这些穷乡僻壤的半野蛮人非常看重她的聪明能干和她的生活知识。

冬天的夜晚,在温暖、静穆的房间里,他坐在桌前,吸着烟,从容不

---

① 左托娃的爱称。

追地把自己的阅历和读书心得记录下来——自己将来写书的材料。开始,他把书名题为《俄罗斯生活与文学对理性的态度》,但是他觉得这个书名太冗长,于是改为:《艺术与理智》;后来,又觉得这个题目太大,就在"艺术"前面加了"俄罗斯的"四个字,最后,把题目再加限制,改为:《果戈理、陀思妥耶夫斯基、托尔斯泰对理性的态度》。题目定下来以后,他就手持铅笔,开始翻阅这三位作家的著作,他感到心情非常愉快、安逸,仿佛自己正沿着一条不知通向何处的斜线,升腾到现实生活之上。

果戈理和陀思妥耶夫斯基的著作提供了大量非常合乎萨姆金性格的基本特质的事实,这一点他体会很深,而且也使他高兴。世俗生活的丑恶和人们心理上的变化无常,放荡不羁使萨姆金明白了他与现实生活格格不入的原因,而陀思妥耶夫斯基的主人公们对不可动摇的真理和内心自由的痛苦追求,重又把他浮了起来,使他远离普通群众,与陀思妥耶夫斯基那些彷徨不安的主人公则更加接近。

但是他经常把铅笔往桌上一扔,对自己说:

"我不像这些人,我比他们健全,我对生活的态度要沉着得多。"

然而现实生活继续在冲撞他、惊扰他,因为它理所当然地不会屈从于形形色色企图安抚它,企图在它的表面堆上一层厚厚的语言灰尘的理论。

## 五

冬末,他来到莫斯科,经办的讼案在高等法院胜诉了,他颇感满意,于是就去饭店里吃饭,坐在那里,想起了从他和柳托夫与阿琳娜一同坐在这个大厅里听沙里亚平唱《伏尔加船夫曲》那时算起,才不过两年。这又一次使他感到惊讶,这么多的事件和印象竟能挤在如此短暂、微不足道的时间里。

"地球就在这无底的时间袋子里旋转,"他记起了不久前读到的一句话,并且想到,应该把梭罗古勃和列昂尼德·安德烈耶夫与果戈理和陀思妥耶夫斯基列在一起。然后,他一面看着菜谱,倾听着喧闹的人声,心想,大概那里的人也不会像莫斯科人这样吃饭,这样兴高采烈、吵吵嚷嚷。他左边靠墙的一张大桌子上的人们吵得特别凶,简直是肆无忌惮,那里坐了七个人,其中的一个,瘦高个儿,小脑袋,通红的脸上留着两撇稀疏的小胡子,不时用男高音寻衅似的把一些尖酸刻薄的话语投进这片汹汹的喧嚣中:

"在欧洲,工业家给部长们提示指导思想,而我们这里却恰恰相反:我们这儿,连工厂主们需要有个组织这样的小事,还是大臣科科夫佐夫在去年授意的!"

在萨姆金背后,棕榈树下,有两个人在唠叨不休,其中一个醉醺醺的声音听起来很熟悉。

"胡说八道!士兵是不会干革命的。"

"小声点儿!"

"就像枪杀黑人一样……"

"你想想看:近卫军,还有普列奥布拉仁斯基团的士兵……"

"这尤其应该:枪毙!而把他们流放到一个什么古里古怪的大熊村是什么意思呢?① 应当像英国人屠杀印度兵那样把他们消灭②……"

"你的话说得太不负责任啦。"

"我比你知道得多,"那个盛怒的人用醉汉的声调叫喊道,萨姆金立即就想起了:

"这是塔吉尔斯基。他要是认出我来就太扫兴了。"

他站起身来,四下看看,有没有另外的空桌子?

---

① 革命情绪也影响了被认为是沙皇制度支柱的近卫军,一九〇六年七月,普列奥布拉仁斯基团发生兵变。平息后,该团被押送到诺夫哥罗德省的大熊村,后叛乱各连官兵均被判处苦役。
② 一八五七至一八五九年英国在印度的土著兵起义,被英军残酷镇压。

没有找到空桌子,而那个小脑袋的男高音把手掌往桌子上一拍,一个字一个字地说道:

"永—远—办—不—到!只有在工人对企业经营亏损负责的情况下,才能实行计件工资制!"

他站了起来,开始跟同桌吃饭的人握手告别,对每个人都点点那梳得油光的小脑袋,然后,昂起头,一只手放到背后,另一只手擎着怀表,看着表盘,两条长腿迈起大步,向门口走去,信心十足地认为,人们都明白他要往那里去,而且都会张罗着给他让路。

萨姆金从报纸上知道,彼得堡成立了"厂主同盟",莫斯科的工业家们也正忙于此事,大概这位长人就是这样的一位组织者。

塔吉尔斯基喃喃地,但是吐字清晰地说道:

"谢苗诺夫团有个爱咬舌的家伙刚刚说了一句:我们团在莫斯科打错了人,明白吗?打错了!士兵们立即检举了他……"

萨姆金右边的桌子上坐着三个人,正在大吃大嚼:一位宽肩膀的太太,短脖颈上全是肥肉褶;一个头发梳得油光的大学生,留着两撇向上翘着的小胡子,戴夹鼻眼镜,很像个化了装的理发匠;还有一位脖子上挂着勋章的、圆脸的老爷,大眼睛下面横着发青的肿泡,他抱怨说:

"这是我亲眼看见的。我和彭巴尔并排坐在马车上。这确实是一些工人。你能想象出那蛮横无理的样子吗?他们拦住法国大使的马车,朝他喊道:'你们为什么还要借钱给我们的沙皇,叫他来镇压我们呀?他自己的钱足够干这些勾当了。'"

"太可怕啦,"那位太太用低音安然地说,她一面把烤得酥嫩的松鸡分到各人的盘子里,一面问道:"传说劳尼茨①是因为想逮捕维特,才被干掉的,是这样吗?"

"但是,妈妈,"大学生皱起眉头说道。"已经查明,劳尼茨是被社会主义革命党人干掉的。"

---

① 劳尼茨是彼得堡总督,一九〇六年二月被社会革命党人枪杀。

太太仍旧安然地用低音说道：

"我问的不是谁干的，我问的是为什么要干掉他？而且我希望你鲍里斯并不知道，什么是革命党、社会主义者以及他们是为谁服务的这类问题。来，马特维，再吃一个越橘！"

戴勋章的人接过越橘，深深地叹了口气，说道：

"苏沃林①老头子证明说，似乎戈列梅金②曾对他说过：'焚烧庄园并非坏事，应该叫贵族吃点苦头儿，免得他们还为革命效力。'但是，我的上帝，我们什么时候为革命效过力呀？"

"真可怕，"太太斟着酒说。"况且这位戈列梅金是个同性恋者。"

大学生苦笑了一声，说道：

"舅舅，你忘了十二月党人……"

"这是些喜剧人物，"萨姆金心里想。"我要是把他们讲给玛琳娜听，她一定会大笑一场。"

这三位食客使他非常开心。

## 六

因为火车要到将近半夜才开，所以他决定去剧院度过这个夜晚。但是柳托夫那张斜眼的脸突然凑到他面前来，萨姆金是最不希望遇到这个人的。可是柳托夫却已经连珠炮似的讲起来了：

"好啊——不期而遇的巧遇！蠢话，好像巧遇是可以预期的！可是大家都这么说！我听说，你要在沃洛格达定居三年，不对吗？"

他穿着一套非常花哨的、毛茸茸的厚呢子衣服，好像矮了一些，但是似乎更加暮气沉沉了。

"虽说沃洛格达人也爱喝两杯。你还没有变成酒鬼吗？很想知道，你变成什么样的人了？"

---

① 苏沃林(1834—1912)，俄国反动记者和出版家。
② 戈列梅金(1839—1917)，曾任沙皇政府的内政大臣和内阁总理，极端反动。

他说话的声音很低,不过当着白眉毛、尖眼睛的侍者,用这样的腔调说话,毕竟是令人不愉快的。他用指头戳了一下侍者的肩膀,问道:

"瓦夏,找一个单间行吗?"

"遵命。要酒菜吗?"

"那还用说。"

"还要点儿什么呢?"

"自己想去吧,我的天使。"

"在炫耀古老的莫斯科式的平民主义呢,"萨姆金心里想,从眼镜里观察着周围的人的反应,有人在用嘲讽的眼神打量着柳托夫。然而萨姆金觉得柳托夫是真诚地高兴见到他的。在去单间的过道里,萨姆金问他:阿琳娜在哪儿?

"阿琳娜?"柳托夫没有必要地重又问道,"阿琳娜住在法国的首都卢提歇①,从那里给我写来一封封满纸牢骚的长信,她不喜欢法国人。科斯佳·马卡罗夫陪她去的,杜妮娅莎正准备……"

他把萨姆金推进单间的门,让他坐到沙发上,自己则坐到他对面的圈椅里,弯下腰,提议说:

"好啦,讲讲吧,近况如何?"

他那两只斜眼睛似乎变得安静一些了,不像从前那样总要隐藏起来似的,浮肿的脸上布满了明显的血丝,那是肝脏不健康的象征。

"你发福了,"他打量着萨姆金说道。"喂,你怎么想呀,啊?"

"哪方面的问题?"萨姆金问。

"就说这些神甫是怎么回事儿吧?农民为什么要把这么多的神甫塞进议会?都是些好当家人?他们都冒充社会革命党?或者还有别的什么原因?"

他说话的时候,一会儿把话语吹出来,一会儿又吸进去,仿佛这些话语烫嘴似的。

---

① 巴黎的古拉丁文名称。

352

"开始变戏法啦,"萨姆金心里想,而柳托夫却匆忙地说道:

"农民并不喜爱神甫,也不相信他们,神甫同样是恶霸一个,怎么——突然一下子?"

"我觉得,杜马里的神甫并不是那么多。而且我简直就不能理解,这为什么会使你激动?"萨姆金问道。

"我不信,——你理解!神甫上面是主教,主教上面是东正教事务总管理局,然后就会出现一个像依西道尔那样的宗教合并派信徒的大主教。我们的教会就是仿效罗马天主教的方式组织起来的①,紧紧地掐住农民的脖子,像西班牙和意大利那样,啊?"

"奇怪的幻想,"萨姆金耸耸肩膀说。

"幻想?"柳托夫疑问地重复说,接着又同意说:"哼,好吧,就算是幻想!可是,如果是这样的话:神甫是纯俄罗斯血统的,从这个意义上说,神职人员比贵族还纯,对吗?那么你不认为神甫们会异想天开地搞出某种非常俄罗斯的、出人意料的玩意儿吗?"

"宗教审判所,是吗?"萨姆金沮丧地问道。柳托夫严肃地说道。

"宗教审判所——自不待言,但是,除此而外,是不是还会以全俄罗斯农民的名义搞点儿什么更加阴暗的东西?"

"可是除了'给我们土地'的呼声以外,你……我们从农民那里什么也听不到了,"萨姆金勉强地、怨声怨气地回答说。

柳托夫皱起斑斑点点的脸,摇晃着身子,扭动着脑袋,就像个坐在牙医诊室里倍受牙痛之苦的人一样。

"这么说,"他说道。"简单得很呀。可是我,兄弟,总在期待着什么不平凡的东西……"

"对不平凡的东西还没有感到厌倦吗?"萨姆金想这样问他,但是白眉毛的侍者进来了,还带着一个小伙子,他用托盘端来了菜肴;柳托夫问道:

---

① 总主教依西道尔主张希腊正教与罗马天主教联合,按罗马天主教模式改组东正教教会,教会拥有极大的权力。柳托夫这里说的就是这次改组教会。

"怎么,瓦夏,大老板们不肯承认你们的职业联合会吗?①"

"不愿意承认,"瓦夏苦笑着回答说。

"那你们打算怎么办?"

侍者把餐巾拧成一把,在手掌上抽了一下,叹了口气,说道:

"不知道。罢工也没有用,大家都挨饿挨够了,厌倦了。彼得堡的工人可以阻止从工厂仓库往外运货,可是我们能干什么呢?砸家伙吗?请您用饭吧,"他补充一句,就退出去了。

萨姆金又一次断定,柳托夫的平民主义纯属装装门面而已。

他也不喜欢这个侍者,他说话的样子很随便,两撇扎煞着的浅色小胡子也叫人看着很不舒服,短短的上嘴唇向上翘着,露出又尖又细的牙齿。

"这小伙子很聪明,"柳托夫朝瓦西里②的背影点了一下头,往杯子里斟着酒说道。"《共产党宣言》他背得烂熟,而且总的说来,这本书的读者是很多的!你当然知道,这个小册子发行的规模是几十万册吧?这后果会是很可观呀!来,干杯……"

碰杯的时候,萨姆金问道:

"你对这可观的后果很高兴?"

"问得太妙啦!"柳托夫大声称赞说。"就像是在问一件与自己毫不相干的事儿一样!你这个街垒战专家,还在扮演冷眼观世的角色?跟我玩秘密工作这套把戏大可不必了。"

萨姆金喝下了一大杯冰凉的酸橙露酒,吃着熏鲑鱼,疑虑重重地斜睨了柳托夫一眼,他一面往脖子上系着餐巾,一面好像话语在烫他的嘴似的说道:

"我是个商人,但是我却没有把钱看在眼里。兄弟,在自己的阶级里,我是个异己分子,而且我可以坦白地告诉你:我在自己的同行中,感觉不到任何内在的联系,有时我对此感到很遗憾……甚至很痛

---

① 一九〇六年,彼得堡"厂主同盟"宣布不承认"职业工会"和工人的权利。
② 瓦夏的大名。

苦……你看,有多糟糕!有时,我想:我情愿被绞死,也比这样吊在空中好受。但是皈依自己的行业——我做不到,可能是因为我没有力量,兽性不足。前几天,切特韦里科夫说,工人联合会中藏匿着大批恐怖分子、无政府主义者以及各种各样的恶魔,说工厂主应当采取措施解散工人联合会。当然,他是工厂主,事业要求他去为反对工人而斗争,但是你要是能看到他说这些话时的那副可恶的嘴脸就好啦!而且,总的说来,兄弟,他们的气焰是那么嚣张,一旦他们取得了政权……"

弗拉吉米尔·柳托夫的脸涨得紫黑,两只眼睛想要定住不动,可是却颤抖不已,他用叉子在盘子里乱戳一气,想叉住滑溜溜的蘑菇,萨姆金感到非常局促不安。萨姆金还从来没有听到和感觉到这个人说话这么严肃、不要花腔、毫无令人不快的矫揉造作。萨姆金又默默地斟上一杯酒,柳托夫从脖子上扯下餐巾,继续说道:

"我的……这种自我感觉,你未必能够理解,你浑身披挂着秘密工作思想的甲胄,可以说是高踞塔楼之上,可望而不可即。可是我早已习惯于把自己看成一个毫无用处的人。而革命使我最终对此更坚信不疑。阿琳娜、马卡罗夫,还有成千上万这样的人,也都是些毫无用处的人,又是一伙奇怪的人:人都不坏,但是无用。毫无根基的人。有些甚至是革命者,譬如,像伊诺科夫那样的一些人,你认识他。这号人能破坏像座房子,一座教堂,但是连个鸡窝也搭不起来,可是只有懂得应该如何建设,而且会建设的人,才有权破坏。"

萨姆金感到这番出乎意料的话使他怒不可遏,于是又喝下一杯酒,说道:

"以涅克拉索夫为首的忏悔的贵族在七十年代正是这样说的。正是涅克拉索夫给他们提示了那些忏悔词,而这些忏悔词其实只不过是用散文复述了他的诗。"

侍者又走了进来,萨姆金发现瓦夏正用锋利目光盯着他,就很想说几句难听刺耳的话;他说道:

"绝不能只因为别的什么都不会干,就去惹是生非呀。"

"说的是啊,"柳托夫同意说,而萨姆金察觉到,自己说出的并不是想要说的话,只是在重复斯切潘·库图佐夫的话。但是他还是继续说了下去:

"在我们的国家里,有很多人只是因为无聊、无所事事,才去干点儿什么。"

"这是托尔斯泰的思想①,"柳托夫指出说,一边玩弄着面包球,点头表示同意。

萨姆金沉默下来,等候侍者出去,然后怀着对柳托夫、对自己的愤恨情绪,开始以一种完全不是他的风格唠唠叨叨地、困难地说道:

"知识分子即使心理上已经丧失了本来的阶级性,也根本搞不成革命。知识分子不是革命者,而是科学、艺术、宗教的改革者。当然,也是政治的革新者。人为地强使自己高唱英雄的调子是毫无意义的,无益的……"

"我不理解,"柳托夫瞅着汤盘说道。

萨姆金同样也不甚了然,自己说这些话的目的何在?但是却又说道:

"你把革命看成好像是你自身的问题,知识分子的问题……"

"我?"柳托夫惊讶地问道。"你根据什么得出这样的结论?"

"根据你所说的一切。"

"我觉得,你似乎不是在说服我,而是在说服你自己去相信什么道理,"柳托夫若有所思地低声说,接着又问道:

"你是布尔什维克,还是……?"

"啊呀,不要说啦!"萨姆金生气地叫道。有一两分钟两人一动也不动地相对坐在那里,沉默无语,萨姆金吸着烟,注视着窗子,窗外是

---

① 托尔斯泰曾这样写道:"我们这里所谓的科学,尽是些有钱人的胡思乱想,毫无用处,只不过是为了消磨他们那无聊的时间。"(见《托尔斯泰全集》俄文版第43卷,第39页)

一片缎子般的晴朗的夜空,皎月照耀着洁白大理石的屋顶,多么熟悉的景色。

"他说得对,"萨姆金思忖着,"我的确是在说服自己。"

"反动时期,"柳托夫嘟哝说。"列宁,看来是惟一能在反动面前镇静自若的人……"

他缩成了一团,面色灰白,变得更不像他自己了,接着突然摇身一变,又变成了那个早已熟悉的人;他小口小口地喝着酒,有声有色地讲了起来:

"我听说,苍蝇的视力特别好,可是它却分别不出玻璃和空气来!"

"你怎么冬天想起苍蝇来啦?"萨姆金怀疑地看了他一眼,问道。

"我不知道。我们,看来,都不想吃东西。好吧,那我们来干一杯!"

他们对饮了一杯。柳托夫摇晃了一下脑袋,用一个指头搓着太阳穴,叹了口气,凄然一笑。

"萨姆金,我们的谈话很不投机!而我却曾有所期待。兄弟,我总在期待着什么。就拿这些神甫来说吧,要知道,我是一本正经地在期待着神甫们会说点儿什么。也许,他们会说:'将来还要坏,但是不是这样的!'这是一个非常有才能的族类!它曾为科学、文学贡献了多少优秀的人物,像别林斯基家族、车尔尼雪夫斯基家族、谢琴诺夫家族①……"

但是柳托夫的那股兴奋劲儿过去了,他默不作声,弯下腰,又在盘子里滚弄起面包球来。萨姆金问他,斯特列什涅娃在什么地方?

"杜妮娅莎?在伏尔加沿岸的什么地方,在演唱呢。这个杜妮娅莎也一样……没有充分发挥其特长。有位石油工业家愿意出价每月三百卢布,一套房子——她却拒绝了!是的,这个女人的情绪很不正常。她什么都不喜欢。她说:'唱歌这个行当是瞎胡闹。'人家邀请她

---

① 这些人的祖辈或父辈都曾在教会担任过神职,或与教会有密切关系。

参加歌剧团,她也不去。"

于是他望着窗外,叹了口气。

"我担心她会被牵连进一桩绞刑案中。当那位伊诺科夫躺在我们家里养病、养伤的时候,她与他相识了。这条汉子还不错,很有趣,有点儿粗暴。后来又来了一个,记得吧,那个在我们给图罗博叶夫出殡时大显身手的小伙子?雷巴科夫……"

"苏达科夫,"萨姆金纠正说。

"你的记忆力真好……嗯……就这样,他们俩都成了她的朋友。她给他们钱花,而他们呢,就培育她。这两位都是无政府主义者。"

柳托夫掏出怀表,手伸在桌子下面,打开了表盖;萨姆金也看了看自己的表,同时在想,应该问柳托夫几点钟了,那样显得更有礼貌些。

这回,柳托夫什么令人玩味的怪话也没有说,就简简单单地告别了,看来,甚至有点儿悲伤。

"他已经失去昔日的风采,"萨姆金想,走出饭店,投身广场上淡蓝色的寒夜中。"典型的俄罗斯懒汉。关于神甫的那些话是有意为我杜撰的。用离奇古怪的行径掩饰自己内心的空虚。玛琳娜准会说他是个白费心机的人。"

酒醉饭饱,使他感到有点儿飘飘然,有点儿头晕,他贪婪地吸着甘冽冰冷的空气,感到肺腑中清新惬意,豪情满怀。头脑中响起了一支并不高明的歌曲的旋律:

沙皇像穆齐……

"这个杜妮娅莎!拒不接受。为什么?"

萨姆金叫了一辆马车,向歌剧院驰去。

## 七

在歌剧院,售票员告诉他票已全部售出,不过还有两个包厢空着,可以在那里得到一个位子。

从二楼上看下去,这座小剧院的大厅像个平底坑,而后来又变得像平放着的水果店的橱窗:在一堆刨花中,摆着一排排的橘子、苹果、柠檬。萨姆金想起了图罗博叶夫在奥蒙大剧院为无政府主义者拉瓦绍尔辩护的情景,并且自问道:

"我能扔炸弹吗?绝对不能。柳托夫也不能。我曾怀疑他具有某种……独特的品质。到头来,却是一无所有……好像我甚至还曾担心这个……不肖子孙会玩出点儿什么花招。"萨姆金感到自己很可能哈哈大笑,便不得不承认:"我喝得有点儿过量了。"

一个身穿黑色燕尾服、大脑袋光秃秃的指挥,站在指挥台上痉挛地朝乐队弯着身子,挥舞着短短的手臂,摇摆着燕尾服的后襟,舞台上,两个皇帝和一个很像波贝多诺斯采夫的消瘦弯腿的祭司卡尔卡斯在拼命地跳舞。

"奥芬巴赫真够机智俏皮,他把《伊利亚特》的序言改编为喜剧①。应该把文化史上所有的重大事件都写成一整套轻歌剧,省得人们再对自己的过去像见了老爷似的那样奴颜婢膝……"

思路轻松、活泼,但是头晕得更厉害了,可能是因为剧场里温暖的空气中充满了香水气味。观众热烈地鼓掌,皇帝和祭司龇着牙,向台下昏暗中密密麻麻的观众鞠躬谢幕,人群在沉重地浮动着、叫嚷着:

"好啊,好啊!"

这场面既不使人感到快活,也不可笑,萨姆金皱起眉头,想起了什么人的一句诗:

  吞没一切生灵的深渊。

"出处呢?"

---

① 指法国作曲家奥芬巴赫用《伊利亚特》的情节改编的轻歌剧《美丽的海伦》。

他想了一下，记起了是德国民主主义者约翰·席尔①书中的一句诗。正是这位教授建议人们把世界史看作一部歌剧，但是他同时却又同意歌德的观点：

  做人——就要做个战士。

"为了使喜剧带有悲剧色彩，是吗？我醉得越来越厉害了，"萨姆金用手掌搓着额角想道。他渴望能想出点儿什么独特的东西，自我陶醉一番，但是台上的演员妨碍了他。普里安皇帝②的宽肩膀的胖公主正站在脚灯边摇摆着一条裸露到腿根儿的大腿；卡尔卡斯像个空壳似的在轻得出奇地跳舞；他们合唱道：

  看哟，
  看这个维特，
  看这个朴次茅斯伯爵③，
  他最喜爱的运动就是挑拨……

"这太蠢啦！"萨姆金断定，鼓了两下掌。
"好啊！"池座里的听众喊叫道。
"请原谅，"有人坐到萨姆金身边，说道，接着，立即就压着嗓门儿惊叫道："我的上帝，是您？我太高兴啦！"
原来是布拉金，他穿着燕尾服，系着白领带，仿佛要去举行婚礼似的；小脑袋梳得溜光，一绺绺头发一直从鬓角垂到鼻梁上，比过去更巧妙地掩盖着额上的那个肉疣，头发上擦了些气味浓烈的东西，容光焕

---

① 席尔（1817—1886），德国哲学家、历史学家，曾参加一八四八年的革命。
② 《美丽的海伦》中的人物。
③ 一九○五年俄日战争中，俄国败于日本，维特代表俄国在朴次茅斯与日本签订和约，从而博得这个外号。

发。他正确地把这次相遇称为意想不到的,而且在一瞬间就告诉了萨姆金,他是这个企业的"股东"之一。

"您注意到我们在旧歌词中加进某些取材于当代生活的东西吗?听众非常喜欢这种做法。我现在也开始创作一些,剧中卡尔卡斯的几节唱词就是出自我的手笔。"他站在那里,一边说,一边把手套捂在胸前,恭敬地对另一包厢里的什么人鞠躬致意。"总之,我们极力使观众能得到愉快的休息,但是并不是要引导他们脱离当前的重大事件。譬如说,我们嘲弄嘲弄维特和其他的人物,这些,我认为要比扔炸弹有益得多,"他悄悄地说道。

"是这样,"萨姆金同意说,"让所有的人……都喜笑颜开!让人能对自己微笑吧!"

"您说得太好啦!"布拉金低声称赞说。"正是这样——对自己微笑!"

"我也写了几节歌词刺了刺杜马!您去杜马旁听过吗?"

"没有。没有去过杜马……"

"那简直是群众集会,一点儿国家议会的样子也没有!您看吧,还会解散它的。"

"没有必要,让他们说嘛,"萨姆金说道。

"是啊,当然啦,在家里议论总比公开出丑好嘛!但是报纸太可恶!他们把什么都公之于众。"

"可是她是聪明的!她在笑,"①萨姆金说道,但是还剩下的那点清醒的意识使他明白,自己已经醉得一塌糊涂,在说胡话。他仰身靠到椅背上,闭上眼睛,咬紧牙关。听了一两分钟咚咚的鼓声,嗡嗡的低音提琴和小提琴欢乐的哀诉。当他睁开眼的时候,布拉金已经不在了,一个侍者站在他面前,递给他一杯苏打水,亲切地问道:

"要不要加一滴阿莫尼亚水?"

---

① 因为萨姆金一心想着玛琳娜,所以说出了这样的醉话。

幕间休息时,萨姆金就坐到包厢的深处去,待到开演后灯光熄灭了,他便悄悄地溜了出来,去饭店取行李。酒是全醒了,又袭来了怜悯自己的哀愁。

"其实,这算得了什么呢,只不过是我多喝了几杯罢了,"他在暗自安慰自己,但是毫无效果。

## 第十四章

### 一

第二天傍晚,萨姆金生气地对玛琳娜讲:

"莫斯科给我的印象是卑鄙和凶狠。一些人在匆忙、卑鄙地寻欢作乐,另一些人在准备为他们过去遭受的惊扰复仇……"

"准备!"玛琳娜叫道。"早就动手啦,你看斯托雷平这家伙正在多么匆忙地绞杀人呀。"

她对案子的胜诉非常满意,所以谈笑风生,萨姆金觉得,这样嬉皮笑脸地谈论斯托雷平的政绩至少也是不严肃的,于是就嘲笑地质问说:

"那么照你说,应该不慌不忙地绞杀?"

玛琳娜微笑着,舐了舐嘴唇,朝黑乎乎的角落里看了看。

"绞杀那些最高纲领主义者吗?我要是处在他的地位,也会把他们绞死的。你看看,他们是怎么在灯笼胡同抢劫钱的[①]。还在斯托雷平本人的头上动土,把他的女儿炸伤了,别墅炸毁了[②]。"

---

[①] 一九〇六年十月十四日最高纲领主义者的一个战斗队在灯笼胡同口抢劫了彼得堡邮局海关往国家银行送款的马车,抢去现金约四十万卢布。

[②] 一九〇六年八月十二日发生在彼得堡。

"你对所有这些悲剧的态度实在太……简单了,"萨姆金说道,而且发觉自己本来想以愤愤的口气说这些话,可是实际上表现出来的却是惊讶。

"要知道,我又不是什么大臣,所以特别深入研究这些家务事我不感兴趣,"玛琳娜说道。

萨姆金记起,她把恐怖行动称为"家务事",这已经是第二次了;上次是在谈论塔玛拉·普林茨在敖德萨谋杀考尔巴斯将军案①时说的。当时,萨姆金把一份记载这一谋杀案的报纸递给了她。

"啊,我知道,"玛琳娜说,"莉吉雅详细了解此案的经过。"她抖了一下报纸,仿佛上面落满了灰尘似的,然后缓慢地、愤愤地说道:

"简直是儿戏!一位将军的女儿来到另一位将军的面前,这个傻丫头竟伤心地痛哭起来,说道:唉,我应该开枪打死您,可是我不能,因为您是我父亲的朋友!还有那位曾把一个德国推销员误作大臣杜尔诺沃打死了的塔吉雅娜·列昂季耶娃,好像也是一位将军的小姐吧?这倒真像是些清官难断的家务事了……"

她对待现实生活的那种坚定的、镇静自若的态度使萨姆金颇为愤慨,但是他知道自己的愤慨不仅出于理智,而且还出于妒羡,所以一直没有说出来。各种事变犹如浮云,飘过她的头顶,像云影似的拂过,毫不影响她的情绪,她不动声色地讲道:"莉吉雅说,有些家伙要炸掉国务会议厅。失败了。"然后,若有所思地问道:

"你说,他们为什么有时会失败呢?"

萨姆金笑了,心想,她若是个恐怖分子,定能成功地把国务会议厅炸掉。

"她对一切都淡然置之,"他想。"简直像个外国人。或者是一个毫不动摇地相信'在这好得无与伦比的世界中,一切都将变得更好,②的人。她这种……畜生的……乐观主义是从哪里来的?"

---

① 发生于一九〇六年七月十三日。
② 法国作家伏尔泰的中篇小说《老实人》中的"哲学家"邦葛罗斯的惯用语。

在这"好得无与伦比的世界中",有个叫克里姆·萨姆金的人正在徒劳地痛苦挣扎。尽管他早已不像从前那样痛心地感觉到自己的探索、激动和不安的毫无成果,但是有时还是觉得,现实生活越来越敌视他,排斥他,把他挤到一边去,从生活中勾销。尤其使他吃惊的是,托米林对知识分子的出乎意料的猛烈攻击。在本地一份自由主义的报纸上,刊载了一篇托米林在萨姆金的故乡演讲的详细摘要。演说的题目为"智慧与命运",演说中证明说,智慧就是命运的表现者,而"命运自身则不过是伪装成普罗米修斯的撒旦";"普罗米修斯就是那个人,他首先使无忧无虑的天堂里的人产生了求知欲,从此以后,这些和上帝一样的人渴求信仰的纯洁灵魂便在普罗米修斯的火中燃烧;而唯物主义就是它的灰烬。"托米林"对那种自命结构精巧的人物,进行了无情的、尖刻的嘲弄,这种人仿佛能像水晶似的反映全部生命火花的光谱,而对隐藏在上帝这两个神秘的字中的世上惟一纯真的智慧的信仰之火,却全都泯灭了。"

这篇摘要的作者表示希望:"我们的尊敬的同事,勇敢的、富于独创性的思想家来访问我们的城市,并亲自宣读这一意义深远、激动人心的杰作,俾使吾等亦能从混沌初开以来的各种思想的高度,去冷眼观察我们犯下的那些悲剧性的错误,这对我们将大有教益。"

久已熟悉的托米林的思想突如其来的大转变之所以使萨姆金感到愤慨,不仅是因为他转得太急,还由于托米林用激烈的形式表达的某些思想,正是萨姆金准备用来写自己那部关于理智的书的,但它们尚未十分条理化。这已经不是第一次了,萨姆金的一些审慎的思想,在他还未决定公之于众之前,就被别人抢先透露和发表出来。他觉得自己被这个红毛哲学家洗劫一空了。

"玛琳娜大概会喜欢托米林的哲学,"他心里想。

## 二

这天傍晚,萨姆金坐在玛琳娜商店后面的那间屋子里,问她读过那篇演说的摘要没有。

"是个骗子,"她吃着果冻说道。"我指的不是哲学家,而是说那个写这篇摘要的人。你还记得,在杜妮娅莎的音乐会上,那个大放厥词的花花公子、县首席贵族的儿子吗?这就是他。摇身一变,成了十月党人了。他们在收买这家报纸,好像已经买下了。自由主义者们没有钱。现在他们要大肆宣扬斯托雷平的哲学:先安内,后改革。"

她这些懒洋洋的话语激怒了萨姆金,在谈论这样的问题时,大可不必再吃什么果冻了嘛。他忍耐不住,就问道:

"看来,那些'悲剧性的错误'并未使你感到忧虑?"

"我不喜欢忧虑。我没有那么高的知识水平,整天价忧国忧民,唉声叹气。大概,还很不像个娘儿们家。"

萨姆金有先见地不再追问了,他知道,她很可能反唇相讥:

"要知道,你天天看报,知道大臣先生在怎样用'大麻领带'勒死人呀,可你也并不十分忧虑嘛。"

这样的话,他是无法反驳的。他读着报上有关绞刑的报道,根本无动于衷,死刑的消息已经变成像本市新闻一样的家常便饭,或者像当年对屠杀犹太人的惨案逐渐习以为常一样:第一次,义愤填膺,可是后来,就义愤不起来了,习惯了。他不厌其烦地观察着自己,反躬自省:为什么死刑的消息并不使他感到愤怒?他对屠杀已经变得麻木不仁。他这样来为自己辩解,因为他已经是多次惨案的目击者了。接着他就想起了一句令人心安理得的谚语:"要打架就不能吝惜头发。"也不能吝惜脑袋。

玛琳娜一边喝茶,一边安闲地讲道:

"这位大头的哲学家,托米林,两年前也在这里演讲过,我领教过了。那时候他唱的调儿还有所不同,但是已经可以预见到,他会滑到这方面来的。现在他将要颂扬正教了。我们的知识分子出身的宗教思想家们总要把前额贴在御用教会的大门上,而普通粗制滥造的老百姓却更有独立性,更有创见。"接着眯缝起眼睛,笑着说道:"可见学问也并非对所有的人都有益处。"

萨姆金抽着烟,听着,而且跟往常一样,在思忖着自己对这个女人的态度,她在他心里引起了对她虽不信任,然而却很尊敬的矛盾感情,产生了他也不甚了然的怀疑和发现、理解某种人所未知的真理的模糊期望。一想到真理,他不禁怀疑地苦笑了,但是仍然继续想了下去。而且对玛琳娜坚强的自信感到越来越锥心的嫉羡。

"她是站在哪里观察生活的呢?"他自问道。

她偶尔也跟他谈及宗教问题,那也像谈论其他一切问题一样,安然、自信。他知道,她对正教的异教徒的态度,并未妨碍她去教堂做礼拜,并认为这是可以理解的,贩卖宗教用品,总不能不去教堂呀。她对宗教的兴趣,绝不比对文学更大,更深,对文学的动态她是非常关注的。而且她谈论宗教总是"顺便提及",突如其来;经常是她在谈论什么日常琐事的时候,突然话锋急转:

"你知道吧,我觉得割包皮的仪式与阉割教派的学说①是有联系的;很可能,是用这种仪式代替阉割,就像用'替罪羊'来代替活人牺牲,奉献上帝一样②。"

"我从来没有想过这个问题,也不明白:这个问题有什么趣味?"萨姆金说,而她笑着,叹了口气,流露出明显的不满和遗憾的神色:

"唉,你这个人……"

另一次,她长时间地、令人难解地谈起伊西达、塞特、奥西里斯③。萨姆金暗想,她好像对宗教中性欲方面的问题特别感兴趣,这很可能是身体健壮的女人生理上的需要,喜欢谈谈这个带刺激性的问题。总之,他觉得玛琳娜对宗教问题的各种思考并未使她更加完美,反而损坏了她的形象的完美性。

对她文学方面的思想,他倒是更感兴趣。

---

① 犹太教的一种仪式,男孩儿要割去生殖器上的一段包皮。
② 犹太教的祭司以羊头为牺牲,代人受罚。
③ 均为古埃及传说中的神祇。

"由于现实主义的革命性很强,所以它已经发挥了自己的作用,"她说道。"就是引火的语言刨花的作用;篝火已经燃烧起来,但是又熄灭了!什么海燕啦以及其他的小鸟啦再也不需要了①。看来,作家们已经明白:稳步积蓄和发展新文化力量的时代已经到来。描写被欺凌与被侮辱的人们的传统已经过时了,而且那些被侮辱的人的表现也很不令人同情,甚至有点儿吓人!况且——谁知道呢?他们会不会突然卷土重来,把生活再搞个天翻地覆呀?现在作家的处境相当尴尬:应当描写新的英雄人物,更朴素,更能干些的人物,可在那些老一代的英雄人物还没有都被流放,都被绞死的日子里就这样做,又有点儿难为情。"

萨姆金听着、想着:这是犬儒主义呢,还是讽刺呢?

另一次,她用手指头敲着一本杂志说道:

"阿志巴绥夫及时为青年一代的多余精力找到了出路。一位性格直爽的作家!他的沙宁当然要成为一个偶像。"②

这是明显的嘲讽,但是接着又用平常的语调继续说道:

"有两位预言家将历久不衰!这就是列昂尼德·安德烈耶夫和梭罗古勃,而其他的作家也会跟着他俩走,你等着瞧吧!安德烈耶夫是我国的一位空前勇敢的作家,至于说他有点粗野,这倒无伤大雅!这反而使他变得更易于被所有的人理解。克里姆·伊万诺维奇,你用不着皱眉头,安德烈耶夫是个很有自己风格的坚强作家。当然,比起陀思妥耶夫斯基来,他的思想较为简单,但是这可能是因为他更为纯正。他的作品读起来总是非常引人入胜,尽管你早就知道,他还会再说一个'不!'"她笑嘻嘻地挤了挤眼睛,接着说道:

"不管怎么说,你总该承认,把犹大写成十二个革命门徒中惟一真正热爱基督的人,这个玩笑可非同小可啊!看来,这里面也还有某种

---

① 指高尔基的散文《海燕》。
② 阿志巴绥夫(1878—1927)于一九〇七年发表了小说《沙宁》,书中的主人公沙宁,是个极端个人主义者,主张充分满足个人动物本能的要求,唾弃社会利益。

真实性,叛徒确实在变成英雄。传说,社会党内混进了一个大叛徒。①"

她说话的口气比那些话的意义更加使萨姆金不能全神贯注地听她讲。

现在她是用疑问的口气说话,明显地想挑起争论。他吸着烟,偶尔小心地用一些感叹词和问题来搪塞一下,他觉得,这回玛琳娜是决心要他说出自己的心事,要追根问底,不达目的,绝不罢休,但是他知道,这个底就是用信仰把各种思想结成死结的句点。看来,她在他身上寻找的正是这个句点。但是跟她坦率地谈谈自己心事的愿望早已被他对她的不信任感熄灭了,而且他认为他那次讲自己心事的尝试是很不成功的。

## 三

萨姆金知道,玛琳娜在他的生活中占有主要地位,他对她的兴趣越来越大、越来越执着,他想更深入地去理解她,可是她却变得越来越难捉摸。她对文学的态度也是难以理解的。为什么她对安德烈耶夫的评价那么高?这位作家令人生厌的、单调的语言和想用一个色调的语言对读者施行催眠术的露骨企图,使萨姆金感到厌烦、愤怒;他那些小说仿佛都是故意用浓墨写的。而且字体都写得那么粗大,似乎专门写给视力不佳的人们看的,萨姆金也不喜欢小说《黑暗》②中表现的那种歇斯底里的、可疑的悲观情绪;《黑暗》一书的主人公为"所有的灯火全都熄灭而干杯"的提议,简直是荒诞无稽,尤其使萨姆金感到可恶的,是他那"做好人是可耻的"呐喊!当然,总的来说,这部小说可以理解为是对文学中的人道主义的讽刺。有时萨姆金觉得,列昂尼德·安德烈耶夫彻底供出了他——萨姆金的某些思想,只是把这些思想变得

---

① 指阿泽夫(1869—1918),社会革命党中央委员,一九〇八年查明他是沙皇密探局的特务,曾出卖该党彼得堡武装起义中央筹备委员会全部组织。
② 高尔基严厉地批评了这部作品,斥为对人类、对现实生活的反动。

更加简单、粗暴了,而且这位作家的粗暴是意在讽刺,意在复仇。特别使萨姆金伤心的,是在读完了《思想》①这篇小说以后,在这篇小说里,他看出了作家对理性的露骨的仇视,因而痛心地想道:看,安德烈耶夫也像托米林一样,抢先说出了他要说的话。而且不仅仅是抢在前面,还引起了一种类似惶恐的、奇怪的感情。萨姆金掩饰着内心的这种惶恐感,问玛琳娜对《思想》这篇小说有什么看法。

"啊,有什么好说的呢?"她冷笑着,咬着红艳艳的嘴唇说道。"他的风格依然是那么粗野,但是这一点我不是早就对你说过了吗,我认为这无伤大雅。他应该去当主教,准会写出很多痛斥撒旦的妙文来!"

"你总是开玩笑,"萨姆金面色阴沉地责备她说。而她却惊讶地扬起双眉。

"我的想法是十分认真的!他是个传教士,像我们的大多数文学家一样,但是他这个传教士更完美,因为他不是出于理智去当传教士的,而是天生的传教士。还是天生的革命家,他感觉到,必须毁灭这个世界,包括它的原则、传统、教义、纲纪——统统都要毁掉。"

她悄悄地笑起来,眯缝着眼睛,直盯着萨姆金,然后摇晃着脑袋说道:

"你不相信我!而且忘记了,我毕竟还是斯切潘·库图佐夫的学生,而且不是这个世界的忠仆。"

"这简直是更令人不解了,"萨姆金耸耸肩膀,生气地嘟哝说。

"算啦,如果你不理解,哪我又有什么法子呢?"她似乎也有点气恼地回答说。"可是我却认为,一切都很简单:知识分子老爷们觉得某些宝贵的传统已经不合时宜,成了累赘,况且对国家的存在是无法生活的,而没有教会,国家就不能安定,教会又不能没有上帝,而理性与信仰又是不相容的。这样,在匆忙的恢复旧观的工作中,有时就不免出点儿小小的、自相矛盾的纰漏。"

---

① 这是安德烈耶夫一九○二年的作品,发表在《上帝的世界》杂志上。

她从沙发上拿起一本书,打开书问道:

"读过《小鬼》①吗?"

"还没有读。"

"好,请看,这位象征派作家的话带有多么严厉的现实主义的意味儿。"

"人们喜欢别人喜爱自己,"她开始高兴地朗读起来。"他们喜欢作家能把灵魂的崇高、优美的方面表现出来。当他们看到摆在面前的真实、准确、阴暗、罪恶的现实时,他们是不肯相信的。他们想说:'他这是在写他自己。'不,我的亲爱的同年人,我的小说里描写的那个小鬼和他那连手指头都不愿动一动的可怕的性格,就是你们的写照。写的正是你们。'②"

她拿书在膝盖上拍了一下,说道:

"这是值得深思的!问题的意义并不在于梭罗古勃的小鬼们比陀思妥耶夫斯基的那些魔鬼更丑恶、更渺小,那么以阁下之见,其意何在呢?哎呀,是啊,你还没有读这本书呢!拿去读读吧,很有趣。"

萨姆金接过书,翻着书页,也不看玛琳娜,嘟哝说:

"可是你想说明什么问题,我仍然还不明白。"

玛琳娜没有作答。他瞥了她一眼,她坐在那里,双手放在颈后;阳光照在她的头上、头发丝上、半边脸上的粉红耳朵和红艳艳的面颊上,撒上一片金光;玛琳娜用睫毛遮住眼睛,紧闭着嘴唇。萨姆金情不自禁地、出神地看着她的脸、她的身躯,又一次迷惑不解地,几乎是愤怒地想道:"她的生活意义究竟是什么呢?"

他越来越具体地感觉到,在玛琳娜的生活中,有某种神秘的,至少也是奇怪的东西。这不仅表现在她的政治和宗教主张与她的实际业务活动的矛盾中,这种矛盾并未使萨姆金感到惶惑不解,反而证实了自己对她对"语言体系"持怀疑态度是完全正确的。但是在她的法律

---

① 俄国作家梭罗古勃的作品。
② 引自作者为《小鬼》写的序言。

事务中也很有些值得怀疑的地方。

## 四

冬天,萨姆金在高等法院审理的一个案件中胜诉,这个案件是对"银钱兑换商"兼高利贷者科普捷夫的亲属起诉的反诉;这个商人死了,在正式的遗嘱中赠给玛琳娜三万五千卢布,而把房屋及其他财产都赠给他的厨娘和她的瘫痪的儿子。科普捷夫是个无儿无女的鳏夫,但是有几门远亲,他们在法院起诉,要求判定继承人是不合法的,认为科普捷夫没有理由把钱财遗赠给一个,根据他们的调查,仅仅见过两面的女人,并告发厨娘"隐瞒财产"。玛琳娜说科普捷夫是她丈夫生前的挚友,而且原告说她与遗嘱人生前只见过她两次是谎话。

"真是太愚蠢啦!"她轻蔑地说道。"难道他们曾经监视过他跟女人们的幽会吗?"

萨姆金从这些话里听出了恬不知耻的腔调。这份正式遗嘱,从法律观点说,是无懈可击的,有几个很有身份的证人在遗嘱上签了字,而死者亲属们的起诉是毫无道理的,但是这一讼案毕竟还是给萨姆金留下了某种反常的印象。不久前,玛琳娜又交给他一张写着她的名字的赠与证书:老处女安娜·奥博伊莫娃把在邻省省城的一座房子赠送给她。递给他证件的时候,她用萨姆金特别喜欢的那种懒洋洋的声调说:

"好像是一所什么职业学校或者初级中学占用了这座房子,你去看看,市政府要不要买,我廉价出让!"

"怎么总有人赠送、遗赠你财产呢?"他开玩笑地问道。她也毫不介意地回答说:

"那就是说人们喜欢我。"她想了一下,又说道:"不,卖房子的事,你就不要管了,我另派扎哈里去办。"

老处女安娜·奥博伊莫娃原来是位胖胖的黄脸小老太太,显然她正有什么高兴的事情;两只平平常常的眼睛里凝聚着遏止不住的温柔喜悦的微笑,松弛的嘴唇单调地时而咧开,时而又闭拢了噘起来。她不论说什么,都是低声细语,仿佛是在谈什么秘密而又愉快的事情;那温柔的笑容就在她对萨姆金讲这样的不幸时,也没有从她脸上消失过:

"我抚养成人的弟弟,萨沙,您知道吧,是志愿去打仗的,在去前线的路上从火车上掉下来摔死了。"

她大约有五十来岁;紧裹在一件鼠灰色毛料连衣裙里,头发梳得光光的,穿着软底鞋,走动的时候,总是小心翼翼,无声无息,这使萨姆金产生了一个明确的印象——这是个痴呆的女人。

一个瘦弱、秃顶、穿着丝绒上衣的人,像鸽子似的咕咕地唠叨着在她身边打转儿,这个人也很和蔼、文静,一张讨人喜欢的脸,两只孩子似的眼睛和修剪得整整齐齐的黑色小连鬓胡子。

"这位是我的侄子,"老处女说。

"多纳特·亚斯特列博夫,画家,当过美术教员,现在是个无业游民,靠吃利息过日子,但是我并不以为耻!"侄子快活地自我介绍说;他看起来比姑母年轻些,手里拿着一根手杖,手杖很粗,想必是挺沉重的,下端还带一个橡皮头,但是他走起来却很轻捷。萨姆金还没有遇见过这样的人物,跟他们相处感到有点儿拘谨,而且他也不相信他们真正就是这个样子。他们很关心玛琳娜的健康,用神秘、崇拜的口吻询问着她的情况,他们看着萨姆金的那种神气,就像他们深知他也是位无所不知、无所不晓的人物。这姑侄二人住在荒凉的小贵族街上一座深深地隐蔽在林木茂密的花园中的宅第里,他们接待萨姆金的那间大厅里塞满了家具,简直像个旧货店。

扎哈里走了进来,忧心忡忡,满头大汗。亚斯特列博夫跑到他面前,匆忙地问道:

"喂,怎么啦,怎么啦?"

"非要出点贿赂不可,"扎哈里疲惫地说。

"贿赂,您听见了吗,安努什卡①？要贿赂啦,"亚斯特列博夫兴高采烈地喊道。"这就是说,万事大吉啦!"他打了个响指,不好意思地、尖声地笑了起来。扎哈里挽着他的手臂,把他带到门外什么地方去了,而老处女奥博伊莫娃依然满面堆笑地摇晃着脑袋对萨姆金说:

"全都这么贪得无厌,简直叫人羞于再有什么财产了……"

萨姆金来看她,是为了转交玛琳娜的信和一包礼物。老处女接了信,吻了一下,在萨姆金坐在她家的整个过程中,她一直把信捧在胸前,用一只手掌把它紧压在胸口。

"这些来自一些痴呆人的馈赠意味着什么呢?"萨姆金思量着。

他并不十分相信自己的职业技能和观察能力,但是在访问老处女奥博伊莫娃以后,他却担心起来,玛琳娜很可能把他拖进什么见不得人的丑事中,使他名誉扫地。他已经注意到,玛琳娜对他的态度日益亲密,但同时也在逐渐把他置于仆从的地位,很少跟他商讨法律事务。最后,他决定跟她严肃地谈谈一切使他感到不安的问题。

五

谈这个不愉快的问题是在她家那间舒适的小房间里开始的,秋日的暮色从街上和阳台上忧郁地窥视着窗户和门;花园里,在淡红的天幕下,晨霜染过的林木纹丝不动地耸立在那里。像往常一样,火壶在桌子上沸腾,玛琳娜穿着镶着花边的长袍,一边烹着茶,一边也和往常一样安逸地笑着说道:

"如果斯托雷平的改革能在一八六一年实行,那么我们当然早就不会是今天这个样子了,可是现在却成了个什么局面呢?富裕农民的手脚是松开啦,他们脱离了村社,站到一边去,从那里甚至更加方便地开始榨取农村,而农村则将更加贫困、动乱。这就是说,亲爱的朋友,

---

① 安娜的昵称。

只能指望用成百万的廉价劳动力来扩大工厂的锅炉,这就是革命的教训!我常跟一位英国人通信,他住在加拿大,是我丈夫的一位朋友的儿子,我们应该干些什么,他看得非常清楚……"

"真是个有远见的人物,"萨姆金说。

玛琳娜把一杯茶推到他面前,津津有味地笑着说道:

"莉吉雅太有趣啦!过去她曾大骂过斯托雷平,而现在却又为他祝福啦。她说:'让我们照英国的样子来改造国家吧,在中央建设大地主的科学经营的庄园,环以农场主的农场。'真是太妙啦!英国——她没有去过,竟根据小说和图片大发起议论来了。"

萨姆金已经习惯于相信她对现实生活的嗅觉,所以总是细心听她有关政治问题的见解,但是此刻政治却妨碍了他。

"请原谅我打断一下你的话,"他说。

"干吗这样客气呀?"

"那位奥博伊莫娃老太太是个什么样的人?"

玛琳娜眉毛一扬,眼睛里露出了笑意。

"她有什么使阁下感兴趣的地方?"

"不开玩笑,说正经的!"萨姆金说。"她和她的那位……"

"亚斯特列博夫?"

"我觉得都是些呆痴的……"

"哦,这未免有点太过分啦!"玛琳娜反驳说,闭上了眼睛。"她是一位多愁善感的老处女,很不幸,对我爱得五体投地,而那位男士却是个无聊的家伙、懒汉。还是一位说谎大王,他胡说自己是画家、教师和富翁,可是他只不过是个林业调查员,因接受贿赂被革职、受审。至于他能乱涂几笔画,这倒是真的。"

她突然停了下来,仰起头,直盯着萨姆金的脸,然后眼睛闪了一下,说道:

"不过,我感觉得到,你很难为情,而且我认为,我理解,什么使你难为情。"

375

她的睫毛在颤抖,仿佛瞳仁里在冒火花,她的声调变得更低,更威严;她用茶匙搅着杯子里的茶,毫不客气地、令人不快地冷笑了一声,说道:

"好吧,显然,揭开秘密和谜底的时刻来到了。"

她沉默了一会儿,目光越过萨姆金的头顶朝别处看着,问道:

"你读过《雅科夫·托博利斯基沉思录》,或者别名叫《乌拉列茨沉思录》吗?没有读过?还记得吧,你在萨马拉买的那份手稿。没有读过?哦,那当然,你拿去读一读!乌拉列茨本人的沉思毫无新意,但是他叙述了塔塔里诺娃①的学说,有这么一位蒙塔恩派教徒,也是爱神教派的创始人……"

"我不明白这跟我的问题有什么关系,"萨姆金生气地开始说,但是玛琳娜说道:

"你立刻就会明白的。"

"明白什么?"

"明白我也是个蒙塔恩派教徒。"

萨姆金仔细地挑选了很久香烟,然后一面吸烟,一面在考虑着,他此刻体验的这种感情叫什么感情呢?而玛琳娜却依然还是那么漫不经心地、勉强地继续说道:

"蒙塔恩派——这个叫法并不十分正确,而且这与蒙塔恩②毫无关系;与我持相同观点的人们都称呼自己为精神派……"

"一个教派信徒?"萨姆金思忖着,"这似乎很合情合理。从她那里我能期待的也正应该是这一类的玩意儿。但是他明白了,他现在体验的是怨恨和失望的感情,而他期待于玛琳娜的绝非这些。他经过一番努力,才提出了这个问题:

"那就是说,你是……教派组织的成员了?"

---

① 塔塔里诺娃(1783—1856)教派的学说与玛琳娜所属的教派的教义相似。
② 一个小亚细亚阉人,是蒙塔恩教派的创始人。

"我是一条船的女舵手①。"

这句话她说得很随便,仿佛并不为自己的地位感到自豪,接着又以愤恨的冷漠口气继续说下去:

"而神甫们由于无知,竟把男舵手称为基督,女舵手称为圣母。至于你所谓的组织,则是一个教会,而且是相当大的教会,几乎遍布于四十多个省份,目前还是各自独立的,一旦时机成熟……"

她一只手把果酱盘推给萨姆金,另一只手掩着长袍的领口,满面堆笑地说:

"噢,你的眼睛眨巴得多滑稽!脸也拉得那么长。感到奇怪吗?但是,亲爱的朋友,你对我原来是怎么想的呢?"

她的右臂一直裸露到肘部,左臂几乎裸露到肩头,长袍仿佛要从她身上滑下来似的。萨姆金盯着香烟冒出的烟缕,并不掩饰自己的惋惜心情,说道:

"你必须承认,这对我来说,是非常意外地。总之,实在太离奇啦!"

"嗯,当然啦!"她回答说。"如果发现我开一间秘密幽会所,大概事情就简单得多了……"

"这并未使我对你更加理解,"萨姆金遗憾而又悲伤地嘟哝说:"你是这样聪明、漂亮。令人望而生畏的漂亮……"

他说话的时候,并没有看她,但是他知道她的眼睛里闪着嘲讽的光芒。

"甚至令人望而生畏?"她问道。"原来是这样?……"接着就庄严地说道:

"'苏格拉第、芝诺和第奥根这一类的人可以是丑八怪,但是主持宗教仪式的人则必须美丽、华贵,'——你知道,这是谁说的吗?"

"不知道,"萨姆金环顾四周,回答说,四周的一切仿佛都变了,暗

---

① 这个教派的各个分散独立的组织称为"船",主持者称为"舵手"。

淡无光,紧缩在一起,可是玛琳娜却变得更高大了。她像考问小学生似的问他,读过些什么神秘主义教派历史、教会历史书籍?他的否定的回答把她都逗笑了。

"也许,梅利尼科夫的小说《在山上》总该读过吧?"

"《在森林里》①我读过。"

"好,《在山上》没有什么人看,这很好,作者在书里写了些他根本没有见过的东西,所以尽是些荒诞不经的昏话。不过你还是读一读吧。"

"读那些昏话?"萨姆金问道。

"应当什么都知道,只有这样,你也许会懂得点儿什么东西,"她笑着说道。

这一笑是完全不合时宜的,它伤害了萨姆金的自尊心,激起了他跟她争论的愿望,甚至激烈地争论一番,但是一些忧郁的思想涣散了他的抵抗意志:

"她毫无顾忌地暴露了自己。关于自己,我却什么也不能对她说,因为我什么也不肯定。她却在肯定什么东西。肯定荒唐的东西。很有可能,她是在有意识地欺骗自己,为的是不看到那些荒谬的东西。为了进行自卫,防范小鬼……"

她的头发散开了,一缕散发披到肩上和胸前,她低声说道:

"于是万军之主在悲伤和绝望中,就起而反抗精神,他把自己的视线转向物质的泥潭之后,便把自己罪恶的肉欲发泄到她身上,因而就生下了蛇形的儿子。这就是智慧,智慧也就是谎言和基督,由他产生了世上的一切罪恶和死亡。他们就是这样宣讲的……"

"这当然纯属神秘主义的昏话,"萨姆金皱着眉头,透过眼镜片,打量着玛琳娜,想道。"她绝不会相信这些胡说。"

"还有欢乐——祭祀精神的跳神狂欢,也被智慧扼杀了……"

---

① 也是俄国作家梅利尼科夫(1818—1883)的小说。

"跳神狂欢?"萨姆金问道。"这大概是类似雅典之夜或黑弥撒一类的玩意儿吧?"

"是神甫们的无耻发明,"玛琳娜安然地回答说,但是立刻又以半带轻蔑的刻薄口吻说道:

"你们这些知识分子对一切涉及人民精神的问题竟无知和轻信到这种地步!而你们受教会的毒竟是这么深……而且你,克里姆·伊万诺维奇,自己就总在抱怨,是在别人的思想中生活,不堪其压迫……"

萨姆金皱起眉头说道:

"我不记得……我怀疑我什么时候曾经抱怨过!但是就算是这样吧,那你也不能说,你是靠自己的思想生活的……"

"为什么我不能说?"她冷笑着问道。"你有什么根据证明我不能说?难道你知道我读过些什么书,想出些什么道理来了吗?况且,读了什么也并不意味着就相信和接受什么……"

她不知为什么好斗地抖擞了一下身子,把头发甩到背后,相当坚定地说:

"好吧,够啦!我已经向你忏悔了,把自己和盘托出了,现在你该知道,我是个什么样的人啦。可是请允许我提个要求,所有这些话你知我知,不要告诉别人。对你的谦虚谨慎,我当然是信得过的,知道你是个秘密工作者,对自己和别的事情都能守口如瓶。但是千万不能偶然说走了嘴,泄漏给瓦连京和莉吉雅。"

她闭上眼,沉默了几秒钟,这使萨姆金有机会嘟哝道:

"这种警告完全是多余的……"

"需要,以防万一嘛,"她冷漠地说道。"现在我们来谈谈科普捷夫和奥博伊莫娃的案子吧。我要事先提醒你一下,这类案件今后还会有。我们公社的每个成员都必须在死后或活着的时候(这可以根据自己的志愿),把自己的财产交给公社,奥博伊莫娃的兄弟是我们公社的成员,她则是另一个公社的,但是不久前她那条船跟我的船合并了。就是这么回事……"

379

萨姆金想了一下,说道:

"我只有对你的信任表示感谢了,"接着又出乎自己意料地补充说:"我确实产生过一些……模糊的想法!"

"倘若已经不存在了,那就太好了,"玛琳娜说道。

"是的,已经不存在了,"他肯定说,由于她正在喝茶,没有作声,于是又困惑地说道:"你可不要生气,如果我说……我再说一遍,像你这样一位聪明的女人,毕竟是难以理解的……"

玛琳娜没有让他把话说完,她把茶杯放到茶碟上,弯回手指,攥成拳头,脸涨得通红,接着摇晃着一只拳头,用喑哑的声调说道:

"我憎恨神甫们的正教,我的智慧全都用在使我们所有的公社,以及类似我们公社的团体,合并为一个个公社。我不喜欢基督教,就是这么回事!如果你这个……阶层的人士,如果能够理解基督教是什么玩意儿,理解它对意志力量的影响……"

萨姆金没有细心去听她的话,却一直在瞅着她的脸,脸并未因盛怒而变得不漂亮,但是露出一种陌生的,几乎是可怕的神色:眼睛在耀眼地闪烁着,嘴唇在哆嗦,吐出一些低沉的话语,两只手变得苍白,而且在不停地颤抖。这种情况继续了几秒钟。然后,玛琳娜松开拳头,脸上露出了笑容,可是嘴唇还在哆嗦。

"看你把我气成了什么样子!"她整理着胸口的花边说道。

萨姆金没有想出该说点什么,只是同情地微微一笑,又过了几分钟,跟她告别的时候,竟产生了想要吻她的手的愿望,这是他过去从来没有做过的。他不能想象,这个女人对现实生活漠不关心,竟会仇恨什么东西。

"竟会是这样?"回家的路上,他沿着照明昏暗的街道,经过一盏一盏的路灯,朝下坡走着,怅然若失地想。"不过她既然能这样仇恨,那就表明她是真的信仰,并不是在玩弄词句以自娱,不是用臆想来欺骗自己。我发现过她有什么矫揉造作行为吗?"他问自己,又作了否定的回答。

他所听到的一切,比起他所看到的,是毫无意义的。人们的话语的价值他是知道的,他不能对她的话给予比别人更高的评价,但是她那可怕的面部表情,和那金色的眼睛里炽热和充满激情的光芒,却深深地印在他的记忆中。

"是的,她对自己做了解释,但是并没有变得更易于理解,没有!她解释了她的行为,但是并没有解释她的智慧与……信仰之间的矛盾。"

## 六

约有两个星期之久,他就生活在这次意外发现的印象中。他觉得玛琳娜对他的态度显得比较冷淡、矜持,但好像比以前更加关心他了。她并不是喋喋不休地,只是顺便地问他对米沙的工作是否满意,还送了他一个很漂亮的书橱,又一次问起:别兹白多夫是不是打扰他?

不,别兹白多夫并不来打扰,他不知道为什么变得垂头丧气,话也少了,不常露面,也不那么经常放鸽子了。布利诺夫又捉去了他的两对鸽子,不久前的一个黑夜里,有人从花园爬上屋顶,想偷鸽子,把鸽子棚的门锁撬了。这使别兹白多夫变得忧郁而愤怒;早晨,他也不顾寒冷,穿着睡衣就在院子里东奔西跑,疯狂地咒骂看门人,赶走了女仆,然后到萨姆金这里来喝咖啡,他的脸气得焦黄,宣称:

"我要把厢房烧掉,全都见鬼去吧!"

"请务必提前一天通知我,我好来得及搬走。"萨姆金看也不看他一眼,一本正经地说道,养鸽人沉默了一下,也同样严肃地咕噜说:

"好吧。"

接着他便大发雷霆:

"俄—俄罗斯,见他妈的鬼吧!"他气喘吁吁地叫道。"到处是窃贼和官吏!官吏,他们为谁服务?是为撒旦吗?撒旦也是官吏呀。"

萨姆金喝着咖啡,看着报纸,根本没有理会这位讨厌的客人的蠢

话,但是他却突然压了嗓门,仿佛变得聪明些,说道:

"那位巴黎花花公子图尔恰尼诺夫说得对:'每个人都必须有个诱惑点。'像什么上帝啦、音乐啦、玩牌啦……"

萨姆金从报纸边上看了他一眼,说道:

"那么鸽子呢?"

"鸽子都该拧死,然后烤着吃了。不,说真的,"别兹白多夫继续忧郁地说道:"简直会把人逼上自杀的道路。当你走在森林里,或者在田野里,反正都一样,黑夜,一片黑暗,在地上,在你脚下踩的是些什么树的球果一类的东西。四周全是些魔鬼的把戏:革命、抢劫、绞刑架,还有……总而言之,找不到一处藏身之地!所以必须在你前面有一个什么发光的东西。甚至就是不发光也行,只要有一件东西就行。再不,见它的鬼,就是实际上并没有,臆造出来的也行,你瞧,鬼就是臆造出来的,可是人们却相信有鬼。"

他呼啦一声站起身来,就走掉了,他的一番胡说在萨姆金的记忆里没留下一丝痕迹。

可是米沙却逐渐引起一种使他感到厌恶的感情。这个话语不多、规规矩矩的青年使人很难找出明显的厌恶理由,他总是迅速、整齐地收拾好屋子,擦洗灰尘赛过一个有经验爱干净的女仆,抄写韵文书几乎没有错误,跑法院、买东西、去邮局,样样都行,回答问题非常准确。空闲的时候,就坐在门厅里靠窗的椅子上,埋头读书。

"你在读什么?"萨姆金常常问一句。

"《现代世界》杂志,第三集,阿志巴绥夫的小说《沙宁》。"

萨姆金训诫他说:

"以后回答我的问题时不需要站起来;因为你不是士兵,我也不是军官。"

"好吧,"米沙说,此后再也不站起来答话了,这使萨姆金丧失了惟一可以训诫他的机会,可是很想训他一顿,而且经常想。萨姆金知道自己的这种愿望是毫无道理的,但是这种愿望却依然很强烈。他反躬

自省:

"这孩子有什么使我不喜欢的呢?"

他终于找到了,原来他不喜欢米沙那双秀丽的,但是有点呆滞的、明亮的眼睛凝视的眼神,这眼神仿佛总在询问什么似的,尽管十分恭敬,可是却非常执拗。越来越经常出现这样的情况:每当米沙坐在接待室的角落里抄写文书的时候,萨姆金总觉得那两只明亮清秀的眼睛在监视着自己。

"请把通我书房的门关上,"萨姆金吩咐说。

尤其使他不愉快的,是他发现他对米沙的态度竟跟别兹白多夫一样,这家伙总是野蛮地瞪大眼睛,以毫不掩饰的凶恶目光看这个青年,用轻蔑、呵斥的口气跟他说话。

"不值得去注意这些琐事,"他这样劝说自己。有关玛琳娜的思索成功地把他从这些思想以及一切琐碎的思绪中吸引开去。他竭力想确定:他跟这个女人相处,会使情况变得简单些,还是更复杂化? 他认为她具有健全的理智,她的才干、她的独立以至在本城有影响的地位、她的渊博的学问,所有这一切使他忘记了玛琳娜是个教派信徒,是个什么"舵手"或"圣母"。他得出结论,这大概是一种权力意志的游戏,一种统治欲的表现,也可能是一种性变态,美丽肉体的游戏。

"一个偶像,"他提醒自己。

但是这种设想与她那曾使他大吃一惊的狂怒是矛盾的。

"她像急流中的石壁,坚定不移;任凭生活波涛的拍打,兀自岿然不动。但是她究竟仇视什么呢? 据她说是基督教。"

他日益感到结识玛琳娜对他来说具有深刻的、决定性的意义,但是他却不能,或者不想确定:究竟是什么意义?

"关于她,我想得太多了,对她的评价好像有些过高,好像被夸大了,"他这样控制自己,但是已经无济于事了。

前几天,她对他说:

"等生活稍微安静一点儿,我就出国,去看看究竟是怎么回事儿。

到英国去……"

很难想象在这个城市里,一旦没有她会是怎么一番景象。

黄昏时分,准备为一件非常复杂的案子写上诉状,他在一张纸上用钢笔勾画着一个女人的健壮轮廓,心里想:

"倘若我是个小说家……"

他开始画一个小型的玛琳娜,但是渐渐地,不知不觉地越画越大,当一张纸全都涂满了时,他看到自己面前竟是一群女人的身体,仿佛一个套一个,全都包括在一个丑陋巨大的体形中。

"是的,我要是个作家,一定把她写成一个新兴资产阶级妇女的典型。"

他把涂满的纸翻过来,重新按自己想象的玛琳娜的样子画了起来,使她手里拿着梅尔库里①的权杖,腿上长着翅膀,但是突然想起了别兹白多夫说的有关"诱惑点"的话,于是他就扔下钢笔,摘下眼镜,在屋子里走了一会儿,然后吸着烟,躺到沙发上。是的,玛琳娜吸引了他的一些不安的思绪,她在他的生活中是最重要的。如果以前他是在往什么地方走的话,那么现在已经停在她面前,或者站在她身旁。他宁愿不去揭示这一点,但是既然已经揭示出来,他承认,这一发现是正确的:因为他对待生活的态度变得闲适、简单了,对自己更加宽容。这无疑是她的影响。萨姆金叹了口气,整了整脑袋下面的枕头。墙边的椅子上放着一个发乌的镶金框的椭圆镜子,是一件非常古朴、优雅的佳品,这是玛琳娜送给他的;米沙还没有来得及把镜子挂到卧室去。透过苍茫的暮色,萨姆金看到镜子里映出烟囱边搭着鸽子棚架的厢房屋顶,房顶后面扎煞着光秃秃的树枝。

镜子里也映出了一张拉长了的、蓄着小连鬓胡子、戴眼镜的脸,而脸的上方则是一缕缕香烟冒出的青烟;缕缕青烟有趣地在屋顶上徘徊,缭绕在枯黑的树梢。

---

① 梅尔库里是希腊神话中商人的"财神爷"。

"基督教对她有什么妨碍呢?"萨姆金继续反复地思索着玛琳娜。"不,她这话说得很不聪明,大概是因为正在生我的气……明年我也要到国外去……"

镜子里的烟雾越来越浓,变成了灰白色,而且令人不解——为什么变了? 香烟已经奄奄一息。烟变成了红色,接着从一个鸽棚格架下面冒出一股尖尖的红色火焰,这可能是夕照的余晖。

但是萨姆金已经意识到:起火了,长长的火舌以魔法般的速度吞没了那个格架,沿着屋脊烧去,着火的鸽棚格架越来越多,火势越来越猛;黄色的、血红的尖头火焰穿透了屋顶,顺着屋脊燃烧开去,欢快地向两面飞舞。萨姆金看到镜子里的那张脸皱起了眉头,手伸向脑袋上方的电话,但是没有够着话筒,又垂到胸前。

"起火了,"他严厉地对自己说。"这个混蛋放的火。"

萨姆金目不转睛地盯着火势蔓延,并没有感到在这种场合应有的惊慌;这种平静使他非常惊奇,并要求他作出解释。

"因为第一次看到火灾是怎么发生的,"他心里这样解释,"应该打电话报警。"

但是他却照样躺在那里不动。意识到他本应该给消防队打电话、跑到院子里、跑到街上去叫喊,——应该如此,但是也不必如此,他心中颇为得意。

"我可以,"他心里对自己说,而且还向镜子里自己的影子会心地一笑。"我可以从容不迫地把卷宗和书籍从窗子里扔出去。"

不过他终究还是打了电话,消防队简单地、没有好气地回答说:

"知道啦。"

镜子变得通红,仿佛要熔化似的,几乎半个屋脊都着火了,从火焰中爆出一团团的红火花,消失在空中。

## 七

萨姆金跑到院子里的时候,已经有很多人在那里奔忙了,看门人潘菲尔和一个警察在抬一个沉重的梯子,别兹白多夫跨开两腿,坐在屋顶上靠烟囱的地方砍那些薄木板。他只穿着袜子,身上穿着胸襟浆得笔挺的、没有扣翻袖口的衬衣,黑裤子;翻袖口在他的胳臂肘和手腕间滑上滑下,妨碍他工作;他把斧头砍定在屋顶的木头上,一边撕着袖口,一边吼叫:

"水—水!"

"这个白痴,吓坏了,"萨姆金想。"还是又舍不得了呢?"

一个穿枣红色绒衣、个子瘦长的人爬到别兹白多夫身边,他不知道为什么以一种很不自然的姿势坐在屋顶上,用手掀开木板,并开始往下扔,刺耳地吆喝着:

"当—心,当—心啊!"

克里姆身旁站着一个鬈发的小伙子,手里拿着一根带尖的铁棍,在不断地打喷嚏;打一个喷嚏,就向萨姆金微笑一下,眨巴着眼睛,用铁棍敲着鹅卵石,等着再打下一个喷嚏。几个消防队员拖着一条长蛇似的、带铜水枪的水龙带冲进院子里浅蓝色的烟雾中。响起了斧头声,木板的噼啪爆裂声,坠到地上的木板,冒着烟,爆出金色的火星,警官埃格在劝说看热闹的人们:

"请散开吧,先生们!"

一股银色的水柱从屋顶下面驱散了天鹅绒般的浓烟,一切都显得异常活跃、快乐,萨姆金也觉得自己心情很好。当赤裸着上身、从头到脚都是湿淋淋的别兹白多夫来到他身边的时候,他就问道:

"鸽子都烧死了吗?"

别兹白多夫挥了一下手。

"见它的鬼去吧!我正准备去做客,参加命名日的宴会,正在穿衣服呢,就在这时候起火了……全都熏死啦,一只也没有飞出来。"

他的脸湿漉漉的,周身的皮肤仿佛都在往外渗透肮脏的眼泪,他呼吸困难,大张着嘴,露出镶着金套的牙齿。

"这是怎么发生的?"萨姆金用自己也觉得意外的严厉口气问道。

"不知道。火就是小偷儿。"

他啐了一口唾沫,又重复了一次:

"小偷儿。"

感觉得出来,这回别兹白多夫是真的伤心了,绝非假装的,过了半个钟头,火熄灭了,院子里已空旷无人,看门人关上了大门,关于这场未酿成大祸的火灾,记忆里只留下了烟火的苦味、水洼、烧焦了的木板和院子角落里别兹白多夫衬衣上的白翻袖口。又过了半个小时,别兹白多夫洗过澡,头发湿淋淋的、噘着嘴、满面愁容,坐在萨姆金屋子里,贪婪地喝着啤酒,时而看看窗外黑暗的夜空中初出的星星,嘟哝说:

"好啦,您瞧吧,布利诺夫明天一早就会放出鸽子来气我……"

萨姆金好久没有跟他谈天了,对这个人的反感已经有点儿溶化在对他的冷漠中。这天晚上,别兹白多夫显得既可笑又可怜,甚至还带有某种孩子气的东西。他胖胖的,穿着一件没有扣领扣的蓝色短衫,露出白净柔软的脖颈,再加上一张无须的脸,非常像一位没有才华的演员扮演的"纨袴少年"①。他那沮丧的牢骚中带着某种任性的调子。

"不,他没有放火,他干不了,"萨姆金一边听他说,一边这样断定。

"我羡慕您,您的一切都想好了,都决定好了,所以您才能这样安逸地生活在基督怀抱里。可是我的内心里尽是风暴……"

萨姆金面带微笑,很有礼貌地注意着不使这笑容令人感到太难堪。别兹白多夫叹了口气。

"喝啤酒有点儿虾就好了……是的,尽是风暴!烟雾和灰尘。您瞧,您在为人们辩护,报纸上在夸奖您的演说。可是我不喜欢人。他们全是些废物,所以没有什么人值得为他辩护。"

"好啦,不要说了!"萨姆金说道。"您根本不是那样凶狠的人……"

"是那样的人!"别兹白多夫用手掌在窗台上拍了一下,反驳说,然

---

① 俄国作家冯维辛同名喜剧的主人公。

后皱起眉头,在空中摇晃着手掌,使它冷一冷。"您知道吧,我本来应该去当恐怖主义者、无政府主义者,但是我太懒,就是这样!而且他们的纪律太严,还有兵营生活……"

一只幸存的苍蝇冲进了他的酒杯,他用小手指头从啤酒泡沫里捞着苍蝇,继续激动地说:

"好人我没有见过,我也不期望、不想看到。我不相信有什么好人。好人都是死后才吹捧出来的。为了骗人。"

"您是因为鸽子都死了,心情不好,所以您才大发牢骚,"萨姆金说道,感到这个粗野的家伙又变得使他讨厌了,可是别兹白多夫喝完了啤酒,瞅着空杯子,执拗地说道:

"珠宝商、高利贷者马尔科维奇,在商店的橱窗里撒了一片彩色缤纷的廉价小宝石,在这些小宝石中间又摆上五六颗大的。可是这几颗大的竟全是假的,我知道,这是他的儿子廖夫卡告诉我的。好啦,请看吧,这就是好人!他们都是为了教育人、教育我才捏造出来的:'你不害羞吗,瓦连京·别兹白多夫!'可是我一点儿也不害羞。"

他摇了摇头,紧盯着萨姆金,挑衅般嘶哑地说道:

"毫不害羞。"

"好啦,假如您不感到害羞的话,那您也就不会谈论这个题目了,"萨姆金说道,然后又用教训的口吻补充说:"人们之所以常常感到烦恼,就是因为他们总在寻求自我。力求成为自我,在任何时候都忠于自我。力求达到内心的和谐。"

"手风琴归手风琴,可是谁来拉它呢?[①]"别兹白多夫丑陋地张大了嘴冷笑着问道。

萨姆金面有愠色,说道:

"很不高明的俏皮话。"

"假如我不愿意成为自我呢?"别兹白多夫问道,结果得到了四个

---

[①] 俄文"和谐"亦作"手风琴"解,别兹白多夫在此说了句俏皮话。

字的干脆答复：

"悉听尊便。"

别兹白多夫打量着对方,沉默了几秒钟,他那两只浅蓝色的玻璃瞳仁似乎变小了,更锐利了；他慢慢地咧开大厚嘴唇,换上了笑颜,说道：

"好啦,怎么骗得了您呢！不错,我是感到羞耻,我生活得像头畜生。您以为我不知道玩鸽子是荒唐的吗？跟姑娘们厮混也同样荒唐无聊。只有一个例外,但是她大概也是个骗局！因为她非常漂亮！而且能够管住我。我原先那个妻子也很漂亮,而且很聪明,但是舅妈不喜欢聪明人……"

他突然中断了自己的谈话,那样用力地吧嗒了一下嘴唇,好像拔出了一个瓶塞似的,迅速扫了克里姆一眼,往杯子里倒着啤酒,又嘟哝道：

"她们经常争吵。舅妈跟我的妻子……"

"他已经醉啦！"萨姆金看出了,于是就警惕起来,以为别兹白多夫会开始讲玛琳娜的事了。但是他很快喝下了啤酒,喷溅着嘴唇上的泡沫,开始说道：

"关于羞耻的那些话,我可能只是说说而已,纯粹出于礼貌。您常读阿志巴绥夫的作品吗？这可是一位诚实的作家,空前诚实的作家！依我看,他把地下室里的人——陀思妥耶夫斯基作品里的人物彻底地带进了自由天地。他毫不隐讳地说：人有权成为坏蛋,这是人的自然使命。人生的目的就是要满足自己的全部愿望,即使这些愿望是罪恶的、对别人是有害的,亦在所不惜,别人算什么东西！会厮打吗？反正咱们总是要厮打的！诚实的人,强有力的人——从通常的观点看,总是坏蛋。而这个观点是些懦弱无能的蠢货为了自卫编造出来的。您看,他是怎么说的！"

所有这些话他都说得非常急促,不符合他固有的习惯,萨姆金立即想到,别兹白多夫显然因为刚才说了些有关玛琳娜的话而吓坏了。

389

"我没有读过《沙宁》,"萨姆金严厉地瞅了别兹白多夫一眼,开始说道:"在您的叙述中,他的小说是对尼采的个人主义的粗鲁挖苦和讽刺……"

"嗯,鬼才知道呢,也许是讽刺吧!"别兹白多夫同意说,但是立刻又说:"波塔片科①有部叫《爱情》的长篇小说,书中有个女人也认为坏蛋比那些……正人君子好。依我看,女人比男人更懂得生活的趣味。更懂得生活的真理,还是怎么啊……"

"现在又要谈玛琳娜了,"萨姆金提醒自己,感到别兹白多夫醉后的昏话使他对这个人的反感又重新燃起。但是要让他走开并不容易,况且想听到些有关玛琳娜的事情的愿望又有很大的诱惑力。

# 八

萨姆金站起身来,在屋子里踱了一会儿,然后在书橱前面停下,点上一支烟。别兹白多夫在椅子上摇晃着,嘟哝道:

"讽刺、漫画……嗯?好吧,可以,但是问题不在这里,而在于我根本不能理解我自己。理解就是掌握的意思。"他嘶哑地笑了起来。"我已经习惯了一会儿把自己想成这样,一会儿又想成那样,可是究竟我是个什么样的人呢?大概是个极其微不足道的家伙,但是必须使自己深信无疑。即使我将感到屈辱,但是也要毫不含糊地对自己说,你是个微不足道的家伙,那就老老实实地待着吧!"

萨姆金不由自主地紧紧咬住烟嘴,朝别兹白多夫那漫画似的身影睥睨了一眼,用手指头敲着书橱的玻璃,暗自骂道:

"畜生。"

"我甚至想去干点犯罪的事儿,只要是有所寄托就行,真的!"

"原来是这样,"萨姆金含糊其词地低声说道,感到跟这个人待在

---

① 波塔片科(1856—1929),俄国作家。

一起,实在叫人无法忍受。

"请您相信,"别兹白多夫央求说。"我的处境非常困难,特别是目前……"

"为什么是目前呢?"

"当然有原因啦。我蛰居陋巷,躲在死胡同里。我惧怕人们,怕他们把我揪出来,强迫我去干什么……所谓极端重要的事情。可是我既不相信,也不愿意。您说人们天天在干,已经干了上下几千年。嗯,怎么样呢? 为此却要把他们绞死,那就只好独自修身养性了。"

萨姆金咳嗽了一声,依然站在书橱前面说道:

"我头疼得厉害……"

"烟熏的,"别兹白多夫摇了摇脑袋,解释说。

"我要出去走走。"

"请便吧,"别兹白多夫从椅子上站起来,身子摇晃了一下,允许说。"好啦,我也要走了,我那里全都浸水了……到姑娘们那里过夜去,没关系……"

他已经往门口走去,但是突然转过身来,朝萨姆金走去,用压低的嘶哑声调悄悄说道:

"克里姆·伊万诺维奇,您是我舅妈的好朋友,而我对您……有一种……亲密的感情。"

他走到萨姆金跟前,把他紧挤到书橱上,想要拥抱他,用压得更低的、仿佛是从牙缝里挤出来的咝咝声继续说道。

"她跟什么人都是好朋友,她是个最狡猾的戏子,叫她见鬼……她把人的什么都榨干了,然后就弃之不理! 她也会把您……"

"我对她另有看法,"萨姆金急忙大声说,躲开了这个醉汉,而这家伙放下了手,却惊讶、清醒地问道:

"您为什么要这样大喊大叫呀? 我不怕。另有看法? 哼,那很好……"

于是就走开了,到了门口,又停了下来,右手抓住门框,挥舞着左手说道：

"而那个美少年米什卡是个小密探！他是被派来监视我的。也是监视您的。是的，就是这样……"

萨姆金目送他走去，惊愕地坐到椅子上。

"竟是这样……无耻！"

"无耻"这两个字他并不是立刻就想起来的，而且这两个字也不能完全表达出刚才这一幕的意义。在别兹白多夫这意外的酒后忏悔中，有某种语意双关的、可疑的、有点儿像模拟讽刺作品的东西，而这种语意双关的话特别使他气愤而又不安。他迅速走到门厅，穿好衣服，几乎是跑到院子里去的，黑暗中，他踏着水洼，走在烧焦了的木板上，坚决地对自己说：

"一定要换个住所。"

但是过了几分钟，他忽然明白过来，为一个醉汉的昏话生气，实际上是在自己辱没自己，有失身份。

"什么使我这么气愤呢？是他说玛琳娜的那些话吗？那是些白痴的谎话。玛琳娜最不像个戏子啦。"

想到这里，他不自觉地放慢了脚步，别兹白多夫的谈话中有某些东西，很像他萨姆金对玛琳娜谈自己时说过的。

"但是她绝不可能把这些话告诉他呀！"

他迅速地，但是非常挑剔地检查了一下玛琳娜对他别兹白多夫的态度。

"她待人冷酷无情，而且诡计多端，这是很可能的，甚至确实如此。她是个有明确生活目的的人。她有原谅自己的理由：她的教派主义、创立什么新教会的愿望等等。但是没有一点儿征兆显示她对我的态度是不真诚的。她跟我谈话有时用词粗鲁，不过她这个人原本就有些鲁莽。"

他觉得必须排除对玛琳娜的怀疑，而且感到自己正急于做这件事儿。这是一个不适于散步的夜晚，潮湿的冷风从四周的角落里飞袭而来,乌云抹掉了天上的繁星,空气中充满了悲戚的秋声。

最后萨姆金决定要跟玛琳娜谈谈别兹白多夫,就转回家去,心里念念不忘地思索着别兹白多夫有关米沙的话。

这个决定有其有利的一面,而且这是非常必要的。当然,玛琳娜不可能需要什么密探,但是有的国家机构是需要特务来效力的。米沙有点儿过分好奇。萨姆金描画玛琳娜的那张纸,他撕碎了扔进废纸篓里,后来却出现在米沙的书桌上,混在一堆底稿中。

"你为什么要捡它?"萨姆金问他。

"我很喜欢,"米沙回答说。

"你喜欢它的哪一点呢?"

"我喜欢梅尔库里。您把他画成了女人,"米沙直盯着他的眼睛说道。

"诚实的目光,"萨姆金看出来,并且又问道:

"你是从哪里知道梅尔库里的故事的?"

"我读过希腊神话。"

"噢,"萨姆金说道,从此以后,他跟这个少年谈话的时候,就不知不觉地开始称呼起"您"来了。但是虽然希腊神话可以吸引这个少年的兴趣,然而仍然是令人感到不舒服的,所以换了新寓所之后,一定要另找个文牍。

# 第十五章

## 一

萨姆金并不想把别兹白多夫说玛琳娜的那些话记在心上,但是却记住了。于是他对她更具戒心,怀疑地倾听着她那安详、诙谐的谈话,更仔细地掂量这些话的分量,也不那么乐于赏识她对时事的讽刺性议论了;她的议论本身并非总能引起他的同情,却经常使他感到惊讶。他觉得玛琳娜变得对某种事情更有把握了,更加自命不凡、喜形于色了。

但是现实生活偶尔也会使萨姆金不愉快地想到自己:在公布的判处绞刑的犯人名单中,他看到了苏达科夫的姓名,而在本城逮捕的无政府主义者的名单中,则看到了"冒姓洛谢夫和叶夫列莫夫"的瓦拉克辛的姓名。是啊,读到这些是不愉快的,不过比起另一些事件来,这些事就太微不足道了,所以不要很久也就忘怀了。关于这些死刑,玛琳娜说:

"但愿有谁能暗示一下这帮白痴,说他们是在培育复仇者。"

"杜马经常就此告诫他们,"萨姆金说道。她突然不客气地回答说:

"我说的暗示并非指的用空话……"

她的眼睛里闪出愤怒的光芒。她这种不留情面的话和暴怒总是来得非常突然,完全不符合他对玛琳娜的设想,所以特别使萨姆金感到惊讶。

在她的生活圈子里出现了一位朗奈尔·克莱顿先生,这个人的年龄很难断定,不过好像不会超过四十岁,身体健壮,身材匀称,两颊红润;前额隆起的灰色脑壳上是一头浓密弯曲的头发,仿佛用过氧化氢漂白过似的,眼睛也是灰色的,看什么东西总是那么紧张,正是那些视力不佳,但还没有下决心戴眼镜的人所特有的神气。眼神温柔,很爱笑,而且和蔼可亲,露出整齐、微黄的牙齿,这种露齿的微笑使他那刮光的、讨人喜欢的脸显得更可爱了。玛琳娜把他介绍给萨姆金的时候说:

"工程师,地质学家,去过加拿大,有幸见过咱们的一些反正教仪式派教徒。"

"噢,是的!"克莱顿证实说。"都是些非常——怎么说的啦?——农奴的人?[①] ……"

"健壮的人?"萨姆金提示说。

"对,谢谢!不过都是年轻的一代了,都变成美国人了。"

他说起俄语来不慌不忙,漏掉一些音节,又用心地唱出其他一些音节,使人感到,他是诚心诚意地想说得正确。他的全部谈话几乎都是用提问的方式说出来的:

"这么多的教堂,难道都是正统派的吗?都把列夫·托尔斯泰逐出教门了吗?[②] 乌拉尔的绿宝石只有法国人在开采吗?"

但是他问话的时候很少,多半是在听玛琳娜讲,而且两只眼睛不知道为什么特别恭敬地注视着她。在街上走的时候,他迈着士兵的均匀、轻快的步子,两手插在毛茸茸的黑大衣口袋里,戴着有遮檐的海龙

---

[①] 俄文中"农奴的"和"健壮的"两个词读音相似,克莱顿记混了。
[②] 一九〇一年二月,东正教最高会议因托尔斯泰"自绝于正教教会",开除了他的教籍。

皮帽子,眼睛从帽檐下一眨也不眨地、直勾勾地望着前方。他经常参观教堂的礼拜仪式,用深沉的低音夸奖教堂里唱的赞歌说:

"噢!多神教式的美好,是吧?"

严寒也把他冻得赞不绝口:

"这会把我锻炼成这样结实,"他紧握着拳头说道。

他有一种坚不可摧的、令人感到乏味的执拗气质。萨姆金每次到玛琳娜那里,都会遇上他,这已经使人不很舒服,况且萨姆金注意到,这个英国佬问他话的时候,那种神气,就像医生询问病人似的。克莱顿在城里住了三个星期,就不见了。

玛琳娜在回答萨姆金有关克莱顿的问题时,显得很勉强,很不友好,她说道:

"我对他知道些什么呢?我是第一次见到他,而且他俄语也说不利落。他父亲是个战栗教徒①,是我丈夫的朋友,曾经帮助反正教仪式派教徒在加拿大定居下来。这位朗奈尔(名字有点儿像花名)也对脱离国教的人和教派很感兴趣,想写一本书。我不很赏识这类的观察家和暗探。而且也不清楚:他最感兴趣的究竟是教派呢,还是黄金?现在,他到西伯利亚去了。看他写的信,比他本人要有趣得多。"

## 二

尽管萨姆金每次都试图跟她谈谈有关别兹白多夫的事情,但始终没有谈成。就连别兹白多夫本人也很少露面,常常从早晨直到深夜都不知道到什么地方厮混去了。有一天,萨姆金散步的时候,顺便走进了玛琳娜的商店,见她正坐在桌边,面前摆了一堆账单,膝盖上放着一本厚厚的账簿。

"我很爱财,可是不喜欢算账,简直是讨厌算账,"她气恼地说。

---

① 基督教新教教友会会员的别称,约于一六五〇年始创于英国,因其进行宗教仪式时有一种"战栗"的动作而得名。

"我要能变成一个美国百万富翁的太太就好了,她们大概是不用算账的,我那位扎哈里也不精于此道。看来只好雇个掌柜的了,雇个小老头儿。"

"为什么一定要雇老头儿呢?"萨姆金开玩笑地问道。

"保险点儿,"她沙沙地翻弄着账单回答说。"不会抢劫,不会杀人。"

"那么扎哈里精于什么呢?"

"扎哈里吗? 他是什么也不精。一个平平常常的幻想家和专去困难地方流浪的流浪者,不过这困难地方不在地上,而是在书上。"

她随便把账单往沙发上一扔,把胳膊肘撑在桌子上,用两只手掌托着脸,微笑道:

"扎哈里还生你的气呢,抱怨说,你太骄傲,那次在快乐庄园不愿意给他解释什么问题,而且对那几个农民的态度也那么傲慢。"

萨姆金耸耸肩膀,回答说:

"我也不精于解释之道。很多问题自己也还不清楚。至于跟农民,我根本就不善于和他们打交道。"

玛琳娜打断了他的话,问道:

"瓦连京抱怨过我吗?"

萨姆金甚至吓得哆嗦了一下,心里产生了一种怀疑,认为她对此已经早有所闻。

她的眼睛里流露着熟悉的微笑,不过比往常更尖刻,而这尖刻的微笑使他想起了她对神甫们的暴怒,于是他小心翼翼地说道:

"他喜欢抱怨自己。总的来说,他是个爱说话的人。"

"爱饶舌的人,"玛琳娜插嘴说。"但是偶尔也把我骂上几句,是吧?"

"没有。不过他说你是个精明的女人。"

"就这点儿吗?"

她小声地、令人不舒服地笑了起来,用那样的眼神凝视着萨姆金,使他懂得：她并不相信他。于是，完全出乎自己的意料，他一边用手绢擦着眼镜，低声说道：

"失火之后的那天晚上，他的谈话有点儿……奇怪！仿佛极力要我相信，你之所以使我与他为邻，是因为我们在性格上具有某些共同特征，而且似乎意在使我们互相教育……"

说出这番话之后，萨姆金感到心慌意乱，甚至觉得血液都涌到脸上来了。他从来不曾有过这样的想法，而现在竟会产生这种想法，这使他大吃一惊。他看到，玛琳娜也是两颊绯红。她把手慢慢地从桌上移开，把身子靠到沙发背上，皱起眉头，严厉地说道：

"哼，这全是你自己杜撰的！"

"那天晚上他不太清醒，"萨姆金低声含糊地说，眼镜掉到地毯上，当他低头拾眼镜的时候，头顶上响起了这样的话：

"你是要提醒我'清醒时心里想什么，喝醉时嘴里就说什么'这个谚语，是吧？不，瓦连京是个幻想家，但是这对他的头脑来说，未免有点太高深了。这纯属你的猜测，克里姆·伊万诺维奇。而且我从你的神色就可以看出是你的猜测！"

她把双手交叉在胸前，用睫毛遮住眼睛，继续说道：

"你对我的精明的评价这么高，我真不知道应该为此而感谢你呢，还是该臭骂你一顿，使你感到害臊呢？但是，你好像已经在害臊了。"

萨姆金感到狼狈不堪。

"我跟她的交往中所持的态度太蠢，简直像个不懂事的孩子，"他思量着。

玛琳娜咬着嘴唇儿沉默不语，分明是在等待：看他会说些什么？他说道：

"你知道吧，在他的谈话中，提到了一些事情，很像是我对你讲过的有关我自己的……"

"这就更玄啦！"玛琳娜两手一摊，惊叫道。她哈哈大笑了一阵之后，摇晃着身子，透过笑声问道："我的天呀，你在胡扯些什么呀，真想不到！我会跟他,跟他这号的人谈论你！那么你把自己放到什么地位上了呢？这全是你的厌世主义在作怪。好啊,你简直弄得我目瞪口呆！可是你知道,这太不像话了！"

萨姆金稍稍镇定了一下,开始说道:

"但是我不能不注意到某种可说是拙劣可笑的模拟似的巧合……"

"算啦,"玛琳娜朝他挥了一下手说。"不要说了,并且把它忘掉。"接着她摇晃着脑袋,若有所思地低声继续说下去:

"你这个人真是古怪透了！而且,你做了什么对不起自己的事儿？为什么要这样跟自己过不去呢？"

这话说得是那么得体,流露出那么温暖的、真诚的惊讶神情,她又用同样的口气说了些什么,于是萨姆金感激地想道:

"从来没有人这样对我说过话。"脑海中突然闪过了杜妮娅莎艳丽的面容和她那难以捉摸的眼睛,但是怎么能把杜妮娅莎与这个女人相提并论呢！他感到自己也应该对玛琳娜说些什么特殊的、非常真诚的话,但是没找到称心的词句。可是她却又重新把双肘撑在桌子上,用好看的手背托着下巴,尽管仍然很温和,但是已经是一本正经地说道:

"告诉你吧,我为什么要向你问起瓦连京:他终于获准和他的妻子离婚,他在跟一位姑娘搞恋爱,而且她已经怀孕了。可是究竟是不是他的孩子,那就很难说了。姑娘很有心计,整个这桩事就是要打这个傻瓜的主意。她是一个地主的女儿,这个地主曾经是位名噪一时的人物,姓拉多梅斯洛夫,是个猎手、赌徒和花天酒地的家伙;后来破产了,以自杀告终,留下了两个女儿,都是,你知道吧,马赛·普列沃笔下的那种'品行不端的姑娘'[①],或者还要坏:'卖笑的姑娘',她们献唱、卖艺,还有其他种种玩意儿。"

她为了掩饰抑制不住的哈欠,停顿了一下,接着又以同样的语调

---

① 法国作家马赛·普列沃(1862—1941)同名小说中的人物。

继续说道：

"瓦连京是有些财产的，而且还相当可观，但他是个受监护的人。按照你们的说法，法律上，如果我没有弄错的话，叫做'无行为能力的人'。根据他父亲的遗嘱，瓦连京由于挥霍无度，由其教父洛吉诺夫进行监护，洛吉诺夫是个玻璃工厂主，一位年老多病的人，实际上，监护权是在我手里。三年前，当瓦连京已经年满二十二岁时，他瞒着我给皇帝陛下上书，请求撤销监护，未蒙恩准。他第一次结婚是不十分合法的，但是妻子倒是个聪明、贤惠的人……不过，这都无关紧要。"

玛琳娜疲倦地叹了口气，环顾了一下，压低了声调：

"现在瓦连京又玩了一个新花招——拉多梅斯洛娃姐妹和跟她们一起寻欢作乐的那伙人在教唆他。这伙人的目的是显而易见的：就是要把这个蠢货抢光。这我已经说过了。就是这么回事儿，明白了吧。他没有跟你讲过？"

"从未透露过一个字，"萨姆金说道，对自己居然能说得这么坚决，感到非常满意。

她用小手指头搔着鼻子，问道：

"厢房是他自己放火烧的吗？"

"不是，我想不是。"

"他曾威胁过说，要烧掉。"

"威胁过？威胁过谁？"

"我。可是为什么你要问呀？"

"因为我也听他这样叫嚷过，"萨姆金承认说。

玛琳娜叹道：

"现在明白了吧！不过，这当然是恶作剧而已。他这些胡闹我已经厌烦了，但是他不到三十岁，我绝不撤消对他的监护，因为我已经许下了诺言！你将来必须办理这个案子……"

萨姆金垂下了头，她懒洋洋地伸了一个懒腰，冷笑道：

"他以为自己是个台球专家，一次能输上五百卢布，赌赛马、玩斗鸡,总而言之,竭力要变成个叫花子。其实,你自己看得出来,他是个什么样的人……"

"是的,"萨姆金说。

## 三

他告别了玛琳娜,感到自己跟她的关系变得明确得多了。

"我怎么能这样荒唐啊,"他几乎是羞愧地想,然后他问自己:他可曾像信任这个女人一样信任过别的什么人吗?这个问题他没有找到答案,于是思索起一个过去也曾使他惶惑不安的问题:他熟悉各式各样的语言体系,可是这些语言体系中竟没有一种与他有内在的共同性。玛琳娜的语言体系同样也不能感动他,引不起他的兴趣,特别使他感到格格不入。但是玛琳娜不论谈什么问题,她那刚毅的声调、她对某种他捉摸不透的事物的信心,都对他起着健全有益的作用,这一点他是必须承认的,但是仅仅这一点还不足以说明她的魔力。他对她这个女人毫不迷恋,她那美丽的肉体在他身上一点儿也引不起男性的自然冲动,他甚至为此而感到自豪。那么,归根到底,她之所以能使他服服帖帖的力量究竟隐藏在哪里呢?他没有去寻求这个问题的答案,因为在他第一次这样坦白地承认她的力量之后,他感到惶惑不安,刚刚演过的一幕正使他柔情满怀,"为什么要这样跟自己过不去呢"这句幽怨的低语,特别亲切地慰藉了他的心。

可惜别兹白多夫的故事和必须去办理反对他的有关监护权的案子,却给他心中的这种感受投下了暗影。

"这是个很奇特的案子,"萨姆金心里想,并且记起了谁写的两行诗:

> 我一生中,还从未尝到
> 一滴没有掺和毒汁的幸福!

但是在这种精心保持的富有诗意的心境中度过了十来天之后,玛琳娜突然在早晨光临了。

"米沙,去告诉车夫,叫他把马车赶到莉吉雅·季莫菲叶夫娜家里去,就在那儿等我。"

"你想象得到瓦连京这家伙在搞什么鬼吗?他溜到彼得堡去了。他开了一张一千卢布的期票,从中得到七百四十卢布,还给我写了一封信:忏悔自己胡作非为,不搞恋爱了,要到轮船上当水手,去漂洋过海。这当然全是谎话,实际上是去奔走撤消监护的事情。拉多梅斯洛娃姐妹教唆他去干的。"

"那么你打算怎么办呢?"萨姆金问道。

"这没有什么!"她说道。"好办,我把期票买回来,把扎哈里派来照看一下房子。他溜啦,坏小子!"她快活地叫了一声,并且问道:"难道你竟没有发现他不在了吗?"

"我们难得见面,"萨姆金回答说。

"他已经在前天到了莫斯科,这信就是从那里写来的。"

她到厢房里去了,这一来使萨姆金感到很满意,有关监护权的案子可以无限期拖下去了。果然是这样,两个月过去了,玛琳娜连一个字也没有提到过外甥。

## 四

春天到来之前,米沙突然失踪了,恰好这些日子积压了许多工作等着他做,而且是在萨姆金对他的存在已经习以为常的时候,他失踪了。萨姆金大为恼火,并决定,他有十分充足的理由辞退这个青年。但是第四天早晨市立医院的医生打来电话,说病人米哈伊尔·洛克捷夫请求萨姆金去看望他。萨姆金没有来得及问米沙患了什么病,医生就把电话挂了。但是来到医院后,克里姆却先去拜访了医生。

医生是个身材高大、笨重的人,穿着白大褂,秃顶,红红的脸上生

着两只圆圆的眼睛,他说道:

"是打伤的,但是没有任何危险。骸骨无损伤。不肯说是什么人打的和出事地点,可能是在妓院,在姑娘们那儿。住院两昼夜,一直不肯说出自己的姓名,但是昨天我恐吓他说要报告警察局,我有责任这样做!一个少年被打得几乎失去知觉,进了医院,而且……您知道,时局如此,要求……明确无误!"

萨姆金在更加愤怒的心情中走进了一个白色大匣子般的病房,在这里的一些样子相同的床上,躺着或者坐着一些样子相同的、穿黄色大褂的病人,其中一个迎着萨姆金走来,走到跟前,便用熟悉的平稳声调悄悄地说道:

"请原谅,我麻烦您啦,克里姆·伊万诺维奇,但是医生不肯让我出院,并且威胁说要报告警察局,可是这是不必要的!"

他的头部和半边脸全都缠着绷带,只用一只深陷在额下的右眼看着萨姆金的脸,苍白的右颊在颤抖,肿胀的嘴唇也在不停地哆嗦。

"他怕我,"萨姆金心里想。

"请您相信,我什么坏事儿也没有做,我的老师可以向您证明这一点……"

"老师?"萨姆金问道。

"是的,瓦西里·尼古拉耶维奇·萨莫伊洛夫,他给我辅导领取中学毕业证书的考试课程。我现在已经完全可以工作了……"

有些病人在倾听着他们的谈话,有的径直走了过来,有的在偷偷地挪动过来,强烈的药味令人窒息,有个病人在谨慎地呻吟,声调是那么花哨,仿佛是在练习这一手似的;米沙的那只好眼睛在迫切地直盯着他。

"您想出院吗?那好吧,"萨姆金说,米沙小心翼翼地朝旁边退了一步。

"他在学习。想进大学,可是却在什么地方胡闹了一通,"萨姆金跟医生谈好以后,沿着医院花园中的小径向大门走的时候,心里这样想着。在大门的侧门里,他正好跟一个穿着不合时令的薄大衣、戴着有护耳的帽子的人迎面相遇。

"您好像是萨姆金先生吧?"那个人问道,并没有等待对方证实,就请求说:"请允许我打搅您五分钟。"

萨姆金朝他那苍白、浮肿的脸上不加修剪的灰色连鬓胡子瞥了一眼,便说他现在很忙,请在接待的时间来。那人用一个手指头碰了碰自己的帽子,就往医院门口走去,萨姆金则返回家去,心里预先断定,这个人大概有一桩不大的刑事案要委托他。这个人按时在四点钟来了,这使萨姆金想道:

"闲人总是遵守时间的。"

他长时间地、小心地从宽阔的肩膀上脱下旧大衣,里面穿的是件皱巴巴的、胸前有好几个口袋的上衣,腰间系着一条宽呢带子。他擤了一下鼻涕,用手绢仔细地擦了擦大连鬓胡子,又用手指梳了梳稀疏灰白的头发,这才不慌不忙地走进了接待室,在桌边坐下,谈话便开始了:

"我姓萨莫伊洛夫,您的文牍,洛克捷夫是我的学生和我的小组的成员,我不是在党的人,而是个所谓的文化人;我一生都是在为青年们奔忙,现在,当革命知识分子个个都将被消灭的时候,我认为补充损失就成了当务之急。这当然是十分自然的,而且也绝非我个人的功绩。"

萨姆金早已用瘸腿磨房主的话断定他是个:

"讲道先生。"

萨莫伊洛夫不慌不忙地讲着,就像个惯于长篇大论的人一样,喑哑的声音中有些倦意。他的眼睛是深色的,流露着忧郁的神情,眼睛下面有青囊。萨姆金一面听着,一面用手指敲着桌子,仿佛想用这种声音暗示他应该说得快些。他边敲边想:

"是的,他正是这样的一位讲道先生,这些人总在责成人们承担社会义务,"他期待着这个人准会讲出些可笑的事情,果然,立刻就等来了:

"您当然知道,洛克捷夫是个很聪明的孩子,灵魂是难得的纯洁。但是对知识的渴求诱使他加入了一个中学生的学习小组——男女都有,尽是些富家子弟;他们以研究当代文学为名……我跟您说吧,那也叫文学!"他憎恶地皱起了眉头,几乎是叫喊地说道。"实际上,这是一群性欲早熟的糊涂青年男女,他们在那里……"萨莫伊洛夫用一只手迅速地在自己头顶上旋转了一阵子。"总而言之,在那里脱光衣服、搂搂抱抱,以及……鬼知道还搞些什么名堂!"

他两手一摊,眼睛下面的青囊忽然润湿了;他从裤子口袋里掏出手绢,擦着灰色的眼泪,用颤抖的声音,仿佛吐出的词句划破了他的喉咙似的说道:

"谁能想象得到呢,啊?不,您说,谁能预料得到呢?昔日构筑街垒,而今天却干尽了下流勾当,啊?可是所有这些诗人……跟山羊,那里……还有'我想成为勇敢的人',这是什么话呀?'我想剥光你的衣服'①。总之,全是些手淫和下流勾当!"

他骂起来也很温柔,而且对不得不骂显然深感遗憾。萨姆金阴沉着脸,默不作声等待着下文。可是萨莫伊洛夫从上衣口袋里掏出一个美纹桦木盒、一本卷烟纸、一个甜樱桃木烟嘴和一个式样古怪的火柴盒,把这些家伙陈列在桌沿上之后,用嗜酒成癖的人那种哆哆嗦嗦的手指头,卷着烟,继续说道:

"好吧,简单地说:洛克捷夫到那里去过两次,第一次他只是感到很难为情,可是第二次他就提出了抗议,从他这方面来说,是非常自然的。这伙……喜欢脱得精光的人把他怀恨在心,于是在一天夜里,当他和基塔耶娃姑娘——也是个中学生——一起从我家里出来以后,他们就把他狠狠地揍了一顿。基塔耶娃逃跑了,以为他已经被打死了,也是糊涂得要命!直到昨天晚上才把这一切告诉了我,是的。这当然是因为她吓坏了,又害怕学校会开除她,不过……毕竟不是什么值得

---

① 引自巴尔蒙特的诗《我想》。"山羊"出自布柳索夫的诗《这里我爬下河谷》。

夸奖的功绩,不是!"

他卷了一支像雪茄那么粗的烟,就吸了起来,大口大口地喷着浓烈、辛辣的青烟;看上去好像不仅他的嘴和鼻孔在冒烟,甚至耳朵也在冒烟。萨姆金斜眼注视着他,不耐烦地在等待着。这个人使他想起了遥远的往昔,想起了贺里桑弗大叔、柳芭莎·索莫娃的矮小的"米沙叔叔",以及其他一些陈腐的人物。但是他必须承认,萨莫伊洛夫的眼睛是非常美好的,流露出全神贯注的神情,这种神情只有全部心神都被一种思想吸引住的人才会有。

"您自然会理解,这种小组的存在是完全不能允许的,这是坏风气的根源。问题不在于米哈伊尔·洛克捷夫被打伤这件事。我来访问阁下,是因为米沙说您是个有学问的人……嗯,总之,您的道德和文化修养都使他非常敬佩……现在人们都在从事下流的政治活动,这就是杜马,但是,话又说回来,问题不在这里!"他咯了一声,然后一字一句地、有力地说道:

"绝不能让报纸刊登这个丢脸的团体的丑闻,闹得满城风雨,不能让学校开除这些青年人,也不准其他诸如此类的事情发生。该怎么办呢?这就是我的问题。"

"首先要查明洛克捷夫的叙述究竟有多少真实性,"萨姆金威严地说。

"那他对您讲了些什么?"

"他是对您讲的,不是对我讲的,"萨姆金遗憾地指出。

萨莫伊洛夫非常诧异地瞅着萨姆金,说道:

"是基塔耶娃对我讲的,不是他。他拒绝讲,说他头疼。但是问题不在这里。我的想法是这样:你必须干预这件事,理由是:米哈伊尔在您这里工作,您是律师,您可以叫这个小组的三两个成员到府上来,给他们这些下流东西讲讲他们那些糊涂游戏的社会意义和生理意义。就这样讲! 我本人不能做这件事,一方面,因为对他们没有足够的权威,另一方面,我是处在警察的监督之下;如果他们到我那儿去,这可能连累他们,我一般是不在家里接待青年人的。"

"看,要我承担义务了,"萨姆金想,心中暗自发笑;他的恼恨情绪越来越大,而萨莫伊洛夫却显得更加天真、可笑,萨姆金很想使他明白这一点,但是担心危险的意识占了上风:"他会把我牵连进这件丑事中,见他的鬼!"

萨姆金简直不能想象:这会是怎么一番情景?来几个不三不四的糊涂虫,而他则必须给他们讲一套行为准则。从某种观点来说,这可能是很有趣的,甚至是很好玩的,然而把自己摆到一个可笑的性道德宣讲者的地位上,却并不那么有趣好玩。

"这个问题我需要加以考虑,"萨姆金郑重地说。"给我一定的时间,我必须审问洛克捷夫。他也将把我的决定通知阁下。"

"就这样吧,"萨莫伊洛夫同意说,他站起身来,把自己那套吸烟用具一件件装进上衣的各个口袋;他只抽了一支卷烟,但是却冒出了那么多的烟,就像是五个人在这里抽过烟似的。"那么说,我静候阁下的通知。让我们成为朋友吧!"

他轻轻地握了一下萨姆金的手以后,就像一个非常疲劳的人一样,步履艰难地走进门厅,小心地穿上大衣,仔细地打量了一下帽子,戴在头上以后,又闷声地说道:

"这个时代可真够卑鄙下流啦,啊?您留心文学的现状吗?怎么样?这是对悠久传统的彻底破坏……"

于是把脊背转向萨姆金,他的背很宽,然而是一个整天伏案读书的人的微驼的脊背。萨姆金在打开窗上和炉子上的通风孔的时候,正是这样想的。

"是个书呆子。不是伪君子,但是是个最迂腐的读书人。我要做些什么呢?"

## 五

萨姆金深信这件丑事是逃不脱报纸的注意的。如果他的名字也被掺和进去,这将是很不愉快的。可是这个米沙却是个令人非常不舒服的人。他估摸米沙这时大概已经到家了,便派看门人去叫他。小伙子立刻就来了,在门口站住,绑着绷带的脑袋不知道为什么挺得特别呆直。他那只好眼睛专注的目光今天尤其令人讨厌。

"进来吧,请坐,"萨姆金不很客气地招呼说。"好,萨莫伊洛夫已经到我这里来过,跟我讲了你的故事……你的遭遇。但是我需要详细了解,这个小组的活动情况。那些孩子是些什么人?"

米沙小心地咳嗽了一声,皱起眉头,平静地、仿佛朗读文件似的讲述起来:

"我们是在珠宝商马尔科维奇家里,在他的儿子廖瓦的房间里聚会的,马尔科维奇本人现在国外。他们把灯都熄了,就在黑暗中朗诵……色情的诗,这些诗在灯光下朗诵是难为情的。大家都是成双成对的坐在大沙发床上和沙发上,还接吻哩。后来,当灯再点亮的时候,就看到有几个姑娘的衣服几乎全都脱光了。并非全是些孩子。像马尔科维奇已经二十岁了,佩尔米亚科夫也是……"

"佩尔米亚科夫是那个开高级食品店的商人的儿子吗?"萨姆金问道。

"是的,"米沙回答,继续说着孩子们的名字。

一听说自己委托人的儿子也参与了这件丑事,他心里就不痛快极了。

萨姆金神经质地吸着烟,心里想道:

"如果这个小伙子有朝一日被捕的话,他也会这样准确地回答宪兵的问话。"

"你到那里去过几次?"他审问道。

"三次。"

"您不喜欢这些游戏吗?"

"不喜欢。"

"真的不喜欢?"

"不喜欢。我说的是实话。"

萨姆金带着一种不很愉快的感情不得不同意:"是的,他没说谎。"

于是又追问道:

"可是这是个秘密小组吧?那么他们怎么能一下子就叫您认识了所有的成员,并且知道他们的姓名呢?"

"佩尔米亚科夫和马尔科维奇是我还在玛琳娜·彼得罗夫娜那里工作,跑商店买东西的时候就认识的。中学生基塔耶娃和沃罗诺娃给我补习过功课,一个教我学代数,另一个教我学历史:她们是和我同时加入小组的,就是她们邀请我参加的,因为她们害怕。她俩到那里去过两次,但是并未脱过衣服,基塔耶娃甚至还打过马尔科维奇的耳光,并且踢过他的胸膛,当他跪在她面前的时候。"

平稳的声调和坚定的口气,以及那只直盯着人的眼睛激怒了萨姆金,他实在按捺不住了,就说道:

"您回答我的问题就像是……回答法庭检察官似的。请您随便一些!"

"我一向是这样说话的呀,"米沙诧异地回答说。

"他是对的,"萨姆金承认,但是怒火却越来越旺,气得牙都酸痛起来。

和这个小家伙谈话使他感到很尴尬。根本不想再问他了。但是萨姆金还是问道:

"是谁打您的?"

"佩尔米亚科夫和两个不认识的大人,不是小组的成员。佩尔米亚科夫最野蛮,而且……最卑鄙。他对那两个家伙说:往死里打!"

"哼,我想,您在夸大事实吧,"萨姆金点着烟说道。

米沙坚定地回答说:

"没有,基塔耶娃也听见了,是在她住的那座房子的大门口说的,她站在大门里面。她吓坏了……"

"那您为什么不把这一切告诉您的老师呢?"萨姆金想了起来,

409

问道。

"没来得及。"

米沙没有马上回答,而且他那半边脸颊也略微涨红了,萨姆金心里想:

"似乎是在说谎。"

但是米沙立即补充说:

"瓦西里·尼古拉耶维奇把每一件事都看得十分……严重……"

"竟是这样?"萨姆金心里想,感到小伙子的话里有某种新的意味。"那么您要到法庭去控告佩尔米亚科夫,是吗?"

"不!"米沙急忙惊慌地叫道。"我只想对您讲,以免您疑心是什么……别的问题。我非常恳切地请求您,不要把这件事告诉任何人!至于跟佩尔米亚科夫,我自己来……"他那只眼睛变红了,不知道为什么奇怪地瞪得圆圆的,他匆忙而又固执地继续说道:"如果这件事张扬出去,基塔耶娃和沃罗诺娃就会被学校开除,而她俩都是贫寒人家的孩子,沃罗诺娃是一个抽水站司机的女儿,基塔耶娃是女裁缝的女儿,那女裁缝是个非常善良的妇人!她俩都是七年级的学生。小组里还有个实科中学的学生,是犹太人,他也是很偶然地参加进去的。克里姆·伊万诺维奇,我恳切地请求您……"

"我理解,"萨姆金说道,如释重负地叹了口气。"您的推论是非常正确的,而且……这将会使您受到尊敬,是的!绝不能玷污姑娘们的名誉,毁坏她们的前途。您吃了一些苦头,但是……"

一时找不到更适当的词句来结束这句话,萨姆金耸了耸肩膀,微笑了一下,站了起来:

"好,请回去吧,好好休息,好好治疗。您大概需要钱吧?我可以预付给您一两个月的工钱。"

"谢谢您,预支一个月吧,"米沙小心地低着头说道。

萨姆金第一次握了握他的手,原来是一只很热、很硬的手。

把他送走以后,萨姆金在门厅的门口站了一会儿,总结会见的印象,他深为满意:这件丑事,竟了结得如此简单。

"这小伙子原来……并不蠢!处事谨慎。一个令人愉快的错误。应当帮助他,让他去上大学。将会成为一个奉公守法、勤勉可靠的官吏、教师或者其他诸如此类的人物。在三十岁到三十五岁之间结婚,有节制地生男育女,最多不会超过三个。而且会像安菲米叶夫娜一样,一直工作到死,毫无怨言……"

他嘴里轻轻地吹着《拉克美》中祭司的咏叹调①,坐到书桌边,摊开即将开庭的"追索欠款"案的卷宗,但是却闭上了眼睛,沉入对自己丰富多彩的往昔回忆的洪流中。回忆的洪流在增涨,但是仿佛都渊源于"我做了什么对不起自己的事儿?为什么我要这样跟自己过不去呢?"这两句话。

萨姆金心情有点忧伤,他又在重温跟玛琳娜谈了别兹白多夫的事情以后体验过的那种对自己特别亲切的柔情。

过了一天,他坐在玛琳娜那里,给她讲述米沙的故事。他刚进来时,看到她好像有什么心事,但是当他讲到小家伙正在准备考取中学毕业文凭的时候,她惊讶地拖着长腔叫道:

"嘿,这个不声不响的家伙!好一个狡猾的骗子!我还一直在怀疑他在干别的呢。萨莫伊洛夫在教他?瓦西里·尼古拉耶维奇是位非常优秀的人物!"她温和地称赞说。"他的一生都是在监狱、流放和警察的监督中度过的,总之是一位忘我的献身者。我丈夫生前非常敬重他,并且戏谑地尊之为制造革命家的工厂主。他不大喜欢我,所以我丈夫去世后,就不登我家的门了。他是一位大司祭的儿子,叔父是个助理教务主教……"

"为什么制造革命家的工厂主会引起她的同情呢?"萨姆金在心里问自己,可是笑着说出来的却是:

"你很善于客观地评说人物。"

---

① 法国作曲家德利勃(1836—1891)创作的歌剧。

玛琳娜没有作声,正用铅笔在小笔记本上写些什么。萨姆金对佩尔米亚科夫小组的叙述没有引起她的兴趣,听完了以后,她漠不关心地说道:

"类似的玩意儿在彼得堡早就有过,好像是在一九〇三年。而且就是你说的、本城的这档子事儿,我也听莉吉雅说过一些。"

接着就小声地笑了起来,说道:

"她最好去玩玩这类的游戏,何苦浪费精力去跟那伙'寻觅天堂的人们'纠缠呢:她的那伙人尽是些骗子和淫棍。有一位姊妹竟是妓院的鸨母,参加聚会的目的就为了结识一些姑娘。好啦,再见吧,我要关店门啦!"

萨姆金告辞出来,她对佩尔米亚科夫小组的丑事竟淡漠置之,使他感到十分满意。这些小小的风波对他的刺激既不深刻,也不持久;他在其中浮游的水流变得越来越狭窄了,但是也平静多了,发生的事变的性质越来越单调,现实生活已经疲于以无尽无休的意外事件使人们惊慌失措了,逐渐变得不那么带有悲剧意味,当地的生活过得是那么平稳,好像从来也不曾有什么东西打搅过它。

## 第十六章

### 一

春天,朗奈尔·克莱顿又来了;原来他并没有去西伯利亚,而是到外高加索去了。

"一个非常富饶的地方,但是那里没有主人,"他自信地回答了克里姆的问题:他喜欢外高加索吗?并且又问道:"您到过那里吗?"

"没有,"萨姆金说道。

"我认为,这是地道的俄罗斯精神,"克莱顿尖酸刻薄地说。"我们不列颠人非常了解我们生活的地方和我们要达到的目的。这就是我们之所以不同于其他所有欧洲人的地方。这就是为什么我们国家可能产生克伦威尔这样的人物,但是却从来没有,而且永远也不会有拿破仑,不会有你们的彼得大帝,总之,不会有那种掐着自己民族脖子,强迫他们去干轰动世界的蠢事的人物。"

玛琳娜正在用剪子拆开一封很厚的公文,问道:

"进军印度[①]的蠢事儿呢?"

---

① 指一八五八年英军对印度旁遮普邦、中央邦和奥德邦等地民族解放运动的残酷镇压。

"这也是,"克莱顿同意说。"但不仅是这一件。"

萨姆金发现这个英国人的态度变得更放肆了,俄文讲得也流利多了,但是也更不注意发音是否准确,说错了字,也不再感到不好意思了。他走了以后,萨姆金把自己的印象告诉玛琳娜。

"是的,好像变得更无赖了,"她在桌上压平从封套里抽出的文件,同意说。沉默了一会儿,又说道:"他还大发牢骚,说我们俄国人无论是谁,全都什么也不懂,而且连本像样的《旅游指南》也没有。您听我说,克里姆·伊万诺维奇,他还是要到乌拉尔去。他要找一个俄国人做伴儿,我当然推荐了你。你会问为什么这样做?因为我很想知道,他在那里干些什么。他说这次旅行大约是三个星期,他支付旅费,每周再给一百卢布的报酬。你意下如何?"

"跟他结伴儿太无聊,"萨姆金说道。

"这是说你拒绝去?"

"不,容我再考虑一下。"

"你不要再考虑啦,决定去无聊一番吧。"

萨姆金也很想做点使她高兴的事情,甚至认为这是他应尽的义务。

这样,两天之后,他坐在头等车的单间里,在克莱顿的对面,听着他那缓慢的谈话。

"甚至是朋友,如果彼此住得太近,也会争吵的。德国并不是你们的挚友,而是一个很爱嫉妒的邻居,所以你们一定会跟德国打仗的。对我们英国人,你们的态度是不正确的。你们和我们在波斯和土耳其完全可以友好相处。"

萨姆金听着他那枯燥乏味的低音,非常惋惜这个英国人对窗外的风景竟毫无兴致。不过,风景也是很无聊的——平坦的、春天的嫩绿的萨马拉草原,一片片翻耕过的黑色土地,渺小的农民身影和马匹在浮动的土地上缓慢地转动着,点缀着新建茅舍黄色斑块的灰色村庄在向后移去。

"亚历山大勒达①,是通向地中海的出海口,"透过列车单调的轰鸣声,萨姆金听见他说道。克莱顿的长手指自信地在小桌上画着直线和曲线,他的声音也充满了信心。

"他完全相信,我需要知道他的语言体系。大概有成千上万像他这样的人都会发表这样的高论。他穿戴得很舒服,有一只异常方便的旅行箱,总之,他感到自己生活在这个世界上是够舒适的了。"萨姆金带着一种遗憾与宽容的混合感情想道。

"你们在抽象概念上花费的精力和时间实在太多了,"克莱顿用一把精致的小刷子刷着指甲说道。"我们所知道的一切都是以我们永远不会认识的东西为基础的。我们必须确立一个抽象概念。您可以认为,这一概念就是上帝,而让那些有色人种和野蛮人去浪费精力,设想各种各样多少有些幼稚的有关上帝的外貌、品质和旨意的解释吧。而我们则应该习惯于这么一种思想了:我们是基督徒,即使是无神论者,我们也是真正的基督徒。"

"玛琳娜不可能喜欢他,"萨姆金满意地断定,并且问道:"玛琳娜·彼得罗夫娜对我说过,您的父亲是位战栗派教徒,是吗?"

"是的,"克莱顿点了点头,回答说。"他已经去世。但他首先是位工厂主……纺制各种绳索:粗的,细的,我用的词儿对吗?现在是我的长兄在经营。"

克莱顿露齿地笑了笑,然后用手指在空中画了个结子,开玩笑地说道:

"绳索,这是非常有用的东西!"②

"归根结蒂,最幸福的人就是那些胸无大志的人,"萨姆金宽容地断定,而克莱顿却很客气地问他说:

"我使您厌倦了吧?"

"噢。您说些什么呀,完全没有!"萨姆金否认说。"我没有说话,

---

① 土耳其南部的一个海港。
② 意指可以做绞索,绞杀革命者。

是因为我在注意地听……"

"您不大像俄国人,因为你们俄国人都很喜欢说话,而且说得很多。"

"不比你更多,"萨姆金心里想道。他比英国人先上床躺下了,尽管并不想睡觉。他半闭着眼睛,注视着英国人是那么细心地在脱衣服,把西服上衣挂好,现在他又从裤子口袋里掏出手枪,察看一番,藏到了枕头底下。

萨姆金暗自笑了,并且提醒自己,他的手枪装在大衣口袋里。

## 二

萨姆金半夜醒来,去上厕所,但是当他从单间走到过道去的时候,有人用力在他胸上推了一下,并且低声说道:

"回去,蠢货!"

萨姆金的肩膀撞在门框上,喊了一声:

"怎么回事儿?"他得到的回答是:

"滚开,蠢货!"

过道里的灯全都熄灭了,萨姆金很像是感觉到而不是看到黑暗中有一只拿着手枪的手在晃动。在他还没有来得及有所举动之前,突然从拉得不严的门帘缝隙里透出一道亮光,使他目眩,并且响起了一声惊讶的耳语:

"噢,真见鬼,又遇上了您!"

"我不认识您,"萨姆金嗓门相当高地说出首先想到的一句话,虽然他已经明白,说话的是伊诺科夫。

"走开,"伊诺科夫小声说道,并把他推进房间,关上了门。

萨姆金摸索到了大衣,开始摸索着找口袋,掏出了手枪,但是就在这一瞬间,列车忽然剧烈地摇晃了一下,制动器发出刺耳的响声,传来愤怒的锅炉蒸汽的咝咝声,萨姆金踉跄了一下,坐到了克莱顿的腿上,

他惊醒了,往外抽着腿,踢蹬着脚,用英语嘟哝起来,然后凶恶地叫道:

"你是什么人?"

"小点儿声,"萨姆金艰难地往自己的铺位上挪动着说道。"您听见了吗?"

前面,在火车头附近响起了枪声,萨姆金机械地数着熟悉的枪声:两响,一响,三响,两响,一响,一响。在第一声枪响时,克莱顿划了一根火柴,照了一下萨姆金,立即吹灭,低声对萨姆金说:

"把您的手枪枪口朝下拿着,您的手在抖。"

萨姆金把拿枪的手垂下去,连手枪一起用两膝夹住。

"土匪?"克莱顿猜测说,接着又嘟哝了一句:"真像在美洲!"然后严厉地说:"他们一开门,我们就同时开枪,好吗?"

"好的,好的,"萨姆金回答说,谛听着车厢过道里的动静和车窗外的命令声:

"车长,把灯熄了,我在跟谁说话哪,混账?我要开枪啦,不准摇晃灯。"

"伊诺科夫……这是伊诺科夫。已经是第二次啦!"萨姆金惊愕地想着。

"哎,混蛋!"

砰的响了一枪,听到玻璃破碎的响声,有什么金属的东西落在碎石上,接着传来嘶哑的喊声:

"喂,你们,那边!脑袋不准探出窗口,不准走出车厢!"

听起来非常奇怪,这喊声并不是愤怒的,而是带着蔑视的口吻。车厢里锁簧声响成一片,有人在敲他们房间的门。

"不要开!"克莱顿严厉地说。

"抢劫列车啦!"过道里有个歇斯底里的声音在喊叫。萨姆金觉得好像一直还在射击。他不太相信是这样,但是记忆里连续不断地响着锁簧声似的枪声。

时间过得异乎寻常的缓慢,虽然车厢里的活动变得嘈杂、匆忙起

来。车窗外有人踏着碎石跑过,大声喊道:

"快!"

萨姆金用双膝把手枪夹得那么紧,夹得拿枪的手都疼了,他把枪塞到自己大腿下面,把它紧紧地压在沙发座上。

"奇怪,"克莱顿说。"他们,你们的这些土匪,竟是这样从容不迫。"

## 三

车厢下面,蒸汽在痉挛地叹息着,发出咝咝的响声,当萨姆金除了这种咝咝声以外什么声音也听不到的时候,这几秒钟就显得有点儿太冗长了,可是接着在车厢附近同时有几个声音说起话来,而且有一个声音最响亮:

"这里,就在这节车厢里!"

"不要放任何人出来!"

车厢小心地摇晃了一下,离合器哗啦哗啦地响了一阵,克莱顿稍稍撩起窗帘;窗外的树木动了起来,仿佛在抹去窗玻璃上的黑暗,林间小路的斑块恍惚地飘去,仿佛是通向光明的大道。

"怎么,我们成了俘虏了吗?"克莱顿粗鲁地问道。"我们的列车在行驶啦!"

是的,列车几乎是以正常的速度在行驶,可是车厢的过道里响起了许多人的脚步声。萨姆金掀开门上的帷幕,而克莱顿把拿手枪的手藏在背后,拉开房间的门,问道:

"怎么回事?"

对着门口,站着一个手里擎着硬脂蜡烛的列车员、一个留白胡子的身材高大的胖子、两个拿着步枪的士兵,还有几个人,黑暗中看不清楚。

"把邮车抢了,"列车员把蜡烛擎得跟自己的脸一般高,微笑着说道。"就是从这里刹住列车的,你们看,制动器上的铅封被撕下来了……"

"他们有几个人呀?"胖子用重浊的低音问道。

"据说是四个人。"

"谁说的?"

"一位同事。"

"什么同志,谁的同志?"①

"我们的同事,列车乘务组的。"

"到处都是同志!"

一个女人的声音紧张地问道:

"打死了几个人? 几个?"

几个愤怒的声音回答她说:

"没有打死人!"

"你们在隐瞒! 他们开枪射击啦。"

"一名押车士兵的手被打穿了,这就是全部情况,"列车员说道,他一直是满面堆笑,他那刮得光光的士兵样的脸仿佛正在烛光中溶化。"我看到了其中的一人,列车一停下来,我就跳下车去,这家伙就朝我走来,戴着帽子,我问是怎么回事儿? 而他却喊道:'把灯熄了,我要开枪啦,'于是啪的就朝灯开了一枪! 这时我就跌倒了……"

"就四个人?"克莱顿在萨姆金耳边嘟哝说。"勇敢的家伙!"

而萨姆金心里却在想:

"夜袭整列的火车。这需要对人们怀有什么样的蔑视感情才下得了手啊。"

他一直在回忆伊诺科夫,但并不是在回想他,而是仿佛看到他就在眼前,看到他当建筑兵营的脚手架倒塌的时候,跟柳芭莎、跟自己,还有伊丽莎白·斯皮瓦克一起并肩站在田野里的情景。

---

① "同事"和"同志"在俄文中是同一个词,列车员称"同事",乘客则理解为"同志",因为当时有些社会革命党人和无政府主义者在搞这一类恐怖活动。

419

"他写过诗。"

萨姆金听到有人在悄悄地说：

"留神：戴眼镜的那位先生拿着手枪。"

他不由自主地连忙把手枪扔到沙发上，可是这句耳语却引出了大声的答话：

"哼，这有什么呀？手枪嘛，我也有一支，而且，大概很多人也都有。可是一个人也没有打死，这倒是非常可疑的！这，您知道吧……"

"是的，很奇怪……"

"在士兵的押运下……"

"士兵不是猫头鹰，他晚上也要睡觉。而他们手里有炸弹。他们喊一声：举起手来，就全有了！"士兵中有一个沮丧地说。

"不论怎么说，也应该开枪嘛！"

"举起手来，还能开枪？算了吧，先生！我们将对上级负责，至于您，我们不认识。"

"他说得有道理，"克莱顿说道。

这些在黑暗中看不见的人们的话语声对萨姆金的作用简直像一场噩梦。

"伊诺科夫，当然会被逮捕的……"

他对自己很不满意，他觉得自己的所作所为不够刚毅沉着，而且克莱顿已经注意到了这一点。

"伊诺科夫绝不会伤害我的，"他这样责备自己。但是立刻就出现了一个问题："可是我又能有什么作为呢？"

于是萨姆金走进了单间，决定不再去想这个问题，专心去倾听过道里活跃的谈话。

"十分钟就做完了手脚！"

"七分钟。"

"您看着表数啦？"

"那个士兵说话太没有礼貌，这哪里像个兵。我本人就是军人。"

"列车员！为什么不开灯？"

"电线被切断啦,大人。"

克莱顿走了进来,坐到沙发上,摇晃着脑袋说道：

"您的同胞都是些宿命论者。"

萨姆金整理着床铺,没有作声,那个身材高大的人的低音在过道里令人心安地劝慰说：

"怎么样,诸位：让我们为了我们能大难不死、依然健在而感谢上帝吧……"

"快到乌法了。"

克莱顿打了个哈欠,说道：

"您不应该那样扔手枪,对自动手枪要特别小心。"

"我是扔在柔软的东西上的呀,"萨姆金生气地回敬了他一句,躺在床上,就沉思起少数人对其余所有人的蔑视这个问题来。就说伊诺科夫吧。法律、道德以及一切指导大多数人生活的准则,还有国家和人类文明劝诫世人的那些道理,对他来说,又算得了什么呢？他突然记起了斯切潘·库图佐夫的话："统治阶级的国家正在用腐朽的木料修补这座老屋"。想起了这句话,就像想起了民事诉讼中对方说的击中要害的语句一样,使他很不舒服。过道里,人们的谈话还在继续,那个低音在有说服力地证明说：

"你们看到了吧：杜马无力使国家长治久安。我们需要独裁,应该拥立那一位大公……"

"您给我们几位小公吧,但是要聪明的！"

"诸位！大家都倍受惊扰,可是我们却在妨碍人家睡眠。"

"说得好,"克莱顿嘟哝说,关上了房间门。

萨姆金睡着了。

## 四

萨姆金被克莱顿的疯狂叫喊惊醒了：

"您毋有权利扣留我,"①他大声叫喊着,不仅不注意语法的正确,甚至还仿佛是在故意显示说错的字;单间门口站着一名像钉在那里似的年轻宪兵,他回答说:

"没有得到命令放行。"

"但是我需要发几封电报,您明白吗?"

"命令任何人都不准下车,"宪兵回答,然后又对萨姆金说:"请您给他解释一下:列车停在信号机外,离车站还很远呢。"

"您听见了吗? 他们不准我去发电报! 我跑着,跳了下去,可能把腿摔伤了,他们把我捉住,带回这里,叫这家伙把门挡住!"

他挥舞着帽子,指着那个宪兵说;他脸色苍白,额角上渗出了汗珠,下颚直哆嗦,两眼充血,闪着愤怒的光芒。他姿式很不舒服地坐在床上,一条腿直伸出去,另一条腿撑在地板上,不停地在咆哮:

"你们应当明白,你们是在拘禁我! 这是野蛮行为! 我要控告! 我要请我国大使向彼得堡提出抗议!"

"请您不要激动!"萨姆金劝他说。"我们马上就会弄清是怎么回事。"

克莱顿抚摸着腿,不作声了,这时车厢里的气氛突然变了,寂静得令人可疑。萨姆金从宪兵臂下朝过道里瞥了一眼,发现所有房间的门都是关着的,只从一个门里探出一个留着白胡子、毛发竖起、气势汹汹的脑袋;这个脑袋充满敌意地瞅了萨姆金一眼,就缩回去了。

"什么鬼名堂,"萨姆金心里想,便向宪兵说:"怎么回事儿?"

"检查证件,"宪兵客气地小声回答道。"列车是由这节车厢的自动制动器刹住的。您同房间的那位乘客以为是已经到站了,就往下跳,把腿摔伤了,因此在大发脾气。"

"我的一条腿摔伤啦,"克莱顿又叫了起来。"这我也要提出抗议。我这条腿一年前曾受过一点儿伤,但那是很轻的伤!"

宪兵站到旁边去,一位黑胡子的军官和一个钩鼻子、戴着夹鼻眼

---

① 从克莱顿平时的俄语水平来看,不应有这种把"没有"误为"毋有"的语法错误,故萨姆金认为他是有意为之。

镜、清瘦的脸上带着讽刺神色的司法官员站到了他的位置上,军官要求出示证件。克莱顿从上衣里边的口袋里掏出证件,哼了一声,牙齿咬得吱吱响,就把证件扔到萨姆金的膝盖上。萨姆金把它和自己的一起交给了军官,军官看过后,从自己的肩膀上递给了那个司法官员。所有这一切都是在沉默中进行的,只有克莱顿在愤愤地咕噜着热辣辣的、咝咝的英语字句,并用手绢擦着脸上的汗。萨姆金预感到在这无言的沉默中正酝酿着某些对他极不愉快的事情,便叹了口气,点上了烟。那位司法官员看完了证件,皱了一下眉头,在军官耳边悄悄说了些什么,然后说道:

"先生们,请允许我为打搅你们表示我们真诚的歉意……"

克莱顿朝他挥了一下帽子,傲慢地叫喊起来:

"噢,这不行!这不能使我……满意。我摔伤了腿。这是物质的损死(失),是的!我不离开这里。我要求给我找医生来……"这时军官走到他跟前,开始劝慰他,而那位司法官员问萨姆金,曾否在车厢里看到外貌上有某种不像是头等车乘客的人?

"没有,"萨姆金说。

"夜晚,直到列车在两站之间停下之前,也没有听到你们门边有什么声音?"

"我醒来的时候,列车已经停下来了,"萨姆金回答说,而克莱顿则大声叫道:

"我也正熟睡,是的!我身体健康,所以睡得总是很香,现在你们把我弄得再也睡不好了。我要求给我派医生来。"

军官非常客气地对他说,列车马上就要进站。

"铁路的医生将为阁下效劳。"

"噢,非常感谢!不过我倒宁愿是阁下需要他来效劳。这里有我国的领事吗?您不知道吗?但是,我想,您总该知道,到处都有英国人的。我希望您能请一位英国人来。我决不离开这里。"

那位司法官员继续向萨姆金提出一些无聊的问题,然后悄悄地请

423

求他说：

"您劝劝您那位同室的人,不然的话,他那种歇斯底里的样子定会引起公众的注意,这对他和阁下未必是什么令人愉快的事情。"

萨姆金本来想说,不必对这个人如此关心,但是却默默地点了点头。司法官员和军官到别的房间去了,这使克莱顿稍微安静了一点儿,他挺直身子,躺在床上,闭上眼睛,一定是咬紧了牙关,所以颧骨上凸起了筋肉,使他的脸变得非常难看。

过了几分钟,列车进站了,上来了一位还不太老的医生,割开了克莱顿的皮靴,发现是复杂的骨折,并安慰他说,他知道城里有两个英国人:一位工程师和一个收购羊毛的商人。克莱顿拿出纸簿,写了两张便条,并且请求立即把便条送给他的同胞。来了几个护士,把他抬进了车站医院的急诊室,就在那里,他嫌恶地观察着周围,流露出明显的厌恶神情,闻着浑浊得出奇的空气,对萨姆金说道:

"我们的愉快旅行夭折了,这使我十分忧伤。您就要回家去,是吗?您把这一切讲给玛琳娜·彼得罗夫娜听听,让她大笑一场吧。这毕竟是很可笑的啊!"

他叹了一口气,颇富哲学意味地总结说:

"生活中有很多事情常常是这样收场的。在利物浦,有个人在拥抱自己的未婚妻时,被别针刺瞎了一只眼睛,这倒并未使他十分伤心。'一只眼睛也能很好地养活我,'他说道,因为他是个钟表匠。但是未婚妻却认为,他一只眼睛仅能欣赏她的半边身体,便不同意跟他结婚了。"他又长叹一声,弹了一声舌头,说道:"按俄国人的风尚,这是很合乎情理的,但是,好像并不有趣……"

萨姆金一直等到来了一个眼睛灵活、穿着法兰绒上装的瘦小的人,他和克莱顿一见面,就像老朋友一样,微笑着交谈起来。萨姆金跟他们告别以后,就到车站食堂去满意地吃了早餐,喝过咖啡,便动身去游览市容,心里想着:最近一个时期,他生活中遇到的麻烦都没有费事就迎刃而解了。

甚至产生了一个大胆的念头:如果能和伊诺科夫再相逢一次,那一定是非常有趣的,不过,当然是在他不去抢劫的业余时间。

"我已经两次把他从绞架上救下来,他对此作何评价呢?……而这位克莱顿却是一位很典型的人物。高贵种族的人。深信自己比其他所有的人都优越。"

这座城市给人的印象是非常低矮,它仿佛不是耸立在地上,而是坐在地上。风犹如汹涌的波涛从草原上袭来,在街道上卷起阵阵黑乎乎、暖烘烘的透明尘埃,在许多教堂的圆顶中,萨姆金发现两个清真寺的尖塔,只是在这以后,他才开始注意街上那些蒙古人脸型的行人。白河原来是条浑浊的黄河,而乌法河的河水倒是更为碧蓝、清澈。肮脏的河岸上堆满了流放的木材,还聚集了几乎同样多的被太阳晒得黝黑的、衣衫褴褛的巴什基尔人。总的来说,不知道为什么使人感到一种永恒不变的苦闷,于是这样的想法便油然而生:伊诺科夫、库图佐夫以及其他一些这一类型的人物牺牲自己的自由,冒着生命的危险从事的事业是徒劳的,他们是不会胜利的,是不能廓清这片暖烘烘的、烟尘迷漫的苦闷的。袭来的忧伤倒并不怎么使他感到压抑,他反而有点儿心平气和了。

他想起了雪莱的诗《奥西曼底》:

死寂的荒漠和漠上的苍穹①。

## 五

两天之后的晚上,玛琳娜坐在他的寓所里,穿着氧化银色的连衣裙。克莱顿估计得非常正确:她不停地笑着,听他讲抢劫列车以及英国人的不幸遭遇和暴怒的场面。

---

① 雪莱的十四行诗《奥西曼底》的最后一行。

"不,随便你怎么说,而这伙人毕竟是好样的!干得漂亮!"

"告诉她伊诺科夫的事儿吗?"萨姆金心里自问道。

"嘿,这个朗奈尔真是个怪人!"她几乎笑出了眼泪,接着却突然掩饰自己幸灾乐祸的兴头,一本正经地说道:"他也是活法如此!让他尝尝俄罗斯生活的味道吧。他,你知道,是来暗地到处探听,什么地方卖什么东西的。他自己对此当然讳莫如深。但是我却感觉得出来!"

她沉默了片刻,舐了舐嘴唇,扬起一道眉毛,冷笑着继续说道:

"现在是商人当权,可是他的本钱却很有限,于是他就开始招徕外国人:请来买俄罗斯吧!"

"你又在开玩笑啦,总是在开玩笑,"萨姆金没话找话地说;她回答说:

"我见你无聊得很,所以才玩笑一番。再说,我吃饱喝足,身体健康,不说说笑笑,还有什么可干呢?……"

她不说话了,从桌子上拿起一本书,随便翻着,双眉紧锁,仿佛在对什么问题做出决定似的,萨姆金见她不再开口,便讲起伊诺科夫,讲起最近跟他的两次奇遇。他一边讲,一边在想:她会怎么看待这一切呢?她把书放在自己的膝盖上,目光越过萨姆金的肩头,注视着窗外,默默地听他讲述,等他讲完之后,低声说道:

"是个很有趣的人!当然,会上绞架的,会的……你听到这样的评语,想必会感到古怪,可是我对这类人物总是偏爱的。"

"你知道,你的很多思想感情我不能理解,"萨姆金说道。

"知道,"她同意说;这两个字说得异常简单。

"可是我非常想理解,"萨姆金补充说。"我跟你的关系已经到了这样的程度,它……要求有毫不含糊的理解……"

她笑着问道:

"你是不是要向我求婚?"

但立刻又说道:

"我这也是戏言。我知道,你并不准备求婚。可是给你讲我的心

事,我却做不到。过去已经讲过多次了,可是你不相信。"她站了起来,隔着桌子把手伸给他,并且用稍稍压低的声音说道:

"这样吧,再过几天,我这条船要举行跳神狂欢节,如果你愿意,我就告诉扎哈里,叫他带你去见识见识这个节日,怎么样?可是只能从一个缝隙里看,"她最后又补充一句,接着就是微微一笑。

她的建议既没有使他感到惊奇,也没有使他感到高兴,但却使他陷入惶惑不安,因为非常出人意外,而且他并不理解这一意外的含意。他看到,玛琳娜的眼睛里流露出异乎寻常的笑意,就像是她违心地说了些什么考虑不周的、带有一定风险的事情,因而对自己很不满意,在生气呢。

"太感谢了,"他急忙说道,而玛琳娜却又重复了一遍:

"在远处,从缝隙里看。好,再见!"

送走她以后,萨姆金急忙跑回房间,站到窗前,欣赏着这个女人体态轻盈、庄重地走在阳光照耀着的那半边街道上,她的头上,撑着一把紫色的小阳伞,衣服闪着金属的光泽,她那古铜色小巧玲珑的皮便鞋非常优美地踏着人行道上的石块。

"偶像,一尊金黄色眼睛的偶像。"他怀着赞赏的心情想道。但是这种心情迅即消失,萨姆金突然产生了一种惋惜之情——惋惜自己,还是为她惋惜呢?这他也不清楚。她走得越远,他就愈深地陷入一种模糊的、惶惶不安的心境中。他很少想到,玛琳娜是个什么教派的成员。而此刻想起了,并去思考这件事儿,不知道为什么使他感到特别不舒服。

"好,神秘的大门终于要打开了,"他对自己说,并且坐到了椅子上,一会儿用手指敲敲膝盖,一会儿又扭弄扭弄小连鬓胡子。他的玩笑很不成功。

产生了会遭受某种损失的担心。他匆忙检查了自己跟玛琳娜的关系。他所知道的有关她的一切,完全不符合他对一个笃信宗教的人物的设想,尽管他不能说他对这样的人已经有一个十分明确的设想;

但是最低限度,这应该是一个仅仅热衷于神秘主义和形而上学的人。

"作为一个笃信宗教的人,她太聪明了。但是,要知道,绝不可能有个什么不信奉上帝或者魔鬼的教派呀!"他这样思索着。

她关于理性的那套理论,跟她的生活实践完全是自相矛盾的。她谈论神精的那些话,以及前前后后对他讲的一切她对宗教和教会的观点,他既不理解,也不感兴趣,所以迅即忘却。惟一记得的只有那次她谈到神甫时的勃然大怒。但是这也并未给他说明任何问题,他甚至觉得:"我在这方面大概夸大了些什么东西,或者有些什么东西我并未理解。我从来没有跟她争论过这个题目,我不能,也不愿意跟她争论,但是为什么我好像怕跟她争吵呢?"

惶惑不安的心情加重了。而且最后他忽然明白了,他害怕的并不是争吵,而是担心出现某些愚蠢和庸俗的情况,从而使他跟这个女人已经形成的关系毁于一旦。那就太可悲了,然而正是这种担心才使他惶惑不安。

"但是这个问题实际上是很好解决的呀:我不去不就完了嘛,"他心里想。

但这并不是决定。

## 六

三一节后的第一天——降灵节的那一天,萨姆金照样坐在窗前,从花间欣赏着街头的景色。窗外正缓缓走过送神的行列:在所有教堂神职人员的率领下,本城居民正往城外的田野走去,把圣母的神像送回远处的一座修道院,她原来就是供奉在那里,每年在复活节那个星期的礼拜六,由全城各教堂轮流接去"做客",然后又从教堂匆匆忙忙地、不那么壮观地抬到各个教区,挨家挨户去降吉祥,从"住户"那里为修道院收集成千上万卢布祭神的贡奉。

萨姆金看着那密密麻麻着节日盛装的人群,他们严严实实地塞满了用白桦树枝装饰起来的街道,就像当年在莫斯科打着红旗走在被绸带和鲜花遮没的棺材后面为鲍曼送葬的人群一样拥挤。也像当年一样,响起了几万只鞋底践踏在马路鹅卵石上的脚步声。枯燥乏味的脚步声擦着石头,在人们光着的头顶上扬起一片灰色的烟尘,成百面旗幡的金饰在烟尘中闪着暗淡的光辉。风吹弄着旗幡,吹动着人们的头发,追逐着空中的朵朵白云,云影掠过人群,仿佛在擦去那些红红的秃顶上的汗珠和灰尘。铜钟低沉的响声不断地在空中回荡,湮没了众人合唱的歌声。高举在人群头顶上的、金碧辉煌的方形圣像引导着人群前进,圣像上有两块黑斑,一块大些,另一块小些。圣像安放在两根长杠上,微微向后仰着,在骄傲地摇晃,长杠扛在紧挨在一起的人们的肩膀上,萨姆金看到他们轻松地肩负着自己肩上的重担。

圣像的后面,缓慢地走着体态笨重、金光闪闪、看不见脚的神甫们,走在他们前面的是白胡子、身宽体胖的大主教,他头上戴着金色的法冠,上面镶满光芒四射的宝石,手里拿着一根长长的、也是金晃晃的法杖。看上去,大主教和那几十个身穿法衣的蠢笨身影走得越远,这股浮动的金色人流就变得越结实,他们身后仿佛拖着太阳的全部力量,拖着它的全部光辉。人群的洪流浩浩荡荡,而且总的来说,它具有一种特殊的美,萨姆金感觉到了这一点。

但是他宁愿过晦暗的日子,刮起更大的风,有更多的尘埃、雨水、冰雹,而少一些节日。他并不是第一次看到送神的宗教行列,而且对神职人员的行列也像对军人检阅一样,他总是很淡漠。可是这一次他却竭力想在这川流不息的人群中找到点儿什么可笑、愚蠢、庸俗的东西,他想起了列夫·托尔斯泰在《复活》中把神甫的法衣称为金色的蒲包,为此,俗不可耐的文学家亚辛斯基在书评中说,托尔斯泰简直是个中学生。可恼的是放在沉重的神龛中的神像,人们抬得竟是那么轻松自如。

"玛琳娜不会更重些,但是却要漂亮得多、庄严得多……"

第二天早晨,他在报上的一则关于昨天在大教堂举行盛大弥撒的报道中,读到了大司祭的一句话:"我们欢天喜地、兴高采烈地送别我们的护卫神",这是蠢话:当人们送别被他们看作能够创造奇迹的圣物时,为什么应该兴高采烈呢? 接着他记起了在鲍曼的葬仪中,有个胖女人问道:

"给谁送葬呀?"

"给革命送葬,大娘,"人们回答她说。

这一回忆给萨姆金的思想加了一点热,这时他已在愤愤不平地想道:

"就是为了这群畜生,为了它们的温饱,那些政治上的亚伯拉罕把许许多多的以撒奉为牺牲,而萨莫伊洛夫之流的人正在用孩子制造革命家……"

这时他又记起了:

"也许,根本就没有过什么小孩吧?……"

他已经不对自己隐瞒,他的愤慨是人为的,之所以要这样做,就是为了使他今天即将看到的一切,不比他已经看到过的更为愚蠢。

"简直是孩子气,"他责备自己道,并且冷笑了一下,又想道:"既然我如此担心她会大出其丑,这显然说明,她对我具有多么重要的意义。"

人群已经走过去了,但是街道上却显得更加热闹,马车川流不息地驶过,响起了马蹄踏在鹅卵石上的嘚嘚声,身穿黑衣的老头儿和老太太蹒跚走在便道上的脚步声和手杖戳在地上的声音;孩子们在奔跑。但是很快这一切也都消失了,这时从一所房子的大门下面钻出了一只黑狗,它张开血红的大嘴,打了一个长长的哈欠,便躺到荫凉里去了。几乎就在这时候,一匹肥壮的杂色马拖着一辆藤编马车,从窗前飞驰而过,扎哈里坐在车夫座上,穿着一件皱巴巴的灰色风衣。

"这意味着要跑很远的路了,"萨姆金这样思量,急忙穿好衣服,向大门走去。

扎哈里默默地向他点了点头,等他坐稳以后,便驱马疾驰而去,像个木偶似的在车夫座上不停地颠簸。

## 第十七章

### 一

城市显得非常空旷,发出的喧声仿佛是木桶里的轰鸣。路程并不长,出城以后,在一片菜园地里,扎哈里就把马车拐到一条栅栏和篱笆间的小道上,朝一座两层楼的房子驶去;楼底层的窗户有的用砖砌死,有的用木头钉上,上层的窗户已经没有一块完整的玻璃,大门上面有一块生了锈的弓形招牌,但是字迹倒还很清楚,"人造矿泉水厂"。

萨姆金叹了口气,扶正了眼镜。马车驶进了宽大的院子,院子里满目蓬蒿,草丛中突立着几根烧焦的木柱,耸立着一座半倾塌的炉子,破碎的玻璃瓶子在杂草中闪闪发光。萨姆金记起了外祖母领他看的她那座毁损殆半的老屋以及同样的一个遍地都是破玻璃瓶子的庭院。他回忆起了这些,就想道:

"又回到了童年时代。"

马小心地走进一间敞着门的木板房,昏暗中有人抓住了马缰绳,扎哈里踏着颤动的地板,朝板房的后墙跑去,打开墙上的一道门,小声地招呼他说:

"请吧!"

萨姆金眨巴着眼睛,走进灌木丛生、使人透不过气来的花园里;在浓密的草丛中,菩提树下,展现出一座长长的平房,房子的正面有三根圆柱和一间有三个窗户的阁楼,旁边围了一些附属的小建筑物,它们从两边支撑着房屋,爬向屋顶。这座房子有人住着,阁楼的窗台上摆着几盆花。他们走进花园的角落里,发现房子原来建在一个小丘上,后面是两层的楼房。扎哈里打开一个小门,劝告他说:

"小心点儿。"

黑暗中,楼梯在吱吱作响,又开了一道门,明晃晃的阳光照耀得萨姆金什么也看不见了。

"请您稍候片刻,我马上就回来!"扎哈里低语道,关上门就走了。

萨姆金摘下帽子,扶了扶眼镜,环顾了一下四周:阳光烤晒着的窗下,有一个长皮沙发,沙发前面的地板上,铺着一张践踏得不成样子的白熊皮,角落里是一个镶着跟柜门一般大小的镜子的衣柜;墙边有两把皮椅和一个小圆桌,桌上放着一个细长颈的玻璃水瓶和一只杯子。屋子里闷得很,光秃的墙壁漆成浅蓝色,仿佛房间里的一切东西都扑上了一层看不见的、刺鼻的尘粉。萨姆金坐到皮椅里,点上烟,倒了一杯水,可是并没有喝:因为水是温吞吞的,有股霉味儿。他谛听了一会儿,整个房子静得不大自然,这一片寂静,也像他周围的一切一样,使他感到其中隐藏着某种令人屈辱的东西。门无声地开了,扎哈里走了进来,萨姆金一眼就看出,他脑袋上的头发比平日多了一倍,而且比平常更卷曲了,就像洗过了,并且卷过似的。

"请跟我来,"他悄悄地邀请说。"不过,请把烟扔掉,那里不能吸烟,也请不要划火柴!咳嗽和打喷嚏也请忍耐着点儿,务请帮忙!如果实在忍耐不住了,就请用手绢把嘴捂住。"

他扯着萨姆金的衣袖,领着他往下走了六磴台阶,小心翼翼地把他推到一件什么柔软的东西上面,并且低声说道:

"好啦,请坐下吧,从这里就可以看到了。不过,务请肃静!墙上有块布片,你会摸到的……"

## 二

　　黑暗中,萨姆金撞到一件家具的背上,他摸索到粗糙的座位,就小心地坐了下去。这里比上面凉快一些,但是照样充满了浓重的灰尘气味。

　　"现在让我们来看看怎样在人造矿泉水厂里进行宗教活动吧!但是我怎么才能看到呢?"他把一只脚在地板上的柔软东西上移动了一下,用这只脚撑在墙壁上,用手在墙上摸了一会儿,找到了那块布片,动了动它,于是他眼前就出现了一长条指头那么宽的光亮。

　　萨姆金扶着眼镜,往缝隙里瞅了一眼,立刻就觉得好像正在坠入无边的昏暗,在昏暗中高悬着一片扁平的正圆形浑浊的光影。过了一会儿,他才恍然大悟。那原来是光线映在注满水的木桶的水面上,水满得跟桶沿齐平,光线照在水上,形成一个大圆圈;另一个比较小的、也比较暗的光圈照在像泥地一样黑的地板上。在水面上那个圆圈的中央,有一个恍惚不定的阴影,看上去好像是水凹进去一块似的,这同样也很难理解,它是什么东西的影子?

　　"是玩的什么魔术。"

　　他睁大眼睛才看清楚,天花板上高悬着一盏带黑灯罩的灯,再往下一点儿,灯下面,挂着一件说不出是什么东西,类似一只展开翅膀的飞鸟,原来映在水面上的就是它的影子。

　　"并不怎么高明,"萨姆金气喘吁吁地想道,并且闭上了眼睛。坐在那里很不舒服,寂静也令人不快,他心里想,所有这些幼稚的神秘玩意儿,可能都只不过是为了使他大吃一惊而故意安排的。

　　他坐的那块地方的地板下面,有什么东西轻轻响了一声,昏暗立即摇动了一下,显得明亮了一些,接着人们驱散昏暗,露出一间又长又大的房子的墙壁,开始往房间里走,他们都光着脚,手里擎着点燃的蜡烛,穿着拖到脚踝的白长衫,腰里扎着什么看不清的东西。他们都是

433

成双成对的,一男一女,手拉着手步入室内,只有女人手里才擎着蜡烛;萨姆金数到第十一对,就不再数了。在最后的两对中,他认出了在"快乐庄园"见过的、玛琳娜的那个凶狠的红脸看门人和性情乖僻的瓦夏。穿上长衫的瓦夏简直像个巨人,虽然大部分的男人都个子挺大,可是瓦夏比所有的人都高出一头。人们在木桶前面站成了半圆形,后脑勺对着萨姆金;不过从瓦夏那庄严的走路仪态来看,萨姆金猜测,他脸上一定挂着他那高傲、傻气的微笑。

烛光使屋子扩大了。这间屋子非常大,从前可能是个仓库,没有一个窗户,也没有任何家具,只是在一个角落里有一个木桶,桶沿上挂着一把勺子。在那个角落的前面,耸立着一个一俄丈见方的台子,上面铺着黑色的地毯,地毯非常宽大,四边都垂到了地板上,又伸出足有一俄丈宽。台中央摆着一把蒙着黑丝绒的木椅或者沙发椅。"她的宝座,"萨姆金心里想,继续感到人们是在愚弄他。

他数了数烛光:总共是二十七支。男的有四个是秃顶,有七个头发都白了。他们大部分也跟女的一样,好像都是些成年人。所有的人都沉默不语,甚至连交头接耳的声音也听不到。他没有注意到扎哈里是从哪里钻了出来,并站到台边;他和大家一样,穿着拖到脚踝的长衫,赤着脚,他是男人中惟一手里擎着一支大粗蜡烛的人;一个矮小的女人,简直像个半大孩子,满头灰白的短发,手里也擎着一支大粗蜡烛,敏捷地跑到台子的另一边。

"现在她要出场了,一切剧场效果俱已齐备,"萨姆金断定。

三

玛琳娜出场时倒并不那么装腔作势:先是她的一只手在椅子后面的墙上闪动了一下,撩开了黑色的帷幕,然后亮出了整个身影,不过是侧影;她的发髻挂到了什么东西上,她用手去揪开幕布,可是用力太猛,竟把幕布扯了下来,露出了门的一角。之后,她向前走了一步,鞠

了一躬,说道:

"你们好,教内的姊妹兄弟们!"

五十多人不和谐地、嗡嗡地回答她的问候,声音沉闷,仿佛是在地下室里似的,玛琳娜的问候声也是这样沉闷;在回答她的问候的嗡嗡声中,萨姆金听出了几个多次重复的词儿:

"慈母、亲爱的、圣母……"

他们每人都向玛琳娜鞠躬,也向全体兄弟们鞠躬,然后又朝她鞠躬。她身上穿的衬衣大概是绸子的,显得更洁白、更光彩夺目。萨姆金觉得,她也像瓦夏一样,身材变得更高了。扎哈里把蜡烛高高举起,又放下来,然后把它吹灭。那个矮小的女人和其他所有的人都跟着这样做了,他们仍然保持着半圆的队形,把蜡烛扔到自己背后的角落里。玛琳娜高声、严厉地说道:

"虚伪的光明即将如此熄灭!让我们来歌唱赞美创造一切有形物体的无形造物主、伟大的精神吧!"

昏暗中,人们围成的半圆形蠕动起来,构成了一个圆圈,人们开始乱糟糟地、不和谐地、甚至有点儿阴沉地用圣歌的调子唱起:

> 我们向
> 无与伦比
> 永世不会再有的
> 一切生命,
> 惟一真实的,
> 最光荣的起源,
> 虔诚膜拜!
> 我们什么也不祈求,
> 不要任何赐予——
> 我们只要求精神的慧光
> 照亮世俗的灵魂……

435

萨姆金看得见玛琳娜的身影,急于要看看她的面容,但是昏暗却把它抹掉了。

"这颂歌大概是出自她的手笔,"萨姆金心里想。

人们围成的圆圈作为一个整体在缓缓从右向左旋转,几乎是在无声地旋转,仅能听到一点儿脚掌摩擦地板的沙沙声。颂歌唱完以后,玛琳娜命令说:

"请燃起精神之火吧!"

扎哈里站到水桶边,把两只穿在宽大衣袖里的手臂伸在水桶上面,就开始用跟自己平常说话不同的、不自然的、高亢颤抖的声调说道:

"姊妹兄弟们,这是我们第四次举行精神圣灵跳神会了,最纯洁的光明即将降临、显圣!我们生活在黑暗和污秽之中,所以我们渴望万力之神的降临!"

人圈旋转得快了,沙沙的脚步声也更响了,湮没了扎哈里的声音。

"我们要抛弃世俗的幸福,返璞归真,"他大声叫喊。"让我们互相热爱,燃起我们心中的烈火吧!"

人们密集围成的灰色圆圈在旋转,仿佛把昏暗推开、扩散开去。萨姆金比较清楚地看见了玛琳娜,她两手放在胸前,昂首坐在那里。萨姆金觉得他看见了她的面容——威风凛凛,毫无表情。

"我的眼睛对黑暗已经适应了。她真像一尊什么偶像。"

"我们的肉体——魔鬼的枷锁,将化为灰烬,我们的精神将从魔鬼的诱惑中解放出来,"扎哈里不断地大声喊叫,人们抓住他,拖进圆舞圈中,可是他仍在叫喊,而且已经有个尖细的、歇斯底里的女人的声音在跟着他喊:

"噢,精神!噢,神圣……"

"还不到时候哪!"一个重浊的低音震耳欲聋地吼叫道。"你抢什么先呀?没有头脑的家伙!"

一个秃顶的、蓄着大胡子的人站到了扎哈里原来站的地方,闷声大叫起来：

"有些姊妹兄弟是第一次和我们一起参加跳神大会。有一位在怀疑：我们不承认基督！这对吗？也许，还有另外一些人跟他有同样的想法。既然这样，贤明的舵手，请允许我讲讲吧。"

玛琳娜一动也未动，可是圆圈的旋转慢了下来，秃顶的人挥了一下双手，说道：

"转呀，尽情地转吧！我的嗓门大得很，听得见！"

他粗重地咳嗽了一声，继续大声说道：

"我们不承认基督是神，但是承认他是人！基督是个精神高尚的人，然而撒旦诱惑了他，于是他就自命为上帝之子，真理之王。可是我们认为，除了精神之外，根本就没有什么上帝！我们不是圣贤，我们是些普普通通的人。我们认为真正的圣者，就是人们叫他疯子的人，他除了信仰精神之外，抛弃一切的信仰。只有精神来自自我，而其他一切的神都是理性的产物，理性诡计的产物，借基督之名，行理性之实，行教会和当权者的理性之实。"

诸如此类的论调，萨姆金也曾从玛琳娜那里听到过，所以老头子的话很容易就记住了，但是他说得太长了，而且语气庄重、恶毒，因而听起来非常无聊。

"大概是个开杂货铺的，或者开肉铺的家伙，"萨姆金这样判断，这时秃顶的演说家已经加入了人圈，并且用大喇叭似的声音叫道：

"快点儿转！噢，精神，噢，神圣！"

"噢，神圣，哎，精神，"有十几个声音不和谐地、不太响亮地重复着，女人的声音尖锐、刺耳。当秃顶老头儿挤进人圈的时候，他仿佛把人们摇晃了一下，使他们离开了地板，而且使圆圈旋转得那么快，以至每个人的体形已经分辨不出，形成了一个无定形的、没有手的躯体，一些毛烘烘的脑袋在这个躯体上，在它的脊背上跳动、摇晃；光脚板轻柔的脚步声更清晰，更响亮了，妇女们叫喊得更加狂热，这些不和谐的喊声变得越来越有节奏，呻吟声压倒了喧闹声：

"噢,精神,啊,精神!"

"嗳哟,嗳哟,"男人们在忧郁、低沉地叹息着。萨姆金眨巴着眼睛,越过这巨大、狂舞的躯体,越过这灰色的圆舞的旋风,看着玛琳娜的身影,等着看她什么时刻和以什么形式参加进去。

他是明确地不希望她参加进去的。就像现在这样,置身于这些疯狂的,正在结成不可分离的沉重圆环旋转飞舞的人们之外,做一个旁观者,这对她更为合适。他甚至觉得,随着人们旋转速度的加快和欢呼声浪的加强,她像一片白云、一片光明,在他们头顶扩张,她扩张着,吞没着昏暗。这种情景令人心烦地持续了很久。萨姆金摘下眼镜,用手绢擦了擦眼睛,不戴眼镜看去,下面的一切显得更加模糊不清,更加疯狂、猛烈。他觉得这轰鸣的旋风正在把他也卷进去,使他的身体在做一些不由自主的活动,腿直哆嗦,肩膀在晃动,他不停地左右摇晃着,身下座椅的弹簧在吱咯作响。

"这是我在想象,"他对自己说,而且觉得他是在很远的什么地方跟自己说话。"荒唐!"

## 四

从缝隙里透进难闻的、充满汗臭和灰尘的暖烘烘的空气,刺激着萨姆金的眼睛,头顶上有一片破糊墙纸在窸窣作响。他的眼睛死盯在木桶水面的光圈上,水面上闪着波纹,映出的光圈在颤抖,中心的黑影却仿佛静止不动,而且不再是凹进去的,而是凸出来的了。萨姆金看着这个黑影,期待着会出现什么新花招儿,并且思忖着。

"空气的流动使水面生波,黑影是吊灯的投影。"

这是他头脑还清楚时的最后认识,然后,他突然觉得,黑影膨胀起来,在水桶的中心形成一个小漩涡。这只是在一刹那间,在两三秒钟的时间内显现的,并且是和一阵更猛烈的脚步声同时出现的,乱糟糟的叫喊声更大了,深沉的呻吟声中又加进了歇斯底里的、欢乐的、但又

像是惊慌的号叫:

"快点儿—转呀,快点儿—转呀……"

有个人像熊似的嘶叫起来:

"呜呜,呜呜!"

这个浅灰色的混合体沸腾得越来越厉害,人们完全没有人样儿了。在这像一团灰色烟云的圆圈上,甚至连人头都几乎分辨不出来了,旋风似的运动仿佛忽而把这个圆圈卷到空中,卷向那片幽暗的亮光,忽而又把它压到人们脚下黑魆魆的暗影里。在长衫的翻舞飘动中,人们的脚也分辨不出,而衣襟下面的东西则在升腾沉浮,宛如航船的甲板。桶中水面的波纹越来越大,波动得也越来越快,水面上的光影更亮了,它碎成了浪花。萨姆金又看到了水面黑圈中心的小漩涡,他不再企图使自己相信,那只不过是他的想象,而不是果真看见的。他觉得自己已经从肉体上跟下面那个没有头、没有手的怪物连结在一起;觉得人们在这幽暗有限的空间中的疯狂旋转正在使他苦闷地窒息、死去,但是他却仍然在观看,怎么也闭不上眼睛。

"快呀,兄弟姊妹们,快呀!"一个女人的声音在号叫,另一个女人的声音叫得更刺耳,两次喊出了一个不知道是什么意思的词儿:

"达摩!达摩!①"

人圈中出现一片骚动,圈子乱了,断了,有几个人跳出了圈子,有两三个人倒在地板上;一个短发的小个子的女人跳到水桶边,她挥舞着宽大的长衫袖子,像两只翅膀似的,以令人难以置信的速度,围着木桶飞跳,用海鸥似的叫声喊着:

噢,阿奥达希亚②

噢,无敌的神

---

① ② 这两个词均系鞭身教派从印度教义体系中吸收的,一般教徒对其涵义都不甚了然。"达摩"是秩序、原则的意思,表示宗教赋予不同社会地位的人们的职责、义务。"阿奥达希亚"意即"无敌的神"。

扎哈里抓起人们的手,把圆圈重新连接起来,使它重又疯狂地旋转,人们呻吟、叫喊的声音轻了一些;头发花白的小个子女人拍着手、弯着身子,仿佛要扎进水里似的,然后又跳着、叫着:

达摩!达摩!
噢,丘德玛尼①,
太阳之鸟,
永恒的火焰!……

人们痉挛地扭动着身体,仿佛极力要挣脱他们的手结成的锁链;看上去,他们旋转的速度每秒钟都在加快,而且这种加速好像是无止境的;他们重又狂热地号叫起来,形成了一阵烟尘滚滚的旋风,它时强时弱,使屋子里的昏暗忽淡忽浓;有些人扭动着、号叫着,把身子向后仰着,好像要仰面摔到地板上,但是圆圈旋风似的转动带动着他们,使他们直起身来,于是他们又重新加入了这块灰色的躯体,看上去,这个躯体就像龙卷风一样,越旋越高,忽然一声尖厉的叫喊压下并划破了这片呻吟、呐喊、哀号和尖叫声:

达—摩—摩……

圈子越来越经常断开,被这灰色躯体的旋转卷进去的人们有的摔倒了,在地板上爬着,离开了圆圈,爬到一边去,爬进昏暗中,圈子缩小了,有些人用手捧起水桶中波动的水互相往脸上泼,有的被撞倒,摔在地上。那个轻盈得很不自然的小老太太也跌倒了,有个人把她扶起来,抱出圈子,放进黑暗中,就像沉入水中一样。

---

① 男人和女人头上戴的宝石,原是一个因苦修而感动了神灵的僧侣的名字。

## 五

　　萨姆金已经什么都不想,甚至仿佛茫然无知,但是却有这样一种感觉:他坐在悬崖边上,而且很想跳下去。他并没有看玛琳娜,而是凭眼睛的记忆,知道她一动也不动地坐在那里,高踞众人之上。他的眼睛已经完全适应了这昏暗的环境,他甚至已能分辨出那些甩出了圆圈、倒在地板上、背靠水桶坐着的人们的面貌。他看到扎哈里抓住瓦夏,把他推出圆圈;而这个巨人张开双臂,好像在迎接并且要拥抱什么人似的,当他在圆圈内走动的时候,满面堆笑,容光焕发,一张非常漂亮、骄傲的脸。他从容不迫地摊开双手,声音洪亮,压下乱哄哄的喧嚣,好像是在回想已被忘却的词句,断断续续地讲起来:

　　"精神在飞翔……双翅雪白的雄鹰在翱翔。火的雄鹰。它在歌唱,你们听见吗?它在歌唱:我要把一切都烧毁!一切都将化为灰烬……太阳在沸腾。天上的雄鹰。欢乐吧!它将推翻一切。谁将是地狱的主宰?是人。"

　　两个声音非常和谐地歌唱起来:

> 我们要用全部力量武装起来,
> 用精神的火环把自己围绕起来,
> 驾驶航船在空中航行,
> 蓝天就是它的风帆……

　　旋转的速度慢了下来,喧哗声小了,但是跌倒在地板上的人却越来越多,只剩下二十来个人还在转;须发斑白、身材高大的汉子步履蹒跚,他跪到地板上,摇晃了一下毛烘烘的脑袋,愤怒地狂叫起来:

　　"诸神之女神——呜呼,伏祈圣察——时已至矣!人类正遭毁灭。且必将灭亡!尔乃……惟汝是慰,赖神是救!祈汝降临……"

他一边号叫,一边用手捧起水来往玛琳娜那边,往自己的脸上和斑白的头上洒个不停。人们互相拉着手,搀扶着臂膀,从地板上站立起来,重又围成一圈,扎哈里急急忙忙地摆弄着他们,把他们排好,嘴里还叫喊着什么,他突然又用两只手掌捂上脸,扑到地板上,这时玛琳娜走进了圈子,于是人们又重新尖叫着、呐喊着、呻吟着,疯狂地旋转、跳跃起来,仿佛竭力要从地板上飞起。

萨姆金看到玛琳娜在水桶边停下,袒开胸前的衬衣,捧了一捧水,先浇一只乳房,然后又浇另一只。

扎哈里和那个须发斑白、身材高大的汉子同时一跃而起,轻松得出奇地把她举起来,放进木桶中,水从桶缘上哗啦哗啦地溢出,仿佛烫了人们的脚,于是他们就更加狂热地号叫、旋转起来,又不断有人倒下去,尖叫着在地板上乱爬,玛琳娜一动也不动地屹立在水中,脸上也毫无表情,像石雕似的。萨姆金觉得,他看到了她黄铜色的眼睛、紧闭的嘴唇,水漫到她的膝盖以上,她的双手举在头顶,一点儿也不颤抖。现在她开始讲话了,但是在人们的脚步声和喧嚣声中,根本听不到她的声音,圆圈又不时断开,有些人冲到旁边去,像个大枕头似的,啪嗒一声摔到地板上,声音很柔和,一动也不动地躺在那里;有几个人单独地或者成对儿地在跳跃、旋转,但是也都相继倒了下去,或者伸出双手,像瞎子似的摇摇晃晃走到一边去,然后仿佛被砍倒似的,无力地倒在那里。一个披头散发的女人在围着水桶跳跃,叫喊:

"光荣,光荣!"

萨姆金觉得自己正在失去知觉,便站起身来,手扶着墙壁,迈了几步,撞到一个很响的东西上,好像是个空柜橱。朵朵白云在眼前飘动,眼睛也疼得很,仿佛里面塞满了灼热的尘埃。他划了一根火柴,看到了房门,然后熄掉火柴,摸索到门外,勉强地支持着,四周的一切都在摇动、轰鸣,两腿发软,仿佛喝醉了似的。

"一场噩梦,"他一只手扶着墙,一只脚探索着台阶,心里想道。只好再划一根火柴。他冒着摔倒的危险,冲下台阶,来到扎哈里最初领他走进的那个房间,走到桌边,贪婪地喝下一杯难闻的温吞水。

"她为什么要让我看这些玩意儿呢?莫非她认为我也会去旋转、蹦跳吗?"他明白,他现在就像个从噩梦中醒来的人一样,在抚摸着自己,机械地思索着。

在他下面的什么地方,仍然有人在继续蹦跳、叫喊,屋子里沉闷异常,窗外的蓝天上,火红的云朵在燃烧、溶化。萨姆金决定到花园去,躲在那里,呼吸点傍晚的空气;他走下楼梯,但是通花园的门却是锁着的。他在门前站了一会儿,又返回上面的房间,玛琳娜正对着镜子站在那里,一只手拿着蜡烛,另一只手从肩上脱下衬衣。他看到镜子里映出她那通红的脸、大睁着的眼睛和咬紧的嘴唇。玛琳娜摇晃着,仿佛站不稳似的。萨姆金朝她走去,她扬起一只手去遮掩胸部,湿透了的绸衫脱落到她的脚面上,她把蜡烛扔到地板上,低声呻吟道:

"噢,你怎么啦?快出去……"

萨姆金又往前迈了一步,踩在燃烧着的蜡烛上,看到镜子里映出洁白、优美的女人身体,并肩站着一个穿灰色衣服、戴着眼镜、蓄着尖尖的小连鬓胡子的男人,他那张拉得长长的黄脸上,流露出惊讶的神色,嘴大张着。

"走开,"玛琳娜又说一遍,侧身向他挥舞着手。他没有力量走开,而且眼睛怎么也舍不得离开那丰满的肩膀、紧鼓着的高高的乳房、披着浓密的栗色长发的脊背,也舍不得离开那个有一对玻璃眼睛的扁平、灰色的影子。他看到玛琳娜琥珀色的眼睛也在盯着这个影子,她把手举到脸前,用手掌把脸捂住,奇怪地摇着头,扑到沙发床边,跺着两只光脚,用喝醉了的声音喊道:

"噢哟,走开,你走不走呀!……"

这时,萨姆金才一面死盯着她,死盯着她那乱跺着的双脚,倒退着走出门去,关上门;他背靠着门,闭上眼睛,在黑暗中站了很久,但是还能清晰、生动地看到女人健壮的身体,看到那仿佛受了伤一般肿胀的紧鼓起来的乳房和粉红色的宽大臀部,可是在她身旁看到的却是自己那副头发散乱、汗淋淋的苍白脸上大张着嘴的丑态。

## 六

有人撞了一下萨姆金的肩头,使他清醒过来,他听到一阵低语:

"我的天呀,这是谁呀?这是怎么回事呀?扎哈里,扎哈里!……"

从这个女人骷髅般瘦削的脸盘上,萨姆金认出是玛琳娜的那个女仆,她用灯光照着他,她的手在颤抖,乌黑的眼窝里的眼睛也在惊骇地颤抖。扎哈里跑了进来,把她推开,气喘吁吁地、生气地嘟哝道:

"您怎么啦……乱走一气呀?这可不行!而我到处在找您,真把我吓坏了!您昏厥了吗?"

扎哈里拉着萨姆金的手,迅速把他扶下楼梯,连走带跑,拖了三十多步远,然后把他放到花园的一堆干树枝上,自己站在对面,用长黑外衣的衣襟扇着汗脸,露出了湿透的衬衣和赤裸的腿。扎哈里似乎瘦了些,个子变高了,白净的脸拉长了,突出了陶醉的、浑浊的眼睛,仿佛他的大胡子也变长了。汗淋淋的长脸露齿地微笑着,容光焕发,样子都变了,他在不停地说些什么,而萨姆金仿佛要防备他似的在提醒自己:

"他是个舞蹈家,小酒馆里的舞蹈家。"

这个原本是沉默寡言的文静人,竟会这样唠叨不休,使他厌恶已极。

"大家都在礼赞精神的狂欢中累得昏厥了。跳神大会就是狂欢呀……"

"我要走啦,"萨姆金说道,站起身来;扎哈里搀着他的手臂,把他带到花园的深处,悄声说道:

"是啊,您走吧!没有马,马要留给她骑。"

他把萨姆金领到围栅的一个缺口处,挥了一下大长胳膊,说道:

"过了菜园地往左拐,就是小教堂,一到那儿,您就认识路啦。"

萨姆金紧靠着围栅和篱笆走去,心里非常遗憾自己没有拿根棍子或者手杖。他摇摇晃晃地走着,头仍然在发晕,嘴里干渴难耐,眼睛也疼得要命。

种菜人家的庐舍彼此相距甚远,全是土路,行人稀少,微风轻拂着路上的尘土,扬起阵阵灰色的、轻飘飘的烟雾,树木在簌簌作响,菜园里狗在吠叫。在城市的另一端,就是往那里送神像的地方,几枚花炮正在慢悠悠地爬向长空中银盘似的月亮,花炮的响声像粗声的叹息,几乎是听不见的,只是洒下了些金色的、五彩缤纷的火花。

"那里正是集市,"萨姆金提醒自己,他疲惫地迈着步子,眼盯着地上自己的影子,影子在坎坷不平、柔软的土路上滑动、跳跃,仿佛急于要钻进尘土里,却又很容易地变成一个惊骇得心慌意乱的、可怜的、灰溜溜的人影。萨姆金顾影自怜,倍感凄凉。在他的一生中,已经有过多次这样的时刻。现实生活凌辱他,要把他捻碎,他想起了一九〇五年一月九日夜晚彼得堡阴森森的街道、莫斯科起义最初的日子,他和柳芭莎被打的那个黄昏,在所有这些场合,他都陷入极度的恐怖中,这种恐怖在他心里燃起了自然的自卫的怒火,可是今天他也被捻碎了,当然是被一种生物的感情捻碎的,但是不仅仅是这种感情。今天他也被吓坏了,但是,究竟是什么把自己吓成这样呢?这简直不能理解。

他觉得自己周身全是灰尘,沾满黏糊糊的蜘蛛网;他抖动一下身子,摸索着衣服,在上面寻找看不见的尘屑,然后想起了,按照民间的迷信说法,人们在弥留之际就是这样"寻觅"自己的,于是他就把两只手深深插进裤子口袋,这么一来,走起路来就很不方便,好像把自己绑起来似的。而且在旁人看来,这个人一定非常可笑,一个身材矮小、身体扁平的灰色的人独自在荒郊野外徘徊,戴着眼镜,目不转睛地盯着自己的颤动的影子在徘徊。

他摘下眼镜,放到口袋里,然后掏出怀表看着,心里思量:

"这……这场噩梦已经持续了两个多小时了。"

机械的思维习惯和贬低、抹掉他所见到的一切事物的模糊愿望提示他说:

"这可以理解为对人生意义的象征性追求。尘世的空虚、野蛮人的玄学,很可能只不过是吃饱了饭的人们无聊的消遣。"

他想起了那个疯狂的小老太婆和她那句奇怪的话。

"大概是个老处女,同样的半疯的女人,就像那个白痴瓦夏一样。"

但是他明白,强使自己去想这些人,就是为了不去想玛琳娜。她居然参与这样发疯的活动,简直不可理解。

倘若她在那些白痴发疯地跳舞的两个钟头里,一直偶像般岿然不动地坐在那里,倘若这个疯狂的仪式不以她在木桶里的荒唐的沐浴来结束,也许要好得多了。是的,那就更好理解些。也许更好理解些。

这时他已走上一条繁华的街道,迎面走来着节日盛装的人群,醉汉们在叫嚷,马车在飞驰,一片喧闹和辚辚的车马声。这一切使他稍微清醒了一些。

但是等他在家里洗完澡,换了衣服,嘴里叼着香烟,坐到茶桌边的时候,突然一片云雾笼罩了他,使他陷入令人难耐的、不安的忧伤中,使他甚至不能把自己的思想理出个头绪来。在他眼前站着两个人:他自己和一个裸体的美女。一个聪明的女人,这是无可置疑的。一个聪明而且有权势的女人。

在这种惶惶不安的心理状态中度过了几天,他觉得自己头脑迟钝,郁郁寡欢,而且很怕见到玛琳娜。她既没有来看他,也没有请他去,而自己也不想冒昧地到她那里去。他睡不好觉,吃不下饭,陷入无休止的、缓慢胶着的回忆和单调的思想感情杂乱无章的幻变中。

他突然产生了一个问题,仿佛是从脑子里的一个黑暗角落里偷偷爬出来的:玛琳娜向他叫喊:"噢哟,走开,你走不走呀!"这句话的真意是什么呢?她是想叫他走呢,还是希望他留在她身边呢?他并未去寻求这个问题的直截了当的答案,因为他明白,倘若玛琳娜真有此意,那么她就会强迫他成为自己的情夫。明天就会这样干。这时他重又屈辱地看到自己和她并肩站在镜子前面。

## 七

已经过了一个多星期,扎哈里才打来电话,请他到商店去。萨姆金穿上新凡尔丁衣服,就像去出庭辩护一件极端复杂的案件一样,怀着一种全神贯注的心情,前往玛琳娜的商店。在商店里,扎哈里难为情地、亲密地朝他微微一笑,使他产生了一种不愉快的怀疑:

"这个蠢货好像也要把我看成疯子。"

玛琳娜却像往常一样,安详、喜悦地迎接了他。她正坐在桌边写什么,面前放着一只带把儿的大玻璃杯,里面盛着黄澄澄的液汁和冰块。她穿着一身朴素的白麻纱衣服,显得不那么高大和雍容华贵。

"喝一杯吧,"她说道。"这是橘子汁加水,还掺了点儿白葡萄酒。清凉可口。"

先谈了一阵子法律事务,接着她一面看着小指的指甲,一面问道:
"好,你对跳神大会有何高见?"

"我大为惊骇,"萨姆金审慎地回答说。

"扎哈里告诉我了,说对你的震动很大,是吗?"

"是的,你知道……"

"究竟什么东西使你这么惊骇?"

"要知道这简直是发疯呀,"他停了一会儿才说道。

"这是信仰!"

这时玛琳娜仰起头,目不转睛地、严厉地紧盯着他,萨姆金在她眼睛里发现了某种他非常陌生的、冷酷和责备的神情。

"跟那些金碧辉煌的剧院式的官办教堂,用唱诗班的歌手、风琴、神秘的圣餐以及他们所有的各种玩意儿所表演的一切相比,这是一种更为强烈、更为深刻的信仰。这是一种古老的、人民的、全球性的对生命精神的信仰……"

"这对我简直是格格不入,"萨姆金尽力说得不带任何负疚的意味。

"这正是你和你们这一类人的不幸,"她修剪着裂了的指甲,泰然地回答说。萨姆金注视着她手指的活动,低声说道:

"我完全不能理解,你竟会……"

但是她不容他把话说完,就又非常严厉地直盯着他。

"请你什么也不要问我,至于你需要知道的我自会告诉你。请不要生气。你尽可以认为,我是在演戏……因为生活得太无聊,或者还为了别的什么原因。这是你的权利。"

他沉默了片刻,注视着她那被麻纱紧裹着的胸部,然后叹了口气,承认说:

"我很抱歉,看见……你在那里……"

他说的并不是他曾看到她裸体的那回事儿,但是玛琳娜却一定是这样理解他的话的。

"这算不了什么,"她毫不在意地说。"但是你看到了自古以来千百万普通人是怎样生活的。"

她站起身来,抖了一下衣裙,朝角落里走去,于是萨姆金听到她从那里问道:

"你认出谢拉菲玛·涅哈叶娃来了吗?"

"涅哈叶娃?"萨姆金重复着这个早已忘却了的名字。"也在那儿?"

"是啊!就是那个灰白头发、尖鼻子的发疯的女人,还乌鸦似的呱呱叫着'达摩,达摩!'可是也许连达摩、阿奥达希亚是什么意思也并不真正懂得。"

"你瞧有多……奇怪,"萨姆金说道,而她走到桌前,继续轻蔑地说道:

"到处都一样,我们的团体里也常有些不速之客和多余的人。她属于外高加索的跳神派①,跟我们并非一派。是个性情乖张的女人。

---

① 基督教的派别,在俄国,是鞭身教派的一个分支,这个教派举行祈祷会时,个个都大跳不止。

正在写一本有关瑜伽学派①的书,似乎认识一些东方蔷薇十字会员②。是个富有的女人。丈夫是个美国佬,拥有几艘轮船。是啊,真没有想到这个菲玛奇卡③!整天价喊着我要死啦,我要死啦,突然大发其洋财……"

萨姆金听着她说,很满意地想道:

"不,她不可能严肃正经地看待人造矿泉水工厂狂舞的那些玩意儿!不可能!"

这时萨姆金觉得一种类似对她的感激之情油然而生,就微笑了一声,而她正在用小勺在水杯里捞一个小冰块,眼睛睥睨着他问道:

"你在笑什么?"

他没有作答,不想再重说一遍他不相信她,而且对不相信她这一点,感到很高兴。

"克里姆·伊万诺维奇,我的朋友,你是个不可救药的聪明人!"她喝了一口杯中的饮料,若有所思地说。"正是因为有像你这样的一批人,世界才生了病!"

她把杯子放到桌子上,用手掌轻轻地拍了一下萨姆金的前额;滚烫的手掌令人愉快地熨帖着额上的皮肤,萨姆金抓住她的手,从他们相识以来,第一次吻了吻她。

"不可救药的人,"她重复地说,把那只手垂了下去。"你渴求信仰,可是又害怕信仰。"

萨姆金觉得,她仿佛要坐到他的膝盖上,便在圈椅里移动了一下身子,坐得更牢靠一些,但是这时商店里的门铃响了一下。玛琳娜走出了房间,过了一会儿,拿着几封信回来了;有一封信很厚,她放在手掌上掂了掂,就漫不经心地扔到沙发上,说道:

"克莱顿一直在苦练俄文正字法。他摔伤的是腿,可是脑袋却发

---

① 二十世纪初在西方和俄国出现的一个受印度宗教影响的宗教哲学流派。
② 十七至十八世纪欧洲某些国家中的反动秘密组织。共济会的职员。
③ 谢拉菲玛的小称,即涅哈叶娃。

449

了昏。在向我求婚呢。"

"他怎么啦?在求婚?"萨姆金惊讶地问道,但是立即意识到自己的惊讶是不合时宜的,就说:

"这并不使我感到惊讶。"

"是的,"玛琳娜在地毯上无声地踱着说道。"求婚的人很多。何止他一人。他们在求婚,而我在躲藏,"她有点儿烦恼地说,然后停下来,悄悄地问道:

"欣赏过我赤裸着的身子,是吧?"

萨姆金还来不及回答,她却高耸起胸部,两手摩挲着臀部,小声地、但是却很严厉地说道:

"能让我为他生孩子的那位男子汉,该是一位什么样的大丈夫呀?天生丽质难自弃哟!"

接着她摇了摇头,闷声地、喉咙有点嘶哑地说道:

"所以我到死也要感谢我的亡夫,因为他生前尽管很爱我,对我娇宠备至,可是却非常珍重我的美色。"

萨姆金觉得她的眼睛湿润了,便深深地垂下脑袋,暗自想道:

"她这些话说得简直像个乡下婆娘……"随后,他就感到自己必须离开这里,马上离开,她最后的几句话仿佛使他的全部思想和所有的愿望都化为乌有了。一分钟后,他就匆匆告别,匆匆而去的托词是:他竟忘了,他还有件不能拖延的讼案要办理。

"恬不知耻和眼泪,"他快步走在被烈日晒得炽热的街道上,心里这样想着。

"一种变态的阴暗心理……我应该跟她疏远一些……"

几天过后,他完全明确无误地认识到:他之所以要疏远她,正是因为她在越来越强烈地吸引着他,因此他必须离开她,也许,甚至应该远离这座城市。

于是,仲夏的时候,他就出国旅行去了。

第三部完